U0113403

南 帆 ◆ 著

当代文学与文化批评书系

南帆

卷

北京师范大学出版集团
BEIJING NORMAL UNIVERSITY PUBLISHING GROUP
北京师范大学出版社

**图书在版编目(CIP) 数据**

当代文学与文化批评书系·南帆卷／南帆著.—北京：北京师范大学出版社，2010.9
ISBN 978-7-303-10806-0

Ⅰ.①当… Ⅱ.①南… Ⅲ.①当代文学－文化评论－中国 Ⅳ.① I206.7

中国版本图书馆 CIP 数据核字（2010）第 021491 号

营销中心电话　　010-58802181 58808006
北师大出版社高等教育分社网　http://gaojiao.bnup.com.cn
电 子 信 箱　　beishida168@126.com

出版发行：北京师范大学出版社 www.bnup.com.cn
　　　　　北京新街口外大街 19 号
　　　　　邮政编码：100875
印　　刷：北京京师印务有限公司
经　　销：全国新华书店
开　　本：155 mm × 235 mm
印　　张：25.5
字　　数：339 千字
版　　次：2010 年 9 月第 1 版
印　　次：2010 年 9 月第 1 次印刷
定　　价：39.00 元

策划编辑：马佩林　　　责任编辑：马佩林
美术编辑：毛　佳　　　装帧设计：毛　佳
责任校对：李　菡　　　责任印制：李　啸

# 目 录

# 压抑和解放：日常生活的细节和符号（代序）

## 一

迄今为止，我愈来愈经常遭遇的询问之一是——还在从事文学研究吗？我听得出来，这种询问包含了某种怜悯。不识时务，冥顽不化，这是怜悯背后的潜台词。当然，这些询问具有多种背景。多数人的参照是社会广泛认可的那些令人羡慕的职业，例如银行家、市长或者企业的CEO。一个人怎能无视功名，胸无大志地沉溺于吟花弄月，卿卿我我？哪怕是做那些风险很大的股市操盘手，金融世界里的搏杀是不是也比字雕句琢好一些？

我通常总是以学术的骄傲俯视这些询问。"盖文章经国之大业，不朽之盛事"，"立言"这种事哪是庸俗的官阶或者区区几文小钱所能比拟的？然而，如果这些询问来自学术内部，换言之，如果询问参照的是另一些学科，答复起来就困难得多了。无论是民族、国家、历史，还是经济、法律、政治，各种文治武功均"术业有专攻"。在社会学、经济学、政治学、法学这些著名的学科面前，文学又算得了什么？一点儿浪漫的情怀？若干虚构的想象？赚几滴眼泪？这一切又如何与阶级、制度、国家机器或者数百个亿的资金流向这些重大问题抗衡？总之，那些著名的学科已经如此发达，文学还能补充什么吗？

我想，可以先将我的观点表述出来。在我的心目中，文学——尤其是今天的文学——的首要意义仍然围绕着压迫与解放的宏大主题。但是，文学承担的使命不仅是在传统的意义上认识历史。对于文学来说，压迫和解放的主题考察必须延伸到个人以及日常生活之中具体、感性的经验。个人以及日常生活之中，压迫与解放的主题复杂多变，远非政治学、经济学描述的那么清晰。所以，我更倾向于表述为：压抑与解放的主题。压抑也是一种压迫，但是前者远比后者隐蔽、曲折、微妙、广泛，焦点更多地聚集于与个人生活密切相关的区域。因此，解放同时包含了微观的、小型的形式。这一切均是文学揭示的内容。

可以看到，那些著名的学科常常以"社会"作为衡量单位讨论各自的问题。考察阶级或者制度的时候，众多日常生活经验很可能不纳入视野——诸如一个人洗脸之后如何挂好毛巾，或者另一个人在早晨的什么时间开始吸第一支香烟。人们往往无意识地产生一个错觉，认为那些有限的大概念——不论是什么"主义"或者什么制度已经覆盖了生活的全部。某种程度上，这如同一种理性的僭妄。广阔的日常生活往往是那些大理论无法也不屑进入的极其活跃的领域。

现在，文学欣然地接管了这个领域。文学是在什么时候开始行使这个职权的呢？很久以前，文学是儒家教化的工具，例如相传孔夫子编《诗经》；文学也曾经是统治者体察民情的窗口，例如"观风"、"采风"之说。许多时候，文学还被形容为"史诗"，这时的文学承担了历史叙述的任务。尽管我们没有《伊利亚特》或者《奥德赛》，但是，《三国演义》、《隋唐演义》或者《说岳全传》力图成为文学版的历史。然而，到了某一个时期，文学从历史的英雄人物传奇转向了普通人和日常生活，转向了具体琐碎的人间烟火以及家长里短，例如《金瓶梅》、《红楼梦》、《儒林外史》等等。西方文学之中，18世纪英国现实主义小说的兴盛表明了类似的转折。伊恩·P. 瓦特在《小说的兴起》之中指出，个人主义和独特的个人经验代替了以往长篇小说之中的神话、历史、传说，具体的时间、空间、有名有姓的人物代替了类型化的人物和无时间、无地域风格的说教式故事。埃里希·奥尔巴赫的《摹仿论》也有接近的讨论。在他看来，中世纪末的现实主义才出现了家庭的亲昵气氛、日常活动以及家庭经济状况和室内描写。这个转折的原因可能相当复杂。然而，不管怎么说，宗教、历史、神话的后撤与个人、家庭以及具体的日常生活经验的粉墨登场可能是文学与诸多学科之间一次关键的历史性再分工。这种分工延续至今，以至于文学可以将那些著名学科管辖范围之外的故事继续讲下去。

我愿意在这里提出一个令人迷惑的问题：各种深刻的政治历史宏大叙事在什么地方消耗了大部分能量，以至于进入日常生活之后急剧衰减？或许，我首先要提到一个许多人并不重视的事实：无论是政治学、经济学还是社会学，那些著名学科赖以运行的学术体制并未向日常生活开放。各种特殊的术语、概念的"理想读者"是受过良好训练的专业人士。这些理论能够在专业人士之外走多远，在多大的范围被接受，同时在哪些问题上被改写甚至被否定，这些后续的故事常常消失了。我们常常发现一个悖论：即使这些理论的讨论对象是社会和大众，但是，社会或者大众无法读懂一大批相关的著作和论文。这似乎不是理论的错误，而是学术体制形成的区隔。我们对此习以为常。或许，那些激进的左翼理论家不能回避这个具体的矛盾：是服从学院的学术体制——他们认为这是资产阶级文化空间的一个组成部分，扮演一个大众的"局外人"，还是放弃专业姿态而转向通俗，牺牲理论的深刻而换取大众的回响。

文学往往没有那么明显的"精英"姿态。文学表现的是个人，是日常生活；文学时常与这些著名的学科遥相呼应，甚至精确地验证了某些政治学或者经济学的结论。但是，文学似乎不必依赖那些学科。文学的主要来源以及作用范围是社会的"情感结构"——一个来自雷蒙·威廉斯的概念。无论压抑还是解放，"情感结构"在阻止或者动员社会行动的时候，远比各种理论有效。

这就是我愿意继续从事文学研究的两个重要理由：第一，文学可以如此深刻地撼动或者封闭一个社会——这两种情况都曾经在历史上出现过；第二，那些著名的学科远不能解释文学的这些特征，遗留的许多问题必须由"文学研究"这个学科承担。

## 二

现在，许多人倾向于认可这个观点：五四新文化运动开始的中国现代文学是一种民族国家文学。这可以解释为"现代性"在这个地域和历史阶段的具体表现。回到这个时期压迫与解放的主题，民族国家的建立是一个首要任务。现代文学不惮于为之呐喊和鼓吹。尽管如此，我们仍然没有理由简单地设想，从民族、国家到社会、个人构成了一幅高度重叠的图景——民族、国家、社会的独立和解放一定会均匀地惠及每一个社会成员。历史是一个同质的、平均的整体。相反，民族、国家、社会这些大概念有时恰恰遮蔽了内部的不均衡。我不止一次举过这种例子：一个国家某个年度的国民经济生产总值增长率可能是 10%，但张三可能仅增长 5%，李四增长 1%，王五甚至负增长，而赵六却增长 150%，如此等等。所以，国家或者社会并非衡量一切的最后单位。纵向的意义上也是如此：民族、国家的巨大力量并非匀称地穿过一切机构、文化传统和地域风俗从而被每一个个体完整地接受。一个女士迷恋红色的手镯而另一个女士不愿意吃甜食，一个企业里的白领热衷于桥牌而他的同事却愿意在业余时间游泳——如何从如此庸常的日常生活追溯到民族、国家或者社会制度？这时我们意识到，个人的纷杂故事与政治历史的宏大叙事之间似乎没有直通车。

日常生活如此黏稠、杂乱、喧闹，以至于许多概念因为过于清晰反而力不从心。当然，这绝非表明日常生活一团和气或者心旷神怡，相反，这里充满了各种斗争和角逐。事实上，日常生活之中的压抑与解放极为复杂，多种因素交织在一起。一个武林高手毫无理由地惧怕蟑螂，家财万贯的富翁惊人地吝啬，某男始终摆脱不了渴望嘴角长痣的女人，阴雨天总是使一个教师想起儿时一个去世的伙伴，一对婆媳无缘无故地仇视，同一个学派的教授背后彼此奚落……即使我们相信这些现象必有原因，估计各种社会政治的大理论、大概念还是提供不了现成的答案。它们仅仅是众多相互纠缠的参数。许多压抑是独一无二的，解放的方式亦是极其多元的。这里，我并不想形成一个误解——仿佛民族、国家这些大概念悬浮于日常生活之上，与我们日复一日的工作或者休闲漠不相关；我曾经谈到"感性的文化规训"或者"感觉的争夺"，所谓的"情感结构"不是天生的，而是在意识形态之中形成的。从具体地分析可以看出，这些大概念将被日常生活分解，并且与另一些生活观念融合起来，或明显或隐蔽地以各种曲折的形式主宰我们的意识。日常生活领域如此多变，以至于文学可能发现：尽管民族国家的建立对于大众的解放如此重要，但是，这并不能排除另一种可能：进入日常生活，进入个人的特殊情境，强大的国家机器很可能同时包含了压抑。政治学的逻辑很可能难以承认这种副作用，但是文学很容易察觉。多种因素的复杂博弈之中，文学愿意承认某些压抑的必要，甚至不可避免的——但是，压抑就是压抑。前一段时间，李安执导的《色·戒》引起了沸沸扬扬的争论。在我看来，敌对双方之间的男欢女爱并非不可能，重要的是历史为私情与大义之间的博弈提供的结局。异族侵略与战争的环境之中，女主人公丧失了自主情爱的权利。为了除奸，她必须抑制对于某一个异性同伴的好感而委身于另一个同伴。影片的后半部分，她竟然控制不住自己的感情而放过了敌人兼恋人，必然的结局只能是一个巨大的悲剧——对于她和她的敌人。人们没有理由制造一个抽象的"人性"遮蔽历史，也没有理由否认历史对于个人的限制和残酷束缚。考察各种因素如何在特定的历史舞台上表演，这是文学的擅长。

对于这种复杂的状况，那些深刻的作家往往令人心折，例如鲁迅。现在有些批评家似乎企图以后殖民理论贬抑鲁迅。他们觉得，鲁迅对于传统文化的憎恶以及主张"拿来主义"多少忽视了帝国主义的文化侵略。尤其是在我们的民族积贫积弱之际，摧毁了民族文化的认同，弊大于利。在我看来，这种观点低估了鲁迅的洞察力。我宁可认为，鲁迅不仅从日常生活经验之中发现异族侵略带来的民族危机，同时还发现了民族传统文化正在成为沉重的枷锁。不论是《狂人日记》、《阿Q正传》、《祝福》、《离婚》还是《药》、《在酒楼上》，小说叙述的是日常生活之中一个个具体的人物，例如疯子、乡村的流氓无产者、农妇、知识分子，叙述的是他们承受的各种复杂的压抑。所以，鲁迅的小说始终不是一两个大概念——譬如，民族、国家或者阶级、革命——就可以囊括尽净的。对他来说，压抑和解放如此错综地分布周围，这一张网络远比通常想象的还要密集。我想，这肯定是鲁迅高出许多同时代作家的理由。

我想到了"美感的批判性"或者"美感政治"这种概念。文学带来的审美感觉之中隐含了强大的批判性——这种批判不是依赖政治经济学或者社会学的犀利分析。美感的批判性在于，人们在阅读产生的愤怒、感慨、哄笑和唏嘘落泪之间通常可以意识到，理想的，至少是正常的生活究竟如何。这种认识可以立即进入日常生活，进入个人的各种细节之中。"美感的批判性"或者"美感政治"常常比那些社会政治的大理论、大概念更为激进，同时也更具有实践意义。

今天，一个非常值得注意的现象是，某种试图摆脱民族国家这些大概念、大理论的日常生活领域正在成型。文学已经监测到这个领域。那些"娱乐至死"的电视节目也好，各种"无厘头"的文学修辞和电视肥皂剧也好，一个明显的倾向是嬉闹、逗乐，对于严肃的历史感没有兴趣。许多人得了"深刻厌倦症"。至少在意识上，人们希图放逐那些沉重问题的压抑，从而在哄堂大笑之中赢得某种短暂的轻松。我曾经说过，没有理由杜绝文学的娱乐性，也没有理由否认，文学的最大效力有可能摇撼历史。这么多人突然涌向了娱乐，文学至少要反思一个问题：文学对于大概念、大理论的热衷为什么适得其反？这本身就是一个严肃的历史命题。

## 三

相当一段时间内，我十分关注文学之中的现实主义问题。有了以上这些认识之后，谈论现实主义就容易多了。

我曾经觉得奇怪，为什么现实主义理论如此不严谨，甚至没有一个大致公认的定义？人们可以遇到以各种定语修饰的"现实主义"，例如能动现实主义、心理现实主义、批判现实主义、魔幻现实主义、结构现实主义、诗意现实主义、社会主义现实主义一直到"开放的现实主义"或者"无边的现实主义"。"开放"或者"无边"意味着放弃严格的规定性，这个概念逐渐丧失了明确的内涵和外延。另一方面，人们也很难在文学史之中找到这个概念的纯粹对应物——即不再存在任何其他"主义"因素的作品。如果意识到"主义"这个后缀在西方文化之中相当随便，那么，人们或许会放弃一个想象：存在某种正版的"现实主义"，一定要从浩如烟海的理论典籍之中将这种正版的"定义"发掘出来，使之成为所有现实主义的权威规范。事实上，如同文学史上的许多概念一样，现实主义远在有一个精确的、公认的定义之前就流行开了。多数时候，人们对于这个概念的共识仅仅停留在这个层面上：不动声色的模仿和逼真写实。模仿和逼真写实不是终极的主题而是一种技术，各种意图、观念均可以隐藏在这种技术背后，或者说主宰这种技术。例如，埃里希·奥尔巴赫的《摹仿论》即对于西方一系列现实主义作品的解读：从《荷马史诗》、《圣经》、薄伽丘的小说到莎士比亚的剧作，它们的"写实"背后还隐含了什么？如前所述，文学的"写实"在某一个时期从历史的英雄传奇转向了日常生活，转向了具体、特殊、有名有姓的普通人经验。尽管如此，人们还可以进一步追问的是——哪些"现实"？谁的"现实"？战争场面、家庭生活还是丛林之中动物的活动规律？人类的经济活动还是生理属性？边陲之地的奇风异俗还是繁华都市的车水马龙？为什么描写这些而不描写那些？

在这个意义上，马克思主义的现实主义观念表明了独特的观点。从巴尔扎克等人的现实主义作品之中，马克思主义批评家重新意识到了"历史"——意识到了各种具体的人物、事件、景象所构成的"历史潮流"。哪些具体、个人是文学所关心的？哪些具体、个人被称为"恶劣的个性化"而遭到了文学的抛弃？是否表现了"历史"是一个极其重要的衡量标准。苏联将"社会主义现实主义"作为作家协会的章程规定——"要求艺术家从现实的革命发展中真实地、历史具体地去描写现实"。这的确包含了对于"历史"的高度兴趣。我想指出的是，退出了历史、神话的现实主义再度重返历史——当然是在另一个意义上。

这么看来，卢卡契的"整体论"相当重要。让我从摄影的例子说起。人们可以从画报或者展览会上见到各种美轮美奂的摄影作品，含苞欲放的花朵，一只悠然自得的蜻蜓，一堵沧桑的老墙，一盏古香古色的路灯，如此等等。我常常觉得，这些摄影作品特别单薄——摄影家往往用取景框切割掉对象周围的内容，聚焦于花、蜻蜓、老墙、路灯。只要将取景框扩大一些即可看到，花的旁边是一堆肮脏的浮土，蜻蜓刚刚停泊在一堆牛粪上，老墙附近一团横七竖八的电线，路灯之下即一条臭水沟，等等。这一切是否彼此联系，互相解释——摄影的"孤芳自赏"会不会显得特别没有历史的内容？如果理解一个对象必须理解周围的一切互相联系，那么，联系的范围究竟多大？一朵花的芳香必须联系到社会制度或者宫廷政治吗？对于现实主义来说，它的模仿或者逼真写实必须延伸到哪一个层面？这并非一个简单的问题。

卢卡契认为，历史构成了一个有机整体，文学必须呈现这个有机整体。一花一木，一人一物，文学之中所有的内容莫非"历史"的映射。某些琐碎的细节或者材料可能无法表现历史，文学就要毫不犹豫地舍弃。卢卡契讥笑堆砌各种景象的自然主义为"细节肥大症"。拥有历史整体论的视野之后，所有孤立的事实才能找到归宿。谁能够站到历史的制高点，清晰地俯视历史的蓝图？——当然是无产阶级。这是历史上最为先进的阶级。如果说，天才作家与摹写生活的文字工匠之间存在根本的差别，那么，无产阶级的艺术才能是先进的阶级性赋予的。无产阶级手里的现实主义文学，是在纷繁的社会现象之中察觉各种体现历史整体的典型。"典型"是马克思主义现实主义观念之中极其重要的范畴。由于这个范畴，个人、具体处于历史整体控制之下，二者有效地衔接起来了。一般与个别也好，共性与个性也好，这些概念均是二者关系的说明。相同的认证方式之中，性格证明阶级性无非是一个派生的次级命题。我将这种现实主义形容为"历史寓言"。抛弃浪漫主义之际，现实主义强调的是朴素、常识、冷静客观和翔实的观察，但是，这种现实主义又一次具有了神话的高度——政治神话。

为什么称之为"神话"？至少在今天，历史并没有完美地实现卢卡契心目之中的蓝图。对于文学来说，现实主义的神话高度似乎无法在日常生活领域着陆。这是一个具有讽刺意味的、同时是致命的缺陷——许多"社会主义现实主义"或者"革命现实主义"的文学无法介入个人经验之中压抑与解放的主题。卢卡契的历史整体论为什么征服不了个人与日常生活领域——这种现实主义缺少了什么？这是一个令人苦恼的问题。或许，我们有必要重提细节的文学意义。细节是现实主义文学的基本单位，也是日常生活的基本单位。对于现实主义文学来说，压抑与解放的主题必须诉诸"细节"；对于一个普通人来说，快乐或者郁闷的生活质量亦必须诉诸细节——诉诸情人的眼神和上司的声调、诉诸一双合脚的鞋子和体面的衬衫、诉诸旅行时火车硬座车厢里的气味或者诉诸寓所卫生间内部的装潢。总之，他们对于生活的感觉和评价常常取决于一丈之内发生的事情，这些细节带来的印象远甚于遥远的政治大口号或者街头精美的大幅商品广告。所以，许多作家意识到，细节是现实主义文学与日常生活的深刻呼应——精彩的细节被作家称为"上帝赐予的细节"。许多人都有这种经验：故事、情节与悬念在阅读过程中十分诱人，但是，日后回忆某一部作品，难忘的是"细节"而不是情节。我想，如果现实主义文学仅仅表示了一些抽象的理念，仅仅是一些虚拟的情节——如果有血有肉的细节跟不上，那么，卢卡契们所向往的历史还是一具没有实际内容的躯壳，这似乎有违现实主义的初衷。

现在的文学已经走出现实主义的神圣光环而站在一个交叉路口。无论是现代主义的个人深度、后现代主义的碎片化、福山式的"历史终结论"还是新左翼对于革命遗产的再度钟情，这一切无不重新纳入视野。当然，这仍是我愿意遵循的一个前提：文学可能改变考虑历史的方法，但不是冷漠地背过身子，抛弃一切严肃的话题。

## 四

自从开始介入文学研究，我对于文学形式的兴趣就未曾稍减。形式、语言、技巧是我时常返回的一个原点。我的观念之中，文学的成功不是依赖某种奇特的观点或者曲折离奇的故事，形式的精妙处理是一个至关重要的环节。我不止一次地引用一种观点：经验与艺术之间的差距即技巧。"新批评"的文学观念——尤其是"新批评"的实践进入视野之后，形式的意义更清晰了。然而，至少在 20 世纪 80 年代上半叶，形式的研究似乎过于"精致"以至于落落寡合。那是一个激情的时代。巨大的历史转折，激动人心的思想解放气氛——这时，如果文学企图保持领跑的思想文化位置，作家要做的事情就是肩负各种惊世骇俗的观念，策动汹涌的情感波澜；至少也该谈一谈文化、历史、东方与西方这种大问题，而不是陷入形式或者语言这种不足称道的"雕虫小技"。

20 世纪 80 年代后期，我曾经出版一本小册子，研究各种小说模式——主要以当时的小说为例。这种研究显然包含了一种意图：将各种社会思潮以及剧烈的情感震荡与文学形式联系起来。所以，我主要考虑的是，审美情感如何凝聚成特殊的小说模式。现在看来，尽管二者之间存在极为重要的联系，但是，这本小册子之中，形式内部的复杂关系没有得到充分的考察。形式内部关系这种命题主要来自结构主义的观念。仅仅从"表现论"的意义上谈论形式和语言，形式内部的复杂关系很难成为考察的焦点。这涉及结构主义的一个基本观点：符号自成体系结构；不是主体决定符号，而是符号决定主体。迄今为止，许多热衷于形式、语言分析的批评家似乎尚未清晰地意识到这个问题。

刚刚发表的论文《历史与语言：文学形式的四个层面》代表了我近期对于文学形式的基本认识。从形式、语言、结构主义到历史、心理和欲望、意识形态，我企图对于文学形式涉及的众多因素进行一次总结性的思考。我将历史视为基本框架，继而考察历史如何进入并且改造形式、语言和内心——同时被改造，并且生产出另一种历史。这是一个复杂的、众多因素互动的图谱。当然，这些基本认识同时基于我的文学批评实践。研究一个作家或者一部作品，我最为熟悉的分析是，历史、意识形态、作家意图和叙事、修辞之间的联系。

语言在文化之中承担的使命，语言与现实的关系，文学具有哪些特殊的维度，历史与语言的互动如何进入叙事话语、修辞学和文类，这一切是《文学的维度》集中谈论的问题。《文学的维度》描述了一个"社会话语的光谱"，文学在"社会话语的光谱"之中显现独特的意义。在社会话语的光谱完整覆盖下，主体处于种种代码、类型规范、语法修辞、对话规则的交叉地带。这是主体的历史记忆，也限定了主体基本可能的空间。文学话语意味着一种解放——包括将日常用语压抑的社会无意识解放出来。这一段时间，我愈来愈关注符号领域的等级制度以及斗争和反抗，愈来愈关注文学话语在这个领域之中具有何种作用。大规模的革命过去之后，"后革命时期"符号领域的激烈角逐丝毫不减。许多时候，符号分析的意义并不亚于政治经济学分析。某些"文化研究"表明，由于意识形态的中介作用，符号与经济二者正在逐渐一体化。现代社会的一个重要特征即是，人们愈来愈多地脱离了自然环境而生存于文化环境。文化环境是一个人工的符号集合体。权力、等级、压迫以及形形色色的反抗无不隐藏于符号的设计与占有之中。文学已经显示，从权势阶层、革命者、知识分子、底层民众到热衷于"无厘头"的后现代主义分子，他们之间的差异和意义争夺战同时在符号领域表现出来了。

当然，古往今来，符号的生产方式已经发生了巨大的变化，符号的设计与占有也将相应地重新洗牌。大众传播媒介——尤其是电子传播媒介，例如从广播、电影、电视到互联网——极大地提高了符号的产量，人类的文化生态正在发生深刻的革命。一些人甚至企图断言，一个前所未有的文化断裂正在发生。自然与文化、虚构与现实、私人空间与公共空间、科学与神话、权力与民主、财富与贫穷等一系列传统的界限开始改变甚至消失。显而易见，政治和商业都已经意识到大众传播媒介的强大功能。因此，大众传播媒介将是启蒙与操纵、民主与控制竞相争夺的地盘。今后的文学必将是存在于大众传播媒介之间的文学。在这种环境下，压抑与解放的主题如何赢得自己的符号形式，必然是文学形式研究的展开背景。

## 五

现在或许可以谈一谈"关系主义"了。这是我近期提出的一个概念。我的几篇论文或者直接讨论"关系主义"，或者力图以"关系主义"的观点处理文学史的一些重要问题，例如现实主义、现代主义、后现代主义，例如文学形式、文学类型、文学史写作、如此等等。"关系主义"是针对"本质主义"而提出来的。相对于固定的、静止的、终极性的"本质"，我宁可考察多元因素之间形成的关系网络。回到文学问题上，我不再预设某种恒定的"文学性"。在我看来，形而上学正在衰退，历史的、谱系学的分析方兴未艾。放弃了形而上学的"本质"之后，我的文学考察必须进入某一个历史时期的文化网络，参照各种"他者"确定文学的特征与功能。在这个意义上，我对于文学的论断始终包含了"相对物"：相对于历史学、哲学、社会学、新闻学，文学如此如此……在意义的领域，人们认定事物的特征和价值通常是相对的。相对于动物，才有植物；相对于上，才有下；相对于白昼，才有黑夜；相对于大众，才有精英。相同的理由，文学始终置身于各种相对物之间，这即文学的历史语境。各种判断均无法脱离历史语境。"本质主义"的功过是非另当别论，"关系主义"的视域至少可以察觉到一些"本质主义"无法发现或者无法处理的问题。

许多人似乎担心放弃了"本质"概念必将陷入相对主义的泥潭。如果一切都解释为历史的相对性，所有的世界图像都丧失了确定性，那么，文化的彻底崩溃指日可待。在我看来，这种担心肯定低估了"历史"的内涵。"历史"不仅包含了瓦解传统的能量，同时包含了强大的稳定性和连续性。换句话说，历史的相对性不等于明天就结束一切现存的关系。相反，某些关系可能极其稳固，从而在历史之中持久地延续。许多时候，这些关系的稳定性通常依赖于某种结构。我在论文集《关系与结构》的"后记"之中简单地谈到了二者：

> "关系"是我企图解决诸多文学理论问题的关键概念。关系是相对的，我认为比静止的、固定的"本质"更有解释效力。考察一批关系形成的复杂网络，我想启动另一个概念："结构"。首先，结构内部的一批关系相对稳定，彼此依赖，彼此制约和调节，文学的功能将在这个结构之中得到保持；如果这些关系因为某些重要条件的丧失而中止，那么，结构亦将解体——剩余的某些仍有生命力的关系将作为"传统"进入下一个结构。这种描述包含了结构主义所缺乏的历史维度；换言之，关系即历史的实体，并且显示历史内部的种种活动。

显然，关系与结构的考察常常是横向的、共时的、空间性的。必须承认，我对于空间之中共时态的多种因素互动具有浓厚的兴趣。《冲突的文学》是如此，《文学的维度》也是如此：《冲突的文学》考察前现代、现代与后现代三者共时的复杂纠缠派生出多种文化向度，《文学的维度》试图在"社会话语的光谱"之中确定文学的席位。两本著作都带有很大的空间描述成分。这既有结构主义思想的启迪，又在根本上异于结构主义。结构主义的横向、共时、空间力图提炼一个剥离了历史的抽象结构，关系主义的横向、共时、空间力图恢复历史横断面之中隐藏的丰富内容。前者从内部关注文学形式的同质和稳定性，后者从外部关注文学形式的异质和激进的锋芒。

# 现代性、民族与文学理论

## 一

20世纪90年代后期，"失语症"一词突然频繁出现于文学理论之中。某种潜伏已久的不安终于明朗——人们使用这个神经病理学概念隐喻一个严重的问题：中国的文学理论喑哑无言。相当长的时间里，理论家只能娴熟地操纵一套又一套西方文学理论概念系统，人们听不到他们自己的语言。在他们那里，"传统"是一个贬义词，中国古代文学理论成了一堆无人问津的遗产，一脉相承的民族文化戛然而止。这无疑表明了巨大的文化危机——一个民族正在丧失内涵。这种情况还能延续下去吗？一批理论家忧心忡忡的警告不绝于耳。①

可是，另一些理论家对于上述警告不以为然。他们觉得，这些情绪化的表述没有多少实质性的内容。东西文化之争业已持续了一个多世纪，而且还将没完没了地持续下去。每隔一段时间，一批不甘寂寞的复古主义者就会露面，慷慨地陈述一些大同小异的理论。由于过分的文化恐慌，"失语"云云甚至没顾得上详细地论证，为什么必须对西方文学理论如此反感？——为什么化学、医学或者生物学没有发生相似的敌意？文学理论怎么啦？

何谓文学理论？文学理论是一种阐释文学的知识。文学理论利用一系列概念、范畴分析和概括文学，并且从一批具体的文本解读之中提炼

---

① 较早使用"失语症"一词的是曹顺庆，参见《文论失语症与文化病态》一文，载《文艺争鸣》，1996（2）。

出普适性的命题。通常，阐释是文学理论的基本功能，阐释的有效程度决定了某一个学派文学理论的意义及其价值。有趣的是，抱怨文学理论"失语症"的不少理论家奇怪地忽略了这个问题。他们的苦恼是找不到文学理论的民族渊源，而不是因为阐释的困难或者无效而抵制西方文学理论话语。这种疏漏没有发现一个隐蔽的逻辑脱节：人们又有哪些必然的理由断定，一个民族的文学只能与本土的文学理论互为表里？事实上，前者隐含的问题不一定与后者的阐释范围完全重合；某些时候，二者甚至相距甚远。相反，异域的理论跨越海关而在另一块大陆大显身手，这种现象在理论史上屡见不鲜。恐怕无法否认，相对于"现实主义"、"现代主义"或者"意识流"，王蒙、莫言、余华、张贤亮、残雪们与中国古代文学理论，例如"道"、"气"、"风骨"、"神韵"的隔膜可能更大一些。分析承认，选择或者放弃某一种文学理论，阐释的有效与否远比理论家的族裔重要。然而，更多的时候，人们总是有意无意地把民族渊源视为阐释效力的前提。

另一个同样重要的逻辑脱节是，本土的文学理论往往被含糊其辞地表述为中国古代文学理论。我曾经提到导致这种混淆的复杂纠葛："古老的民族自尊心与崭新的'后殖民'理论共同支持这样的结论：本土的理论更适合于阐释本土的事实；然而，人们没有理由任意将'本土的理论'偷换为'传统理论'——本土与异域、古代与现代两对矛盾互相重叠的时候，这样的偷换尤其容易发生。"[①] 作为这种混淆的后果，传统文化时常被理所当然地视为民族的象征。然而，这并非一个无须论证的问题：诊治"失语症"的秘方肯定是中国古代文学理论吗？

鉴于以上理由，我一直不想轻易地附和"失语症"之说。然而，晚近我开始意识到另一个问题："失语症"之说产生的巨大效果表明，仅仅考察逻辑的脱节无法释除众多响应者的强烈情绪。理论家的民族身份产生的意义可能比预想的要大得多。这是一个不可轻视的症结。事实表明，认可一种知识不仅意味着肯定一种观点，同时还意味着必须认可一种知

---

① 　南帆：《隐蔽的成规》，68 页，福州，福建教育出版社，1999。

识生产机制——理论家的族裔被当成了生产机制的组成部分。人们认为，族裔不可避免地与特定的社会阶层以及他们的利益联结在一起——人们甚至不相信普适的理论存在。显然，这个事实的发现源于一种被愈来愈多的人承认的观念：知识的生产时常以复杂的方式与意识形态互动，真理的表述时常遭受利益关系的隐蔽干扰。这即福柯揭示的知识与权力的关系。在这个意义上，仅仅证明某一个文学命题的阐释效力是不够的。人们不得不介入文学理论背后的一系列问题：谁是这种理论的生产者？他们拥有哪一种级别的权威？这种理论使用哪一个民族的语言？这种理论以哪一种形态呈现出来——一个思辨的体系还是零散的札记？谁负责认定理论的价值？谁是这些理论的消费者——一个严谨的教授，一个天才的作家，一个任性的解释者，还是一个鹦鹉学舌的异族理论家？至少必须承认，这些问题同样可能决定一种理论的命运。

当然，文学理论背后一系列问题产生的干预并非平均数。"失语症"之说表明，文学理论的民族属性正在成为一个越来越重的筹码。换言之，重要的不仅是理论家说了些什么，而且，还要识别究竟是哪一个民族的理论家说的。某些时候，一种非理性冲动可能在理论领域占据上风：说什么无关紧要，关键是谁说的。无论是学术论文还是课堂教学，不同民族的理论家享有不同的威望。无论人们对于这种状况产生多少感叹或者抱怨，知识形式所掩盖的不平等难以祛除。谈到民族与知识生产的关系时，萨义德犀利地指出："西方与东方之间存在着一种权力关系、支配关系、霸权关系。"① 这时，知识生产的背后隐含了不同民族之间的抗衡，并且与地缘政治产生了复杂联系。有霸权当然就有反抗。于是，人们开始从历史溯源之中找回民族主义主题，并且因此期待传统文化重新介入现今的知识生产。中国古代文学理论试图在这个意义上重新赢得席位。一切似乎都理所当然。然而，这种文化诉求并非天然的冲动；许多人肯定记得，这种文化诉求曾经埋没了很长时间。相当长的历史时期，民族

---

① ［美］爱德华·W. 萨义德：《东方学》，王宇根译，8页，北京，生活·读书·新知三联书店，1999。

是一个暧昧的问题，传统文化扮演的是另一种相反的角色——文学理论曾经把摆脱传统文化作为成人礼。哪些历史因素的合谋重新抬出了"民族"的主题？传统文化被赋予了哪些前所未有的价值？这种演变的背后隐藏了哪些特殊的历史脉络？只有将文学理论置于现代性话语的巨大矩阵中予以考察，种种错综交织的关系才会清晰地浮现。

## 二

"现代性"是一个庞大的超级问题。一大批重量级的理论家正在围绕这个问题大做文章。历史分期、文化特征、社会制度、美学、思想理念、社会财富总量、报纸杂志、空间的重新分割、新的时间感、知识范式的转移——现代性正在许多领域得到分门别类的考察。不言而喻，"现代性"这个概念表示了某种断裂：仿佛由于一个基本的转型，前现代的传统社会一下子退到了远方。一个崭新的历史阶段驶出了地平线。显然，人们不可能将 16 世纪或者 17 世纪的某一天划定为"现代性"的诞辰，琐碎的日常细节看不出一个巨大的历史跳跃。实际上，人们更多的是从历史叙述之中认识到"现代性"的分界。甚至可以说，理论家的叙述有意将"现代性"隔离出来，有意强调一种全新的感觉，从而与传统社会拉开明显的距离。一套现代观念体系正是在这种叙述之中逐渐清晰，形成了"现代性"的自觉。

这就是现代性话语的深刻意义。可是，考察现代性话语的构成时，有必要事先划分两种不同类别的现代社会发生学——"先发"的现代社会与"后发"的现代社会："前者以英、美、法等国为典型个案。这些国家现代化早在 16、17 世纪就开始起步；现代化的最初启动因素都源自本社会内部，是其自身历史的绵延。后者包括德国、俄国、日本以及当今世界广大发展中国家。它们的现代化大多迟至 19 世纪才开始起步；最初的诱因和刺激因素主要源自外部世界的生存挑战和现代化的示范效应。"①

① 许纪霖、陈达凯主编：《中国现代化史》，2 页，上海，上海三联书店，1995。

中国的现代性显然属于第二个版本。迄今为止，欧洲优越或者欧洲先行之类观点正在遭到愈来愈多的挑战——愈来愈多的人指出了欧洲现代化与殖民主义掠夺的关系。① 这是西方现代性扩张的典型方式，中国的巨大版图终于纳入了大炮的射程。凶狠的挑战惊醒了古老的帝国，辫子、裹脚、大刀和符咒无法继续维系人们的信心。几经反复，中国的知识分子意识到了现代性的强大能量。然而，他们的现代性想象、预期和规划不得不以第一类型现代化国家为蓝本。这时，流行的现代性话语多半是借来的理论。如果改变一下萨义德式透视的方向，人们可以看出，这些现代性话语也为发展中国家建构了一个所谓的"西方"。从声光化电、奇技淫巧、船坚炮利到发达的现代化国家，西方的形象逐渐定型。鸵鸟政策走到了尽头之后，"师夷长技以制夷"是一个合理的调节。因此，现代性话语之中大量的西方概念并没有产生严重的危机。正如王国维在《论新学语之输入》一文中所言："虽在闭关独立之时代犹不得不造新名，况西洋之学术骎骎而入中国，则言语之不足用固自然之势也。"尽管王国维对于严复的翻译不无微词，他还是在《论近年之学术界》之中描述了《天演论》出现之后的一时盛况："侯官严氏所译之赫胥黎《天演论》出，一新世人之耳目，比之佛典，其殆摄摩腾之《四十二章经》乎？嗣是之后，'达尔文'、'斯宾塞'之名，腾于众人之口；'物竞天择'之语，见于通俗之文。"② 到了五四新文化运动之后，理论家对于西方概念已司空见惯。这些概念开始从各个方面主宰人们对中国未来的感觉、形象和表述。③

近现代以来，文学理论开始加盟现代性话语，并且成为其中的一个小小部落。这是中国文学理论史上一个相当彻底的迁徙。这时，文学理论的义务不是一般的阐释文学的内涵，而且还要发现或者论证文学与现

① 参见［美］J. M. 布劳特：《殖民者的世界模式》，谭荣根译，北京，社会科学文献出版社，2002。

② 王国维：《王国维文集》，41、37 页，北京，中国文史出版社，1997。

③ 刘禾的《跨语际实践》（生活·读书·新知三联书店，2002）一书附有七篇附录，辑录了大量现代汉语之中的外来词汇，占据了 90 页之多的篇幅。这些外来词汇已经成为现代汉语表达不可分离的部分。

代性的关系。在这个意义上，个人主义、自我、启蒙、国家与革命、意识形态、现实主义、大众、人民性、阶级、主体、民族文化——诸如此类与现代性话语有关的概念术语涌入文学理论，相继成为论述文学的关键词。为了容纳这些概念术语，有效地与西方对话，文学理论不得不改变了传统的表述形式，加大分析、思辨和抽象推导的分量。理论体系逐渐成为常规形态。某种程度上也可以说，这是文学理论进入现代性话语的标志。也就是在这个时刻，中国古代文学理论迅速地衰竭了。

通常认为，中国古代文学理论拥有两千多年的历史；现今的不少理论家则倾向于认为，中国古代文学理论存在一个潜在体系，其中包括了宇宙、自然、社会、历史以及文学的基本解释。尽管用简单的几句话概括这个体系相当危险，但是，人们还是可以将"诗言志"视为一个富有代表性的命题。这个开创性的命题提出之后，"志"逐渐演变成为儒家学说的一个重要范畴。"在心为志，发言为诗。"从献诗陈志，赋诗言志到"思无邪"、"温柔敦厚"、"发乎情，止乎礼义"，儒家经典的很大一部分即对于"志"的规范。《毛诗序》云："先王以是经夫妇，成孝敬，厚人伦，美教化，移风俗。"这与唐宋古文运动的"文以明道"、"文以载道"遥相呼应。当然，"诗缘情"也在这个体系中占据一个重要位置——《文赋》曰："诗缘情而绮靡。"《沧浪诗话》断言："诗者，吟咏情性也。"这似乎带有更多浪漫主义式的内心抒发。由于庄禅思想的影响，不少诗人的内心体验玄妙难测，品味精微。意境、滋味、炼字炼句均是这个命题的派生物。然而，在许多正统的理论家看来，如果"诗缘情"不是归属于"诗言志"，那么，各种佳辞妙句不过是雕虫小技而已。文章不是游荡于青楼的落魄文人搬弄是非的游戏，文章乃"经国之大业，不朽之盛事"。"诗缘情"无法企及这个伟业。因此，"诗言志"或者"文以载道"始终是中国古代文学理论的正宗，并且与宇宙、自然、社会、历史的解释相互阐发。

现代性话语的迅猛冲击导致儒家经典的溃决。现代社会如同一个庞然大物生硬地塞入中国知识分子的视野，"志"或者"道"所依存的理论系统突然丧失了阐释能力。特别是五四新文化运动倡导的"科学"精神崛起之后，新的宇宙观、社会观赫然登场。儒家经典无法继续对现实的重大问题发言，也无法给文学定位。这是中国古代文学理论衰落的主要原因。洋枪洋炮面前，平平仄仄的工稳对仗又有什么用？蒸汽机、铁道和远洋轮船正在架设一个新的空间，"文以气为主"或者"羚羊挂角，无迹可求"又证明了什么？大机器生产驱走了诸如枯藤、落叶、斜峰夕阳、孤舟野渡这些农业文明的意象，空灵悠远的小令和一唱三叹的古风嵌不进钢铁世界。文学还能做些什么？新文学在崛起吗？——这时，文学理论不能不感到惶惑。中国古代文学理论以诗学、词学、文章学为主体，这些知识处理不了现代性话语之中隐含的一系列复杂内涵。

理论的无能甚至引起了更为严厉的质疑：文学理论是否有必要存在？战乱频仍，危机四伏，国仇家恨，广袤的大地甚至已经搁不下一张平静的书桌；然而，一些人还在那里研究吟风弄月、模山范水的文字，这究竟有什么用？[1] 释除这种质疑的唯一办法是，重新证明文学理论具有不可替代的分量。换言之，文学理论的意义是重新发现文学与民族国家的关系；更为具体地说，发现文学对于大众觉悟所具有的意义。梁启超的《论小说与群治之关系》即在这个时刻应声而出。梁启超指出："小说有不可思议之力支配人道。"他描述了小说的"熏、浸、刺、提"四种撼动人们意志的力量，得出了"可爱哉小说！可畏哉小说"的结论。因此，"今日欲改良群治，必自小说界革命始；欲新民，必自新小说始"。[2] 这不仅是孔子"兴、观、群、怨"之说的复活，同时，还是文学理论的历史性新生。梁启超证明，文学提供的悲欢不是一己之情，文学产生的美感可以成为强大的社会动员。文学是一柄双刃剑，可能是封闭社会的保守意识形态，也可能是改革社会的利器。因此，文学理论的使命，即把文学改造成现代社会的呐喊者。梁启超视"小说为文学之最上乘"，这同时表明了文学理论向叙事文类的转移。

---

① 参见钱竞、王飚：《中国20世纪文艺学学术史》，第一部，356、357页，上海，上海文艺出版社，2001。

② 陈平原、夏晓虹编：《二十世纪中国小说理论资料》，第一卷，50、52、54页，北京，北京大学出版社，1997。

梁启超推崇小说，无疑是以西方文学的社会声望为蓝本。他在《译印政治小说序》中告诉人们："在昔欧洲各国变革之始，其魁儒硕学，仁人志士，往往以其身之所经历，及胸中所怀，政治之议论，一寄之于小说。……往往每一书出，而全国之议论为之一变。"①当时，这是一种相当普遍的论证方式。毋庸置疑，西方已经成为现代性的成功范例。西方中心主义是地缘政治运作的产物，西方的引路人形象本身就是现代性话语的内在前提。酒井直树清晰地揭示了现代性话语的"主要组织装置"："从历史的角度看，'现代性'基本上是与它的历史先行者对立而言的；从地缘政治的角度看，它与非现代，或者更具体地说，与非西方相对照。""它排除了前现代西方与现代的非西方的同时共存之可能性。"②这种排除的后果是压抑各个民族的独立精神创造，从而将西方价值观念确立为各民族普遍遵从的标准——当然包括文学理论。然而，至少在当时，以维新为使命的理论家并未意识到这是一个问题。可以从《新文学大系·建设理论集》之中看到，五四新文学运动的许多著名论文均毫无芥蒂地追随西方。这些知识分子已经形成共识：追随西方是民族自强的当务之急。西方的意义甚至无须论证。在胡适、陈独秀、刘半农、周作人、蔡元培、钱玄同等人那里，这已经成为论述之中自然而然的修辞。

当然，并非没有人为本土的民族传统文化而担忧。从"中学为体，西学为用"、"学衡派"到"新儒家"、"寻根文学"，顽强地维护本土的民族传统文化始终是一脉不绝的声音。然而，现代性话语的声势如此强大，以至于传统文化的守护者同样惧怕被现代性所抛弃。他们的发言常常流露出矛盾的心情，他们不得不把传统文化的挚爱压缩为一个曲折的主题：这些传统文化是现代性的可贵资源，可以巧妙地"转换"为有用的素材。儒家文化对于亚洲经济的贡献是不少人津津乐道的著名例证。可是，正如马泰·卡林内斯库在《现代性的五副面孔》之中指出的那样："区分古

---

① 陈平原、夏晓虹编：《二十世纪中国小说理论资料》，第一卷，37、38页，北京，北京大学出版社，1997。

② ［日］酒井直树：《现代性与其批判：普遍主义和特殊主义的问题》，见张京媛主编：《后殖民理论与文化批评》，384页，北京，北京大学出版社，1999。

代和现代似乎总隐含论辩意味，或者是一种冲突原则"；现代性话语的
"最深层使命"是"追随其与生俱来的通过断裂与危机来创造的意识"。①
现代性话语强调的是前现代社会与现代性之间的非连续性。因此，更多
的时候，现代性话语制造的典型姿态常常占了上风：抛弃传统的辎重而
义无反顾地投身于现代生活——这种"现代生活"通常已经暗中得到西
方文化的示范。的确，萨义德曾经对这种"高高在上的西方意识"表示
了愤怒："欧洲文化的核心正是那种使这一文化在欧洲内和欧洲外都获得
霸权地位的东西——认为欧洲民族和文化优越于所有非欧洲的民族和文
化。"② 然而，必须看到的是，这种"西方意识"已经不再依赖刺刀的强
制推行，甚至不再是一种诱骗的圈套，而是"东方"业已自愿接受和承
认的现代性想象。这时，萨义德对于西方的愤怒有些焦点模糊——因为
这才是民族的传统文化丧失基础的真正原因。

三

用"断裂"形容中国文学理论的现代转向并非夸大其词。无论是知
识的形态还是概念、范畴、命题，《毛诗序》、《文赋》、《文心雕龙》、《艺
概》以及以一系列诗话、词话为代表的中国古代文学理论与现今的各种
"文学概论"存在很大的距离。至少可以说，中国文学理论的突变程度并
不亚于现代诗或者现代小说。中国古代文学理论多半重妙悟而轻思辨。
直观体察，印象评点，有感辄录，三言两语，吉光片羽，一得之见，不
屑长篇大论，不可与不知者道也；相反，现今的"文学概论"架构复杂，
体系俨然，众多命题背后隐藏了严密的逻辑之链。如此巨大的跨度为什
么可能在短时期之内迅速完成？

五四新文学运动同时是对于中国古代文学理论的猛烈颠覆。胡适提
出"文学改良"的"八事"与陈独秀文学革命的"三大主义"无疑是一

---

① ［美］马泰·卡林内斯库：《现代性的五副面孔》，顾爱彬、李瑞华译，20、
102 页，北京，商务印书馆，2002。

② ［美］爱德华·W. 萨义德：《东方学》，王宇根译，10 页，北京，生活·读
书·新知三联书店，1999。

个激烈的开端。然而，从揭竿而起的叛逆呼啸到新的理论模式确立，新锐的勇气只能支持一时——强大的知识后援才是稳固的理论基础。在这个意义上，现代性话语始终是中国文学理论的突变赖以完成的背景。

如果说，一套专业的概念术语是一个学科的重要标志，那么，文学理论的一大批概念术语迅速转换显示了现代转向的激烈程度。中国古代文学理论的概念系统拥有悠久的历史积累：温柔敦厚、思无邪、意象、兴象、文与质、志、道、气、赋、比、兴、风骨、韵味、滋味、象外之象、境、趣、格调、性灵、天籁、形与神、巧与拙、虚与实、情与景、自然天成、古与今、美刺、兴寄、知人论世、以意逆志，如此等等。这些概念组成了先秦以来中国古代文学理论繁衍的生态。令人惊奇的是，大约二三十年的时间，这一套概念大面积地消失了。另一批文学理论概念全面地取而代之。时代、国民性、道德、意识形态、文学批评、思想、风格、古典主义、现实主义、浪漫主义、个性、内容、形式、题材、主题、游戏说、劳动说、大众、人民性、党性、经济基础、上层建筑、美学、典型、个性与共性、个别与一般、偶然与必然、作品、现实、文本、叙事、抒情、民族性、人道主义、人性、美感、真实性、虚构、想象、结构、无意识……尽管其中的某些概念存在着互译的可能，但是，这并不能改变一个事实：两套概念分别拥有各自的理论根系。自然的磨损或者少数理论家的思想探索无法解释如此大面积的转换——这一切毋宁说暗示了知识范式的转换。按照托马斯·库恩的著名观点，特定的科学共同体通常接受某一个范式的统辖。范式"暗暗规定了一个研究领域的合理问题和方法"。① 可以看出，文学理论的范式转换是完成现代性话语结构的一个组成部分。如同《中国 20 世纪文艺学学术史·序论》所说：

> 由"诗文评"向现代文艺学的转换是中国近一二百年来整
> 个社会由"传统"的农业经济社会向"现代"的工业经济社会

---

① ［美］托马斯·库恩：《科学革命的结构》，金吾伦、胡新和译，9 页，北京，北京大学出版社，2003。

转换过程的一部分，是整个中国政治、经济、文化、思想现代
化过程的一个有机组成因素。当古典文论中大力宣扬"文以载
道"，大谈"义理"、"考据"、"词章"、"经济"的关系等等时，
它从哲学基础、价值取向、思维方式、治学方法……到命题、
范畴、概念、术语……以及它所使用的一整套语码，都属于中
国"传统"的农业经济社会精神文化范畴，是"古典"思想的
一个组成因子。但是，到了梁启超谈"欲新民必先新小说"，王
国维谈《红楼梦》的悲剧意义时，文论就开始跨进新时代的门
槛了，它们逐渐变成了现代精神文化的因子了。到了后来的胡
适、陈独秀、鲁迅、周作人，再后来的朱光潜、周扬、蔡仪、
胡风等等，虽然理论倾向可能不同，但都是"现代"的了，他
们的理论思想和做学问的学术范型，是现代精神文化的因
子了。①

第二套概念术语绝大部分源于翻译，这显然源于"西方"在现代性
话语之中的优先地位。不仅如此，"西方"甚至提供了知识形态的楷模，
例如理论"体系"问题。尽管精通西方文化的钱锺书公然表示不屑所谓
的"体系"，② 但是，迄今许多人依然把"体系"的庞大与完备视为西方
理论家的特殊能耐。诚如钱锺书所言，过时的"体系"远不如精彩的思
想片段；然而，"体系"依然是现今理论的内在诉求。其实，与其追溯西
方理论家擅长组织"体系"的传统，不如考察现代性话语如何维护和支
持这种传统。现代性话语包含了一套社会、历史的解释；文学理论被纳
入现代社会科学知识的整体，并且与各个学科互动。因此，文学的阐释
时常与哲学、社会学、心理学、语言学、历史学或者伦理道德联系起来，
相互衡量各自的位置。这就是"文学概论"不得不形成体系的重要原因。

① 杜书瀛：《中国 20 世纪文艺学学术史·序论》，第一部，27、28 页，上海，
上海文艺出版社，2001。
② 参见钱锺书：《读拉奥孔》，见舒展选编：《钱锺书论学文选》，第六卷，广
州，花城出版社，1990。

相当长的时间里，人们并没有将"体系"作为西方文化的产物予以抵制；很大意义上，现代性话语的威信压抑了民族自尊的主题。

文学理论的知识形态很大程度上得到了大学制度的肯定——大学显然是现代性话语的另一个产物。1902年，《钦定京师大学堂章程》设立"文学科"，分为七门：经学，史学，理学，诸子学，掌故学，词章学，外国语言文字学——文学知识仍为传统的"词章之学"；1903年，修正之后的《奏定大学堂章程》重新公布，"文学科"包含了九门。"文学研究法"从属于"中国文学门科目"。根据科目略解，"文学研究法"内容庞杂。尽管其中包括文学与地理、世界考古、外交等关系，但是，音韵、训诂、词章、修辞、文体、文法等课程显示，中国古代文学理论仍然充任主角。[①] 到了20世纪20年代初，北京大学正式开设"文学概论"。大约相近的时间，梅光迪也在南京高等师范学校教授相同的课程，并直接采用温采斯特的《文学评论之原理》为教材。[②] 20年代之后，各种版本的"文学概论"——其中大量译作，或者根据译作的改写——纷至沓来，大约有四五十种之多。这些"文学概论"多半充任教科书使用，它们的基本体例至今沿用。这意味着文学理论开始以一个学科的面目出现，并且逐步建立规训（discipline）制度。一套评价、审核、奖惩的体系日益严密。这时，"世尊拈花，迦叶微笑"式的教学已经不合时宜。零散的感悟或者转瞬即逝的妙想与考试、分数、学位论文格格不入。现代大学制订了一套程序规范知识的生产、传播、交流。实证、实验、归纳或者演绎乃是一些不可或缺的环节。无法纳入这一套程序的知识将会遭受质疑乃至抵制，并且可能被贬为前科学的种种未经证实的传闻。"科学"是现代性话语的一个核心概念，科学的论证方式和知识生产机制正在享有愈来愈高的威望，文学研究几乎是最后一个就范的领域。文学研究曾经自诩探索人类的灵魂、欣赏独一无二的杰作和变化的气质，文学研究对于科学真

---

① 参见舒新城编：《中国近代教育史资料》中册，546、587、588页，北京，人民教育出版社，1981。

② 参见旷新年：《中国20世纪文艺学学术史》，第二部下卷，68页，上海，上海文艺出版社，2001。

理或者普遍规律不感兴趣。现在，这种知识逐渐成了一种令人生疑的臆断，如同通灵者手中的巫术。如果文学研究企图如同科学一样赢得大众的器重，企图成为一种普遍的知识，那么，它就必须遵从科学的运作规范。[①] 由于这种规范的压力，中国古代文学理论迅速后撤，西方文学理论顺利地荣任新的范本。50 年代至 80 年代，即使西方文学理论的某些概念命题频频遭到抨击，沿袭了"科学"名义的知识形态仍没有经受多少不堪的非难。

# 四

现今，人们倾向于将 20 世纪 50 年代至 70 年代末的文学理论视为一个独立的段落。这个时期，现代性话语、西方和民族的含义都发生了重大或者微妙的转变。显然，这种转变与另一个重大概念的介入有关——阶级。阶级的理论不仅是革命的指南，同时是文学的纲领。以群主编的《文学的基本原理》和蔡仪主编的《文学概论》——两部相对权威的文学理论教科书——之中，文学的阶级性均是一个重点论证的命题。阶级社会之中，文学从属于一定的阶级，为特定的政治服务；无产阶级革命文学是整个革命事业的一部分，必须体现无产阶级阶级性的最高形式：无产阶级党性。这是一个清晰的逻辑过程。尽管如此，阶级并不是唯一的划分体系。事实上，阶级的介入对于"现代"、"西方"、"民族"已经制定的划分体系产生了深刻的冲击，并且形成了种种曲折的关系。

"全世界无产者联合起来！"根据马克思的号召，无产阶级是一个跨民族的政治联盟。20 世纪 50 年代的中国，苏联的文学理论曾经赢得举足轻重的地位，这表明不同的民族文化正在形成一个强大的无产阶级阵营。卢那察尔斯基、普列汉诺夫、高尔基的文学理论著作风行一时。1955 年，毕达可夫在北京大学开设文学理论研究生班，训练了一批文学理论教师；来自苏联的"社会主义现实主义"成了中国理论家的口头禅。

---

① 参见沙姆韦、梅瑟—达维多：《学科规训制度导论》，见［美］华勒斯坦等：《学科·知识·权力》，10 页，北京，生活·读书·新知三联书店，1999.

民族概念消失了吗？至少，民族界限的意义削弱了许多。理论家不是在全球化的背景之中考虑民族的意义——理论家仅仅在"文学发展中的继承与革新"之中提到民族文化。革命制造了一个崭新的历史阶段，但是，这并非彻底抛弃文化遗产的理由。这时，"民族"是存放文化遗产的巨大仓库。只有这个概念才有资格拥有千年传统。但是，这并不意味着"民族"可以遮蔽"阶级"，相反，"阶级"仍然是一个优先的概念。以群的《文学的基本原理》和蔡仪的《文学概念》均援引了列宁两种"民族文化"的观点①，号召用阶级的眼光划分民主主义、社会主义文化成分和资产阶级文化成分。按照毛泽东的概括，这是"剔除其封建性的糟粕，吸收其民主性的精华"。"无产阶级对于过去时代的文学艺术作品，也必须首先检查它们对待人民的态度如何，在历史上有无进步意义，而分别采取不同态度。"② 这是"阶级"对于"民族"居高临下的再划分。

20 世纪 50 年代之前，阶级和民族的观念共同织就一段复杂的历史。压迫与被压迫阶级关系的理论曾经一定程度地转移到民族关系的考察。③ 然而，更多的时候，"阶级"认同和"民族"认同相互争夺主导权。1930 年，国民党文人发表的《民族主义文艺运动宣言》导致"民族主义文学"的论争；正如茅盾所言，这时的"民族"掩盖了"阶级"冲突——"被压迫民族本身也一定包含着至少两个在斗争的阶级——统治阶级与被压迫的工农大众。在这种状况下，民族主义文学就往往变成了统治阶级欺骗工农的手段，什么革命意义都没有了。"④ 1936 年，左翼作家内部爆发"国防文学"与"民族革命战争的大众文学"之争，民族与阶级的主次关系无疑是两个

① 列宁：《关于民族问题的批评意见》，见《列宁全集》，第 20 卷，北京，人民出版社，1958。

② 毛泽东：《新民主主义论》，见《毛泽东选集》，第 2 卷，707 页；《在延安文艺座谈会上的讲话》，见《毛泽东选集》，第 3 卷，869 页，北京，人民出版社，1991。

③ ［美］杜赞奇：《从民族国家拯救历史：民族主义话语与中国现代史研究》，王宪明译，11 页，北京，社会科学文献出版社，2003。

④ 石萌（茅盾）：《"民族主义文艺"的现形》，见《中国新文学大系·文学理论集二》（1927—1937，第二集），474 页，上海，上海文艺出版社，1987。

口号分歧的要点。1938 年，毛泽东在《中国共产党在民族战争中的地位》之中强调优先考虑民族的意义。毛泽东指出，马克思主义必须与中国的具体特点相结合，并借助一定的民族形式实现。这即"中国作风和中国气派"。抗击日本侵略者的民族战争之中，民族利益压倒了阶级利益。长远地说，"只有民族得到解放，才有使无产阶级和劳动人民得到解放的可能"[①]。然而，民族的解放实现之后，阶级的冲突再度成为主要矛盾。50 年代之后，尽管"民族"概念仍然不时露面，但是，这时的"民族"可能寓含了"阶级"的含义——民族文化抵御的"西方文化"时常被等同为资产阶级文化。"当毛泽东在新的历史时期强调'民族形式'时，他显然含有针对西方'资产阶级'意识形态的成分。也就是说，在防卫意识形态侵蚀的意义上它是阶级的，而在'习惯、感情以至语言'等形式的意义上，它是民族的。这是他坚持'民族形式'、反对'全盘西化'的真正用意。"[②]

由于阶级斗争理论的畸形扩张，科学技术和社会生产力遭到了严重的压抑。所以，许多人认为 20 世纪 50 年代至 70 年代末的中国社会与现代性无关。然而，另一些理论家更愿意认为，这种状况必须追溯至一种"反现代性的现代性理论"。这是"一种反资本主义现代性的现代性理论"。[③] 毛泽东力图把贫穷落后、半封建半殖民地的农业大国改造成一个独立自主的民族国家，他获得了很大的成功。但是，现代社会的一系列矛盾尾随而来：民主、平等和官僚主义，城市和乡村的差距，文化传统和文化革命，西方和东方，民族的保守性和反抗大国霸权，如此等等。毛泽东试图用无产阶级彻底压倒资产阶级的政治运动覆盖一切分歧，甚至不惜发动史无前例的"文化大革命"。这被视为解决现代性、阶级、民族诸种矛盾的一揽子方案。这个前所未有的实验得到了什么？历史翻出

①　毛泽东：《中国共产党在民族战争中的地位》，见《毛泽东选集》，第 2 卷，534、521、525 页，北京，人民出版社，1991。

②　孟繁华：《中国 20 世纪文艺学学术史》，第三部，74、75 页，上海，上海文艺出版社，2001。

③　参见汪晖：《当代中国的思想状况与现代性问题》，见《死火重温》，50 页，北京，人民文学出版社，2000。

的底牌是一出大规模的悲剧。

即使有些偶尔的脱轨现象，20世纪50年代至70年代末的文学理论并未游离上述的基本历史脉络。80年代打破了历史僵局之后，现代性话语开始进入复苏期。这时，"阶级"的范畴很快丧失了理论效力，"经济"、"生产力"、"市场"、"人性"等概念纷纷取而代之。现代性话语结构之中，文学理论负责恢复"个人主义"的名誉。理论家的分析之中，阶级的立场、文化、意识形态不再是一个坚固的结构，"个性"作为一个有效的单元从中浮现，并且不时跨越阶级之间的界河，形成远为复杂的情节。当时，许多人还来不及考虑"个性"与"理性"——或者用马泰·卡林内斯库的概念区分，即"美学现代性"和"资产阶级文明现代性"——的对立。① 现代性、现代化、现代主义文学这些概念之间的"现代"作为公约数提取出来，铸造为一个令人激动的目标。所以，文学理论对于"个性"的褒扬来自各个不同的方面。这种个性有时叫做内心，有时叫做意识流，有时叫做"大我"或者"小我"，有时叫做自我，还有许多时候叫做主体。

在这个意义上，20世纪80年代中期"寻根文学"的出现的确有些意外。现代主义文学实验方兴未艾之际，韩少功、阿城等一批作家突然纷纷撰文，试图为文学勘察一个新的矿藏。他们不约地指向了神奇的中国传统文化——文化是文学之根。东方悟性，宁静淡泊，天人和谐，易经八卦，仁义道德，自然无为——诸如此类的文化遗产开始作为一种密码编入文学。这种文化认同的背后，"民族"出其不意地出现了。"个性"刚刚代替"阶级"不久，"民族"又加入了角逐。毋庸讳言，拉美文学的巨大成功极大地启发了"寻根文学"——拉美文学对于本土文化的依赖提供了一个令人羡慕的美学范例。当然，这时的"寻根文学"更多的是将民族文化作为摆脱西方文学蓝本的动力。不可否认，这些异于西方的文化景观被当成了占领国际文化市场的地域特产。这种美学趣味甚至迅速扩大到中国的电影——的确，这时还没有多少人深刻地意识到民族文化

---

① ［美］马泰·卡林内斯库：《现代性的五副面孔》，顾爱彬、李瑞华译，11页，北京，商务印书馆，2002。

在全球化语境之中可能产生的尖锐反抗。若干年之后，直至后殖民理论家隆重登场，他们的种种观点闻名遐迩，"民族"才正式在文学理论之中负有更为重大的政治使命。

## 五

"失语症"的苦恼出现于 20 世纪 90 年代，这并非偶然。这象征着文学理论的又一个意味深长的转向：从个人主义转向民族主义。启蒙主义和现代主义的"个人"暂告一个段落，主体或者"无意识"没有那么时髦了。民族——一个更大的社会单位，一个政治、文化的共同体——愈来愈多地被人们重新提起。许多人都听到了詹姆逊的论断：与第一世界文学相反，第三世界的文学是民族寓言。① 虽然后殖民理论的提示——这个事实本身一直存在某种反讽的意味——是一个不可忽视的因素，然而，更重要的是，一系列历史事件开启了民族主义的主题。

20 世纪 80 年代后期至 90 年代，持续了数十年的"冷战"宣告结束。令人不安的是，预想的安宁与和睦并未来临。刚刚从美国政府抽身而出的亨廷顿教授把硝烟引向了另一个领域，"文明冲突论"不胫而走。如果儒家文明、伊斯兰文明是西方文明的未来敌手，那么，另一场旷日持久的抗衡和最后的对决都是不可避免的。在这个意义上，后革命时代的文化角逐早早地拉开了序幕。拥有孔子、屈原、唐诗宋词的古老文明怎么能被麦当劳、好莱坞、NBA 之流美国时尚所吞并？人们意识到了问题的严峻。相对于国家之间的政治体制分歧，承担文化的主体是民族。民族的轮廓开始从历史的波涛之中现身。

如果说，亨廷顿的文化挑衅是一个短暂的突发事件，那么，"全球化"的概念无疑是一个正式的理论表述。由于互相依存的网络系统覆盖了全球，一个地域性的局部事变可以及时地放射到全球——尽管"全球化"的内涵并不复杂，但是，许多理论家都在深谋远虑地盘算全球化的多重后果。显

---

① 参见［美］弗雷德里克·詹姆逊：《处于跨国资本主义时代中的第三世界文学》，见张京媛主编：《新历史主义与文学批评》，北京，北京大学出版社，1993。

然，全球化概念与现代性话语的遭遇必将形成一个理论旋涡。按照约翰·汤姆林森所赞同的观点，全球化即现代性的一个后果。现代性话语之中的西方文化霸权会不会因为全球化而得到进一步的放大？汤姆林森不以为然。在他看来，"全球现代性的到位"与西方某些民族国家的文化主导之间不存在必然的联系。他甚至不惮于提倡某种"宽厚的普遍主义"："我这里所说的'宽厚的普遍主义'，是指这样一种意识：可能存在着某种同感的（consensual）价值观，它是在这个公共的基础上建构起来的。"①

这并非无稽之谈。这代表了一批西方理论家考察这个历史事变的基调：善意和乐观是他们进入全球化和现代性话语的常见表情。这显然与他们置身的强势文化密切相关。他们体验不到"后发"现代性国家深入骨髓的危机感和莫名焦虑。全球化并不是对所有的民族国家普降甘霖。一些弱小的民族国家必须以后来者的身份竭力开拓自己的可怜位置。这些民族国家的知识分子对于种种"普遍主义"的名义充满戒意，而且往往首选抵抗的策略。从普遍性之中提取特殊性的独异，或者，在特殊性之中发现普遍性的因素，这永远是同一个问题的两面。至少在目前，弱小的民族国家更为重视问题的第一个面。许多时候，"普遍主义"的口号相当诱人；抽象的意义上，这些口号时常闪烁出理想的光芒。可是，追溯它们的历史形成以及具体内容，这些口号往往以强势文化为主体，并且不知不觉地吞噬种种异质文化，或者贬之为愚昧的低级文明。

文学理论时常复制这个模式。在某种意义上，文学理论的阐释最终涉及一个民族想象领导权的控制；因此，西方文学理论的统治令人反感。耐人寻味的是，中国的文学理论并不是一开始就拒绝普遍主义的诱惑。许多人援引钱锺书《谈艺录·序》的一句话拥戴普遍主义的文学研究视野："东海西海，心理攸同，南学北学，道术未裂。"② 不少理论家期待出现一部理想的文学理论读本，全面汇聚各个民族文学理论的精华。中国

---

① ［英］约翰·汤姆林森：《全球化与文化》，郭英剑译，98、138 页，南京，南京大学出版社，2002。

② 钱锺书：《谈艺录·序》，北京，中华书局，1984。

的古代文学理论将会贡献出一些原创性的范畴和命题，从而在这一幅巨大的理论拼图之中留下不可磨灭的痕迹。这是最容易想象的普遍主义图案。然而，这种文化大同迄今没有出现。相反，人们更多地察觉民族差异导致的文化不平等。并不是所有的民族都能发出声音。强大的民族利用文化资本等一系列手段有效地操纵学术资源、出版机构、教学体制、传媒、翻译，引荐、褒扬和扩展自己的理论，并且有意无意地挤垮或者封杀竞争者。更为深刻的是，西方的文学理论甚至设定了不可逾越的思想囚牢，生硬地拘禁了弱小民族的理论活力——刘若愚的《中国的文学理论》可以清楚地看到这种损害。《中国的文学理论》赋予中国古代文学理论一个明晰的结构，众多范畴和命题力图在一个体系之中显示出理论的完整。然而，由于作者过多地模仿艾布拉姆斯的理论模式，以至于许多中国古代文学理论的概念、范畴分崩离析，互相抵牾。① 西方文学理论的隐蔽主宰暗示了普遍主义隐藏的危险。

反抗西方文学理论的隐蔽主宰意味着反抗西方的文化霸权。这种反抗似曾相识——只不过反抗的主题已经从帝国主义的政治压迫、经济压迫和军事压迫改变为文化符号的压迫。在这个意义上，民族文化认同替代了阶级认同。然而，文化认同的内涵是什么？

本尼迪克·安德森把民族说成"想象的共同体"，这已经是众所周知的论断了。文化是民族成员想象的依据。他们共享某种文化，生活于这种文化形成的疆界之内，并且为之自豪。文化凝聚一个民族，在民族成员之中制造强烈的荣誉感。任何一种文化都有存在的意义和独特价值；全球化时代，这是维持民族文化的基本信条。

然而，许多时候，这个"想象的共同体"也是一个松散的利益共同体。厄内斯特·盖尔纳论述了民族主义兴起与工业时代的关系。在他看来，农业社会的组织十分不利于民族主义原则，农民置身于自己的文化犹如呼吸空气一样天经地义——他们没有必要额外地以民族的名义提倡文化认同。农业社会的文化和政治并未结合。工业社会来临之后，知识传授需要的标

---

① 参见党圣元：《中国古代文论的范畴和体系》，载《文学评论》，1997（1）。

准语言，大面积人员流动背后隐藏的认同要求和沟通要求，这些文化诉求均是民族主义的催化剂。"等到劳工迁移和雇佣官僚成为他们社会地平线上的主要内容时，他们很快懂得了与一个理解和同情他们的文化的同族人打交道，同一个对他们的文化持敌对态度的人打交道之间有什么不同。这种切身体验使他们意识到自己的文化，学会了热爱它。"于是，"文化单位似乎成了政治合法性的自然源泉"①。即使在跨国资本频繁流动的全球化时代，民族仍然时常作为衡量或者庇护人们利益的一个有效单位。用安东尼·D. 史密斯的话说："大量证据表明，各种领域与各种产品中的文化与经济一致性正在增加。"② 经济生活之中的民族优越感或者民族歧视并未完全绝迹，尤其是文化资本或者象征资本产生主要作用的时候。

　　文化认同哪怕是曲折地隐含了利益的衡量，那样，人们就不得不考虑问题的另一面——民族文化的权威至少必须接受两方面的挑战。

　　第一，某种文化并不是如同某种天然的血统指认一个固定的"想象的共同体"；如果某种文化开始损害这个共同体的利益，或者成为一个沉重的枷锁，那么，它就有可能被抛弃。这时，反叛传统文化的运动就会发生，异族文化可能适时登陆。其实，这即五四新文化运动的历史原因。一批激进的知识分子拍案而起，掀翻鲁迅所形容的"铁屋子"，大胆地向异族文化伸出手来——"拿来主义"。这成了中国现代史的第一幕。这的确制造了文化认同的危机，但是，人们没有理由因为"民族"的名义无视民族内部的真实冲动。

　　第二，安德森发现，尽管民族内部普遍存在不平等与剥削，可是，民族总是被设想为一种深刻的、平等的同志之爱。任何阶级的民族成员都可以为之牺牲。③ 尽管如此，"民族"并不是利益衡量的唯一单位。许多时候，

　　① ［英］厄内斯特·盖尔纳：《民族与民族主义》，韩红译，73、81页，北京，中央编译出版社，2002。

　　② ［英］安东尼·D. 史密斯：《全球化时代的民族与民族主义》，龚维斌、良警宇译，23页，北京，中央编译出版社，2002。

　　③ 参见［美］本尼迪克特·安德森：《想象的共同体》，吴睿人译，7、170页，上海，上海人民出版社，2003。

性别或者阶级可能是利益衡量的更为有效的单位。必须常常权衡民族、性别和阶级之间的复杂互动，考察它们的共谋、相斥、互惠或者对抗。因为"民族"的名义而遮蔽性别压迫或者阶级压迫的例子不时可见——即使在著名的理论家那里。从这个意义上，艾贾兹·阿赫默德对于弗·詹姆逊的批评是意味深长的。阿赫默德指出，詹姆逊把第三世界的文本一律视为异于西方文学的"民族寓言"时，他忘了第三世界内部存在的资本主义文化和社会主义文化之间的剧烈冲突，而这种冲突同样与文本生产息息相关。① 对于一个马克思主义理论家说来，这显然是一个刺眼的疏忽。

重新纳入民族国家的表述时，文学理论不得不卷入民族主义和现代性话语派生的多重关系，成为后殖民文化的一个复杂案例。清理这些关系的时候，我想提到如下几个重要的原则——

## 六

第一必须肯定的是，文学理论企图加入谈论现代性的对话——尽管是中国式的现代性。换言之，种种争辩或者论证必须在现代性话语的平台上展开。如果放弃这个主题，回到"半部论语治天下"的时代，那么，上述的种种复杂关系将荡然无存。现代性是困难所在，也是意义所在。倡导"中国传统的创造性转化"时，林毓生赞同选择性地改造。② 显然，这是以现代性为依据的选择；另一方面，种种源于西方文化的观念也将接受相同的甄别。操持后殖民理论的射手没有理由一律将后者列为打击目标。某种程度上，正如徐贲所言，致力于批判西方现代性的后殖民理论即这种现代观念的受惠者——公民社会的平等观念已经到了允许讨论少数族裔的文化和权益问题的水平。③

① 参见［印度］艾贾兹·阿赫默德：《詹姆逊的他性修辞和"民族寓言"》，见罗钢、刘象愚主编：《后殖民主义文化理论》，北京，中国社会科学出版社，1999。

② 林毓生：《中国传统的创造性转化》，291页，北京，生活·读书·新知三联书店，1988。

③ 徐贲：《后现代、后殖民批判理论和民主政治》，见《文化批评往何处去》，269、270页，香港，天地图书有限公司，1998。

登上现代性话语的平台，打破西方对于现代性话语的垄断权，中国才能避免历史局外人的角色。酒井直树指出："在西方不断地辩证式地重新肯定和重新中心化的过程中，东方作为失败的自我意识，而西方则作为一种自信的自我意识而存在；东方也是西方在构成有识主体（knowing subject）的过程中所需要的对象。因此，东方被要求提供无穷无尽的一系列奇怪异常的东西。通过这些东西，我们的东西的熟悉性被含蓄地确认了。关于东方事物的知识，是依照西方与他体—客体（other-object）之间存在的权力关系而形成的。"① 不再扮演"被看"，不再扮演异域风情的提供者，这仅仅退出西方设定的逻辑；积极发展独特的现代性主题，才是作为对话的主角重新进入的基本条件。

第二，"本土"的确是文学理论的追求之一。文学理论必须恢复民族的自我叙述能力。但是，人们没有理由先验地把中国古代文学理论指定为"本土"的唯一代表。这种指定的背后显然存在——如同福柯所指出的那样——起源神话的蛊惑。起源神话认为，事物的精确本质、不变的形式或者纯粹的同一性存在于它的源头，存在于创业的第一天，存在于刚刚脱离造物主之手的时刻。② 因此，本土或者民族总是指向古代，指向文化传统。只有一个连续的、纯粹的、始终如一的民族主体才可能和西方文化抗衡，文化源流的考证时常被作为最为有效的手段。这种想象有效地甩下了20世纪之后遭受西方骚扰的文学理论，然而，哪些古人有资格担当偶像？考虑到佛教的影响，魏晋、唐宋的文学理论业已丧失了"本土"的纯洁；③ 如果按照起源神话的逻辑，至少必须追溯到甲骨文文献。这当然是历史，可是，这是"本土"文学理论的范本吗？

法侬曾经指出，为了抵抗西方文化的吞噬，本土知识分子迫切地回

---

① ［日］酒井直树：《现代性与其批判：普遍主义和特殊主义的问题》，见张京媛主编：《后殖民理论与文化批评》，406 页，北京，北京大学出版社，1999。

② 参见［法］福柯：《尼采，谱系学，历史学》，见《学术思想评论》，第四辑，沈阳，辽宁大学出版社，1998。

③ 杜赞奇在《从民族国家拯救历史：民族主义话语与中国现代史研究》一书的第一章中分析了傅斯年、雷海宗、顾颉刚的历史观，这几个历史学家均认为魏晋之前的汉人保持了种族的纯洁性。

溯辉煌的民族文化，这是向殖民谎言开战的需要——殖民主义者往往宣称，一旦他们离开，土著人立刻就会跌回野蛮的境地；但是，法侬同时指出，"本土知识分子迟早会意识到，民族的存在不是通过民族文化来证明的，相反，人民反抗侵略者的战斗实实在在地证明了民族的存在"①。也许，这涉及人们对于民族文化的解释。"文化"是一个有名的含混概念。尽管如此，人们仍然可以发现，这个概念保持了两重基本向度：一重指向过去，这种文化的内容由传统的经典构成；一重指向当下或者未来，存在于社会制度与日常行为之中——后者是雷蒙·威廉斯以及其他伯明翰学派理论家的理解，也是他们的研究对象。② 如果后者不仅是一个更有活力的领域，而且是"本土"的真实写照，那么，为什么不能是文学理论代表民族文化发言的基础呢？

第三，现在，可以简单地将这个领域命名为"中国经验"。这是一个真实存在的文化空间和心理空间，并且从晚清以来延续了一个多世纪。这个空间已经内在地包含了传统的维度。传统从许多方面植入中国经验，形成种种文化神经。从汉语、风俗礼仪、伦理道德到建筑风格、饮食习惯，传统从来没有也不可能彻底消失。儒家思想已经无法充当现今的知识范式，这并不意味着一系列有效的传统命题同时枯竭。例如，谈论文学理论的时候，为情造文、传神写意、浑然天成、不平则鸣、文变染乎世情、惟陈言之务去之类命题从来没有过时。有价值的历史记忆始终活在中国经验之中。必须指出的是，所谓的传统无疑包括五四新文学运动之后近一个世纪的文学理论。以鲁迅为首的一批理论家迄今还有力地左右着人们的文学判断。这同样是一种不灭的烙印。

由于中国经验的坚固存在，西方文学理论仅仅是一种阐释而不能越俎代庖成为叙事的主宰者。"现实主义"或者"浪漫主义"这些强势概念曾经导致理论家削足适履地改写中国文学史。只有中国经验的独特结

---

① ［法］弗朗兹·法侬：《论民族文化》，见罗钢、刘象愚主编：《后殖民主义文化理论》，278、283 页，北京，中国社会科学出版社，1999。

② 参见［英］迪克·海伯第支：《从文化到霸权》，见韩少功、蒋子丹主编：《是明灯还是幻象》，22、23 页，昆明，云南人民出版社，2003。

构才能抗拒西方文学理论的强制性复制，扰乱知识与权力的既定关系，打破普遍主义的幻觉。这常常使中国经验与西方文学理论的遭遇成为一种戏剧性的彼此改造。各种挪用、引申、误读或者曲解之下，西方文学理论出现了变种或者混杂，从而丧失原有的一致性和理论权威，出现所谓的"杂质化"。这时，中国经验可能在多种阐释体系的交织之中显现，并且与众多经典论述相距甚远——然而，这恰恰与本土血肉相连。

中国经验是一个内涵丰富的称谓。这个领域可以承受多维的解释。传统或者西方仅仅是一个维面的剖析，正像文化与自然、无产阶级与资产阶级、精英与大众、集体主义与个人主义、改革与保守、文化领域与经济领域、前现代与现代、东部与西部也可能构成另一些剖析维面一样。必须看到，这些剖析相互交叉，相互纠缠，一种剖析所得到的结论可能以某种形式进入另一种剖析，并且触动、修改、转移或者影响后者。这个意义上，中国经验无疑是复杂的多面体；它不是某种理论的现成案例，因此，它是自足的。

当然，一切都没有静止。"本土"或者中国经验始终处于建构之中，拒绝某种本质主义的固定解释。诞生于这块土地上的独特内容持续地挑战现成的理论，迫使理论自新。中国经验是文学的不竭内容，也是文学理论阐释文学与现代性关系的依据。这是中国版现代性话语的组成部分。如果说现代性是复数，中国版的现代性必须提交异于西方的方案。如果中国经验存在，人们一定有话可说；而且，借用霍米·巴巴所言，"我们一定不仅仅要改变我们历史的叙事，而且要转换我们生存与我们之所成为我们的意义"①。

---

① ［美］霍米·巴巴：《"种族"、时间与现代性的修订》，见［英］巴特·穆尔－吉尔伯特等编：《后殖民批评》，北京，北京大学出版社，2001。

# 现实主义、结构的转换和历史寓言

## 一

迄今为止，古典主义、浪漫主义、现实主义、现代主义以及后现代主义这一批概念可以称为某种理论奇迹。首先，人们对于这些概念的内涵从未达成共识，旷日持久的争论似乎仅仅是徒劳的理论徘徊。其次，奇怪而又有趣的是，众多的歧义并未影响这些概念的威信。上述"主义"构成的序列控制了文学史的叙述。许多人习惯以各种"主义"命名文学史的各个段落，仿佛根据这几张标签可以有效地分检千姿百态的文学。在我看来，现在已经是提出这个疑问的时候了：人们是不是过高地估计了这些概念的意义？相信这些概念存在一个终极的定义，热衷于将文学分门别类地切割为若干阵营并且根据某种"主义"解释乃至规范一切——是不是应该抛弃这些理论幻觉了？

西方文化之中，"主义"不一定时刻扮演庄严的大概念。人们可以读到资本主义、霸权主义、科学主义或者凯恩斯主义这些举足轻重的理论范畴，也可以听到享乐主义、独身主义、素食主义、完美主义甚至宠物主义、步行主义这些有趣的小名词。总之，一个词加上"主义"的后缀并不是什么惊人的大事。即兴的"主义"必然带来众多的歧义，胶柱鼓瑟犹如自寻烦恼。如同文学史上的众多概念，浪漫主义、现实主义或者现代主义并没有一个隆重的正式命名仪式。这些"主义"多半来自某个批评家灵机一动的形容，原始语义与后世的种种引申相距甚远，甚至褒贬之义也可能逐渐产生了颠倒。持续增添的文学史事实毋宁说不断搅乱——而不是澄清——这些"主义"的内涵。人们根据不同的线索解读这些"主义"，各种理论文献莫衷一是，每一个节点背后无不隐含了错综的思想脉络。以赛亚·伯林曾经感叹地说："关于浪漫主义的著述要比浪漫主义文学本身庞大，而关于浪漫主义之界定的著述要比关于浪漫主义的著述更加庞大。"因此，研究浪漫主义无异于蹈入"一个危险和混乱的领域"。① 事实上，其他的各种"主义"周围也发生了许多类似的故事。人们苦心孤诣地从小说、诗歌建筑或绘画之中搜索相似的迹象，然后援引哲学、经济学或者知识考古学给予多方面的解释。聆听众多理论家的高头讲章，人们只能依据上下文的理论语境揣测这些"主义"，一次又一次解读的差异不断地赋予这些"主义"不同的内涵。人们完全有理由怀疑，那些精确的、标准的定义并未事先存在——这是一些有始无终的概念，所有的人都有权利继续解释、想象、猜测、修补乃至改造这些"主义"。所以，这些"主义"标示的仅仅是某种相对的、边界模糊的、暂时而不恒久的文化区域。

因此，遵循这些"主义"肢解文学史，将每一个段落的文学史塞入橱柜中事先规划好的抽屉，这恐怕是一个幻想。首先，人们找不到这些"主义"诞生和结束的准确日期；历时之轴，无法如同界定一个王朝的起讫那样界定一种文学运动。其次，这些"主义"亦未曾拥有某种清晰的统一空间。根据雷纳·韦勒克的考察，欧洲各国的"现实主义"运动极不平衡。起初，许多批评家并未将"现实主义"作为一个专门的术语。很长的时间里，英国和德国根本不存在一个自觉的"现实主义"运动。② 罗杰·加洛蒂提倡"无边的现实主义"，力图"开放和扩大现实主义的定义"，从而为卡夫卡、毕加索、圣琼·佩斯等赢取"现实主义"的荣誉点亮放行的绿灯。③ 这显然又一次破坏了如此的理论期待：存在某种正版的"现实主义"。即使在某一个"主义"盛行的时期，仍然仅有几个代表性的

---

① ［英］以赛亚·伯林：《浪漫主义的根源》，吕梁等译，9页，南京，译林出版社，2008。

② 参见［美］雷纳·韦勒克：《文学研究中现实主义的概念》，见《批评的诸种概念》，丁泓等译，成都，四川文艺出版社，1988。

③ 参见［法］罗杰·加洛蒂：《论无边的现实主义》，吴岳添译，171、172页，天津，百花文艺出版社，2008。

作家摇旗呐喊，践行某种特殊的文学主张；他们身后的大部分作家面目不清，立场暧昧，很难见到大多数作家形成巩固的团队并且坚定地自称是某种"主义"的忠实信徒。另一方面，人们恐怕也无法发现"浪漫主义"或者"现代主义"的纯粹标本——所谓"纯粹"的标志，即这些标本之中不再存在另一些"主义"的因素。相反，人们常常觉得，各种相异的"主义"背后，众多作品的相同因素似乎占据了更大的比例。所以，多数作家没有始终不渝地归属哪一个"主义"的阵营，一些作家甚至对于批评家赠予的"主义"头衔公然表示不屑或者反感——例如司汤达、福楼拜或者列夫·托尔斯泰。或许，收缩这些"主义"的覆盖范围有助于敞开文学史的另一些空间。例如，人们可以仅仅将这些"主义"视为一种理论话语；同时承认这些"主义"划分的美学范型通常与一个作家或者一部杰作无法重合——后者往往是多种"主义"的混合物。总之，一丝不苟地修订某种"主义"的定义，或者兴致勃勃地给每一个作家打上"主义"的烙印，这类研究常常令人想到"刻舟求剑"的典故。

如果没有必要字斟句酌地推敲一个无懈可击的现实主义定义，那么，韦勒克对于现实主义的描述大致够用了。在他看来，现实主义的"核心被包含在几个简单的观念中。艺术应当是现实世界的真实再现，因此作家应当通过细致的观察和小心的分析研究当代的生活风习，作家在这样做的时候应当是冷静的、客观的、不偏不倚的，这样，过去被广泛地用来说明一切忠实地再现自然的文学术语现在变成了与特定的作家相联系的、一个团体或一个运动的口号。"① 显然，韦勒克提到的这几个特征缺乏足够的排他性，许多非现实主义的作家仍然可能入选。再现种种生活景象，考察世风民情，遵循写实的技术，这个类型的文学源远流长，符合这些标准的作家比比皆是。这展示了现实主义包含的多向探索，各种现实主义分布广泛同时又殊途同归。一棵树不可能长成一幢大楼，但是，众多树木之间仍然千差万别。人们曾经遇到带有各种修饰语的现实主义：

① ［美］雷纳·韦勒克：《文学研究中现实主义的概念》，见《批评的诸种概念》，丁泓等译，219页，成都，四川文艺出版社，1988。

从能动现实主义、外在现实主义、心理现实主义、客观现实主义到批判现实主义、魔幻现实主义、诗意现实主义、社会主义现实主义。总之，现实主义仅仅是一个相对的区域而不存在固定的终极形态，作家的思想以及艺术禀赋决定了每一种现实主义可以走多远。

如果人们承认，严谨地表述独一无二的现实主义"本质"几乎无望，那么，识别这个相对的区域必须增添另一些补充的标志物。正如自我的认识依赖于他者的参照，现实主义的表述相对于诸多主义的定位。例如相邻的自然主义如何依赖科学方法，往昔的古典主义如何注目高贵的题材。当然，现实主义首要的相对坐标是浪漫主义。夸张的激情，远古的神谕，巨大的事物，异域风情和神奇的遭遇，日常生活极其罕见的曲折情节，这些内容开始遭到限制。所以，尽管韦勒克的现实主义描述多少有些平庸——如果这些特征包含了阻击浪漫主义的历史意义，那么，它们的理论分量必将有所增加。相同的论文之中，韦勒克曾经在反对浪漫主义的意义上重述何谓现实主义："它排斥虚无飘渺的幻想，排斥神话故事，排斥寓意与象征，排斥高度的风格化，排除纯粹的抽象与雕饰，它意味着我们不需要虚构，不需要神话故事，不需要梦幻世界。它还包含对不可能的事物、对纯粹偶然与非凡事件的排斥，因为在当时，现实尽管仍具有地方和一切个人的差别，却明显地被看做一个 19 世纪科学的秩序井然的世界，一个由因果关系统治的世界，一个没有奇迹、没有先验东西的世界。"① 另一种意义上，这也是弗·詹明信的解释——现实主义犹如配合资产阶级崛起的文化"祛魅"。②

这是一种关系主义的理论场域。一种主义的意义不是单独完成的，不是来自所谓的"内在本质"。相反，一种主义的问世由于他者的存在而意义倍增。浪漫主义的降临不仅是某一个时刻历史精神的自我裂变，这一场运动的显著成就是呼啸地掀翻了古典主义的秩序；接踵而来的现实

---

① ［美］雷纳·韦勒克：《文学研究中现实主义的概念》，见《批评的诸种概念》，丁泓等译，231 页，成都，四川文艺出版社，1988。

② 参见［美］弗·詹明信：《现实主义、现代主义、后现代主义》，见《晚期资本主义的文化逻辑》，284～286 页，北京，生活·读书·新知三联书店，1997。

主义亦非突如其来地转向了凡俗的生活，这种新型美学的另一个意义是有力地拽紧了浪漫主义笼头上的缰绳。古典主义、浪漫主义、现实主义、现代主义，后现代主义——这些"主义"不仅被视为相互阐释的关系项，而且被叙述为文学史进化的必然模式。在这个意义上，欧洲文学史提供的主义序列开始主宰人们的想象。

然而，我必须对于这种主义序列提出异议——在中国的文化版图之中。相当长的一段时间，现实主义的矛头所向是中国的古典文学。尽管现实主义与浪漫主义、自然主义或者现代主义的分歧从未弥合，但是，五四新文学运动期间，古典文学是这些"主义"的共同对手。这种阐释不仅力图揭示中国文化版图内部独特的现代性结构，而且力图揭示现实主义演变的奇特轨迹。

## 二

通常认为，汉语之中的"写实"文学是由梁启超发表于 1902 年的《小说与群治之关系》首先使用。王国维在 1908 年的《人间词话》中亦提到了"造境"与"写境"即"理想"与"写实"两种文学。尽管种种零星的论述络绎不绝，然而，真正将"写实文学"送到前台的是陈独秀的《文学革命论》。他在 1917 年慨然发表了声援胡适的"三大主义"：

> 曰，推倒雕琢的阿谀的贵族文学，建设平易的抒情的国民文学；曰，推倒陈腐的铺张的古典文学，建设新鲜的立诚的写实文学；曰，推倒迂晦的艰涩的山林文学，建设明了的通俗的社会文学。

如此著名的言论鸣锣开道，现实主义堂而皇之地降临中国文化版图。尽管如此，欧洲文学史形成的主义序列并未同时抵达。换言之，这时的现实主义并不是以浪漫主义天敌的姿态出现。陈独秀的论述之中，"写实文学"并非一个主导的甚至独尊的主义；人们毋宁说，"写实文学"的意义在于与"国民文学"、"社会文学"共同构成一个新的结构。众所周知，这个时期胡适与陈独秀的论战对象是围绕着文言文的遗老遗少——这个理论战役的目标是阻断封建文化的薪火相传。尽管现实主义与浪漫主义根源迥异，但是，由于这个结构的转换，它们共同聚拢到异国文化的另一个主题之下。事实上，这个转换包含了空间与时间二者的复杂运作：欧洲文学史历时发生的诸多主义在一个相近的时期漂洋过海蜂拥而至，组成一个共时的结构。这意味着上述主义的历史原始秩序业已瓦解，多种主义的话语体系共存于中国文化版图，构成了另一种组合方式。

弗·詹明信曾经半开玩笑地说，第一世界提供理论而第三世界出实践，这似乎是现今的时髦分工。[①] 也许，现实主义的演变必须被视为打破这种分工的一个例子。在这个问题上，摒弃欧洲中心主义具有多方面的意义。首先，没有必要将欧洲文学史提供的主义序列视为历史进化的"必然规律"，尽管许多五四新文学主将——例如陈独秀、周作人、蔡元培——均或多或少地信奉这一点。其次，关系主义的理论场域之中，解读现实主义首要的相对坐标已经不是浪漫主义，而是胡适、陈独秀们竭力攻讦的"贵族文学"、"古典文学、"、"山林文学"。第三，可以将中国文化版图之中的现实主义视为一条独特的脉络，然而，没有理由将这条脉络视为欧洲现实主义的初级版本。相反，这恰恰是现实主义进一步产生意义的另一个区域。二者之间的差异分别源于不同的历史要求，人为地制定一个标准判定二者的等级关系多半来自西方崇拜的蛊惑。第四，相同的理由，历史进化的"必然规律"无法解释若干年之后现实主义的独尊——现实主义的命运由中国文化版图的特殊结构所决定。

回忆五四新文学运动初期激进而踊跃的气氛，现实主义与浪漫主义之间的美学差异似乎无足轻重。由于一个宏大历史叙事的召唤，这些"主义"的文化出身和业已获取的业绩无须斤斤计较。例如，周作人曾经撰文提倡"人的文学"和"平民文学"。在他那里，文学尊奉的人道主义

---

① 参见［美］弗·詹明信、张旭东：《马克思主义与理论的历史性》，《晚期资本主义文化逻辑》，284～286 页，北京，生活·读书·新知三联书店，1997。

"乃是一种个人主义的人间本位主义"。因此，理想的生活"首先便是改良人类的关系。彼此都是人类，却又各是人类的一个。所以须营一种利己而又利他，利他即是利己的生活"。至于平民文学"乃是研究平民生活——人的生活——的文学"。"所以平民文学应该著重与贵族文学相反的地方，是内容充实，就是普遍与真挚两件事。"① 相对于这种高瞻远瞩的文学纲领，现实主义、浪漫主义乃至现代主义之间的龃龉、矛盾不得不退居其次。至少在 20 世纪 20 年代，现实主义的文学主张并无遭遇多少异议。诚如韦勒克所言，现实主义所包含的"真实"含义，"在艺术、哲学和日常语言中，都是一个代表着价值的词"②。引入现实主义拯救陈独秀所痛恨的"浮华颓败之恶风"，或者冲击鲁迅所形容的"瞒和骗的文艺"，③ 使得这些观点人心所向，一呼百应。注重生活的观察，注重小人物的痛苦以及婚姻、家庭、教育等社会问题，诸如此类的观念远非现实主义所仅有。所以，除了某些零星的、不无善意的匡正——例如成仿吾的《写实主义与庸俗主义》，人们并未看到现实主义与浪漫主义之间大规模的论争。虽然文学研究会与创造社的主张各异，但是，双方并未出现旗帜鲜明的理论对决。相当程度上，介绍各种主义均是借他人酒杯浇自己的块垒，人们并没有太多的学术兴趣精致地辨析这些主义的初始本义，就此安营扎寨，从一而终。据考，创造社的主要成员——如郭沫若、郁达夫、成仿吾、郑伯奇——从未在 1930 年之前公开发表的文章之中亮出浪漫主义的旗号，④ 茅盾一度徘徊在新浪漫主义和自然主义之间，并且混淆了自然主义与现实主义的界限。总之，这些主义纷纷投身另一个天地，在脱胎换骨之后开始了启蒙的理论之旅。

---

① 参见周作人：《人的文学》、《平民文学》，见《中国新文学大系·建设理论集》（影印本），上海，上海文艺出版社，1987。

② ［美］雷纳·韦勒克：《文学研究中现实主义的概念》，见《批评的诸种概念》，丁泓等译，216 页，成都，四川文艺出版社，1988。

③ 参见陈独秀：《答张永言》，见《新青年》，第 1 卷第 6 期；鲁迅：《论睁了眼看》，见《鲁迅全集》，第一卷，240 页，北京，人民文学出版社，1981。

④ 参见俞兆平：《创造社浪漫主义定性的质疑与反思》，见《中国现代三大文学思潮新论》，33～35 页，北京，人民文学出版社，2006。

现今看来，称为"现代文学"的这个文学史段落拥有双重性。首先，这是一段眼花缭乱的文学史，各种主义的此起彼伏造就了极其活跃的文学景观；另一方面，形容为"民族国家文学"也罢①，以"大众"作为不同文学派别的公约数也罢，总之，在某种隐含的核心主题支配之下，这一段文学史形成了一个整体，一个独特的、自治结构——各种主义及其文学景观无不接受这个结构的再度编码。如果说，这些主义之间存在一定程度的分歧，那么，种种争讼由于结构的控制而不至于过分溢出，形成尖锐的对抗。

相对于提供各种"主义"的活动空间，这一段文学史结构压抑的内容毋宁说是另一种话语——个人主义话语。欧洲文学史的各种主义纷至沓来，欣然为五四新文学助阵；然而，欧洲启蒙思想之中的个人主义话语付诸阙如。即使是主张"表现自我"的创造社诸君，不久之后也迅速地卷入了"生活"、"社会"、"阶级"、"意识形态"和"革命文学"等术语。所以，李泽厚指出，五四新文化运动"并不是为了争个人的'天赋权利'——纯然个体主义的自由、独立、平等"。虽然陈独秀等五四先哲曾经提出个人本位主义，但是，这种观点还未得以发育即遭夭折。民族危亡的形势和"天下兴亡、匹夫有责"的传统阻止了个人主义话语的广泛蔓延。李泽厚对于这种局面的著名概括是"救亡压倒启蒙"。② 这个概括曾经遭到多方批评。例如，一种观点认为，当时的个人主义并非民族主义的对立话语，启蒙运动亦非民族救亡的反面——当时的自我观与民族意识在某种程度上是相互镶嵌的。③ 尽管如此，以下的结论仍不至于产生多少分歧：西方文化天赋权利式的个人主义话语并未大规模地成为当时的思想资源。李泽厚进一步描述了五四新文化主将如何转向马克思主义，寻求一个整体性的解决方案：

---

① 参见刘禾：《文本、批评与民族国家文学》，见《语际书写》，191～195 页，上海，上海三联书店，1999。

② 参见李泽厚：《启蒙与救亡的双重变奏》，见《中国现代思想史论》，北京，东方出版社，1987。

③ 参见刘禾：《个人主义话语》，见《语际书写》，40、44 页，上海，上海三联书店，1999。

> ……所有这些，说明原以伦理觉悟为"最后觉悟"的文化斗士，这时却要求用马克思主义的阶级斗争学说来组织群众进行革命的政治斗争，推翻旧制度，以取得"经济问题"的"根本解决"，只有这样，其他一切才可能迎刃而解。①

放弃以个人主义话语打开缺口，代之以总体性的历史设计，这不仅规划了未来的文化政治，而且有效地解释了未来的现实主义如何脱颖而出，继而成为不可冒犯的圭臬。

## 三

20世纪20年代末至30年代初期，马克思主义文艺理论陆续得到翻译、介绍和宣传。根据苏联的译文，瞿秋白、周扬、胡风等专门撰文阐发了马克思主义的现实主义观点。这是现实主义理论的重大飞跃，也是圣化现实主义的开始。各种解读、争辩的文献之中，"现实主义"逐渐增添了某些前所未有的内涵。尤为重要的是，这种美学范型毫不掩饰地卷入了政治。

"真实"是一个"代表着价值的词"。然而，单纯地谈论"真实"已经不够了。它是哪一种立场上、借助哪一副眼镜看到的真实？琐碎的、表象的、静止的、虚伪的真实还是本质的、典型的、运动的真实？总之，不存在那种客观、中立、超然不羁的真实，企图以"镜子"般的真实否认作家的政治倾向性，是小资产阶级自欺欺人的幻觉。"文学的真理和政治的真理是一个，其差别，只是前者是通过形象去反映真理的。……不能代表政治的正确的作品，也就不会有完全的文学的真实。"——的确，当时的周扬即如此认为。② 换一句话说，现实主义不仅具有真实的维度，同时具有政治的维度，而且，后者是前者的保证。

---

① 李泽厚：《启蒙与救亡的双重变奏》，见《中国现代思想史论》，28页，北京，东方出版社，1987。

② 周起应：《文学的真实性》，见《中国新文学大系1927—1937·文学理论集一》，40页，上海，上海文艺出版社，1987。

那么，谁——哪一个阶级——有资格赢得政治与真实的双重胜利？当然，只有等待无产阶级的隆重出场。无产阶级是消灭一切阶级之前的最后一个阶级。这一特殊地位和历史使命表明，无产阶级将冲破阶级利益的狭小局限，拥有一个解放全人类的制高点。所以，瞿秋白坚信，"只有无产阶级才能够真正彻底的充分的'揭穿一切种种假面具'"；① 而周扬信心十足地宣称："无产阶级的主观是和历史的客观行程相一致的。"② 无产阶级的巨大优势在于拥有正确的世界观。正确的世界观有助于洞察世界的深刻动向，这是无产阶级政治对于文学的统帅。对于传统的现实主义作家——例如，马克思和恩格斯所欣赏的巴尔扎克——来说，情况可能远为曲折。他们的世界观可能是保守的、愚蠢的，但是，出色的艺术禀赋在冥冥之中或许会引导他们抓住生活的某些部分。然而，无产阶级已经穿过了这种历史迷魂阵——"我们所达到的世界观却是一个完整的，各部一致的，没有内在矛盾的世界观。假如说以前的现实主义艺术家违反了自己的世界观，达到了现实之正确的表现，那末我们的现实主义是借我们的世界观之助给与现实更正确的表现的。"③

巴尔扎克等现实主义作家"的确能够暴露资产阶级和资本主义发展的内部矛盾，这是资产阶级的革命的现实主义的最高的表现"。对于无产阶级说来，这已经远远不够。历史的潮流将现实主义推到了一个新的阶段，"现代的无产作家的任务，却已经是了解和描写无产阶级和贵族地主的残余以及资产阶级之间的斗争了，这是整个的各种战线上的社会主义性的无产阶级和帝国主义资本主义社会之间的空前的巨大的斗争"④。这时，现实主义的任务不仅是真实，而且是历史前沿的真实。显然，这种

---

① 静华：《马克思、恩格斯和文学上的现实主义》，见《中国新文学大系1927—1937·文学理论集一》，17页，上海，上海文艺出版社，1987。

② 周起应：《文学的真实性》，见《中国新文学大系1927—1937·文学理论集一》，38页，上海，上海文艺出版社，1987。

③ 周扬：《现实主义试论》，见《中国新文学大系1927—1937·文学理论集一》，93页，上海，上海文艺出版社，1987。

④ 静华：《马克思、恩格斯和文学上的现实主义》，见《中国新文学大系1927—1937·文学理论集一》，16页，上海，上海文艺出版社，1987。

真实包含了相当的历史预见。无产阶级的觉悟尚未普及，革命斗争仍然处于萌芽状态，但是，未来的历史必将证明，这个新兴阶级是世界的主人——现今的现实主义必须以文学的形式做出这个伟大的预言。如果说，传统的批判现实主义弥漫着悲观的气息，那么，现今的现实主义有理由乐观——这是历史寄寓无产阶级的辉煌前景。这种理论思辨顺手给"革命浪漫主义"腾出了空间。人们从浪漫主义的狂放、夸饰、非理性以及远古崇拜之中提炼出某种炽烈的激情，继而改造成为憧憬理想的巨大能量。这时，浪漫主义不再是现实主义的铲除对象，而被纳入现实主义成为其构成要素。毫无疑问，这是一种新型的现实主义——苏联命名为"社会主义现实主义"。作为苏联作家协会章程的规定，社会主义现实主义"要求艺术家从现实的革命发展中真实地、历史具体地去描写现实。同时艺术描写的真实性和历史具体性必须与用社会主义精神从思想上改造和教育劳动人民的任务结合起来"。这种规定隐含了现实的再现与革命动员令的双重要求。20 世纪 50 年代后期，中国放弃了"社会主义现实主义"的口号而代之以"革命的现实主义和革命的浪漫主义的结合"。"浪漫是理想；现实是基础"，革命领袖的解释再度言简意赅地表述了现实与未来的关系。[①]

这些内涵仿佛表明，现实主义理论已经离开欧洲的文化码头再度起程，登陆革命圣地。马克思主义学说与苏联、中国的革命历史预示了这一支现实主义小分队的前途无量。20 世纪 30 年代开始，大半个世纪的时间，苏联与中国数目庞大的现实主义文献无不围绕这些耳熟能详的内容进行持续的论证、解释、阐述和宣讲。与其说，哲学、符号学与心理学共同支持现实主义追问、分析乃至解构"真实"，毋宁说，无产阶级的自信来自宏大历史叙事的定位。文学史上，还没有哪一些作家如此气宇轩昂地指点江山，激扬文字：手执历史的缰绳，胸怀未来的蓝图，以胜利者的姿态俯视种种短暂的挫折和失败，坚信无产阶级的理想必将君临世界的每一个角落。这一

---

① 这是周恩来对于革命的现实主义与革命的浪漫主义相结合的理解，参见《光明日报》，1977 - 01 - 21；《安徽日报》，1977 - 01 - 07。

时刻的现实主义即历史的寓言。高尔基的《母亲》曾经被视为一个著名的范例。社会主义现实主义之中，一切细节都将由历史赋予重量，文学赢得了前所未有的政治先进性。人们熟悉的传统现实主义在于描述具体的经验，具体的景象。例如，一条街道、一幢楼房、一幅肖像、一段对白、一个眼神，如此等等。然而，现在的作家相信，这些经验与景象并非孤立、琐碎的片段而是一个总体。当然，这个总体的叙述不再坐落于上帝创世说。它们背后隐藏的是巨大的历史——它们是历史本质的代表。换一句话，新型的现实主义诉诸一种理论预设：历史总体论。历史之中的诸多事件、现象、人物、行为不是无机的堆积，相反，它们聚合成一个有机整体。这些事件、现象、人物、行为相互衔接，相互解释，相互证明。如果说，生活的内容过于庞杂，人们一时无法在一片树叶、一段文字、几声咳嗽或者鼻尖上的一颗痣之间找到直接的联系，那么，人们至少必须承认，有机整体是历史组织的最高原则。纷繁的生活淹没了这种原则，现实主义文学的责任即是利用文学形式进行发掘和显现。恩格斯盛赞巴尔扎克的伟大而不屑于左拉的自然主义，原因是前者提供了一幅幅法国政治经济史的真实画面。或许，左拉对于各种景象的再现能力绝不亚于巴尔扎克，然而，由于这些景象游离于历史的必然而仅仅是一些静止的局部，以至于乔治·卢卡契讥之为"细节肥大症"。卢卡契是现实主义理论的忠实信徒。在他那里，现实主义的信赖与历史总体论息息相关：

> 只有在这种把社会生活中的孤立事实作为历史发展的环节并把它们归结为一个总体的情况下，对事实的认识才能成为对现实的认识。这种认识从上述简单的、纯粹的（在资本主义世界中）、直接的、自发的规定出发，从它们前进到对具体的总体的认识，也就是前进到在观念中再现现实。①

---

① ［匈］乔治·卢卡契：《什么是正统马克思主义》，见《历史与阶级意识》，杜章智等译，56 页，北京，商务印书馆，1992。

从这种观点之中不难嗅出黑格尔的气息。某种程度上,"历史"或者说历史必然规律犹如黑格尔式的绝对精神,五光十色的景象无非是历史本质的某种倒影。落满了凡俗尘埃的各种日常生活无不依附于所谓的"历史"而获得价值。总之,一个巨大的"总体"——这个总体现在称为"历史"——降服了所有节外生枝的美学骚动。文学协助人们洞悉神秘的历史,指明历史的方向并认清自己的方位。在革命觉悟如此依赖于了解历史的时刻,新型的现实主义应运而生,并且作出了不可替代的贡献。

从历史总体论到现实主义的使命,认识这一切并且承担这一切的唯一人选只能是无产阶级。无产阶级是最后的同时也是最为先进的阶级,犹如现实主义是最后的同时也是最为先进的美学——现实主义之后的现代主义显然是某种不知趣的资产阶级文化衍生物。为了挫败浪漫主义和现代主义的前后夹击,现实主义不断地被赋予崇高的政治声誉,以至于演变为某种权力体系——从美学、知识的权力到赤裸裸的政治权力。现实主义与非现实主义几乎是革命与反动的同义词。20 世纪 50 年代后期,茅盾甚至提出了一个惊世骇俗的论断:"在阶级社会内,文学的历史基本上就是这样的现实主义与反现实主义的斗争。"[①] 不论人们提出多少理由表示异议,以下这个事实的意义有理由得到再三陈述:新型的现实主义成功地将所有的景象纳入"历史"给予解释和说明,历史总体论为之提供了必要的理论支持。这个成功是现实主义甩下各种"主义"而遥遥领先的根本原因。

## 四

埃里希·奥尔巴赫的《摹仿论》以细读的方式耐心剖析了诸多西方文学之中的现实主义文本。尽管摹仿和写实技术是众多作家的共同守则,但是,每一种文本仍然隐含了支配叙事表述的种种文化观念。例如,《荷马史诗》均匀清晰,仅仅展现前景而不存在故事背后的阴影;《圣经》之

---

① 茅盾:《夜读偶记》,33 页,天津,百花文艺出版社,1958。

中各种断断续续的事件汇成了神秘莫测的紧张气氛，成为教义的启示；薄伽丘叙述他偏好的性爱主题时从崇高的悲剧下放到了通俗的散文；中世纪末的现实主义首次出现了家庭的亲昵气氛、日常活动以及家庭经济状况和室内描写。莎士比亚时代，基督剧不再是所有人类命运会聚的容器，原罪、祭神和末日审判这些神圣的秩序消退了，个人成为情节的中心，普通小人物的悲剧开始问世；而司汤达、巴尔扎克的现实主义自然而然地将人物性格与历史之中的制度以及政治、经济衔接在一起。奥尔巴赫在他的《摹仿论》之中不时流露，他心目中的理想楷模是展示了历史内部政治、经济深层运动的现实主义。①

　　这种观点显然与新型的现实主义不谋而合。再现各种日常生活表象的同时，新型的现实主义依靠历史动力、历史规律、经济基础、阶级斗争这些观念解读生活，解读的中介是一个至关重要的范畴：典型人物。显然，恩格斯的经典论述有力地维持了这个范畴的核心地位："每个人都是典型，但同时又是一定的单个人，正如老黑格尔所说的，是一个'这个'。"② 黑格尔的思想喻示了典型包含的辩证法，例如个性与共性，现象与本质，如此等等。恩格斯的另一段论述即阐释典型人物与历史之间的辩证关系："主要人物是一定的阶级和倾向的代表，因而也是他们时代的一定思想的代表，他们的动机不是从琐碎的个人欲望中，而正是从他们所处的历史潮流中得来的。"③

　　然而，如果将典型人物视为欧洲文学史的首要问题，或者将典型视为所有作家孜孜以求的目标，这恐怕是一个错误的印象。许多证据表明，典型仅仅是一个相当有限的理论分支，主要分布在苏联和中国的文化版图之中。《典型的谱系与总体论》之中，我曾经论述了文学、人物和典型

---

① 参见［德］埃里希·奥尔巴赫：《摹仿论》，吴麟绶等译，天津，百花文艺出版社，2002。

② 恩格斯：《致敏·考茨基》（1885 年 11 月 26 日），见《马克思恩格斯全集》，第 36 卷，384 页，北京，人民出版社，1975。

③ 恩格斯：《致斐·拉萨尔》（1859 年 5 月 18 日），见《马克思恩格斯全集》，第 29 卷，583 页，北京，人民出版社，1972。

之间的交错关系。现将要点分述如下：①

首先，人物塑造并不是文学一如既往的追求。相当长的时间内曾经流行一种观念：文学的意义即提供一个生动的人物长廊。这种观念显然缩小了文学的探索范围。从中国古典诗文的韵味、境界、气势、音节，古希腊悲剧中的怜悯、恐惧与净化的心理内涵到文学史上反复出现的神话原型，文学分别涉及意境、符号、心理、神话。亚里士多德的《诗学》将古希腊悲剧分解为六个因素，即情节、性格、言词、思想、形象、歌曲。在他看来，最为重要的因素并非性格而是情节——前者是完成后者的齿轮。中国文学对于人物的完整塑造大约出现于明清之后，如《三国演义》、《水浒传》、《金瓶梅》、《红楼梦》。欧洲文学大约出现于文艺复兴之后，笛福、理查逊、菲尔丁这些作家均为前驱。

其次，并非所有文学人物的考察均可纳入典型问题。例如，英国作家 M. 福斯特提出了"浑圆人物"与"扁形人物"的著名区分。这有助于认识众多文学人物的内在构造，但是，福斯特的焦点并未集聚到典型之上——文学人物存在典型之外的另一些问题。

"典型"这个术语力图解决的是文学人物所寓含的普遍意义。典型问题考虑的是，文学人物的个性隐藏了何种共性？这种共性具有何种意义？单纯的生动性格仅仅是文学的初级表征，杰作的标志是在生动的性格背后隐含深刻的内涵——这即典型。典型是二者的有机结合，但是，这个术语的出现意味着人们对于普遍意义的重视。典型人物既是一个人，又代表了一批人。生动、具体、个性独特——仅仅考察文学人物的这些特征远远不够，重要的是，这些特征为一批人的抽象综合。典型在希腊文中为"typos"，英文为"type"，即样板或者模板之义。

典型人物可能概括出多方面的共性，如吝啬、弱不禁风、相貌丑陋、官运亨通，如此等等。然而，许多理论家强调，典型人物的共性指的是社会历史内容，而不是某种抽象的永恒人性。这时，他们常常用阶级身

---

① 参见南帆：《典型的谱系与总体论》，见《五种形象》，上海，复旦大学出版社，2007。

份填充典型人物的共性。阶级关系是社会关系的主要内容，阶级的存在是历史运动的根本原因。阶级的搏斗推动社会历史的发展，这是许多无产阶级革命家的共识。从典型、共性、阶级性到历史之间的相互衔接，人们看到了卢卡契总体论内部的构成机制。

然而，典型的共性与阶级性之间的互换首先带来一个逻辑困局：一个阶级一个典型。尽管每一个社会成员均有特定的阶级身份，但是，并非每一部作品的焦点必定集聚在这里。人物身上另一些更为夺目的特征可能吸引了作家，例如奥赛罗的妒忌、猪八戒的懒惰、堂吉诃德的主观固执与哈姆雷特的犹豫和延宕。另一方面，共同的阶级性为什么能产生不同的个性，例如贾宝玉与林黛玉，甚至阿 Q 与朱老忠？阶级属性究竟多大程度上决定一个人的精神生活？

如果不再信奉阶级是典型共性的唯一决定因素，接踵而至的问题是，无法在卢卡契总体论图景之中找到完整解释的形形色色的性格具有什么价值？

## 五

现实主义概念的提出、进入文学以及围绕库尔贝绘画形成的大论战迄今已经接近两个世纪。现代主义与后现代主义尾随而来，人们常常宣称现实主义理论已经过时。现实主义是传统的，朴素的，甚至老态龙钟。现实主义遇到的非议往往是，无视种种形式上的惯例、技巧、结构，无视想象、象征和"制作"——文学依赖的仿佛是一个万能同时又空洞的"现实"。事实上，众多的批评涉及亚里士多德"摹仿论"背后种种古老而粗糙的二元区分，例如主观与客观、艺术与真实、想象与生活，如此等等。这种二元区分将主体想象为一个独立地操控世界的实体，主体的构成与"现实"如何再现通常被弃置不顾。因此，只要主体如同镜子一般客观，现实即会真实地自动浮现。然而，自从"语言转向"成为理论的时尚，上述的观念遭到了多方面的挑战，语言在主体的构成与"现实"再现之中的意义得到了反复的陈述。这时，现实主义理论作为一个"摹仿论"的标本被判定为古典的文学知识。

新型现实主义的介绍、阐发迄今已经大半个世纪。中国文化版图的结构之中，"过时"并不是一个恰当的评价——现实主义始终在现代性清算古典文学的历史使命之中承担重任。尽管如此，人们至少意识到现实主义的局限。然而，这种局限与其说源于亚里士多德的"摹仿论"，不如说源于卢卡契的总体论。

人类所置身的星球是一个有机整体吗？亚马逊河周围的热带雨林是否有助于抑制南半球的温室效应？非洲的狮子与斑马之间是否存在生物链上的联系？太平洋东岸一只蝴蝶扇起的微风真的会在太平洋西岸成为飓风吗？显而易见，这些问题并非卢卡契的兴趣焦点。卢卡契总体论的指向是社会历史。历史的演变绝不是杂乱无章，支离破碎，相反，种种历史规律虽隐蔽却强劲地主宰了社会潮汐。换言之，从"封建主义"、"资本主义"这些巨型的概念、政府行政部门的设置到客厅的装修风格与公共汽车的行驶路线，各个环节之间存在必然的连锁关系。众多关系编织的网络之中，经济是合成各种新型关系的动力，阶级政治如同社会的经纬线，社会制度与相关的意识形态决定了每一个个体的活动区域。这种总体论体系完整，纲目清晰，自上而下展开之后，所有的个别均在总体结构指定的位置之上。对于现实主义说来，历历可见的个别有机地组织成总体的模型。

即使不考虑后现代主义对于总体论的反叛，人们仍然有理由表示某种怀疑：总体论的理论设想是不是过分屈从决定论，以至于将总体对于个别的控制和联系想象得过于单纯？个别可能包含了多维的意义——某些意义是不是溢出了阶级、政治以及各种社会制度的固定机制？尤其是每个社会成员个体，他们的言行以及内心是不是完全拘囿于阶级或者政治这些巨大的主题？我曾经表示，概念无法抵达众多的生活细节，这是文学的领域：

　　无论如何，文学必须对内心生活的空间以及复杂多变做出充分的估计。各种带有"主义"的大概念管辖不了一个人抽什么牌的香烟，大衣上的纽扣是什么颜色；越来越普及的科学知识管辖不了一个人的步态以及喜欢京剧还是昆剧；威严的法律也管辖不了一个人失恋的时候是大声哭泣还是拼命吃冰淇淋。总之，无数的生活细节闪烁出奇特的面目，这个庞大的生活区域交付给纤细而又敏感的内心。文学负责记录内心，记录这里的潜流、回旋、聚散以及种种不明不白的波动和碎屑。某些时候，这一切可能在历史之中汇成一个醒目的潮汐；另一些时候，复杂的内心生活仅仅是历史边缘的回流，甚至仅仅是历史不得不偿付的代价。但是，这个区域顽固地存在，这个区域的意义只能由文学显示。①

这并非怂恿文学抛弃历史；相反，这是文学对于历史的"陌生化"注视。历史不该在总体论的名义之下仅仅剩下一副虚构的理论骨骼。街头的某种奇诡的氛围，一种异乎寻常的性体验，一阵尖锐而高亢的歌声——如果这一切无法纳入历史宏大叙事的编码系统，人们又如何评估它们的意义？某些作家可能援引现实主义的原则表示，文学必须抛弃这些无聊的边角料。剔除多余的部分，历史——真正的历史——才可能浮现。然而，人们可能争辩说，历史是不是只有一种叙事？抛弃的剩余物会不会是历史的另一种形式？未经宏大叙事解释的个别会不会暗示了历史的新生地带？

典型理论显然将上述的疑问提炼得更为尖锐。如前所述，典型的共性意味着某一个社会学高度对于个体的俯视。必须将个体纳入总体论——个体及其环绕的社会关系必须成为总体的象征，因此，典型理论必然依托某种现成的社会概念锁定人物。资产阶级、无产阶级，地主、富农，知识分子、工农兵大众，一个街头小贩、一个银行家或者一个车夫，总之，所有的人物均拥有固定的理论护照，他们的活动路线与彼此关系事先在理论地图之中已经标明。现实主义不可能复制无限的现实，那么，理论提供了分类、定位和评价的依据。现实主义对于细节的精致

---

① 南帆：《奇怪的逆反》，载《当代作家评论》，2008（6）。

摹写逼肖地再现了一个场面、一批人物，但是，理论指定的区域是种种形象不可逾越的范围。阶级、民族、行政科层或者不同的行业，一切既定的概念无不行使画地为牢的职责。相对地说，那些活动在众多概念缝隙中的人物或者没有现成解释的言行举止因为意义不明而遭到漠视，甚至被压抑，被封杀。这种状况似乎理所当然——理论之外无历史。

诚然，如同一些理论家指出的那样，典型不是平均数。静止的数目并不说明一切。一个强大的阶级可能盛极而衰，另一个新兴的阶层或许即将如日中天。典型包含了对历史之中新生萌芽的洞察。例如，革命代表了历史的未来，星星之火可以燎原——现实主义的典型人物可以是一个火种。尽管他们的性格十分罕见，但是，历史的必然规律会为之诠释。这些性格的共性将愈来愈明显，当今的异端分子正在成长为未来的主人公。这时，典型即历史的先锋。如果说，这种典型观念包含的预见性显示了文学的探索勇气，那么，后续而来的公式化叙述逐渐丧失了所有的活力。悲欢离合，兴衰存亡，一切无不按照注定的程序运行，固有的结局取缔了公式之外的任何可能。这种文学仅仅是图解而不再显示先见之明。20 世纪后期的历史发生了惊人的巨变，变化的迹象陆续贮存于诸多生活片段和人物的意识之中。然而，没有多少所谓的现实主义或者典型人物预示这个巨变——沿袭已久的理论地图丧失了效力。迟钝、保守、故步自封、缺乏必要的历史敏感，这些症状可以集中为一点：看不见如此之多正在裂变的意识。形形色色的性格滑出了文学的视野——联系到从未遭受到冷落的典型理论，这的确是一件奇怪的事情。

总体论的图景包含了政治、经济、文化、意识形态、阶级、民族、国家等多种交叉重叠的坐标体系。于是，众神归位，各司其职。然而，这种图景是否低估了人物的爆发性？如果不是乞求形而上学的幽灵，人显然是最为活跃的改造社会因素。人物的内心是否存在某种特殊能量，以至于可以提供摆脱旧辙的强大动力？否则，突破总体意义的历史结构何以可能？在这个意义上，马尔库塞的《爱欲与文明》以及《单向度的人》是一个极富启示的例子。

作为法兰克福学派的一员，马克思主义显然是马尔库塞首要的思想资源。然而，在马尔库塞那里，革命意识不仅要追溯至经济压迫的反抗，同时要启动遭受压抑的本能——爱欲。这显然来自弗洛伊德学说的想象。《单向度的人》指出了新型的控制形式："一种舒舒服服、平平稳稳、合理而又民主的不自由在发达的工业文明流行。"① 顺从主义、操作主义形成的意识形态阉割了人们的内心活力。工业社会的话语形式全面地封闭了思想之中的反思、抽象、发展、矛盾等因素。乌托邦已经摧毁，思辨成为多余之物。"单向度"意味着精神的中庸、单调和服从，中产阶级正被捧为中规中矩的标准形象。这时，外部社会可以提供的革命激情已经十分微弱。马尔库塞转向了内心，力比多成为有待开发的革命源泉。如果每一个社会成员的意识下面都隐藏了一个可能喷发的小火山，那么，破坏资本主义制度仍然可以期待。政治经济学开启的革命是一个维度，内心的解放是另一个维度。从解除无意识——本能或者爱欲——的压抑到建立马尔库塞所渴望的"非压抑性社会关系"，这种社会改造的方案不断地以各种形式提出来。无论是鲁迅的改造国民性还是马尔库塞的"新感性"，人、思想、感情、内心始终是注视的首要对象。现实主义文学始终围绕人物组织现实。但是，过多的理论开始遮蔽人物的精神肖像。抛开预先规定的典型理论，抛开重重叠叠然而业已干枯的概念，洞察和收集人物性格包含的历史信息，已经成为现实主义捍卫自己名声的必要努力。

　　洞察和收集人物性格包含的历史信息，并非一个毫无疑义的陈述。如果文学无非是再现政治或者经济的历史，人们还不如阅读统计年鉴或者经济社会发展蓝皮书。福楼拜和俄国批判现实主义之后，奥尔巴赫已经意识到文学意味的深长转折：作家对于重大的外部事件减少了兴趣，他们开始关注瞬间的日常片段，并且热衷于多个意识的交叉表述。这显然是一个奇特的征兆：欧洲公认的准则瓦解了，作家不再依据这些准则整理现实而陷入不知所措。因此，作家开始"把描写的重心放到随意性事情上，叙述这件事并不是为了有计划地对整个情节进行安排，它的目

---

① ［美］赫伯特·马尔库塞：《单向度的人》，刘继译，3 页，上海，上海译文出版社，1989。

的就是描写这个动作本身；同时表现全新的和非同寻常的东西，即作家无意中捕获的任意一个瞬间之中所有的真实和生活的深度"①。这种观点不得不对付一批尾随而至的问题：人物的存在是不是仅仅展示社会关系，或者说仅仅提供历史的某种浓缩物？社会关系或者历史演变已经穷尽人物的内涵吗？——独立的自我是否存在？脱离社会的边缘人物能否占据文学的中心？现实主义持续滑动在外部的、可见的现实表象之上，那些缺乏固定形状的内心涌流会不会因为没有多少社会意义而被判定为没有文学意义？玄幻、空想、奇诡呢？如果典型仅仅是一个与社会历史相联系的范畴，那么，典型如何评价自我、边缘人物或者内心？另一方面，文学与社会历史的关系是否仅仅表现为典型——历史必须符合某种先验设定的形式吗？许多迹象表明，启蒙思想之中个人主义话语必将在短暂的偃旗息鼓之后卷土重来，个人与社会的关系迟早会再度成为焦点。当然，这些问题的许多内容已经超出现实主义的覆盖范围，即将进入现代主义。

---

① ［德］埃里希·奥尔巴赫：《摹仿论》，吴麟绶等译，612、613页，天津，百花文艺出版社，2002。

# 现代主义、现代性与个人主义

## 一

何谓现代主义？——尽管络绎不绝的著作已经汗牛充栋，但是，各种阐释仍然没有一个尽头。这首先表明了西方文化对于现代主义的持久震惊。现代主义放肆地践踏传统，亵渎经典和大师，并且企图在文化废墟之上重铸一批面目怪异的语言产品。迄今为止，还是有许多人回不过神来：这一只横冲直撞的怪物是从哪里跑来的？现代主义起源于什么时候？1880年，1910年，1915年，抑或是1900年？[①] 现代主义的内涵是什么？这种文化类型具有哪些特征？现代主义运动分解为几条线索，如何与现代社会互动？另外，现代主义结束了吗？现代主义是被大众抛弃了，还是意外地成为自己所鄙视的经典？显然，这一批问题极为复杂，视域的转换或者历史资料的积累将不断地修正既有的结论，甚至派生出另一些意想不到的线索。

显然，这一批问题的考察必须指向西方文化，指向现代主义的起源。尽管追根溯源通常被视为阐释现状的依据，但是，人们没有理由放弃另一个向度的考察——指向现代主义的发展，即现代主义的迁徙、移植与异地繁衍。如果抛弃"起源幻觉"而将现代主义视为一粒文化种子，那么，那些漂洋过海的文学史故事一样引人入胜：现代主义如何投身欧洲

---

① 参见［英］麦·布鲁特勃莱、［英］詹·麦克法兰：《现代主义的称谓和性质》，见《现代主义文学研究》（上），221～223页，北京，中国社会科学出版社，1989。

之外的大陆，在异国他乡生长为另一种似曾相识的文化植物？

首先必须肯定，现代主义擅长国际性的文化社交。相当一部分文学的概念术语仅仅存活于本土文化而无法与异质话语通约。例如，中国古代文学理论的"道"、"气"、"神韵"、"风骨"等范畴很难介入西方文化，与史诗、悲剧、浪漫主义或者结构主义相提并论。相反，"现代主义"似乎扮演了全球公民的角色。不长的时间内，它的理论之旅遍布不同的大陆，缔造出各种版本的现代主义文学。通常，理论之旅的终点可以看到某种奇异的化合物。现代主义带有独特的文化基因——美学风格、主题、语言形式、文学和艺术观念、文化代码，如此等等。如何投入另一个文化圈，组织一批迥异的生活经验，成功地在文学领域注册，异国他乡的异质话语对于现代主义的接纳必须履行种种复杂的文化交接。因此，现代主义的顺利登陆和栖身通常表明，这个陌生的概念收到了访问邀请，并且赢得了异质文化的认可。历史曾经出现这种时刻：临近一个关键的十字路口，各种传统景象开始了大规模的替换，沿袭已久的意识形态丧失了阐释的功效，僵化的社会话语体系面临彻底的清理。这种清理往往造成了话语内部某些轴心部位的空缺，迫切征集一批新的重型概念再度承担阐释的使命。这常常可以解释现代主义乘虚而入的根本原因，尽管文学史提供的是种种不无偶然的形式和机遇。现代主义的登堂入室——而不是被拒之门外——表明，这个概念找到了与异质话语彼此衔接的理论交汇口。当然，穿过这个理论交汇口犹如穿过海关，欧洲现代主义的某些因素被扣压下来，至少被暂时冻结；同时，另一些因素赢得了特殊的重视，甚至被放大和扩张。现代主义是如何抵达中国的文化版图的？以上的描述标出了简要的理论线路。

然而，这种描述可能引起重大的异议，尤其是在后殖民理论如此盛行的今天。许多人愿意指出一个重要的疏忽：欧洲现代主义与帝国主义、文化扩张主义之间的关系为什么消失在理论视域之外？拥戴现代主义的激情悄悄解除了人们对于文化霸权的抗拒。如今，批评家已经发现，现代主义驳杂的形式实验隐含帝国主义对于当地人抗争的恐惧；现代主义中充斥着法西斯主义、男性至上主义以及种族中心主义；现代主义时常尾随经济掠夺的通道进入当地，美学上的"异国情调"成为掩盖侵略的烟幕弹；现代主义暗中挪用了"中国"的文化材料，但"中国"仅仅是想象的投射，并且被处理为片段的存在；总之，"许多中国作家将西方现代主义等同为现代性的符号和解除中国传统文化合法性的工具，从而使得中国现代主义在某种程度上成为一种受虐性的自制行为"。对于现代主义包含的帝国主义结构的无知和盲目，抽空了现代主义的意识形态内容，察觉不到这个概念在权力结构之中的位置和男性至上主义的假设前提，人们可能陷入西方文化的圈套。这是不可遗忘的历史教训：无所顾忌地援引西方文化作为思想资源，启蒙可能不知不觉地变质——"启蒙在很大程度上被符号化为反封建和拥护西方的代名词……对于启蒙思想家来说，批判封建主义和推进西化的紧迫性远远地超过了反抗和批判殖民统治的迫切需要。"①

对于那些言必称希腊的西方文化崇拜者，如此观点不啻于当头棒喝。后殖民理论恢复了"民族"范畴的衡量功效，开始犀利地分析隐藏于全球文化交往内部的压迫关系——分析那些脉脉含情的文化使者如何居心叵测，分析貌似开放的世界文化舞台如何屈从于不平等结构。然而，如同批评史屡屡显示的那样，犀利与盲视时常是同一个硬币的两面。如果将"民族"视为评价文化交往的唯一范畴，那么，民族文化之间仅仅剩下了充满敌意的交锋：一切不同民族的文化交往均被烙上殖民或者被殖民的烙印，所有文化差异无不以压迫与对抗告终。这就是文化造就的全部关系吗？我宁可认为，这是一幅令人沮丧的、同时不太真实的图景。即使帝国主义曾经如此普遍地插手文化交往，即使如此之多貌似公平的文化交往潜伏了文化霸权的宰制，人们仍然有理由相信：美学或者学术的文化互动仍然包含着挣脱帝国主义控制的能量。丝毫察觉不到美学或者学术内部所存在的抗拒权力的锋芒，人们肯定低估了文化的意义。毋庸讳言，半殖民地的创伤性经历肯定增添了"民族"这个概念的理论重量，但是，断绝西方文化的所有交往既不是捍卫民族的良策，也不可能

①　参见［美］史书美：《现代的诱惑》，何恬译，7、8、12、17、18、43页，南京，江苏人民出版社，2007。

触动与瓦解现有的文化权力配置方案。

另一方面，如果"民族"成为评价文化交往的唯一范畴，人们不得不潜在的承认一个预设：民族是一个凝固的同质化整体。民族内部对抗民族外部成为唯一的内容。这时，民族内部的压迫和反抗消失了，这些压迫和反抗与民族外部的各种交错的联系也消失了。这是民族主义对于理论视野的压缩——五四新文化运动的主将显然无法认可这种历史判断。对于西方文化的扩张与帝国主义侵略之间的呼应，他们不可能懵然无知；相反，我宁可相信，五四新文化运动的主将认为，打开民族文化的枷锁已经是当务之急。因此，他们义无反顾地投身于民族内部革故鼎新的冲动，并且企图利用西方文化的某种冲击相助一臂。"鲁迅等一批文化先锋一方面援引西方文化资源，一方面反抗西方文化殖民；一方面与传统文化决裂，一方面与民族国家认同。"尽管这种冒险犹如孤注一掷的背水之战，然而，不可否认的是，上述两方面均已成为新型民族意识的组成部分。欧洲现代主义无疑被视为西方文化资源之一。即使后殖民理论揭示了现代主义的殖民主义血统，这仍然是一个有价值的概念。一个民族通常存在鉴别、筛选、抵制和改造异族文化的机制。闭关锁国仅仅是一种消极的回避。很大程度上，后殖民的一个富有成效的策略即是，吸纳现代主义并使之屈从于中国文化版图结构。考察现代主义如何介入民族内部的各种对话，即是对于帝国主义文化霸权的实质性瓦解。"抛开了西方问题史结构，纳入独特的本土经验组织，这才可能证明中国版现代主义的诞生和文化殖民的破产。"[①]

## 二

西方现代主义曾经两度集中造访中国。第一次造访的时间大约是20世纪二三十年代，茅盾称之为"新浪漫主义"。[②] 当时，现代主义无疑是

---

① 南帆：《五种形象》，137 页，上海，复旦大学出版社，2007。
② 参见茅盾：《为新文学研究者进一解》，见《茅盾全集》，第 18 卷，北京，人民文学出版社，1989。

西方文化的使者之一。现代主义与浪漫主义、现实主义组成了共同现代文化团队，猛烈地向文言文所象征的封建文化发起了声势浩大的攻击。至少在造访的初期，现代主义不存在单独的美学使命。例如，打破现实主义的一统天下，或者，展示某种颓废的生活气息。相对于庞大的、陈陈相因的古典文学，乡土文学、写实主义、象征主义或者新感觉派之间的内在分歧并未充分显露。现代主义脱颖而出继而销声匿迹，是中国古典文学溃不成军之后发生的事。旧的历史画上了句号，五四新文化运动开启了另一扇大门。多少有些意外的是，"科学"、"民主"的理想状况并未如期而至。相反，众多接踵而至的问题表明，"现代"的分娩伴随着剧烈的阵痛。启蒙与革命，知识分子与大众，精英与底层，个人与民族国家，无产阶级与资产阶级、小资产阶级，本土文化与西方文化，传统与现代，政党与独立精神，科学主义与人文理想，艺术、美学与政治，城市与乡村，女权与男性中心主义，诸如此类的矛盾纠结在一起，此起彼伏，形成了一个巨大的话语场域。正如人们看到的那样，各种观念的激烈角逐逐渐尘埃落定——革命话语终于占据了历史的高地。当"革命"一词的内涵被确认为阶级之间的搏斗之后，现代主义不得不退出了竞争。中国的文化版图之中，现实主义晋升为革命话语内部的文学主管。现实主义开始严格而全面地整肃文学领域的规范——从文学史的描述，作家协会奉行的纲领，文学想象的来源到对作品的形式、美学风格类型、人物性格的解读。当然，古老的现实主义无法跟上如火如荼的革命形势，因此，清理或者改造是必要的补充。修缮一新的现实主义通常被冠以"革命"的定语——"革命现实主义"成为革命话语之中举足轻重的范畴，协调众多文学术语的有效运转。与此同时，现代主义与革命话语逐渐疏远，终于隐没在"资产阶级"和"颓废主义"两个标签背后。大约半个世纪左右，对于文学来说，现代主义仅仅是一个含义不明的古怪概念。

现代主义的第二次造访已经到了 20 世纪 80 年代。西方文化的解禁、文学的国际交往和全球视野、文学翻译的兴旺发达、学院对于文学经典的再认识以及作家不可遏止的独创意识，这些均是现代主义重返中国文化版图的条件。如果说，众多文学史已经记载了这些事件，那么，我更乐于考察的是，社会话语体系的巨大转折如何再度激活文学领域的现代主义。的确，如同许多批评家所言，西方文化之中的现代主义已经进入博物馆，舞台中心的表演主角显然是后现代主义。所以，对于 20 世纪 80 年代的中国文化版图说来，迟到的现代主义无疑听到了某种强大的召唤。历史的震荡还在观念层面持续，革命话语开始出现裂缝甚至局部崩塌，另一套迥异的话语正在以潜移默化的形式进行大范围的递补。如此错综复杂的理论换防之中，现代主义突然发现了自己的位置。于是，这个概念打破了半个世纪的缄默而迅速地活跃起来，众多冻结多时的遗留命题开始在新的文化气氛之中重现江湖。显然，现代主义并未成为另一套话语体系的典范，可是，现代主义携带的众多命题成为一个绕不开的坚硬存在。

现今，具体地复述 20 世纪 80 年代的历史震荡肯定是多余的。考察社会话语体系的时候，我宁可提出三个关键词表明历史的巨大跨度：革命、启蒙和市场经济。不论如何考证"革命"一词的语义演变，人们对于大半个世纪的革命话语记忆犹新。首先，个人的叛逆精神是革命的显著特征——尤其是对于众多知识分子。他们多半将革命想象为一种浪漫的运动，想象为一种打破日常乏味生活的奇遇。然而，如果革命无法一蹴而就——如果革命进入漫长的相持阶段，那么，这些轻浮的幻觉必将遭到历史嘲笑。革命的纵深时常是血腥的，残酷的，令人惊恐的，艰苦卓绝的，充满了形形色色的暴力和牺牲。革命成为阶级和党派之间的殊死搏斗之后，个人自由必须最大限度地压缩。对于革命者说来，如果众多的个人不是凝聚为统一意志的强大集体，对抗统治阶级操纵的国家机器几乎是一句空话。集体主义的崛起是革命的必然。伟大的革命打破了历史的僵局，带来了巨大的进步；但是，这种进步并非平均地降落在每一个人身上。某些人可能充分地享受到革命的成果，另一些人或许不得不付出高昂的代价，甚至放弃生命。无论如何，衡量革命成功与否的单位不是个人，而是某种集体——例如党派、民族、国家或者社会。这些集体承担革命收获的和失去的一切，至于个人的种种遭遇只能参照上述的历史背景酌情评价。因此，个人从属于集体几乎是革命之中不可动摇的铁律。即使革命成功之后，这条铁律仍然以体制的名义在新的政权机构中再三重申。这有助于解释，为什么革命话语时常存在两种矛盾的冲动：叛逆和服从。20世纪六七十年代的"无产阶级文化大革命"，两种冲动无不得到了超常的发挥——尽管在许多时候，革命领袖已经成为"无产阶级"集体的化身。

　　许多知识分子将20世纪80年代开始的思想解放运动形容为"启蒙"，相当大程度上针对的是"服从"。启蒙即是在一切事情上都有公开运用理性的自由——当康德的观点得到了再三的引用时，"个人"的意义获得了愈来愈多的认可。不言而喻，"个人"是思想史上一个著名的节点，各种理论脉络会聚在这里，众说纷纭，见仁见智。然而，中国的文化版图之中，这个概念并未制造出多少理论波澜就拐向了经济领域。"经济个人主义"意味着个人利益最大化，意味着自由贸易、竞争和私有财产制度。①市场经济的蓝图之中，"个人"犹如驱动经济活动的引擎。从古典经济学之中的"经济人"假设到现今体制改革的各种设计，无视"个人"——尤其是个人的利益——是不可想象的。尽管源于革命话语的集体主义仍然享有崇高的声誉，但是，多数人已经习惯于启用"个人"这个范畴处理诸多经济事务。可以预计，二者之间的裂缝迟早要暴露出来。

　　革命、启蒙和市场经济的交替象征着社会话语体系的转换。一大批重要的历史事件正在成为这种转换的注释。相对地说，重启现代主义只是一个微不足道的小节目。况且，许多人仅仅意识到现代主义对于现实主义的威胁，文学批评的局部争讼似乎没有资格与社会话语体系的转换联系起来。然而，人们至少要考虑到，现代主义抛弃现实主义的意图远非放行某些实验性的文学形式；现代主义试图抛弃的是现实主义所崇敬的历史——各种写实的笔触再现的历史，或者，各种典型性格带动的社会关系所代表的历史。将个人从纷繁的历史景象之中拯救出来——由于这个独异的主题，现代主义在社会话语体系的转换之际占据了令人瞩目的位置。

----

　　① 参见［英］史蒂文·卢克斯：《个人主义》第十三章"经济个人主义"，南京，江苏人民出版社，2001。

文学是不是正在打开所罗门的瓶子？现代主义释放出了一个尘封已久、同时又令人尴尬的概念：个人主义。这个文学运动以古怪的形式将"个人"插入革命话语，从而顽强地揭示了盲点的存在。现代主义对于内心意识的局部放大证明了"个人"的不可化约。

这是现代主义带来的第一轮理论震荡。

## 三

革命如同一场社会政治文化的强烈地震，一切传统的秩序短时间内发生了骤变。革命为历史带来了什么？这是许多思想家持续关注的问题。暴力形式或者不流血的政变，经济制度和政治权利，党派和阶级，不同的革命类型，激进地拥护、怯懦地回避或者站在保守主义立场上反对所有的动荡不安，任何一个分支都可能将人们带入理论的纵深。[1] 20 世纪中国革命的历史不仅镌刻在民族记忆之中，同时形成了一套革命话语。从革命的动力、主体、形式、策略到政治目标、动员机制、武装力量、组织纪律，革命话语体系业已成型，并且开始对一系列传统的观念进行清算。"个人主义"亦不例外。这个范畴遭到了革命话语的唾弃乃至严厉制裁，显然是意料之中的事情。

革命话语的隆重登场首先表明，曾经活跃于历史上的另一些观念已经黯然失色——例如儒家的"内圣外王"之说。从修身到齐家治国平天下，有关高尚道德修为的号召使个人与公共社会有效地衔接起来。相对于这种内/外的模式，达/穷构成了另一种模式——穷则独善其身，达则兼济天下。当然，独善其身并不是超然世外，赎回一种自由的精神生活；而闲居江湖毋宁说是一种等待的姿态——等待朝廷的召唤。无论如何，满腹经纶和个人的抱负只能以朝廷为皈依。然而，进入封建社会末期，上述模式再也维持不下去了。儒家学说制定的正人君子形象与朽败的封建王朝共同埋葬在文化废墟之中，后继而来的革命话语依据的是另一批

---

[1] 参见美国不列颠百科全书出版公司：《西方大观念》，陈嘉映等译，第 2 卷"革命"，北京，华夏出版社，2008。

迴异的社会历史范畴。这是马克思主义对于儒家学说的覆盖。阿里夫·
德里克认为，儒家"将历史视为个体表现其道德成败的领域，这种观念
消除了在史学著作之内追求历史解释的需要。……马克思主义的历史观
念与这种中国传统的历史观是根本不同的。它对于历史发展的动力只有
在社会经济结构的内在力量的相互作用中才能揭示出来的假定，改变了
历史研究的范围，展现出一种对于历史解释的复杂性的全新的意识"①。
从超历史的道德概念转向社会经济结构，即是转向社会整体的认识。如
果说，梁启超的"新民"、"群治"或者鲁迅的改造"国民性"企图实施某
种精神文化的拯救方案，那么，马克思主义高瞻远瞩地指向了政治和经
济制度。当然，许多人并不会忘记儒家学说与马克思主义交替之间的一
些插曲。从章太炎到鲁迅、周作人，从陈独秀、胡适到李大钊，从"创
造社"郁达夫等人的自传性抒情小说、郭沫若炽烈的《女神》到丁玲的
《莎菲女士日记》，个人主义曾经昙花一现。茅盾一度断言："人的发现，
即发展个性，即个人主义，成为五四新文学运动的主要目标。"②尽管如
此，历史没有给个人主义提供足够的发展空间。轰轰烈烈的革命充当了
历史的主角，个人很快后退，消失在一个面目模糊的群体之中。

　　形形色色零星的、小规模的革命运动往往具有自发性质。某些群
体——例如学生，或者工人——由于若干具体的原因揭竿而起，爆发出
种种激进的越轨言行。通常，这些群体是临时性的乌合之众，主宰他们
的是一种强大的情绪而不是秘密的核心组织。愤怒、郁闷、叛逆的冲动、
憧憬浪漫情节、青春期骚动，这些燃料可能迅速地耗尽。因此，这种革
命常常在耀眼的闪光过后急速地衰减。相对地说，整体性的社会革命必
须深谋远虑地制订严密的战略规划。革命的机器一旦启动，所有的部件
就共同组成一个高速运转的系统。从政治纲领、各个历史阶段的具体目
标到革命队伍内部的各级组织构成，这是一个阶级推翻另一个阶级的巨

---

　　① ［美］阿里夫·德里克：《革命与历史》，翁贺凯译，6页，南京，江苏人民
出版社，2005。
　　② 茅盾：《关于"创作"》，见《茅盾文艺杂论集》，298页，上海，上海文艺出
版社，1981。

大战役。《共产党宣言》宣称，整个社会已经分裂为两大敌对阵营，两大敌对的资产阶级和无产阶级。换言之，整体性的社会革命已经积聚了充足的能量，阶级之间的压迫和反抗提供了不竭的能量之源。这时，阶级共同体的意义远远超过了个人。五四新文化运动造就的那一批知识分子不必继续坚持一个桀骜不驯的个人形象。相反，他们心甘情愿地从属于阶级，这是不至于被甩出革命队伍的首要保证。

相对于政治学、经济学、法学或者社会学，文学对于个人主义远为热衷。独树一帜的美学风格、人物的个性、洞悉内心的幽微秘密、语不惊人死不休的追求，如同恐惧瘟疫一般恐惧雷同，这一切无不增添了"个人"的理论分量。尽管如此，强大的革命话语仍然阻止文学盲目地尾随个人主义。20 世纪 20 年代末期的"革命文学"倡导之中，个人主义一开始即被列为打击目标。郭沫若以夸张的句式嘲讽了个人主义："个人主义的文艺老早过去了，然而最丑猥的个人主义者，最丑猥的个人主义者的呻吟，依然还是在文艺市场上跋扈。"[1] 蒋光慈的《关于革命文学》花费了相当的篇幅论述个人主义的没落和革命文学对于集体主义的响应：

> 我们的生活之中心，渐由个人主义趋向到集体主义。个人主义到了资本社会的现在，算是已经发展到了极度，然而同时集体主义也就开始了萌芽。……现代革命的倾向，就是要打破以个人主义为中心的社会制度，而创造一个比较光明的，平等的，以集体为中心的社会制度，革命的倾向是如此，同时在思想界方面，个人主义的理论也就很显然地消沉了。
>
> ……
>
> 革命文学应当是反个人主义的文学，它的主人翁应当是群众，而不是个人；它的倾向应当是集体主义，而不是个人主义。[2]

---

[1] 麦克昂（郭沫若）：《英雄树》，见《"革命文学"论争资料选编》（上），76 页，北京，人民文学出版社，1981。

[2] 蒋光慈：《关于革命文学》，见《"革命文学"论争资料选编》（上），143、144 页，北京，人民文学出版社，1981。

　　与此同时，郁达夫、成仿吾、李初梨等人已经十分娴熟地使用小资
产阶级、资本主义、意识形态、唯物辩证法、无产阶级文学的历史使命
这些概念，阶级、党派、社会成为理论的中轴。这时，"个人"犹如某种
病态的、纤弱的、矫揉造作或者孤僻乖戾的社会弃儿。自从文学成为革
命话语的组成部分，个人主义始终声名狼藉。"我们的文学都是为人民大
众的，首先是为工农兵的，为工农兵而创作，为工农兵所利用的。""'五
四'以来被称之为'现代文学'的东西其实是一种民族国家文学。"——
无论是耳熟能详的革命领袖指示还是新型的文学史论断，文学的激情和
忠诚只能奉献给某种集体，个人主义不存在任何崭露头角的理论机会。[①]
不言而喻，个人主义并非等同于个人。无论是兴趣、性格、服装款式还
是美学趣味、饮食嗜好，个人特征与个人主义之间存在距离。文学亦然。
即使在严厉批评资产阶级个人主义的时候，列宁仍然表示："文学事业最
不能作机械的平均、划一、少数服从多数。无可争论，在这个事业中，
绝对必须保证有个人创造性和个人爱好的广阔天地，有思想和幻想、形
式和内容的广阔天地。"[②] 尽管如此，这始终是一个处理不好的理论伤疤。
个人与个人主义的距离普遍地遭到漠视。二者仿佛仅仅一步之遥。集体
氛围无所不在，各种异于集体共同特征的言行几乎无法摆脱一个魔
咒——小资产阶级。毛泽东的《在延安文艺座谈会上的讲话》不止一次
地将个人主义与小资产阶级相提并论。个人主义、小资产阶级与知识分
子三者几乎一体。从奇思异想、多愁善感、内向懦弱到维护个人的私密
空间、标榜与众不同的装束或者追求小众化的生活目标、生活方式，这
一切均可驱入小资产阶级领地。小资产阶级是一个含混同时又可耻的称
号，以至于没有人敢于明目张胆地为"个人"争取什么。相当长的时间，
"个人"及其意义遭到了全面的封杀。"大公无私"也罢，"斗私批修"也

---

　　① 参见毛泽东：《在延安文艺座谈会上的讲话》，见《毛泽东选集》，第3卷，
863页，北京，人民出版社，1991；刘禾：《文本、批评与民族国家文学》，见《语际
书写》，192页，上海，上海三联书店，1999。
　　② 列宁：《党的组织和党的原则》，见《马克思恩格斯列宁斯大林论文艺》，163
页，北京，人民文学出版社，1980。

罢，"狠抓私字一闪念"也罢，这些口号时刻监视个人主义的风吹草动。尽管革命的初衷在于解放而不是压抑个人，但是，相当一部分的实践走向了反面。"无产阶级文化大革命"不仅意味着物质的贫困，也极大地限制了个人的精神空间。"又有集中又有民主，又有纪律又有自由，又有统一意志又有个人心情舒畅、生动活泼"——革命领袖描述的这种政治局面并未如期而至。[①] 由于无法登陆理论视域，"个人"这个问题似乎消失了——直至 20 世纪 80 年代。

## 四

社会话语体系的转换是符号领域的某种壮观的迁徙。在我看来，历数三十年的各种历史事件并不能代替社会话语的盘点。如果将三十年的报纸语言输入计算机进行各种数据分析，人们可以清晰地描述社会话语的变异痕迹。某一个部落的词汇急剧地衰老、僵死；另一个部落的术语一拥而入，大范围地置换、增补。某些方面，二者之间的冲突、妥协或者拉锯迄今仍在持续。尽管革命话语逐渐松弛、软化，但是，解除个人主义禁忌的话题远未提上议事日程。不断地提示这个问题的存在，并且使之浮出水面的是文学。20 世纪 70 年代末期，刘心武的《班主任》，尤其是《我爱每一片绿叶》开始触及所谓的"个性"，但是，浮嚣的气氛和游移的认识焦点只能浅尝辄止。事实上，这个问题搁置到了现代主义的介入——现代主义迂回地启动了隐藏于中国文化版图内部的某种渴求。这时，文学强烈地意识到，压抑多时的问题从来没有真正解决。

欧洲现代主义是一个概括性的称谓，这个称谓之下包含了诸多纷杂的文学派别。因此，为什么"意识流"——而不是别的什么——成为介入中国文化版图的先锋，这是一个意味深长的问题。梅·弗里德曼引用了詹姆斯"把思想比做一股流水的概念和'意识汇合'的观念"，认为意识流"是一种主要挖掘广泛的意识领域、一般是一个或几个人物的全部

---

① 毛泽东：《在扩大的中央工作会议上的讲话》，见《毛泽东文集》，第 8 卷，293 页，北京，人民出版社，1999。

意识领域的小说"。① 尽管如此清晰的表述当时十分罕见，但是，一些作家"无师自通"的状态似乎表明，某种遥相呼应存在于双方之间。通常认为，20 世纪 80 年代初期中国"意识流"小说的始作俑者是王蒙。《夜的眼》、《春之声》、《布礼》、《蝴蝶》、《风筝飘带》这些小说都对"意识流"的叙述表示出试探性的兴趣。作为过渡阶段的产物，王蒙的"意识流"叙述仍然渴求革命话语的掩护。他再三声明与那些病态、变态、孤独的神秘主义或者非理性主义划清界限。在他看来，真正的革命话语必定深入到无意识。他将瞬间的感觉比拟为小锤子敲击内心的第一声："如果作家是一个很有头脑、很有思想、很有阅历（生活经验）的人，如果革命的理论、先进的世界观对于他不是标签和口头禅，不是贴在脸上或臀部的膏药，而早已化为他的血肉，他的神经，他的五官和他的灵魂，那么，哪怕这第一声，也绝不是肤浅的和完全混乱完全破碎的。"②

显然，这种观念与"意识流"的本义存在相当的距离。"我所说的意识流，是指模糊了理性与非理性、逻辑与非逻辑、直觉与机械之界线的那个表达区域"——阐述了"意识流"的基本内容并且涉及非理性、直觉、自由联想、无意识、内心独白之后，弗雷德里克·R.卡尔指出，"意识流"的核心是划分两种自我："约定俗成的自我（社会的、外倾性的自我）与本质的自我（绝对属于个人的自我）之间的区别。"存在某种纯粹的、与社会关系无关的"自我"，而且，这种"自我"才是世界的本源——这个假设很大程度上来自弗洛伊德和柏格森。如何捕获这种称之为"内向性"或者"生命本身"的内容，弗雷德里克·R.卡尔寄望于"纯记忆"："纯记忆是集中的、孤立的，在运动和感觉之外。它可以通过某一透视的、直觉的方式透入灵魂。"这被形容为"探索我性"。弗雷德里克·R.卡尔解释了"意识流"在这方面的意义：

---

① ［美］梅·弗里德曼：《"意识流"概述》，见《现代主义文学研究》（上），517 页，北京，中国社会科学出版社，1989。

② 王蒙：《关于"意识流"的通信》，载《鸭绿江》，1980（2）。

意识流如果没有对自我的强调便不能存在，整个现代主义的发展都离不开它。现代生活的压力能造成自我的丧失，或用奥特加的话说，能导致自我的非人性化，因而也能引发出自我的反抗。这不是指自我的灭绝，而指它的表现性，意识流也许是最纯粹的自我表现形式。①

即使现代主义迅速地成为时髦，但是，20 世纪 80 年代初期，如此露骨的个人主义仍然令人生畏。在我看来，主体问题的提出犹如这种观点的折中。刘再复的主体观念将内心形容为"第二宇宙"，反复地认定"人的内在生命"，性格的"深不可测"或者"灵魂的深"。在他心目中，灵魂的内部存在某种"深邃"的自我。② 这甚至带动了心理学的短暂繁荣。当然，当时主体观念并未在弗洛伊德到拉康的心理主义倾向上走多远。借用"心理"的意图毋宁是，切割出一个独立的空间抵抗纷杂的外部世界。相对于理论的期待，"意识流"小说的写作乏善可陈。《尤利西斯》式的巨著始终没有问世。或许，李陀的《七奶奶》包含了一个小小的突破——复杂的心理并非小资产阶级知识分子的专利。一个庸常的市民——一个琐碎的、保守的老妇竟然内心如沸。多少有些遗憾的是，批评家并未及时将《七奶奶》隐藏的尖锐问题提交理论前沿：是否真的有一个独立的、可以自我确证的灵魂游荡在种种交叉的社会关系网络之外？

不论欧洲现代主义拥有多少庞杂的内容，个人主义是一个无可回避的主题；"意识流"的脱颖而出可以证实，现代主义正是收缩到这个主题进入了中国文化版图——这表明了双方的兴趣共同点。文学流露的迹象似乎表明，社会话语体系到了再度面对"个人"的时候。

---

① 参见［美］弗雷德里克·R. 卡尔：《意识流与内封闭性：无限与迷宫》，见《现代与现代主义》，陈永国等译，320、324、325、327 页，北京，中国人民大学出版社，2004。

② 参见刘再复：《性格组合论》，自序、151、152、161、169 页，上海，上海文艺出版社，1986。

五

查阅 20 世纪 80 年代的理论文献，个人主义并未成为争辩的焦点。霍布斯、哈耶克这些个人主义思想家的名字 90 年代才姗姗来迟。个人是社会的本源和终极价值，社会和国家是为了保障个人的权利和利益而存在的——普及个人主义的这些含义已经到了"新左派"与"自由主义"的激烈辩论之际。尽管 80 年代文学没有正式谈论这个概念，但是，由于现代主义的后续震荡，"个人"试图顽强地拱出文学的地表。个人主义的种种征兆集中显现于文学形式与美学风格。因此，我将文学形式与美学风格的诸多饶有趣味的动向解释为个人主义的象征性表现——当然，只能是象征性的。

多数批评家公认，现代主义的第二次造访率先进驻诗的王国。20 世纪 70 年代末至 80 年代初，一批由象征、意象组织的晦涩诗歌——坊间形象地称之为"朦胧诗"——开始广泛流行。一个批评家为之概括的"新的美学原则"引起了轩然大波：这些诗人"不屑于作时代精神的号筒，也不屑于表现自我感情世界以外的丰功伟绩"。他们仅仅"追求生活溶解在心灵中的秘密"。①显然，如此个人化的内容必须诉诸另一套文学形式。从心理波动、无意识、情绪的起伏到象征、隐喻、视角、变形、通感、跳跃的节奏和崭新的韵律，形式的各种实验企图聚焦个人，同时将外部事件和历史处理为模糊的背景资料。80 年代前期，小说叙述的各种探索无不围绕如何打破情节的束缚，增添内心的分量——这种状况持续至马原及其一批同道的出现。

20 世纪 80 年代盛行文学形式实验。许多批评家意识到，语言并非一个被动的工具；相反，语言魔方的变幻不断地制造文学奇观。然而，许多批评家未曾意识到，当时的语言兴趣来自两个冲突的源头。一个是以结构主义为中心的语言观念：主体并非先于语言存在，可以自由地驱使语言；相反，主体是语言的产物，是受制于语言结构的一个微小成分。

---

① 孙绍振：《新的美学原则在崛起》，载《诗刊》，1981（3）。

另一个是表现论的语言观念：语言的各种组合来自奇异的内心。如此想象内心与文学语言的递进关系富有代表性："……语感是文学创作主体的先天的内在机能，它外化为作品形式的底层结构——文学语言，而文学语言又按照一定的编配方式（即文学语言的语法）转换为作品形式的表层结构——作品的文学语言系统。"[①]显而易见，大多数批评家持表现论语言观，他们不清楚甚至没有听说过结构主义的具体内容。语言的变幻根植于强大而神秘的内心，这似乎天经地义。文学形式实验如此前卫，内心、无意识、主体如此前卫，二者不约地在"纯文学"的名义下会聚起来。"纯文学"是一个迷人的概念，残雪的"纯文学"想象具有信徒般的虔诚："'纯'的文学用义无反顾地向内转的笔触将精神的层次一层又一层地描绘，牵引着人的感觉进入那玲珑剔透的结构，永不停息地向那古老混沌的人性的内核突进。"[②] 排除一切杂质而提炼出纯粹的文学，这种科学主义的理想具有巨大的感召力，尤其是在饱经政治动乱的骚扰和惊吓之后。一些人寄望于试管中出现晶莹无瑕的语言，另一些人寄望于钻探出未经尘世污染的深度内心或者无意识，表现论的语言观念终于使之合二而一。语言、内心、"纯文学"三者的统一，显然是个人主义在文学领域制造的一个象征性事件。

"纯文学"有时又被称为"雅文学"——相对于各种通俗文学。实验性的语言和内心如此个人化，以至于远远超出了芸芸众生的视野。这时，"雅文学"甩下了种种模式化的故事和众口一词的叙述，并且以高雅的姿态回击来自庸众"看不懂"的抱怨。你们读不懂，你们的孙子就能读懂——诸如此类的不逊言辞流露出明显的傲慢。文学史上的雅俗之别源远流长。然而，这个美学分歧之所以具有愈来愈大的政治意义，因为人们愈来愈多地意识到："雅"逐渐演变为美学风格对于个人主义的曲折致敬。

---

① 李劼：《试论文学形式的本体意味》，见《个性·自我·创造》，371 页，杭州，浙江文艺出版社，1989。

② 残雪：《究竟什么是纯文学》，载《大家》，2002（4）。

古代的"俗"和"雅"分别源于民间和文人两大系统。民间的神话、传说、歌谣显得简朴、清新、放肆、泼辣；文人写作的小说、诗、词、曲显得精致、典雅、温柔敦厚。民间的渊源与文人改造的互动形成了文学史的良性循环。然而，20世纪上半叶开始，"俗"和"雅"无不卷入各种复杂的观念。尽管集体心理学对于大众内部隐藏的非理性疯狂提出了警告，但是，文化民主仍然是现代社会的强劲趋势。这个意义上，"俗"的范畴包含了多种文化指向。例如，五四时期的民间文学、平民文学、白话文学或通俗文学存在微妙的差别。它们或者注重流传的范围，或者注重阅读者的身份，或者强调语言特征，或者强调市场流通的繁荣。与此同时，"雅"的范畴已经从古代的文人转移到现代知识分子，即相对于大众的启蒙者。如果说，个人主义是五四时期知识分子启蒙的内容之一，那么，个人主义也是革命话语非议知识分子群体的原因之一。这时，"雅"有意无意地带上了贬义——"雅"并非表明知识分子的精湛专业，而是表明知识分子与大众的距离。对于文学说来，这种美学风格包含的个人主义潜藏了瓦解革命动员机制的危险。毛泽东说过，文学是革命动员大众的有力武器，负有"团结人民、教育人民、打击敌人、消灭敌人"的责任。因此，"一切革命的文学家艺术家只有联系群众，表现群众，把自己当作群众的忠实的代言人，他们的工作才有意义"。[①] 相反，那些自命不凡的知识分子沉溺于个人主义幻觉，他们能够为革命贡献什么？相当长的时间里，从"雅"、形式主义到小资产阶级知识分子的内心王国屡遭贬抑，个人主义显然是一个重要根源。

现代主义的粉墨登场同样是一个象征性信号：个人主义似乎开始某种程度的解禁。奇怪的是，这个动向并未产生多少震动。人们突然察觉到，经济领域的改革已经远远走到了前面——分配方式的集体平均主义正在废弃，取而代之的是以个人为中心的利益单位。然而，故事的有趣之处恰恰在这里：现代主义并没有对经济领域的"个人"表示赞赏，相

---

① 参见毛泽东：《在延安文艺座谈会上的讲话》，见《毛泽东选集》，第3卷，864页，北京，人民出版社，1991。

反，现代主义再度以激进的姿态提出异议——这远非彻底的解放。

"个人"这个范畴如何深刻地卷入现代性内部的各种矛盾？这个问题的提出预示了现代主义带来的第二轮理论震荡。

# 六

现代性是启蒙话语的核心问题之一。一些人将革命形容为一场失败的历史实验，另一些人认为革命正在再度积蓄能量，然而，这是一个不至于引起异议的结论：启蒙话语已经卷土重来，而且，启蒙话语提出的现代性问题正在向理论和实践的诸多领域扩散。各种资料显示，现代性拥有极其庞杂的内涵。从世俗化、理性、自由经济到线性的时间观念、厚今薄古、民族国家以及复数的现代性，西方众多思想家的理论表述迄今仍然有增无减。显然，大众无法参与种种专业性的争辩，他们接受的通常是本土语言简化处理的通俗版本。中国文化版图之中，20世纪五四时期的"科学"、"民主"，60年代"四个现代化"的设想——即现代农业、现代工业、现代国防和现代科学技术——和90年代的市场经济大致地标示出现代性的几个阶段性理解。船坚炮利、声光电化、核弹头的数量、国民经济生产总值、居民住宅面积、大学教育的普及程度以及家用电器的拥有率无不成为上述理解的注释。

文学曾经以"现代主义"的名义向现代性表示敬意。一些作家激动地将现代主义视为现代化的产物。20世纪80年代重启现代化目标，他们兴致勃勃地打出现代主义的旗号挥戈助阵。①相对地说，王富仁展开了远为开阔的理论视野——他的《中国现代主义论》力图呼应的是20世纪的启蒙话语与现代性。王富仁的聚焦点并非欧洲现代主义的源头，而是依据本土现代性清晰地划分出一个崭新的文学段落："'中国现代主义'是与'中国古典主义'相对举的文学概念。……是把中国文学提高到现代性高

---

① 参见徐迟：《现代化与现代派》，载《外国文学研究》，1982（1）；叶君健：《现代小说技巧初探·序》，5页，广州，花城出版社，1981；冯骥才：《中国文学需要"现代派"！——给李陀的信》，载《上海文学》，1982（2）。

度的文学，是体现着中国文学家对文学的现代性理解的文学，是表现中国知识分子在现代世界的感受和情绪的文学。""中国的现代主义文学则是在对文学的现代性的一次性追求中产生的，是由各种不同的流派共同组成的新文学的整体。"① 在他的心目中，尽管鲁迅、郭沫若、郁达夫、戴望舒、胡风、沈从文、老舍、张爱玲这些作家各擅胜场，但是，他们无不具有某种异于古代文人的现代气质。相对于没落的古典文学，"现代"是一个激动人心的整体。这个概念沉寂了多年之后再度进入社会话语体系，成为众望所归的核心。这时，启蒙、现代性、市场经济几乎是一体的——现代性尚未遭到分解，尚未显示出内部的矛盾、张力乃至剧烈的冲突。

　　古典文学退场之后，现代性占据了前沿——同时逐渐显示出内在的分歧。如果说，五四新文化运动倡导的个性解放隐含了多向的个人主义，那么，20世纪80年代开始，启蒙话语敦促文学集中到经济个人主义的范畴——尤其是集中考察物质的初步富裕如何卸下了奴性的精神枷锁。不论是何士光的《乡场上》、张一弓的《黑娃照相》、王润滋的《内当家》、叶文玲的《小溪九道湾》，还是高晓声以陈奂生为主人公的一批小说，许多作家或显或隐地开始注视这个主题：个性、尊严和自由绝不是单纯的精神范畴；没有起码的物质支持，个人的自主权利势必成为奢侈的空话。根据刘禾的考察，20世纪初个人主义的论辩多半聚焦于个人与民族国家、"大我"与"小我"这些理论问题。② 个人主义从种种抽象的思辨进入日常生活，从文学所擅长的情感和伦理领域进入一丝不苟的财政预算，这是已经启蒙话语的第二次兴起。始于20世纪80年代的经济改革具有一个重要特征：经济活动之中的个人登上了广阔的社会舞台。个人的能力、业绩、资本与个人的收益成为正比，这是市场经济的基本架构。当然，市场经济运作的各种交往以及个人赢得的财产必须依赖一个稳定的保障

---

① 王富仁：《中国现代主义论》，见王晓明主编：《二十世纪中国文学史论》，上卷，258、260、269页，上海，东方出版中心，2003。

② 参见刘禾：《个人主义话语》，见《跨语际实践》，北京，生活·读书·新知三联书店，2002。

制度，法律的后援不可或缺。从《宪法》对于个人财产的肯定到《物权法》的详实条款，个人的权益和法律地位逐步清晰。[①] 这些描述多大意义上成为自由主义的理论肖像，这是一个有待争议的问题；我想指出的仅仅是这一点：如此的经济和法律环境制造出了个人主义的空间。艾伦·麦克法兰就是这么界定英格兰典型的个人主义者："他们在地理和社会方面是高度流动的，在经济上是'理性'的、市场导向的和贪婪攫取的，在亲属关系和社交生活中是以自我为中心的。"[②] 虽然社会话语体系尚未如此简明地表述以上特征，但是，所有的人均可意识到，市场经济条件之下的个人主义已经是一个呼之欲出的概念。

有意地低估甚至无视市场经济对于个人的解放意义，这多少有些强词夺理。死气沉沉的局面终于结束，社会的各个层面均被彻底搅动了。即使是决堤而出的物欲或者缺乏节制的消费主义，人们仍然察觉到某种生气勃勃的内容。现今的文学就可以提供许多这个主题的证据。然而，文学的记录并不是到此为止。另一些意味深长的文学动向同时提供了某种令人不安的线索。例如，从蒋子龙气势如虹的《乔厂长上任记》到谈歌悲凉的《大厂》、曹征路激愤的《那儿》，二十来年的时间里还发生了什么？从柯云路充满锐气的《新星》到众多官场黑幕小说，这又表明了什么？市场的确赋予个人各种权益和自由，但是，预想的平等和解放并未真正实现。个人似乎陷入了另一个圈套。这是启蒙话语的可悲逆转——这是"启蒙辩证法"的一部分吗？

现代主义即是在这个时刻再度进入视野。作为资本主义文化的叛臣逆子，现代主义曾经摆出了与市场、自由经济以及种种市侩主义格格不入的姿态。对于资产阶级竭力维护的社会秩序，现代主义的颓废、愤懑、阴郁和玩世不恭显然是一种放肆的亵渎。这是文学形式掩护之下的拒绝行为。这时，人们模糊地意识到，现代主义的"个人"存在强烈的美学

---

① 2004 年《宪法》修改中明确将"公民的合法的私有财产不受侵犯"写入条款；2007 年《中华人民共和国物权法》正式颁布。

② ［英］艾伦·麦克法兰：《英国个人主义的起源》，管可称译，215 页，北京，商务印书馆，2008。

破坏性——这种另类的形象与经济个人主义大相径庭。

当然，这时已经没有多少作家还在青睐现代主义。在他们的心目中，这个概念似乎过时了。从 20 世纪 80 年代中期开始，"先锋小说"是一个更为盛行的称谓。尽管"先锋"在许多时候即是现代主义的别名——尽管"先锋小说"无疑包含了现代主义的形式馈赠，但是，惊世骇俗的锋芒已经减弱。对于马原之后那些热衷于"叙述圈套"的作家说来，拉美的魔幻现实主义是另一个文学资源。至少在风格上，博尔赫斯式的优雅相当程度地折服了现代主义的不驯与讥讽。这似乎是智慧对于愤懑的劝慰。至于诗歌王国，北岛、江河、舒婷、食指这一代诗人功成名就之后，现代主义式的悲愤逐渐平息。后继的众多小型诗人社团带有明显的后现代主义情绪。他们坦然地认同日常生活，甚至仅仅热衷于将诗歌名义召集的聚会改造成狂欢式的行为艺术。90 年代中期的"个人化写作"或者"私人写作"仿佛具有某种现代主义的渊源，然而，由于内涵的游移不明，这个口号尚未进入理论视域就早早地退场。人们毋宁说，现代主义的反抗意义是依附于现代性话题而重新浮现。许多时候，现代性话题表现为一个纷乱庞杂的理论场域。置身于众多概念的矩阵，批评家的兴趣以及辨识力超越了作家。中国文化版图内部，即使作家并未再度积聚起一个现代主义潮流，现代主义的挑战仍然在批评家的理论构图之中预演。

毋庸讳言，现代性话题急剧升温的原因之一是，反思现代社会的成败得失。如果说，后现代主义的崛起迫使现代性的自我反思是西方文化的剧目，那么，中国文化版图之中，现代性的评价甚至直接影响到当下的各种公共决策。迄今为止，卷入现代性话题的许多重量级思想家均对这种观点表示赞同：存在两种相互对立的现代性模式。一种现代性源于启蒙话语，世俗化、工具理性、科学主义、大工业革命、民族国家的建立、科层制度、市场经济与全球化均是这种现代性的表征。相对地说，另一种现代性是审美的、文化的，这种现代性的首要特点即是对于前者的强烈批判。马泰·卡林内斯库将第一种现代性称为"资产阶级现代性"。进步的学说，相信科学技术造福于人类，精确计算时间，理性崇拜，抽象意义上的自由理想，这些均是现代观念史早期阶段的杰出传统；"相反，另一种现代性，将导致先锋派产生的现代性，自其浪漫派的开端即倾向于激进的反资产阶级态度。它厌恶中产阶级的价值标准，并通过极其多样的手段来表达这种厌恶，从反叛、无政府、天启主义直到自我流放。因此……更能表明文化现代性的是它对资产阶级现代性的公开拒斥，以及它强烈的否定激情"①。显而易见，现代主义从属于后一个阵营。从卡夫卡《变形记》之中的甲虫、加缪《局外人》那一张冷漠的面孔、《第二十二条军规》玩世的冷嘲到 20 世纪 60 年代巴黎的学潮，现代主义拒绝与资产阶级现代性合作。

查尔斯·泰勒发现，"现代主义的作家和艺术家在反抗一个被技术统治的世界，反抗标准化，反抗社区的退化，反抗大众社会，反抗粗俗化"②——总之，反抗工具理性侵占之后丑陋的世界。资产阶级现代性在许多方面形成了压抑性体系，包括对于个人的压抑。这是始料不及的后果。仅仅将个人主义局限于经济领域，这显然是一种枯燥的、充满铜臭味和时刻奉行丛林法则的现代性。按照史蒂文·卢克斯的观点，个人主义的内容远为丰富。经济个人主义之外还有政治个人主义、宗教个人主义、伦理个人主义、认识论个人主义、方法论个人主义；人的尊严和内在价值、人的自主性、隐私和自我发展无一不是个人主义的重要层面。③当资产阶级现代性粗暴地以物质财富覆盖个人的多种维度时，纸醉金迷的幻象已经无法平息文学的骚动。于是，现代主义开始以刺眼的异端形式表现"个人"。阴郁、纵欲、迷乱、畸形、歇斯底里的爆发和无奈同时又不屑的讥刺，这些均是"个人"反击那个僵硬乏味的现代性社会时摆出的夸张姿态。

作为一种蔚为大观的文学运动，现代主义席卷全球。然而，反抗和

① ［美］马泰·卡林内斯库：《现代性的五副面孔》，顾爱彬、李瑞华译，48页，北京，商务印书馆，2002。

② ［加］查尔斯·泰勒：《自我的根源：现代认同的形成》，韩震等译，713页，南京，译林出版社，2001。

③ 参见［英］史蒂文·卢克斯：《个人主义》，阎克文译，南京，江苏人民出版社，2001。

批判的效果如何？显而易见，美学的震惊形成的冲击波肯定曾经使资产
阶级深感不适。现代主义抛出如此颓废的"个人"形象与驰骋于市场的
大亨、经理或者董事长相差太远了。尽管如此，事情很快有了转机。现
代主义文学逐渐被核准为经典，继而荣升学院讲坛与美术馆的座上宾。
资产阶级现代性的完善机制顺利地消化了现代主义的傲慢和冲动，并且
使之变成价格不菲的商品。许多批评家对于西方文化之中现代主义的命
运无比失望，似乎到了开启后现代主义想象力的时候了。

## 七

　　时过境迁，尽管现代主义逐渐成为陈迹，但是，阐释现代主义的理
论框架仍然给许多理论家带来了灵感——尤其是分解多种现代性之间的
复杂纠葛。例如，提出"反现代性的现代性理论"。如同资产阶级现代性
与审美现代性矛盾地并存，"反现代性的现代性"表明，这个空间的现代
性类型还会增加。这个悖论式的概念来自汪晖的重磅论文《当代中国的
思想状况与现代性问题》。在他看来，晚清以来众多思想家的共同特征是：
一方面质疑资产阶级现代性，另一方面追求中国版的现代性。这注定是
一个引起巨大争议的观点："毛泽东的社会主义思想是一种反资本主义现
代性的现代性理论。"[1]这么说并不夸张：这种观点成了20世纪90年代的
"新左派"与"自由主义"之争的导火索。

　　总结当代中国思想状况的时候，汪晖考察了三种"作为现代化的意
识形态的马克思主义"——毛泽东的社会主义思想、当代改革的社会主
义和人道主义的马克思主义。尽管三者均对现代化的目标表示赞同，但
是，如何实现现代化远未达成共识。汪晖认为，人道主义的马克思主义
是"当代中国'新启蒙主义'思想的重要组成部分"。然而，他感到不满
的是，"新启蒙主义"的批判性正在丧失。这种启蒙话语无法在"现代性
危机"的意义上持续地批判资本主义市场，揭示全球垄断关系的形成，

---

　　① 　汪晖：《当代中国的思想状况与现代性问题》，见《去政治化的政治》，65
页，北京，生活·读书·新知三联书店，2008。

并且严肃地评估"反现代的现代性理论"和中国革命隐含的合理初衷。①

开阔的历史视域、涉及的问题数量和观点的尖锐性，这些都是争议久久无法平息的原因。汪晖反复强调，必须抛弃传统/现代这种纵向的线性历史图景——必须在横向的现代性结构框架之中分析多种现代性的冲突。因此，他明确地反对将"反现代的现代性理论"内部派生的专制主义叙述为"传统的和封建主义的历史遗存"。这种"隐喻"显然将革命置于现代性结构之外，形同没落封建主义的回光返照。② 退缩到僵化的封建主义躯壳里面盲目地拒绝资本主义文明，如此没有生命力的革命走不了多远。事实上，中国的革命曾经彻底地涤荡市场体制与意识形态，这是由现代性内部演变出来的先锋意识——资产阶级现代性愈演愈烈的不平等迟早会培养出自己的掘墓人。

可以预料，这必定是一个分歧的焦点。马克思主义学说终于成为共产党的纲领，这决定了 20 世纪中国革命的现代性质——封建社会的农民起义不可能提出批判资本主义的任务。尽管如此，许多人仍然坚持认为，农民革命的思想观念以及动员、组织方式，夺取政权之后的各种口号、仪式和行政权力的分配机制，"无产阶级文化大革命"期间的形形色色的现代迷信与领袖崇拜，封建主义的遗迹仍然比比皆是。如果封建主义成分占有的比重达到相当的程度，革命的现代性质必然受损。然而，这仅仅是争论的一个方面。我更为关注的是，"反现代的现代理论"是否也可能隐藏了某些重大的盲点——即使是在现代性的结构框架之内？汪晖已经提到了"反现代"实践之中出现的诸种问题：轻视形式化法律、推崇绝对平等、剥夺个人政治自主权，等等，尽管他没有详细地阐述这些问题的深刻原因及其后果的严重程度。③ 无论如何，这些问题并非偶然的技术失误。重返文学领域，当"反现代的现代理论"成为中国当代文学史叙述的纲领时，这些问题必将因为具体化而充分暴露出来。

---

① 汪晖：《当代中国的思想状况与现代性问题》，见《去政治化的政治》，63～93 页，北京，生活·读书·新知三联书店，2008。

② 同上，68、69 页注释。

③ 同上，65 页。

迄今为止，唐小兵和李杨可以视为这种文学史叙述范式的代表人物，尽管还有一些批评家持有相似的观点。李杨自述《抗争宿命之路》一书主旨的"跋"即以"'反现代'的'现代'意义"为题，[①] 唐小兵在《再解读》的代导言《我们怎样想象历史》之中将延安的大众文艺形容为"反现代的现代先锋派文化运动"。唐小兵的现代性空间共时地包含了"通俗文学"、"现代主义文学"和"大众文艺"。三者之间，大众文艺的"反现代"性质在于摒弃通俗文学的市场逻辑和现代主义的个人化政治。[②] 这种想象力图提供解读和阐释的另一个支点。由于这个命题的肯定，启蒙话语"重写文学史"之中遭受贬抑的一批作品恢复了名誉——从《小二黑结婚》、《李有才板话》、《青春之歌》、《林海雪原》到《暴风骤雨》、《创业史》乃至六七十年代的"革命现代京剧"样板戏。然而，许多人首先感到不适的是，这个新颖概念主持的文本解读会不会游离于文本的生产环境，尤其是掩盖了文本所依附的文化体制拥有何种权力等级？唐小兵曾经引用了诗人严辰的描述论证延安当时的氛围：脱离革命大众集体的作品必将遭到严厉谴责；[③] 至于 20 世纪六七十年代，贸然非议一部"革命样板戏"可能惹来杀身之祸——"'反现代'的'现代'意义"如何评价这种文学史奇观？然而，我宁愿回避如此尖锐的交锋而将话题修改得温和一些：如果没有权力机制的护佑，这个命题的褒奖又能多大程度地保证这些作品顽强地踞守于经典名单之中，迄今仍然赢得了再三的关注？这些作品会不会太简单了——尤其是在现代主义业已揭示了如此复杂的人物内心之后？

重提现代主义的意图绝不是将这种文学派别标榜为十全十美。正如许多批评家意识到的那样，现代主义文学通常缺乏政治经济学的维度。斑斓的内心、膨胀的感觉、孤独和怀疑、无奈和荒谬，种种印象重重叠叠，心理主义的本质化极大地削弱了政治经济学的社会分析。人们找不

---

① 参见李杨：《抗争宿命之路》，长春，时代文艺出版社，1993。

② 参见唐小兵：《我们怎样想象历史》，见《再解读》，11～13 页，北京，北京大学出版社，2007。

③ 同上，10 页。

到政治经济学的各种后继范畴——例如阶级、民族、社会制度或者历史。这是现代主义的软肋。很难想象，那些歇斯底里的情绪如何与坚固的制度体系抗衡。相对地说，政治经济学的维度是现实主义的擅长——恩格斯曾经因此而屡屡称道现实主义。然而，如果仅仅剩下了政治经济学，如果仅仅将人物塞入阶级、民族或者社会制度事先设计好的槽模，肯定曲解了现实主义。"反现代的现代先锋派"似乎有意为之。唐小兵援引周扬的话说，大众文艺情愿放弃"复杂性格心理的描写，琐细情节的描写"。① 总之，革命、集体和一览无余的形式即是"反现代的现代先锋"的注脚。革命是阶级与社会制度之间的事情，个人无足轻重。蔑视感受、蔑视细节、蔑视心理毋宁说蔑视个人的独特性。因此，弗·詹明信的观感并不奇怪：第三世界知识分子只有"我们"而没有"我"，一切都是所谓的"民族寓言"。②

这意味着个人的再度消失——在文学之中消失。这是革命必须偿付的代价吗？或许，事实展示了相反的另一面。按照娜塔丽·萨洛特的形容，现代主义的人物具有"稠液"般的心理。人们惊讶地从中发现，强大的压抑体系已经密集地织入日常的每一瞬间，沉淀于感觉末梢。如果不是将经济决定论夸张到极端，这是一个不争的事实：并非一切压抑均溯源于生产方式。因此，真正的解放不仅局限于政治经济学范畴。生产方式和社会制度的革命仅仅是开始，而不是终结。解放如何抵达全部生活细节，个人是极为重要的衡量单位。这时，个人主义的意义终于纳入了革命的视域。人们甚至可以估计这种复杂的状况：即使在不平等的制度之中，个人的某些局部反抗仍然有效——某种"嵌入式"的反抗。

毋庸置疑，现代主义不可能提供反抗的标准答案。现代主义告知普遍地存在一个被压抑的"自我"，这个意图成功了；现代主义试图讲述

---

① 参见唐小兵：《我们怎样想象历史》，见《再解读》，11 页，北京，北京大学出版社，2007。

② ［美］弗雷德里克·詹明信：《处于跨国资本主义时代中的第三世界文学》，见《晚期资本主义的文化逻辑》，516、523 页，北京，生活·读书·新知三联书店，1997。

"自我"的本质，这个设想失败了。现代主义的最大意义在于，介入现代性结构框架内部的复杂对话：资产阶级现代性，审美现代性，或者"反现代的现代性"。迄今为止，尽管每一种观念都拥有自己的理论谱系，但是，我仍然怀疑，"左"与"右"的二元对立还有足够的活力。我宁可期待复杂的对话产生某种新型的可能。社会话语体系是否可能重组一切积极因素，同时启动某种"广谱"的批判？如果理论包含了幻想的权利，现在或许恰逢其时。

# 历史与语言：文学形式的四个层面

## 一

现在似乎是谈论文学形式的一个微妙时刻。过去的一百年时间里，文学形式的地位发生了戏剧性的变化。从新批评、俄国形式主义到结构主义，文学形式赢得了隆重的礼遇，继而晋升为无可争议的主角。各种文学形式的研究盛极一时。在更大范围内，这一切被视为人文学科"语言转向"的组成部分。对于许多理论家来说，形式问题即语言问题。文学不就是某种特殊的语言组织吗？然而，后结构主义时代来临之后，形势突然逆转。无论是解构主义、接受美学还是后殖民理论，语言不再充当考察的终点。文学形式不仅是单纯的语言结构，权力、欲望或者意识形态隐秘地交织在语言内部，或显或隐地介入文学形式。如果语言不再是一个封闭的自律体系，那么，著名的"内部研究"就会暴露出巨大的局限。文学形式不得不再度向历史敞开。"文化研究"这个内涵含糊的概念重新聚集了人们对于历史或者意识形态的兴趣。众所周知，阶级、种族、性别是"文化研究"的三大显赫主题。这时，一批理论家开始暗自嘀咕：是不是又到抛弃文学形式的时候了？

显而易见，许多理论家对于新批评、俄国形式主义和结构主义——人们可以统称为形式主义学派——的信任开始减弱。他们对于文学形式的高调论述是否依然有效？这个问题如同一个不断扩大的阴影令人生疑。很久以前，人们已经熟悉了黑格尔式的辩证观点，形式仅仅是表述内容的工具。内容不可能独立存在，没有任何形式的内容是不可想象的，尽管如此，形式仍然是次级的，俯首帖耳地依附于内容。[①] 不少人对于形式与内容二分啧有烦言。这种静态的二元结构割裂了内部与外部或者内在与外在。他们宁可认为文学形式是"材料"的组织构造，或者是各种要素的安排。但是，这仍然无法回避形式与内容二分可能遭遇的困境。例如，《红楼梦》之中贾宝玉衔在嘴里出生的宝玉算什么？这是主人公佩挂的一件饰物，是大观园内部的一个秘密话题；同时，这也是一种象征，一个诱导故事的悬念。前者通常纳入"内容"或者"材料"，后者显然必须称为"形式"或者"组织"。然而，某一个层面上的形式可能转换另一个层面上的内容。换一句话说，"内容"、"材料"与"形式"、"组织"某种条件下可能颠倒过来。形式主义学派仍然延续了二分的逻辑，只不过他们悍然将"形式"置于"内容"之上罢了。或许，二者之间主从关系的改写并不重要，重要的是俄国形式主义的论断：形式乃是文学之为文学的根本特征。根据雷蒙·威廉斯的解释，英文之中的"形式主义"包含了负面含义——这个词常用于形容崇尚繁文缛节，热衷表面文章。[②] 因此，俄国形式主义的论断不仅是一种理论观念，还包含了某种惊世骇俗的反传统姿态。无独有偶，英国的克莱夫·贝尔大约在相近的时间提出了一个著名的命题：艺术乃有意味的形式。尽管贝尔的命题更多地流行于造型艺术领域，而且，这个命题带有明显的心理主义意味，[③] 然而，这是那个时期文学与艺术共同认可的结论：必须到形式之中发掘最终的秘密。形式，或者语言，这是 20 世纪上半叶形式主义学派叙述文学的本质之际首屈一指的关键词。然而，20 世纪的下半叶，具体地说，也就是 60 年代西方的学生运动遭受重大挫折以及结构主义的"结构"胎死腹中之后，形式崇拜或者语言崇拜遇到了强烈的质疑。

这种质疑的后果是，许多理论家倾向于重返历史和意识形态。正如

---

① 参见 [德] 黑格尔：《美学》，第 1 卷，朱光潜译，24、25 页，北京，商务印书馆，1979。

② 参见 [英] 雷蒙·威廉斯：《形式主义者》，见《关键词》，刘建基译，188 页，北京，读书·生活·新知三联书店，2005。

③ 参见 [英] 克莱夫·贝尔：《艺术》，北京，中国文联出版公司，1984。

希利斯·米勒所指出的那样：文学研究的兴趣中心发生了大规模转移——"从对文学作修辞学式的'内部'研究，转为研究文学的'外部'联系，确定它在心理学、历史或社会学背景中的位置。换言之，文学研究的兴趣已由解读（即集中注意研究语言本身及其性质和能力）转移到各种形式的阐释学解释上（即注意语言同上帝、自然、社会、历史等被看做语言之外的事物的关系）"。①理论家共同发现，形式或者语言时常是历史和意识形态的产物，而不是某种纯洁无瑕的"结构"。文学形式被形容为远离尘嚣的圣地，只有那些天才的杰出心灵才可能洞悉种种曲折的奥秘，品鉴揣摩美妙的韵味——这种贵族主义式的幻想早该破产了。形式主义学派力图将历史和意识形态彻底剥离，从而把文学形式当成一副没有血肉的骨架供在理论的祭坛上。这显然是为自己逃避历史制造一个幻觉的空间：只要他们架起放大镜专心致志地观察文学形式的种种纹路和内部结构，窗外的历史就不会再来无趣地骚扰。他们没有意识到，这个幻觉的空间即是意识形态的巧妙安排。一旦时机变化，历史可以轻而易举地没收这个空间。另一方面，形式主义学派内部传来一个令人沮丧的消息——效忠于结构主义多年之后，托多洛夫终于无奈地宣布：日常语言之外，一个同质的文学话语可能并不存在。②

那么，形式主义学派的全部心血已经付诸东流了吗？从肌质、张力、陌生化到结构主义叙事学，无非是一些没有内涵的概念吗？如果文学理论不屑一顾地跳过20世纪上半叶，那么，人们对于形式主义学派遗产的价值显然估计不足。形式主义学派的一个重要功绩是，确认了庞大的文学形式体系。

传统的文学研究通常在两种意义上谈论文学形式。相当一部分文学研究考察的是某一个作家如何成功地驱动文学形式——例如，王维或者

①　［美］希利斯·米勒：《文学理论在今天的功能》，见［美］拉尔夫·科恩主编：《文学理论的未来》，程锡麟译，121、122 页，北京，中国社会科学出版社，1993。

②　［法］茨维坦·托多洛夫：《文学概念》，见《巴赫金、对话理论及其他》，蒋子华等译，20 页，天津，百花文艺出版社，2001。

杜甫如何锤炼诗句，托尔斯泰如何叙述人物的"心灵辩证法"，海明威那种电报式的语言表明了什么，普鲁斯特的动词使用具有何种特征，如此等等。这些考察时常被纳入"风格"的范畴。"风格"的最终指向是作家的个性。用罗兰·巴特的话说，"风格"指向的是"一种生物学或一种个人经历"。① 这时，作家的名字及其巨大声望淹没了文学形式的自主性质。人们看到的是一个作家的故事讲述或者另一个作家的修辞习惯，普遍意义上的"叙事学"并未进入理论的视野。相对地说，另一批理论家倾向于从历史哲学的意义上认识文学形式的功能。这仍然可以追溯至黑格尔。黑格尔断言"美"是绝对理念的感性显现；在这个意义上，文学形式毋宁说是绝对理念赖以现身的中介。人们对于文学形式的期待是，提供历史表象背后真正的世界秩序。按照卢卡契的形容，古希腊时期的"存在和命运"、"生活和本质"是一体的。这即史诗所显现的"完整的文化"。② 可是，现今的破碎生活已经无法在人们的观念之中集聚为一个总体。在詹姆逊看来，由于资产阶级社会的壁垒和禁锢，"我们的经验再也不是完整的了：我们再也不能在对个人生活的关注之间找出任何觉察得到的联系"。那么，文学能否作为一个完整自主的存在，抗拒此时此地冷漠的、同质化的历史——这即历史哲学赋予文学形式的使命。③

　　对于庞大的文学形式体系，"风格"的理论视域太小，历史哲学的理论视域太大。从一整套严谨的古典诗词格律到夸张、象征、隐喻的诗学修辞，从若干种故事模式、叙事时间、视角和叙述者到种种繁杂的戏剧表演程式，哪一个作家的风格可能提供完整的解释？相反，文学形式体系的大部分积累完成于作家诞生之前，并且与作家的写作发生复杂的博弈。通常，一个初涉写作的作家不得不受制于严密的文学形式体系，只

---

① ［法］罗兰·巴特：《写作的零度》，见《符号学原理》，李幼蒸译，68 页，北京，生活·读书·新知三联书店，1988。

② 参见［匈］乔治·卢卡契：《小说理论》，第一部分，见《卢卡契早期文选》，张亮等译，南京，南京大学出版社，2004。

③ ［美］弗雷德里克·詹姆逊：《马克思主义与形式》，李自修译，8、264 页，南昌，百花洲文艺出版社，1995。

有身手不凡的大作家可能在鼎盛时期微弱地撼动这个体系的某些局部。因此，大多数时候，文学形式体系如同坚不可摧的结构矗立在地平线上。这种状况肯定助长了形式主义学派想象：文学形式体系内部埋藏了文学的本质。至于历史哲学更像一束自上而下的启蒙之光，它更适合于谈论文学的文化方位而对于具体细微的文学形式无能为力。令人惊异的是，许多文学形式的规范形成之后仿佛不再遭受历史的干扰，因拥有超历史的活力而承传至今。现在，形式主义学派业已败下阵来，加之"风格"或者历史哲学处理问题不力，庞大的文学形式体系仍然是一个理论匮乏的领域。从形式主义学派到后结构主义和文化研究，这个历史性的理论交接并非以放弃文学形式为标志。如果说，形式主义学派竭力将文学形式提炼为某种封闭的、孤立的语言存在，那么，后结构主义和文化研究则主张返回历史现场——文学形式必须摆脱单向的语言维面而成为历史的存在。

这表明了理论的重大转机。历史——语言——历史，这不是钟摆式的来回摆动。相反，历史与语言的关系出现了统一的曙光。人们至少意识到，历史和语言并非两块毫无联系的大陆，尽管揭示这两块大陆的联系必须进入极其复杂的构造。

## 二

文化研究主张返回历史现场，这必将更多地涉及文学形式的诸种外围因素，例如，写作工具、传播工具甚至某一个时期的文学制度。伊格尔顿曾经形象地说："生产艺术作品的物质历史几乎就刻写在作品的肌质和结构、句子的样式或叙事角度的作用、韵律的选择或修辞手法里。"[1]某种文学形式存活在历史之中，诸多外围因素如同不可或缺的脐带。文字是镌刻在龟甲、竹简之上还是誊写或印刷在纸张之上，这对文学形式具有决定性的影响。小说不可能诞生于甲骨文时代。青楼伶人的演唱导致

---

① ［英］伊格尔顿：《马克思主义文学理论》，见《历史中的政治、哲学、爱欲》，马海良译，114 页，北京，中国社会科学出版社，1999。

诗词的盛行。报纸、电影、电视分别制造出一套独特的文学形式体系。按照希利斯·米勒的观点，西方文学属于印刷时代。由于广播、电影、电视和互联网这些新媒体的出现，印刷意义上的文学行将终结。[①] 换句话说，写作工具或者传播工具的更新可能导致文学形式的换代。另一些时候，一个社会的稿费制度或者学院里的文学教育也可能倡扬或者贬抑这种或者那种文学形式。文学教育对于文学史与经典的重视，间接地激励了一大批现代主义作家顽强地坚持晦涩的荒诞派戏剧或者象征主义诗歌；然而，这并未削弱大众文化的势力。巨大的利润始终是种种通俗文学形式的强大补给线。

文化研究如何研究文学形式本身？这是形式主义学派残存的疑虑。人们不时可以听到类似的诟病：历史或者社会衣锦还乡之日，即文学形式遭到放逐之时。或许，这是一个必要的说明：文化研究并未拒绝文学形式。文化研究与形式主义学派的分歧在于，前者坚定地维护一个必要的前提：文学形式的诞生及其演变与意义生产息息相关。

文化赋予世界各种意义，文学形式局部地承担了意义生产的使命。一块石头、一张脸、一幢房子或者一段对话熨帖地安置于日常生活内部，波澜不惊。然而，由于文学的书写，用俄国形式主义的话说——由于"陌生化"的处理，这些现象的意义刷新了。一个故事或者一个抒情段落开始浮现。因此，文学形式不是无主题的语言几何图形。如果不是因为这种或那种意义的表述，众多文学形式不可能源源不断地问世。前者是后者的动力。一旦放弃了意义的表述，三角形或者正方形、非人格化叙述或者抒情、复调或者独白又有哪些区别呢？这理所当然地取消了研究的必要性。某些人可能愿意引申康德的著名思想：审美判断拒绝概念与世俗功利的入侵。贸然将文学形式与意义生产联系起来，犹如在无标题音乐背后搜索政治主题——这显然是不可饶恕的粗俗。人们当然可以引用另一些理论家与这种观念争辩，例如，马克思、福柯或者萨义德。尽管现在还不是总结这种争

① 参见［美］希利斯·米勒：《文学死了吗》，秦立彦译，9～19页，桂林，广西师范大学出版社，2007。

辩的时候，可是，愈来愈多的人意识到，以审美的名义冻结文学形式的意义生产考察，无异于截断文学形式的来龙去脉。文学形式与意义生产的联系有助于恢复当时的历史体温，种种语言学无力解释的文学形式征候开始纳入理论视野。这是文化研究开拓的思想空间。

文化研究抛弃形式主义学派的另一个标志是，抛弃结构主义的"结构"。结构主义如同一张巨大的理论网络，文学形式的各个层面都将在这张网络内部排列、定位。从微小的局部修辞技术到庞大的叙事模式，结构主义四处网罗，竭力描绘出文学形式体系的完整图景。尽管这是一个令人敬佩的雄心壮志，然而，结构主义者企图用"结构"收拢这一张理论网络的时候，这个概念还是因为不堪重负而被压垮了。结构主义者的想象是，如同每一个具体的言语实践无不遵从语言规则，所有的文学形式均是那个高高在上的"结构"的派生物。从索绪尔对于"能指"与"所指"的区分开始，结构主义设置了一套如何抵达"结构"的完整理论程序。这一套理论程序的重要特征是，利用复杂的逻辑自洽甩开历史。然而，即使不像解构主义那样刁钻地撬开这一套理论程序的漏洞，人们仍然可以发现一个明显的悖谬：如何解释文学形式的历时性演变？结构主义的"结构"是一个静止的中心，结构主义仅仅在共时性的平面上描述所有的文学形式如何分布在各自的轨道上。可是，从神话、传奇、长篇历史演义到现代小说，从四言诗、五言诗、七言诗到句式不一的词曲以及不拘一格的现代诗，这些文学形式为什么依次呈现于时间之轴？在弗莱——一个另一种意义上的结构主义者——的设想之中，文学形式的交替犹如春夏秋冬的循环。这种大而无当的类比既不能证实，也不能证伪。相对而言，引入历史维度可能说明的问题远为充分。既然如此，人们至少可以暂时地将所谓的"结构"置于括号存而不论。如果这个空心的概念已经丧失了理论支配能力，为什么不转向文学形式的历史阐释呢？

抛弃结构主义的"结构"并非抛弃形式主义学派对于语言的精雕细琢。人们毋宁说，恰是这种精雕细琢从语言之中发现了历史。众所周知，"文本"的概念是形式主义学派的一个杰作。如果说，"作品"是一个传统的称谓，这种称谓令人联想到内容与形式的种种传统观点，那么，"文本"

仅仅是语言的编织物，它的范围通常限于能指部分。《从作品到文本》之中，罗兰·巴特否认了作者作为父亲式担保人的存在，这无异于解除了文本容纳"复合"意义的禁令。[①] 相当程度上，驱逐作者的同时亦即封闭作者的经验携带的历史。历史不再从作者的笔尖潜入文本。然而，罗兰·巴特同时又对文本的"互文性"津津乐道。尽管众多解释有所差异，但是，从巴赫金、克里斯蒂娃到罗兰·巴特，人们一致认为一个文本乃是无数文本的交织和反射。"互文性"即所谓的文本间性。一个文本不是来自作者的心灵，不是一个有机自足的空间，一个文本内部混杂了无数其他文本。这是众多文本相互对话的领域。从引用、改编、沿袭、呼应到反驳、辩论、补充、对比，一个文本的形成及其价值不得不显示在众多文本交汇的网络之中。从一部现代小说之中读出古老的神话或者从现今的流行歌之中搜索到古典诗词的意象，这一切均是"互文性"的例证。罗兰·巴特在另一个场合顺便用这种观点讥诮过"现实主义"——那些现实主义作家从未将"现实"作为他们的话语起源；不管回溯多远，话语起源仅仅是一些"已被写过的真实，一种用于未来的符码"，人们的所见无非是一串后继的摹本而已。[②] 然而，无论理论家还想对"互文性"做出多少阐发，这或许是一个意外同时又不可忽视的迹象：历史再度开启了。历史凝聚于作者的身世、经验、想象，这是"作品"无法拒绝历史的理由——这种传统观念遭到了"文本"的否决之后，历史并未消失。一个文本与无数文本的对话，即与历史的对话。历史分解在无数文本之中，"互文性"提供了历史与文本遭遇的另一种形式。古希腊神话还是唐诗宋词？欧洲的现代主义小说还是拉美的魔幻现实主义？史传文学的传统还是日本的俳句风格？这是一个文本即将投身的历史，也是无数文本可能以"互文性"的形式组成的文化空间。后现代主义将历史形容为一大堆文本的集合体，这表明了历史如何活跃在语言维面之上。无论摒弃

---

　　① 参见［法］罗兰·巴特：《从作品到文本》，载《文艺理论研究》，1988（5）。

　　② 参见［法］罗兰·巴特：《S/Z》，屠友祥译，274 页，上海，上海人民出版社，2000。

作者的激进主张是否公允，从"文本"到"互文性"仍然证明：可以将文学形式视为语言结构，但是，这种结构不是闭合的——"互文性"即历史嵌入语言结构的一种形式。

郑重其事地提到"历史"意味的是，文学形式有权利挣脱某种固定的秩序或者中心——"历史"是文学形式体系种种演变的最终依据。然而，人们首先遇到的可能是这个问题的背面：文学形式顽强地抗拒历史的侵蚀。文学形式体系内部仿佛存在某种复制自身的强大基因，以至于这个体系持续地积累、膨胀——仿佛所有的作家都必须向这种体系俯首称臣。既然如此，还能心安理得地信赖"历史"这个概念吗？

## 三

巴赫金曾经提出了一个相当有趣的观点：文学形式具有"创造性记忆"。巴赫金以体裁为例："体裁过着现今的生活，但总在记着自己的过去，自己的开端。在文学发展过程中，体裁是创造性记忆的代表。正因为如此，体裁才可能保证文学发展的统一性和连续性。"[①]熟悉巴赫金的理论家肯定了解，巴赫金反复阐述的一个主题——文学形式与社会生活以及意识形态之间的互动。尽管如此，他仍然无法回避一个棘手的问题：文学形式的"统一性"或者"连续性"。这种统一性和连续性保证了文学形式体系的坚固存在。詹姆逊在倡导"辩证批评"时认为，文学研究考察的是每一部具体的作品，不存在事先确定的文学形式或者分析范畴。他甚至对于脱离了具体作品的独立的"文体"表示异议。[②] 的确，人们无法完全抛开具体的小说或者诗拟想某种抽象的文学形式发生学。每一种文学形式的基本特征无不追溯至历史现场的诸多具体因素。然而，奇怪的是，文学形式成型之后通常显示了另一种相反的冲动：拒绝历史的干扰。律诗的格式延续至今，战火、饥荒或者国民生产总值的起伏无法瓦

---

① ［苏联］巴赫金：《陀思妥耶夫斯基诗学问题》，白春仁等译，156 页，北京，生活·读书·新知三联书店，1988。

② 参见［美］弗雷德里克·詹姆逊：《马克思主义与形式》，李自修译，282～284 页，南昌，百花洲文艺出版社，1995。

解这种文学形式。寓言、传奇、章回小说均已历史悠久，可是，迄今还没有人可能断定这些文学形式寿终正寝的日期。文学形式没有时间，不会衰老。众多文学经典赢得的尊重仿佛表明，已有的一切将会永久地持续。如果这即传说之中的形式"独立性"，那么，现在已经到了给出解释的时候：文学形式的"独立性"如何形成？这是一种公众有意认可的习惯，还是残存于无意识的滞后的惰性？哪些因素支持这种"独立性"，它们的坚固程度如何？它们真的不存在有效期限吗？

严格地说，巴赫金的"创造性记忆"仅仅是一种生动的比拟。拒绝历史干扰的冲动并非返回文学形式的最初起点。与其说文学形式不断地回归初始状态，不如说文学形式力图凝定于一个成熟的范本。换句话说，与其强调"起源"，不如强调"本质"。许多人无形中默认了一个理论预设：文学形式犹如某种"本质"的外部显现。"本质"是一个抽象的、神秘的，同时又是决定性的范畴，"本质"的差异即一种类别与另一种类别的差异。文学形式的"本质"乃排除种种日常语言的试金石，正如小说或者诗的"本质"维护了这种文类的纯正血统。"本质"这个范畴显然与这个世界的种种分类体系遥相呼应。混沌未凿的世界依据各种观念被分解为各种不同的类别。例如，动物与植物、有机物与无机物、自然与文化；桌、椅、床、橱柜；音响符号、图像符号、文字符号、形体符号；商业机构、政府机构、法律机构、教学机构；哲学、史学、经济学、文学，如此等等。许多时候，这些分类的人为性质遭到了有意无意的遗忘，一切均被视为天经地义。"本质"通常是维持诸种类别的核心概念，"本质"负责指示类别的纯粹性，标明不可逾越的界限。"本质"犹如硕大的根系隐藏于诸多表象之后，并且具有统辖诸多表象的强大普遍性，因此，琐碎的历史只能被"本质"击溃、瓦解、征服。刨开无数表象挖出深藏不露的"本质"，思辨领域的寻宝故事曾经吸引了一代又一代的理论家。这时常被形容为科学，"本质"和类别在牛顿主义对于宇宙的清晰想象之中各司其职。如果文学形式来自某一种神圣的"本质"，它将成为历史无法撼动的纪念碑。无论是古老的唐宋年间还是遥远的 25 世纪，这些不变的文学形式始终如一地告诉人们文学是什么。历史与"本质"成为相互对抗的范畴之后，许多理论家宁愿将文学交给后者。对于文学形式返回自身的"独立性"，"本质"无疑是多数人最乐于接受的解释。

然而，文学形式真的凝固不动吗？这个质问令人心虚。只要给予一个足够的历史跨度，任何事物都可能腐烂和分解。无论律诗还是章回小说，现在依然存在不等于永垂不朽。人们所能肯定的仅仅是两点：首先，来自某一个时代的文学形式可能超越这个时代——尽管这个超越并不是永恒的同义语；其次，各种文学形式诞生的速度远远超过消亡的速度，尽管消亡速度之慢可能形成永存的幻象。显而易见，这种有限的肯定已经足够令"历史"乘虚而入。虽然文学形式的寿命不再限制于某一个时代内部，但是，所谓的"本质"仍然会因为缓慢而持久的磨损导致水滴石穿。结构主义不愿意纠缠"本质"转而启用"结构"概念。结构主义甩下历史的理由是，文学形式的一切问题仅仅由语言结构内部处理。从能指/所指或者言语/语言开始，结构主义提出的一套范畴完成了形式内部的繁杂建制。所有的文学形式无非是那个"结构"的种种外在翻版，犹如每一局象棋遵循固定的规则。然而，结构主义已成僵硬的空壳，一套范畴的繁杂建制终于解体。因此，这不能不成为一个格外醒目的问题：文学形式的"独立性"为什么可能顽强地抗拒历史之流？

令人奇怪的是，文学形式的"独立性"为什么不能转身从历史之中获得能量？或许，这是结构主义后遗症制造的一个盲点。结构主义之后，人们倾向于将语言、历史视为相对的范畴。前者是静止的体系，是结构；后者是无尽的运动，是辩证法。结构主义对于语言的起源和种种历时的演变存而不论。人们仿佛觉得，结构主义的语言体系是某一天突如其来地从天而降。这种语言体系一开始即如此完备、稳定、尽善尽美，丝毫没有必要补充或者修正。历史的确持续地喧嚣骚动，可是这又有什么关系？来自"结构"的语言对于纷扰的世事不屑一顾。这种骄傲同时拒绝了历史的另一个维度：统一性和连续性。人们之所以不愿意历史地解释文学形式的"独立性"，这是一个重要的原因：对于历史的视而不见包括了对于历史的统一性和连续性视而不见。

返回历史的现场，某些事情似乎一目了然。索绪尔认为，一个词的能指与所指的关系是"任意"的，这种关系的维持不是因为某种必然而是因为约定俗成。通常，人们更多地重复这个观点的前半部分而对于后半部分熟视无睹。"约定俗成"意味着什么？——社会成员公认了一个成功的表述。公认带来了表述的权威和普适性。文学形式的"独立性"大同小异。一种文学表述得到了广泛的认可，它将在批评家的激赏、后继者的模仿以及晋升为经典的荣誉之中逐渐固定为特殊的文学形式。在自我表述和公众交往领域之中，数量庞大的"约定俗成"时刻发生。从能指、所指之间关系的锁定到各种固定的话语片断持续积存，一个社会的语言体系日复一日地成熟。这种描述脱离了结构主义的一维平面。历时性图景的补充揭开了一个秘密：语言体系如何在表述、交往的实践之中逐步稳定，继而拥有自己的内部规则。语言体系——乃至更大范围的符号体系——的稳定是文化传统的重要内容。从风俗、仪式、歌谣到种种经典文本，传统的承传很大程度上依赖于符号体系的统一和连续。这在另一个意义上象征了社会关系的稳固。除了政治体制、经济形势以及法律规定，庞大的符号体系同样是社会赖以运行的主要机制。诚如巴赫金所言，衔接言说者与听众的表述是"双方关系的产物，也就是社会关系和意识形态的产物"[1]。符号体系负责意识形态运作。无论是凝聚社会成员、麻痹社会成员还是启蒙抑或号召，符号体系无疑是意识形态的得力拐杖。某些时候，文学果敢地挺身而出，激进地挑战传统意识形态。为了催促意识形态的分崩离析，文学形式尽可能与日常表述拉开距离，力图撕裂传统业已认可的一切。然而，更多的时候，文学承担的是维护现行意识形态的使命。不管是敲边鼓还是唱主角，统一、连续的文学形式对于意识形态的沿袭肯定大有助益。作为意识形态的特殊助手，刊物发表的文学批评或者学院内部的文学教育必将齐心协力地训练读者，颁布文学形式典范，倡导标准趣味，这一切无疑对文学形式的"独立性"形成了强大的支持。历史持续地演变，历史又存在统一和连续——后者的

---

① ［苏联］巴赫金：《马克思主义与语言哲学》，见《巴赫金全集》，第2卷，李辉凡等译，452页，石家庄，河北教育出版社，1998。

能量同时压缩在文学形式领域。的确，文学形式洞穿了无数历史波澜而完整地重复自己，重复的文学形式甚至在数量上远远超出了变异的部分。然而，重要的是，重复文学形式的动力仍然追溯到历史。

四

形式主义学派描述的文学形式体系前所未有地庞大。然而，"结构"、"语言"以及类似的概念已经无法胜任解释的核心范畴。搜索文学形式的神秘内核成了一个失败的理论企图，阐释再度转向了外部。如同一个星系围绕更大的天体运转，来自历史的外部压力更像是文学形式内在结构及其演变的终极动力。

那么，文学形式是历史的模仿吗？这肯定是一个具有相当吸引力的观点。从亚里士多德的模仿说到著名的现实主义口号，文学形式仿佛竭力向历史敞开。文学形式的企图即巧妙地接纳历史，展示历史的纵深、曲折和奥秘。人们似乎觉得，文学形式的特征多少是历史特征的投影。托多洛夫曾经指出，集体主人公造就的史诗与个体主人公造就的小说分别属于不同的历史时期。[1] 模仿似乎表明，文学形式是历史形式的孪生兄弟——尽管前者只能是小型的简写版。例如，许多人乐于复述一个似是而非的观点：古怪破碎的现代小说是混乱无序的现代社会缩影。亚里士多德说过"用语言来模仿"[2]，语言似乎是一个称心如意的模仿工具。左拉代表自然主义信心十足地声称：所谓的描写就是复归于自然。[3] 另一位法国作家莫泊桑相信，精确的语言可以追得世界无处藏身："不论一个作家所要描写的东西是什么，只有一个词可供他使用，用一个动词使对象生动，一个形容词使对象的性质鲜明。"[4]因此，费尽心机地找到这个词也

---

① ［法］茨维坦·托多洛夫：《体裁的由来》，见《巴赫金、对话理论及其他》，蒋子华等译，29 页，天津，百花文艺出版社，2001。

② 参见［古希腊］亚里士多德：《诗学》，第一章，北京，人民文学出版社，1988。

③ 参见［法］左拉：《论小说》，见《古典文艺理论译丛》，第八册，北京，人民文学出版社，1964。

④ ［法］莫泊桑：《小说》，载《文艺理论译丛》，1958（3）。

就是找到了对称的那一部分世界。"吟安一个字，捻断数茎须"，诗人的推
敲即尽量抵近模仿的对象。从命名世界开始，继而将一个个名词组成句
子，历史仿佛自动地追随语言的步履。惟妙惟肖的模仿甚至隐去了语言
的存在。最为成功的模仿就是最大限度地显现对象，这时的语言是透明
的。文学形式消失在历史图景之间。

　　然而，这仅仅是一个错觉。无论是方块字还是拉丁字母，语言符号
与世界万物之间不存在形状的共性。如果说模仿的含义是一种形象以相
似的形式重现了另一种形象，那么，语言的表意包含了远为复杂的转换。
从简单的命名、一个陈述的完成到一首诗的结构或者一部长篇小说的复
杂叙事，语言的意义远非再现对象。从字、词、句、短语、修辞到话语
组织，语言是一个严密的体系。无论是主语、动词、修饰形容还是叙述
人、叙述时间、视点或者聚焦，各种语言成分或者话语单位各司其职，
共同维持体系的运转。语言开始叙述这个世界，也就是按照语言体系内
部的种种规则编辑或者修剪这个世界。"书房的窗外有一棵高大的槐树"，
或者"警察拿起了电话开始慢条斯理地拨号"，这种简单的陈述已经包含
了空间关系、主从关系和物我关系的隐蔽认可。由于语言的介入，一个
孤立、坚硬、无始无终、无喜无嗔的世界迅速出现了方位和等级，缔结
了种种潜在的关系。一个名词不仅是某一个对象的代表，同时，这个名
词隐含的风格、价值意味和语法关系立即包围、分解和重组了这个对象；
这个名词在语言体系之中占据的位置限定了对象处于世界之中的位置。
一个句子或者一段叙述，无不栖身于语言体系设置的多种规定之间。与
其说语言模仿世界，毋宁说世界被悄悄地套入固定的语言模式。恩斯特
·卡西尔的《语言与神话》认为，重要的不是实在世界的本质，而是神
话、艺术、语言和科学这些符号体系；这些符号体系都有创造、设定
"自己的世界之力量"。任何"实在"都是被确定、被组织的"实在"。①
我相信卡西尔并不是企图证明，餐桌上的面包或者战场上的子弹无非是

----

　　① 参见［英］恩斯特·卡西尔：《语言与神话》，于晓等译，35、36 页，北京，
生活·读书·新知三联书店，1988。

一个名词或者一个陈述句，他的灼见在于指出——我们所编织的世界图景隐藏了语言的经纬线。用他的话说，符号是"实在"的器官。当然，人们没有必要因为这个事实而惊慌：人类已经在语言的构造物之中生活了若干世纪，尽管多数人并未意识到历史深部语言的隐秘网络。这个世界过多的战火和冲突业已成为许多思想家的焦虑之源。大量的政治协调和经济博弈之外，现今的一些思想家开始将视线投向历史背后的语言。例如，哈贝马斯曾经试图利用语言的潜能构思一个理性的交往图景。至少在哈贝马斯的心目中，语言负有重新组织历史的重大职能。

语言与历史界限不明，模仿与被模仿主从不明，这种观念无疑摧毁了摹仿论的简单设想。一个未解之谜终于浮出——历史在哪里与文学形式汇合？这种理论的远征歧途众多，人们无法顺利会聚在某一个码头。庞大的文学形式体系仿佛存在诸多来源。汉赋的铺张扬厉或许可以追溯至汉代王室的好大喜功，欧洲现实主义小说或许可以联系至西方文化之中个人主义的兴起。按照詹姆逊的观点，现代主义的文学形式甚至就是帝国主义结构的烙印。[①] 然而，另一些不同类型的例证远远超出了这种解释模式。例如，音韵学对于格律诗具有什么意义？或者，音乐以及青楼文化如何导致词和曲的繁荣？至于方言特征与地方戏唱腔的密切关系，瓦舍勾栏的说书艺人多大程度地奠定了长篇小说的结构，这些饶有趣味的问题与历史氛围的关系远为隐秘。显而易见，作家是文学形式的操纵者。相对于大部分循规蹈矩的作家，那些天才作家不拘一格，纵横自如。他们时常给庞大的文学形式体系带来某种骚动，新型的文学形式多半出自他们之手。然而，一个天才作家的诞生包含了许多个人生活的偶然，某一个时期历史的经济与政治无法完整地成为这些偶然的最终总结。

詹姆逊大约是这种理论远征之中意志坚定的一员骁将。他顽强地证明语言生产与经济生产之间的曲折联系。詹姆逊为这种联系设置了三个不断扩大的"同心框架"。文学形式先后对不同范围的历史单位作出回应。

---

① 参见［美］弗雷德里克·詹姆逊：《现代主义与帝国主义》，见王逢振主编：《现代性、后现代性和全球化》，183 页，北京，中国人民大学出版社，2004。

首先，某一部作品的文学形式与某一时期历史事件之间的联系；其次，某种类型的文学形式与一个阶级的集体话语之间的联系；最后，文学形式与历史之上某种生产方式的联系。① 显然，这种总体论的视野多少有些脆弱，某些环节的垮塌甚至会导致整个视野的瘫痪。最为明显的是，三个框架之间递增的经济压力无法同等地显现于文学形式。经济决定论的强制性逻辑可能屏蔽另一些深刻地影响文学形式的因素，例如心理、语言学、音乐、传播工具与文化市场。相近的生产方式为什么导致了唐诗、宋词、元曲之间的差异？如果这种现象无法得到有效的阐释，人们肯定会提出质疑：那些高居于金字塔顶端的大概念，是否拥有足够的理论阐释能力，以至于可以说明如此具体的文学形式特征？

相对地说，意识形态似乎是一个远为积极的概念。在伊格尔顿看来，意识形态提供了历史与文学形式交汇的场域。二者必须在作家的内心相遇，否则，它们如同两块无法衔接的大陆。意识形态显示了作家的内心环境，用伊格尔顿的话说，意识形态"企图像描绘身体的运动那样以一种非常细密的精确性描绘人的心灵。"②当然，意识形态并非个人心理而是某种集体性的意识结构。意识形态的内容并非同质的，社会内部各种冲突的回响无不深刻地影响了意识结构的配置。这有助于避免一种狭隘的观念：某一个历史时期的意识形态仅仅诉诸一种文学形式。意识形态的庞杂内容通常包含了一套语言策略。尽管没有人颁发条令公布，但是，许多领域的话语共同证实了这一套语言策略的主宰作用——例如文学。文学写作时常被形容为孤独的个人活动，所有的故事和叙述无不秘密地涌现于某一个意识屏幕。然而，这些语言天才业已被意识形态结构暗中捕获。无论作家自己是否承认，那些貌似独创的个人文本无形地执行了意识形态的指令。他们之所以得到巨大的声誉，不是因为他们的杰出想象和语言禀赋，而是因为他们幸运地听到了历史的声音，并且找到一个

---

① 参见［美］弗雷德里克·詹姆逊：《政治无意识》，王逢振、陈永国译，63～89页，北京，中国社会科学出版社，1999。

② ［英］伊格尔顿：《意识形态》，见《历史中的政治、哲学、爱欲》，马海良译，78页，北京，中国社会科学出版社，1999。

相宜的文学形式及时地给予表述。所以，与其说作家成为历史与文学形式的衔接，不如说意识形态架设了二者之间跨度巨大的拱桥。例如，按照伊格尔顿的分析，资产阶级赢得了支配地位之后，纯粹的个人利己主义逐渐成为一种社会的威胁。因此，资产阶级意识形态开始倡导"有机主义"社会。这时，诗学或者小说美学之中的"有机形式"得到了启用，马修·阿诺德或者乔治·艾略特无不为维护团体主义意识形态作出了贡献。狄更斯同样企图用文学手段"解决"意识形态的冲突，但是，这些冲突仍然顽强地"刻写在文本的罅隙和脱字之处，表现为混合的结构和不连贯的意义"①。这些论述似乎将意识形态场域想象为一个集市：历史向意识形态表明了自己的要求，这些要求最终由作家兑换为某种合适的文学形式。

意识形态为什么拥有这种秘密的转换机制？这个概念由于复杂的谱系而成为众多理论家的聚焦之地。至少可以认为，意识形态的概念填充了历史与文学形式之间的巨大空隙，摹仿论对于历史与文学形式之间关系的匆忙想象必须由意识形态理论改写。然而，如同结构主义语言学，意识形态理论并未给主体提供多少空间。作家是不是如数地将历史转交给现成的文学形式？意识形态能否完全化约为作家的想象、冲动和欲望？迹象显示，作家和文学形式之间存在复杂的角逐。主体不是一面单纯地映照世界的镜子。意识形态内部的各种回响之中，主体时常显露出特殊的能量。结构主义对于心理主义的抵制是一个为时已久的传统，尽管乔纳森·卡勒的《结构主义诗学》多少打破了禁忌——卡勒所说的"文学能力"显然是文学形式的心理后果；意识形态理论常常低估了主体的能量，尤其是阿尔都塞式的意识形态理论。如何评价意识形态、语言与主体三者的关系，精神分析学提供了一个有效的视域。即使放弃一个个经典作家的自传式考察，精神分析学还是察觉了主体与语言之间奇异的纠缠与落差。

---

① 参见［英］伊格尔顿：《意识形态与文学形式》，见《历史中的政治、哲学、爱欲》，马海良译，北京，中国社会科学出版社，1999。

# 五

中国古代典籍之中，《周易》、《老子》、《庄子》并称"三玄"。魏晋时期的玄学论辩之中，"言意之辩"是一个巨大的旋涡。《易传·系辞上》有"子曰：'书不尽言，言不尽意'"之说，这大约是"言意之辩"的源头。《老子》的"道可道，非常道，名可名，非常名"或者《庄子》用"忘荃"、"忘蹄"之喻论证"得意忘言"，这些论述构成了"言意之辩"的繁杂支流。对于众多思想家来说，"意"是一个多义的概念："意"可能指形而上的天道，可能指某种世间的义理；如果天道或者义理必须诉诸观念的形式，那么，"意"通常指谓圣人内心的某种见解、认识和体悟。现在看来，"言意之辩"是谈论语言与主体关系的先声。语言居高临下地规训主体，或者，强大的心理能量有力地冲击既定的语言结构，这取决于二者的主次位置。欧阳建曾经为"言尽意"的观点据理争辩："诚以理得于心，非言不畅；物定于彼，非言不辩。言不畅志，则无以相接；名不辩物，则鉴识不显。鉴识显而名品殊，言称接而情志畅。原其所以，本其所由，非物有自然之名，理有必定之称也。欲辩其实，则殊其名；欲宣其志，则立其称。名逐物而迁，言因理而变，此犹声发响应，形存影附，不得相与为二，苟其不二，则无不尽，吾故以为尽矣。"尽管欧阳建的论证涉及名与实、理与心，但是，"言尽意"论仍然孤掌难鸣。相对而言，"言不尽意"或者"得意忘言"的观点远为显赫。王弼对于"言"、"象"、"意"三者递进关系的阐述远远超出了《周易》的解读："夫象者，出意者也，言者，明象者也。尽意莫若象，尽象莫若言。言生于象，故可寻言以观象；象生于意，故可寻象以观意。意以象尽，象以言著。故言者所以明象，得象而忘言；象者所以存意，得意而忘象。"语言从追摹物象到抒怀明志，这显然是表现论的语言观念——语言被视为心灵的奴仆。

如果说，佛家对于"言不尽意"的认同——例如"言语道断"之说——指的是语言与天道之间的差距，那么，作家对于"言不尽意"的感慨更多地来自写作实践的力不从心。从陆机的"恒患意不称物，言不逮意"到刘勰的"意翻空而易奇，言征实而难巧"，文学史上诸如此类的叹息比比皆是。五四白话文运动之前，没有人质疑这种理论图景：主体高居于语言之外的某个地方，"意"是某种超语言的存在——语言无非是人们随心所欲地使用的一个工具。

对于表现论的语言观念说来，"不是人说话，而是话说人"这种颠倒的结论无疑令人大吃一惊。然而，现今的诸多理论家倾向于认为，人驱使语言只是一种幻象。语言体系完成于个人存在之前，并且决定个人的存在状况。个人的所有欲求必须接受语言体系的格式化；另一方面，个人改变语言体系的可能微乎其微。语言是存在的家园，语言不可旁听，想象一种语言即想象一种生活方式，不可言说之处即神秘，这些观点无不表明了语言体系对于个人存在的强大覆盖。如果说，大部分形式主义学派考虑的焦点是文学语言与日常语言的差异，那么，结构主义包含了更大的理论企图——结构主义的图景之中，庞大的结构内部，个人自由仅仅争取到一个微小的活动空间。这多少是一幅令人沮丧的景象。浪漫主义夸张的主体如同廉价的乐观，历史还能提供哪些冲击结构的能量？——当然，许多人心目中，"结构"不仅是语言体系，而且在一个宽泛的意义上象征着无所不在的权力体系。

意识形态与作家，文学形式与历史，语言与个人——至少某些理论家期待这些成分之间构成了理想的平衡，例如卢卡契。在他看来，文学必须再现"生活领域的全部重要因素"。这显然源于作家对"总体生活"的无误判断，文学形式无非作家判断的和盘托出。因此，"一段最简洁的歌曲有着和一部最壮阔的史诗一样的内在总体性。所再现的生活领域的客观性决定着那些因素的数量、性质、比例等，而那些因素的显露总是产生于它们与再现这一生活片段的恰当文学形式的特定法则的相互作用中"。显然，这种平衡的主导成分是作家。资产阶级理论无法领悟"客观辩证法"的秘密，只有无产阶级作家才可能无私地叙述历史——因为他们承担了解放全人类的使命。[①] 不无相似的是，吕西安·戈德曼的"发生

①　[匈]乔治·卢卡契：《艺术与客观真理》，见 [英] 拉曼·塞尔登编：《文学批评理论——从柏拉图到现在》，59～62 页，北京，北京大学出版社，2000。

学结构主义"将作家对于历史的真知灼见解释为某一个社会群体精神结构的赋予。从个人、思想流派、意识形态到更大的社会历史，几者之间的结构性的呼应成为文学阐释的依据。戈德曼看来，文学杰作存在于二者的交叉点——集体意识结构的最高形式与个体意识结构的最高形式。尽管戈德曼对"结构"一词表示了特殊的钟爱，但是，历史结构——而不是语言结构——仍旧是他的理论归宿。① 迄今为止，卢卡契的"总体论"尴尬地成为一张无法兑现的空头支票，戈德曼所设想的几套对称结构也常常失灵。历史热衷于上演出人意料的情节，这仅仅是问题的一面。问题的另一面在于，作家是不是一律兴致勃勃地列成方阵，理性地巡视历史？如果说，担当历史的秘书是现实主义作家的心愿，那么，另一些作家可能不以为然。他们从来没有打算把语言或者文学形式交给历史，例如声名狼藉的超现实主义。

"超现实主义，阳性名词：纯粹的精神学自发现象，主张通过这种方法，口头地、书面地或以任何其他形式表达思想的实实在在的活动。思想的照实记录，不得由理智进行任何监核，亦无任何美学或伦理学的考虑渗入。"② ——读到这种宣言，人们立即意识到另一种文学形式。历史连同理性均是遭受排斥的对象，超现实主义著名的自动写作力图显露和开启无意识深处。粉碎逻辑、摧毁秩序、自由地联想以及怪诞和呼号成为超现实主义的特殊语言。对于他们说来，表述意识形态或者历史，不如表述主体的梦幻和欲望。换言之，意识形态、历史之后必须加上无意识。梦幻、欲望和无意识是文学形式的另一个重要来源。现实原则对于梦幻和欲望的压抑以及无意识猛烈的反弹形成了一套曲折的象征性语言，这种语言的形成机制远远超出了传统的"言意之辩"范畴。某种程度上，"言不尽意"可否重新解释——这个命题可否解释为，欲望和无意识是语言内部永恒的空缺？当然，这种解释业已进入精神分析学的领域——对

---

① 参见［法］吕西安·戈德曼：《小说社会学》，见［英］拉曼·塞尔登编：《文学批评理论——从柏拉图到现在》，469页，北京，北京大学出版社，2000。

② ［法］布勒东：《第一次超现实主义宣言》，见柳鸣九主编：《未来主义　超现实主义　魔幻现实主义》，259页，北京，中国社会科学出版社，1987。

于许多超现实主义作家来说，弗洛伊德始终是他们的精神导师。

弗洛伊德在梦的解释之中发现，梦是无意识的象征——缩聚和移位是梦的两种语言策略。汹涌的无意识找不到相宜的形式直陈己见，于是，欲望由于缩聚和移位的乔装打扮成了梦。缩聚和移位是一种曲折的表意，欲望与无意识如何转换成语言对于文学形式富有启迪。弗洛伊德认为，文学无非是作家的"白日梦"，文学形式即"白日梦"的转述。弗洛伊德的后继者拉康对于无意识与语言进行了不懈的描述。无意识如同语言结构、无意识是他人的语言以及想象界、符号界、现实界的提出不仅阐释了无意识结构，同时阐释了欲望以及无意识如何利用符号与现实原则周旋和协调。无论如何，这种状况持续地阐明了一个主题：心理内部意识与欲望、无意识之间的级差对于文学形式具有深刻的意义。

如同许多人已经看到的那样，弗洛伊德试图将以"俄狄浦斯"情结为核心的家庭神话扩大为历史神话。文明的缺憾以及图腾与禁忌这些问题均成为他的重大话题。尽管这种理论雄心与历史材料的脱节遭到了猛烈的抨击，但是，弗洛伊德的视野仍然具有特殊的启示意义。如果将弗洛伊德的理论故事读成一个寓言，那么，人们可能想象出某种理论图景——人们可能接受"政治无意识"这种富于挑战性的概念，察觉到"政治无意识"对于种种现存体制的巨大压力。文学形式如同打开潘多拉盒子的工具，魔鬼被解放出来了。正像超现实主义文学所表演的那样，魔鬼呼啸地掠过文明社会，有力地摇撼一切传统的价值观念。私人、内心与社会、文明之间的无法兼容终于暴露在众目睽睽之下。无论人们对于魔鬼报以诅咒还是报以欢呼，这个事实再度显现：心理、语言并非止于文学形式，它们可能在意识形态内部产生剧烈的震荡，进而开始从另一个方向严厉地拷打历史。

## 六

现在似乎是谈论文学形式的一个微妙时刻——如此之多的理论资源和如此驳杂的观念。陷入地形复杂的理论丛林，"历史"的确是突围的指南。围绕文学形式的争辩远未结束，但是，如下四个层面的描述陆续绘成了一幅理论肖像：

第一，写作工具、传播工具、符号的类型、语种无不涉及文学形式特征。

第二，文学形式具有强大的自我复制能力，这保证了文学部落的稳定以及传统的持久延续——这种能量同样由历史提供。

第三，文学形式竭力呼应历史的特征——文学形式体系或急或缓的演变常常由历史负责解释。当然，这种呼应不是单纯的摹仿而必须由意识形态转换，这显示了文学形式的演变可能波及的面积以及众多因素。

第四，欲望、无意识与文学形式的关系在精神分析学的视域成为一个重要的问题。欲望对象的永久缺席与语言的不懈追逐成为文学形式生产的巨大动力。这个问题寄寓的象征含义远远超出了精神分析学的范畴。

无论如何阐释文学形式，四个层面的描述构成了一个富有弹性的理论模型。当然，四个层面的描述并非均衡地展开，而是根据某一个命题形成不同的比例。文类历史的研究必须大量涉及自我复制能力而文学修辞更多地考虑意识形态因素，古典诗词格律或者电影镜头结构的首要问题显然是语种和影像符号，报纸连载小说、电视肥皂剧或者网络小说的解释甚至联系到传播经济学——总之，某一个层面的描述扮演支配各种论述的核心范畴，另一些层面的描述仅仅成为知识背景的支持。然而，不论这些描述派生出何种结论，这是一个共同的前提：文学形式包含了历史与语言的统一。

# 文学类型：巩固与瓦解

## 一

　　文学类型的考察既有悠久的历史，却又意外地复杂。亚里士多德的《诗学》开宗明义地提到文学类型的功能、成分、性质，并且将焦点对准了史诗、悲剧和喜剧诸种文学类型。贺拉斯的《诗艺》表明了维护文学类型的信念：诸种文学类型各司其职，不得擅自僭越。[①] 嗣后，文学类型的概括、归纳始终隐含了两种倾向的抗衡：巩固或者瓦解文学类型的规范与权威。人们通常认为，上述倾向代表了古典主义与浪漫主义的分歧：古典主义崇拜传统与规则，却又过于理性乃至教条和刻板；浪漫主义主张无拘无束的个性——循规蹈矩犹如一种耻辱。许多时候，人们甚至可以超出"古典主义"、"浪漫主义"的具体内涵而泛指两种类型的作家：前者显得严谨、稳重，遵从并且竭力执行既定的规范，某种程度上多半信奉复古主义；后者倾心于激情、冲动，常常因放纵自我而冲垮种种成规，甚至对于公认的经典出言不逊。尽管这两种倾向周期性地此起彼伏，但是，多数人仍然对文学类型保持相当的敬畏。这种敬畏不仅维持了文学史的连续性，甚至形成了圣化文学类型的观点。现今，圣化文学类型的理论策略通常是，将现有的文学类型体系想象为某种不可质疑的"本质规定"。

　　何谓文学类型？文学类型既可以指称诗、戏剧、小说，也可以指称

---

　　① 参见［古希腊］亚里士多德：《诗学》，罗念生译，3页；［古罗马］贺拉斯：《诗艺》，杨周翰译，141、142页，北京，人民文学出版社，1988。

英雄传奇、神话、格言；至于诗、戏剧、小说还可以持续地分解为众多次级类型，诸如抒情诗、叙事诗，或者田园诗、山水诗、讽刺诗；诸如悲剧、喜剧、悲喜剧或者话剧、歌剧，诸如惊险小说、历史小说、武侠小说，如此等等。相对地说，"文体"通常指称某一个作家或者一部作品的文本组织，因而更具个人风格。英文之中 style 的含义既指"文体"，亦指个人"风格"，stylist 即富有个人风格的文体家。文学类型是某一个类别的"文体"概括，普遍、稳定的形式特征压倒了多变的个性。

中国古代文学理论时常用"体"表述文学类型。"或问：'文章有体乎？'曰：'无。'又问：'无体乎？'曰：'有。''然则果如何？'曰：'定体则无，大体须有。'"——显然，王若虚记录的这一段对话阐述的是文学类型的微妙掌握。① 汉学家宇文所安发现，相对于西方文学术语的清晰与精确，中国文学"体"的内涵不无含混模糊。根据众多理论文本解读，宇文所安认为"体"相当于规范性风格（normative style）、类型规范（generic norm）以及规范形式（normative form）。总之，这是一个类别的标准而不是文本的具体风格。② 英文之中拥有许多用于表述类型的单词，例如 type，genre，kind，category，class；文学类型的中译亦因人而异，例如文类、类型、体裁、样式——这里统一称为"文学类型"。米哈依·格罗文斯基如此概括文学类型："包括所有决定一个体裁的本质、区别该体裁与其他体裁、在文学交际中有助于辨认该体裁的特点和内容。没有这部分必要的构成内容，换言之，体裁就可能完全消失或变成其他东西……"③

如何从驳杂纷乱的文学之中概括种种文学类型，理论描述通常聚焦于文本组织而不是内容。文学类型即表明，一批文本共同遵循一套相对

---

① （金）王若虚：《文辨》，见郭绍虞主编：《中国历代文论选》，第二册，448页，上海，上海古籍出版社，1979。

② ［美］宇文所安：《中国文论：英译与评论》，王柏华、陶庆梅译，上海，上海社会科学出版社，2003。

③ ［波兰］米哈依·格罗文斯基：《文学体裁》，见《问题与观点》，史忠义等译，104页，天津，百花文艺出版社，2000。

固定的惯例或者规则。托马舍夫斯基指出了这种惯例或者规则的支配地位："体裁的本质在于，每种体裁的程序都有该体裁特有的程序聚合，这种聚合以那些可察程序或者说体裁特征为其中心。……体裁的特征，即用以组织作品结构的程序，是主导程序，它们支配着为创造艺术整体所必需的所有其余程序。"①人们可能提出，侦探小说或者武侠小说的命名似乎涉及内容。然而，这些称谓作为文学类型的时候，它们指的是叙述某些故事不断重现的普遍形式特征。侦探小说通常始于扑朔迷离的案件，终于真凶的擒获；武侠小说屡屡将惊现江湖的武林秘籍作为巨大的悬念，随后，众多武侠陷入了一个又一个血雨腥风的连环圈套——文学类型考察与其说集中于"侦探"或者"武侠"，不如说集中于"侦探"或者"武侠"的叙述模式。所以，文学类型"是以特殊的文学上的组织或结构类型为标准"——韦勒克和沃伦如此解释之后，立即将"组织或结构类型"锁定于形式——"我们的类型概念应该倾向形式主义一边"。当然，这种形式包含了他们所说的"外在形式"与"内在形式"。② 总而言之，文学类型是形式或者文本组织的分级总结。

通常，文学类型拥有超常的权威。文学即文学类型的总和。纷繁具体的诗、小说或者戏剧之外，不再另行存在某种抽象、悬浮的文学。文学史上独立的"文学"概念的诞生，远远晚于诗、小说或者戏剧。谈论文学，不可能不进入某种或者某几种文学类型；文学类型的理解必然带入文学的理解。因此，文学类型决定了文学生产、文学解读技术与文学消费的规模，并且在文学传统的名义之下持续地承传。所以，托多洛夫将文学类型形容为某种固定的"制度"："正是因为体裁像一种制度那样存在着，所以它们所起的作用，对读者来说，犹如'期待域'，而对作者来

---

① ［俄］鲍里斯·托马舍夫斯基：《主题》，见《俄国形式主义文论选》，方珊等译，144 页，北京，生活·读书·新知三联书店，1989。

② ［美］韦勒克、［美］沃伦：《文学理论》，刘象愚等译，257、265、263 页，北京，生活·读书·新知三联书店，1984。

说则如同'写作范例'。"①文学刊物分门别类地将刊登的作品置于小说或者诗的栏目之下，文学教育讲述的首要常识往往是诗或者小说的规范。作家和读者已经达成共识："燕山雪花大如席"或者"黄河之水天上来"仅仅是诗的名句，移入小说就会成为笑话。最初，文学类型仅仅是一种描述与分类的说明。屈原的《离骚》归入诗的范畴而曹雪芹的《红楼梦》属于小说，仅此而已。然而，这些描述与分类的说明逐渐演变为必须遵循的圭臬之后，文学类型开始充当评价的指南甚至首要标准。一部作品与正版的文学类型存在多大距离，常常成为评判的论据。如果声称一首诗不符诗的格律，或者形容一部小说缺乏小说的故事情节，这不啻于宣布不及格。换言之，分类的制度化运作终于赢得了巨大的权力。

　　文学形式的标志通常是，某种程度地异于日常语言。尽管日常语言是一个历史变数，文学仍然在修辞、叙事与文本结构等方面保持相当的距离。生活与美学分裂之后，后者不得不诉诸超常的形式表述自己。文学形式处理生活的意义在于，聚焦核心，删削多余。真正的存在变成了一个有待发现的主题之后，文学形式乃解剖生活的利器。按照巴赫金的观点，这即语言与生活的交汇——语言因为表述而进入生活，生活因为表述而进入语言。② 当然，语言主体是这种交汇的中介。每一部作品的修辞、叙事与文本结构无不凝聚着语言主体的个性风格，一种文学形式的各种要素无不隐含或折射了处理生活的独特思想。这时，语言符号的坚固品质与作家纷杂内心之间签署了一个短暂的协约。然而，如果诸多文学形式具有一系列稳定的惯例、规则，以至于一批文本显示出相近的编码，这即是文学类型的胚胎。在巴赫金看来，个性风格仅仅是文学类型内部的一个因素。文学类型的形成已经超出了个性风格的有效解释范围——主体背后的社会显示出强大的影响。

　　托多洛夫解释说，巴赫金对于文学类型的热衷源于他的两个方法论，

---

　　① ［法］茨维坦·托多洛夫：《巴赫金、对话理论及其他》，蒋子华等译，28页，天津，百花文艺出版社，2001。

　　② 参见［苏联］巴赫金：《言语体裁问题》，见《巴赫金全集》，第四卷，白春仁等译，145页，石家庄，河北教育出版社，1998。

"即形式与内容的不可分裂，以及社会性高于个体性"。每一部作品的文体属于个性风格，而文学类型属于集体和社会。① 巴赫金察觉到，语言主体独具风格的言辞与他所表述的社会历史之间仍然隐藏着一个遭到忽视的层面——言语体裁："表述及其类型亦即言语体裁，是从社会历史到语言历史的传送带。"日常语言之中隐含着为数众多言语体裁，即各个语言领域"锤炼出相对稳定的表述类型"，文学类型无非是其中之一。正如外交辞令与黑帮行话或者家庭内部亲昵的玩笑不可混淆，中国古典文学之中的诗、词、曲亦常常显示出异质的话语风格。言语体裁不仅划出了各种话语的相对区域，而且使之成为一个稳定的表意整体。

巴赫金曾经如此想象几个层面之间的复杂关系：相对于固定的语法结构，言语体裁远为多变、灵活、具有可塑性；相对于语言主体希图表述的种种主题，言语体裁是一个非个性化的先在规定。尽管人们对于言语体裁的存在可能一无所知，但是，这不妨碍语言实践的遵循和娴熟运用。② 在他看来，言语体裁是说和听互动的产物。巴赫金对于形式主义或者结构主义单向的语言研究不以为然。他反复提到，语言的深刻秘密同时存在于表述与接受，所有的社会关系都将卷入表述的交际现场。表述并非语言主体的独白，表述包含了说和听双方的积极协调。言语体裁如同这种协调之后的公认约定。如果说，语言与生活性质迥异，那么，言语体裁告知人们如何打断无穷无尽的生活系列，切割庞杂无垠的世界，充当模拟世界的模型。因此，托多洛夫察觉到巴赫金对于"完成"的强调。"完成"表明言语体裁具有一个稳固的整体框架，稳固的经验、意识以及时间与空间的感觉。这是与世界的无限性相互抗衡的语言堡垒。③ 对

---

① ［法］茨维坦·托多洛夫：《巴赫金、对话理论及其他》，蒋子华等译，284页，天津，百花文艺出版社，2001。

② 参见［苏联］巴赫金《言语体裁问题》，见《巴赫金全集》，第四卷，白春仁等译，147、140、164、161页，石家庄，河北教育出版社，1998。

③ 参见［法］茨维坦·托多洛夫：《巴赫金、对话理论及其他》，蒋子华等译，288～290页，天津，百花文艺出版社，2001；［苏联］巴赫金：《言语体裁问题》，见《巴赫金全集》，第四卷，白春仁等译，159～166页，石家庄，河北教育出版社，1998。

于作家说来，文学类型——无论是寥寥数行的诗，还是卷帙浩瀚的长篇小说——都包含了一个事先的承诺：这种模式可以将提取的社会历史凝聚成特殊的美学格式塔。

当然，巴赫金已经意识到，诸种言语体裁的规模、结构存在明显的差异。某些大型的言语体裁，"如长篇小说、戏剧、各种科学著述、大型政论体裁，等等，是在较为复杂的和相对发达而有组织的文化交际（主要是书面交际）条件下产生的，如艺术交际、科学交际、社会政治交际等"。这些言语体裁广泛地涉及主体、语言以及各种社会关系，因此，巴赫金形容为"意识形态型"。[①] 如同巴赫金一样，托多洛夫亦倾向于将文学类型的解释置入意识形态图谱。在他看来，每个时代的文学类型体系无不呼应占有支配地位的意识形态："一个社会总是选择尽可能符合其意识形态的行为并使之系统化；所以，某些体裁存在于这个社会，在那个社会中却不存在，这一事实显示了该意识形态的作用，并有助于我们多少有点把握地确定该意识形态。史诗在一个时代成为可能，小说则出现在另一个时代，小说的个体主人公又与史诗的集体主人公形成对照，这一切绝非偶然，因为这些选择的每一种都取决于选择时所处的意识形态环境。"[②]显然，这种解释是在横轴线上展开——这种解释考虑的是文学类型与时代的横向关系。然而，正如尤·迪尼亚诺夫和罗曼·雅各布森所言，单纯的共时性仅仅是一种"丰富的工作假设"，"纯粹的共时性现在恰恰是一种幻想，因为每个共时性体系都包括它的过去和未来，这两者是体系中不可分割的结构因素"。[③] 在纵向的历时意义上，已有的文学类型设置了一切演变的初始起点。换言之，文学类型与意识形态的共时关系必须接受文学类型历时传统的衡量——这将体现为共时横轴线与历时纵轴线的角力。

---

① 参见［苏联］巴赫金：《言语体裁问题》，见《巴赫金全集》，第四卷，白春仁等译，142、143 页，石家庄，河北教育出版社，1998。

② 参见［法］茨维坦·托多洛夫：《巴赫金、对话理论及其他》，蒋子华等译，29 页，天津，百花文艺出版社，2001。

③ ［俄］尤·迪尼亚诺夫、［美］罗曼·雅各布森：《文学和语言学的研究问题》，见［法］托多洛夫编选：《俄苏形式主义文论选》，蔡鸿滨译，117 页，北京，中国社会科学出版社，1989。

## 二

　　从亚里士多德《诗学》考察的史诗、悲剧和喜剧到曹丕《典论·论文》之中的著名论断——"夫文本同而末异，盖奏议宜雅，书论宜理，铭诔尚实，诗赋欲丽"，文学类型首先意味着种种规范。许多规范是显性的，决定了文本的结构、修辞策略乃至美学风格。例如，中国的律诗、绝句或者词无不拥有严格的字数、行数、音律以及格调的规定；如果侦探小说插入了大量的抒情段落，现代话剧辅之以唱、念、做、打，人们多半会觉得某种不适——打破了文学类型的成规。相对地说，文学类型的另一些规范是隐性的，模糊的，不成文的。这些规范的主要内容是，决定诸多文学类型的等级。根据亚里士多德的《诗学》，悲剧为尊，史诗次之，喜剧再次。超出文学的范畴而回到巴赫金所说的言语体裁，那么，亚里士多德甚至认为文学的等级位于历史著作之上。历史著作仅仅是个别的记录，而文学描述的是必然发生的事情。[①] 相形之下，中国传统文化内部的文学远逊于历史著作——文学常常被视为历史著作的拾遗补阙。经史子集的序列之中，文学仅在集部叨陪末座。由于儒家教化思想的统治，"文以载道"通常优于"诗缘情而绮靡"，小说戏曲等而下之。对于"修身，齐家，治国，平天下"的理想来说，字雕句琢或者浅吟低唱只能是闲暇之际的遣兴。显而易见，文学类型的等级来自意识形态的策划。许多时候，古典主义对于文学类型的顽强维护并非一种形式主义的固执；维护文学类型的等级亦即维护隐藏于背后的意识形态。反之，历史转型的震撼传播到意识形态领域之后，诸种文学类型的座次可能得到重新排列。例如，晚清的梁启超之所以不遗余力地鼓吹小说，新型的意识形态显然提供了另一种文学类型的等级划分标准。

　　因此，巩固与瓦解文学类型的解释必须进入历史范畴。米哈依·格罗文斯基试图保持巩固与瓦解之间的必要弹性。他既承认文学类型的存

---

　　① 参见［古希腊］亚里士多德：《诗学》，罗念生译，第九章，北京，人民文学出版社，1988。

在，又承认文学类型与文本之间的距离，承认后者并非时刻臣服于前者；他认定文学类型存在某些不变的要素，同时又允许文本超出这些要素而纳入种种异质的成分；他发现文学类型是一种跨语言的普遍形式，又强调只有进入一定的历史文化才能避免概念化的空洞描述。① 这种左右逢源的认可无异于表明，文学类型的巩固与瓦解拥有同等的理由。然而，正如人们所看到的那样，某些历史时期，对于某些作家说来，巩固或者瓦解的冲动以及巩固什么或者瓦解什么绝非势均力敌。公允的平衡图景仅仅存在于理论的虚拟之中。

　　致力于瓦解文学类型的批评家动机不一。浪漫主义崇尚的是天才、灵感、想象力与独树一帜，甚至崇尚癫狂的精神。他们喜欢将一部杰作的诞生比喻为植物一般不可遏止地生长出来，模仿、机械式的拼凑或者按部就班的中庸面目令人憎恶。② 书写一个火山喷发式的内心，又有什么必要小心翼翼地顾盼文学类型的种种繁琐的规定？形式不要成为心灵的负担，这些作家通常无视种种形式规则，包括文学类型的惯例。惯例即证明诸多作品的彼此联系。太阳底下无新事：冬天之后是春天，恋爱之后是婚姻；侦探最终会揭开案情的谜底，灰姑娘终究要遇到白马王子。然而，标新立异的旗帜下，作品的彼此联系是浪漫主义极其厌恶的品质。如何祛除"影响的焦虑"，文学类型的形式遗传必然是打击的目标之一。多少有些相似的是，克罗齐激进地主张，诸种艺术分类的著作不妨付之一炬。在他看来，如果所有的艺术无非是直觉的表现，那么，规定各种类型的繁文缛节又有多少意义呢？③

　　强大的主体挑战文学类型，这是浪漫主义的激越主题；历史如何破坏文学类型一成不变的幻觉，后现代主义提供了例证。后现代主义倾向

---

① 参见［波兰］米哈依·格罗文斯基：《文学体裁》，见《问题与观点》，史忠义等译，102～114 页，天津，百花文艺出版社，2000。

② 参见［美］M. H. 艾布拉姆斯：《镜与灯》，李赋宁译，第七章、第八章，北京，北京大学出版社，1989。

③ 参见［意］克罗齐：《美学原理　美学纲要》，朱光潜、韩邦凯等译，第九章、第十五章，北京，外国文学出版社，1983。

于销毁种种华而不实的雄心壮志，主体的幻象破灭了，历史大叙事的幻象也破灭了。双重破灭制造的意识形态必将波及文学类型。后现代主义文本热衷于对多种文学类型的拼贴表明，切割世界的传统框架正在遭到深刻的怀疑。"一切坚固的东西都烟消云散了"，这种著名的现代性体验已经摧毁了各种文学类型的基本依据和稳定风格，后现代主义再也无力恢复一个雄伟的历史架构。① 因此，拼贴毋宁说象征了历史大叙事废弃之后的一种组合实验，一种小叙事式的碎片收集与各种可能的再发现，拼贴的无序甚至证明了碎片的背后一无所有。后现代主义普遍的反讽风格是另一个意味深长的征候。如果说，文学类型的传统殿堂之中，喜剧座次卑微，那么，反讽正在将喜剧因素植入众多文学类型，甚至形成"无厘头"这种草根式的后现代主义喜剧。这似乎再度证明了鲍里斯·托马舍夫斯基的观察：文学类型的历史之中，"高雅"不断地被"低俗"所排挤——这与社会的发展遥相呼应。② 喜剧的扩张扰乱了意识形态提供的排列秩序，笑声侵入了各种正襟危坐的文学类型，昔日的权威人物和一本正经的故事在哄堂大笑之中解体。与反讽的弥漫相映成趣的是抒情风格的衰败——例如大型抒情诗。人们对于世界的失望、不信任和无奈终于传递到了文学类型领域。

然而，尽管浪漫主义或者后现代主义声名显赫，多数人仍然乐意扮演文学类型的拥戴者。文学类型不仅提供了稳定的文学秩序，而且代表了文学传统。各种传统通常拥有许多仪式和符号作为自己的注解，文学类型显然是文学传统形式意义上的化身。大部分批评家习惯地站在秩序与传统的阵营里，他们擅长的理论提纯术抛弃了种种浮游的、波动的、边缘的形式因素；文本的某些骨架被剥离出来，制作成固定的标本持久地承传。文学史时常迷恋所谓的"规律"，文学类型的跨时代传递往往被解释为不可逾越的宿命。总之，文学类型的理想范本与它们之间的等级

---

① "一切坚固的东西都烟消云散了"这句话来自马克思、恩格斯的《共产党宣言》，马歇尔·伯曼引用这句话作为著作的标题阐述现代性的体验。

② ［俄］鲍里斯·托马舍夫斯基：《主题》，见《俄国形式主义文论选》，方珊等译，145 页，北京，生活·读书·新知三联书店，1989。

排列如同一个完成的文学图谱，有力地控制了批评家的想象和文学史的叙述。

当然，浪漫主义或者后现代主义的挑战如此强烈，以至于巩固文学类型的观点必须找到更为强大的依据。不过，正如许多批评家所反对的那样，根据生物遗传的必然性想象文学类型肯定是一个错误——文学类型不存在类似于生物的基因复制。这时让－玛丽·谢弗发现，人们逐渐开始向形而上的"本体论"求助。在她看来，18世纪末的文学类型不再是文学史事后的描述与归纳——不再依附于文学史事实，而是自身成为一个"本体"："类型不再是从典型文本中抽象出来的规范；而是作为文本有机的统一体与文学共同延伸……类型的范畴及本体论地位以及它们在文本中的具体体现的问题由此产生了。"①文学史事后的描述与归纳同时表明，可能存在某些未曾归类的剩余文本，这些剩余文本或许将诞生前所未有的文学类型；然而，文学类型的本体论必须颠倒过来：所有的文本——哪怕尚未出现的文本——均是这个本体的具象。无论是七律、沁园春、满江红还是魔幻小说、历史小说、武侠小说，形形色色的文学类型无非实现形而上本体的事先规定。

小说、戏剧和诗是穷尽一切的"终极"文学类型②——这种主张可以视为文学类型本体论之一。"终极"的论断包含了多重的理论预设。首先，文学类型被预设为一个完善的形式体系，这个体系已经将偌大的世界瓜分殆尽，不再有哪一个角落遗漏在文学类型的覆盖之外。其次，文学史上的每一个文本无不从属于某一个文学类型，不存在文学类型以外的文学空间。没有哪一个文本始终维持非驴非马的身份。文学类型无远弗届，甚至已经为未来的文本预订了席位——未来的哪一个文本可以逃离终极类型的统辖？再次，上述意义上，文学类型显然被视为一个自律的、业已完成的、固定封闭的形式体系。无论是小说、戏剧、还是诗，诸种文

---

① ［法］让－玛丽·谢弗：《文学类型与文本类型性》，见《文学理论的未来》，王晓路译，415页，北京，中国社会科学出版社，1993。
② 参见［美］韦勒克、［美］沃伦：《文学理论》，刘象愚等译，258页，北京，生活·读书·新知三联书店，1984。

学类型的差异被化约为本体赋予的形式分工而不再追溯到社会历史的差异。

这显然是本质主义的翻版。这些理论故事深信，阐释形而上本体的事先规定有助于完美地实现各种文学类型。许多批评家由于本质主义信念的激励而勤勉工作，发誓要挖掘出深藏不露的"小说本性"、"诗性"，甚至企图借助"散文性"的名义给千姿百态的散文设定门规。① 哪怕批评家对于"小说本性"或者"诗性"的基本内涵争执不休，可是，没有多少人怀疑挖掘的对象是否存在。他们断定"本质"已经先在地规定了一切。重要的是破译这些规定，并且不折不扣地执行。从"小说本性"、"诗性"乃至更大范围的"文学性"，一脉相承的本质主义观念终于将各种文学类型锁定于一个严密的金字塔结构之中，不得擅自修改或者移动。

如前所述，文学类型的本体论必然包括一个理论图景：全部的文学类型来自一个完成的形式体系，各种文学类型的先后问世并未干扰形式体系的完整性。历史无非是文学类型本体必然实现的时间形式。

这种解释能在多大范围得到文学史的支持？

## 三

文学类型的本体论必须显示两个重要特征。首先，文学类型的分类体系来自某种无可置疑的权威；其次，这种分类体系具有无可置疑的合理性，至少包含了严密的逻辑自洽——例如，各种不同等级的文学类型分门别类地履行职责，交叉、重叠、遗漏、混淆、错乱均属不可容忍的过失。

正如《原始分类》表明的那样，人类初期的分类思想如何形成这个问题仍然存在不少分歧。② 然而，可以肯定的是，各种绝对权威的分类体系正在逐渐破产。无论是上帝的创世纪神话、老子"道生一，一生二，

---

① 参见周伦佑：《散文性：发现与说出》，载《美文》，2008（5）。

② 参见［法］爱弥尔·涂尔干、［法］马塞尔·莫斯：《原始分类》，汲喆译，上海，上海人民出版社，2005。

二生三，三生万物"的学说或者黑格尔绝对精神的展开，诸多犹如神谕的分类体系由于现代性的"祛魅"而无可挽回地衰微。现在，另一些分类体系正在占据人们的意识，支配各种认识的形成。这些分类体系通常源于现代知识，科学常识——包括社会科学——大量地充当了分类的依据。例如，可以将"人"分解为男性、女性，分解为婴儿、儿童、成人、老年人，分解为黄种人、白种人、黑种人；或者分解为亚洲人、欧洲人、美洲人、澳洲人，分解为中国人、英国人、美国人、法国人，分解为政治家、科学家、艺术家、哲学家。显然，主宰这些分类的依据是生理学、医学、地理学、社会学、政治学等诸多学科的知识。

　　成熟的类别之间保持着相互衔接的节点，这将保证各种类别的描述尽量覆盖世界的各个领域。"一个男性白种人的美国籍艺术家"，这种形容包含了多种类别的联合描述。回到类别内部，一个类别的稳定性在于恪守统一的衡量准则。例如，衡量"黄种人"这个类别的固定标志即共同的肤色。博尔赫斯曾经杜撰"中国某部百科全书"对于动物的分类：1. 属皇帝所有，2. 有芬芳的香味，3. 驯顺的，4，乳猪，5. 鳗螈，6. 传说中的，7. 自由走动的狗，8. 包括在目前分类中的，9. 发疯似的烦躁不安的，10. 数不清的，11. 浑身有十分精致的骆驼毛刷的毛，12. 等等，13. 刚刚打破水罐的，14. 远看像苍蝇的。[①] 毫无疑问，这种古怪的分类因为无法提供一个共有的逻辑平面而带来了无法克服的混乱。然而，如果划分一个类别依据的知识体系发生了剧烈的动荡，或者，相邻类别大幅度调整之后剩余能量的波及，那么，这个类别的衡量准则与覆盖范围均可能出现程度不同的调节或者重组；某些时候甚至完全解体，继而诞生新的类别。国际舞台上，无论是"第三世界"的提出、欧盟的形成还是苏联、南斯拉夫的消失，不断上演的剧目表明了各种类别的潮涨潮落。至少在目前，多数分类体系从属于人类的知识而不是某种形而上的神秘观念。前者决定了各种类别的集聚或者消亡。

---

　　① 参见 ［法］米歇尔·福柯：《词与物·前言》，莫伟民译，上海，上海三联书店，2001。

相对地说，文学类型是一个微不足道的类别，处于社会文化的神经末梢。无论是古老的创世纪神话还是联合国大会辩论，至高的权威没有兴趣对于如此琐细的类别划分提出具体的建议。现在看来，只有结构主义隐含了这种理论企图：一网打尽文学形式的种种可能，包括文学类型的全部程序。结构主义认为，"结构"的概念雄踞于理论金字塔的顶端，一切理论故事——当然包括文学类型的排列——无不起源于这里。遗憾的是，这种逻辑前景并没有实现。结构主义尚未升到这个高度就已经陨落。解构主义无情地击穿了"结构"的理论幻象。这时人们可能发现，文学史不仅缺乏一个权威的分类体系，甚至缺乏诸多文学类型共存的逻辑空间。

鲍里斯·托马舍夫斯基曾经慨叹，无法对现有的文学类型给予逻辑的清晰划分。人们所能做的仅仅是历史性的辅助描述。[①] 在我看来，致命的无序源于杂乱无章的衡量原则：文学类型的认定常常是率意、粗糙和随机的。《文赋》秉承《典论·论文》，根据各种风格辨认文学类型："诗缘情而绮靡，赋体物而浏亮，碑披文以相质，诔缠绵而凄怆，铭博约而温润，箴顿挫而清壮，颂优游以彬蔚，奏平彻以闲雅，说炜晔而谲诳。"然而，《文心雕龙》提到的"无韵者笔也，有韵者文也"[②]不啻于插入了另一种划分的原则——押韵。分辨诗与散文的时候，众多著名的观点背后几乎找不到一种普遍的规范："有所记述之谓文，吟咏性情之谓诗"；"文尚典实，诗尚清空；诗主风神，文先理道"；"文显而直，诗曲而隐"；或者"意喻之米，文喻之炊而为饭，诗喻之酿而为酒，饭不变米形，酒形质尽变"[③]——这些形容的共同前提在哪里？西方的史诗、抒情诗、戏剧似乎是公认的划分，但是，这种划分的依据远未一致。雨果在著名的

---

① ［俄］鲍里斯·托马舍夫斯基：《主题》，见《俄国形式主义文论选》，方珊等译，147 页，北京，生活·读书·新知三联书店，1989。

② 刘勰《文心雕龙·总术》引述了以"有韵"和"无韵"区分"文"、"笔"的观点。

③ 这些观点分别来自元好问的《杨叔能小亨集引》、胡应麟的《诗薮》、许学夷的《诗源辨体》、吴乔的《围炉诗话》。

《〈克伦威尔〉序言》之中将文学类型与社会时期联系起来："原始时期是抒情性的，古代是史诗性的，而近代则是戏剧性的。抒情短歌歌唱永恒，史诗传颂历史，戏剧描绘人生。第一种诗的特征是纯朴，第二种是单纯，第三种是真实。"①然而，另一些人认为，"抒情诗表现的就是诗人自己的人格，在史诗（或小说）中，故事部分地由诗人亲自讲述，部分地由他的人物直接讲述（即混合叙述）；在戏剧中，诗人则消失在他的全部角色之后。"如果说，这是根据叙述人与故事的关系分析文学类型，那么，还有一种观点宁可根据人称和时态："戏剧，第二人称，现在时态；史诗，第三人称，过去时态；抒情诗，第一人称单数，将来时态。"这些冒险的概括不仅可能出现重大的遗漏，而且彼此无法通约。当然，人们还可以遇到另一些别出心裁的考虑，例如将世界划分为宫廷、城市和乡村，然后配上相对的文学类型，即英雄诗（史诗和悲剧）、谐谑诗（讽刺诗和喜剧）和田园诗。② 抛开抒情诗、史诗、戏剧这些公认的文学类型，莫·卡冈的《艺术形态学》提出了另一种版本的文学类型分类依据：题材、认识容量、价值意识、形象模式。③ 总之，如此纷繁的标准意味着各种规格的文学类型，规定文学类型的数量以及公布每一种文学类型的标准版本几乎不可能。

根据文学史事实，文学类型的无序甚至可以追溯到五花八门的起源。各种文学类型的形成原因充满了偶然。作家突如其来的灵感，种种好奇的尝试，形式的组合杂交，民间文学的启示，多种文化因素的影响和介入，传播工具的改变，这一切均可成为某种文学类型的催生婆。据考，中国古代的某些文学类型——例如"命"、"诰""誓"、"赋"、"祭"、

---

① ［法］雨果：《〈克伦威尔〉序言》，见伍蠡甫主编：《西方文论选》，下卷，189 页，上海，上海译文出版社，1979。

② 参见［美］韦勒克、［美］沃伦：《文学理论》，刘象愚等译，258、259 页，北京，生活·读书·新知三联书店，1984。

③ 参见［苏联］莫·卡冈：《艺术形态学》，凌继尧等译，第十二章，北京，生活·读书·新知三联书店，1986。

"铭"、"诔"，等等——均源于不同交际场合约定俗成的文辞话语。① 此外，乐府诗和词、曲无不溯源于音乐，佛经的翻译引起的音律研究是近体律诗形成的重要条件；小说、戏曲等讲唱文学的崛起依赖于城市生活，八股文的长盛不衰得益于科举制度的扶持；从石碑、器物之于碑铭文刻、报纸之于随笔专栏到戏剧舞台、电影银幕之于剧本，各种传播工具始终在培育自己的文学类型。欧洲中世纪风气之于骑士小说、现代科学之于科幻小说，心理学之于"意识流"小说——如此之大的差异表明，诸多文学类型并非根据某种先验的蓝图按部就班地设置出来的。

这显然是对文学类型本体论的强烈质疑。文学类型并非一个严密的体系，并没有某种神秘的图式主宰这个体系的内部结构。相反，种种不同的历史机遇促成了诸多文学类型的问世。这些文学类型不是同一标准的系列产品，公布之前亦未经过严格的审核；它们的名称、形式特征以及流行的范围无不带有偶然的意味。陆机《文赋》云："体有万殊，物无一量"——这必然形成一个后果：文学类型数目繁多，而且纷杂不均。刘勰的《文心雕龙》阐述了"骚"、"诗"、"赋"、"颂"、"赞"、"祝"、"盟"等三十来种文学类型，某些名目的设立因为前提不一而显出了驳杂凌乱；萧统的《昭明文选》会聚的文学类型计三十九类，而"赋"之下又包含子目十五种，"诗"之下子目二十二种。无论是"咏史诗"、"游仙诗"、"述德诗"、"行旅诗"还是"京都赋"、"游览赋"、"江海赋"、"哀伤赋"，无论是"诏类"、"策类"、"史论类"、"碑文类"还是"弹事类"、"对问类"、"哀文类"、"墓志类"，人们都无法从中清理出一个井然有序的纲目。如前所述，文学类型是一种截取世界的框架，这种框架隐含了作家、形式、世界与公众之间的固定合作。不论哪一个因素率先启动，只要四个因素达成了协调的契约，一种文学类型即如期而至。所谓的历史机遇，即四种因素的启动及其协调的种种可能。如果说，文学史事实打破了文学类型本体论的本质主义幻觉——如果说，文学类型的必然逻辑

---

① 参见郭英德：《中国古代文体学论稿》，29～43 页，北京，北京大学出版社，2005。

被历史的偶然所替换，那么，人们没有理由对另一个相反的事实视而不见：一旦历史收回了四种因素协调的平台——一旦某种因素发生了变动以至于解除契约，这种文学类型的寿命即告中止。现今看来，《昭明文选》列举的大部分文学类型已经遭到历史的抛弃从而成为干枯的文化遗骸。换言之，文学类型的终结同样由历史决定。

既然如此，人们被迫面对一个问题：文学类型本体论的观念来自哪里——为什么那么多人认为，文学类型是一种超历史的必然存在？

# 四

王国维曾经断言："凡一代有一代之文学：楚之骚，汉之赋，六代之骈语，唐之诗，宋之词，元之曲，皆所谓一代之文学，而后世莫继焉者也。"[①] 然而，正如人们所觉察的那样，许多文学类型并未止步于诞生的那个时代。相反，文学类型跨越了时代的边界而摆出了一副不朽的姿态。无论是近体律诗、宋词元曲还是来自宋元平话的章回小说，至今远未到预言这些文学类型结束的时候。征人戍边、闺怨相思已经退得很远，现代社会的众多词汇、句式势不可当地冲垮了平平仄仄的藩篱，"分久必合、合久必分"的演义模式再也表现不了生活背后隐藏的复杂因果网络。尽管如此，这些文学类型的形式规范一如既往。巴赫金将这种现象称为文学类型的"创造性记忆"："体裁过着现今的生活，但总在记着自己的过去，自己的开端。在文学发展过程中，体裁是创造性记忆的代表。正因为如此，体裁才可能保证文学发展的统一性和连续性。"[②] 显然，"创造性记忆"强调的是文学类型的诞生所携带的强大能量。即使促成文学类型的历史内容已经消亡，这种能量仍然可以在相当长的时期维持文学类型的稳定存在。刘勰的《文心雕龙·明诗第六》认为，"诗者，持也，持人性情"。[③] 尽管后继的无数诗作已经远远将这个论断抛在后面，但是，巨

---

① 王国维：《宋元戏曲史·序言》，上海，华东师范大学出版社，1995。

② ［苏联］巴赫金：《陀思妥耶夫斯基诗学问题》，白春仁等译，156 页，北京，生活·读书·新知三联书店，1988。

③ 周振甫：《文心雕龙注释·明诗第六》，北京，人民文学出版社，1983。

大的文本差异并没有撑裂文学类型。诗人仍然心甘情愿地皈依"诗"的旗帜之下，分享这个文学类型的权威。文学类型的铸成，亦即赢得一种形式的坚固。当然，形式的坚固并不排斥一定的弹性，文学类型许可某种范围的变异。从中世纪的骑士小说、巴尔扎克的现实主义到乔伊斯的《尤利西斯》或者马尔克斯的《百年孤独》，小说已经面目全非。然而，如同托马舍夫斯基争辩时所说的那样，这些小说之间的"发生学"联系从未消失。只要追溯每一个变异环节，人们可以看到一种形式向另一种形式逐渐过渡的轨迹。① 漫长的渐进式演变之中，文学类型的成因可能隐没，文本之间形式的血缘关系愈来愈疏远；尽管如此，文学类型仍然显示出强大的控制力量。许多时候，新型的文本并不愿意破门而出——它们更乐于在人们熟悉的文学类型之中认祖归宗，寻求庇荫之地。这显然表明，形式不仅意味着一种文本组织，同时意味着这种文本组织的权威。

由于黑格尔式命题的影响，人们习惯于考察形式与内容的关系而对于形式的权威视若无睹。一种形式因为某种原因而成为惯例，形式的权威意味着遵从这种惯例而不再回溯这种原因。这可以解释为思想能量的节约，犹如没有必要重新推导教科书里的数学公式或者物理公式。然而，节约思想的能量与冻结思想的活力仅有一步之遥——形式的权威常常隐含了特殊的意识形态功能。许多强大的文化传统诉诸种种仪式、符号，这并非偶然。稳定的形式有助于巩固文化记忆，将传统训练为自然而然的本能，同时抑制种种不可预料的情绪以及不驯的思想冒出来。历史大面积地栖息于因循的古老形式内部，继承、怀旧、守成、陈陈相因地沿袭祖制必定成为首要的倾向。种种叛逆的、离散的、边缘的因素将被这些形式隔绝在外，一切活动无不根据惯例按部就班地运转。这时，重复古老的形式即历史的连续和统一，形式的权威时常与统治阶层的思想产生隐秘的呼应。刘勰《文心雕龙·宗经第三》认同"文出于五经"的观点："故论、说、辞、序，则《易》统其首；诏、策、章、奏，则《书》

---

① ［俄］鲍里斯·托马舍夫斯基：《主题》，见《俄国形式主义文论选》，方珊等译，145 页，北京，生活·读书·新知三联书店，1989。

发其源；赋、颂、歌、赞，则《诗》立其本；铭、诔、箴、祝，则《礼》总其端；纪、传、盟、檄，则《春秋》为根：并穷高以树表，极远以启疆，所以百家腾跃，终入环内者也。"①即使在形式方面，效法经典仍然代表了效忠于传统。所以，阐释"赋"或者"颂"的时候，刘勰尽量联系《诗经》之中的蛛丝马迹给予首肯。这种形式的"发生学"认定——哪怕是勉强的、甚至不无讹误的认定——表明，文本组织的来龙去脉并不重要；正本清源的意义在于续接儒家"温柔敦厚"的"诗教"传统。一方面，儒家文化赋予形式某种权威，形成先声夺人之效；另一方面，形式被挽留在指定的区域，保证儒家文化的主题时刻拥有一个坚固的躯壳。二者的相得益彰证明了形式的权威与意识形态之间的彼此援助。许多文学类型跨越了时代而长存，形式的坚固通常隐藏了某些人——可能是手执权柄的统治阶层，也可能是功成名就的作家或者刻板地维护古典主义的批评家——的企求：排除文学类型可能遭遇的各种扰乱，服膺已有的文学秩序，是保持历史现状一种努力。

这就是说，文学类型的超历史存在包含了强大的历史冲动——从文学秩序的维护到历史秩序的维护。不论是一种理论的谋划还是一种偶然的巧合，这种历史冲动时常被纳入文学类型本体论，伪装成"本质"的、逻辑的必然。打破文学类型本体论的幻觉，亦即回到形式的谱系学：形式的历史成因、形式与文化权力的联系以及形式与意识形态的某种共谋。文学类型不存在特殊的护身符。如同文学类型的诞生，历史也常常宣判文学类型的瓦解，或者是部分地瓦解——只要条件合适。

当然，破坏一种文学类型或者削弱一种文学类型的权威，亦即破坏或者削弱形式背后的文化权力与意识形态。文学类型解体的连锁效应可能改造话语区域的已有划分，重塑人们的社会经验，甚至动摇全部的文化记忆。如果帝王将相的宏伟业绩成了令人捧腹的喜剧，市井俚语变成诗一般的庄严吟诵，大量第一人称的抒情片段或者哲理思想插入小说的故事情节，这些迹象肯定意味着某些深刻的文化征兆。对于占有统治地

---

① 周振甫：《文心雕龙注释·宗经第三》，北京，人民文学出版社，1983。

位的意识形态来说，符号体系的崩塌可能隐含着大范围的危机。因此，传统有必要及时出面，竭力阻止威胁的扩大。通常，传统的声望不仅来自持久的沿袭，而且被形容为得到了历史批复的"本质"或者"规律"。尽管文学类型的本体并不存在，但是，对于文学类型本体的想象充分证明了传统的稳固。文学类型表现出的形式统辖是传统的一个重要方面。一种文学类型的成型并且得到承传，意味着形式对于经验的聚合愈来愈完整，秩序愈来愈固定。所以，一个成熟文学类型不再是抽象的名称，而是全面地镶嵌于文学评价、文学史的权威以及大众阅读趣味和基本感觉之中。显然，这一切均是瓦解文学类型必将遭遇的多种阻力。个别作家的独创意识如果没有强大的文化后援，瓦解文学类型的冲动常常铩羽而归。既存文学类型是固定的，清晰的，声名显赫的；冲击文学类型的经验是模糊的，未名的，浮游不定的。因此，后者必须集聚起十倍的力量才可能发动一个成功的挑战。而且，这种挑战很少一蹴而就。双方的博弈往往表现为反复地拉锯、交织，某种退隐的文学类型可能突然回光返照。中国古代文学之中，诗在相当长的时间里充当了文学史的主角；明清之际小说崛起，诗仍然不甘示弱，甚至降临小说内部寻找表演的舞台——许多章回小说之中插入了"有诗为证"的片段。巩固和瓦解两种倾向之间如此曲折的纠缠表明，文学类型时常充当文化冲突的交汇点。可以从众多的文学史事实之中察觉，文学类型的大规模变异预示了历史文化的重大转折。

至少在目前，后现代主义氛围可以视为历史提供的某种条件。尽管后现代主义的阐释众说纷纭，但是，这一点不存在太多的异议：后现代主义对于种种普遍的大概念和宏大叙事深表怀疑。在后现代主义者眼里，这个不确定的世界背后并不存在某种终极性的依据，历史的整体性如同无稽之谈，真理、进步或者客观性、理性均是一些虚幻的概念。当然，后现代主义氛围不可能单独生产自己的文学类型；人们可以察觉到的明显迹象是，一批既定的文学类型正在出现某种意味深长的转移。例如，史诗式的鸿篇巨制开始衰退，许多作家开始从大写的历史转向小写的历史；高亢激昂的抒情类型开始衰退，气势如虹的浪漫主义已经换成了后现代主义的调侃。后现代主义者的经典表情是，小情调、小感觉代替了巨型的历史景观；片段的奇思妙想代替了坚定的历史信念；第一人称"我"的小视角代替了全知全能的上帝式俯瞰；犀利和尖刻代替了雄心壮志。零散的小叙事时常得到后现代主义的垂青，尤其是散文随笔。"它们不过是一个偶尔的闪光，不过是偌大世界的一根毛发或者一小块皮屑，随风而逝。大众传播媒介的发达肯定加剧了这种趋势。又有什么必要将每天报屁股的一小段闲散文章视为悟道真言呢？……发表文章与发表对于世界的重要观点愈来愈没有联系了。这时，散文显然是这种文化策略的最佳承担者。"①后现代主义擅长的文本拼贴象征了宏大叙事的破碎和大概念的崩溃。从诗到新闻，从历史著作到哲学摘要，诸多类型的文本汇为一炉，相提并论——然而独一无二的中心阙如。这时，种种个人的视野乘虚而入，众声喧哗；历史在形形色色的表述之中解体为零散的碎片，成为一些无足轻重的生活琐屑，甚至在"戏仿"之中成为逗乐的笑料。后现代主义作家从来不乏足够的才气，但是，他们的独创渴望常常表现为，以反讽的姿态损毁传统认定的规范——包括文学类型。

相对于后现代主义氛围间接的、甚至若有若无的影响，文学的生产工具或者传播工具对于文学类型具有决定性的压力。相对地说，这种关系尚未得到足够的重视——发达的科学技术对于生产工具和传播工具的改造如何导致历史文化的剧变。詹姆逊曾经认为，文学形式的最终根源是生产方式。② 如果说，生产方式与文学形式之间的联系常常被各种意外的因素打断或者截留，那么，解释文学的生产工具与传播工具时，这个观点终于有机会大显身手了。口口相传的史诗只能是一个民族共同认可的秘史，宗教祭祀、驱鬼拜神是地方戏曲的恰当温床，长篇小说的兴旺依赖于印刷术的发达，汉语、当时的音律形成的中国古典诗词不可能复制到西方文化圈之中。本雅明所说的机械复制时代到来之后，尤其是生

---

① 南帆：《思想的锥子》，载《南方文坛》，2007 (5)。

② 参见［美］弗雷德里克·詹姆逊：《政治无意识》，王逢振、陈永国译，63～89 页，北京，中国社会科学出版社，1999。

产方式带来了电子传媒系统之后，另一批前所未有的文学类型相继面世。电影、电视连续剧、广播剧面目一新；活跃于互联网的"超文本"和多媒体交汇隐含了巨大的潜能，甚至移动电话的短信功能也正在酝酿相宜的文学类型。总之，詹姆逊所说的"生产方式"不仅包含了文学的生产工具史和传播史，同时还包含了文学类型史。每一次传播史的革命，或迟或早也会带来文学类型的革命。

从后现代主义反讽式的戏谑到生产方式的持续进步，众多文学类型的合法性不断地遭受挑战。这是文学进入一个震荡周期的征兆。文学类型崇拜的逐渐解除表明，这个概念在文学的理解与评价之中的权重将大为下降。当然，现今并没有充分的理由认为，全部文学类型即将成为历史的陈迹——"文学"即最为基本的单元，文学之下的诗、小说或者戏剧的划分即日宣告废弃。或许，托多洛夫的观念仍然适合于描述现阶段的文学史。在他看来，文学类型不可能彻底终结，引人注目的例外本身就证明了规则的存在；同时，如果例外获得接纳和承认，即另一种文学类型诞生之日。[①] 因此，文学史始终是多种文学类型的复杂角逐。巩固或者瓦解文学类型，钟摆式的理论反复没有意义。重要的是进入某一个时期的文学史，考察每一种文学类型的沉浮，从而在历史提供的关系网络之中发现巩固或者瓦解的真正依据。

---

① ［法］茨维坦·托多洛夫：《巴赫金、对话理论及其他》，蒋子华等译，24页，天津，百花文艺出版社，2001。

# 文学研究：本质主义，抑或关系主义

"文化研究"对于文学研究的震荡持续不已。这一段时间，一个术语频频作祟——"本质主义"。围绕"本质主义"展开的论争方兴未艾。可以从近期的争辩之中察觉，"本质主义"通常作为贬义词出现。哪一个理论家被指认为"本质主义"，这至少意味着他还未跨入后现代主义的门槛。对于德里达的解构主义一知半解，福柯的谱系学如同天方夜谭，历史主义的分析方法仅仅是一种名不副实的标签，总之，"本质主义"典型症状就是思想僵硬，知识陈旧，形而上学猖獗。形而下者谓之器，形而上者谓之"本质"。初步的理论训练之后，许多人已经理所当然地将"本质"奉为一个至高的范畴。从考察一个人的阶级立场、判断历史运动的大方向、解读儿童的谎言到答复"肥胖是否有利于身体健康"这一类生理医学问题，"透过现象看本质"乃是不二法门。文学当然也不例外。何谓文学，何谓杰出的文学，这一切皆须追溯到文学的"本质"。某些文本可能被断定为文学，因为这些文本刻上了"本质"的纹章；一些文本的文学价值超过另一些文本，因为前者比后者更为接近"本质"。"本质"隐藏于表象背后，不见天日；但是，"本质"主宰表象，决定表象，规范表象的运行方式。表象无非是"本质"的感性显现。俗话说，擒贼先擒王。一旦文学的"本质"问题得到解决，那些纷繁而具体的文学问题迟早会迎刃而解。迄今为止，不论"透过现象看本质"的理想得到多大程度的实现，至少已成为许多理论家的信念和分析模式。然而，"本质主义"这个术语的诞生突如其来地制造了一个尴尬的局面。表象背后是否存在某种深不可测的本质？本质是固定不变的吗？或者，一种表象是否仅有一种对称的本质？这些咄咄逼人的疑问逐渐形成了一个包围圈。根据谱系学的眼光，如果将文学牢牢地拴在某种"本质"之上，肯定会遗忘变动不居的历史。历史不断地修正人们的各种观点，包括什么叫做"文学"。精确地说，现今人们对于"文学"的认识就与古代大异其趣。伊格尔顿甚至认为，说不定哪一天莎士比亚将被逐出文学之列，而一张便条或者街头的涂鸦又可能获得文学的资格。这种理论图景之中，所谓的"本质"又在哪里？

传统的理论家对于这些时髦观念显然不服气。首先，他们不承认"本质"是一个幻象。如果世界就是那些形形色色的表象，我们怎么找得到自己的未来方向？没有"本质"的日子里，我们只能目迷五色，沉溺于无数局部而不能自拔。这时，我们比洞穴里的一只老鼠或者草丛里的一只蚂蚁能高明多少？其次，他们恼怒地反问：否认"本质"的最终后果不就是否认文学的存在吗？一切都成了相对主义的"彼亦一是非，此亦一是非"，那么，学科何在？教授与庶民又有什么区别？消灭"本质"也就是打开栅栏，废弃规定，否认所有的专业精神。难道那些反"本质主义"分子真的要把《红楼梦》、《安娜·卡列尼娜》这种经典与流行歌曲或者博客里的口水战混为一谈吗？

即使冒着被奚落为"保守分子"的危险，我仍然必须有限度地承认"本质主义"的合理性。根据我的观察，一百棵松树或者五十辆汽车之间的确存在某些独特的共同之处；更为复杂一些，法兰克福学派的理论著作或者李白、杜甫、王维的七言诗之间也可以找到某些仅有的公约数。如果这些共同之处或者公约数有效地代表了松树、汽车、理论著作或者七言诗的基本品质，理论家倾向于称之为"本质"。古往今来，许多理论家孜孜不倦地搜索各种"本质"，"本质"是打开大千世界的钥匙。谈一谈汽车或者文学的"本质"是雕虫小技，哲学家的雄心壮志是阐明宇宙的"本质"，例如"道"、"气"、"原子"、"理念"、"绝对精神"，如此等等。我常常惊叹古人的聪明，坚信他们热衷于追求"本质"绝不是酒足饭饱之后的无事生非。所谓传统的理论家，"传统"一词绝非贬义——我们曾经从传统之中得到了不计其数的思想援助。

尽管如此，我们还是没有理由将表象与本质的区分视为天经地义的绝对法则。我宁可认为，这仅仅是一种理论预设，是一种描述、阐释和分析问题的思维模式。显而易见，这种模式包含了二元对立，并且将这种二元对立设置为主从关系。本质显然是深刻的，是二者之间的主项；表象仅仅是一些肤浅的经验，只能从属于本质的管辖。前者理所当然地决定后者——尽管后者在某些特殊时刻具有"能动"作用。换一句话说，这种二元对立是决定论的。与此同时，这种二元对立还隐含对于"深度"的肯定。滑行在表象的平面之上无法认识世界，重要的是刺穿表象，摆脱干扰，只有挖地三尺才能掘出真相。"深刻"、"深入"、"深度"——我们对于思想和智慧进行赞美的时候习惯于用"深"加以比拟，仿佛所有的思想和智慧一律箭头向下。当然，有时"深度"一词被置换为"内在"——自外而内剥洋葱似的一层一层抵近核心秘密。无论怎么说，这种"深度"哲学的首要诀窍是甩开表象。不难发现，上述理论预设想象出来的世界图像通常是静止的。如同一个金字塔式的结构，表象仅仅居于底层或者外围，不同级别的"本质"架构分明——那个终极"本质"也就是哲学家们梦寐以求的宇宙顶端。这种牛顿式的结构稳定、清晰、秩序井然，令人放心。但是，这种静止的图像常常遇到一个难题——无法兼容持续运动的历史。让我们回到文学的例子。哪一天我们有幸找到了文学的"本质"——我们发现了从原始神话至后现代小说之间的公约数，是不是就能解决全部问题？令人遗憾的是，目前没有迹象表明，历史将在后现代的末尾刹车。后现代之后的历史还将源源不断地提供文学。我们所认定的那个"本质"怎么能为无数未知的文学负责呢？如果一个唐朝的理论家阐述过他的文学"本质"，可想而知，这种"本质"肯定无法对付今天的文学现状。一旦把现实主义长篇小说、现代主义荒诞剧、后现代主义拼贴以及拉美文学的魔幻现实主义统统塞进去，这个"本质"的概念肯定会被撑裂。相同的理由，我们今天又有什么资格断言，地球毁灭之前的文学已经悉数尽入彀中？当然，另一些理论家似乎更有信心。"一生二，二生三，三生万物"，他们时常想象，整个世界是从同一条根上长出来的。五千年以前的文学与五千年以后的文学"本质"上没有什么差异。虽然这种想象始终无法得到严格的证明，但是，另一种争论早已如火如荼。宗教领袖、政治家以及一些高视阔步的哲学家无不企图垄断那一条生长了世界的"根"。无论是上帝、某种社会制度，还是"道"、"绝对精神"，无不高声宣称只有自己才握住了世界的"本质"，并且为了剿灭不同的见解而大打出手。

静止的图像通常倾向于维护既定的体制，这是"本质主义"遭受激进理论家厌恶的另一个重要原因。金字塔式的结构严格规定了每一个行业、每一个文化门类的位置，不得僭越，不得犯规。"本质"是神圣的，庄严的，稳定的，不可更改的。什么叫做"纯文学"？这种文学盘踞于"本质"指定的位置上，熠熠生辉，毫无杂质。由于"本质"的巨大权威，"纯文学"有权保持自己的独特尊严，拒绝承担各种额外的义务。文化知识领域之内，"本质"已经成为划定许多学科地图的依据。经济学、社会学、法学、历史学或者文学研究，众多教授分疆而治，每个人只负责研究这个学科的内部问题。常识告诉我们，任何一个学科均有自己的发生和成长史，它们之间的界限并非始终如一，而是常常此消彼长。然而，"本质主义"不想进入曲折的历史谱系，而是将学科界限的模糊形容为知识领域的混乱。这些理论家心目中，学科的主权和领土完整绝不亚于国家的主权和领土完整。放弃学科主权，开放学科边界，这是对于"本质"的无知。由于"本质"的控制，一些跨学科的问题很难在静止的图像之中显出完整的轮廓，例如教育问题。从社会学、心理学到经济学、文学、历史学，诸多学科都可能与教育密切相关。然而，教授们不得不在特定的学科边缘驻足，唯恐在另一个陌生的领地遭遇不测。一张漫画十分有趣：一个中箭的士兵到医院就诊，外科医生用钳子剪断了露在皮肤外面的箭杆，挥挥手叫他找内科医生处理剩余问题。这种讽刺对于目前许多学科之间的森严门户同样适合。众多学科各就各位地将知识版图瓜分完毕，一些新的文化空间无法插入种种固定的"本质"结构从而找到自己的存身之处。因此，网络文化传播、性别战争或者生态文学这一类问题无法形成学科——因为它们的"本质"阙如。为什么各种知识的分类是这样而不是那样？为什么某些问题被归纳为一个学科而另一些问题被拆成了零碎的因素？为什么各个学科享有不同的等级——为什么某些学科身居要津，而另一些学科却无关紧要？那些激进的理论家尖锐地指出，金字塔结构内部的位置分配多半来自某种文化体系——例如资本主义文化。从种族学、文化人类学、国家地理到历史学，知识与权力的结合是学科形成的重要因素。许多著名的学科称职地成为某种文化体系内部的一块稳固的基石。二者是共谋的。如果这种分配背后的历史原因被形容为"本质"的要求，那么，"本质主义"将义正词严地扮演权力的理论掩护。

我们把表象与本质的二元对立视为一种理论预设或者思想模式，显然暗示还可能存在另一些理论预设与思想模式。让我们具体地设想一下：第一，二元的关系之外是否存在多元的关系？换一句话说，考察某个问题的时候，是否可以超越表象与本质的对立，更为广泛地注视多元因素的相互影响？第二，是否可以不再强制性地规定多元因素的空间位置——仿佛某些享有特权的因素占据了特殊的"深度"，而另一些无足轻重的因素只能无根地漂浮在生活的表面，随风而动；第三，解除"深度"隐喻的同时，决定论的意义必然同时削弱。多元因素的互动之中，主项不再那么明显，甚至可能产生主项的转移。这种理论预设显然不再指向那个唯一的焦点——"本质"；相对地说，我们更多地关注多元因素之间形成的关系网络。相对于"本质主义"的命名，我愿意将这种理论预设称为"关系主义"。

马克思曾经有一个著名的论断：人的本质并非某种抽象物，而是现实之中一切社会关系的总和。这个论断包含了极富启示的方法。首先，马克思不再设定性格深部的某一个角落隐藏一个固定不变的"本质"，挖掘这个"本质"是求解性格的必修功课；不同的性格状况取决于一个人置身的社会关系网络——性格如同社会关系网络的一个结点。其次，"社会关系的总和"意味着多重社会关系的复杂配置，而不是由单项社会关系决定。这甚至有助于解释一种性格的丰富、繁杂、变幻多端，甚至有助于解释许多貌似偶然的、琐碎的性格特征。事实上，我们可以从这个论断之中发现"主体间性"的深刻思想。

至少在这里，我并没有期待关系主义全面覆盖本质主义。在相当范围内，表象与本质的二元对立对于认识世界的功绩无可否认。我们的意识可能在多大程度上信赖二元对立模式，这种性质的问题可以交付哲学家长时期地争论。等待哲学家出示最后结论的过程中，我十分愿意以谦卑的态度作出一个限定：关系主义只不过力图处理本质主义遗留的难题而已。同时，我想说明的是，关系主义的提出绝非仅仅源于个人的灵感。尼采、德里达、福柯、利奥塔、罗蒂、布尔迪厄等一大批思想家的观点形成了种种深刻的启示，尽管现在还来不及详细地清理上述思想谱系。当然，现在我只能将关系主义的观点收缩到文学研究的范围之内，在本质主义收割过的田地里再次耕耘。

必须承认，文学研究之中的本质主义始终占据主流。例如，韦勒克就曾经指出，文学从属于一个普遍的艺术王国，文学的本质基本没有变过。这无疑确认了文学研究的目标——搜索文学的本质。这方面的努力已经从事了很长的时间，美、人性、无意识都曾一度充当过文学本质的热门对象。有一段时间，几乎所有的人都听说过雅各布森的名言：文学研究的对象是文学之为文学的"文学性"。事实上，雅各布森与韦勒克不谋而合——他们都倾向于认定文学的本质在于某种特殊的语言。然而，各种迹象表明，新批评、形式主义学派或者结构主义的研究并未达到预期目标。理论家并未从文学之中发现某种独一无二的语言结构，从而有效地将文学从日常语言之中分离出来。换一句话说，将某种语言结构视为文学本质的观点可能会再度落空。

这时，关系主义能够做些什么？首先，关系主义企图提供另一种视域。我曾经在一篇论文之中谈到：

> 一个事物的特征不是取决于自身，而是取决于它与另一个事物的比较，取决于"他者"。人们认为张三性格豪爽，乐观开朗，这个判断不是根据张三性格内部的什么本质，而是将张三与李四、王五、赵六、钱七进行广泛的比较而得出的结论。同样，人们之所以断定这件家具是一把椅子，并不是依据这把椅子的结构或者质料，而是将这件家具与另一些称之为床铺、桌

子、橱子的家具进行样式和功能的比较。所以，考察文学特征
不是深深地钻入文学内部搜索本质，而是将文学置于同时期的
文化网络之中，和其他文化样式进行比较——文学与新闻、哲
学、历史学或者自然科学有什么不同，如何表现为一个独特的
话语部落，承担哪些独特的功能，如此等等。①

本质主义常常乐于为文学拟定几条特征，例如形象、人物性格、虚
构、生动的情节、特殊的语言，诸如此类。某些时候，我们可能陷入循
环论证的圈套：究竟是形象、人物性格、虚构形成了文学的本质，还是
文学的本质决定了这些特征？按照关系主义的目光，这些特征与其说来
自本质的概括，不如说来自相互的衡量和比较——形象来自文学与哲学
的相互衡量和比较，人物性格来自文学与历史学的相互衡量和比较，虚
构来自文学与自然科学的相互衡量和比较……生动的情节来自文学与社
会学的相互衡量和比较，特殊的语言来自文学与新闻的相互衡量和比较，
如此等等。我们论证什么是文学的时候，事实上包含了诸多潜台词的展
开：文学不是新闻，不是历史学，不是哲学，不是自然科学……当然，
这些相互衡量和比较通常是综合的，交叉的，而且往往是一项与多项的
非对称比较。纷杂的相互衡量和比较将会形成一张复杂的关系网络。文
学的性质、特征、功能必须在这张关系网络之中逐渐定位，犹如许多条
绳子相互纠缠形成的网结。这种定位远比直奔一个单纯"本质"的二元
对立复杂，诸多关系的游移、滑动、各方面的平衡以及微妙的分寸均会
影响文学的位置。由于这些关系的游动起伏，我们很难想象如何将文学、
历史、哲学、经济学分门别类地安顿在一个个固定的格子里面，然后贴
上封条。我们必须善于在关系之中解决问题。差异即关系。事物之间的
差异不是因为本质，而是显现为彼此的不同关系。罗蒂甚至作出了不留
余地的论断："除了一个极其庞大的、永远可以扩张的相对于其他客体的

———————

① 南帆：《文学性以及文化研究》，见《本土的话语》，165 页，济南，山东友
谊出版社，2006。

关系网络以外，不存在关于它们的任何东西有待于被我们所认识。能够作为一条关系发生作用的每一个事物都能够被融入另一组关系之中，以至于永远。所以，可以这样说，存在着各种各样错综复杂的关系，它们或左或右，或上或下，向着所有的方向开放：你永远抵达不了没有处于彼此交叉关系之中的某个事物。"①相当程度上，这就是关系主义对于世界的描述。

相对于固定的"本质"，文学所置身的关系网络时常伸缩不定，时而汇集到这里，时而转移到那里。这种变化恰恰暗示了历史的维度。历史的大部分内容即不断变化的关系。"本质"通常被视为超历史的恒定结构，相对地说，关系只能是历史的产物。文学不是新闻，不是历史学，不是哲学，不是自然科学……这些相互衡量和比较具有明显的历史烙印。先秦时期，在文史哲浑然一体的时候，历史学或者哲学不可能成为独立的文化门类从而建立与文学的衡量和比较关系；进入现代社会，新闻和自然科学逐渐形成学科，进而有资格晋升为文学的相对物。总之，每一个历史时期的文化相对物并不相同，文学所进入的关系只能是具体的，变化的；这些关系无不可以追溯至历史的造就。所以，文学所赖以定位的关系网络清晰地保存了历史演变的痕迹。

让我们总结一下本质主义与关系主义的不同工作方法。本质主义力图挣脱历史的羁绊，排除种种外围现象形成的干扰，收缩聚集点，最终从理论的熔炉之中提炼出美妙的文学公式。显而易见，这种文学公式具有强大的普遍性，五湖四海的作家可以在不同的历史时期加以享用。尽管不同的理论家远未就文学公式达成共识，但是，他们的工作方法如出一辙。相对地说，关系主义的理论家缺乏遥望星空的勇气，他们认为所谓的文学公式如果不是一个幻觉，也将是某种大而无当的空话。文学之所以美妙动人，必须联系某一个特定的时代才可能得到充分的解释。因此，关系主义强调进入某一个历史时期，而且沉浸在这个时代丰富的文

---

① ［美］理查德·罗蒂：《后形而上学希望》，张国清译，34 页，上海，上海译文出版社，2003。

化现象之中。理论家的重要工作就是分析这些现象，从中发现各种关系，进而在这些关系的末端描述诸多文化门类的相对位置。显然，这些关系多半是共时态的。我期待人们至少有可能暂时地放弃一下"深度"的想象方式——我认为：即使在一个平面上，对于关系网络内部种种复杂互动的辨识同样包含了巨大的智慧含量。由于共时态的关系网络，文学的位置确定下来的时候，新闻、历史、哲学或者经济学大致也都坐在了各自的金交椅上。这是一种相对的平衡，每一个学科的前面都可以加上限制性的短语"相对于……"，与其将这些学科之间的关系想象为普通的分工，不如说这是它们各自承担哪些文化使命的写照。文学为什么能够越过时代的疆界持久地承传？为什么我们至今还在因曹雪芹、李白甚至《诗经》感动？这是关系主义必须处理的一个问题。但是，关系主义显然更加关心特定时代的文学。我不止一次地表示，那个光芒四射的文学公式无法自动地解决一个严重的问题：这个时代的文学要做些什么？政治领域众目睽睽，经济是最富号召力的关键词，繁盛的商业，不断地产生奇迹的自然科学，房地产和股票市场正在成为全社会的话题，整容广告或者崇拜"超女"的尖叫充斥每一个角落——这时，渺小的文学还有什么理由跻身于这个时代，不屈不挠地呐喊？绕开文学相对其他学科的关系，本质主义无法令人信服地阐述这个问题。

对于关系主义来说，考察文学隐藏的多种关系也就是考察文学周围的种种坐标。一般来说，文学周围发现的关系愈多，设立的坐标愈多，文学的定位也就愈加精确。从社会、政治、地域文化到语言、作家恋爱史、版税制度，文学处于众多脉络的环绕之中。每一重关系都可能或多或少地改变、修正文学的性质。理论描述的关系网络愈密集，文学呈现的分辨率愈高。然而，关系主义时常遇到一种奇怪的情况：一些时候，意识形态可能刻意地隐瞒文学涉及的某些关系。例如，很长一段时间，文学与性别之间没有什么联系。这仿佛是风马牛不相及的两个领域。然而，女权主义兴起之后，文学与性别的密切互动被发现了。从情节的设置、主题的确立、叙述风格的选择到出版制度、作品宣传，性别因素无不交织于其中，产生重大影响。根据女权主义理论家的研究，男性中心主义、压迫、蔑视或者规训女性是许多文学的潜在主题。意识形态遮蔽文学与性别的关系，目的是隐瞒上述事实，从而维护男性根深蒂固的统治。揭示文学与性别的关系，亦即突破意识形态的禁锢。揭示文学与民族的关系是另一个类似的例子。萨义德的《东方学》以及一批后殖民理论著作表明，大量的文学作品隐藏了欧洲中心主义与民族压迫的信息。这些信息可能是故事之中的人物关系，也可能是一段历史事实的考据，可能是一种叙述视角的设立，也可能是某种经典的解读方式。这些信息原先散落在各处，隐而不彰。由于考虑到文学与民族的关系，后殖民问题终于被集中地提出来了。这几年兴盛的"文化研究"，很大一部分工作即发现文学卷入的种种关系。从政治制度到民风民俗，从印刷设备到大众传播媒介，或者，从服装款式到广告语言，文化研究的根须四处蔓延，各种题目五花八门。文化研究证明，文学不仅仅是课堂上的审美标本，文学殿堂也不是一个超尘拔俗的圣地。文学的生产与消费广泛地根植于各种社会关系，攀缘在不同历史时期的文化体制之上，从而形成现有的面貌。无论一种文学类型的兴衰、一批文学流派的起伏，还是一个作家的风格形成，文化研究对各种复杂关系的分析提供了远比本质主义丰富的解释。在这个意义上，文化研究有理由被视为关系主义的范例。

然而，文化研究正在文学研究领域引起种种反弹。一种主要的反对意见是，文学又到哪里去了？阶级、性别、民族、大众传媒、思想、道德、意识形态，各种关系的全面覆盖之下，唯独审美销声匿迹或者被淹没在众声喧哗之中。我们以往遇到的恼人局面又回来了：我们读到了一大堆形形色色的社会学文献、思想史材料或者道德宣言，但是，我们没有读到文学。

在我看来，这种抱怨很大程度上仍然基于本质主义的观念。许多理论家往往觉得，谈到了文学与阶级的关系，文学就变成了阶级斗争的标本；谈到了文学与性别的关系，文学就变成了性别之战的标本；谈到文学与民族的关系，文学就变成了民族独立的标本；谈到文学与道德的关系，文学就变成了粗陋的道德标本，如此等等。因此，文化研究如果不是专门地谈论一部作品的美学形式，那就意味着审美将再度遭到抛弃。

这种观念的背后显然是一种还原论。文学所包含的丰富关系必须还原到某一种关系之上——这即独一无二的"本质"。然而，关系主义倾向于认为，围绕文学的诸多共存的关系组成了一个网络，它们既互相作用又各司其职。总之，我们没有理由将这些交织缠绕的关系化约为一种关系，提炼为一种本质。文学的特征取决于多种关系的共同作用，而不是由一种关系决定。具体地说，谈论文学与阶级的关系或者文学与民族、性别的关系，不等于否认文学与审美的关系。更为细致的分析可能显示，阶级、民族、性别或者道德观念可能深刻地影响我们的审美体验；相同的理由，美学观念也可能影响我们的性别观念或者道德观念。一种事物存在于多种关系的交汇之中，并且分别显现出不同的层面，这是正常的状况。一个男性，他可能是一个儿子，一个丈夫，一个弟弟，一个酒友，一个处长，一个古董收藏家，一个喜欢吃辣椒的人……他所扮演的角色取决于他此时此地进入何种关系，相对于谁——父母亲、妻子、兄弟姐妹、酒桌上的伙伴、机关里的同事、古董商、厨师，如此等等。我们没有必要强制性地决定某一个角色才是他的"本质"。有一段时间，我们曾经认为，阶级的归属是一个人身上的决定性质。现在看来，这种观点无法得到充分的证明。我们并非时刻从事阶级斗争，生活之中的许多内容和细节与阶级无关。例如，一个人是否喜欢吃辣椒或者有几个兄弟，通常与阶级出身关系不大。所以，我们不会因为找不到一个"本质"而无法理解这个男性。事实上，他的多重角色恰好有助于表现性格的各个方面。

　　既然如此，我们是不是就没有必要因为某些文学作品所包含的多种关系而苦恼？鲁迅对于《红楼梦》说过一段很有趣的话："单是命意，就因读者的眼光而有种种：经学家看见易，道学家看见淫，才子看见缠绵，革命家看见排满，流言家看见宫闱秘事"[①]——在我看来，这恰恰证明了这部巨著的丰富。我们不必忠诚地锁定某一个"命意"，从而抵制另一些

---

　　①　鲁迅：《集外集拾遗补编·〈绛洞花主〉小引》，见《鲁迅全集》，第八卷，北京，人民文学出版社，1998。

主题。一个文本内部隐含了众多的关系，这往往是杰作的标志。这些关系的汇合将形成一个开放的话语场域，供读者从不同的角度进入。歌德赞叹"说不尽的莎士比亚"，莎士比亚的巨大价值就在于提供了不尽的话题。另外，强调多重关系的互动，还有助于解决某些悬而未决的传统课题——例如"典型"问题。对于诸如阿Q这种复杂的性格，我们以往的观点莫衷一是。一个乡村的游手好闲分子，一个窃贼，一个革命党的外围分子，一个没有任何财产的雇农，一个无师自通的"精神胜利法"大师，一个身材瘦弱的头癣患者……究竟是一个雇农的革命倾向和无畏的造反精神，还是一个二流子浑浑噩噩的自我陶醉，二者的矛盾是许多理论家的苦恼。如果关系主义将一个性格视为各种社会关系的共同塑造，那么，这个典型就不必因为非此即彼的某种"本质"而无所适从。

关系主义强调的是关系网络，而不是那些"内在"的"深刻"——几乎无法避免的空间隐喻——含义，这时，我们就会对理论史上的一系列著名的大概念保持一种灵活的、富有弹性的理解。文学研究乃至人文学科之中常常看到这种现象：不少著名的大概念仿佛灵机一动的产物，往往并未经过严格的界定和批判就流行开了。各种"主义"粉墨登场，竞相表演。一批严谨的理论家常常尾随而来，努力为这些"主义"推敲一个无懈可击的定义。但是，这些理论家的吃力工作多半达不到预期的效果，他们设计的定义总是挂一漏万，或者胶柱鼓瑟，刻舟求剑。我写过一篇论文反对"大概念迷信"。我认为不要被大概念的神圣外表吓唬住，而要采取一种达观的态度。无论是现实主义、浪漫主义、现代主义还是后现代主义，这些概念往往针对特定的历史情境而发生、流行，历史主义地解释是一种明智的做法。进入特定的历史情境，分析这个概念周围的各种理论关系，是比东鳞西爪地拼凑定义远为有效的阐述方式。谈论浪漫主义的时候，如果把创造性想象、情感表现、天才论、对于自然的感受、对于奇异神秘之物的渴望与古典主义的拘谨或者现实主义的冷静结合起来，那么，历史提供的相对关系将使浪漫主义这些特征出现充实可解的内容。所以，《文学理论新读本》之中，我们将"古典主义"、"浪漫主义"、"现实主义"、"现代主义"、"后现代主义"这几个概念理解为相继出现于文学史上的几种美学类型。虽然这些美学类型具有某种普遍性，但是，历史主义是这种普遍性的限制。彻底挣脱历史提供的关系网络而无限扩张这些美学类型的普遍性，这些大概念最后通常变成了没有历史体验的空壳。这个方面，雷蒙·威廉斯的《关键词》显然是一个工作范例。阐述一大批文化与社会的关键词汇时，雷蒙·威廉斯的主要工作即清理这些词汇的来龙去脉。正如他在阐述"文化"一词时所说的那样，不要企图找到一个"科学的"规定。相反，"就是词义的变化与重叠才显得格外有意义"。①这些变化和重叠隐含了多种关系和脉络的汇聚。或者可以说，就是由于这些关系和脉络的汇聚，某个概念才在思想文化史上成为轴心。对于一些重要的概念，我甚至愿意进一步想象——它们在思想文化史上的意义与其说在于"词义"，不如说在于汇聚各种关系的功能。我首先考虑到的近期例子即 20 世纪 90 年代关于"人文精神"的论争。当时出现的一个有趣情况是，"人文精神"的具体含义并未得到公认的表述，然而，这个明显的缺陷并没有削弱理论家的发言激情。我对于这种现象的解释是：

　　……两者之间的反差恰好证明，人们迫切需要一个相宜的话题。某些感想、某些冲动、某些体验、某些憧憬正在周围蠢蠢欲动，四处寻找一个重量级的概念亮出旗帜。这种气氛之中，"人文精神"慨然入选。不论这一概念是否拥有足够的学术后援，人们的激情已经不允许更多的斟酌。如果这就是"人文精神"的登场经过，那么，概念使用之前的理论鉴定将不会像通常那样慎重。

　　这样，"人文精神"这一概念的周围出现了一个话语场，一批连锁话题逐渐汇拢和聚合，开始了相互策应或者相互冲突。在这个意义上，我宁可首先将"人文精神"视为功能性概念。

————————————

　　①　参见［英］雷蒙·威廉斯：《关键词》，刘建基译，107 页，北京，生活·读书·新知三联书店，2005。

> 尽管这一概念的含义仍然存有某种程度的游移，但是，这并不
> 妨碍它具有组织一系列重要话题的功能。我愿意重复地说，这
> 一概念所能展开的思想和话题甚至比它的确切定义还重要。①

瓦雷里曾经说过，如果我们任意从语句中拦截一个词给予解释，可能遇到意想不到的困难。只有当这个词返回语句的时候，我们才明白它的词义。这就是说，仅仅查阅词典是不够的，重要的是复活这个词在语句之中的各种关系。"人文精神"这个例子进一步证明，一个关键词周围的关系可能存在于整个历史语境之中。这些关系才是更为可靠的注释。

关系主义喜欢说"相对于……"，可是，这个短语常常让人有些不安。"相对主义"历来是一个折磨人的术语。一切都是有条件的，暂时的，这不仅削弱了文学研究之中各种判断的权威性，甚至威胁到这个学科的稳固程度。迹象表明，文化研究的狂欢化作风已经把文学研究学科搅得鸡犬不宁，不少理论家越来越担忧"相对于……"这种表述可能动摇纯正的文学曾经拥有的中心位置。鉴于个人的知识积累和供职的部门，我当然希望这一门学科具有稳定的前景；而且，至少在目前，我对这一点很有信心——通常的情况下，社会总是尽量维护既定的文化机制，这是维护社会结构稳定的基本保障。对于文学研究来说，上一次学科的彻底调整大约发生于一百年以前，大学教育体制的确立和五四新文化运动均是这种调整的重要原因。简言之，这种调整从属于现代性制造的巨大历史震撼。现今的文学研究似乎还没有遇到如此剧烈的挑战，文学研究的基本格局大致上依然如故。尽管如此，我还是愿意在解释学科现状的时候回到关系主义平台上。在我看来，文学研究的稳定性不是因为某种固定的"本质"，而是因为这个学科已有的种种相对关系并未失效。运用一个形象的比拟可以说，一艘小船之所以泊在码头，并非它天生就在这个位置上，而是因为系住它的那些缆绳依然牢固。换言之，如果维系文学

---

① 南帆：《人文精神：背景与框架》，见《敞开与囚禁》，224 页，济南，山东教育出版社，1999。

研究的诸多关系发生改变,这个学科改头换面的可能始终存在。一些理论家倾向于认为,随着文学研究的延续,这个学科肯定愈来愈靠近自己的本性——譬如从所谓的"外部研究"进入"内部研究",这只能使学科愈来愈成熟,愈来愈巩固,关系主义的"相对于……"愈来愈没有意义。这些理论家通常不愿意列举大学的课程设置这一类外围的情况作为论据,他们的强大后盾是文学经典。经典的日积月累形成了伟大的传统,形成了"文学性"的具体表率,这即学科的首要支撑。所以,哈罗德·布鲁姆为了反击文化研究——他称为"憎恨学派"——的捣乱,毅然撰写《西方正典》一书,力图以经典的纯正趣味拯救颓败的文学教学。

景仰经典也是我从事文学研究的基本感情。如果没有经典的存在,文学研究还剩下多少?但是,这并不能证明,经典形成的传统如同一堵厚厚的围墙保护学科不受任何污染。经典不是永恒地屹立在那里,拥有一个不变的高度。经典同样置身于关系网络,每一部经典的价值和意义依然是相对而言。在我看来,T. S. 艾略特在《传统与个人才能》之中对于经典的一段论述的确值得再三回味:

> 现存的艺术经典本身就构成一个理想的秩序,这个秩序由于新的(真正新的)作品被介绍进来而发生变化。这个已成的秩序在新作品出现以前本是完整的,加入新花样以后要继续保持完整,整个的秩序就必须改变一下,即使改变得很小;因此每件艺术作品对于整体的关系、比例和价值就要重新调整了;这就是新与旧的适应。①

经典不是一个固定的刻度,而是不断的相互衡量——我们再度被抛回关系网络。我们的景仰、我们的崇拜、我们最终的栖身之地仍然不是绝对的,"文学性"的答案仍然会因为《离骚》、《阿Q正传》、《巴黎圣母

---

① ［英］T. S. 艾略特:《传统与个人才能》,见赵毅衡编选:《"新批评"文集》,北京,中国社会科学出版社,1988。

院》、《等待戈多》、《百年孤独》这些经典的持续加入而有所不同。文学研究的学科底线并不存在。这是一种什么感觉呢？如果一种关系的两端有一个支点是固定的，那么，这是一个较为容易掌握的局面。哪怕这个关系网络延伸得再远，这个固定的支点仍是评价、衡量始终必须回顾的标杆。即使遭到相对主义的引诱，我们也不至于身陷八卦阵，迷途不返。然而，如果一种关系的两端都游移不定，那么，这种相对的稳定平衡可能更为短暂，更多的时候体验到的是开放、灵活、纷杂，无始无终。这是一种典型的解构主义感觉。如果运用一个形象加以比拟，我会联想到杂耍演员。杂耍演员头顶一根竹竿站在地面上，动作比较容易完成；如果头顶一根竹竿骑在摇摇摆摆的独轮自行车上，保持平衡将远为困难——因为两端都是活动的。解构主义无限延伸的能指链条上，我们再也找不到最初的起点——这大约是后现代主义文化内部最具破坏能量的一个分支。如果承认这是关系主义可能抵达的前景，我们多少会对捍卫学科稳定的信念进行一些理论的反省。

最后，我想提到一个一开始就回避不了的问题："我"的位置。我想说的是，无论是从事文学研究还是阐述关系主义的主张，"我"——一个言说主体——从来就没有离开过关系网络的限制。这种浪漫的幻想早已打破："我"拥有一个强大的心灵，是一个客观公正的观察员，具有超然而开阔的视野，这个言说主体可以避开各种关系的干扰而获得一个撬动真理的阿基米得支点。相反，言说主体只能存活于某种关系网络之中，正如巴赫金在研究陀思妥耶夫斯基时指出的那样，"思想只有同其他思想发生重要对话关系之后，才能开始自己的生活，亦即才能形成、发展、寻找和更新自己的语言表现形式，衍生新的思想"[①]。可以肯定，言说主体存活的关系网络是整体社会关系的组成部分，这表明意识形态以及各种权力、利益必将强有力地介入主体的形成，影响"我"的思想倾向、知识兴趣甚至如何理解所谓的"客观性"。对于文学研究——其他研究更

---

① ［苏联］巴赫金：《陀思妥耶夫斯基诗学问题》，白春仁等译，132 页，北京，生活·读书·新知三联书店，1988。

是如此——说来，冲出意识形态的包围，尽量培养超出自己利益关系的眼光，这是基本的工作训练。然而，摆脱某些关系往往意味着进入另一些关系，文化真空并不存在。无论把这个观点视为前提还是视为结论，总之，"我"——言说主体、观察员——并非关系主义的盲点，而是始终包含在关系网络之内。

# 批评与意义再生产

## 一

　　文学批评正在从尴尬的角色之中脱身而出。这仿佛是 20 世纪的一个理论杰作：20 世纪被称为"批评的时代"。当然，人们还不可能指望作家——另一个庞大的文学集团——欣然认可这个论断。几个世纪以来，作家对于文学批评的功利之心与厌倦之情几乎没有多少变化。这个论断的意义在于显示批评家的自信：至少他们自己觉得，批评的业绩已经成为 20 世纪的一个文化里程碑。

　　不管这样的论断是否夸大其词，人们无法否认一个事实：20 世纪的文学批评的确如火如荼。从马克思主义学派、新批评、精神分析学派到结构主义、解构主义、新历史主义，一批又一批的批评团体纷至沓来，声势逼人。然而，让人奇怪的是，中国的文学批评却无缘汇入这个踊跃的局面。20 世纪上半叶，一批马克思主义学派与精神分析学派的概念进入了中国批评家视野，为他们提供了一种异于传统的文学眼光。然而，三四十年代血与火的现实确立了大刀阔斧的理论风格，学院式的思辨骤然被截断了。此后，文学批评进入了一个封闭的轨道。文学批评成为斗争哲学的一种实现形式，"阶级"理所当然地晋升为首要范畴。简言之，文学批评即阶级斗争的工具。批评家甚至随心所欲地在作品之中索隐，任意断定种种微言大义，指控作家含沙射影、居心叵测。这样的理论局面至八十年代才有所改观。这时，文学批评开始敞开门户，接受种种批评学派的理论性访问。这为文学批评带来了一阵不同寻常的活跃气氛。一批学院式的批评家脱颖而出，文学批评的功能、方法成了引人注目的话题。蜂拥而至的专题论文之中，文学批评扮演了一个辉煌的主角。但是，这样的乐观并没有维持多久。学院式的理论表述很快遭到了大范围的抵制。许多人有意无意地觉得，文学批评的阅读必须像文学阅读一样生动有趣。那些学院式的论文如同一种思辨的折磨，种种陌生的术语令人恼火。这逐渐地使那些晦涩的批评论文成为学术孤岛。这些论文既无法触动作家的写作，也无法介入读者的阅读。如今，电视连续剧或者流行歌曲正在文化市场大显身手，文学批评却再度没落了。批评家周围的不满与讥诮之辞不断增加。许多批评家放弃了纵论文学形势的宏大志向，有些不知所措。他们的言辞之中，"危机"这样的字眼频繁出现。至少在目前，"危机"是一种时髦的论调。"危机"这个字眼后面是一张忧患意识的深刻面容。历史上的连续挫折已经让人们形成了一种心理习惯：盲目的兴高采烈是一种可笑的浅薄，居安思危的人更值得信赖。

尽管如此，我仍然企图听到对于"危机"的具体说明。在我看来，"危机"形容的是一个学科即将瘫痪：这个学科的概念、范畴开始失效，学科逻辑无法正常地延续，传统的学术视域不可能接纳种种崭新的事实，如此等等。在这个意义上，我对这样的判断感到了怀疑：中国的文学批评已经滑到了分崩离析的边缘吗？的确，如同人们看到的那样，某些批评仍然保留了颐使气指的遗风，种种专横独断的结论经常让人们想到了恫吓。这种批评不是依赖正常的逻辑，老式政治话语残存的威慑力构成了这种批评咄咄逼人的潜台词。相反，另一些批评开始沦为令人反感的广告术，过分的赞誉代替了严肃的分析与阐述，批评家甚至使用一些夸张的言辞为作品指定一个并不恰当的位置。这种批评一部分来自不负责任的友情，另一部分是商业气氛的产物。大众传媒一旦分享了作品的销售利润，这种批评可能在某些圈子之内愈演愈烈。然而，人们似乎没有理由将这一切视为文学批评的全面陷落。一部分批评家的素质问题并不意味着这个学科的瓦解，这就像一部分作家的素质问题也不意味着文学的崩溃一样。事实上，学科的理论框架和固有逻辑是个人素质的超越，学院式的一丝不苟体现出的严谨规范恰恰是对上述两种批评的理论清算。当然，人们还曾经抱怨批评没有及时到位，向那些俗不可耐的煽情之作出示黄牌；抱怨批评解读不当，或者朝秦暮楚，见风使舵；甚至抱怨批评表述含混，不知所云。我相信这些抱怨都持之有据，但是，种种局部的溃疡仍然不是一个学科即将解体的表征。

我不想重复使用"危机"这种惊人的字眼，虽然我同样感到文学批评的不尽如人意。我倾向于将文学批评想象为一种特殊的话语类型，但是，文学批评产生的声音确实十分微弱——这使文学批评淹没在其他话语类型之间。话语类型是语句之流的集合与规范，一种话语类型的结构同时具有语法与语义的含义。从礼貌用语、外交辞令到抒情言说、学术论述，不同的话语类型分别拥有自己的风格、语汇以及基本表述方式。巴赫金将话语类型视为语言与社会的交叉地带。换言之，话语类型不仅是语言史的产物，同时也是社会史的产物。人们可以看到，众多的话语类型组成了一个扇形的社会话语光谱，这是社会文化的意义配置方式。每一种话语类型承担了不同的功能，众多话语类型之间的冲突、抗衡或者合作投射出社会文化内部的主流、支脉、矛盾或者对立因素。文学批评在这样的光谱之间占据了一个特定的席位。当然，一些强势话语有意无意地觊觎这个席位，企图取缔或者兼并这个席位——例如，文学话语就屡屡表示出放逐文学批评的愿望。托尔斯泰在《艺术论》之中表述的一个观点是富有代表意义的。在他看来，成功的作品即一种完美地传达；读者经由作品媒介获悉了作家体验到的情感，那么，夹在两者之间的批评毋宁说是一种多余的蛇足。有趣的是，托尔斯泰本人的行为却驳倒了这种简单的推理。他对莎士比亚戏剧的品头评足无疑是一种典型的文学批评。这个事例证明，批评话语包含了不可替代的文化功能。这种文化功能不仅召集了一批职业批评家，某些时候，那些貌似蔑视批评的作家也心痒难熬，甚至不惜改换身份，一试身手。

当然，批评话语的文化功能不可能指定为一种形而上学的绝对理念，这意味着批评话语不可能塞入一个固定不变的模式。一些人习惯于说，将文学当成文学，将诗当成诗；如果仿造这样的句式，人们也可以说将批评当成批评。但是，批评的"本体"是一个虚幻的概念。我对于社会话语光谱的描述包含了历史主义的坐标。批评话语不是一种先验的预设，批评话语的文化功能相对于一定的文化范式。不同的文化范式可能拥有独特的批评话语。无论是先秦、唐朝宋代还是五四时期，批评话语始终是某种文化范式之中的一个成分。换言之，批评话语内部隐藏了共时与历时两重性：共时的意义上，批评话语是社会话语光谱之中一个独立的话语类型，这种话语类型边界清晰，内涵稳固，拒绝其他话语类型的融汇和分解；历时的意义上，批评话语不断地卷入具体的历史语境，得到历史语境的重新确认，并且改写内涵，修订边界，产生一系列变体。共时的稳固与历时的突变之间，文学批评时常遇到文化战略的选择。

二

批评话语具有极为纷繁的形式。批评话语可能存在于街坊邻居的寒暄之间，也可能存在于政府要员的演讲里面；可能零星地记录于小学生的日记本上，也可能编辑为一册厚厚的学术专著。纷繁的形式证明了这个话语类型的容量。人们甚至很难从这些纷繁的形式之中轻易地找到一个共同的主题。曹丕的《典论·论文》与罗兰·巴特的《S/Z》之间，司空图的《诗品》与托多罗夫《〈十日谈〉的语法》之间，共同之处存在于哪里？这个意义上，我更愿意追溯批评话语的历史本源，考察初始的文化动机——这或许有助于发现这个话语类型的基本依据。

对于文学批评史说来，批评话语的胚胎形成难以稽考——这种胚胎或许是一句简单的阅读感想，或许是某种写作动机的无意表白，这时的批评话语吉光片羽，驳杂不纯。在我看来，批评功能的正式启用更像是源于既有文学的清理，例如文集的编选。① "《诗》三百，一言以蔽之，曰，思无邪"——孔子这句著名的概括已经是一个小型的批评范本。事实上，文学史之上众多文集的编选集中行使了文学批评的职责：这里包含了一种鉴别、一种判断、一种分析乃至阐释。人们没有必要过早地为文学批评下一个面面俱到的定义，但是，鉴别、判断、分析和阐释无疑

---

① 文学批评源于既有文学的清理这种观点，亦可参见郭绍虞的《中国文学批评史·绪论》。

有理由成为批评话语的母题。

这样的母题同样可以在 criticism 这个词语的历史之中得到证实。按照韦勒克的考证，希腊文的"批评"这个词意为"判断者"，同时，"批评"也与文本和词义的阐释有关。到了中世纪，文法家、批评家和语言学家这些词语几乎可以互换，他们是那些弘扬古代文化的人，例如《圣经》的阐释或者古代文本的编撰和校勘。17 世纪，这个术语的含义逐渐扩大，批评不仅指一系列实践性批评，同时还指被传统称为"诗学"或者"修辞学"的文学理论，而在 20 世纪的英语世界里，"批评成了像是整个世界观甚至哲学体系这样的东西"。尽管如此，韦勒克仍然坚持文学理论与文学批评之间的差距。在他看来，两者的分别不仅存在于系统知识与作品研究之间，鉴别和判断也是批评不可放弃的义务。文学理论的原则体系是一张导航图，批评具体负责价值的考察。价值的考察是一种阅读趣味的规范。"趣味无争辩"或者"一千个读者就有一千个哈姆雷特"这样的观点暗示了一种价值的无政府主义，文学批评有理由以一种专业人士的权威眼光统一种种凌乱的观感，肯定某种或者某些趣味。如果批评家回避风险而对作品的价值不置一词，那么，这样的判断就会无意地转入新闻记者之手——这毋宁说是更大的风险。①

鉴别和判断的后果是为一批作品的"品第"定位，文学批评将某些作品奉为经典，顶礼膜拜，同时贬抑和排斥另一些作品，不屑一顾。尽管这可能在某种程度上压制文化民主，无形地认可等级制度，但是，批评话语的意义却始终得到了社会话语光谱的维护：批评的鉴别和判断指向的不仅是作品，其所体现的规范还将是文学话语生产的督察。

我企图联系一个社会的话语生产阐述文学批评。现代社会，话语生产的意义并不亚于物质生产。话语生产意味着规定一个社会的主导词语库，意味着让这些词语的意义成为社会的强大信念。在这个意义上，话语生产无疑是意识形态的重要组成部分。因此，话语生产并非一种自然

---

① 参见［美］韦勒克：《文学批评的术语和概念》、《文学理论、文学批评和文学史》，见《批评的诸种概念》，丁泓等译，成都，四川文艺出版社，1988。

的积聚，相反，话语生产过程充满了冲突与斗争，字斟句酌事关重大。诚如布尔迪厄指出的那样："社会世界是争夺词语的斗争的所在地，词语的严肃性（有时是词语的暴力）应归功于这个事实，即词语在很大程度上制造了事物，还应归功于另一个事实，即改变词语，或更笼统地说，改变表象（例如像莫奈那样的绘画表象），早已是改变事情的一个方法。政治从本质上说是一个事关词语的问题，这也是为什么科学地了解现实的斗争，几乎总是不得不从反对词语的斗争开始。"① 显然，话语生产所诞生的话语关系与社会关系遥相呼应。科学话语、政治话语还是商业话语占据社会的支配地位，这与相应阶层的社会地位息息相关。这样，谁掌握话语生产的权力，谁掌握话语生产的技术，谁掌握话语生产督察系统，这将成为一些至关重要的问题——文学批评的鉴别和判断即从某一个方面分享了这些问题的意义。

文学话语是社会话语的生产之中一个奇特的门类。文学话语没有实践意义，文学话语不能改善一个企业的经营状况，也无法增添社会福利基金，相对于政治话语、商业话语或者科学话语，文学话语始终处于边缘。然而，如同许多人所了解的那样，文学话语又具有某种异常的号召力。文学话语内部隐藏着反叛理性的冲动，文学话语的感性与故事情节集聚了强大的社会激情。从孔子"兴、观、群、怨"的概括到亚里士多德关于"怜悯"、"恐惧"与"净化"的学说，众多思想家一开始就将文学话语视为一个不可忽视的话语类型。无论是维护既定的社会秩序还是反叛现有的意识形态，文学话语都将形成一个有力的因素。在这个意义上，文学话语无疑是一柄双刃之剑。因此，文学话语的生产不可能放任自流，无拘无束，社会文化体系通常配备文学话语生产的督察系统。这样的督察系统时常充当文学话语与社会文化互动的中介，从而以复杂的方式参与文学话语的再生产。某些时候，这样的督察系统可能维护某种文学，表示一系列的肯定、赞许并且陈述种种理由；另一些时候，这样的督察

---

① ［法］皮埃尔·布尔迪厄：《社会学危机与争夺词语的斗争》，见《文化资本与社会炼金术》，上海，上海人民出版社，1997。

系统也可能否弃某种文学，发出怀疑、异议甚至攻讦之辞。当然，这样的督察系统背后必将涉及一批理论问题，诸如立场、尺度、理论依据、学派、文学理想、文学史、分析技术，如此等等。这些内容的集合和专业性考察导致了一个学科的浮现：文学批评。

## 三

对于 20 世纪的批评话语说来，鉴别和判断的主题得到了形形色色的理论声援。许多时候，人们仅仅看到理论语言对于作品的严密阐释。在不少批评家的心目中，阐释的分量已经远远超过了鉴别的结论。阐释意味着从话语生产进入意义生产——意味着文学话语之中的故事和形象锁入一定的代码，获得注解，成为社会所能接受的文化片断。这个过程，价值鉴别的权威削弱了，或许人们可以发现，这种鉴别更多地汇入了阐释所从事的意义生产。这样，批评话语的督察功能更多地托付给一种隐蔽循环：意义生产无形地诱导文学话语的再生产，这就是说，成功的意义生产无形地为文学话语的再生产立法。

批评话语的督察功能具有愈来愈明显的学术风格，愈来愈依赖于意义生产，这是 20 世纪文化范式的产物。人们可以看到，批评话语拥有的文体从简到繁，序言、批注、即兴感想式的诗话与词话，这些批评话语形式的诞生分别与历史上特定的文化范式相互呼应。今天，种种大型学术著作正在批量涌现，这表明了交流模式的深刻转变。浪漫主义时代的习气已经到了终结的那一天。尽管印象主义的批评不可能在实践之中彻底绝迹，但是，这种批评遭到了理论的鄙薄。印象是个体的产物。结构主义之后的理论联合通知，个体不可能挣脱结构或者系统的限制。法朗士曾经坦率地宣称，批评家的叙述即灵魂在杰作之中的冒险；批评家笔下的拉辛或者莎士比亚就是他们自己。如今，这种观点不再激动人心。人们不再无条件地崇拜天才人物。个人经验的意义丧失了昔日的权威，学院的训练成了不可或缺的常规。这时，意义的发现与其说依赖批评家的过人禀赋，不如说依赖概念、逻辑与精密的分析。如果批评家继续将"感动"、"领悟"或者"印象"作为首要的指南，那么，他们很难获得足够的信任。可以想到，这样的局面一方面是学术逻辑的必然结果，另一方面又与这个理性与技术的时代不谋而合。当然，对于中国的文学批评而言，学术风格的隆重登场还有一个特殊的意义——抵制政治独断的遗风。这时，所谓的学术风格还将遏止那种政治权势之下毫无理由的专横——这种专横甚至仍然存留在现今的某些话语类型之中。我在一篇论述"学院派"批评的论文之中曾经强调过这一点：

> ……在政治独断论的形式下面，个人力比多同无政府主义的相互结合一度成为精神世界最为庞大的景观。人们将所有的崇拜畸形地凝聚到一个领袖身上，然后放纵地在其他任何领域倾泻弑父的快感。在一个更为深刻的意义上，人们崇拜的恰恰是领袖那种叱咤风云、颠倒乾坤的神奇力量。这才是人们企慕的英雄形象。如果可能的话，许多人都愿意在一个力所能及的范围内模仿这样的英雄。不言而喻，狂热的冲动必将转换为话语暴力。现实英雄同样要扮演话语英雄。话语英雄的特征表现为，他掌握了强大的话语特权，以至于可以振臂一呼万众云集。对于这样的话语英雄说来，重要的是观点、论断、指示、号令，谨小慎微的论证乃至琐屑的考订无异于可笑的赘疣。话语英雄有力地决定一个时代的话语风格。许多人都能回忆起扩张性、强制性和侵略性如何在六七十年代的主导话语之中登峰造极。[1]

学术风格的投射必然改变批评话语与文学话语的关系。追抚历史，批评的督察出现过多种形式：权威训诫、法庭判决、道德舆论、禁书焚书、传统规范，如此等等。相对于种种居高临下的耳提面命，意义生产的督察功能更多的是一种对话关系。对话是当今备受欢迎的一个字眼。批评话语与文学话语之间的对话显然是一种更为民主的督察。批评话语与文学话语可以相互参照，相互平衡，使文学王国的舆论结构从金字塔

---

[1]　南帆：《90 年代的学院派批评》，载《天津社会科学》，1994（2）。

转向网络型。我还将援引一段我对于对话关系的描述。在我看来，这样的关系同样适合于表述意义生产与文学话语再生产之间的良性循环：

> ……对话是对对方话语的积极反应，而不是一种不断重复的简单回声。回声只能在单调的回荡中越来越弱，对话却因为互相刺激而不断开始。……对话无法阻止偏激乃至谬误的看法传来，但对话机制却常常使偏激乃至谬误成为阐发公允与正确观点的起因。这是对相对主义绝对化的一种有效遏制。诚如蒂博代所说的那样："对话在增多的同时形成了一种票据交换所，在这里，互相对立的意见，犹如互相借贷所形成的私人债务一样，相互抵消了。"蒂博代同时还指出了对话对于文化进步的帮助。对话"聚集了与智慧和理智完全背道而驰的思想，调动了所有的狂热和仇恨，并且在调动它们的同时，又使他们互相抵消。因此它释放出有益的东西，当然是在一个不可避免地最后要有污垢堆积的机体能够消灭这些有害的东西的条件下。智者从中获得智慧。"也许还可以作出一个补充：对话是预防批评家独断倾向的一条重要途径。这种预防不是注重于批评家的人格——譬如，强调批评家的兼容思想，强调批评家的心胸博大。将作家的安全维系于批评家的人格，这是靠不住的。对话是一种个人之外的社会性措施。对话取消了某个批评家最后定夺的机会——对话可以是没有终结的。每一种意见都可能为新的后继意见所评论。新的评论可能是一种商量，一种补充，或者一种反驳，一种抗拒。总之，任何一种结论在出场之际都不可能完全摆脱必要的监核与校正。这将阻止某种结论沿着一个斜坡愈滚愈快。有了对话的制约，尽管某些个别意见可能走到极端，但无数话语的聚合、交汇却基本使整个社会维持了大多数合理认识的水准。①

---

① 南帆：《冲突的文学》，第六章第三节，上海，上海社会科学出版社，1992。

当然，20世纪批评话语的特征致使对话的双方拉大了距离。这种对话的理论内涵比以往任何时候都更加密集。批评放弃了个体经验的感性描述，批评家也不想充当手把手指导的教练。他们更多地躲到了深奥的概念和严密的逻辑背后，通过理论的复杂运作发现种种让作家惊奇不已的意义。的确，这些发现很少插入作家的写作，协助他们改善某一个细节的描写或者调换故事的结局。这种批评更像在遥远的地方表演种种强大的思辨和一系列理论奇观。这种批评将作家置于庞大的理论布景之下，让某种理论的犀利和奇思异想打动作家，震撼他们的思维习惯，甚至让他们在难以置信或者急欲辩白的气氛之中不知不觉地改变了自己既定的写作。这是文学话语与批评话语之间复杂的对话。这种对话的效果甚至隐而不彰。一种长远的、潜在的交流投射到了文学话语的再生产过程。或许这么说更为确切：这种批评话语不是影响某一个作家，而是影响文学话语再生产的文化环境。

## 四

批评话语的密集理论内涵导源于20世纪人文学科的巨变。精神分析学、阐释学、存在主义，尤其是结构主义与解构主义的兴盛无不导致批评话语的深刻震荡。从某种意义上可以说，一拥而至的诸多学派意味着种种不同的解码方式。一系列异乎寻常甚至是别出心裁的破译揭开了这个世界众多隐秘的意义。迹象表明，这不仅是一个大规模的话语生产时代，同时还是一个大规模的意义生产时代。换一句话说，人们不仅在这个时代遇到了话语的无限增殖，另一方面，意义仿佛也在以几何级数扩充。意义扩充的一个重要表征在于，众多批评学派甚至从种种人们所熟知的古典作品之中发现了闻所未闻的含义。从《哈姆雷特》之中看到恋母情结，分析一批神话之中的原型意象，译解民间故事背后的叙述公式，在福尔摩斯的侦探小说之中发现意识形态无形地回避的命题——批评话语的意义生产具有前所未有的想象力。人们似乎可以说，这些意义潜伏在古典作品里面，封锁在生动的故事情节背后，如同种种稀有矿藏；批评的解剖即巨大的解放，意义的释放极大地开拓了文化空间。坚硬的现实世界遭到了种种意义切面的分解。某些经典作品——例如莎士比亚戏剧或者《红楼梦》——仿佛集结了无尽的意义，历代绵绵不绝的批评无形地造就了一个经典作品的意义连续体。许多时候，意义生产也就是话语生产的另一种持续。这使人们想到，文学话语的意义分蘖也就是话语再生产的一种重要形式。这些经典作品的理论续篇已不仅仅是一种督察，那些不拘一格的阐释本身就像源源而来的文学话语。这样，批评话语的写作几乎拥有了与文学话语写作相近的性质；如果用巴特的话说，批评家正在变为作家。①

批评对于意义生产的迷恋可能导致某种新的不安。一系列标新立异的意义会不会将作品肢解得支离破碎？——这些意义的超额重量是作品的既定框架难以承受的。艾柯曾经将这些意义的超额重量称为"过度诠释"。也许，如何防止意义生产的失控已经成为批评学科难以回避的烦恼。巴特还说过，批评不是科学，科学探讨意思，批评生产意思。② 某种程度上，人们同样可以提出类似的疑问：批评话语的意义生产是否设有督察系统？可以断定，卡夫卡的小说同反抗父亲的压抑密切相关，那么，为什么不能断定李白的诗作是同性恋的产物？判断的最后界限在哪里——有没有最后的界限？人们喜欢说，让历史作出鉴定，仿佛的确有一个历史的最终审判席。事实上，历史从来没有许诺一个说明一切的终点线；"新批评"之后还会有"新新批评"。谁又可能担保，某种匪夷所思的结论不会出现在未来的地平线上？罗兰·巴特曾经与雷蒙·皮卡尔发生过一场激烈的论辩。皮卡尔攻击巴特所倡导的批评观念是一种骗术。巴特发表了《批评与真理》给予反击。这场论辩让巴特作为革新派的代表声名鹊起。一系列崭新的批评概念全面登上了舞台。但是，巴特们的胜利并没有彻底消除人们的顾虑：意义生产的泛滥可能出现巨大的紊乱。作为"新批评"学派的中坚，韦勒克曾经对那些崭新的批评概念表示了某种保

① 参见〔法〕罗兰·巴特：《批评与真理》，见《罗兰·巴特随笔选》，122页，天津，百花文艺出版社，1995。

② 同上，137页。

留。他用一种消极的口吻说："世间确实有作者，确实有与拙劣之作判然有别的艺术作品，确实有一种正确的、看来是有理的解释，也确实存在着一种与现实有不可避免的关系的文学，否则，文学就成为一种语言游戏了。"①

在我看来，首先可以肯定的是，批评话语的意义生产无形地冲开了一个阐释学的传统闸门：作品的原意。许多批评家假定，作品的意义如同一个神秘的内核隐藏在作品内部的某一个角落，这种意义先于批评家的阅读，并且超然独立于万物皆流的历史。在这个前提之下，批评的意义生产无非是搜索作品的原意，公之于众。这样的意义生产毋宁说是一种意义的权威认定。如果某种意义一锤定音，作品的话语和形象就像锁入一个保险柜——不可能还会有第二种解释能够开启这个保险柜。可是，这种假定已经为现代阐释学颠覆。现代阐释学认为，意义不可能脱离批评家的阅读；同时，意义是特定历史文化的产物。所谓的"原意"不过是一条人为的锁链。这条锁链意味着某些权威对于意义的控制。批评的意义生产即将控制权从某些权威的手中解放出来。所以，当精神分析学派或者符号学参与了作品阅读的时候，"原意"的概念已经被勇敢地抛弃。意义生产在不同的理论体系、智慧、想象力和独特的分析技术操作之下获得了巨大的运行空间。这无疑是民主对于独断的文化反抗。

当然，并不是像一些人所担心的那样，剪断了"原意"的锁链将意味着意义生产的放纵无羁，意义生产可以随心所欲地无边驰骋。以每一个体为单位的相对主义并未获得特许。阐释所依赖的个体权威丧失了昔日的效力，可是，阐释所依赖的理论体系、智慧、想象力和分析技术仍然是某个时代历史语境的产物。先秦时期不可能出现弗洛伊德式的眼光，唐代宋代没有马克思主义的政治经济学解释。一个时代的历史语境不仅拥有种种意义生产能力，而且保留了特有的答辩制度和否决权。如果某些结论无法通过答辩制度——时常是隐形的答辩——的审核，这些结论将遭受众多方面的联合抵制。换一句话说，一个时代的历史文化空间制

---

① ［美］韦勒克：《大学里的批评》，载《外国文艺》，1987（4）。

约了意义生产的最大范围。例如，至少在目前，人们找不到证据说明《离骚》是杜甫的作品或者李商隐的祖籍是法国。各种类型的任意幻想得不到既有文化的支持。阐释的界限从个体权威引向了一个时代的历史语境，这是历史主义的深刻含义之一。

可以想到，对于意义生产的最大反感来自作家。传统观念很大程度上认定，作家即作品"原意"的鉴定者。大规模的意义生产导致了作家权威的大幅度衰落，这是难以忍受的耻辱。许多作家大声疾呼，反抗批评的曲解、误读或者臆断，甚至出言不逊。这迫使批评家重新认定作家的地位，作家在批评家心目中的地位急剧下降，批评家开始明目张胆地与作家分庭抗礼。在我看来，这不是两个文学集团之间的意气之争，事实上，批评对于作家地位的再认识带动了一大批传统观念的再认识。

## 五

众所周知，作家与批评家的分歧乃至对抗是由来已久的事情。这两大集团时常有意无意地处于冷战状态。拌嘴、赌气、讽刺、牢骚或者抱怨如同家常便饭。这显然不是导源于私人恩怨。人们毋宁说，某些基本观念的对立致使他们很难和睦相处。这里，我想回到话语生产与意义生产的问题上谈论作家与批评家的关系。作家可能理所当然地认为，作品是他个人的话语产品，他无疑有理由控制或者回收作品的意义解释权。既然他们是作品之父，意义同样为他们所有，他们有权支配作品的意义生产。他们往往习惯于认为，自己的口袋里备有一份解释作品的标准答案。任何作品的意义生产必须经由作家作出最终的审核批准。更大范围内，这是作家充当文化领袖地位的基本保证。从话语生产到意义生产，作家力图独揽大权。他们觉得，作家是文学王国唯一的太阳。他们的家谱、籍贯、婚姻、艳史、作息时间、饮食爱好——总之，他们的所有材料都价值连城。批评家不过是步趋于作家之后的一群侍从。他们的事情就是研究作家传记，从作家的生平或者个性之中找到解释作品的依据。这仿佛已经成为不言而喻的事实：作品的意义不就是作家的意图吗？

当然，这样一幅图景曾经遭到种种不自觉的反抗。人们时常感到怀疑，作家真的那么了解他自己写下的一切吗？其实，意义并不是话语生产者可能完全垄断的。"作者未必然，读者何必不然？"作家的本人意图的确是意义生产的一个参照，但是这种参照的价值远不如原先想象的那么重要。许多作家的意图可能惊人地宏大，但是他们的作品却十分渺小；个别作家可能胸无大志，却在无意之间留下了传世之作。当然，完全否认作家在意义生产之中的作用，拒绝了解作家的意图，这是"新批评"学派兴起之后的事情了。"新批评"学派将崇拜作家视为一种浪漫主义的陋习。"新批评"号称实行一种"客观主义"或者"本体论"的批评。他们认为，作品是文学批评的唯一依据，作品之外的因素不该对文学批评形成干扰。威廉·K. 维姆萨特和蒙罗·C. 比尔兹利联合发表了著名论文《意图谬见》。在他们眼里，作家的意图已经是文学批评的障碍："文学批评中，凡棘手的问题，鲜有不是因为批评家的研究在其中受到作者'意图'的限制而产生的。"

维姆萨特和比尔兹利论证说，作者对于作品的精心构思并不是衡量作品价值的标准。如果诗人成功地做到了他所要做的事情，那么，他的诗已经表明了一切。鉴定一首诗犹如鉴定一块布丁或者一台机器一样，人们只有从一个产品所起的效用中才能推知设计者的目的。诗可以不关心作者的意图，这是诗与应用文的不同之处。在这个意义上，诗是自足的存在。维姆萨特和比尔兹利这方面的观念得到了普遍的肯定：作品诞生之后已经属于公众，它不再接受作者用意的支配，"对文艺作品的评价是大众范围的，而这作品不是依照作者本人的如何来衡量的。"①

结构主义以来的文学批评继承了否弃作家的传统，只不过他们的论据之中增添了明显的语言学理论背景。结构主义对于作家的否弃与这个学派的"移心"哲学有关，大约再也没有什么比罗兰·巴特的结论更为惊世骇俗了：作者已死！——的确，巴特写过一篇著名的论文《作者的死亡》。他首先指出，现今的日常文化之中，文学的意象无不专横地集中

---

① ［美］威廉·K. 维姆萨特、［美］蒙罗·C. 比尔兹利：《意图谬见》，见赵毅衡编选：《"新批评"文集》，北京，中国社会科学出版社，1988。

在作者方面，批评成了作者情况的记录。然而，这仅仅是一种历史文化的产物："作者是一位近现代人物，是由我们的社会所产生的，当时的情况是，我们的社会在与英格兰的经验主义、法国的理性主义和个人对改革的信仰一起脱离中世纪时，发现了个人的魅力，或者像有人更郑重地说的那样，发现了'人性的人'。因此，在文学方面，作为资本主义意识形态的概括与结果的实证主义赋予作者'本人'以最大的关注，是合乎逻辑的。"巴特从他所爱好的语言学意义上指出，作者毋宁说是一个"主语"，一个"仅仅是其书籍作其谓语的一个主语"，作者不是个人，作者在语言的陈述之外是空的。他进一步论证，作者的写作创造了文本不过是一个假象。事实上，一个文本是由多种写作构成的，它不存在一个单一的起源；这样的写作来自多种文化的相互对话、相互戏仿与相互争执。写作的多重性最后确实会聚到了一起——但不是会聚到作者那里，而是会聚到读者那里。所以，巴特将传统观念彻底颠倒过来——文本不是作者的产品，而是作者消失的空间："写作，就是使我们的主体在其中销声匿迹的中性体、混合体和斜肌，就是使任何身份——从写作的躯体的身份开始——都会在其中消失的黑白透视片。"①

"'作者'概念的出现构成了人类思想、知识、文学哲学和科学史上个人化的特殊阶段"——在《什么是作者》这篇论文里，福柯已经开宗明义地将作者视为一种文化功能。那个具有家谱、籍贯、婚姻、艳史、作息时间和饮食爱好的个体不过是这种文化功能的感性形式。福柯深刻地概括了这种文化功能的四个方面：

（1）作者的功能与蕴涵、确定和表现话语世界的法律和机构制度不可分割；（2）它并不在所有的时代和所有的文明类型里以同样的形式影响所有的话语；（3）它不是以话语转向其生产者的自然归属，而是以一系列特殊而复杂的运动来规定的；

① ［法］罗兰·巴特：《作者的死亡》，见《罗兰·巴特随笔选》，天津，百花文艺出版社，1995。

（4）既然它可以产生数种自我，产生诸个主体——那些能够被
不同类型的个人所占据的位置，那么它就不是纯粹和简单地指
代一个真正的个人。

　　"作者"在福柯所说的这个"特殊阶段"产生了什么样的作用？福柯
指出了"作者"的意识形态地位：人们利用"作者"缓和意义生产的危
险膨胀，尤其是相对于虚构的话语作品："作者是人们用以标明我们惧怕
意义膨胀形式的意识形态形象。"① 换言之，"作者"这个概念即依附于私
有财产的隐蔽前提，阻止批评家任意从作家的话语产品之中提炼某些不
合时宜的意义。相对于社会话语光谱，文学话语更多地扮演了叛逆者的
角色——文学话语时常以虚构的方式反衬社会现实的空缺；然而，面对
文学批评的意义生产，作家却突然丧失了既有的勇气而沦为保守主义者。
在这个意义上，作家与批评家的冲突根植于这个时代的历史语境。

## 六

　　然而，至少在目前，文学批评的意义生产权力并未在专业人士之外
赢得广泛的认可。相反，作家意料之外的意义阐释时常成为笑柄。在人
们的眼里，这时的批评如同一个猜错了谜语的小学生。某些时候，批评
家的自作主张甚至会引起强烈的反感或者不安。这种焦虑很大程度上源
于 20 世纪 50 年代以来的中国文学批评形象。从打击《武训传》到评论
《水浒传》，文学批评很长一段时间内如同一个虎视眈眈的打手。不过，在
我看来，颠倒黑白或者指鹿为马还不是问题的症结所在，文学批评那种
危险的杀伤力来自对话机制的取缔。任何异议都将遭到政治权威的封锁，
作家不再具有申辩的自由，于是，种种独断骄横的结论在耀武扬威之中
决定了一切。如果文学批评成为某种畸形政治的代言人，批评家的意义
生产往往具有可怕的威力。

---

　　① ［法］福柯：《什么是作者》，见《后现代主义文化与美学》，北京，北京大学
出版社，1992。

鉴于这样的历史形象，80 年代之后的文学批评谋求改弦更张。这是为批评的话语类型重新定位。经过一段的权衡，文学批评作出重大的选择——选择"科学"作为主题词。

"科学"在近代以来已经树立了良好的声誉。科学意味着系统的观察、测量和实验，意味着认定一批能够为事实所验证的客观公理、定律和法则。在许多人的心目中，科学的唯一主题就是真理，科学家——发现真理的人——如同一个社会的良心。另一方面，科学又给社会制造了巨大的财富。从原始的刀耕火种到现代的工业社会，科学——而不是宗教或者哲学——是进步的动力。自从五四以来，科学就成为人们梦寐以求的理想纲领。人们对于科学的信任不言自明。将文学批评整编到科学体系之中，肯定有助于批评的拯救。

这样，科学征服文学的时刻到了。按照 C. P. 斯诺的看法，这个世界已经分裂为两种文化：艺术与科学。两种文化的代表集团分别是文学知识分子与科学家。他们互相蔑视甚至互相憎恨。文学知识分子对于科学文化视而不见，科学家则认为文学知识分子缺乏远见，并且在深层意义上是反知识的。[1] 这样的分裂由来已久，但科学文化已经占据了明显的上风。从政府的器重、经费的占用到舆论的推崇，科学文化正获得节节胜利。文学批评皈依科学文化恰逢其时。无论是督察还是意义生产，科学都将为文学批评发放一张权威的资格证书。

科学的观察、测量与实验似乎无所不能。在传统意义上，人们习惯于将文学想象为天机纵横，如有神助，羚羊挂角，无迹可求。现在，科学将破除文学的神秘感，给出诗学的方程式。门罗乐观地表述了他的信念："艺术和我们现在称为'应用科学'的那些更加具有功能性的技术之间没有基本和明显的差别。"科学将和控制技术一样控制艺术。"美学不仅仅是作为一门纯粹的科学发展起来的，而且是作为一种真正的技术发展起来的。发展起来后，它便对一种有限的领域中的技能进行科学的

---

① ［英］C. P. 斯诺：《两种文化》，陈克艰译，北京，生活・读书・新知三联书店，1995。

研究和指导。"① 尽管结构主义渊源于语言学，但是，结构主义批评的操作与风格时常以"科学"为楷模。批评家不约地对价值判断提出疑义，思辨与个人的经验描述为严谨的分析、归纳所代替。结构主义批评试图一举破译文学话语背后的固定结构，如同牛顿一举破译万物之间的引力公式一样。某些结构主义批评论文之中的图表与公式让人迅速地想到了机械设备的说明书。这与其说是一种特殊的表述爱好，不如说是一种技术时代的时髦风气。当然，这样的理论背景 20 世纪 80 年代中期才得到中国文学批评的响应。科学主义为中国的文学批评造就了一个令人难忘的盛况：

> 不少人看来，自然科学似乎已经给批评方法带来了重大的转机，跃马驰骋的时刻到了。批评界为此呈现了普遍的踊跃气氛。许多批评家信心十足，慷慨陈词。经过挪用、转借、误解或现场制作，一大批来自自然科学甚至来自某人灵机一动的新概念潮水般地涌来。系统论、信息论、控制论、熵、平衡态、反馈、热力学定律，诸如此类的名词组成了自然科学进军文学的一次大规模实验。人们在刊物上看到一大批挟有图表、公式和自然科学术语的论文。不少批评家试图抑制个人的经验性描述而代之以分类、统计与归纳。虽然数学在文学研究中的真正运用还为数甚少，但这些论文却显示出向数学靠拢的迹象。一些来自自然科学的概念本身已包含了计量单位，引进这些概念亦即意味着迈上定量化的道路。数学的精确显然成了一些批评家的刻意追求。不止一个人转述了马克思的意见：任何一门学科只有运用数学方法才能成为真正的科学。②

---

① ［美］托马斯·门罗：《走向科学的美学》，394 页，北京，中国文联出版公司，1985。

② 南帆：《冲突的文学》，第六章第四节，上海，上海社会科学院出版社，1992。

当然，时至今日，人们很难对科学给予文学批评的援助表示乐观。
人们渐渐意识到，人文学科的学术规范与以自然秩序为对象的"科学"
并不一致。科学认定的公理依据人类所有的知识系统。虽然人们不再天
真地认为科学是一种无可怀疑的客观和中性——科学同样包含着"人择
原理"或者"测不准原理"，但是，科学的相对立场来自历代的知识积累，
这些知识可靠与否业已经过自然秩序的反复检测。这是人类与自然之间
两大系统的相互衡量。相对而言，人文学科的对象远不如自然秩序稳定。
许多时候，某一个时期的公理对于另一个时期并不适用。战争的意义、
不同民族的分裂与联合、艺术形式选择、宗教的功能——人文学科不得
不在具体的文化环境里判断这些现象的意义。换句话说，人文学科的知
识很大程度上是某种文化范式的产物。种族、国家、政治制度、意识形
态——这些文化范式的组成因素必将或显或隐地修正人文学科的知识，
迫使人文学科重新回答貌似重复的问题。这让人们看到一种有趣的对比：
科学的知识积累是直线递进，人类从原始的工具制造、发明机器直至登
陆火星，历史的轨迹一目了然；相形之下，人文学科的知识积累时常像
固定圆心之后的半径扩大，种种理论不断地返回某些话语的策源地，一
次又一次地解说某些基本问题——例如，《红楼梦》的解说迄今仍在增
加，阐释的终点遥遥无期。

　　人们必须改变的一个观念是，这种状况导致的相对主义立场并不是
人文学科的丑闻。人类不可能时刻生存在线条清晰的历史连续性之中，
循序渐进地进入大同世界。某些时刻，历史仿佛发生了重大断裂，传统
的文化范式土崩瓦解，人类被迫重新质询某些基本问题。这就是人文学
科长存的重大理由之一。如果人们企图依赖全能的科学一劳永逸地解决
一切，那么，"科学"这个概念就会变成一种意识形态①。事实上，如同
利奥塔在《后现代状况》里面所说的那样，科学知识本身就无法证明自
己的合法化；科学知识的合法化不得不诉诸叙事知识。一旦承担了这些

---

　　① 参见［法］让－弗朗索瓦·利奥塔：《后现代状况：关于知识的报告》，第八
章"叙事功能与知识合法化"，长沙，湖南美术出版社，1996。

基本问题的分量，批评话语就重新进入了人文学科的范畴。这样，批评的意义生产不是挖掘一个事先存在的内涵；批评家如何借助文学话语从事意义生产，这个过程的背后包含了一种当下的文化立场和文化策略。也许，弗·詹姆逊解释"内部形式"这个概念时所说的一段话可以让人不断回味："首先，它是一个诠释学概念，就是说，它不同于自然科学法则，并不提出以某种方式永远与其客体联系在一起的实证主义真理；相反，正如在辩证过程中由此一刻向彼一刻的运动一样，当它在时间中从外部形式向内部形式运动时，它所强调的是释义运作本身。这样，批评家就被召回到自己的过程中来，像在时间中展开的一种形式一样，也反映自己具体的社会和历史境况。"①

## 七

对于批评话语来说，一个必不可少的补充是，人们没有理由将"当下的文化立场"和"文化策略"解释为一种浮浅的时尚，一种旋生旋灭的流行观念。事实上，当下的文化立场或者文化策略已经积累了人文学科的全部重量——这里凝缩了人文学科的传统以及种种正在活跃的理论。概括地说，当下并不是一个透明的此刻，而是强大的文化逻辑所设定的当下。这样，不仅是一个时间切面，当下还是一个"场"——一个容纳多重文化势力交汇、重叠的"场"。人们可以在这个"场"里面发现种种类型的知识谱系、理论预设与现实问题的复杂互动。前者通常顽强地坚持既有的传统规范，企图按照已知的前提、范畴、成规吞噬和分解现实问题；相反，后者将提出一系列前所未有的挑战，考验甚至修改那些知识谱系和理论预设，产生新的知识和理论。在我看来，这就是"当下文化立场"和"文化策略"的形成。换句话说，批评话语的意义生产在根本上包含了接受现实问题的挑战。

所以，人们可以在这个意义上质询批评话语意义生产的阐释方式。

---

① ［美］弗雷德里克·詹姆逊：《马克思主义与形式》，南昌，百花洲文艺出版社，1995。

什么是批评家的"前理解结构"？批评家为什么对这一批或者这一类型的作品有兴趣而不理睬另一批或者另一类型的作品？已有的文学作品按照什么样的线索集结为文学史，这种文学史又如何成为衡量新作品的参照？哪些作品有资格称为经典范本？阅读一部作品的时候，哪些问题进入批评家视域的核心，哪些问题仅仅处于边缘地带？批评家选择哪些代码阐释形象与故事——为什么这样选择？对于许多批评家来说，这批问题可能已经在无意之中获得了解决。但是，无意并不是任意。"当下的文化立场"和"文化策略"时常是最为重要的潜在依据。

不难猜测，许多人已经想到了一个难堪的字眼："利益"。"当下的文化立场"和"文化策略"往往同"利益"密不可分。在他们看来，"利益"又有什么资格插入学术风格之间？他们已经习惯了这样的观念：知识是一种公理系统，知识的客观与中性即对个人或者集团狭隘利益的抑制。然而，福柯关于知识与权力关系的论断无情地打破了这样的幻觉。在福柯的提示之下，人们可能看到人文学科的另一面。这里，权力不仅证明了知识对于知识对象的主宰，同时，还加入了不同知识类型与知识体系的角逐。这的确某种程度地涉及利益。正如尼采在道德谱系的源头所看到的那样，许多人文学科知识的起源同样受到了种种利益的驱使。人文学科的知识并非先于社会关系产生；与科学所依赖的观测仪器不同，人文学科的知识运行时常通过社会关系的网络展开。这时，权力与利益可能或显或隐地介入乃至控制人文学科知识。稍稍回忆一下古代某些集团对于知识以及知识生产工具——例如书籍、写作工具、接受教育的条件，等等——的垄断，回忆一下民间传说、野史与正史的巨大差异，回忆一下现代学术机构与利益集团之间千丝万缕的联系，人们就不会对这个问题过分天真。当然，将某一个时期经常使用的"阶级"作为衡量利益的唯一单位已经远远不够，但这并不能说明利益与知识之间的联系完全中断。从符号的创造、证据的考辨、叙事形式到历史的书写，人们常常从中听到利益的遥远回响。例如，女性主义批评已经发现，许多貌似公允的人文学科知识不过是男性文化为自己的性别群体所作的辩护。将某种特殊的、某一利益群体的观念伪装成普遍适合的观念，这是一批现代思想家不遗余力地揭露的事实。现代社会，这种利益不仅体现于经济形式，如同布尔迪厄所说的那样，还可能是种种文化资本、政治资本、社会资本，如此等等。从货币的占有到符号的占有，人文学科知识与利益的关系更为隐蔽。然而，现代社会已经为种种利益提供了相互转换的可能，并且安排众多方面能够共同接受的兑换率。

在这个意义上，批评的意义生产不可能彻底回避"利益"。但是，人文学科的"学科"功能在于，知识将尽可能使"利益"从个人的水平提高到历史文化的水平。这是"学科"的形成对于芜杂的知识源头的规范。规范的过程即删除种种零散的个人动机，使用系统的知识矫正个人视域之中的盲区，从而使知识尽量代表这个文化范式之中最为强大的认识。这时的"利益"是特定的历史文化要求，而不再是个人私欲。人们可以看到，许多人甚至以放弃个人利益为代价维护种种历史文化的要求。所以，文学批评虽然体现为个体的话语形式，但是，批评的意义生产必须尽可能集聚某一时期历史深部的吁求。历史主义的意义上，"利益"同时是一种理想和限制。具体而言，"利益"是一个具体历史情境之中的最大视野和不可逃脱的局限。

这样，人们可以简略地回顾一下 20 世纪的"语言转向"为文学批评带来了什么。

## 八

无论是结构主义、分析哲学还是话语理论，这一场被称为"语言转向"的多学科联合登陆极大地冲击了文学批评。冲击的后果是显著的：一系列以语言为轴心的批评学派粉墨登场，身手不凡。这里，我不想重述这些批评学派的理论背景与分析模式，我企图强调的是已经提到的一个事实：这些批评学派不约而同地靠近了一个主题——话语生产。这些批评学派的种种分析让人感到，批评家对于文学话语生产的秘密具有强烈的兴趣。这种兴趣不再指向作家——不再指向传统观念之中的文学话语生产者，这些批评学派更乐于考察文学话语生产的成规、机制、法则，解释这些成规、机制或者法则出现的历史情境以及意识形态功能。在许多场合，这种兴趣甚至超出了文学话语的范畴。这时，人们就会在"文化批评"这个不无含混的名称之下看到种种文化代码的类似分析。归根结底，所谓的文化不过是另一种意义上的话语而已。

当然，如果没有列维·斯特劳斯、福柯、拉康、德里达、巴特、克里斯蒂娃——尤其是如果没有索绪尔这些思想巨擘在相近的时间之内出现，这些批评学派不可能短期之内迅速集结，并且赢得如此宏大的声势。从这个意义上，这些批评学派的出现似乎包含了某种偶然因素。然而，在我看来，这些批评学派的背后可能还包含了某种历史文化的必然。人们越来越明显地看到，话语生产对于社会的主宰作用日益加剧。无论是波普世界的理论还是信息时代的概括，话语的历史分量得到了前所未有的重视。在某种意义上，话语生产也就是实在的生产。一个大众传播媒介占据主导地位的时代，话语制造的惊人效果是以往难以想象的。因此，许多时候，话语生产的霸权和垄断一如物质财富的占有。社会话语光谱之中，话语关系的分配可能相当程度地体现权力和利益的分配。这时，大范围地考察文学话语生产的秘密就不仅仅是偶然了。

文学话语生产的考察将使亚里士多德的"摹仿说"丧失往日的权威。一方面，"摹仿说"是现实主义文学话语的最大依据。"摹仿说"无形地暗示人们，文学话语即是现实的摹仿，现实主义的成功就在于深刻地摹仿了现实。然而，文学话语生产的考察揭示了话语成规所形成的强大网络。文学话语不仅是现实的摹仿；另一方面，话语成规还将截留、修改、凝聚、删削和重新调配现实，以字、词、句既定的语言惯例强迫现实就范。换言之，文学话语不是一种没有先决条件的现场制作，话语成规将作为一种预制的语言零件大面积地介入文学话语生产。这些预制的语言零件事先对于现实的进行一种简化，一种排列，一种潜在的解释。话语成规不仅提供了文学话语赖以产生的一系列精密框架和运作的支撑点，在一个更为广阔的意义上，还同时体现出特定意识形态的倾向性和标准。例如，许多流行的叙事作品之中，主人公成败荣辱的叙事模式已经包含了某种社会制度、某种生活模式的推崇或者否定。文学话语生产的考察向人们通知，不该轻率地将文学话语的叙述内容视为现实本身。那些故事或者意象毋宁说是按照话语成规生产出来的现实——话语成规之中隐含的意识形态已经无形地参与了这种生产。的确，人们时常用"真实"作为是否接受某种文学话语的尺度——"真实"仿佛是一个不受话语成规或者意识形态左右的概念。成熟的读者似乎有能力直觉地作出"真实与否"的判断。然而，文学话语生产的考察暴露出，人们所获得的"真实感"同样是语言制造的产品。乔纳森·卡勒在《结构主义诗学》之中曾经列举了文学话语制造"真实"与"自然"风格的五种工序："实在材料"、"文化逼真性"、"体裁模式"、"约定俗成的自然"、"扭曲摹仿与反讽"。在卡勒看来，这五种工序的交叉使用将把读者引入种种既定的文化标准，让读者不知不觉地附和这些文化标准承认的"真实"。

　　经历了话语生产的考察，一些批评家对于现实主义叙事话语提出了重大疑义——例如罗兰·巴特。如果将现实主义视为一套叙事成规，承认这套叙事成规内部隐含的意识形态密码，那么，人们将为现实主义叙事话语保留一个正当的历史地位。可是，现实主义叙事话语常常作出了过分的许诺：似乎只有现实主义叙事话语才能书写唯一的真实。这遭到了叙事学——话语生产考察的一个分支——强烈非议。如同罗兰·巴特反复阐明的那样，叙事学揭开了一个基本的事实：作家所使用的叙事话语并非透明的、中性的、公正无私的；种种权力与意识形态隐蔽地寄生于叙事话语内部，作为语言体系的规则而形成一种专横独断，一种语言的暴力。巴特发现，事实与价值之间的距离已经在写作的字词空间内部消失；字词既呈现为描述，又呈现为判断。巴特在这个意义上谈论了现实主义。在他看来，现实主义力图造成一种错觉：人们可以避免话语的干预体察现实。现实主义试图隐蔽叙事话语的相对性与社会性，它把叙事话语装扮成天然的、与对象合而为一的符号；现实主义不像浪漫主义或象征主义那样歪曲世界，它的唯一任务仅仅是展现事实的"真面目"。巴特特地指明，这像是一个语言设置的圈套。其实，语言本身是有"重量"的。语言结构仅仅是一道人类精神的地平线，并非世界本身。人们如果将叙事话语视为天然的透明符号，那么，必然将小说所呈现的世界当成一种非意识形态的天然存在——这无疑是一种话语生产制造出来的巧妙伪饰。

话语生产成规是一种文化栅栏。这种成规刻意地圈定了什么，突出了什么，同时也无形地隐没了什么，清除了什么。这是话语生产的规约。以语言为轴心的批评学派不仅致力于从纷纷扰扰的话语产品之中发现这种栅栏，同时还致力于指出话语生产为什么这样圈定和突出，为什么那样隐没和清除。这样，批评就会将文学话语引入社会话语光谱，指出文学话语与其他话语类型的一致或者差异。于是，文学话语生产在社会话语光谱的多重衡量之中得到鉴定。在这个过程中，批评话语的意义生产同样是衡量与鉴定的重要筹码。也许，批评的意义生产可以使人们更为清晰地看出，文学话语如何与强势话语类型彼此协调，同声相应，这不仅因为文学话语对于主导意识形态的有力肯定，同时还因为文学话语生产的成规富有成效地遮蔽了那些尖锐的挑战；也许，批评的意义生产可以成为一种深刻的发现——批评在某种文学话语之中看到了革命潜质，批评发现的意义证实了特定历史文化所包含的矛盾、分歧、裂缝和冲突，这样的征兆正是在文学话语与其他话语类型的关系之中表现出来的。

20世纪被称为"批评的时代"，众多以语言为轴心的批评学派联袂而来肯定是一个主要的理由。20世纪的话语生产规模空前，因此，这些批评学派找到了参与文化的最为合适的方式。我不想匆匆预言这些批评学派的未来命运；我的兴趣更多在于，这些批评学派的确参与了这个时代的话语再生产。批评话语选择什么姿态参与文化，这是不同的历史语境反复重提的问题；但是，无论现在还是未来，参与文化都将是批评话语不可推卸的首要使命。

# 当代文学史写作：共时的结构

## 一

"当代文学"似乎已经演变为一个中性的概念——划定某一个时间段落的文学。据考，这个概念最初出现于 20 世纪 50 年代后期。从那个时候开始，文学研究逐渐放弃了五四文学革命之后的习惯表述"新文学"。这个改变隐含了社会以及文化性质的一套完整阐释："'当代文学'的概念的提出，不仅是单纯的时间划分，同时有着有关现阶段和未来文学的性质的指认和预设的内涵。"① 现在，这些阐释成为常识，"当代文学"亦作为一个固定的称谓得到了普遍的认可。

相对地说，"当代文学史"的概念仍然立足未稳。尽管大学通行的学术体制慷慨地承认了这一门知识的席位，但是，质疑迄今不绝于耳。某些命题、某些作家的评价导致了种种分歧并不奇怪；重要的是，这一门知识的学科意义时常遭到动摇。如今看来，最为彻底的质疑显然来自一个观点——"当代文学不宜写史"。

这个观点的始作俑者是著名的文学史专家唐弢。争论开始之后，施蛰存曾经出面为之助阵。他们否认当代文学史写作的主要理由是，"当代"与"史"即是矛盾。当代文学处于"现在进行时"，一切都是未定之数，匆匆忙忙地冠以"历史"多少有些轻率。"历史需要稳定"，"当代事，不成'史'"——以历史的名义作出结论必须拥有特殊的权威，通常意义上

---

① 洪子诚：《中国当代文学史·前言》，北京，北京大学出版社，1999。

的一家之言算不上合格的历史著作。① 尽管唐弢与施蛰存均为学术泰斗，他们还是无法为当代文学史写作降温。人们至少可以争辩说，文学史著作具有多种模式——包括对于时间距离的多种理解和处理。当代文学史写作不可避免地带有历史现场的情绪，带有参与者的体温，难道这只能意味着失误？漫长的时间距离可能修正作者的偏激、盲视或者个人恩怨引起的不公，然而，人们必须偿付代价。史料丢失、无法还原事件的脉络、局外人的冷漠、因为时过境迁而察觉不到当时的气氛——这些都可能成为时间距离造成的损失。时间距离并不能有效地统一人们的历史认识。这并非一个规律：愈是古老的历史事件，人们的描述、解释、评价愈是一致。因此，没有必要将"历史"的下限划定于一个遥远的年代——没有必要将古代文学史形容为唯一的正宗典范，从而封杀不同类型的文学史写作。

在我看来，"当代文学史"的合法性无可非议，必须推敲的是另一点：哪些人是当代文学史著作的合格作者？据统计，截至1999年，"以'当代文学'或'当代文学史'命名的著作共有48部之多"②。当代文学史数量如此之多，以至于人们不得不怀疑这种写作是否慎重。相对于通常意义上的历史厌倦症，当代文学史写作的畸形繁荣令人不安——似乎没有多少作者深刻地考虑过文学史写作的意义。

提供教材是当代文学史写作的最为常见的动因。这些作者多半是置身学院的教授。文学系持续招收的学生是一批数目庞大的消费者，可观的利润充分地调动了写作的积极性。对于他们说来，现成的订单常常冲淡了必要的追问——文学史写作的根本目的是什么？

另一些作者似乎更多地因为学术等级的压力而介入文学史写作。相当长的时间里，学院内部无形地认可了一批观念：训诂考据的学术含量高于义理阐发，古典文学研究的学术含量高于现代文学研究，文学史研

---

① 参见唐弢：《当代文学不宜写史》，载《文汇报》，1985-10-29；施蛰存：《当代事，不成"史"》，载《文汇报》，1985-12-02。

② 参见温儒敏等：《中国现当代文学学科概要》，151页，北京，北京大学出版社，2005。

究的学术含量高于文学批评。前者是一种"硬知识"，后者往往找不到一个确凿无疑的答案，甚至陷于"趣味无争辩"。屈从于这种学术等级的产物，即是许多人将文学批评转向文学史写作视为学术成熟的标志。

历史写作历来是传统文化之中的重大事件。历史著作远远不止于收集资料，留存档案。历史写作的意义同时还在于立规矩，明是非，褒扬传统，为后人提供一面镜子。永驻史册要么流芳百世，要么遗臭万年。文学史写作显然包含了巨大的文化权力：确立文学经典，倡导文学规范，区分一流作家或者三流作家，主宰学院内部的文学教育，如此等等。许多时候，文学史写作隐含了指点江山、臧否人物的巨大快感。然而，如果作者未曾拥有足够的"史识"，那么，文学史写作很可能成为权力的滥用。

正如一个民族的历史常常是民族自我认同的归宿，文学史写作也是文学自我认同的重要手段。这通常包含了某一个时段文学成就、价值和功能的评价，包含了文学理想的倡导以及未来文学的展望。总之，文学史不仅汇聚了过去、现在和未来，同时还汇聚了自我、社会、历史。显然，这两方面交织将是当代文学史写作的经纬线。

"当代文学"是一个宽泛的时间限定。然而，"当代文学史"必须提供一个明确的时间界桩。这涉及通常所说的文学史分期问题——一个争讼不断的焦点。许多时候，人们因为不同的文学史分期辩论得面红耳赤。我更愿意认为，不存在一个本质主义的文学史分期。各种文学史分期观念表明了处理历史资料的不同视野、参照坐标与认识目的。进入历史的角度肯定不止一个，重要的是，每一个角度如何提供与众不同又令人信服的解读。一种相当普遍的观点认为，"当代文学史"的上限必须上溯至1942年毛泽东的《在延安文艺座谈会上的讲话》。正如洪子诚指出的那样，20世纪40年代前期"是一个文学共生的时期"。左翼文学、革命文学与"纯文学"、通俗文学以及种种"自由主义"作家均占有一席之地。①

---

① 参见洪子诚：《问题与方法》，第四讲"'当代文学'的生成"，北京，生活·读书·新知三联书店，2002。

40 年代中后期至 80 年代，左翼文学、革命文学——包括种种含义相近的概念，例如"无产阶级文学"、"工农兵文学"、"社会主义文学"——急速地晋升到支配地位，并且具有愈来愈强的排他性，《在延安文艺座谈会上的讲话》显然是一个确立方向的历史标志。

这种文学史分期的依据聚焦于文学"内部"，聚焦于文化风格、美学类型或者文学潮流的动向。相对地说，另一种更为常见的观点是，将 1949 年中华人民共和国的成立和第一次文代会的召开视为"当代文学史"的开端。这种文学史分期的依据在于，强调一个国家政治体制的转折对于文学的决定性影响。众多的历史著作之中，1949 年是一个新纪元的开端，一个划时代的历史起源。文学始终是革命运动之中的一个活跃因素。革命摧毁了旧的政权体系，文学功不可没；一个崭新的国家隆重崛起之后，文学必然跨入了另一个不寻常的阶段。显然，这种叙述有助于"把文学史的写作更为准确地契入到革命历史的论述当中"①。

然而，这种文学史分期的依据通常隐含了一个要求：更多地阐述政权体系与文学之间的互动。如果说，一个崭新的国家崛起意味着一套行政体系的确立，那么，这一套行政体系如何介入文学生产是当代文学史描述的重要内容。很大程度上可以说，这是当代文学独具的显著特征。20 世纪上半叶，各种文学主张曾经争论不休，但是，当时的行政体系对于文学鞭长莫及。多少有些遗憾的是，多数当代文学史著作并未对这个主题投入足够的精力。相形之下，洪子诚对于文学体制如何细致地控制文学生产的考察尤为令人瞩目。从文学机构的设立、出版业和报刊的状况到作家的身份，洪子诚分析了一整套管理和监督文学生产的严密体制——分析这一套体制如何保证左翼文学、革命文学的持续。如同一张隐蔽的网络愈收愈紧，公共领域的消亡、批判运动的巨大杀伤力以及众多作家噤若寒蝉的精神状态无不可以追溯到这一套体制。洪子诚指出："在'当代'，文学'一体化'这样一种文学格局的构造，从一个比较长的

---

① 温儒敏等：《中国现当代文学学科概要》，147 页，北京，北京大学出版社，2005。

时间上看，最主要的，并不一定是对作家和读者所实行的思想净化运动。可能更加重要的，或者更有保证的，是相应的文学生产体制的建立。'体制'的问题，有的是可见的，有的可能是不可见的。复杂的'体制'所构成的网，使当代这种'一体化'的文学生产得到有效的保证。为什么说有的是不可见的呢？因为有的事情、规定，并没有形成文字，也没有相应的实施机构，但靠成员之间的'默契'（不管是自动地，还是被迫的）所达成的'协议'来实现。"[1]

这一套严密的文学生产体制显示，当代文学力图承担起意识形态国家机器——借用阿尔都塞的术语——的宏大使命。这时，意识形态不惮于公开宣称自己的目的，并且与行政机构密切合作。文学以及更大范围的意识形态如何具有类似于国家机器——例如军队或者警察——的强大功能，这是无产阶级夺取政权之后必须解决的新型问题。文化曾经在新民主主义革命中扮演一个积极的角色。晚清以来，文学逐渐抛弃了吟风弄月的传统，抛弃了感伤、浪漫、卿卿我我的"小资产阶级"情调，愈来愈自觉地介入民族、国家、国民性改造、革命等重大历史问题。20世纪30年代至50年代，左翼作家在文化领导权的争夺之中胜券在握，出色地实践了葛兰西提出的命题。然而，赢得了文化领导权之后如何避免走向反面？进入50年代之后，葛兰西命题没有得到足够的后续思考。正如雷蒙·威廉斯阐释葛兰西"文化领导权"理论时所说的那样，这个概念广泛涉及文化权力的转移、统治阶级与被统治阶级的协商、经济"基础"对于文化的决定程度等诸多方面。[2] 许多人显然低估了问题的复杂性，以至于当代文学在持续的政治颠簸之中蒙受了巨大的损失。当然，现在再三地复述那些可笑的或者血腥的文化迫害案例已经没有太多的意义。当代文学史写作有义务将国家、文化领导权、意识形态与文学之间的复杂关系纳入视野，历史地评估这些关系处理的成败得失。从一个国家的文

---

① 洪子诚：《问题与方法》，192 页，北京，生活·读书·新知三联书店，2002。

② ［英］雷蒙·威廉斯：《关键词》，刘建基译，203 页，北京，生活·读书·新知三联书店，2005。

化战略构思到文学写作的个人情怀，当代文学前所未有地加剧了二者之间的紧张。如何总结这种紧张——至少，如何提供阐释这种紧张的充分资料，这是当代文学史写作不得不正视的问题。

二

相对于古代文学史写作，当代文学史的资料收集远为容易。如果说，评价古代文学史著作的一个标准是资料占有的数量，那么，当代文学史的焦点毋宁说如何处理丰富的资料。许多时候可以认为，众多当代文学史著作的差异即种种历史视域的竞赛。

迄今为止，多数当代文学史著作将时序作为组织文学事实的主轴。人们习惯于按照时间编码处理发生学的历史。除了某些共时发生的文学事实得到了特殊的编辑，多数文学史叙述按照时间的先后循序渐进。仅仅阅读一批当代文学史的目录即可看出，编年史的雏形仍然顽强地统治着作家与作品的汇集方式。时序是许多文学事实的基本坐标，每一个文学事实均拥有自己的序号。时序的记录不仅说明了文学事实的先后，重要的是显示出文学发展的脉络、过程或者演变的谱系。当然，脉络、过程或者演变谱系的记录并非中性的，客观的。许多时候，某种价值观念可能隐蔽地依附于时序之上，例如"进化论"。当代文学史的描述常常流露出这种倾向：文学流派愈"新"愈"进步"。人们甚至可以在新生代、"70后"或者"80后"这一类称呼之中察觉"进化论"的强大势力。这种不断"进步"的信念与革命信仰对于历史未来的乐观估计结合在一起的时候，"进化论"具有更为堂皇的理由。"进化论"通常属于现代性意识形态的组成部分，带有启蒙主义以来的理性所赋予的信心。古典文学时期，时间的意义恰好相反。复古主义者时常无限惆怅地缅怀遥远的古代。许多批评家宣称，文学的黄金时代已经逝去。人心不古，世风日下，作家所要做的即恢复淳朴的古风。总之，时序证明了价值。

不存在没有时间的文学事实。然而，时序并非文学的唯一坐标。人们至少要意识到，线性的时序可能无法解释某些文学事实——甚至形成某种遮蔽。袁枚曾经说过，"诗有工拙，而无今古"①。——这即是对于时序的大胆抛弃。仅仅遵循线性的时序按部就班地罗列文学事实，无法揭示当代文学史内部某些隐蔽的肌理。例如，种种对于文学生产举足轻重的因素，种种横向的、共时发生的关系。洪子诚对于文学机构、出版业和杂志、作家身份的考察之所以重要，恰恰因为这种社会学的分析提供了另一个视角。显然，瓦解时序对于文学事实描述的控制是插入这种视角的前提。这些因素与文学生产之间不存在时序上的联系，二者形成了空间意义上共时的社会网络。洪子诚已经清楚地意识到这一点。解释当代文学的"转折"和"断裂"时，他主动地转换为横向的空间观察："'转折'和'断裂'，在我的理解中，不仅仅表现为一种'新'的文学观念和文学形态的出现。当然也包含这样的因素，但是并不完全是这样。这个'转折'和'断裂'还表现为，40 年代不同的文学成分、文学力量之间的关系的重组，位置、关系的变动和重构的过程。即从文学'场域'的内部结构的分析上来把握这个问题。"②

　　不言而喻，多数当代文学史著作内部均同时存在历时研究与共时研究。作者时常在二者之间自由转换。某些段落时常因为共时的分析而形成重要的发现。尽管如此，文学事实的时序坐标如此强大，以至于迅速地冲垮继而卷走了共时研究的视角。历时的描述显示了历史的时段，显示了文学的纵向轨迹。但是，历时描述通常仅仅提供了不尽的事实之流。这些事实持续地堆积、膨胀，时序标号甚至无法解释这些事实的起讫、相互关系与取舍的原则。因此，一些批评家迫切渴望找到一个整体性的理论框架。③ 这种整体的理论框架有助于将众多文学事实有机地联系起来，形成阐释和理解的语境。换言之，当代文学史著作不能仅仅告知 A 文学事实之后出现了 B 文学事实。作者至少要解释如何因为 A 所以 B，或者共同支配 A 与 B 的原因是什么。这必然从众多作品追溯至一批抽象

---

　　① （清）袁枚：《答沈大宗伯论诗书》，见郭绍虞主编：《中国历代文论选》，第三册，上海，上海古籍出版社，1980。

　　② 洪子诚：《问题与方法》，133 页，北京，生活·读书·新知三联书店，2002。

　　③ 参见陈晓明：《现代性与当代文学史叙述》，载《文艺争鸣》，2007 (11)。

的原则。诚如韦勒克所言，文学史"一个时期就是一个由文学的规范、标准和惯例的体系所支配的时间的横断面"，"这一横断面被一个整体的规范体系所支配"。①

鉴于既有的理论资源，我愿意将这种"整体的规范体系"称为"结构"。如果收缩一下谈论的主题，那么，我想阐述的是当代文学史的结构研究。

## 三

结构研究必须擅长将众多文学事实从时序之中转换到共时的平面上来，然后在它们相互关系的网络内部发现特定的结构，或者在特定的结构内部分析各种文学事实的特征。T. S. 艾略特在《传统与个人才能》一文之中描述了欧洲文学经典的存在状况："现存的艺术经典本身就构成一个理想的秩序，这个秩序由于新的（真正新的）作品被介绍进来而发生变化。这个已成的秩序在新作品出现以前本是完整的，加入新花样以后要继续保持完整，整个的秩序就必须改变一下，即使改变得很小；因此每件艺术作品对于整体的关系、比例和价值就要重新调整了；这就是新与旧的适应。"② 这种描述包含了历时与共时的深刻转换——艾略特解除了文学经典的先后时序，这些文学经典被置于同一个舞台之上，共同排演一场盛大的剧目。M. 福斯特的《小说面面观》生动地描述了一段类似的景象：抛开"年代学这魔鬼"，想象所有的小说家都在同一间圆屋子里工作，③ 这种景象将会显示什么？由于另一种构思，文学史内部某些横向的权衡和评判显现出来了。这可能带来另一些文学史的阐释模式。某些场合，由于强调当代文学史结构的整体分析，甚至不惜暂时冻结时间坐

---

① ［美］韦勒克、［美］沃伦：《文学理论》，306、307 页，北京，生活·读书·新知三联书店，1984。

② ［英］T. S. 艾略特：《传统与个人才能》，见赵毅衡编选：《"新批评"文集》，北京，中国社会科学出版社，1988。我在近期的论文之中多次引用这一段论述，因为的确很能说明问题。

③ 参见［英］福斯特：《小说面面观·开场白》，见《小说美学经典三种》，上海，上海文艺出版社，1990。

标。这时，文学事实之间某些隐藏的关系可能浮现于时间之渊。例如，当代文学史内部小说、电影、电视肥皂剧或者诗、流行歌曲之间存在什么关系？大众文学、革命文学和先锋文学之间如何互动？历史文学与历史著作乃至传记之间呢？地方戏、曲艺与西方文学之间的紧张汇聚到哪些作家身上？当然，文学与另一些类型话语的对话、冲突、协调或者合作形成了另一批关系。哲学、经济学、心理学、语言学、历史学均对文学造成了强大的影响，甚至还包括自然科学——例如，自然科学之于自然主义、未来主义或者科幻作品。我曾经将它们的组合称为"社会话语的光谱"。① 之所以比拟为"光谱"而不是常见的"谱系"，同样是考虑到横向的共时特征。共时的、空间的结构分析可能给当代文学史造就丰富的视角——尽管许多人会因为视野狭窄而识别不出这是另一种文学史著作。

何谓结构？皮亚杰的经典定义指出了结构的几个原则：首先，整体性。即内在连贯性，结构的组成部分由一整套内在规律支配；其次，转换性。借助转换程序，结构可以不断地整理加工新的材料；再次，自我调节。结构的运转不必向外求援。显然，典型的结构内部严密，边缘清晰。对于当代文学史来说，分期即结构的边界。无论是屈原、李白，还是《红楼梦》、《阿 Q 正传》，这一切无疑是文学——但这一切均被视为传统文学。进入当代文学史结构内部，这一切仅仅是充当背景的传统因素，真正的主角是活跃在前台的当代文学。其次，本土文化划定了当代文学史结构的另一些边界。本土文化具有的独特视域与排他性形成了结构的框架。西方文学的进入显然必须由这个结构甄别、重组乃至改造。一些理论家倾向于将西方文学史之中古典主义、浪漫主义、现实主义到现代主义和后现代主义的演变形容为普遍的公式。然而，由于坚固的本土结构，这个公式失效了。各种"主义"的分布范围、分量、比例与活跃的程度遭到了深刻的改变。20 世纪之初，各种"主义"联袂而至，如同折扇般同时展开，它们在西方文学之中的对立以及相继取代的原因不再重

---

① 参见南帆：《文学的维度》，第一章、第二章，上海，上海三联书店，1998。

要；50 年代至 80 年代，西方文学史之中现实主义与现代主义之争被夸大了，并被赋予强烈的政治意味；80 年代之后，后现代主义的介入制造出特殊的文化局面——前现代与现代性的冲突远未结束，现代性与后现代的冲突已经开始。① 在《冲突的文学》这部著作之中，我遴选了当代文学内部二十对矛盾阐述三者之间奇特的冲突和纠缠。例如，社会与自然、城市与乡村、英雄与反英雄、诗与小说、科学主义与人本主义，如此等等。西方文学之所以无法长驱直入，本土结构的顽强抵抗无疑是首要原因。如果当代文学史写作对于本土结构视而不见，那么，种种不可复制的文学事实就可能被当成零散的边角料抛弃。结构的存在不仅意味了一个强大的阐释圈子，而且，当人们坦然地使用"当代文学史"这个概念的时候，结构是一份最好的鉴定书。

作为结构主义阵营的骨干分子，罗兰·巴特曾经对描述"结构"的意义进行了简明的肯定：

> 一切结构主义活动，不管是内省的或诗的，是用这样一种方式重建一个"客体"，从而使那个客体产生功能（或"许多功能"）的规律显示出来。结构因此实在是一个客体的模拟，不过是一个有指导的、有目的的模拟，因为模拟所得的客体会使原客体中不可见的，或者你愿意这么说的话，不可理解的东西显示出来。……
>
> 这样我们看到为什么我们必须说结构主义活动；创作或思考在这里不是重现世界的原来的"印象"，而是确实地制作一个与原来世界相似的世界；不是为了模仿它，而是为了使它可以理解。②

---

① 参见南帆：《冲突的文学·导言》，上海，上海社会科学出版社，1992。
② ［法］罗兰·巴特：《结构主义——一种活动》，袁可嘉译，载《文艺理论研究》，1980（2）。

现今，结构主义已经遭到种种非议——当代文学史的结构研究没有理由重蹈覆辙。因此，这是两个必须解决的问题：首先，结构研究如何考虑时序的意义？发生学的描述如何成为结构分析的一部分？其次——也是更为重要的，如何避免结构成为一个僵死的、令人窒息的封闭体？

阿尔都塞对马克思著作的结构主义式解读引起了不少争议。他倾向于以"反历史主义"的观点将历史视为一个没有"中心"的结构。① 《历史和结构》这部著作之中，施米特力图引用黑格尔巨大的历史感给予矫正。施米特承认，结构分析的确是马克思著作的一个显著特征。例如，在马克思和恩格斯那里，"'生产关系'与其说是被构想为（同其他次要因素相并列的）一种决定性'因素'，倒不如说是被构想为一种结构概念"。结构激活僵化的事实，赋予意义，摧毁各种事物本身存有的盲目与专横的力量。从商品、交换、货币、流通到资本，马克思集合这些范畴描述资本主义的结构——而不是具体地再现资本主义关系发展史。同亦步亦趋地描述事实那种"虚假的正确性"相比，逻辑的建构"更接近于实际的历史过程"。② 那么，这种逻辑的建构会不会导致一种超历史的教条，或者导致一个固定不变的知识整体？历史的持续、发展、爆发性过渡如何撕裂既定的结构从而诞生新的结构？这是结构主义竭力回避的话题。施米特强调，这是从逻辑回到历史的时候。一种稳定的历史特征建立之后，静态的结构掩盖了历史起源。然而，历史发展必将打破结构永恒的幻象——"实际上这是以历史的东西为基础的"。③

"结构分析的方法与历史发生的方法同时并用"④ ——这个结论似乎不如想象的那么激进，然而，这个结论恰恰是去除结构主义保守性的良方。必须指出，结构研究的提出在于肯定另一种思想向度，而不是否认

----

① 参见［德］卡尔·施米特：《历史和结构》，张伟译，6页，重庆，重庆出版社，1993。

② 同上书，16、5、33、48页。

③ 同上书，32、69、73、37页。

④ 同上书，124页。

时间的意义。对于文学史来说，时间不是单纯的先后序号。时间揭示了一种持续的积累，这种积累可能在某一天冲决结构，召唤一个新的诞生。换一句话说，在当代文学史的结构研究开始之际，人们眼角的余光始终盯住时间的推移——时间迫使人们时刻意识到，批评家分析的是一个有限的结构。

## 四

考察文学史的时候，人们习惯于概括出某种特征作为一个结构的标志。这种特征时常被想象为一个结构的本质或者支点，例如现代性、工农兵文学、社会主义现实主义，或者文学性、"向内转"，如此等等。然而，当这种标志成为某一段文学史的命名时，争论就开始了。

这的确令人困惑：任何一时期的文学史资料均如此丰富，哪一种概括不是因为挂一漏万而遭受种种反诘？如果启蒙民众或者"为人生而艺术"成为20世纪上半叶文学的特征，那么，鸳鸯蝴蝶派又算什么？如果用"悲凉"形容20世纪中国文学的美感，那些昂扬的、明亮欢快的、铿锵有力的战歌置身何处？20世纪80年代中期"重写文学史"的运动之中，矛盾彻底地暴露了。"重写文学史"的意图是，清理现代文学史内部一系列日渐可疑的命题。50年代初期，现代文学史写作参与了民族国家的历史大叙事。由于革命的巨大作用，左翼文学、革命文学成为现代文学史叙述始终如一的焦点。某些粗犷乃至平庸的作品因为革命的主题而被奉为文学经典，另一些精致复杂的作品遭到了有意的冷淡。"重写文学史"试图扭转这种不合理的历史图像。批评家重新检索文学史资料的后果是，赵树理或者茅盾的声望遭到了严重的挑战，钱锺书、张爱玲、沈从文开始重见天日。文学史仿佛被颠倒过来了。然而，质疑之声不久再度出现：尽管"重写文学史"的倡导者提出了"多元"的文学史观念，"二元对立"仍然成为多数批评家的基本策略——政治与审美的对立。这种"二元对立"派生出"理性与感性、观念与体验、功利与艺术等一系列二元区分。这表明'重写'的二元对抗策略，不仅服务于一种论辩性，

80 年代一整套有关文学主体性、现代性的想象也得到了再度重申"①。迄今为止，一种钟摆式的文学史叙述惯性已经根深蒂固：要么审美，要么政治；要么自由主义，要么激进主义。二者的对立甚至将导致当代文学史的内在分裂。

或许有必要进行一个小小的辩解："二元对立"并非错误，各种命题通常隐含了"二元对立"的相对关系。论述"一张纸是白的"，通常已经包括了何谓"黑"的理解；论述"某人开朗健康"，事先必须判断何谓"阴郁病态"。罗兰·巴特巧妙地用"S/Z"为书名，这是对于"二元对立"的机智肯定。许多时候的问题恰恰是，人们渴望的结论总是力图否定"二元对立"所包含的差异——人们如此热衷于返回一个令人放心的"一元"，返回终极的"本质"。因此，当代文学史写作总是不懈地为各种评价或者解读认定一个最终的依据。然而，众多旷日持久的争论表明，没有哪一个概念——无论是"审美"还是"政治"——可以单独地裁决文学史。任何一种简单的概括都是危险的，繁杂的文学史脉络可以为驳斥种种单向的结论提供足够的资料支持。这种状况迟早导致一种深刻的怀疑：一个特征、一个概念、一种命名能否负担一个结构的重量？

在我看来，结构的标志不是一种特征或者一个概念——结构毋宁说意味着一批特殊的关系。结构的全面转换表明，一批传统的关系遭到了中止或者逐渐枯萎；同时，另一批新的关系开始缔结，并且得到了固定。譬如，对于当代文学史来说，一套行政体系与文学生产的关系即某种新型"结构"的产物。关系超出了一个单极的概念——关系至少表明了两个以上因素的联结和互动。一个概念对于结构的命名，通常也就是想象一座理论金字塔——所有的美学特征都是高居于塔尖那个概念的派生物，所有作品的性质都必须吻合某种自上而下的指令。相对地说，一批关系形成的是一个网络结构，众多因素散点分布，它们之间保持纵横交叉的相互勾连。某种因素的支配地位可能形成强烈的特征，但是，这种特征

---

① 温儒敏等：《中国现当代文学学科概要》，124、125 页，北京，北京大学出版社，2005。

来自关系所制造的对比、衡量，而不是孤立地自我显示。所以，谈论文学现代性，很大程度上即谈论现代性与古典文学传统的较量如何逐渐占据了上风；谈论 20 世纪中国文学"悲凉"的美感，必须同时论述明亮欢快的美学风格如何破产。处于结构内部，二者是共存的。一切特征只能在相对之中显现，而不是删除任何其他因素而仅仅剩下某种孤立的"本质"——当代文学史之中"审美"或者"政治"的关系亦是如此。也许，种种貌似精辟的结构概括并不重要。理解一种结构的内涵，恰恰意味着理解结构内部的一批关系。当代文学的结构由"十七年文学"、"文化大革命文学"和"新时期文学"几个著名的段落综合而成。当代文学史的解读必须考虑三者的关系，每一个段落的特征无不与另外两个段落的特征互为因果。如果人们因为某一个段落"文学价值"匮乏而予以抛弃，那么，另一个段落对于"文学价值"的超常热情将会令人费解。由于本质主义的怂恿，概括时常成为一种冒险的删削：按照自己的目的想象文学史的时候，人们常常慷慨地遗弃了另一批重要的资料。这时，众多关系的描述有助于修复历史纹理的丰富性——众多关系显示的是，一个结构内部具有多少活跃的因素持续地活动。发现这些因素，亦即发现当代文学史的各种隐蔽的空间。

结构、因素、关系，三个关键词似乎可能构思另一种当代文学史——不是因为占有更多的资料，而是因为资料的重组。前者意味着发现世界，后者意味着发现世界的意义，这两个不同的命题分别拥有自己的价值。如果说古代文学史因为资料有限而无法提供开阔的思想领域，那么，当代文学史的开放性以及纷繁的文化层面有助于接纳各种不同的阐释模式。

# 历史叙事：长篇小说的坐标

## 一

迄今为止，人们仍然习惯于将长篇小说视为文学之中的航空母舰。长篇小说卷帙浩繁，气势恢宏，故事纵横捭阖，数以百计的人物组成了社会风俗长卷。通常，长篇小说最大限度地容纳了社会生活的再现与人物内心的深刻体察，汇聚了繁多的文学形式。因此，人们有充分的理由将长篇小说作为一个时代文学的标志。谈到法国文学，人们不是首先记起了雨果、巴尔扎克、福楼拜、普鲁斯特吗？谈论《安娜·卡列尼娜》、《复活》、《卡拉玛佐夫兄弟》或者《罪与罚》，不就是在很大程度上谈论俄国文学吗？人们承认，一首小诗或者一篇短篇小说时常包含更为纯粹的"文学性"——"带上镣铐跳舞"或者"借一斑窥全豹"，更多地体现了文学的巧妙；尽管如此，长篇小说仍拥有其他文类不可比拟的分量。众多作家有意地将长篇小说当成文学段位的有效证书，批评家将长篇小说形容为"黄钟大吕"或者"宏伟的史诗"，这一切无不表明了人们对于长篇小说的重大期待。于是，我试图从这样的考察开始：人们期待从长篇小说之中发现什么？

在我看来，人们期待长篇小说的一个传统主题——历史。以文学的形式叙说历史，这是长篇小说由来已久的文化功能。人类在演变之中逐渐意识到了历史的意义：历史是一种镜象，过往之事是现实乃至未来的规约、借鉴和暗喻。在这个意义上，历史与现实是一体的，认识历史不仅是历史学家的事情。许多人甚至觉得，只有认识历史之后才有资格对今天发言。在这个意义上，"历史"成为文化符号之中的一个超级能指。

即使不是专业的修史者，"历史学家"仍然是一个引以为荣的称谓。许多时候，文学同样是历史的崇拜者。大批作家热衷于分享历史学家的荣誉，文学的虚构与想象力似乎仅仅是历史记叙的附庸。在他们那里，巴尔扎克的名言得到了再三的重复："法国社会将要作历史家，我只能当它的书记"① ——这位文豪不无戏谑的言辞让人觉得，《人间喜剧》的那些鸿篇巨制是由历史成全的；大半个世纪之后，列宁称赞另一位文豪托尔斯泰是"俄国革命的镜子"②，这甚至使表现历史成为革命作家的政治重任。可以从"社会主义现实主义"的定义之中看到，苏联作家协会的章程已经提出了这样的号召：进步的作家有责任高瞻远瞩地描述历史。

显然，长篇小说与历史记述之间的渊源关系可以追溯至古老的文类传统。许多理论家认为，西方文学之中的长篇小说（novel）成型于 18 世纪，这种文类很大程度地保存了"史诗"的精神源头——历史与传说恰恰是"史诗"的基础。因此，作家将他们的长篇小说形容为历史，不过是重温某种习以为常的观念。虽然中国长篇小说的始源之处不存在《伊利亚特》或者《奥德修》这样声名显赫的楷模，但是，历史仍然以另一种形式注入。对于明清之际的中国长篇小说而言，繁多的历史典籍无疑是极为重要的故事资源——一部分章回体长篇小说即历史演义小说。例如，《三国演义》、《隋唐演义》、《说岳全传》，等等。在这个意义上，历史叙事无形中成为虚构叙事的样本。所以，浦安迪断言，可以将中国明清之际的长篇小说与历史典籍衔接起来："中国古代文学中虽然很难找到史诗文学作品，但史诗的美学作用还是存在的，并不缺乏。因为史书在中国文化中的地位有类似于史诗的功能，中国文学中虽然没有荷马，却有司马迁。""我们甚至可以这样说，中国古代虽然没有'史诗'，却有史诗的'美学理想'。"③

可是，问题的另一面恰恰在于，"历史"这个传统主题并未阻止长篇

---

① ［法］巴尔扎克：《〈人间喜剧〉前言》，见《西方文论选》（下），168 页，上海，上海译文出版社，1979。

② 列宁：《列夫·托尔斯泰是俄国革命的镜子》，见《列宁选集》，第 2 卷，北京，人民出版社，1985。

③ ［美］浦安迪：《中国叙事学》，30 页，北京，北京大学出版社，1996。

小说的逐渐成熟。人们甚至可以说，长篇小说的成熟表征即从传统的历史叙事之中脱颖而出。可以从文学史得到这样的证据：与通常的文学演变相似，长篇小说同样从种种概括性的历史叙事转向了个别、感性、具体以及日常情境。郑振铎曾经描述过中国长篇小说的轨迹："本来只是讲述历史里的故事；像《三国志》、《五代史》里的故事，但后来却扩大而讲到英雄的历险，像《西游记》、像《水浒传》之类了，最后，且到社会里人间的日常生活里去找材料了，像《金瓶梅》、《醒世姻缘传》、《红楼梦》、《儒林外史》等等都是。"① 这样的轨迹与西方的长篇小说历史不谋而合。伊恩·P. 瓦特在他的名著《小说的兴起》之中指出，"小说"这个术语之所以在 18 世纪末得到确认，正是因为一批长篇小说作家，例如笛福、理查逊、菲尔丁，将这个文类转到了个人主义以及独特的个人经验之上来。"小说兴起于现代，这个现代的总体理性方向凭其对一般概念的抵制——或者至少是意图实现的抵制——与其古典的、中世纪传统极其明确地区分开来。"② 所以，瓦特认为长篇小说已不再考虑那些神话、历史、传说："首先，情节中的角色和他们活动的舞台须被置于一种新的文学全视图之中；情节须由特殊环境中的特殊人物演化而生，而不是像过去通常所做的那样，由一种一般性人物演成……"③ 按照瓦特的概括，笛福以来的这些作家使用了一系列叙事技巧再现人物的个性以及日常经验的具体性。例如，为主人公取一个自然可信的现实姓名、显示具体的故事时间和空间，等等。这终于改变了一个陈旧的文学传统：利用某些类型化的人物、无时间或者无地域风格的故事表现某种不变的道德真理。在长篇小说那里，独创与新颖得到了前所未有的重视。瓦特指出，novel 一词的原意即"新颖的、新奇的"。④ 在一个宽泛的意义上，这同样是"现实主义"的含义。

　　这意味着什么？从宏大的历史事件转向了琐碎的欲望，甚至转向了

① 郑振铎：《中国俗文学史》，5 页，上海东方出版社，1996。
② ［美］伊恩·P. 瓦特：《小说的兴起》，高原译，4 页，北京，生活·读书·新知三联书店，1992。
③ 同上，8 页。
④ 同上，6 页。

蝇营狗苟，家长里短，长篇小说是否变得渺小了？人们在长篇小说面前遇到了一个个独一无二的性格，遇到了福斯特所推崇的那种"浑圆人物"——可是，这些性格又有什么意义？他们之间的恩恩怨怨与其他人又有什么关系？

这些问题的答案无疑是长篇小说的存在理由。瓦特试图从历史文化环境的演变给予解释：

> 小说对普通人日常生活的深切关注，似乎依赖于两个重要的基本条件——社会必须高度重视每一个人的价值，由此将其视为严肃文学的合适的主体。普通人的信念和行为必须有足够充分的多样性，对其所作的详细解释应能引起另一些普通人——小说的读者——的兴趣。也许直至最近才广泛获得了小说赖以存在的这样两个基本条件，因为，它们都赖于一个各种因素相互依存的巨大复合体——个人主义——为其特征的社会建立。[1]

这样，长篇小说主人公的性格魅力不再是一种孤立的元素。性格成为一个富有内涵的文化单元。亚里士多德的《诗学》曾经根据戏剧的原则规定，人物仅仅是行动的执行者，或者说是一种完成情节的齿轮。然而，对于长篇小说而言，性格产生了支配事件的意义。高尔基声称情节是"某种性格、典型的成长和构成的历史"，亨利·詹姆斯反问说："人物不是事件的决定因素又是什么呢？事件不是人物的解释又是什么呢？"[2]然而，重新将个人性格与宏大的历史联系起来的时候，人们不能不提到恩格斯的著名命题："再现典型环境中的典型人物。"[3]

---

[1]　[美] 伊恩·P. 瓦特：《小说的兴起》，高原译，62 页，北京，生活·读书·新知三联书店，1992。

[2]　分别参见 [苏联] 高尔基《论文学》，335 页，南宁，广西人民出版社，1980；[美] 亨利·詹姆斯：《小说的艺术和意识的中心》，见《"冰山"理论：对话与潜对话》，北京，工人出版社，1987。

[3]　恩格斯：《致玛·哈克奈斯》(1888 年 4 月初)，见《马克思恩格斯选集》，第 4 卷，462 页，北京，人民出版社，1995。

如果说，恩格斯仅仅在书简之中扼要地提出这个命题，那么，卢卡契——马克思主义理论的忠实信徒——在他的一系列论著之中充分地展开了这个命题的理论内涵。在卢卡契的心目中，现实主义的理想是抛开日常乏味的偶然性，从而让种种蛰伏于人物身上的可能性展示出来。这些可能性深刻根植于历史的必然，但是，它们通常遭到无数偶发事件的遮蔽和抑制——它们只能在纯粹的发展形式之中才能显露。这时，长篇小说的主人公性格必须负责制造这样的发展形式，从而最大限度地卷出历史的壮观图景："只有当艺术家把他的主人公的个人的特质，跟他当时的客观的一般问题之间的多重关系揭露成功，只有当人物自身把他当时的最抽象的问题，作为自身的有关生死的问题而体验了，被创造的人物才能是有意义的和典型的。"① 换言之，性格不仅完成了情节，性格与情节还必须构成一个凝聚了历史分量的片断。历史不再寄托于某种抽象的道德秩序或者某种"天道"、"气数"，而是寓于日常人间的种种景象之中。这就是个人、感性、日常现实与社会、理性、历史之间的秘密联系，同时，这也就是卢卡契所概括的典型：

> 现实主义文学的主要范畴和标准乃是典型，这是将人物和环境两者中间的一般和特殊加以有机结合的一种特别的综合。使典型成为典型的并不是它的一般的性质，也不是它的纯粹的个别的本性（无论想象得如何深刻），使典型成为典型的乃是它身上一切人和社会所不可缺少的决定因素都是在它们最高的发展水平上，在它们潜在的可能性彻底的暴露中，在它们那些使人和时代的顶峰和界限具体化的极端的全面表现中呈现出来。②

---

① ［匈］卢卡契：《论艺术形象的智慧风貌》，见《卢卡契文学论文集》（一）178页，北京，中国社会科学出版社，1980。

② ［匈］卢卡契：《〈欧洲现实主义研究〉英文版序》，见《卢卡契文学论文集》（二），北京，中国社会科学出版社，1980。

　　显然，卢卡契的表述背后包含了一系列隐蔽的前提。这些隐蔽的前提决定什么是他所形容的"最高的发展水平"，什么是"潜在的可能性"和"彻底的暴露"，什么是"人和时代的顶峰"。对于卢卡契来说，这些隐蔽的前提似乎无可非议——因而他对于上述问题的判断充满了自信。卢卡契无疑是一个现实主义的忠实捍卫者。他为现实主义辩护的同时严厉地拒斥自然主义和形形色色的现代主义。在他看来，自然主义与现代主义共同的致命弱点在于，作家仅仅在局部或者直觉的水平之上认识现实——这些作家看不到现实的整体。的确，卢卡契恰是在这个方面对于现实主义十分信赖。卢卡契断定："假若他确实是一个现实主义作家，那么现实的客观整体性问题就起决定性的作用。"[①] 卢卡契似乎并不怀疑现实主义作家认识现实整体的能力，在他那里，这样的"整体"不仅已经明确地分辨出偶然与必然、现象与本质，而且，这样的"整体"还同时决定了现实之中种种性格的不同价值，决定哪些性格可能充任他所喜爱的"典型"。认识"客观整体性"无异于表明，一个宏大历史叙事已经形成，历史的过去得到了可信的诠释，历史的未来蓝图已经拟定，一切个人的故事、性格特征或者种种琐碎的现实片断不过是这种宏大历史叙事的填充，它们都将在这个历史叙事的编码体系之中分配到适当的一席之地。所有的情节都将被指认为历史的必然。借用黄子平的话说，这种历史叙事担负起"解释'善恶坠赎'、'我们从哪里来，往哪里去'等宗教性根本困惑的伟大功能"[②]。然而，今天看来，卢卡契是否过于乐观了？20世纪的历史可能证明，这样的乐观本身就制造了一系列重大的盲区。如果人们将某些局部的历史片断断定为"客观整体性"，那么，众多的历史判断都有可能以偏概全。事实上，这样的事情已经屡屡发生。

　　卢卡契已经去世多时，可是，上述问题并非一些过时的理论事件。20世纪后半叶，这些理论事件逐一在中国的长篇小说之中产生了回响，

---

　　① ［匈］卢卡契：《现实主义辩》，见《卢卡契文学论集》（二），6页，北京，中国社会科学出版社，1980。

　　② 黄子平：《"革命历史小说"：时间与叙述》，见《幸存者的文学》，233、234页，台北，远流出版事业股份有限公司，1991。

例如现实的"客观整体性"、性格、典型、个人与历史的关系、现实主义，如此等等。这些问题之中，首当其冲的是——历史叙事与个人性格之间产生了脱节。

## 二

20 世纪下半叶，中国社会转入了战后恢复时期。大规模的文化生产开始启动，赢得了政权的人们开始总结历史或者回味历史。这导致一大批长篇小说纷纷问世。考虑到这些长篇小说相对集中的主题类型，我计划选择三部代表作阐述个人与历史的联系方式：《青春之歌》、《红旗谱》、《创业史》。

《青春之歌》的写作历时七年。1957 年 7 月完成，1958 年 1 月面世。按照杨沫的自述，这部小说的意图在于，表现林道静这个"个人主义者的知识分子"如何变成"无产阶级革命战士"。[①]《青春之歌》显然包含了相当程度的自传成分。小说出版之后风行一时，1959 年的《中国青年》与《文艺报》曾经围绕这部小说组织了激烈的辩论。辩论的焦点集中在林道静身上——如何为这个人物定位？

林道静无疑是 20 世纪 30 年代的知识女性形象：一身素白的装束，出众的相貌，浪漫的幻想，缠绵而多情的性格——即使在 50 年代的革命气氛之中，仍然秘密地触动了许多人的心弦。《青春之歌》企图揭示的是，30 年代的历史环境如何迫使林道静式的人物一步一步地走上了政治斗争的必由之路。知识、良知、同情心和浪漫的想象不会让林道静心安理得地屈从于姨太太的命运，屈从于庸碌无为的家庭主妇角色。然而，只要试图背叛旧式妇女的命定模式，林道静就会不可避免地卷入革命的旋涡。卢嘉川——林道静的政治领路人之一——曾经批评她所憧憬的"壮烈"是一种个人英雄主义狂热，可是，这恰恰是林道静与传统决裂的初始动机。无论是爱情的探索还是个人生活方式的选择，一旦林道静投入到更

---

① 　杨沫：《谈谈林道静的形象》，载《文艺论丛》，1978（2），收入沈阳师范学院中文系编：《中国当代文学研究资料·杨沫专集》。

大的社会空间，呼吸到历史的气息，那么，革命就是知识分子的必然归宿。换言之，这样的故事同时包含了个人的必然与历史的必然，尽管个人与历史的具体遇合方式可能表现为种种偶然的机缘。

然而，林道静的浪漫、缠绵、幻想和温情惹恼了一些批评家。在他们看来，这部小说毋宁说是"小资产阶级情调"的"自我表现"。林道静充其量是一个没有改造好的知识分子，她始终未曾与工农大众相结合——这个人物不配享有"无产阶级先锋战士"、"共产党员"的称号。① 尽管这样的谴责当即遭到另一些批评家的反击，但是，杨沫还是感到了巨大的压力。1959 年，杨沫立即对《青春之歌》进行了修改。她在《再版后记》之中说明，这次修改集中考虑的是如下三个问题："一、林道静的小资产阶级感情问题；二、林道静和工农结合问题；三、林道静入党后的作用问题——也就是'一二·九'学生运动展示得不够宏阔有力的问题。"杨沫所作的修改是，删去林道静身上那些"不够健康的感情"，"增写了林道静在农村的七章"，"力图使入党后的林道静更成熟些，更坚强些，更有作为些。"② 然而，这样的修改并不成功：增添的七章游离于故事之外，林道静入党之后的性格并未出现更多的内涵。

可以看出，再版的《青春之歌》竭力清除林道静的个性，尽量将这个人物剪裁为标准的概念传声筒。无论批评家还是作家都未曾担心，人物的死亡同时是历史认识的中止。在他们那里，历史不是由无数个人真实的利益、欲望、行动、冲突所产生的"合力"编织而成；历史仿佛是一个分离于个人的空中楼阁，高高在上，自行其是，它的"整体性"与那些渺小的个人无关。然而，没有个人的历史仅仅是一个空洞的幻象。作家迟早要面对这样的问题：人物的失真是否同时意味着认识历史的失真？

--------

① 参见郭开的论文《略谈林道静的描写中的缺点》，《中国青年》，1959（2）；《就〈青春之歌〉谈文艺创作和批评中的几个问题》，《文艺报》，1959（4）。并收入《中国当代文学研究资料·杨沫专集》。

② 杨沫：《〈青春之歌〉再版后记》，收入《中国当代文学研究资料·杨沫专集》。

　　相对地说，《红旗谱》之中的朱老忠形象并没有产生多少分歧。经历了一系列的变故和冲突，朱老忠身上的英雄气概——他的豪爽、慷慨、勇猛、坚韧——锋芒毕露，咄咄逼人。朱老忠的性格很快让人们联想到古典小说之中的草莽英雄或者江湖好汉，但是，《红旗谱》的"楔子"——朱老巩大闹柳树林——生动地表明：民间的自发反抗无法摇撼封建社会的庞大体制。朱老忠肩负血海深仇。然而，他的复仇方式、包括他对于这种仇恨来源的认识只能与新的历史环境结合起来。如同林道静一样，只要朱老忠不甘于奴隶的命运，历史就必定要让他在轰轰烈烈的政治大搏斗中成为一员英勇的战将。

　　《红旗谱》的故事体系之中，朱老忠的形象是自洽的。与《青春之歌》之中林道静、余永泽的感情纠葛不同，作家并没有设计出错综交织的人生情境，百般曲折地考验朱老忠的性格。《红旗谱》展示的社会关系十分清晰，这部小说之中两个支脉的人物谱系营垒分明。朱家、严家与冯家的几代人之间从来没有改变过既定的立场，他们的爱憎、他们的喜怒哀乐与他们所属的阶级阵营彼此一致。在这个意义上，朱老忠的性格是强烈的，而不是复杂的。

　　但是，人们再度遇到了似曾相识的批评——尽管仅仅是白玉微瑕："朱老忠、严志和的形象，在入党以后缺少深刻的发展变化。"[1] 的确，"反割头税"这个情节段落之后，朱老忠的性格已经定型。继之而来的"保二师学潮"并没有为朱老忠的性格提供更大的空间，甚至制造种种挫折和纠纷发展这个人物性格之中的另一些内涵。事实上，朱老忠的形象与《红旗谱》相对简明的情节互为因果，人们根据这样的人物和情节想象那个时代的历史，甚至制定那个时代的历史叙事模式。然而，这样的历史认识是否过于简单？在今天看来，这样的历史认识是否忽视了许多重要的历史问题，而这些问题却在后来的日子里积累了愈来愈大的分量？

---

　　[1]　参见张钟等：《当代中国文学概观》，416 页，北京，北京大学出版社，1986；二十二院校编写：《中国当代文学史》（二），142 页，福州，海峡文艺出版社，1987。

或许，这些疑问可以会聚为一个文学意义上的问题：朱老忠性格的现有内涵不仅限制了人物的生动程度，同时也表明，《红旗谱》与"史诗"的赞誉之辞仍然存在明显的距离。

作家自认为已经清晰地看到了"客观整体性"，并且依据这样的"整体性"辨认历史的主人公，设定反面角色，分配芸芸众生的社会地位和存在价值。这是 50 年代之后长篇小说的基本写作模式。令人尴尬的是，日后的历史屡屡证明，这些作家看错了人——即使柳青这样的作家也在所难免。

柳青的巨大声望源于长篇小说《创业史》。这部小说甚至被称为"纪念碑式的作品"。① 柳青曾经声明："这部小说要向读者回答的是：中国农村为什么会发生社会主义革命和这次革命是怎么进行的。回答要通过一个村庄的各阶级人物在合作化运动中的行动、思想和心理的变化过程表现出来。这个主题思想和这个题材范围的统一，构成了这部小说的具体内容。"② 这种宏大的历史背景之中，《创业史》隆重推出了梁生宝——合作化运动之中新一代农民的代表人物。

《创业史》出版之后曾经出现了一场十分有趣的争论。严家炎接连发表了数篇论文《谈〈创业史〉中梁三老汉的形象》、《关于梁生宝形象》、《梁生宝形象和新英雄人物创造问题》；在他看来，《创业史》中梁生宝的形象略为生硬。作家多少拔高了这个人物，使之"理念化"，以至于这个人物无法自然地嵌入情节的动作性。事实上，《创业史》之中最为成功的人物形象是梁生宝的父亲梁三老汉。至少在当时，严家炎的观点遭到了众多的反驳，甚至柳青本人也打破了沉默的习惯，在《提出几个问题来讨论》一文之中口吻严厉地质疑严家炎的论文。这些反驳与质疑的共同之处集中在这个方面：梁生宝的种种性格特征并非理念的强加，它代表了历史的必然。③

---

① 张钟等：《当代中国文学概观》，419 页，北京，北京大学出版社，1986。

② 柳青：《提出几个问题来讨论》，载《延河》，1963（8），收入《中国当代文学研究资料·柳青专集》，福州，福建人民出版社，1982。

③ 上述争论论文部分收入《中国当代文学研究资料·柳青专集》。

时隔三十余年，斗转星移，沧海桑田，这场争论之中的孰是孰非已经无须争辩。尽管如此，人们无法忽略一个意味深长的问题：柳青为什么无条件地肯定"合作化"——柳青为什么无法从一系列人物身上察觉历史的另一些重要迹象？人们无法推诿说，柳青不熟悉他所描写的人物和环境。柳青定居于皇甫村十余年，参与皇甫村的具体事务，小说之中的许多人物均存活于他的周围——柳青为什么仅仅从他们身上看到了梁生宝的意义？

在我看来，这至少是柳青的一个重要过失：他没有像一个眼光犀利的作家那样，清晰地看出个人利益以及追求财富的欲望所具有的历史意义。材料披露，《创业史》中梁生宝的一个重要模特儿是皇甫村的王家斌——柳青在他的特写《皇甫村三年》之中曾经对这个人物表现出异常的兴趣。[①] 然而，从王家斌到梁生宝，柳青对这个模特儿作过一个重大的改动：皇甫村的王家斌一度试图买地，直至宣传总路线之后方才撤消这个念头。可是，《创业史》中的梁生宝从来没有类似的企图。这个人物似乎已经弃绝了私有财产观念。柳青与严家炎争辩时肯定地说，这是梁生宝有别于一般农民的"无产阶级先锋战士"气质。[②] 现在人们已经看到，"无私无欲"是人物虚假的一个原因，但是，人们还必须意识到：对于现实主义而言，虚假的人物只能嵌入虚假的历史。

《创业史》中，人们仅仅察觉到梁生宝的朴实、坚忍，这个人物似乎无法在他的历史环境之中展示更多的性格潜力。事实上，这同时喻示着这个性格与历史环境的某种脱节。梁生宝的某些作为似乎与他周围的气氛格格不入；按照严家炎的观察，这个人物似乎不得不与某些重要的情节错开。[③] 利用一句现成的语言形容，这个人物仿佛"生活在别处"。相形之下，梁三老汉之所以更为生动，恰恰因为他的理想、愿望、行

---

① 参见李士文：《从生活素材到艺术形象》，载《人民日报》，1961 - 08 - 09，收入《中国当代文学研究资料·柳青专集》。

② 柳青：《提出几个问题来讨论》，载《延河》，1963（8）。

③ 严家炎：《关于梁生宝形象》，载《文学评论》，1963（3），收入《中国当代文学研究资料·柳青专集》。

为——他的主要性格特征——更为深刻地根植于历史环境，从而得到了更多的展示机会。理论意义上，这些人物从未被想象为历史的主人公，但是，许多作家无意识地表露出对于他们的特殊兴趣。所谓的"中间人物"为什么更易于活跃在文学之中？某种程度上，这些人物与环境之间具有更为深刻的联系。尽管严家炎当时无法从个人与历史环境的关系之中阐明梁三老汉的意义，但是，他所察觉到的问题的确耐人寻味。

当然，人们不该依据现今的历史认识想象《创业史》的写作年代。那个时候，国家和民族正在某种狂热的气氛之中制订社会发展规划，梁三老汉式的对于私有财产的迷恋遭到了理论的严厉谴责。在这种氛围之中，柳青不可能得到重新认识私有财产的理论资源。他只能依赖具体的感性经验和现实的洞察校正理论。可惜的是，十多年的皇甫村生活并没有使柳青察觉到梁三老汉的理想之中所具有的历史合理性。这个人物被抛入历史落伍者的行列，作家未曾意识到这个性格的文学魅力与历史深处的强大冲动具有某种密切的联系。事实上，作家的生活经验已经为当时的理论严格地修剪，他的叙事不可能出现理论之外的深刻发现。对于一个有志于民族史诗的作家，这不能不说是一个巨大的遗憾。

从《青春之歌》、《红旗谱》到《创业史》，人们均遇到了"半部杰作"的奇怪现象。这些作家都为现实之中某些内涵丰富的性格所吸引，然而，进入小说之后，这些性格却逐渐遭到了强制性的修改或者压制。事实上，修改或者压制的指令正来自那个先在的"客观整体性"。通常，修改或者压制的理由是，让这些性格更为充分地体现历史，然而，这样的历史不过是理论虚拟的历史幻影。有趣的是，八九十年代的一批长篇小说正是从这里重新开始——作家重新正视个人的利益和欲望，正视这些性格内涵所涉及的一系列复杂的历史问题。这同时是对于那种既定的"客观整体性"进行再认识。从这个意义上可以说，这一批长篇小说不仅力图恢复一系列性格的真实生命，同时，这一批长篇说还力图恢复个人与历史的联系。

三

概括地说，《青春之歌》的主题是知识分子与革命。考察林道静进步思想的源头时，人们发现了知识与革命之间的联系。从进化论到马克思主义，一系列先进的观点通常以深刻的理论形式流传于知识分子之间，手里的进步书刊往往是这些知识分子形象的组成部分。尽管杨沫曾经鄙夷地提到那些固守于图书馆与实验室的知识分子冷漠无情，[①] 但是，人们不得不承认，近代的科学知识体系本身即已内在地包含了民主、科学、进步、理性等因素。因此，这种知识体系隐含的价值观念天然地倾心于平等、自由与解放。五四运动以来，一大批血气方刚的知识分子冲出家庭的桎梏，冲出平庸的书斋，参与启蒙运动，投身于轰轰烈烈的时代风暴——无数这样的情节同时还喻示了近代科学知识与封建传统的对立。简单地说，这是近代科学知识与历史逻辑之间的会合。如果说，人们对于阶级血缘与革命之间的关系已经耳熟能详，那么，现在还可以从《青春之歌》中读出，近代科学知识同样是林道静式革命的历史依据之一。

20世纪80年代中期问世的另一部长篇小说仿佛重述了知识与革命的关系——我指的是王蒙的《活动变人形》。然而，与《青春之歌》不同，这部小说揭示出二者极为曲折的历史遇合方式。人们从《活动变人形》中发现，知识启蒙在历史之中的境遇远不是想象的那么简单。的确，《活动变人形》中的倪吾诚同样因为知识而接近了革命，可是，他的民主意识和理性崇拜却不断地在纷歧的情感涡流之中瓦解。这使他的革命实践迟迟无法纳入历史所瞩目的政治大搏斗之中。《青春之歌》里面，林道静破除余永泽迷惑的同时已经从政治上明确：谁是并肩的战友，谁是打击的对象。对于《活动变人形》的倪吾诚来说，革命的对象、革命的阻力始终和至爱亲朋混淆莫辨。政治信仰让林道静迅速甩下犹豫和彷徨成为

---

① 杨沫：《北京沙滩的红楼》，载《光明日报》，1958－05－03，收入《中国当代文学研究资料·杨沫专集》。

坚定的革命战士，倪吾诚的依据仅仅是知识。于是，他在一个庞大而又面目模糊的对手面前不知所措。许多时候，倪吾诚的革命陷入了尴尬。没有人赞赏他的夸夸其谈，甚至他所欲解放的对象也刻薄地讥诮他的主张。这样，倪吾诚的革命如同一场拙劣的表演，并且经常下降到了姑嫂斗法的水平。终其一生，倪吾诚的成果不过是跌跌撞撞地冲出了没有爱情的婚姻而已。如果说，林道静式的革命目标是从封建主义、新民主主义到社会主义，那么，倪吾诚又走出了多远？这里，王蒙揭开了历史的另一幅图景——知识分子革命在历史之中的真实地位。

倪吾诚的血液之中保存了激进的革命气质。他的祖父参加过"公车上书"，失败之后自缢身亡。倪吾诚小时即迷恋梁启超等人的文章，反对缠足、主张分田以及蔑视祭祖仪式。这一切导致倪吾诚母亲的极大不安。然而，《活动变人形》恰是在这里游离了通常的历史叙事：掐断倪吾诚思想之中革命萌芽的并非代表封建传统的宗法势力，鸦片与手淫——来自倪吾诚母亲的朴素设计——从生理上剥夺了倪吾诚的革命本钱。如果依据人们习惯的历史叙事，倪吾诚的革命之举总是显得不伦不类。无论胜利还是失败，倪吾诚似乎总是踏不到人们所熟悉的历史节拍之上。这时，人们终于意识到，知识分子与革命的历史叙事后面可能还存有另一种历史。

倪吾诚离开了陶村与孟官屯，离开了那一片白花花的盐碱地，游学欧洲之后，倪吾诚时常以西方文明的代表自居。科学、理性、文明这一类概念让倪吾诚挺直了孟官屯人时时佝偻的腰杆，他开始神气活现地向传统挑战。倪吾诚首先从家庭内部开刀。爱情、女人要挺起胸部、不要随地吐痰、吃饭不要呱唧嘴，这些日常琐事成了倪吾诚的革命领域。始料不及的是，倪吾诚遇到了强大阻力，并且迅速地陷入可怕的泥潭。姜赵氏、静珍、静宜三个女人形成了坚韧的防线，诅咒、讥讽、挖苦以及迎面泼来的滚烫绿豆汤让倪吾诚丢盔卸甲。某些时候，这个西方文明的代表不得不用陶村一带男人的撒手锏——脱下裤子——吓退那几个发疯的女人。如果说，子君、莎菲女士、林道静已经显示了女性革命的突围路线，那么，倪吾诚倡导的文明却在家庭的框架内部一筹莫展。倪吾诚对于西方文明之中父亲与子女的关系模式心驰神移，可是，倪萍那种无由的怨毒让他不寒而栗，倪藻的呆滞神情尤其让他丧失信心。当然，倪吾诚无法向孩子摆出决绝的战斗姿态，他的革命甚至不知道要将仇恨凝聚到什么地方：

> ……在离倪藻还有十几步的地方，他停住了。他看到的是一个多么瘦小瑟缩的身体，多么呆板、恐惧、茫然、麻木的面孔！噢，我的天啊，这是倪藻？……瞧那接了一次袖子的夹袄的又脏又破的可怜样儿！瞧那细瘦的、麻秆一样的胳臂和脏乎乎的小手！瞧那伸不太直的腿，难道这么小就罗圈了吗？维他命 D 缺乏造成的佝偻病太可怕了，尤其是那呆滞和惊恐的眼神……

倪吾诚企图以知识和文明改善家庭的质量。他曾经带静宜听过胡适之、鲁迅的演讲，买玩具给倪萍，带倪藻上澡堂洗澡，然而，这一切都是徒劳。倪吾诚能够意识到经济窘迫对于文明的阻碍，却意识不到他所面对的是多么强大的阵营。人们可以从静珍那种芜杂的诅骂之中察觉，多种话语系统——文雅的、正规的、粗野的、鄙俗的——共同支持着三个女人所栖身的传统观念。倪吾诚无法争取赵尚同这种开明人士的声援，甚至像史福岗这种欧洲的"中国通"也不以为然。这样的氛围之中，倪吾诚的种种心愿，诸如卫生、营养、礼貌、教养、文明、爱情、离婚，都将被导入另一种敌意的解释体系。事实上，代表国家机器的警察、特务、宪兵并未露面，但这种敌意的解释体系已经足以挫败倪吾诚的科学知识。传统的历史叙事通常让人们感到，进步的知识、启蒙运动与无产阶级政治革命必然殊途同归，摧毁旧的政治体制似乎同时是知识和启蒙的胜利。然而，倪吾诚的遭遇表明，历史还有另外的线索。政治革命无法代替文化革命，科学知识的价值观念并没有因为政治革命的成功而变为历史的最强音，根深蒂固的传统文化甚至在许多方面沤烂了政治革命的成果。在知识分子与革命这个问题之上，《活动变人形》为历史补写了重要的一笔。

20 世纪下半叶，近代科学知识与革命之间的历史关系大约在 80 年代得到了理论的充分肯定。"阶级"这个范畴的滥用导致强烈的反感，现代化的蓝图和"新启蒙"的背景各自从特定的方面将知识分子推上前台，"知识就是力量"成为历史的呼声。的确，知识与经济互动日益明显，然而，知识是否还保持了那种激动人心的使命——知识是否还具有让人们探索命运、改造世界的号召？后现代社会隐约浮现的时候，知识的神圣性似乎正在削弱。一方面，知识创造出更多的财富，另一方面，知识仿佛与个人的生存出现了分离，成为某种自律的体系。多数人只能根据不同的分工进驻知识的一隅。这时，知识分子的命运和历史地位出现了哪些变化？于是，人们想到了 90 年代问世的另一部长篇小说：格非的《欲望的旗帜》。

出入于这部小说的是一批学院里的知识分子，他们表情不恭、言语机智，同时又没有多少性格棱角。这些人主要从事哲学研究——哲学在某些时候被称为元知识。可是，人们从这批知识分子那里看到，哲学之于他们更像是远离生存的赘物。30 年代，那些进步的理论曾经为林道静们注入巨大的激情，40 年代，倪吾诚曾经为那几个文明的概念寝食不安，90 年代，这批学院里的知识分子正在向哲学索取什么？在他们那里，真理和思想已经失去了光芒。按照那位德高望重的哲学教授贾兰坡先生的教诲，"人们探讨的不是真理，而是如何使人大吃一惊"。的确，学术上的一鸣惊人不过是竞争职称、学会理事乃至会长的资本。日常现实之中，所谓的哲学仅仅是一种谈资，一种职业，一种磨砺才智的器具。《青春之歌》里面，卢嘉川谈论的革命知识与林道静的人生信念、生活道路以及爱情选择密不可分。《欲望的旗帜》里面，曾山的哲学更像是爱情之外一袭华丽的语言披风。小说之中出现了一个意味深长的细节：曾山时常在骑车之际向他的恋人谈论斯宾诺莎，以至于不断地将她的自行车挤到路边的棕榈树旁或者桥栏之上。这里，哲学与爱情之间泾渭分明，甚至互相干扰。的确，曾山也企图以哲学的语言阐述这个时代的深刻问题，阐述生存与命运，然而，这样的主题似乎超出了哲学的负担限度。他只能深夜呆坐在阳台，撕掉一张又一张的稿纸而一字无成。

《欲望的旗帜》肇始于哲学教授贾兰坡的自杀事件。可是，这部小说并没有组织起规模庞大的情节。人们看不到什么旷世阴谋或者强烈的动机，只有一些琐事、一些小小的波澜和学院的日常风景环绕在这个事件周围。许多契机似乎隐藏了某一条线索，然而，这些故事刚刚启动就无可奈何地收场。《欲望的旗帜》之中浮动着一种闲散的气氛。这种气氛释除了事件的严重性，甚至一系列悬而未决的疑团——例如，贾教授自杀的原因、慧能与贾教授及夫人的关系、那位奇怪的赞助商的企图——也失去了揭示的迫切性。这里，贾教授的自杀不会让人们联想到王国维，子衿的发疯也不会让人们联想到尼采。他们周围仅仅是一些无足轻重的绯闻，一些查无实据的诽谤，一些蝇头小利驱使之下的钩心斗角。同倪吾诚一样，曾山也曾因为女儿的精神状态震惊不已。可是，这样的震惊更多地来自即时即地的偶然感觉——他甚至没有像倪吾诚那样将儿童状况视为文明的一个基本问题。90 年代的学院之中，知识的功能还剩下什么？

《欲望的旗帜》不时流露出纵欲的气息。情欲是这些知识分子欲望的主要内容之一。可是，这里的情欲并没有集聚起生命的强大冲动，没有集聚起反叛的号召——不过是换取某些肉体的小小快乐而已。知识的意义仅仅是将这些情欲巧妙地与某种文化谱系衔接起来，利用这种文化谱系正名。人们不必将情欲与某种历史重任联系起来，冲击什么或者抗拒什么，这不过是一种有趣的秘密历险。只要没有意外的受孕发生，这样的历险类似于扑克牌娱乐。如果说《活动变人形》之中倪吾诚的手淫隐含了某种惊心动魄的内涵，那么，90 年代的后现代氛围已经不再将性活动视为神秘的严重事件。小说之中出现过一句题词："欲望的旗帜升起来了。"欲望已经从潜意识浮现，甚至不愿意附带更多的文化目的；欲望、知识与历史之间不再是一种有机的统一。这意味着，知识分子的传统角色正在分解。在这个意义上，《欲望的旗帜》表明，知识与革命的历史叙事正在面临重大的挑战。

## 四

时至如今，概括《红旗谱》背后隐藏的历史叙事并不困难。这样的历史叙事之中，"阶级"范畴化约了所有纷杂的历史景象。朱、严两家与冯家分别代表对立的阶级进行殊死的政治大搏斗。无论是朱老忠的侠义、严志和的怯懦、冯氏父子的阴险还是抢夺脯红鸟、春兰将"革命"绣在衣裳上、江涛与严萍的恋爱，《红旗谱》之中的所有人物和情节片段都由这样的历史叙事模式给予解释。的确，这种历史叙事产生了强大的解释功能，它已经成为众多长篇小说分析这个时段历史的总体依据。80年代的《红高粱家族》与90年代的《白鹿原》之所以惊世骇俗，恰是源于对这种历史叙事的挑战。《红高粱家族》与《白鹿原》提供的另一批故事与人物终于让人们意识到，这种沿袭已久的历史叙事是否遗忘或者压抑了另一些历史景象？

开宗明义，《红高粱家族》的第一句话即"一九三九年古历八月初九，我父亲这个土匪种十四岁多一点"。很大程度上，这部长篇小说叙述的是一个土匪家族的故事。从我爷爷、我奶奶到我父亲，他们共同制造了一批惊心动魄的土匪传奇。50年代至60年代的一系列长篇小说之中，土匪已经在人们所熟悉的历史叙事之中定位。这些土匪聚啸山林，打家劫舍，要么加入共产党的部队，修成正果；要么投奔土豪劣绅，为虎作伥。无论是《铁道游击队》、《烈火金钢》还是《敌后武工队》、《林海雪原》，人们均可以根据"阶级"这个范畴解释土匪的归宿。许多时候，土匪的经济地位难以鉴别，穷困潦倒、四方逃窜与不劳而获、耽于享乐同时包含了革命与堕落的因素。对于土匪来说，依附哪些政治势力是判别他们阶级属性的重要尺度。无论如何，土匪从未被视为历史的主角，只是种种政治势力之间的余数。可是，《红高粱家族》叙事人的视域之中，余占鳌踞于核心，八路军胶高大队的江队长和国民党冷支队队长反而仅仅是一些陪衬的次要角色。这里，人们发现了另一种书写历史的线索。

《红高粱家族》所叙述的历史没有正面地出现政治势力的对决。这部小说更多地续接侠义小说的传统，召回那些慷慨豪迈的好汉。叙事人不在乎这些心爱的人物是土匪还是英雄，重要的是他们的人格魅力。无论是我爷爷、我奶奶还是罗汉大爷、任副官，他们敢爱、敢恨、敢怒、敢笑，种种世俗的陈规和权势无一不在这样的人格面前失效。我爷爷桀骜不驯，无所畏惧；"我奶奶什么事都敢干，只要她愿意"；即使像余大牙或者花脖子这样的人物也体现出一种磊落坦荡之气。对于这批人物来说，政治身份的鉴定似乎无足轻重。《红高粱家族》写道："高密东北乡无疑是地球上最美丽最丑陋、最超脱最世俗、最圣洁最龌龊、最英雄好汉最王八蛋、最能喝酒最能爱的地方。"这样的形容显然使阶级的标签无所适从。我爷爷、我奶奶们的人格似乎与土匪的生涯交相辉映。土匪可以践踏规矩，无拘无束，泼洒一腔热血，向往自由精神。相形之下，冷队长与江小脚则表现出了可鄙的阴险与猥琐。

相对于《红高粱家族》中那些生龙活虎的人物，莫言深刻地察觉到了后代子孙的日益渺小。这部小说的题词声称，《红高粱家族》力图"召唤那些游荡在我的故乡无边无际的通红的高粱地里的英魂和冤魂"。叙事人自称是他们的"不肖子孙"："他们杀人越货，精忠报国，他们演出过一幕幕英勇悲壮的舞剧，使我们这些活着的不肖子孙相形见绌，在进步的同时，我真切地感到种的退化。"数十年的历史过去了，旷日持久的政治大搏斗已经决出了胜负。然而，"种的退化"是否属于这一段历史的副产品？"故乡的黑土本来就是出奇的肥沃，所以物产丰饶，人种优良，民心高拔健迈，本是我故乡心态。"这样的自由精神如今已经消磨殆尽。工业化、都市化、聪明伶俐、钩心斗角，现代人似乎存活于虚情假意之中。莫言感到苦恼的是，他们这些不肖子孙已经染上了一种无法摆脱的"家兔气"。显然，人们所熟悉的历史叙事并未为莫言的问题设立相对的范畴，这样的问题甚至不会浮现在历史叙述之中。于是，叙事意义上的排斥有效地将某些性格类型或者人格魅力的解释阻挡在历史真相之外。

可是，余占鳌式的性格仍然在民间魅力不衰。如果说，《红旗谱》式的历史叙事习惯于将朱老巩与朱老忠的草莽英雄习气压缩为无产阶级的政治觉悟，那么，《红高粱家族》重新发现，民间文化并没有将江湖式的侠义封存于某一个平面的政治概念。政治分析、经济分析或者阶级分析不是民间文化的主要成分，民间文化拥有另一套解读历史的策略。在民间文化那里，土匪与英雄好汉往往只有一步之遥。这些人物的人格、气质、威望形成了特殊的号召力——他们具有的领袖风范无法在现代的政治经济学之中得到完整的阐释。《红高粱家族》重现了这种历史解读策略。这部小说竭力恢复民间文化的气氛，出现了各种高密乡的风俗民情、江湖轶事、民间传言、奇人秘闻。从制酒秘诀、黄鼠狼的传说、殡葬排场、婚礼习俗到《三国演义》的历史观念、县长打屁股的鞋底、武林高人越狱、狐狸大仙救人性命——莫言将这一切巧妙地融于一炉，从而为余占鳌们的舞台提供相宜的背景，甚至像高粱地或者墨水河这样的自然景象也像无形的栅栏围出《红高粱家族》的另一个世界。这样的世界里面，人格与胆识的确比官阶或者财产更为权威。现今，城市和工业代表的现代文明铲除了这样的世界，那么，莫言所形容的"种的退化"是不是不可避免？这里，《红高粱家族》为人们遗留了一个历史疑问。

《白鹿原》的巨大声望与 90 年代的文化背景存在着复杂的关系，这里仅仅涉及《白鹿原》的历史叙事。陈忠实引用了巴尔扎克的一句话作为小说的题词："小说被认为是一个民族的秘史"。这样，人们有理由追溯，《白鹿原》根据什么想象历史？

家族、阶级、政治党派——《红旗谱》情节曾经包含的主要因素再度出现在《白鹿原》。两个家族的纠纷、农民阶级与官僚政权的矛盾、国共两党的对抗，《白鹿原》似乎是《红旗谱》的重演。然而，三十余年之后陈忠实意识到，这些因素之间的关系远远不像《红旗谱》描述的那样单纯。陈忠实试图历史地展示这些关系的时候，《红旗谱》式的历史叙事就被撕裂了。

《白鹿原》首先发现的是，子女与父辈之间的阶级联盟时常轻而易举地解体。无论白家还是鹿家，白孝文、白灵灵、鹿兆鹏、鹿兆海、黑娃无不背叛了父辈的意志，与悠久的家族传统决裂。背叛或者从性本能与宗法势力的对抗开始，或者源于女性的自我解放，可是，历史环境必然地驱使他们卷入凶险的政治旋涡：鹿兆鹏与白灵灵加入共产党，鹿兆海成为国民党，白孝文与黑娃反复转变自己的政治身份。这个过程，血缘之情、异性之爱、同窗之谊与阶级关系相互交织，造就了种种错综的历史图景。无论在鹿子霖与鹿兆鹏之间还是在白嘉轩与白灵灵之间，无论在白灵灵与鹿兆海之间还是在白孝文与黑娃之间，阶级属性与个人关系时常相互考验，此起彼伏。这至少表明，仅仅图解阶级范畴可能丧失历史的丰富性。

当然，对于阶级范畴的有力挑战来自白嘉轩与鹿三的关系。表面上，白嘉轩是地主，鹿三是他雇用的长工，但事实上，这两人情同手足，肝胆相照。人们无法轻易地否认这种关系的现实存在。在文学史上，明主与义仆的形象源远流长。如果批评家轻松地将这样的关系形容为白嘉轩的虚伪，那么，如何解释白嘉轩的动机？白嘉轩对于鹿三的恩惠已经远远超出家族利益乃至阶级利益的需要。的确，白嘉轩与鹿三阶级地位悬殊，可是，他们的私人情谊是否可能突破政治与经济的隔阂？这里，《白鹿原》与传统的历史叙事出现了分歧。

《白鹿原》竭力将这样的情谊归结为白嘉轩的人格修养。这样的"修身"指向了悠久的儒家文化。无论是为人风范、古板的戒律还是以德抱怨，白嘉轩不愧为饱读诗书的儒家弟子。的确，20世纪下半叶的长篇小说已经十分罕见白嘉轩这种既生硬又温情的家长性格了。这或许正是陈忠实痛心疾首之处。《白鹿原》之中，陈忠实尽可能为儒家文化谋求一席历史地位，修身齐家治国平天下，儒家文化的内圣外王出示了参与历史的逻辑。白嘉轩的性格无疑体现了这样的逻辑："学为好人"、"耕读传家"、"仁义治村"是白嘉轩的三步曲。的确，如同他的对手所嘲笑的那样，白嘉轩的活动范围仅仅到祠堂为止。《白鹿原》的后半部分，他只能作为局外人旁观白、鹿两家下一代的冲突。他从祠堂之中悟出的社会秩序无力介入鹿兆鹏等人的政治主题。白嘉轩的家族故事与白、鹿两家下一代故事的游离甚至产生了某种叙事的分裂。这多少表明，陈忠实还无法洞悉儒家文化与三民主义、共产主义之间的真实关系。

尽管如此，《白鹿原》仍然竭力让儒家文化成为历史叙事的一个重要依据。这样，关中大儒朱先生在《白鹿原》中出场了。这更像是一个象征性的人物——儒家风范的化身。朱先生的简朴、自律和民本思想几乎是儒家经典的现身说法。有趣的是，这个不算生动的人物在《白鹿原》中占据了一个特殊位置。朱先生并没有具体地卷入哪一个重大事件，但是，他的未卜先知与指点江山更像是对于历史的一种俯视。不论是"鏊子"之说、三民主义和共产主义的比较，还是墓砖之中"折腾到何日为止"慨叹，朱先生充当的是历史评论家的角色。朱先生对于一切现代化器具的恐惧表明了他与未来世界的隔绝，但是，这并没有干扰他纵论历史的信心。这与其说是朱先生的神奇，不如说是陈忠实的乐观。

如今看来，陈忠实的历史眼光已经超出《红旗谱》的故事，想象历史的时候，"阶级"的范畴已经远远不够用了。事实上，人们对于《白鹿原》的疑问主要集中在这个方面：儒家文化是否具有如此的历史魅力？那群"白腿乌鸦"的快枪射击表演之后，封建意识形态在工业机械的强大力量面前暴露出全部的软弱和可怜。历史的建构日益复杂，工业社会的政治、经济、科学文化以及人们的欲望都经历了脱胎换骨式的转变。这时，除了无谓地慨叹世风不古，儒家文化究竟能在多大程度上与这样的历史对话呢？

## 五

80年代中期，张炜的《古船》与贾平凹的《浮躁》几乎同时出版。在这两部长篇小说之中，中国的乡村再度沸腾起来了。一种强大的生机仿佛从历史的深部汹涌而至，泥沙俱下同时又势不可遏。的确，《创业史》也曾经描绘过50年代风起云涌的乡村历史，可是，这仅仅是一种短暂的激情。梁生宝们的组织迅速地成为行政机构，这种行政机构与农民生存的迫切目标脱节了。这个时期的历史封闭在一系列空洞僵硬的口号之下，了无生气。人们察觉不到历史主体的活跃参与，农民不过像木偶一样被动地执行一些不近情理同时又不容置疑的指令。尽管如此，既定的历史叙事关闭了文学的视域和想象。没有多少作家敢于正视农民的真实历史位置，他们不得不伪造一些纸面上的农村人物呼应这些口号与指令。

70年代末期，沉寂已久的历史再度震颤起来了。一系列政治封条突然揭开之后，农民们创造生活的才能夺路而出。摆脱贫困的机会终于到来。基本的温饱不再是奢望之后，追求财富的欲望不可避免地抬头了。这些鄙称为"泥腿子"的周围开始再现一些眼花缭乱的情节。种种惊叹和传奇性故事尘埃落定之后，舆论逐渐肯定了这样的观念：追求财富并非罪孽，这种欲望即创造历史的重要因素。

可是，张炜或者贾平凹试图将这样的欲望写入历史的时候，多少感到了不安。一方面，追求财富的欲望生气勃勃，甚至为农村制造出一批扩张型性格；另一方面，这种欲望背后隐藏的贪婪是否会摧毁某些最为可贵的东西——这是不是一个潘多拉的盒子？如果说，韦伯曾经阐述过新教伦理与资本主义精神之间的关系，那么，在这些作家那里出现了类似的意图：他们力图描述这种欲望的伦理意义，描述某些经济事件背后的精神事件。这是文学意义上的历史考察。也许，《浮躁》与《古船》这样的书名已经耐人寻味：前者是某种时代情绪的概括，后者更像是抵制浮躁的某种古老意象。当然，对于长篇小说而言，所有的历史考察必须寓于具体的人物性格。这个意义上，我相信这并非一个偶然的巧合：两部小说之中均出现了一对同源而又分歧的性格：《浮躁》之中的金狗与雷大空，《古船》之中的隋抱朴与隋见素。

如同人们常见的乡村一样，《浮躁》之中的两岔镇同样是一处穷乡僻壤。由于宗法势力与基层官员的双重盘剥，贫穷的两岔镇农民还要承受种种额外的负担。金狗为首的河运队虽然为田氏家族的官员所接管，但是，许多人毕竟从这里发现了新的生机。他们朦胧地意识到，经济的独立是摆脱控制与压榨的必要条件。于是，雷大空和福运以民间的方式——斩断一根脚趾——惩罚了试图强奸小水的田中正而遭到可怕的报复之后，决定利用经济势力与田家对抗。这样，雷大空当上了主角。闯荡过江湖、无家室之累，雷大空具有一种肆无忌惮的气魄——至少在当时的经济环境里，无羁无绊是许多成功者的重要品质。

金狗是雷大空的患难之交，同时也是雷大空投身于经济的支持者。然而，雷大空的成功诱发了贪婪之后，金狗迅速地嗅到了危险的气息。他屡屡向雷大空提出警告，甚至严辞阻止雷大空进入权钱交易的网络。这与其说源于金狗的先知，毋宁说因为金狗的民间立场。尽管金狗进入报社与田家不无关系，但是，他的内心始终将小水、福运、韩文举、矮子画匠这些人视为利益与情感的共同体。他的记者身份所以让那些官员深感头痛，恰恰因为他热衷于为这样的共同体发言。所以，金狗甚至比雷大空本人更快地察觉，他的公司已经违背了初衷而出现了令人反感的迹象。可以看到，除了来自基层官员的嫉恨，两岔镇还存在一些劝诫或者规约雷大空的声音，例如小水、福运等人的守旧，静岗寺和尚的种种与世无争的说教，如此等等。然而，这些声音只不过为追求财富的欲望戴上某些传统的笼头。事实上，守旧或者与世无争抵御不了田氏家族的压力。相形之下，金狗与雷大空是由同一个根系分蘖出来的，金狗肯定了雷大空的欲望对于宗法势力与基层官员的冲击能量。金狗担忧的是问题的另一面：如果追求财富的逻辑将雷大空送入一个更大的权力之网，那么，革命可能蜕变为另一种压迫的局部——这时，小水、福运、韩文举等人仍将是这种压迫牺牲品。这个意义上，金狗的正义与良知隐藏了未来历史的呼求——这个人物所会聚的历史意义远比《浮躁》之中那个身份不明的考察者言论更为深刻。

张炜的《古船》精心设置了两套复杂的意象体系。一方面，从古城墙、河边的磨坊、挖掘出来的古船、日渐干涸的河流、凄凉的笛声、郑和下西洋的故事以及老中医这些意象之中，人们意识到了洼狸镇的悠久历史；另一方面，在电动机械、钻探井架、变速齿轮、电灯、小电影、咖啡厅、星球大战、置放了镭的铅筒这些意象之中，人们又会发现，以工业文明为标志的现代社会日益趋近。两套意象之间的距离喻示了历史的跨度。然而，如同这部长篇小说所描写的那样，这个历史跨度不是温情脉脉的产物，血与火成为两套意象之间的衔接。《古船》之中，这一切在洼狸镇体现为残酷的阶级对抗和家族斗争。在这里，人们惊讶地遇到了不可祛除的深仇大恨。鲜血淋漓的折磨，至为酷烈的报复与再报复，对手之间的彼此杀戮远远超出了阶级利益的范畴而更像某种凶残本能的剧烈发作。《古船》反复地描写到赵多多卧室里那把锋利的砍刀——这个凶器是洼狸镇人相互残杀的见证。

什么是阶级的标志？财富的占有数量是不同阶级的界限。数十年来，革命意味了剥夺——包括暴力手段的剥夺——财富占有者的经济地位和社会地位。洼狸镇老隋家的败落是历史的必然。可是，80 年代的财富观念再度出现了重大的转变，隋见素——隋家的老二——又可以开始构思，利用财富恢复昔日的家族声望。机不可失，一系列抽象的数字让他热血沸腾了。显然，这个争强好胜的性格与这个年代的气氛一拍即合。

然而，隋抱朴却对财富表现出近于畸形的恐惧。父亲红马背上吐血而亡的景象苦苦地缠住他，甚至让他有一种原罪感。他的心目中同样有一组数字，他与父亲一样将隋家聚敛的财富视为欠下众人的债务。因此，他没有隋见素那种雄心壮志——他日复一日地躲在河边的磨坊里回避财富的诱惑。当然，财富并没有什么过错，老隋家曾经在农民式的嫉恨里苦苦挣扎，"平均主义"不可能是隋抱朴的理想。他恐惧的毋宁说是隐伏于人们性格之中的凶残本能。无论是老式的横征暴敛，还是新型的资本运作，都极有可能导致为富不仁。如果凶残与财富结合起来，后果是难以想象的。《古船》之中，隋家兄弟不无冗长的对话是隋抱朴思想的集中表白。隋抱朴对于隋见素的不信任恰恰在于，后者不可能在财富的积聚之中保持同情、善良和怜悯之心。

张炜无疑是借助隋抱朴之口表示自己的强烈不安。如何涤除财富之中的毒素？在他的心目中，隋抱朴手里的《共产党宣言》指示了财富的真正归宿。隋抱朴终于明白，所有的财富不再是老隋家的，一切属于整个洼狸镇。可是，人们这时不得不分辨：至少在目前，这是现实的必然，还是虚拟的理想？这部小说之中，隋抱朴始终是一个耽于苦思冥想的人物，独白多于行动。这似乎从另一个方面表明，隋抱朴还无法让他的思想活灵活现地投入现实环境，组成具体生动的故事。换言之，今天的现实还未曾为这种故事的充分展开提供足够的可能。历史叙事将人们追求财富的欲望锁定于什么位置，这同样是作家洞察力的试金石。

不管怎么说，个人的利益和欲望终于在历史叙事之中浮现，并且被视为历史的内在因素。历史叙事与个人性格之间联系的拱桥恢复了。这是 80 年代之后长篇小说的视域解放。视域解放带来了什么？历史不是更清晰了，而是更复杂了；五六十年代习用的历史叙事无法继续承担长篇小说的坐标。历史的一系列未知的方面对于作家形成了挑战。如果长篇小说企图保持历史的主题，那么，作家已经没有理由不加批判地相信既定的"客观整体性"。事实上，无论是王蒙、格非、莫言还是陈忠实、张炜、贾平凹，他们都从历史之中发现了新的含义——在我看来，这样的发现才是"现实主义"的基本活力。

# 小资产阶级：压抑与叛逆

## 一

"小资产阶级"是许多人耳熟能详的概念，通常溯源于社会学领域。然而，20世纪20年代开始，这个概念悍然闯入文学王国，成为描述文学的一个重要范畴。"小资产阶级"可能表示一种不屑的贬抑，可能形容一种风格或者趣味，可能是一种身份或者身价的证明，也可能成为一种令人恐惧的政治烙印。相当长的一段文学史之中，"小资产阶级意识"或者"小资产阶级情调"是一大批作家无法摆脱的魔咒。当然，当初没有多少人能料到，这个概念竟然在数十年之后摇身一变，脱胎换骨——20世纪90年代末期，"小资文化"已经被用于形容一种由优雅、格调、品位、精致集合而成的浪漫生活。

从毛泽东的早期著作《中国社会各阶级的分析》到二三十年代左翼作家的言论，从著名的《在延安文艺座谈会上的讲话》到五六十年代此起彼伏的文学论争，"小资产阶级"始终是一个带有贬义的概念。人们对于小资产阶级的分析通常伴有程度不同的贬抑、讥刺和挖苦。18世纪中叶，马克思和恩格斯的《共产党宣言》断定，资产阶级和无产阶级决战的历史时刻即将来临。在这个意义上，小资产阶级仅仅是两大阵营中间灰色的过渡地带。小资产阶级时刻处于分化瓦解的状态：要么战战兢兢地依附于资产阶级的尾巴，要么被抛到了贫困的无产阶级队伍之中。毛泽东的分析显然承袭了这种历史视域。《中国社会各阶级的分析》详细地将小资产阶级置于地主、买办阶级、中产阶级和半无产阶级、无产阶级的序列之中，并且解析为左、中、右三个部分，进而分别考察经济地位的差异如何转换为小资产阶级分子投身革命洪流的不同姿态。① 根据这些考察，小资产阶级软弱的文化性格——例如，患得患失，摇摆不定——很大程度地源于暧昧不定的阶级身份。虽然毛泽东阐述了小资产阶级的多种社会来源，但是，从20世纪的二三十年代到六七十年代，这种文化性格逐渐凝聚到知识分子的形象之上。

然而，如果仅仅将小资产阶级视为资产阶级和无产阶级之间犹犹豫豫的骑墙派，人们可能遇到一些难以解释的历史事实。数十年的时间里，小资产阶级遭到了一而再、再而三的抨击和驱逐，然而，成效并不乐观。小资产阶级仿佛是一只匍匐在丛林之中的巨兽，只要防范稍为松懈，它就会一跃而起，放肆地扰乱革命文学的秩序。90年代之后，"小资文化"的迅速复活似乎就是一个证明：旷日持久的批判并没有从根本上重创小资产阶级思想体系。在我看来，这是一个不得不面对的奇怪问题：小资产阶级为什么隐藏了如此巨大的美学能量和吸附力，以至于反复纠缠，屡禁不绝？许多时候，资产阶级和无产阶级都可能对小资产阶级产生奇异而隐秘的好感。相对于无足轻重的阶级地位，小资产阶级似乎占据了一个文化的中心位置。如果说资产阶级陷于物质再生产的循环而分身乏术，那么，小资产阶级似乎赢得了更多的文化自由。除了忧虑时政、恐惧革命的不安和惊惧，小资产阶级意识还同时包含了许多生产资料占有方式所无法解释的内容。阶级地位与文化之间的不对称表明，后者是一种奇特的话语——小资产阶级话语。

小资产阶级话语具有某种特殊的气味。无论是遭人厌恶还是惹人怜爱，这种特殊气味均是首要原因。有趣的是，虽然人们对于小资产阶级话语如此熟悉，这种特殊气味的清晰表述始终阙如。如果说太小的社会学框架容纳不下小资产阶级话语的许多特征，那么，文学为之提供了充分的展示场域。从鲁迅的《在酒楼上》、《孤独者》、《伤逝》到丁玲的《莎菲女士日记》、《韦护》，从庐隐的《海滨故人》到郁达夫的《沉沦》，从茅

---

① 参见毛泽东：《中国社会各阶级的分析》，见《毛泽东选集》，第一卷，5页，北京，人民出版社，1991。

盾的《蚀》三部曲到巴金的《激流三部曲》，蓬勃生长的小资产阶级话语盘踞了相当大一部分文学史空间。因此，描述和解释小资产阶级话语特征，文学是一个再适合不过的例证。考虑到论述的简约和富有效率，我愿意集中谈论一部小说——杨沫的《青春之歌》。

《青春之歌》于1958年出版，不久之后就遭到了严厉的批评——"作者是站在小资产阶级立场上，把自己的作品当作小资产阶级的自我表现来进行创作的。"① 诸多批评家和作家往返辩难的言辞之中，小资产阶级的文化症状陆续呈现出几个重要的特征：第一，多愁善感，抑郁寡欢，温情主义，动不动就伤感，在回忆之中打发日子。这显然是一种多情而纤弱的性格。一旦与坚硬的社会现实相撞，《青春之歌》主人公林道静的典型表现不是哭哭啼啼就是企图投海自杀；第二，恋爱至上，缠绵悱恻，充满了不切实际的浪漫式幻想。爱情生活的不如意——而不是自觉的阶级反抗——是林道静冲出家庭罗网的首要原因。她很快就和余永泽同居，并且先后三次爱上了不同的男人。由于追求个人幸福，恋爱是大多数小资产阶级念念不忘的主题，"革命加恋爱"常常是他们遵从的著名生活公式；第三，刻意讲究所谓的生活情调，例如，林道静兴致勃勃地徜徉在海边欣赏风景，漫步于沙滩拣贝壳，这种优哉游哉的习性显然来自寄生阶级的家庭；第四，习惯于从书本之中——尤其是文艺书籍——寻求慰藉，林道静阅读的是高尔基，并且从余永泽那里听到了《战争与和平》、《悲惨世界》、《红楼梦》、杜甫和鲁迅，等等。通常，引导他们投身于革命的是书本知识而不是生活实践；第五，个人主义思想、热衷一时的狂热和自我表现。林道静擅自冒险贴标语，散发传单，无疑是个人英雄主义作祟。与谨小慎微和懦弱的性格相反，小资产阶级身上同时还存在极端激进的一面。个人主义思想时常损害了无产阶级铁的纪律，列宁曾经斥为

---

① 郭开：《略谈对林道静的描写中的缺点》，见沈阳师范学院中文系编：《中国当代文学研究资料·杨沫专集》。

"小资产阶级幻想和空想"以及"幼稚的狂热性"。①

当然，20世纪50年代文学批评的强大火力网之下，小资产阶级话语仅仅是一个被压抑的话语。《青春之歌》这个文学标本之中，小资产阶级话语特征只能有初步的、羞怯的表露。直至进入90年代的文化气候，各种压抑开始解除——文学之中诸多小资产阶级话语特征终于迅速地发育成熟，膨胀为一个盛大的景象。

## 二

马克思主义著作的翻译史上，bourgeoisie、petty bourgeoisie 和 middle class——即资产阶级、小资产阶级和中产阶级——之间存在极为复杂的纠缠，由日语转译为汉语进一步增添了交错的层次；许多时候，"中产阶级"与"小资产阶级"这两个概念可以互相指代。②雷蒙·威廉斯的《关键词》在 bourgeois（资产者、资产阶级分子）的条目之下解释说：bourgeois 的定义是由法律范畴界定的："这个词的基本定义是：生活稳定、没有负债的可靠'居民、市民'（citizen）。"这表明了"布尔乔亚"这个词与中产阶级生活的渊源关系。通常，bourgeois 也指中产阶级和中产阶级社会，这是插入贵族和下层大众之间的一个社会群体。雷蒙·威廉斯认为，马克思"对于'资产阶级社会'的新定义是根据 bourgeois 这个词的早期用法而来的——范围涵盖了生活稳定、没有负债的可靠居民及与日俱增的中产阶级（由商人、企业家及雇主组成）"。有趣的是，雷蒙·威廉斯在同一个条目里有一个小小的补充："贵族对 the bourgeois（资产阶级）的平庸表示轻蔑。尤其在18世纪时，这种轻蔑的态度在哲学家及学术界人士身上表露无遗。他们看不起这种'中产'阶级的狭隘（即使是稳定）

① 参见列宁：《小资产阶级社会主义和无产阶级社会主义》，见《列宁选集》，第12卷，北京，人民出版社，1995；《论"左派"幼稚性和小资产阶级性》，见《列宁全集》，第34卷，北京，人民出版社，1985。

② 参见［德］李博：《汉语中的马克思主义术语的起源与作用》，赵倩等译，359～363页，北京，中国社会科学出版社，2003。

生活及浅薄见识。"①

　　以上的考证再度证实了一种由来已久的感觉：尽管中产阶级与小资产阶级的社会学含义时常重叠，但是，两个术语聚焦的层面并不一致。中产阶级意味的是稳定、可靠、拘谨、克制的安全生活。由于竭力保护已有的社会地位，他们尽量避免任何冒险，阉割种种不合时宜的冲动，并且以一种严肃刻板的姿态对待文化。中产阶级亦步亦趋地模仿资产阶级，同时又不可能具有后者那种趾高气扬的威风。中产阶级身上平庸中等的美学趣味显然是他们古板生活方式的写照。如果用马尔库塞的话形容他们的干枯性格，那么，这就是那些"单向度的人"；相对地说，小资产阶级的称谓背后更多地暴露出激进的文化成分。这似乎是一个奇怪的文化部落。这一批人的确常常大幅度地左右摇摆，而这种状况进一步增添了小资产阶级意识的复杂和丰富，以至于他们有时会做出一些出人意料的惊世骇俗之举。正如《小资产阶级生活的两张面孔》一文所说的那样：小资产阶级生活的第一张面孔充满了庸俗而志得意满的幸福表情，另一方面，"这些不断被规训的人还被要求去成为一些与众不同的人，一些脱离了低级趣味的人。……因此反叛的神话便成为了小资产阶级需要不断追逐的另一种神话。事实上无论过去还是现在，小资产阶级都是反叛神话最热烈的制造者和拥趸"。② 总而言之，"中产阶级"和"小资产阶级"是同一批人分裂出来的两个形象。当人们用"小资产阶级"这个术语代替"中产阶级"来谈论同一个群体的时候，他们身上种种"超越"社会地位的文化表演得到了更多的考虑。通常情况下，中产阶级保守、刻板、循规蹈矩；小资产阶级浪漫、狂热、波西米亚。革命形势如火如荼的时候，中产阶级倾向于右翼，小资产阶级明显左倾。

　　如果说，经济利益通常被视为阶级划分的基础，那么，从理查德·霍格特、雷蒙·威廉斯、E. P. 汤普森到斯图尔特·霍尔，这一批英国

　　① ［英］雷蒙·威廉斯：《关键词》，刘建基译，26、27 页，北京，生活·读书·新知三联书店，2005。

　　② 孙健敏：《小资产阶级生活的两张面孔》，见朱大可等主编；《21 世纪中国文化地图》，214 页，桂林，广西师范大学出版社，2005。

理论家转而考察了阶级背后的文化渊源。例如，E. P. 汤普森的《英国工人阶级的形成》力图从许多日常的经历之中找到工人阶级形成的线索。汤普森相信："阶级是社会与文化的形成，其产生的过程只有当它在相当长的历史时期中自我形成时才能考察。"在他看来，文化对于工人日常经历的处理逐渐构成阶级觉悟，这一切具体呈现在"传统习惯、价值体系、思想观念和组织形式"这些文化观念之中。[①] 一个更大范围内，传统习惯、价值体系和思想观念本身就在连续地生产不同的社会阶级。正如布尔迪厄的"区隔"这个概念所描述的那样，当今社会阶级共同体的形成源于各种特殊的文化趣味，这些共同体之间的界限已经不是由经济资本的多寡简单地决定的了。布尔迪厄提出了文化资本的概念。例如，良好的教育即一种文化资本的投入。当然，文化资本与经济资本之间存在秘密的兑换率，两者在多数时候是成正比的。强大的经济资本可以轻易地造就文化资本，家庭背景通常对于受教育的程度产生关键的影响。在这个意义上，经济最终决定文化仍然是一个不可动摇的前提——权力关系和阶级地位仍然相当程度地充当导演。尽管如此，人们不得不承认，文化的自主性、文化分割社会空间的能力空前地加大。许多时候，人们清晰地看到了一个闭合的轨迹：特定的文化资本训练出某种文化趣味，相异的文化趣味制造种种区隔。文化趣味不仅主宰人们评判艺术品，而且全面介入日常生活——介入服装款式、室内装修或者体育运动形式。某些时候，文化趣味的差异不仅会造成紧张的符号冲突，甚至延续至政治分歧。一个小资产阶级分子是如何成长起来的？从家庭出身、教育水平到文化趣味的考核时常是一个有效的分析模式。相对于粗俗的资产阶级暴发户，相对于充满泥土气息的农民，小资产阶级最为显眼的首要特征往往是文化。

描述文化对于小资产阶级形成的意义，大众传媒是一个不可忽略的场域。良好的教育和相近的文化趣味将在大众传媒产生同声相应的效果，

---

① ［英］E. P. 汤普森：《英国工人阶级的形成》，钱乘旦译，2、4页，南京，译林出版社，2001。

一大批小资产阶级分子就是在这里发现彼此是同路人。他们自由地出入这个公共领域，并且在某种符号体系之下集合为一个共同体。显然，这是他们的擅长地带。良好的教育传授了强大的符号生产技能，大众传媒制造了一个充分施展的空间。由于大众传媒有效地集聚了文化资本的意义，小资产阶级甚至可以在这里与另一些拥有强大经济资本的集团相互抗衡。否则，人们不可能想象一个仗义执言的记者如何与百万富翁争一短长。古代知识分子无法集合到大众传媒领域，他们犹如散兵游勇，那些无法纳入经典系统的价值观念只能成为一些边缘的、零星的声音。如同许多人论证的那样，大众传媒是现代社会诞生的标志之一。《新青年》等一大批报纸杂志与五四运动的关系是一个显而易见的证明。另一方面，这也是小资产阶级诞生的标志。教育、文化资本、大众传媒、小资产阶级——这一切均是现代社会的产物，文学恰恰是诸多因素的交汇点。这种描述深刻地意识到诸多历史因素的互动：

> ……五四新文化运动是一个在中国传播现代观念和现代生活方式的盛大节日，学校、刊物、报纸、社团、出版社构成一整套越来越强有力的文化生产的机构和体制，阅读、写作、演说、结社、集会形成一系列越来越有影响力的行动方式，一个拥有新的文化资本的小资产阶级群体应运而生。五四新文化运动产生了五四新文化的知识分子传统，成为小资产阶级的创世纪，表现在文学中，就是五四新文学中小资产阶级"新青年"形象的大批涌现。①

如果说，贪婪地追逐利润是资产阶级的本能，推翻资产阶级的压迫和剥削是无产阶级的天命，那么，小资产阶级的阶级诉求十分模糊。许多时候，小资产阶级的文化特征不是追溯至生产资料的占有方式，而是

---

① 郑坚：《吊诡的新人——新文学中的小资产阶级形象研究》，60、61页，南昌，百花洲文艺出版社，2005。

追溯至文化资本和大众传媒。因此，小资产阶级文化可能相当大程度地摆脱"经济"的制约而显示独特的逻辑——例如小资产阶级与革命的关系。对于衣食无虞的小资产阶级说来，投身于革命是一件奇怪的事。多数人并没有亲历严酷的阶级压迫和侮辱，他们的觉悟毋宁说来自进步的读物。某些时候，一首诗或者一台戏可能大幅度地改变生活的设想。正如王蒙的一批小说——譬如，《恋爱的季节》或者《失态的季节》——所显示的那样，他们的革命动力不是夺取基本的生产资料，而是考虑生存的意义，考虑如何从死水般的日子之中发现活下去的价值——

> 这无形地产生了两个特征：第一，与《红旗谱》或者《暴风骤雨》之中的劳苦大众不同，王蒙笔下的主人公不是追求几亩田地和一间安身立命的房屋，他们渴望的是一种更为纯洁也更为理想的生活。他们的革命动机之中似乎没有兑入那么多物质生活的私心杂念；同时，他们革命的急迫性和坚定程度也比劳苦大众逊色。第二，这批知识分子的革命经验之中并没有多少罢工、撒传单、坐老虎凳和监狱暴动；他们时常是一批擅长使用政治术语和革命名词的人。换言之，他们的革命时常活跃在思想传播领域，得到了一系列高深莫测的理论装饰，相对地说，他们对于革命的残酷程度——包括革命队伍内部的权力之争——几乎一无所知。①

显然，小资产阶级的革命很难获得无产阶级的彻底信任。"衣食无虞"意味着一扇隐蔽的后门。经济上的退路必然会削弱文化的坚定性。一旦严峻的革命形势威胁到生命的时候，生存意义的争辩将会变成无稽的空谈，小资产阶级可能打开后门夺路而逃，背叛革命。尽管如此，无产阶级对于小资产阶级的持续批判始终无法取得大刀阔斧的效果。人们无法像剥夺资产阶级占有的生产资料那样铲除小资产阶级的存在土壤，

① 南帆：《后革命的转移》，44 页，北京，北京大学出版社，2005。

小资产阶级的子孙更多地来自顽强的文化繁殖力。《在延安文艺座谈会上的讲话》之中，毛泽东用了相当大的篇幅批评小资产阶级意识。但是，他可能没有料到，相对于暴力革命推翻资产阶级的统治政权，文化领域肃清小资产阶级分子的路途远为漫长。

迄今为止，小资产阶级文化丝毫没有显出衰竭的迹象，它的最新动向是"布波族"的诞生。20世纪之初，一本题为《布波族：一个社会新阶层的崛起》的著作开始流行。布波族即布尔乔亚（bourgeois）与波希米亚（bohemian）的相加。保守的、一丝不苟的布尔乔亚世界与反叛的波希米亚文化正在合流。二者在学历、消费、商业生活、学术生活、享乐等方面的对立逐渐消失。按照《布波族》作者布鲁克斯的观点，布波族试图证明文化的主动姿态。这种文化具有弥合各种社会矛盾——例如个人自由与国家利益——的功能。在他看来，这个时代的成功政客无不巧妙地调和了两个冲突的价值体系。因此，布波族文化意味了"超越主义的政治"——在传统的左派和右派之间寻找"第三路线"。如果将布波族视为文化主义跨越阶级界限的范本，那么，人们有理由拭目以待：文化框架可能多大程度地替代经济利益的衡量——即使是对于小资产阶级而言？

### 三

当然，如果仅仅涉及小资产阶级的经济地位而没有考虑这个过渡地带的文化状况，人们很难解释，小资产阶级的叛逆性格为什么如此显眼。当革命飓风猛烈地刮起来的时候，小资产阶级的激进和冲击力相当突出。他们甚至比一无所有的工人阶级和贫农远为狂热。后者还在竭尽全力地维持可怜的生活底线时，小资产阶级知识分子已经激烈地投身于无政府主义运动。阿里夫·德里克指出，无政府主义是五四新文化运动的重要部分，"在1925—1930年间，无政府主义成了中国革命思想的一个源头"。他对这种观点深表赞同："中国的知识分子多数出身于小资产阶级，具有主观、片面、虚浮和急于求成的性格，当他们产生革命的要求时，最合他们口味的不是严整的科学社会主义体系，而是空洞浮夸的乌托邦和惊世骇俗的无政府主义。"① 尽管近代历史隐含了某种持续的激进主义冲动，② 这仍然是一个具体的问题：小资产阶级的叛逆基因是从哪里来的？

至少可以认为，个人主义在小资产阶级话语之中是一个核心主题。正如史蒂文·卢克斯所言，个人主义一词的用法历来缺乏精确性。他从人的尊严、自主、隐私、自我发展、抽象的个人以及政治、经济、宗教、伦理、认识论、方法论等诸多方面阐述了"个人主义"的基本观念。③ 五四新文化运动为个人主义主题的进入开辟了存活的空间。当然，从 individualism 到汉语的"个人主义"，这个概念历经漫长的理论旅行。各种话语策略纷纷介入，形成了复杂的意义再创造。④ 然而，如果抛开复杂的理论纠缠，人们可以借助子君——鲁迅《伤逝》的主人公——的一句名言简单地表述个人主义："我是我自己的。"个性解放是个人主义的首要内容。这时，个人不再是"修身，齐家，治国，平天下"链条之中的最初一环，不再苟活于皇权和家族的重轭之下。独立的个人名正言顺地成为聚集力比多的一个单元。个人的名义，个人的思想、感觉、欲望必须得到正视，而且，物质生活有义务提供相对的保障。例如，谈论 18 世纪隐私权形成的时候，彼得·盖伊同时提出了空间问题——一个独自占有的房间是将私人领域与公共领域区分出来的前提。换言之，居住在贫民窟的穷人负担不起这种奢侈的权利。⑤ 或许，鲁迅的《伤逝》是一个更为典型的例子：没有物质生活的自由恋爱如同泡沫般破灭。因此，个人主义恰恰与小资产阶级的生活以及消费水平相互匹配，他们常常以个人主义卫道士自居。小资产阶级的革命动机常常源于对各种个人的压抑机制的

① ［美］阿里夫·德里克：《中国革命中的无政府主义》，孙宜学译，25、150 页，桂林，广西师范大学出版社，2006。
② 参见余英时：《中国近代思想史上的激进与保守》，见《钱穆与中国文化》，上海，上海远东出版社，1994。
③ 参见［英］史蒂文·卢克斯：《个人主义》，阎克文译，南京，江苏人民出版社，2001。
④ 参见刘禾：《个人主义话语》，见《语际书写》，上海，上海三联书店，1999。
⑤ 参见［美］彼得·盖伊：《施尼兹勒的世纪——中产阶级文化的形成》，梁永安译，第九章，北京，北京大学出版社，2006。

反感。如果说，共同的经济利益是工人阶级和贫农革命的当务之急，而且，他们必须形成集体主义才可能与强大的统治阶级抗衡，那么，衣食无虞的小资产阶级更为渴望拥有更大的个人精神自由。这时，文化压抑理所当然地成为他们急欲解决的首要问题。一旦个人自由遭到了某些坚硬结构的限制，小资产阶级将英勇地喊出"不"。换言之，小资产阶级破门而出的依据是"个人"而不是"阶级"；他们不是强烈地反抗另一个阶级的压迫。形成压抑的机制广泛地隐藏于阿尔都塞所形容的意识形态国家机器之中——教会、学校、家庭、政党、工会、传播机构，如此等等。这些更易于成为小资产阶级的攻击目标。在相当长的时间里，工人阶级和贫农——尤其是后者——爆发出耀眼的革命能量，小资产阶级的革命意图混杂在他们的呼啸之中，无法单独提出来给予的讨论。

在这个意义上，"革命加恋爱"恰如其分地成为现代文学史上一批小说的程式。这的确是那些小资产阶级主人公积极实践的两个人生项目。工人阶级和贫农上无片瓦，下无立锥之地，除了揭竿而起别无出路。他们的革命彻底性可以解释为抛掉最后一条锁链换取整个世界。然而，出人意料的是，小资产阶级的爱情受挫竟然也能够转换成如此之大的反弹力量，甚至付出鲜血和生命的代价。小资产阶级革命的轨迹并不吻合经典的理论描述——贫穷、压迫、反抗、阶级意识的觉醒和夺取政权的武装斗争；他们往往从突破家庭乃至家族的枷锁开始，尤其是反感封建家长专制的婚姻安排。学校通常是他们逃离家庭的第一块栖息地。这是他们接受启蒙的圣地，满口新名词的教师和进步刊物源源地送来了崭新的知识；另一方面，启蒙并未有效地释除青春期的苦恼和迷惘，许多人觉醒之后仍然陷于彷徨。这时，响应启蒙和摆脱彷徨的常见手段即革命加恋爱。他们从四面八方汇入汹涌的革命洪流，摇旗呐喊，争先恐后，出双入对，放纵身心。如果说这是一个普遍的大故事，那么，丁玲、茅盾、巴金或者《青春之歌》无不呈现了其中的某些段落。不难发现，革命式的恋爱或者恋爱式的革命均是小资产阶级话语之中的显著代码。

小资产阶级的反叛从夺取政权的激烈搏斗之中游离出来，滑向了放浪形骸的风格，这是大革命之后的常见景象。从某种程度上可以说，这也是小资产阶级轻车熟路的人生——从激进开始，以颓废告终。另一个场域，人们也可以从现代主义文学运动中再度发现小资产阶级反叛的颓废特征。对于这一场出现于 19 世纪末期的文化奇观，人们至今争论不休。面对一批放肆无度的怪异之作，许多批评家倾向于这种结论：这是小资产阶级的歇斯底里发作。一大批作家无力掀翻资本主义文化的全面压抑，他们不得不采用非理性的手段进行破坏式的亵渎。人们也曾经将现代主义形容为"革命"，当然，这种革命只能爆发在文化领域。虽然现代主义作家的痛恨之情溢于言表，但是，人们并未从他们的视野之中察觉清晰的"阶级"范畴。无论卡夫卡、乔依斯还是伍尔夫、加缪，他们试图拯救的是资本主义社会备受摧残的物化的个人。在某些方面，他们对于法庭、学校、家庭乃至军队的鞭挞入木三分。然而，现代主义式的愤懑、悲观和玩世不恭的姿态表明，作家并不相信"个人"背后存在某种足以摧毁资本主义文化体系的阶级力量。所以，现代主义运动的纷乱表象背后，个人主义与压抑机制相互对抗的主题远比阶级对抗强烈。20 世纪 80 年代中期，人们迅速地从刘索拉的《你别无选择》和徐星的《无主题变奏》之中识别出现代主义的因素，这个主题无疑是首要标志。挑战文化权威，蔑视和讽刺正统的价值观念，对于名誉、声望和体面不屑一顾，看不起故作高雅的艺术趣味，恍惚、孤独和不思进取的形象——这一切无不散发出现代主义的熟悉气味。

小资产阶级革命的坚定性时常遭受怀疑，这丝毫不奇怪。人们似乎觉得，小资产阶级仅仅热衷于悬空的文化问题。例如，革命理论的漂亮辞句或者人生意义的思辨，如此等等。他们对于饥寒交迫的奴隶与革命的迫切关系缺乏足够的体验，对于血腥的战场、阴险的钩心斗角以及监狱和种种酷刑也缺乏足够的承受力。总之，他们常常将革命想象得过于浪漫，甚至觉得是参加某种特殊的狂欢节。另一个常见的问题是，他们往往回避艰苦琐碎的日常事务而倾心于壮观的个人英雄主义。大量的日常事务必将相当程度地占据个人空间，剥夺个人精力，从而形成另一种压抑——这一切通常是娇生惯养的小资产阶级所无法忍受的。相对于无产阶级彻底革命的远大理想，小资产阶级革命往往过于精致，过于渺小，过于脆弱、温文尔雅和个人化。因此，在变幻不定的革命大潮之中，小资产阶级不可能被视为强大的中坚，委以重任。

# 四

历史告别了大规模阶级对垒的颠簸期，小资产阶级逐渐摆脱了左右夹击的尴尬而驶入一个风平浪静的港湾。然而，尽管外部压力逐渐减弱，小资产阶级话语仍然保持了极为活跃的姿态。当然，如同嬉皮士修炼成了雅皮士，人们看到了一些意味深长的转向。抛弃了狂热的激进主义之后，小资产阶级的思想从高蹈的辞句返回身边的器具。小资产阶级文化的美学能量正在汇入日常现实，开始倡导一种与众不同的生活方式，或者独具匠心地守护一方私人空间。正如彼得·盖伊分析 19 世纪中产阶级时指出的那样，他们从复杂棘手的公共领域逃向相对清晰的私人领域——向往一个紧密和谐的小家庭，余暇时光吸收一点儿高级文化。① 这时，如梦初醒的小资产阶级开始了对于个人主义的重新阐释，情调、高雅、文化修养以及艺术趣味终于正面出场。保罗·福塞尔《格调》一书的翻译和风行是一个象征性事件。怎么过一种有品味的生活？从说话、住房、消费、休闲、摆设、阅读到种种精神活动，品味决定一切。《格调》一书的英文标题是"class"，作者毫不忌讳地将品味与社会等级联系起来。不同的社会等级制造不同的生活品味。具有颓废意味的咖啡厅和酒吧、感伤的音乐、另类的服装或者欧洲电影、村上春树、怀旧的老照片——这些都是小资产阶级互相辨认的徽章。显然，这种社会等级不仅取决于财富，更大程度上取决于文化情趣。这再度显示了小资产阶级如何作为一个文化共同体存在。21 世纪开始的时候，人们读到了一个有趣的"小资"定义：

> （小资）即"小资产阶级"的缩写，经常被用以描述具有浪漫激进气质的城市知识分子。20 世纪 90 年代后期，"小资"重

---

① 参见［美］彼得·盖伊：《施尼兹勒的世纪——中产阶级文化的形成》，梁永安译，335 页，北京，北京大学出版社，2006。

新成为流行文化的褒义关键词，以取代过于激进的"前卫"，用来指称起源于上海的都市青年白领（准中产阶级）及其优雅趣味，成为流行趣味的最高代表，并与白领丽人、旗袍、个性时装、酒吧、卡布季诺咖啡、孤独、忧伤、经典、格调等语词密切联系。某个网站在其主页上这样描述小资群体："他们享受物质生活，同时也关注精神世界；他们衣食无忧，同时也梦想灵魂富裕；他们追求情调、另类、高雅，他们钟情品位、精致、浪漫；他们是时尚的先行者，是文化消费的主力军。"而批评者则认为，小资不过是后商业主义时代的消费群体，精心玩弄身份和面具，却从不创造什么。①

鄙夷他们"从不创造什么"显然不够公正。他们至少踊跃加盟"日常生活的审美化"。批评家曾经形象地描述了这个文化动向："今天的审美活动已经超出所谓纯艺术/文学的范围，渗透到大众的日常生活中，艺术活动的场所也已经远远逸出与大众的日常生活严重隔离的高雅艺术场馆，深入到大众的日常生活空间，如城市广场、购物中心、超级市场、街心花园等与其他社会活动没有严格界限的社会空间与生活场所。在这些场所中，文化活动、审美活动、商业活动、社交活动之间不存在严格的界限。"② 或许有理由更为精确地论证：小资产阶级情调乃这个文化动向的大部分内容。一旦从革命的旋涡之中脱身，小资产阶级走下舞台返回平庸的日常生活。这时，压抑已久的小资产阶级情调迫不及待地出笼，泛滥在每一个角落。铁与血谢幕之后，精致、品位和不同凡俗的气质共同组成了新的小资产阶级文化肖像。他们一如既往地重视美学。但是，这种美学已经收敛了激进主义的锋芒而与生活达成了和解。这种美学是实用的，装饰性的，构成了社交礼仪或者街道风景的组成部分。种种社会

① 朱大可等主编：《21世纪中国文化地图》，第一卷，229～230页，桂林，广西师范大学出版社，2003。
② 陶东风：《日常生活的审美化与文化研究的兴起》，载《浙江社会科学》，2002（1）。

冲突和矛盾并未止歇，但是，小资产阶级不再天真地主张打碎不合理的体制，而是倾向于让那些遭到上司喝斥的白领到某一个富有情调的酒吧或者咖啡厅，一边啜饮料一边在若有若无的音乐之中排遣内心的压力。如果某些体格壮硕的"愤青"力比多过剩，震耳欲聋的迪斯科舞厅将开启一个安全阀。总之，这是一种温柔可亲的美学。美学曾经以生活"他者"的面目出现，并且因为与日常生活格格不入而产生批判功能，如同法兰克福学派所强调的那样："真正的艺术也是人类对现实彼岸的'另一个'社会的渴望的最后保存者。……真正的艺术是人类未来幸福中的合法利益的一种表现。"① 这表明了文学"陌生化"的深刻意义，甚至以"再现"著称的现实主义也同日常生活拉开了距离——例如典型人物。然而，对于现今的小资产阶级说来，这些观念已经离得很远了。

也许，日趋"保守"的文化风格表明，已经到了用"中产阶级"代替"小资产阶级"的时候了——从波希米亚回到了布尔乔亚。的确，一些批评家已经开始谈论"中产阶级美学"。尽管他们承认中产阶级是发达社会的重心——他们接受社会学对于中产阶级稳定作用的赞许。但是，"中产阶级美学"还是招来了强烈的非议。批评家看来，中产阶级美学是享乐主义的，平庸的，以消费为中心的，迷恋于物质的；"它所代表的是一种删除了精英知识分子的启蒙批评立场的、同时也隔绝了底层社会的利益代言角色的、与今天的商业文化达成了利益默契的、充满消费性与商业动机的、假装附庸风雅的、或者假装反对高雅的艺术复制行为"②。总之，这种美学早已丧失了改造生活的宏图大志，仅仅剩下一些修饰性的花边和琐碎的快感。

如果为这种美学提供例证，人们可以发现一个有趣的事实：上海正在作为一个重要的文学意象欣然崛起，用李欧梵的话说，"现在上海终于

---

① ［美］马丁·杰：《法兰克福学派史》，单世联译，205 页，广州，广东人民出版社，1996。

② 张清华：《我们时代的中产阶级趣味》，同时参见孟繁华：《中产阶级的身体"修辞"》、赵勇：《学者的中产阶级化与中产阶级美学的兴起》，均载《南方文坛》，2006（2）。

在一个世纪的战争与革命的灰烬里重生了"①。20 世纪上半叶，从茅盾的《子夜》、施蛰存、刘呐鸥、穆时英等称为"新感觉派"小说到张爱玲，上海活灵活现地浮出地平线。一个现代的、物质的、时尚的、光怪陆离的上海如同庞然大物坐落在文学史内部，成为众多小资产阶级游荡和寻欢作乐的天堂。50 年代之后，这种上海撤出了文学。改造小资产阶级的剧烈旋风之中，十里洋场熏陶出来的绮靡趣味首当其冲。声势浩大的革命最终以乡村包围城市的形式完成，上海常常被视为瓦解革命意志的历史沼泽地。然而，半个世纪的辗转终于将"现代社会"的原罪感洗刷净尽，久违的上海再度在文学之中隆重登场。从王安忆的《长恨歌》，李欧梵的《上海摩登》，陈丹燕的《上海的金枝玉叶》、《上海的风花雪月》到卫慧的《上海宝贝》，安妮宝贝的《告别薇安》，上海续上了中断已久的线索。当然，这些作家分别拥有自己的主题：王安忆嗟叹一个美人儿的跌宕命运，李欧梵企图重绘"现代性"的文化地图，陈丹燕正在劫后余生的传说和遗迹之中打捞昔日的繁华旧梦，而卫慧、安妮宝贝讲述的是置身于现代都市的孤独和迷惘，然而，他们不约而同地对那个充满物质光泽的上海表示了神往之情。从绣花的帐幔和窗帘、紫罗兰香型的香水、枝形吊灯下的"派对"到诱人的咖啡香味，从橡木门上锃亮的铜把手、打蜡的木地板到晃动在街头的旗袍，从厚重典雅的外滩建筑、俗艳的月份牌到衣着考究的"老克腊"（old class），从欧洲情调的酒吧、演奏爵士乐的舞厅到雕花铁栏杆，文学对于服饰、菜肴、生活用具、化妆品等诸多物质细节的津津乐道——批评家甚至称之为"恋物"——逐渐修复了一个既怀旧又"摩登"的上海。无论是生活品味还是文化风格，这显然是小资产阶级心仪的空间。这里既有可供记忆消遣的"历史"，又有享誉国际的名牌商品；既有帕格尼尼或者海明威这些通行的"文化"代码，又有满足个性化消费的物质。陈丹燕富有沧桑感的温婉语调如同小资产阶级们的"寻根"叙事②，卫慧或者安妮宝贝的主人公游刃有余地周旋于咖啡厅、

① 李欧梵：《上海摩登》，毛尖译，352 页，北京，北京大学出版社，2001。
② 参见练暑生：《如何想象"上海"？》，载《当代作家评论》，2006（4）。

酒吧、购物中心以及异族情人之间，雅俗得体，进退适度。这时，浪漫的革命成了历史，现代主义不驯的"号叫"与狂乱已经式微，小资产阶级终于安全地降落在日常生活的跑道上。如同一个批评家谈论《告别薇安》时所说的那样，这些主人公的物质消费和文化消费已经恰如其分地融为一体。她们言行之间残存的各种现代主义痕迹不过是区分庸庸碌碌小市民的标志——这就是她们的美学走得最远的地方。① 至于上海的物质生活与广大内地之间的差异，上海内部底层与显贵之间的生活差异——这些问题已经无法进入文学视野了。② 某种程度上可以说，这种文学视野同时证明了个人主义的限度。

五

　　将知识分子与小资产阶级联系起来，许多人已经对这种考察相当陌生了。半个世纪之前，小资产阶级曾经是知识分子无法摘除的荆冠。毛泽东在《中国社会各阶级的分析》划分的阶级谱系之中，知识分子只能归入小资产阶级范畴。他们的"灵魂深处还是一个小资产阶级知识分子的王国"，这个论断的回响一直持续到 20 世纪 80 年代初期。20 世纪 80 年代初期的文学果断地中止了传统的知识分子叙事，小资产阶级范畴所包含的诸多判断相继失效。从徐迟的《哥德巴赫猜想》，谌容的《人到中年》，宗璞的《我是谁》、《泥沼中的头颅》到丛维熙、张贤亮、李国文，知识分子开始以前所未有的历史姿态出场。他们的阶级出身被搁置，圣徒式的道德形象构成了美学征服的主要魅力。尽管陈景润的数学痴迷或者陆文婷的任劳任怨已经闪烁出圣洁的道德光芒，但是，知识分子的动人形象更多地源于盗火者的角色。他们因为远见卓识而获罪，并且成为遭受严惩的普罗米修斯。如同蔡翔曾经指出的那样，80 年代的文学策划了一个秘密的转换：这些殉难者的个人经历被有效地转换成一种"集体

---

① 参见张柠：《上海市民的身份焦虑》，见朱大可等主编：《21 世纪中国文化地图》，第一卷，桂林，广西师范大学出版社，2003。

② 详细的分析参见练暑生《如何想象"上海"？》，载《当代作家评论》，2006（4）。

记忆"，他们的苦难转喻了整个民族的苦难——他们的故事具有"民族志"的叙述效果。① 另一些知识分子的名字向文学的虚构提供了充分的素材，例如马寅初、顾准，还有陈寅恪。相对于 50 年代以来文学之中羸弱苍白的知识分子性格，文学重新设置了另一个历史开端——至于现今这些知识分子是否出身于小资产阶级已经成为一个无关紧要的问题。

然而，上述转换必须隐含一个前提：知识分子注视的问题恰恰是整个民族的核心问题。不少人声称，公共性是这些知识分子的价值保证，也是知识分子异于一般专业人士的标志。知识分子的一个重要含义，即超越族群或者一己的利益而以天下为己任，站在真理的高度发言。他们对于权贵的逆耳之言不计后果——知识分子的批判代表了社会良知。法国的德雷福斯事件之中，以左拉为代表的知识分子第一次进入历史的职责就是在公共领域伸张正义。20 世纪 90 年代，萨义德的《知识分子论》产生了极为广泛的影响。他强调知识分子必须超脱国家和各种体制的束缚而成为"对权势说真话的人"，"不管个别知识分子的政党隶属、国家背景、主要效忠对象为何，都要固守有关人类苦难和迫害的真理标准"。② 弗兰克·富里迪曾经将相近的观点阐述得更清晰："知识分子的创造角色要求他远离任何特定的身份和利益。自现代社会以来，知识分子的权威就来源于他们声称一切言行都是为了社会整体利益。知识分子可以被视为启蒙传统的化身，始终追求代表全人类的立场。"③ 在这个意义上，芭芭拉·埃伦赖希形容知识分子时使用的一个比喻富有深意：知识分子"更倾向于成为一个'无阶级的阶级'——脱离肉体的思想"④。这个比喻说明的是，知识分子的思想将飞越种种社会关系对于肉体的羁绊而自由翱翔。

可是，没有多少人严肃地阐述知识分子如何弹压肉体的猛烈反抗。

---

① 蔡翔：《专业主义和新意识形态》，载《当代作家评论》，2004（2）。

② ［美］爱德华·W. 萨义德：《知识分子论》，单德兴译，4、6 页，北京，生活·读书·新知三联书店，2002。

③ ［英］弗兰克·富里迪：《知识分子都到哪里去了》，戴从容译，31 页，南京，江苏人民出版社，2005。

④ ［美］芭芭拉·埃伦赖希：《再谈职业管理阶级》，见［美］布鲁斯·罗宾斯编：《知识分子：美学、政治与学术》，王文斌等译，197 页，南京，江苏人民出版社，2002。

如果说，阶级和社会关系结构限定了多数人的精神空间，那么，知识分子的思想何以可能成功地甩下肉体？许多人仅仅提到了知识分子的"良知"——仅仅满足于一个道德主义的解释。知识分子没有义务存心扮演道德楷模，也不必动用人格的感召力争取民众的选票，他们为什么会由于遥远的真理而放弃尘世的享乐？如果不愿意用空洞的道德辞令架空知识分子，如果企图有效地解释这种道德的来源，至少必须部分地返回小资产阶级的文化特征。

人们可以再度使用这个结论：小资产阶级文化拥有某种超出阶级地位的能量。这不仅诱使他们以浪漫的风姿投身于革命，同时还可能鼓励众多的知识分子超越出身、收入以及种种利益机制而投身于真理的陈述。在很大程度上，为了真理而冒险与为了革命而冒险如出一辙。良好的教育不仅赋予小资产阶级高雅的文化趣味，而且将他们引入庞大的知识话语空间。如同科学史家意识到的那样，以科学为核心的知识话语内部隐藏了一种合理和公正的伦理学。我曾经将这种状况称为知识话语对于知识主体的约束：

> 科学话语的基本规则是统一的。进入这个话语系统首先必须遵循理性原则。科学话语内部，人们有义务坚持真理，怀疑权威，宽容异见，拒绝独断和迷信。如果毁弃这些守则，科学话语不可能正常运行。这种理性原则是科学话语的强大规约力，或者说是知识对于知识主体的基本规定。许多知识分子的性格原型——例如理性、精确、严谨乃至刻板、保守——无不可以在这种基本规定之中得到解释。[①]

尽管多数知识分子没有选修特殊的道德课程，但是，知识话语内部的伦理提供了强大的资源。将知识分子与专业人士一分为二，并且赋予前者某种特殊的道德高度，这多少有些强词夺理。我宁愿认为二者同源。

---

① 南帆：《札记：知识与人格》，载《天涯》，1998（5）。

专业人士遵循的伦理超出了书房和实验室的时候，他们就将以知识分子名义在公共领域实践上述道德守则。尽管小资产阶级身份的维持意味着向一系列权势机构、体制和财富的引诱妥协，但是，杰出的知识分子将尽可能扩展形成于专业领域的人格，并且将自尊、荣誉和成就感建立在道德的完善之上。这是知识分子与小资产阶级的平庸、自私、左顾右盼、卑躬屈膝离得最远的时候。

当然，必须充分意识到上述结论的限度——如果夸张了小资产阶级文化的超越性，人们很可能产生错误的判断。杰出的知识分子形象具有强烈的道德光芒，以至于人们常常忽视了知识分子身后阶级地位的结构性制约。种种迹象表明，如今这种结构性制约愈来愈强大。现代社会受过良好教育的人日益增多，相对地说，杰出的知识分子寥若晨星。萨特已逝，萨义德已逝，拉塞尔·雅各比在《最后的知识分子》之中悲叹波希米亚精神的衰微。他所敬佩的那一代公共知识分子消逝了。学术体制将年轻的知识分子圈在学院的围墙内部，成为精通业务的专业人士，他们再也不愿意为公共事务振臂疾呼了。① 与此同时，另一些饱学之士正在谋划撬开权势机构的大门，担任葛兰西所说的有机知识分子。这一切无不溯源于小资产阶级身份的迷恋。杰出的知识分子所遵循的道德守则遭到愈来愈大的挑战时，人们不得不意识到隐藏于挑战背后强大的布尔乔亚价值观念。

考虑小资产阶级文化超越性的同时，另一个历史性的变化不得不引起人们的关注："文化"的变质。某些方面，文化正在转换成为资本——正在产生和货币资本相似的功能从而充当阶级划分的标志。阿尔文·古尔德纳的名著《新阶级与知识分子的未来》对于这个变化表现出特殊的敏感。在他看来，科学技术与生产力如此紧密结合的时代，一批知识分子依靠学识渔利的时候到了。这批知识分子的佼佼者"是一些靠控制那些可以生财的文化产物，而不是靠拥有金钱来谋取利益的一种新型文化

---

① 参见［美］拉塞尔·雅各比：《最后的知识分子》，洪洁译，南京，江苏人民出版社，2006。

资本家"。专业主义是他们崇尚的意识形态，公共教育是他们的繁衍之地。因此，必须形成一套"文化的政治经济学"给予描述——古尔德纳将这一批知识分子视为"新阶级"。① 在这个意义上，文化——而不是经济地位或者生产资料的占有——形成了利益集团，确定了不同的等级，并且充当了再生产的起点。对于文化主义说来，这犹如一个意外的肯定。

不管古尔德纳是否夸大了知识分子的待遇，他肯定察觉到某种意味深长的历史动向。蔡翔对于 80 年代文学的解读证明了这一点——浪漫主义的表象之下，知识与财富之间的联系得到了隐蔽的沟通。② 进入 90 年代之后，信息行业如日中天。这时，知识创造财富上升为堂堂正正的命题。一批网络精英为主的文化资本家浮出水面。他们的英文名字叫 Yetties，汉语形象地称为"知本家"。一份影响广泛的报纸简要介绍了他们的文化性格：

除了年龄与财富不成正比外，这些 Yetties 在性格上还有以下几个共通点：

他们均热衷于追捧高科技产品。价格昂贵而体积细小的手机几乎是他们的必备品，其他重要"配件"还包括随身手提电脑、装满热门时事杂志的背囊，以至 MP3 唱机和掌上型电子记事簿等。

Yetties 的衣着模式比较不一，有人爱名牌，有人专拣平价特色衣裳，但总之要穿得前卫有型，若能带点皱折的凌乱则更佳；服饰最好让人一看便知他们酷爱滑水、风帆等刺激运动。Yetties 从不打领带（可能他一条也没有）。

爱时髦的 Yetties 当然不会再选他们贬为老套守旧的奔驰房车，只有开敞篷车、甲壳虫车才合心意，而新款的金属爬山脚

---

① 参见［美］阿尔文·古尔德纳：《新阶级与知识分子的未来》，杜维真等译，7、15、17、23、24 页，北京，人民文学出版社，2001。

② 参见蔡翔：《专业主义和新意识形态》，载《当代作家评论》，2004（2）。

踏车，亦是心头好。

Yetties 一般住在宽大的市内公寓，但却缺乏时间购置家具。

他们吃的是热量朱古力与日本寿司，闲时则在附近健身室玩附有上网功能的跑步机，一边运动一边上网。

对政治涉猎不多，只相信股市是赚钱的圣地，关心环保和公民权益。[1]

这些人显然被视为新时代的英雄，比尔·盖茨通常充任了他们的代表。他们不仅主宰时代文化，同时主宰时代经济。这时，"小资产阶级"的命名对于他们再也不合适了——一个能量如此之大的群体怎么可能再将"小"作为前缀？一批知识分子从小资产阶级之中破蛹而出，必将打乱传统的阶级谱系。对于小资产阶级文化说来，知识与经济之间的直接转换可能带来哪些后果？如果这是另一种历史图景的前兆，那么，不久的将来，"小资产阶级"概念的含义以及历史位置将会得到重新认定。这不仅是社会学密切注视的问题，而且也可能在文学王国产生深刻的连锁震动。

---

[1] 参见《南方周末》17版，2000-04-07。

# 再叙事：先锋小说的境地

## 一

不论中国先锋小说的未来命运如何，它们已经拥有了自己短暂而确凿的历史。人们通常承认，先锋小说的历史应当回溯到20世纪80年代后期。循序渐进地谈论80年代后期的先锋小说，马原小说是一个众目睽睽的入口之处。在众多批评家的记忆之中，马原小说的出现是一个重要事件。马原的名字如同一只机灵的燕子盘旋于批评家的口吻之间，引来纷纷扬扬的肯定与否定。无论马原是否得到足够的褒扬，人们至少可以从舆论之中证实，马原已经成功地扮演了一个始作俑者的角色。马原小说的组装技术和迷宫设置在后续而来的另一批小说之间得到了或明或暗的响应。

当然，这种状况同时决定了另一个事实：批评家更乐于从承先启后的意义上谈论马原的叙事，马原小说所包含的另一些含义无意之间遭到了漠视。对于80年代的中国文学而言，马原小说是与叙事问题结合在一起的。诚然，马原小说之中曾经出现了冒险、性爱、宝藏的寻找、艺术家的浪漫或者男人之间的力量角逐，出现了西藏高原的自然景观与奇风异俗，但是，这一切远不如他的叙事风格重要。换言之，马原是作为一个成功的叙事能手为80年代的中国文学所铭记。马原被幸运地定位于某一个文学史的转折之处，招引来四面八方的目光；同时，作为这种定位的代价，人们的目光似乎仅仅愿意识读马原小说之间具有文学史意义的单方面特征——叙事。马原或许感到了不满或者冤屈，然而，这是文学史叙事规则的编码要求。一旦缀入文学史链条而成为其间一环，一旦承担了解释文学史连续性的义务，作家就不可避免地遭受文学史叙事规划的修剪。即使马原深谙叙事的奥秘，他仍然无法在另一个层面上逃离叙事权力的统治。

相对于传统的现实主义小说，马原的叙事显然是一种刻意的独出心裁。马原小说完全无视暴露技巧的禁忌，公然地在故事之间穿插了故事编造手段的炫耀。马原常常不惮于摧毁人们如临其境的幻觉，中止故事所引起的激情，恶作剧似的向人们展览种种衔接故事的齿轮与螺丝钉。这无疑造成了故事阅读的夹生之感——对于台下的观众来说，目睹剧院化妆间的技术操作必将破除舞台剧情的神圣性。这显明，马原已经抛弃了传统小说所遵奉的"真实"观念。马原小说的叙事者有意在故事中间抛头露面，毫无顾忌地证明故事是被人说出来的。这不啻于提醒人们，任何"真实"无非叙事策略所形成的效果。于是，马原小说从故事转向了叙事。马原十分擅长在小说之中制造种种复杂的连环圈套，某些圈套之中的谜团是无解的；这些谜团作为不可释除的悬念保持到终局。但是，很多时候，这些圈套或谜团并非人物行动或者性格对抗必然，它们更像是叙事游戏的产物。故事并未由于这些圈套或谜团更为深刻，叙事却因之更为有趣了。马原小说之中的人物身份也如此。马原经常有意地混淆陆高、姚亮、马原和"我"，这种混淆已经明显地带上了故弄玄虚的意味。这引致一些人的反感，也得到了一些欣赏者的仿效。在这个方面，叙事不是为了故事的清晰，而是一种精力过剩的自我表演。此外，马原还喜欢敞开小说的边界，让他的众多小说互相串联：第一部小说的故事可能把脚伸到第二部小说里面，第四部小说说不定一开始就议论第三部小说的结局如何悲惨。至于像陆高、姚亮之流的人物则可以乘坐一辆破卡车走访多部小说。这令人觉察到文本的衍生性，诸多文本之间似乎正在互相扩充。看来马原不愿意像传统作家那样造成一个假象：他的人物来自真实的世界，退出故事之后仍然隐居于西藏的某一个角落；他乐于承认他的人物不过是一些稿纸上的生命。这些人物从不会年迈体衰，他们随时听候调遣，参加马原所组织的下一场令人目眩的叙事游戏。在这个意义上，叙事摆布着人物，而不是人物主宰着叙事。

　　如果说这些叙事策略不过为阅读带来某种程度的不适，那么，连续性中断则是对小说叙事成规的一个剧烈颠覆。马原的一些小说不再出示一个首尾一致的故事。这些小说中的几批人物互不谋面，他们在不同场合的所作所为也未曾通过因果链条缀接起来。连续性中断终于使传统小说完全解体。当然，马原并不想作为一个孤独的作家为多数人所遗弃。马原还仁慈地考虑到由来已久的阅读习惯，他并没有在所有的小说里行使这种极端的叙事策略。诸如《虚构》、《大师》、《西海无帆船》这些最受欢迎的小说基本上维持了清晰的来龙去脉；至于《大元和他的寓言》或者《旧死》，几段故事的分裂与脱节已经十分明显；而《冈底斯的诱惑》、《叠纸鹞的三种方法》则可以作为连续性中断的典型例证。《冈底斯的诱惑》分别将姚亮和陆高的经历、穷布猎熊的情节与顿珠顿月的事迹毫无逻辑地拼贴在同一部小说之内；《叠纸鹞的三种方法》信手将两个老太婆与一对姐妹平行地罗列在一起。对于多数人说来，这种东鳞西爪的片断凑合将使整部小说不知所云。他们不得不陷入破译式的解读。

　　但是，这种破译式的解读并未获得令人满意的答案。人们很难在这些零散的片断后面发现一个隐蔽的中心。这些片断并不是出自一个更深的源头。人们慢慢地醒悟过来：马原并不是通过种种复杂深奥的话语结构逼近一个深度。这些片断背后很可能空无一物，没有一个深刻的终极意义可供发现。马原的叙事带有很强的即兴性质。它并不是为了展现某种内核而作出的精心策划，这种叙事常常逗留在信手掳住的偶然风景之上。马原甚至无心使小说成为一个有机整体。小说的叙事线索很大程度上服从于机遇。马原自称这种方法"就是偶尔逻辑局部逻辑大势不逻辑"。[①] 小说之中出现的戏谑与调侃笔墨表明，马原的叙事话语弥漫着轻松与随心所欲，弥漫着一种放浪形骸的格调。"无中心"与"无深度"迅速地令人联想到了后现代主义精神——"后现代主义"如今正成为一些大大小小理论家共同追逐的时髦话题。然而，从后现代主义的意义上看来，马原的叙事与其说——如同一些批评家想象的那样——为了"更为

---

　　① 马原：《方法》，载《中篇小说选刊》，1987（1）。

真实"地再现世界，毋宁说为了游戏。①"真实"仍然是一种深度。

马原叙事的另一个重要意义体现为，小说范畴之内的"元叙事"消亡了。故事，一个有头有尾的故事曾经是小说叙事所不可替代的规则。这个规则的合法性很大程度上由于吻合了人们解释世界的逻辑。如今，这种逻辑遭受到强烈的冲击。这个世界在许多时候是无逻辑的，它的意义捉摸不定，甚至根本没有意义。这样，作为一种叙事规则的故事不能不显示出单调乃至虚假。许多具有现代主义倾向的作家纷纷揭竿而起，以种种激进的写作实验对抗故事的叙事规则。然而，在他们那里，元叙事依然存在。故事的叙事规则仍然是一种强大的惯性，他们苦心孤诣地逃离故事的阴影；另一方面，他们仍想重新建立他们自己的元叙事——譬如内心世界、荒诞，等等。对于马原说来，元叙事已经丧失了意义。他并不想竭力摆脱故事，相反，他时时表现出对于故事的爱好；另一方面，他又经常肆意地破坏故事的基本法则，使之面目全非。事实上，马原的叙事已经将故事从传统小说的模式下降为叙事之中一个因素，一种成分。无论肯定与否，马原都未曾将故事的意义看得那么严重。利奥塔德曾经站在后现代主义的立场上形容过元叙事的消亡：元叙事逐渐消散到了纷歧的叙事话语因素之中，而各种叙事话语因素如同独立的星座按照独有的语用学规律进行旋转。这将使语言游戏层出不穷。显而易见，这种叙事策略与消解深度的动机是互为表里的。

这一切是马原为 20 世纪 80 年代的中国小说所带来的转折。出现于马原之后的另一批作家将这个转折放大得十分清晰。奇怪的是，尽管马原的活动范围处于中国的北部，而马原之后这批志趣相投的作家却稀稀落落地出现在南方的地平线上。这就是说，地域风情并非他们之间的共同之处。目前为止，人们习惯于将余华、格非、苏童、叶兆言、北村、孙甘露作为这批作家的代表，而另一些风格接近的作家——诸如吕新或者潘军——却由于种种原因而很少出现于批评家的视域之内。当然，停止

---

① 一些论述后现代主义叙事风格的文章曾经或显或隐地表明，后现代主义叙事是一种更为真实的再现。

谈论马原之前就应当指出，马原恰是因为这批南方作家的续接才能站到这个突出的位置上。如果马原的行动仅仅是小说史上一次偶尔为之的孤军行动，那么，他也许只能作为一个才情怪异的作家存留在某一页小说史的档案之中。

时至如今，这批南方作家由于种种大胆的叙事实验而得到了"先锋派"的封号。对于80年代的中国小说而言，叙事逐渐成为一个迫在眉睫的主题。他们之前，众多作家已经从不同方向进入了中国小说：他们或者由于干预社会的激情，或者由于民族文化与民族之根的省察，或者由于个人坎坷而痛楚的经历，或者由于宏大的人道主义理想。这些方面给他们留下的位置不多了。然而，在另一方面，小说的叙事——小说文本的构成——却迟迟未曾得到充分的关注。一边是庞大的压力，一边是朦胧的曙光，先锋作家恰是在这个时刻应声而出。他们一开始就投入了叙事问题，将叙事作为首要对象。他们不像为现成的材料寻找一个合适的叙事躯壳，他们更像在专注地分析与实验叙事本身。在这个意义上，他们并非为历史与经验而写作，而是用写作创造崭新的历史与经验。

当然，马原与这批作家之间并不存在师徒关系。这些后起的作家在许多方面比马原走得更远。他们深为敬佩的叙事大师是罗伯-格里耶、马尔克斯与博尔赫斯。这些作家的小说使得他们叙事方面的天分与想象力如同注入血液一样复苏了。许多人都重复着当年卡夫卡为马尔克斯带来的感叹：小说原来可以这么写！当然，在另一方面，20世纪文学批评在叙事学方面的成就同样为他们提供了一个相宜的理论背景。

这一批南方作家终于粉墨登场了。他们究竟想做些什么呢？

## 二

如同许多人所看到的那样，这些来自南方的先锋作家共同参与了一场集体性的写作行动：再叙事。确切地说，"先锋"之称的来历与再叙事写作是分不开的。再叙事意味着抛开种种旧有叙事成规，提出一套异于前人的叙事话题。再叙事的含义显然可能从话语范畴扩大到意识形态——隐蔽地附着于旧有叙事成规之上的意识形态遭到了瓦解。历史、社会、自然、人、死亡、宗教、价值尺度——诸如此类的重大问题通过再叙事发生了移位。再叙事过程当然包含了反抗权威话语，它是冲出元叙事辖制之后的自由表演；另一方面，再叙事的语言运作同时还饱含着创世的欢悦。作家无力主宰、干预、重塑外部世界，他们只得向话语领域退缩，使用语词建筑自己的王国。这如同在话语的领域为自己谋求一个上帝的位置。他们拒绝了日常经验的槽模，从心所欲地操纵语词，心满意足地看着语词如同一串活物自由地翩翩起舞。余华说过，日常经验的真实尺度对他已经失效，他所迷恋的就是这种"虚伪的形式"。[①] 或者说，他们宁可沉湎于语词王国，用叙事抗拒日常经验强行塞给他们的真实尺度。这样，先锋小说的叙事层面很大程度地上浮到表面上来了。

现实主义小说通常倾向于隐蔽叙事层面的痕迹。作家不愿意让人们的阅读过多地停顿于叙事层面上，他们希望人们尽快地穿过叙事话语从而投身于小说所陈述的故事。因此，他们的叙事话语往往谦逊地消没于故事后面，故事——而不是话语本身——才是理所当然的阅读对象。相反，先锋小说开始伸张叙事话语的自身权力。套用巴特的话说，先锋作家的写作很大程度上是不及物的。他们不是诱使人们走到叙事话语之外，而是让人们卷入写作的语词运作之中。某些时候，语词本身即最终目的。写作的自恋被赋予正面意义。人们不难从先锋作家的写作中察觉到，语词在他们手里似乎具有格外的重量：他们的叙述速度显然比较慢，句式上的精雕细琢与书卷气显示出他们的用心所在。余华与北村均带有某种残忍的快意驱遣语词，使之就范；苏童的句子灵活飘逸，才气十足；而孙甘露的风格则更趋于典雅华丽。如果说这一切尚未超出传统修辞学的范围，那么，为了进一步暗示故事之上叙事层面的存在，先锋小说的再叙事不约地强调了故事时间与叙事时间的分裂。

故事时间与叙事时间之间的时间差标示了故事与叙事之间的离异。叙事通常是故事结束之后的追述，叙事即消费过去。仅仅在少量小说之中，两种时间是重叠的。对于讲求时态的语种来说，故事时间与叙事时

---

① 余华：《虚伪的作品》，载《上海文论》，1989（5）。

间之间的距离难以隐瞒——这些语种的动词形态显示了当下陈述与过往事件之间的时间缝隙。相形之下，汉语小说很少有意显示两种时间的差异。汉语动词缺少时态形式；必要的时候，汉语必须诉诸特定的时间词表示故事时间。然而，这批先锋作家却不想利用汉语的无时态制造故事正在进行的幻觉。他们时常频繁的使用时间词，从而将叙事从故事之中剥离出来。这批作家却擅长使用"多年以后……"类型的句子。从得心应手的程度看来，这与其说是对《百年孤独》著名的第一句模仿，毋宁说是找到了一种调整话语与故事之间距离的恰当句式。这方面的例子在叶兆言《枣树的故事》之间尤为集中：

> 尔勇多年以后回想起来……
>
> 多少年来，岫云一直觉得当年她和尔汉一起返回乡下，是个最大的错误。
>
> ……岫云有一种果真应验的感觉。正像十年以后，她看着白脸把驳壳枪往怀里一塞产生的奇异恐惧感一样……
>
> ……她不止一次这么对人说，对毫不相干的人说，甚至在后来和白脸打得火热的日子，也一样唠唠叨叨。
>
> 作家采访尔勇的那一年，姑娘坟上的青草勉强遮住黄土。她是一年前的春天死的……

诸如此类的句子凭空插入叙事之间，人们不能不怔一下：这是谁在说话？这将打断人们忘情于故事的阅读心理，从故事返回叙事。

这批先锋作家的另一个擅长即制造怪异的比喻。这些比喻如同一串一串味道生涩的果实悬挂在叙事话语之中。比喻的大量滋生阻断了叙事过程的流畅线条，从而使叙事话语由于"陌生化"而再度被尖锐地意识到。为了吻合故事运行的方向，叙事话语的本质是沿着横组合轴延长；大量比喻的插入无异于让许多纵组合轴切割叙事话语，在叙事话语内部制造种种小小的障碍，延宕了故事结局的来临。另一方面，这些比喻如此显眼，同时还因为比喻的设置逸出了再现现实的意图。喻体的出现并不是使本体形象更为清晰明朗，喻体与本体的合并毋宁说是拼接出一个异乎寻常的话语空间。将房子的窗口比喻为人的口腔，将两个人的笑声比喻为两块鱼干的拍打，或者，将一个惊慌失措的肥大女人比喻为一只跳蚤，这里的喻体并不是通向本体的桥梁，相反，喻体与本体的奇特结合才是人们的惊讶之处。换句话说，这种比喻更像是话语内部的关系创造，而不是驱使语词逼近外部世界。人们可以看到，苏童在《1934 年的逃亡》之中尽情地表现了比喻才能。有趣的是，苏童总是用自然意象表现枫杨树故乡的人物：

> 回想昔日少年时光，我多么像一只虎崽伏在父亲的屋檐下，通体幽亮发蓝，窥视家中随日月飘浮越飘越浓的雾障……
>
> 她觉得自己像一座荒山，被男人砍伐后种上一棵又一棵儿女树。她听见婴儿的声音仿佛是风吹动她，吹动一座荒山。
>
> 她斜倚在门上环视她的女儿，又一次怀疑自己是树，身怀空巢，在八面风雨中飘摇。
>
> 蒋氏干瘦发黑的胴体在诞生生命的前后变得丰硕美丽，像一株被日光放大的野菊花尽情燃烧。
>
> ……黑黢黢无限伸展的稻田回旋着神秘的潜流。浮起狗崽轻盈的身子像浮起一条逃亡的小鱼。

这种比喻无疑是话语凌驾于外部世界的再综合。比喻强行使故乡的人物与大自然意象联为一体，这个崭新的语言事实带着某种倾斜的态度覆盖了 1934 年乡村逃向城市的历史事实。这些优美的自然意象构成了叙事对于故事的一次又一次诗意的干预。

比喻所制造的语言空间凝聚在句子之内。事实上，叙事可以在更大范围内悬离日常经验，在话语范畴内组成一个自足的语言空间。人们很快会联想到格非的《褐色鸟群》。《褐色鸟群》包含了几个互相否定的圆圈。棋第一次到水边与"我"见面，亲切得如同"我"的情人，但"我"却不认识她；她第二次经过水边时，"我"向她招呼，她却诧异地表示不认识"我"。同时，"我"曾经在城里跟踪一个穿栗色靴子的女人，并且在后来的日子里如愿地和她结合了；但"我"和她交谈时得知，她十岁之后便从未进入城里。在"我"跟踪女人的事件中还套着另一个小圆圈："我"的跟踪曾经为一座断桥所阻隔——一位老者告知这座桥已经为洪水所毁，"我"在回返途中发现一具冻僵的尸体；日后同样从女人嘴里得知，这座桥并非毁于洪水，桥下捞上来的尸体则是另一个人的。总之，《褐色鸟群》的叙事总是在回旋之中不知不觉地倾覆了已有的情节，使之成为一个空洞。显而易见，这些故事只能在一种纯净的空气之中演进，环绕人物的社会关系网络俱已剪除。没有人依据外部世界的形式逻辑怀疑小说的合理性，没有人要求诸多人物对簿公堂解释矛盾。另一方面，人们同样无法在这些否定的圆圈后面发现命运、灵魂或者某种超验的神秘观念——《褐色鸟群》的轻盈叙事并未抬头指向一个形而上的观念。另一些批评家试图赋予《褐色鸟群》某种心理深度。他们将《褐色鸟群》视为"仿梦小说"，或者视为"再生性回忆"。① 然而，这种观点很难解释，《褐色鸟群》之中的圆圈为什么如此完整？这些圆圈与其说是异常心理的产物，毋宁说是精心制作的结果。小说运行的合理性仅仅是叙事的合理性。《褐色鸟群》表明，许多在外部世界匪夷所思的事情，叙事游戏能够促使它们在语言王国实现。这再度显示了叙事的自足性质：甩开外部世界之后，叙事仍然可以按照自己的内在规则运转，向人们提供种种赏心悦目的海市蜃楼。

话语与外部世界脱离之后，或者说，能指与所指断裂之后，话语如何指陈自己的含义？这时，人们可以在一批先锋小说之中发现话语内部自我指涉的复杂结构。在这里，一部分话语的意义很大程度上依赖另一部分话语予以肯定。话语单元与话语单元之间的差异、对立、参照成为一种互相确认的手段。这批小说的话语自我指涉结构具有多种形式。余华的《古典爱情》与《鲜血梅花》采取了后现代主义所习用的"戏仿"。《古典爱情》与《鲜血梅花》分别袭用了才子佳人小说与新武侠小说的框

---

① 参见《〈褐色鸟群〉座谈笔录》，载《钟山》，1988（2）。

架，同时又在某些局部肆意篡改了母本的风格情调，使之不伦不类。这是以一种戏谑的方式接纳文学传统。然而，恰恰因此，《古典爱情》与《鲜血梅花》的含义必须同才子佳人小说与新武侠小说相互参照。换言之，这种话语内部自我指涉的结构，即利用已有的传统文学话语作为后续文本的意义依据。不同于余华的"戏仿"，孙甘露的《请女人猜谜》与《岛屿》都在同一部小说里玩弄了双重文本互相指涉的游戏。《请女人猜谜》的主人公"我"正在写另一部题为《眺望时间消逝》的小说。《眺望时间消逝》中的人物不断越出小说边界，来到"我"的周围，与"我"组成种种故事。《岛屿》甚至更为夸张地设想，主人公霍德的遭遇均是依循他自己的同名小说《岛屿》之中所作出的情节设计。在这里，人们无法从传统意义上分辨作者和他笔下的人物，双重文本以及它们的人物均是互相依赖、互相证明、互相补充。一切意义的来源解决于话语范畴内部。对于北村来说，话语内部的自我指涉则是通过镜像结构完成的。这种镜像结构即北村小说之中屡屡出现的复映。无论是《陈守存冗长的一天》、《归乡者说》还是《逃亡者说》、《劫持者说》、《披甲者说》，每隔一定的间距，前面曾经见过的东西就会再度映现，悄然重提人们正在淡隐的印象。这些东西可能是一个动作，一个声响，一个物体，一个空间环境，或者就是一句话。当然，这种复映并非纯粹的重复。每一次复映都有些许走样，些许变异。于是，相似之处给人们带来了似曾相识之感，相异之处则将旧有的线索重新伸长了。由于连续的复映式叙事，一些小说不断出现似是而非的重复，小说的后半部分时时为前半部分的影子所遮盖。这使小说出现了种种奇怪的回环转折，人物位置与空间环境暗中发生了对称性的移动。北村所喜欢的一个意象是，一个人的左右手互相搏斗。这种怪异的搏斗形成了某种映射。北村的小说与此相似：它实际上是文本内部几批话语的纠缠、增殖、消解。

　　自我指涉结构致使话语形成自足的内在循环。这将导致何种结果？可以看到，不同性质的话语在快乐地交织回旋，但它们不再出示一个外部世界的真相。终极意义被无限期地延宕了，语词不再集中指向一个单一的深度目标，人们所能见到的仅仅是眼花缭乱的语词表面。

在这个意义上，孙甘露的《信使之涵》并非一个偶然的怪胎而是一场自娱性的能指之舞。从《信使之涵》之中，人们将接触到一片闪烁的语词。这些语词摇曳多姿，种种佳辞妙句与妄言谵语溶于一炉。"信是……"的句式如同某种伴奏为小说定下了复沓的调子。由于一切旧有的叙事规则全部中止，这些语词似乎闪动着无数意义，同时又似乎没有意义。这样，语词表示意义的承诺已经被语词的享乐所代替。很显然，《信使之涵》可以视为一个相当极端的叙事游戏标本。

从叙事时间到异乎寻常的比喻，从叙事圈套到话语自我指涉，这一切企图说明什么？这种追溯将使人们发现，先锋作家的再叙事写作行动隐含了三个范畴的再认识：悲剧、人、历史。或者说，这三个范畴的再认识与先锋作家的再叙事是互为因果的。虽然这三个范畴尚未完全失去传统的意义，但是，在很大程度上，这三个范畴已经作为再叙事的代码进入了这批先锋小说。

## 三

人们一眼就可以看出，这批先锋作家嗜好悲剧。他们的小说之中永远弥漫着不祥的气息。死亡充塞于每一个角落。他们不仅历历在目地绘述制造死亡的暴力场面，还十分精通葬仪方面的种种可怖细节。这批先锋小说的故事结局从来不会响起庆典的鞭炮，小说里的人物通常具有一个灾难性结局——如同实践一个古老的诺言一样坚定不移地奔赴灾难。事实证明，这些先锋作家更情愿让尸首或者发疯了断小说。所以，余华一部小说的题目恰如其分地概括了这些悲剧：难逃劫数。《难逃劫数》倒是向人们提供了一场小镇上的婚礼——可是这场婚礼却成了一连串暴死的前奏。最初人们可能想到，这批作家都是一些悲观主义者。他们搜罗一些令人战栗的恐怖景象填充这个世界的框架。然而，稍稍回想一下即可以发现，这批小说已经同古典式的悲剧相距甚远。人们无法从这些先锋小说之中察觉到古典的崇高或者悲壮，无法察觉到个人对于命运的不屈反抗以及最终失败。先锋小说中的悲剧主人公毫无分量。他们如同一片凋零于秋风之中的树叶——他们的失败乃至死亡常常是轻易的，无缘无故的。这使先锋小说的悲剧失去了社会学或者心理学的深度。这个时候，人们可能向先锋作家提出一个技术性难题：何种叙事动力驱使他们的人物走向最终的灾难？这将导致一个深刻的发现：先锋小说之中悲剧的意义已经转移到叙事层面上。死亡不断地出现，但死亡主要是作为一种叙事策略巧妙地维系着故事的持续性。在这里，人们将看到"死亡"这个概念如何脱离基本的社会学含义而成为一种编码程序。

目前为止，描写"死亡"已经成为这批先锋作家的一个共同兴趣。然而，更为严格地说，他们所爱好的是死亡景象而不是死亡原因。这批小说略去了通常意义上死亡原因的社会分析。北村小说往往一开始就投入追杀、逃亡或者枪击，形成这些场面的原因从不进入故事。格非的某些小说——诸如《迷舟》、《褐色鸟群》——编织出一些曲折的故事，但故事之中人物的死因始终是一个不明的空洞。余华的小说如同一场又一场死亡盛筵，而这些小说同样不愿出示死亡的社会根源。只有无可逃遁的死期与死亡之前的受虐充塞于人们的视野。尽管《河边的错误》袭用了推理小说的躯壳，余华仍然将一系列杀人事件推卸给精神失常——这是唯一无须解释的理由。原因缺失的死亡必将带来叙事的内在停顿；因果之链的中断致使一系列死亡景象成为脱钩的片断。奇怪的是，这并不妨碍人们的阅读兴致。这个时候，"死亡"本身所包含的叙事动力悄然启用，履行了衔接的职责。人们知道，"死亡"不仅是个生理学概念；种种非正常死亡业已包含了追查的需求。在这个意义上，尸体即叙事悬念——许多侦探小说都喜欢用尸体作为开场白。这同样是先锋小说在叙事层面上对于"死亡"的利用；虽然这些小说舍弃了死亡的社会原因，但是，追查死因的心理期待却作为一种巨大的悬念深深地提供了后继的叙事动力。

这些先锋小说之中，走向灾难性结局的另一个叙事动力来源于人物的"预感"。"预感"是这批作家频繁使用的一个词语。任何景象都可能让苏童、余华或者格非的人物预感到未来的灾难。这些预感由于不断强调而脱离了性格心理范畴。及时报告不祥的预感显然是又一种叙事策略。这些预感与种种谶言、占卜、算卦共同组成神秘气氛，这些预感的应验与否以及应验程度同样是一种巨大的悬念。如同死亡一样，这些灾难同样是原因不明或原因不足的。这时，报告预感将有效地弥补故事的难以为继。人们可以回想一下，如果不是大量地——也许过于大量了——报告不祥的预感，格非的《敌人》用什么吸引人们看完赵家大院的崩溃史呢？

尽管先锋小说之中悲剧的意义已经转移到叙事层面上，但是，这并不妨碍人们站在社会学或心理学的立场上向这批先锋作家提出一个问题：什么时候开始，作家对于人的神圣意义已经如此冷漠了呢？他们轻松地将人物抛入无妄之灾，心中毫无顾惜之意；他们的博爱之心消失了吗？他们的人物总是像无头苍蝇一样撞入死神的怀抱，他们心目中的生命已经不再可贵了吗？古典人道主义理想已经成为昔日的思想标本，再也不能引起他们真正激动了吗？

迹象表明，这种状况同样是后现代主义精神的组成部分。从后现代主义的眼光来看，人正失去作为主体的意义；人不过是某种符号组织，主体无非是语言之网运动所造成的幻觉。对于孙甘露或者北村来说，人的确仅仅是语词矩阵之中的一个傀儡。小说之中的人物固定而僵硬；与其说他们是叙事的主人公，毋宁说他们是协助叙事完成的齿轮。当然，这样的过程在余华小说之中看得更为清楚。最初的时候，人物在余华眼里仍是一个富有内涵的性格。《四月三日事件》很大程度上属于心理小说。幻觉或者臆想仍然证明了个人心理深度的真实存在。然而，余华在后继而来的小说里开始竭力削弱心理成分。从《一九八六年》或者《往事与刑罚》之中可以看出，人物的心理仅仅剩下感官意象。人们只能从小说中搜集到"他发现"、"他看到"、"他听到"这些字眼儿，人物的内心不再出现分析性语句。阉割了人物的心理成分之后，种种残酷的自戕行为立即成为无动于衷的机械运动。《现实一种》与《难逃劫数》更为明显地放弃了内心视角而使用一种精确的外部叙述。种种血腥的凶残景象与漠然的陈说语调共同表明，余华索回了本来就不多的同情之心。人物的血肉之躯已经麻木，人物的心理内涵已经榨干——主体不过一片徒有其名的薄薄符号流利地卷入叙事编码器的运转，情节是性格发展史的著名观点成了过往的神话。余华公开承认，他对人物性格毫无兴趣："我并不认为人物在作品中享有的地位，比河流、阳光、树叶、街道和房屋来得重要。我认为人物和河流、阳光等一样，在作品中都只是道具而已。"①《世事如烟》之中，余华更为彻底地剥夺了人物的文化身份：《世事如烟》取缔了人物的姓名，每个人物仅被标以一个阿拉伯数字。人们知道，姓名是个人存在的证明。姓名的确认是社会文化对于个体的符号肯定。《世事如烟》里的人物称谓仅剩下一个职业或表面特征——如司机、灰衣女人——和一个数字，这再度显明了余华对于人物个性的轻蔑。这样，人们终于可以从这批先锋小说之中清理出一条后现代主义的逻辑线索：人从主体退化为符号。

对于人的意义作出后现代主义式的重新判断，这必将带动一系列其他范畴。可以看到，不少先锋作家的再叙事回身指向了历史。苏童、格非、叶兆言都对岁月淹久的历史表现出非凡的兴趣。这是一个富有戏剧性的文学事件。显然，他们并不属于背负历史的一代作家。人们可以将苏童视为一个证据。按照一个批评家的考察，苏童并不企慕"深度"：苏童的爱好是流行歌曲、名牌时装、大小餐厅、商场、性感女影星、卡拉OK以及麻将，种种主义与哲学和苏童无缘。相反，历史是中国传统文化体系之中一个显赫的中心词，一个超级能指。历史的名义必须作为一种权威方能启用。于是，这不能不成为一个待解的谜团：这种典型的后现代主义情趣怎么能成为作家埋头对付沉重历史的动机？难道这些后现代主义者突然想扮演一回启蒙主义的英雄吗？

人们很快察觉到，这些作家并没有体现出特定的历史哲学。他们不想表示恢复历史真相的雄心，或者说不屑于如此。人们毫无必要将他们当成佩戴文学徽章的历史学家。他们垂青历史的原因在于意识到一个事实：历史同样是叙事的产物。他们的再叙事企图达到一个目的：通过一套迥异的叙事话语戏弄历史，或者说戏弄往昔的历史权威话语。他们并没有激进地提出改写历史，或者披露某些隐于幕后的史料；他们更多地

① 余华：《虚伪的作品》，载《上海文论》，1989（5）。

站在叙事的立场上，指出往昔貌似严正的历史叙事之中所存在的裂缝、漏洞、矛盾，或者另一种可能。这无形地暗示出，往昔的历史叙事同样是一种"叙事"，而不是历史事实本身。所谓的历史事实无非是某种叙事策略的安排。

在这个意义上，他们的行为又比任何改写历史的企图走得更远。

苏童《罂粟之家》所叙述的那个时期历史已被众多小说再三重复过了。苏童并没有改变两大阶级互相对抗的历史框架。但是，《罂粟之家》却旁敲侧击地提出了许多这种权威历史话语所遗漏或所回避的方面：刘老信的奇死或者演义异乎寻常的饥饿暗示了什么？女人之间的不懈仇恨应当如何纳入刘家倾覆的历史？为什么沉草在关键时刻常常听到命运的召唤？两大阶级的仇恨借助私欲表现时将产生多大的变形？当然，最为耐人寻味的是长工陈茂与地主老婆翠花的性关系以及与沉草的血亲联系。如同叙事者所提问的那样，沉草——这是长工的种子与地主儿子的奇怪复合体——的诞生确实是刘家崩溃的契机吗？这些问题的积累一定程度地伤害了往昔历史叙事的威信，无言地暴露出这种历史叙事的狭小的一面。人们可以在格非的《风琴》中看到相近的情况。种种性的景象不断插入一场伏击日军的故事之中，并且最终导致了游击队的全军覆没。这个故事同样是对历史权威话语的某种瓦解：性的欲望悄悄地浮升到了民族仇恨的较量之间，获得了前所未有的分量。

当然，这批先锋作家从未自称他们得到了历史真相。他们仅仅热衷于权威历史话语的解构，而不是重新给出一个历史的终极性所指。他们的确十分感兴趣颓败的历史景象，但这同样是和往昔的历史叙事开玩笑——权威历史话语往往将历史形容为奔赴灿烂结局的事件集合体。事实上，先锋作家对于他们的历史叙事同样并无自信。叶兆言《枣树的故事》后半部分不断地出现这样的补充声明：

> 我深感自己这篇小说写不完的恐惧。事实上添油加醋，已经使我大为不安。我怀疑自己这样编故事，于己于人都将无益，自己绞尽脑汁吃力不讨好，别人还可能无情地戳穿西洋景。现

成的故事已让我糟蹋得面目全非。

　　……实际上，她的为人和我以上的描写，有着明显的格格
不入。她在自己叙述的故事里再造一个人，而这个人又被我自
讨苦吃加工一番……

　　……我最深刻的体会就是，如果想按期把什么小说写完，
唯一的办法就是忘记眼前的活人……

　　这是叙事的自我解构。马原当初业已精通种种自我解构的伎俩，而
这批作家的意义在于将自我解构引向历史叙事范畴。从权威历史话语的
解构到自我解构，这才是叙事游戏的完整路线。

　　在先锋作家看来，历史这个概念的传统含义已经相当可疑，但是，
他们的叙事仍然有意无意地利用了人们对于历史的信赖——这与他们对
于"死亡"的利用如出一辙。在通常的想象中，历史是真实的、已然的，
这保证了先锋小说拥有一个无可非议的结局。在叙事的意义上，历史不
可能出现难以续接的问题——一切均已成为既定事实。历史叙事将消除
当下的悬空感，这种叙事是站在结局的立场上作出回顾。这时，故事之
间的种种疏漏、遗失、因果不明、无可解释或者过分离奇不再属于缺陷。
历史这个概念不仅担保了事实的确凿发生，同时还赋予神秘性。格非显
然是这方面的最大受惠者。《迷舟》、《大年》、《青黄》、《敌人》的叙事遗
留下许多谜一样的空白。然而，只有当故事享有一个既定结局的时候，
空白才真实成为空白。在这里，先锋小说的历史叙事包含了一种承诺：
人们对于历史叙事的阅读期待已经暗中认定了既定结局的存在。于是，
这批先锋作家再度将历史的名义挪用到了他们的叙事游戏之中。

## 四

　　不止一个批评家作出断言：这批先锋小说已经具备了充分的后现代
主义表征。人们很快能够从这批小说之中发现诸如无中心、不确定性、
零散性、无深度、反讽、体裁混杂以及构成主义这些后现代主义风格。
可是，证明这些作家身上的国际性美学风尚并不困难——困难在于解释，

什么使他们从置身的农业文明之中光滑地过渡到后现代主义的平面上？

人们不难想到，与其说这批先锋作家亲身体验到了后现代主义，毋宁说他们从"互文"的意义上接受了后现代主义。通常认为，后现代主义文化的基础是高度发达的后工业社会；这种社会目前尚未在这批先锋作家周围大面积出现。但是，这并不妨碍这批作家经由种种大众传播媒介接触后现代主义，并且将后现代主义的叙事风格移植到他们的小说之中。处于传播技术如此发达的今天，文本之间的相互影响、模仿、复制轻而易举。这可以称为跨国"互文"现象。而且，这种"互文"现象可能形成愈来愈快的文化循环。只要翻译和出版的渠道足够通畅，文化仿制品就会立即出现，速度之快甚至令人目不暇接。站在文化仿制的立场上，从康德、黑格尔到尼采、福柯、德里达之间几个世纪曲折而激烈的思想搏斗仿佛一夜之间即告完成。大众传播媒介已经很大程度地将世界文化联网成一个共时性结构。因此，置身于农业文明的气氛之中从事后现代主义写作，这并不奇怪。尽管后现代主义叙事必须追溯到后工业社会的科技、广告与商品消费，但是，厌倦社会历史的深度模式致使这批先锋作家能够从另一个方向与后现代主义叙事汇合。由于话语形式的跨时代特征，他们能够在另一个文化维度上共享这种叙事风格。不论这种共享是一种叙事话语的沿袭还是一种个性化的再想象，他们的叙事都将加入中国文学话语体系。人们没有必要奉行某种欧洲中心的正统观念，再度讥之为"伪后现代主义"。不管这批先锋小说前景如何，它们毕竟带来了一套前所未有的叙事话语。对于始终坚持一本正经的文学面容来说，叙事游戏即反叛。事实上，这种反叛才是"先锋"这个称号的基本意义。

然而，尽管如此，人们仍然有必要坚持，亲身体验与"互文"式的交汇具有不同的意义。它们将分别决定某种话语的扩散程度，决定何种叙事话语能够更大范围地卷入周围的文化语境。现代主义所展示的焦虑、孤独、荒诞、内心意识更多地叩响了人们的生存经验，于是，现代主义的叙事话语得到广泛的承认。比较而言，多数人与后现代主义式的游戏格格不入。他们无法容忍文学丧失深度与抛弃意义，他们无法想象悲剧、人或者历史这些基本概念如何成为叙事游戏的道具。面对种种后现代主义的辩护词，他们只有一个简单的诘问：既然如此，文学在这个世界上还有什么意义？由于这些人的拒绝，后现代主义的叙事话语不可能传播得太远——仅有少数批评家方能进入这种叙事话语的音域。虽然这批批评家能够充分阐述这些叙事话语所包含的种种逻辑可能，但是，这种逻辑可能很难与农业文明的文化符号有效地衔接。这时，束之高阁的命运等待着这批先锋小说。换言之，少数人的语言革命无法转换为多数人的革命语言。

先锋小说所遭遇的另一重困境是语言本身的贬值。人们周围的语词印刷品前所未有地泛滥，但印刷品上的语词符号却日益丧失了威信。许多语词因为千篇一律的重复或堂而皇之地说谎而成为过剩的话语。这无疑破坏了语言的声誉，使语言成为一堆生存表层的多余泡沫——还有多少人想到，如何叙事亦即表明如何说出世界的真相呢？语词的轻贱使人们无心过问叙事问题。古老的叙事话语因此继续得到了默许。它的合法性并未遭到怀疑。古老的叙事话语已经足以支持众多文化机器的运行。人们常常可以看到一幅讽刺性景象：即使在文化转型期，种种崭新的或半新的主题仍然通过古老的叙事话语阐述出来。寄存于这种叙事话语内部的意识形态重新得到了隐蔽的继承。古老的叙事话语如此强大，它甚至入侵到工业社会的新型语言之中。从无数影像制品背后，人们可以清晰地看到古老叙事话语所遗留下的踪迹。

这一切都预示了先锋作家的孤独与前景渺茫。他们企图通过语言撼动世界，但他们所依托的支点难以承受世界的重量。这往往使他们的叙事实验索然无味地中断于一片漠然的沉默之中。从另一方面看来，这或许是先锋作家本该偿付的代价；先锋作家游走于多数人的视野之外，他们不可能得到众口一词的称赞。但是，在马原之后的这批先锋作家眼里，这种代价或许过于沉重了。在"新写实主义"的强盛声势面前，他们形只影单。他们可能感到孤独难耐，也可能真实地感到了无力——无力富有成效地介入当下的文化环境。于是，人们发现，这批先锋作家的某些骨干纷纷撤离往日的高地，甚至金盆洗手。马原得到了应有的头衔之后已经消声匿迹多时。叶兆言甚至从未丢弃过传统现实主义叙事话语。尽管苏童依旧精力不衰地抛出《妻妾成群》、《米》或者《我的帝王生涯》等才气逼人之作，但他的小说敛去了再叙事的姿态，而加盟"海马中心"可能使这种收缩更为明显。北村曾经是这批作家之中最为极端的一个，但他公开表示技术与形式已经令他深感疲劳——神格与终极价值正在重新成为他的关怀对象。也许余华仍在进行某种坚持，但是，他的《呼喊与细雨》出现了一个重要迹象：人物的心理深度已经无声地返回小说之中。无论这些作家的改弦更张成功与否，这个事实已经清晰可见：始于马原的这批先锋小说已临近强弩之末，落幕的时候到了。一位批评家不无幽默地以"最后的仪式"为题对这批先锋作家作出一份收场的总结。

　　这场再叙事写作行动式微之后，人们有必要察觉一个差异：语言游戏与语言反抗。语言反抗意味着逃脱与倾覆既定的权威话语，并且竭力为新的叙事话语辩护。作家坚信新的叙事话语即将说出生存的终极真理，这将使作家再度落入"元叙事"的圈套。"元叙事"的设置必将引致后继而来的重新反抗。这种结局如同不可逃脱的西绪福斯命运。与此不同，语言游戏的态度超然而机智。语言游戏并不肯定某种特定的生存真理，这使作家更易于操纵语词从事种种不拘形迹的自由运动，尽量穷尽语词本身的逻辑可能。当然，这种纯粹的语词欢悦很难加入文化主导声音的大合唱，它们更像以不恭的方式对于后者保持某种精致的嘲讽。这种语言游戏更为自由，同时也更为苍白。过于纯粹的语言游戏仅仅意味着写作的冒险，这种写作很少走到纸和笔之外。如果说，语词即作家存活于世的栖身之所，那么，他们愿意为自己挑选哪一种风格呢？

# 符号的角逐

新批评、俄国形式主义以及结构主义之后，文本分析成为一个众所周知的批评策略。大批理论家共同将语言形容为文学的主角，心理、哲学思想或者主题类型的意义退居次要。文本是语言编织物，因而文本隐藏了文学的首要秘密。肌理、张力、象征、叙事模式，还有无所不在的结构——一系列新型的理论概念进驻文本，条分缕析，剔精抉微。这些概念对于文本外部的历史语境置若罔闻；或者说，这些概念隐含的前提，就是文本的结构与外部的历史语境无关。对于文学说来，语言的秘密与社会历史的秘密不可通约。

然而，20 世纪的后半个世纪，这种狂热一时的理论倾向逐渐遭到遏制，文本与社会历史的关系再度浮出水面。不考虑书面文字与口头传播的差异，单纯的文本分析怎么能说明古典诗词的精粹和话本的缓慢松弛？解释电视肥皂剧拖沓的修辞风格，人们必须回到早期的历史——那时的观众定位为午后忙碌在厨房与客厅的家庭主妇，她们无法在操劳的间隙跟上一个紧张的故事；然而，赞助电视制作的广告商不得不竭力讨好她们，因为家庭主妇掌握了大部分的采购权。总之，文本生产不仅局限于语言作坊内部，社会历史可能对文本的每一个细部产生压力。在这个意义上，意识形态对于文本成规以及叙事、修辞的隐蔽控制引起了理论的持续关注。如何叙事成为一个意味深长的问题。人们逐渐意识到，愈来愈多的文本占据了生活，并且主宰或者规约、支持种种生活的想象。很大一部分生活即"叙事"的产物。换一句话说，文本既是社会历史的符号凝结；同时，文本又织入社会历史的一个个角落，形成种种压力，这些压力循着不同的方向扩散至现行的社会历史结构。在这个意义上，文本生产不可避免地与各种权力体系产生互动。文本以及符号被动员起来，有效地维持或者破坏某种等级制度，并且由于特定集团、阶层、群体的要求和使用形成独特的风格。新批评、俄国形式主义与结构主义曾经把文本供奉为一个孤立封闭的神秘王国，孤立、封闭、不可再分解即文本拜物教的依据。这仿佛证明，是独一无二的文学性而不是别的什么决定了文本的结构。然而，现今的理论发现，文本并没有甩下社会历史；文本的结构隐藏了强大的历史根源，而且，文本可能产生的社会功效远远超出通常的想象。

晚近兴盛的"文化研究"有力地支持了这种观念。文化研究的分析范围早已突破了文本的藩篱，建筑、舞蹈、海报、经济学著作的修辞特征、博物馆陈设、电视肥皂剧、侦探小说、电子游戏以及体育赛事无一不能装入文化研究的百宝箱。有趣的是，文化研究时常对上述领域作出符号学的解读。许多时候，文化研究将世界当成了一个大型的文本——人们时常遭遇"社会文本"这个象征性的概念。世界的大型文本内部包含了无数次级文本。电视、报纸、广告、杂志、广播、互联网等大众传播媒介密集地包围了人们，后现代社会的特征即将主体抛入形形色色的文本之间。置身于这个世界，人们的身份、社会地位通常是被"叙事"出来的。种族、性别、阶层、尊严、荣誉、何谓成功、何谓时尚、何谓可耻、何谓无能——诸如此类的知识精密地构成了一个主体的定位。反之，如果一个主体拒绝认同社会定位，那么，他首先可能拒绝既定的叙事。这时，一种复杂的争夺、冲突、压迫、反抗、解放将在符号领域展开。显然，这里所谈论的符号不仅是能指与所指的单纯合作，不仅显示出单纯的指示功能。符号愈来愈明显地成为一种可观的生活资源。符号可能是某种昂贵的商品，形成庞大的产业，也可能是极富杀伤力的政治工具。因此，如何制作符号、收集符号、占有符号，如何使用符号巧妙地叙事，这是事关重大的社会活动。许多时候，掌握符号也就是掌握权柄；深刻地解读符号可能揭破某种秘密的圈套，也可能掘出某种革命的资源。

　　沃卓斯基兄弟导演的《黑客帝国》肯定可以成为文化研究所钟爱的话题。这部科幻影片虚构了一个古怪的情节：未来的人们困在一个符号的世界而无法自知。这些人的日常见闻无非是一台巨大的计算机虚拟出来的世间万象。一切幻象都是程序的产物。影片之中，英雄主角的动机就是冲出符号的炫惑，逃离数字化的统治。这显然是一个不无哲学意味的时髦主题。沃卓斯基兄弟是波德里亚的忠实信徒。有消息说，他们甚至邀请波德里亚出任影片之中的一个角色。不难发现，《黑客帝国》是波德里亚某一方面思想的通俗版本。波德里拉激进地声称，后现代社会业已被技术和传媒严密控制，符号、影像和代码充斥整个社会，真实与非真实之间的明确界限消失了。人们习惯于透过种种特殊的传媒观察世界、熟悉世界、掌握世界，传媒所演示的符号结构理所当然地成了现实本身——甚至比真实还要真实。人们无限地依赖电视，依赖互联网或者报纸，挣脱或者抨击一种传媒之后无非是投入另一种传媒。只有借助传媒的拐杖，人们才可能想象社会，进而想象自己的位置，决定怎么说和怎么做。这些符号体系是否某种真实的指代已经不太重要——它们有时甚至与真实失去了任何联系；重要的是，这些符号自身成了主体，互相勾结，并且作为一种商品拥有了经济交换价值。这是能指的自主化，能指成为自己的指涉物，同时倾入经济流通领域。在很大程度上，符号形式开始覆盖商品形式。商品的物质属性愈来愈少，符号形式已经足以挑起人们的购买欲望。扛一袋米或者提一条猪腿的景象正在减少，许多时候，人们消费的是符号形式。"虚拟经济"一跃成为现今锋头正健的概念。期货、股票、广告、转账、信用卡，诸多交易在符号领域出没——货币本身即最为权威的符号作品。后现代社会的标志之一——无远弗届的符号覆盖。后现代转向可以视为符号运作的一个历史性后果。电子传媒正在制造"无地方特性"的图像地理和虚拟地理。传统的自然地理形成的种种坐标体系陆续失效，远和近、深和浅、旧和新等一系列空间感和时间感开始动摇——这种迷惘和恐慌即后现代的典型经验。人们的周围莫不是符号形式，真实与幻象、文化与自然的二元论终于瓦解。在这个意义上，人们只能栖身于一个没有起源、没有指涉点的多维空间。① 符号之外一无所有，这就是波德里亚提供的一个不无诡异的理论图像。

许多人觉得，波德里亚的理论图像多少有些危言耸听。相对地说，斯图尔特·霍尔对于构成主义的阐述似乎更为中肯。霍尔不再纠缠于真实与幻象的二元论，他的理论焦点转向了"意义"。意义使现实成为可解的形态。无论真实与否，形形色色的"意义"是支配生活的核心："它们组织和规范社会实践，影响我们的行为，从而产生真实的、实际的后果。"② 索绪尔以来的一系列理论遗产证明，语言、符号的运作——霍尔的术语称之为"表征"（represent）——决定了意义的生产。这再度证明了符号在社会生活中心的决定性作用。霍尔总结了人们解释"表征"（represent）的不同理论："反映论的或摹仿论的途径提出词（符号）和事物之间的一种直接和透明的模仿或反映关系。意向性的理论把表征限制在其作者或主体的各种意向中。"③ 霍尔主张的构成主义源于社会知识的一个最为重要的转向——话语转向。在构成主义看来，意义不是先验地存在于某种事物之中，等待一个外部的"发现"或者垂顾，而是在人们认识某种事物的同时被生产、被建构出来的。语言符号支持了这种生产或者建构的实践。语言符号的成规惯例设定了事物如何呈现，同时设定了意义解读的基本框架。这时的符号与事物之间远远超出了单纯的指代关系，符号自身所构成的表征系统内在地控制了人们的认识程序，组织人们的认识视野——包括认识一些抽象的甚至纯粹虚构的概念。例如幸福、友谊或者天使、恶魔、地狱，如此等等。霍尔解释说，所谓的"表征系统""并不是由单独的各个概念所组成，而是由对各个概念的组织、集束、安排和分级，以及在它们之间建立复杂联系的各种方法所组成"。④ 换言

----

① 参见［美］斯蒂芬·贝斯特、［美］道格拉斯·科尔纳：《后现代转向》，陈刚等译，第三章"从景观社会到类象王国：德博尔、波德里亚与后现代性"，南京，南京大学出版社，2002。

② ［英］斯图尔特·霍尔：《表征》，徐亮、陆兴华译，3页，北京，商务印书馆，2003。

③ 同上，35页。

④ 同上，17页。

之，事物的意义就是在这种"复杂联系"之中逐渐敞亮，并且成为一个严密的、相互呼应的系统。霍尔就是在这个意义上为福柯辩护。福柯并未否认，事物存在于话语之外，但福柯论证了"在话语以外，事物没有任何意义"①。

"意义有助于建立起使社会生活秩序化和得以控制的各种规则、标准和惯例"——所以，霍尔同时意识到："意义也是那些想要控制和规范他人行为和观念的人试图建立和形成的东西。"② 这也是人们将语言符号的运作纳入权力运作的理由。从历史的叙事到民族的想象共同体，从简赅的标语口号到繁琐的仪式，对于权力运作说来，语言符号的能量始终不亚于暴力武器。当然，并不是所有擅长使用符号的人都能意识到这一点。作家号称语言大师，但是，许多作家对于语言符号的历史使命并没有清晰的认识——他们似乎更乐于接受这种浪漫主义式的形容：一个人的语言天赋是一种天生的感觉，这种天生的感觉驱动作家援笔疾书。语言无非是一种称手的工具，负责滔滔不绝地演示作家的奇妙灵感。如同穿上了红舞鞋的舞蹈家，作家不会也不可能停止写作。目前，只有韩少功的《暗示》对于自己手里的语言——更大范围内，包括各种符号体系——产生了深刻的怀疑。韩少功的《暗示》流露了一种恐惧：他担心陷入语言以及种种符号体系如同陷入某种迷魂阵，人们徘徊在一系列语词和虚拟的影像之间，再也回不到土地、阳光、潺潺流水和风花雪月的真实世界。令人忧虑的是，符号的世界时常被有意设计为一个不平等的世界。再现什么，遮蔽什么，夸张什么，涂抹什么，《暗示》犀利地察觉到一系列符号运作隐藏的政治企图。我曾经借助《暗示》的陈述这种观点：

> 现今，情况也许更为复杂：语言符号的占有可能形成特定的文化资本，这将生产出另一种话语权力。无论是支配、榨取、

---

① ［英］斯图尔特·霍尔：《表征》，徐亮、陆兴华译，45 页，北京，商务印书馆，2003。

② 同上，4 页。

统治、弹压，文化资本的运作正在制造各种崭新的形式。大众传播媒介如此发达、语言符号如此丰富的时代，一批人运用语言符号压迫另一批人的条件已经完全成熟。种种语言符号体系之中，某一个阶层或者某一个族群的形象可能大幅度扩张，他们的声音回响于整个社会；相形之下，另一些阶层或者族群可能销声匿迹，既定的语言符号配置之中根本没有他们的位置。尽管他们人数众多，然而，语言符号的空间察觉不到他们踪迹。可以说，这是继经济压迫、政治压迫之后的语言符号压迫。在我看来，这是《暗示》之中另一个更为重要的主题。

路易·阿尔都塞对于意识形态国家机器的论述已经广为人知。这是与强制性国家机器相对的另一个领域。强制性国家机器呈现为暴力压制形式，军队、警察、法庭、监狱、政府和行政部门均是暴力的执行机构。意识形态国家机器是一种软性的规约或者训诫，例如宗教的、教育的、家庭的、法律的、政治的、工会的，它们的指令往往呈现于报纸、电视、广播、文学和艺术、体育运动，如此等等。阿尔都塞看来，意识形态负责质询、规训主体，告知个体如何扮演一个合格的主体。尽管阿尔都塞未曾进一步论述，意识形态国家机器的有效操作即依赖各种符号体系，但是，人们完全可以想象符号的威力——这时，符号的功能可以与机枪、大炮、高压水龙头与铁丝网相提并论，甚至产生后者所无法企及的效用。

统治阶级的思想是占统治地位的思想，统治地位的思想有力地规训主体，维持既定的社会关系，这一切均要由庞大的符号体系运作给予保证。从宗教、哲学、法律到文学，这包含了一系列观念的确认，也包含了种种感觉的训练。我在《文学的维度》之中指出了符号、社会与主体的互相缠绕："马克思曾经提出了著名的结论：人是一切社会关系的总和；在话语分析的意义上，人们有理由继续这样的结论：主体同时还是诸多话语关系的总和。"① 这即符号生产所隐藏的政治意义。相对于符号的生

---

① 南帆：《文学的维度》，25 页，上海，上海三联书店，1998。

产，符号的消费通常集中于大众传媒，出版物、电视以及互联网均是出售文本的大型超级市场。所以，大众传媒可能大面积地参与了社会关系的组织、平衡、修复或者破坏。大众传媒一般掌握在拥有各种特权的人物手里。与权力共谋，维护稳定的现状，训练合格的主体，大众传媒通常担当了一个得力的帮手。

当然，这并不能证明，大众传媒是一个波澜不惊的海域。力比多涌动不歇，主体规范不时遭遇挑战，压抑与反压抑的激烈角逐形成了符号与文本的激烈角逐，这一切都将在大众传媒刀光剑影地持续上演。种族、性别、阶级、阶层、各种族群或者文化共同体纷纷涌入大众传媒，征用、调动各种类型的符号，竭力发出自己的声音。悬殊的经济地位无疑是意识形态分歧的重要基础，但是，符号与文本的激烈角逐同时包括了大量文化因素——这甚至很大程度地削弱了经济决定论。符号与文本的角逐扩散到日常生活的诸多角落，一点一滴地改变人们的感觉。这种状况令人想到了福柯所说的微型政治。一个风格独异的先锋小说文本、一个实验性剧本、一个别出心裁的网站或者一段古怪的街舞，这些特殊的符号都可能象征某种叛逆，或者解构某种传统的意识形态观念——尽管它们对于现存经济基础的瓦解可能微不足道。对于许多知识分子说来，参与革命的激情与其说源于赤贫的经济状况，不如说源于某种符号体系的号召。这证明了符号体系的独立意义。另一个证明可以追溯至葛兰西的文化霸权理论。葛兰西察觉到一种可能性：在现存经济基础未曾发生根本改变的情况之下，统治阶级可能在文化领域作出某种妥协，出让一定的符号空间，允许被统治阶级抛头露面。这或许是一种文化意义上的退让，或许是维护现存经济基础而设置的缓冲。无论如何，符号领域的压迫和反抗显示出比经济领域更为纷杂的局面。

## 二

《黑客帝国》之中的英雄主角为什么急于从虚拟的图像之中突围？这里肯定隐含了一个对比：符号领域远比自然王国凶险。相对于自然万象，符号王国隐藏了种种狡诈、陷阱、劝诱和胁迫。自然不以人的意志为转移；无论是日月星辰还是河流山川，自然的形成不存在取悦某一些族群同时非难、压迫另一些族群的意图。走出神话时代之后，也就是人类分裂出自然王国之后，自然已经不可质疑。没有人因为天上只有一个太阳或者太平洋如此浩瀚而愤慨，也没有人猜测西伯利亚的寒流或者毁灭性的地震源于某种不可知的阴谋。然而，符号领域是一个人为的世界——来自某些人的设计、制作和生产，实现了某些人的意图，并且对于某些人产生了或者明显或者隐蔽的效果。符号擅长变魔术。符号可能夸大某些形象的比例，遮蔽或者盗走另一批人的生活——符号的修饰和删改可能形成一种虚假的意义。那么，谁在操纵这个领域？谁有权力、有资格操纵这个领域？这个领域的设计以及产生的效果对哪些人有利，同时损害了哪些人？栖身于符号的世界，这成了一些不可避免的基本追问。

　　农业文明时代，自然在人类的生存之中占据了很大的比重。土地无疑是自然的代表。自然不仅是人类的生存环境，也是美学的对象。古典诗词之中，飞花、落木、青峰、皓月无一不是自然意象。现代社会来临的标志之一是，大规模剧增的符号淹没了自然。科学技术、经济、财富所制造的历史革命最终由一系列符号表述出来。符号成为生存必须进入的一张巨大网络，现代生活愈来愈多地演变为符号生活。文本、影像、斑斓的色彩和悦耳的音响，这些以表意为主的符号体系形成了一个庞大的文化空间，历史、艺术、形形色色的哲学观念、数学和物理学理论均是这个文化空间的美妙图像；另一方面，构成日常现实的物质世界——尤其是都市社会——通常展示为另一套符号。物质世界不仅拥有具体的用途，例如果腹、御寒或者遮风蔽雨，同时，它们还表示种种复杂的象征含义。无论是服装、首饰、家居设计还是街道装潢、旅馆的异域风情、汽车的奇特造型，物质世界的确是另一种"社会文本"。卫慧的《上海宝贝》之中，物质的符号炫耀是一个巨大的乐趣。叙述人喋喋地卖弄种种商品的品牌知识，从汽车、化妆品、饮料到外套与内衣。显而易见，这些品牌形成的符号体系无言地展示了某种卫慧们所认可的生活品质。更大范围内，种种符号体系可能共同叙述特定阶段的历史文化特征。考察西方的现代性话语如何登陆上海的时候，李欧梵的《上海摩登》涉及多种符号体系。除了刊物、教科书、画报、广告、月份牌——除了对于现代性建构产生了莫大作用的印刷文化，《上海摩登》还谈到了外滩众多带有各种殖民印记的建筑物，谈到了百货大楼、咖啡馆、舞厅、公园和跑马场以及石库门的"亭子间"。这些物质世界镌刻了种种特殊的生活观念，"现代性"浮动在这些观念的深处，相互呼应。解读这些交错的符号，也就是解读历史是由哪些人制造出来的。

运用符号制造历史，这是一个巨大的、意义深远的工程。人们必须从这个意义上解释文化领导权的重要性。这个不可让渡的权力是统治权力的组成部分，统治阶级掌控符号生产是持续统治的前提。在这个问题上，强制性国家机器必然与意识形态国家机器缔结成坚固的联盟。当然，摧毁现存的统治也是如此——异国军队的入侵从来没有忘记占领广播电台和电视台。许多时候，统治阶级对于符号的掌控深入到修辞、叙事以及文本结构，但是，这种掌控大部分是隐蔽的，并且尽量考虑到文类的既定特征。这是意识形态形成的基本条件——非强制性的、甚至是富有魅力的解说和训诫。例如，对于现代社会，新闻和历史是至关重要的两个叙事文类——两个维度的叙事交汇恰如其分地划出了人们想象社会的逻辑。通常，统治阶级不会对新闻和历史的"真实"原则表示异议——"真实"即新闻和历史的文类声誉。权力的影响发生在另一个幽暗的层面：什么叫作"真实"？纷纭的表象歧义百出，误读和骗局层出不穷。这时，只有特定的目光和理念才可能识别显现了"本质"的"真实"。权力负责指定"真实"的含义，并且运用一系列有效的修辞和叙事再现这种"真实"，这是权力与符号之间常见的合作方式。

当然，"文类的既定特征"并不是来自教科书的几条刻板的规定。这意味着各种符号的基本性质及其潜藏的丰富表现力。诗、音乐、绘画、电影——作家和艺术家对于各种符号体系的运用曾经产生了震撼人心的强大效果。在这个意义上，现今的一大批知识分子均是擅长符号操作的专业人员。无论维护还是破坏现存的意识形态，符号操作是他们常规的效力方式。电子传播媒介——例如，电影、电视、互联网——诞生之后，符号的制作、生产、传播带有更大的技术含量；从导演、摄像、演员、主持人、播音员到影像剪辑人员、软件编写人员、机械维修人员，符号生产者的队伍持续扩大。符号的完美生产是种种意识形态意图充分实现的最终环节。艺术自律、纯诗或者文学到语言为止，这些响亮的口号、命题企图将政治或者别的什么观念远远地抛出作家或者艺术家的视域之外。浪漫的文人试图把历史性的分工陈述为某种天命——只有异秉或者天才方能承担如此玄奥的使命。然而，如同伊格尔顿在《美学意识形态》之中所分析的那样，美学业已成为规训身体和感觉的意识形态之一。一些"纯粹"的艺术符号熠熠发光地存在于超历史的文化真空，这本身就是一种意识形态的幻觉。如果人们意识到，知识分子是意识形态生产的技术骨干，那么，不可替代的专业技术将为他们在文化领导权的构成之中占据一席之地。这可能预示了知识分子与权力的新型关系。

资本成为介入文化领导权的一个重要因素，这是现代社会愈来愈普遍的情况。对于古人来说，吟诗弄赋、说书唱戏的成本十分低廉，刊刻文集的费用略高一些。相对地说，现代出版行业的资金或者维持电视台正常运转的开支几乎是天文数字。更为重要的是，现今的文学和艺术已经自觉地纳入经济领域，甚至形成报酬可观的文化产业。无论是作家、导演、演员还是投资商，无不期待从经济活动之中分一杯羹。如果说，真正的作家或者艺术家还有可能因为某种激情而义无反顾地焚烧自己，那么，赢利是投资商的唯一动机。精明的商人不会将资金注入一个注定没有市场的作品。资本的天命就是利润。对于电影或者电视剧这些成本高昂的作品来说，投资商手里的资金主宰着它们的命运。资金拥有的发言权越来越大，甚至君临一切。许多导演遇到类似的尴尬：由于投资商的威胁，他们不得不因为投合市场而放弃个人的独特风格。某些时候，资本直接现身符号领域——商业广告。再也没有哪一种符号形式比广告更为典型地体现资本的权力。

强制性国家机器、知识分子的专业技术、资本——这些因素不是孤立地对符号生产发生影响，它们之间形成了复杂的历史性互动。借用皮埃尔·布尔迪厄的术语表述，"场"可以成为人们考虑问题的基本概念。"场"是一个富有空间意味的概念，布尔迪厄运用这个概念描述多重力量的等级、位置以及形成的空间结构。在他看来，这个概念的覆盖有助于解除"内部研究"与"外部研究"的传统疆界。"场"所描述的空间之中，这些因素既相互合作又相互抗衡，最终的合力传送到符号生产领域，巩固或者改造了诗的结构、电视肥皂剧的情节设置或者酒吧的内部装修风格。布尔迪厄充分意识到符号生产者、统治者、物质利益、象征利益或者文化资本、经济资本之间的纷杂头绪，并且揭示了文学场的独立性，吁求背后所包含的秘密回报。在某种意义上，那些拒绝外在指令的作家与投资商殊途同归：

> 在一个极点上，纯艺术的反"经济"的经济建立在必然承认不计利害的价值、否定"经济"（"商业"）和（短期的）"经济"利益的基础上，赋予源于一种自主历史的生产和特定的需要以特权；这种生产从长远来看，除了自己产生的要求不承认别的要求，它朝积累象征资本的方向发展。象征资本开始不被承认，继而得到承认、并且合法化，最后变成了真正的"经济"资本，从长远来看，它能够在某些条件下提供"经济"利益。①

这一切无不显示了符号生产与权力、资本以及种种利益集团的联系，显示了符号生产的意识形态根源。但是，意识形态的一个诡异之处就在于，竭力掩盖这种联系与根源。这种掩盖的策略是，将符号形容为现实世界的一个中性的、客观的再现。符号是透明的，纯洁的，分毫不爽地将世界和盘托出——符号就是世界本身。人们使用符号如同使用水、土地那般自然，符号本身不存在什么人为的秘密。当符号开始享受自然的待遇时，针对符号的戒意、挑剔、分析和批判随之消散。符号生产与意识形态的关系消失在人们的视域之外。罗兰·巴特的《写作的零度》曾经将这种掩盖视为资产阶级的诡计。在他看来，"现实主义"的写作策略

---

① ［法］皮埃尔·布尔迪厄：《艺术的法则——文学场的生成和结构》，刘晖译，175 页，北京，中央编译出版社，2001。

"充满了书写制作术中最绚丽多姿的记号"——现实主义仍然是一套高超的修饰、剪辑、删改和涂抹技巧；但是，作家却声称这是一种如实的反映。这是伪装质朴、自然的表象——而非人为的加工——逃避批判的锋刃。现实主义试图形成一个印象：作家无非是记录社会的秘书，勇敢、铁面无私、超然独立于各个利益集团，他们的符号生产不可能受到各种个人意图的干扰。这个时候，符号领域成了一面公正不阿的镜子，文本结构成了世界本身的结构。人们理所当然地觉得，他们看到的是怎么样，而不是"谁"、"如何使之成为这样"。总之，符号的刻意表现被毫无戒心地当成了客观再现时，这种表现所叙述的意义就会得到不知不觉的认可。这是符号领域迄今为止最大的成功。

## 三

一个略为夸张的观点是，掌握符号就是占领世界，占有符号就是占有生活资源。人们对于经济领域的不平等明察秋毫，然而，很少人意识到符号领域的刺眼问题。如同少量的富人占有全世界的绝大部分财富一样，符号领域的贫富悬殊毫不逊色。从符号的占用到符号的传播，只有少数人频频露面，高视阔步；沉默的大多数人仅仅作为一个抽象的背景渺小地存在。许多时候，电视屏幕——符号领域的一个重镇——上的世界仅仅是一些精英人物的世界。这个世界仿佛仅仅由名牌轿车、豪华别墅、酒吧、舞厅组成，种种手握重权的显要分子出入其间，慷慨发言或者举杯调情，轻松地决定多少个亿资金的流向；相对地说，绝大多数庸常之辈一生也不可能拥有半秒在屏幕上露面的机会。尖端技术制造的电子传媒正在急剧地改变传统的认同空间，民族、国界与海关的意义正在削减，但是，电子传媒并未有效地弥合这方面的距离。相反，许多新型的不平等正在被新型的机器源源不断地生产出来。显而易见，经济领域与符号领域的不谋而合并非偶然。

无论如何，马克思主义的政治经济学犀利地解剖了经济领域的剥削和压迫。剩余价值学说披露了资本主义机器轴心巧妙地隐藏的秘密。然而，符号政治经济学批判——波德里亚的杰出命题——远未得到足够的重视。如同资本的秘密运动产生出惊人的效果一样，符号领域的不平等也在多种表象的掩护之下悄悄地进行。例如，堂皇的美学运动、令人钦佩的表演技巧或者普遍实行的明星制。浪漫的诗人和落拓不羁的艺术家往往倾心于某种超凡脱俗的气质，符号经济学时常隐没在他们的迷人风度背后。多数读者仅仅对一部名著的情节概要感兴趣而对印数和版税一无所知。符号生产的经济价值无意中成为一个忽略不计的问题。诗人或者艺术家只能偷偷地躲在某一个角落数钱——没有多少人意识到，他们生产的符号也可能是抢手的商品；诗人或者艺术家可以为这些商品讨价还价，他们如同企业家一样生财有道。引进资金，控制大众传媒，动用宣传机器豪华包装，端足了架势待价而沽——符号的生产和出售复制了资本运作、企业、市场之间的众多伎俩。印刷文化之中，报纸发行与广告的联盟造就了一种新的运行模式，广告商成为市场的重要代理。这种模式在电子传播媒介扩张为一个成功的流通网络。众多偶像明星将他们的形象制作为商品，这些商品通过电视发射塔或者计算机互联网输送到每一台终端屏幕。与通常的市场销售相异的是，公众对于这些形象的消费将由广告商付账。为了让偶像明星的形象夹带商品广告，广告商支付的数额令人咋舌。广告商下在屏幕背后的赌注是，这些费用将由成功的商品销售回收。这个循环系统如此神秘，以至于没有人说得清一个偶像明星拍摄几秒钟的广告有没有理由收取如此之高的报酬。有报道显示，耐克公司某个年度付给迈克·乔丹的广告费比二万二千名亚洲工人的总工资还要多。这时，人们还有勇气认为这是平等的吗？[①]

当然，更为常见的现象是，符号的大规模占用赢得的是布尔迪厄所说的象征资本。如何把象征资本转变为经济资本，现代社会提供了名与利的兑换率。一举成名天下闻，这始终是一块无比诱人的蛋糕。多数社会通行的法则是，社会名流高踞于默默无闻之辈的头上。如果符号的占用不仅限于数量，而且炼制出一种达官贵人所独享的文本结构，那么，符号本身就可能制造放大、抬高一批人或者压抑、流放另一批人的功能。

---

① 参见《全球化与技术联合的背后》，载《参考消息》，2000－09－07。

这种符号可能自动删除那些下贱的身份，封锁异端分子，并且为权贵者预订充裕的空间。如同韦勒克和沃伦所说的那样，古典主义时期，史诗或者悲剧是国王和贵族活动的符号区域，市民或者资产阶级则屈居喜剧之中，至于平民百姓只能逗留在讽刺文学和闹剧的地界。① 现今，各种文本结构与不同身份级别之间仍然存在不成文规定。通常，头条新闻的主人公不会进入相声遭受调侃，历史著作之中的领袖人物也无缘跨入逗乐的小品出丑。韩少功的《暗示》发现，各种地图——一种表示空间结构的符号体系——隐含了迥异的价值观念：农业时代的地图周详地标明了河流和渠堰塘坝；工业时代的地图热衷于火车和汽车的交通线、星罗棋布的矿区和厂区以及沿海的贸易港口；美洲和非洲许多国界是一条生硬的直线，这是西方殖民主义者的杰作，他们根本没有耐心考虑殖民地的农业、矿藏、河流、山区以及族群分布对于划界管理的意义；消费时代的旅游地图充斥高级消费场所，星级宾馆、珠宝店、首饰店、高尔夫球场、别墅、美食是这些地图的要点。高速公路和喷气客机出现之后，一种新型的隐形地图浮现在一批人的心目中。在他们那里，地理上的远和近已经没有太大的意义，重要的是现代交通工具能否顺利抵达。在这个意义上，从北京到洛杉矶可能比从北京到大兴安岭林区的某个乡镇还要快，近在咫尺的渔村或者需要爬进去的小煤矿开采面可能变得遥不可及。当然，这种隐形地图仅仅是为某一个收入阶层而绘制。高速公路或者喷气客机对于一个一文不名的流浪汉没有任何意义。的确，这就是韩少功从符号体系背后发现的生活等级，或者说，这种生活等级是由经济、政治和符号体系联合产生的种种分割、封闭、确认边界而形成的——这是一种社会地位派生的符号学。如果近似的隐形地图进入传媒或者社会决策机构，那么，那些满脸皱纹的农夫或者表情忧虑的失业者就会从记者和官员的视野之中彻底失踪。

符号的生产包含了如此巨大的利益以及深刻的政治意图，符号的控

---

① 参见［美］韦勒克、［美］沃伦：《文学理论》，刘象愚等译，267页，北京，生活·读书·新知三联书店，1984。

制与垄断就会因此成为不可遏止的冲动。某一个群体在符号领域耀武扬威，先声夺人；另一些群体仅仅在符号领域占据一个不成比例的区域，甚至销声匿迹——这种局面的维持需要一系列强大的符号技术保证。在这个意义上，国家机器对于符号生产的管辖与监控从来没有松懈。在古老的封建社会里，高下尊卑的首要形式是严格的符号等级制度。从服饰、住宅格式到坟墓的规模，从婚葬仪式、历史著作的撰写到公文规范，众多符号制造的繁文缛节一丝不苟。这是既定秩序的基本体现，甚至可以说，符号即秩序本身。现代社会从来没有废除符号的管理，差别仅仅在于重点的转移。例如，现今的权力部门已经将服饰设计或者家具的款式转交给工艺美学，它们更乐于管理的是电视或者广播信号的发射、政治性标语口号的拟定或者社会事业统计数据的颁布。

作为另一种控制与垄断的形式，经济的介入通常是软性的，隐蔽的。经济不是强硬地标榜什么，或者封杀什么，经济更多的是使某种符号体系升值，或者使另一种符号体系丧失市场。由于"文以载道"的不朽事业，诗仅仅是一种雕虫小技；相对于诗的正统，词又贬为"诗余"——总之，每一种符号体系均隐然地拥有既定的座次。然而，资本与市场的联手时常刷新历史的纪录，重新定位。迄今为止，利润的大小与符号体系座次成为两条相互映衬的曲线。诗的萧条、电视肥皂剧的兴盛或者随笔的骤然崛起无不可以追溯到经济。当然，经济的控制和垄断时常遭遇的各种抵抗——这种抵抗出自文学场的判断准则。按照布尔迪厄对西方文学各种文类演变的考察，经济与文学场之间可能形成"双重结构"。19世纪末，各种文类的市场排名一目了然：戏剧利润丰厚，诗穷困潦倒，小说处于中间地带——但条件是将读者扩大到小资产阶级甚至部分有文化的工人。但是，回到文学场内部，这个名次必须加以修改：

> ……可以从大量迹象看到，在第二帝国统治时期，最高等级被诗歌占据了，诗歌尤其受到浪漫主义传统的尊崇，保持了它的全部威信……戏剧受到了资产阶级公众、它自身的价值和陈规的直接认可，提供了除钱以外的学士院和官方荣誉的固有尊崇。小

说位于文学空间两极中间的中心位置，从象征地位的观点来看，它表现了最大的分散性：它已经得到了贵族的认可，至少在场的内部是这样，甚至超出了这个范围，这得益于斯丹达尔和巴尔扎克，特别是福楼拜的功绩；尽管如此，它仍旧摆脱不掉唯利是图的文学形象，这类文学通过连载小说与报纸联系起来……①

相对地说，另一种抵抗控制和垄断的能量未曾得到足够阐述：技术的突破。否认技术决定论并不等于否认一个重要的事实：现代技术不断地制造各种新的、更具活力的符号投入运行。从平装书、报纸、广播、电影、电视机到互联网，每一种新型符号的出现都力图拥有更大的传播范围，构建更为广阔的视听空间。从这个意义上，现代技术的逻辑时常与朴素的民主倾向同声相应。这不仅是信息的解禁和知情权的扩大，同时还催生了种种新的符号生产方式和生产人员。例如长篇叙事和长篇小说的作者，报纸专栏和专栏作家，播音和播音员，影像和导演、演员、摄像，多媒体符号和网站主持人，如此等等。传统的符号生产因为持续的禁锢而日益僵化的时候，新型的符号生产对于符号领域的不平等秩序给予猛烈的冲击。

当然，任何一种控制和垄断的冲动都不会对新型的符号袖手旁观。更大的传播范围不仅可以转换成更为理想的统治性能，同时包含了更为丰富的商业可能。因此，愈有活力的符号体系就会愈为迅速地为国家机器和经济大亨接管。这时，符号之中朴素的民主倾向很快枯竭，凝聚、集合、号令、动员、宣传等潜力逐渐显现，并且与庞大的行政系统或者巨额资金一拍即合，相得益彰。如果说，许多新型符号曾经给大众提供了短暂的机会，那么，大众往往在继之而来的运作之中不断后撤，直至成为无足轻重的配角。从平装书对于僧侣阶层的挑战到风靡一时的网络文学写作，人们都可能发现相似的演变轨迹。

---

① ［法］皮埃尔·布尔迪厄：《艺术的法则——文学场的生成和结构》，刘晖译，143、144 页，北京，中央编译出版社，2001。

# 四

掌握、占有、控制、垄断以及这一切引起的抵制和反抗，符号领域云诡波诡。符号与符号的角逐隐喻了种种现实角逐。我曾经在《文学的维度》之中指出："人类生存于社会话语之中。现代社会，社会话语的光谱将由众多的话语系统组成。相对于为同场合、主题、事件、社会阶层，人们必须分别使用政治话语、商业话语、公共关系话语、感情话语、学术话语、礼仪话语，如此等等。"[①] 每一种话语系统的份额以及各种话语系统的关系亦即社会关系的回声。政治话语覆盖一切的时候，也就是经济领域、学术领域或者私人生活领域压缩到极限的时候。一个领域、一些族群、一种生活丧失了特定符号的代理，它们将退出社会的视野而成为无名的幽灵——这犹如一个无名无姓的人不可能拥有任何身份和社会权利。在这个意义上，符号领域的关闭也就是社会的关闭，赢得自己的符号意味着赢得文化生存的空间。

大众文化的话题就是在这个时刻再度浮出。谁是大众？芸芸众生，凡夫俗子，一批面目模糊的背景人物，卑微的群众甲或者群众乙。可以肯定，大众不是位高权重的人，他们居于从属地位，经常被称为劳苦大众或者底层民众。大众如何表述自己的愿望、个性、欢悦和愤怒？大众文化，一个毁誉参半的形容——这是大众称心如意的符号吗？如同"大众"一词所表明的那样，大众文化的确吸附了为数众多的接受者，但是，数量能不能证明这就是大众迫切需要的？

现今，大众文化如此盛大，以至于理论再也不能摆出一副精英的姿态嗤之以鼻。法兰克福学派对于大众文化的严厉鞭笞已经众所周知。肤浅、粗制滥造、批量生产的"文化工业"、毫无个性、廉价的甜俗或者血腥的暴力，这些均是对大众文化符号的基本形容。大众文化的真实目标是投机市场，这里的大众不过充当了市场的傀儡。相对地说，伯明翰学派远为宽容。那些英国的理论家察觉到隐藏在大众文化深部的革命能

---

① 南帆：《文学的维度》，25 页，上海，上海三联书店，1998。

量——这或许会打开所罗门的瓶子，召唤出大众摧毁资本主义生产关系的力比多。然而，对于我们这个国度的许多大众文化制造者来说，这种理论分歧奇怪地弥合了。首先，他们一如既往地肯定"大众"，而且表明了这种肯定的理论谱系——从"革命文学"、《在延安文艺座谈会上的讲话》到"为人民服务"的著名口号；其次，他们踊跃地肯定市场——市场的成功不是雄辩地证明了大众的意愿吗？他们所忽略的是，第一种理论谱系上的"大众"被定位为革命主力军，他们的历史任务是冲垮资本主义制度，包括抛弃自由市场。现今，组成市场的"大众"是"消费者"。换一句话说，无法充当"消费者"的"大众"是得不到青睐的。冯小刚刚刚拍摄了一部贺岁片《手机》，据说票房达到一个相当可观的纪录。"大众"的信任是他们引以为傲的最大理由。尽管如此，许多穷乡僻壤的观众茫然不解——他们对于手机以及电影圈的生活一无所知。但是，这丝毫不影响冯小刚的兴致。这是一批毫无价值的"大众"——他们根本没有能力为票房的上浮作出贡献。

作为消费者的大众进入了资本的结构，维持甚至扩大了这种结构。这就是大众文化的唯一功能吗？这时，人们不能不提到大众文化的另一个重要含义：快感。接受的快感——哈哈一笑或者悬念丛生，火爆的煽情或者貌似深刻的哲理，这一切背后的快感无可替代。"快感"是约翰·费斯克持续关注的一个范畴。他将身体快感的反叛传统追溯至罗兰·巴特和巴赫金，而费斯克的焦点是"那些抵抗着霸权式快感的大众式的快感"。在他看来，这种快感进入大众的日常生活，并且成为微观政治——相对于宏大壮观的历史性大搏斗——的组成部分。"大众文化的政治是日常生活的政治。这意味着大众文化在微观政治层面，而非宏观政治层面进行运作，而且它是循序渐进式的，而非激进式的。它关注的是发生在家庭、切身的工作环境、教室等结构当中，日复一日与不平等权力关系所进行的协商。"① 然而，费斯克所进驻的日常生活是一个处女地吗？如

---

① ［美］约翰·费斯克：《理解大众文化》，王晓珏、宋伟杰译，60、68 页，北京，中央编译出版社，2001。

果说，国家机器不可能搜索日常生活的所有角落——如果说，某些异端人物可能避开警察的监督而在某一个密室策划什么，那么，市场的触角可以伸到任何一个地方。现今，市场已经把资本结构的烙印遍布每一个家庭的客厅、厨房和卫生间——包括那些敌视市场的理论家演说时端在手里的饮料。的确，大众文化包含了杂烩式的节目单：一些不可控制的快感掠过日常生活，并且对于种种体制提出了多方位的挑战；但是，另一些快感已经被资本结构牢牢地攫住，恭顺地成为销售与消费之间的润滑剂。通常的意义上，后者的分量远远超出了前者。《还珠格格》、《戏说乾隆》、《雍正王朝》、《射雕英雄传》、卡拉 OK 里的流行歌曲、春节联欢晚会、《家庭》和《知音》杂志、《第一次亲密接触》、《大话西游》、《泰坦尼克号》、《生死时速》、《侏罗纪公园》——不论这些驳杂的信息制造的是哪一种形式的快感，它们无不统一在资本结构之中，积极地完成资金、生产成本与利润之间的循环。这些信息与其说显示了多元的大众，不如说显示了资本结构丰富的多面性；这些快感与其说表述了大众，不如说这种快感证明了资本结构的坚固。

五四新文化运动以来，大众的表述始终是一个引人瞩目的主题。大众符号的匮乏带来了深刻的不安。革命文学、《在延安文艺座谈会上的讲话》、革命现实主义与革命浪漫主义、革命样板戏——这曾经是一支步步递进的理论线索。如今，这个方面的努力已经逐渐式微。20 世纪 90 年代开始，大众文化如日中天，但是，大众仍然缺席。

令人惊奇的是，无论是白话文的倡导还是革命文学的主张，大众的表述始终是知识分子的强烈渴望——知识分子竭力制造某种接近大众的符号，甚至不惜以分裂式的自贬抬高和颂扬通俗风格。知识分子与革命、民粹主义、劳苦大众的关系以及知识分子对于资本主义文化的反感是一个令人困惑的话题，经济地位、压迫和剥削、阶级意识这一套概念无法穷尽这个话题内部的某些谜团。某种程度上，衣食无虞的知识分子时常是体制的受惠者——他们有什么理由忧虑地盯住寒风之中打颤的乞丐、人力车夫和贫病交加的矿工？许多人只能含混地提到"良知"或者"同情心"。这就是知识分子跨越阶级边界的动力吗？然而，不管这种解释完整与否，另一种迹象愈来愈明显：知识分子愈来愈倾向于用自己的话语方式抗议资本主义文化。他们不再附和大众的立场，殚精竭虑地设想大众的表述形式；知识分子意识到，自己拥有一个可以与庸俗和市侩之气较量的独立群落。正像马泰·卡林内斯库所言，知识分子以文学的现代性反抗历史的现代性。在这个意义上，现代主义文学和艺术犹如知识分子独有的符号。从尼采到萨特，从乔依斯到卡夫卡，现代主义符号的核心是强烈的、不可化约的个人主义，而不是某些群体、阶级或者更为广泛的大众。

抛开革命文学或者大众文化的躯壳，大众找得到自己的符号吗？俚语，俗话，民歌，种种地域性传说，不同的民风、民俗和民间艺术，存活在各种方言之中的地方戏，如此等等。必须承认，这一切不足以表述大众的困境、不幸和渴念。鲁迅曾经深刻地意识到大众陷入的无言境地，他的小说之中出现了一些寓言式的片断：

> 他（闰土）站住了，脸上现出欢喜和凄凉的神情；动着嘴唇，却没有作声。他的态度终于恭敬起来了，分明的叫道：
> "老爷！……"
> ……
> 他只是摇头；脸上虽然刻着许多皱纹，却全然不动，仿佛石像一般。他大约只是觉得苦，又形容不出，沉默了片时，便拿起烟管来默默的吸烟了。
>
> ——《故乡》

如果说，苦难压迫下的闰土张口结舌，以至于放弃了言辞，那么，《祝福》之中的祥林嫂只能机械地重复失败的表达：

> "我真傻，真的，"她说。"我单知道雪天野兽在深山里没有食吃，会到村里来；我不知道春天也会有……"
> ……

后来全镇的人们几乎都能背诵她的话，一听到就厌烦得头痛。

"我真傻，真的，"她开首说。

"是的，你是单知道雪天野兽在深山里没有食吃，才会到村里来的。"他们立即打断她的话，走开去了。

她张着口怔怔的站着，直着眼睛看他们，接着也就走了，自己也觉得没趣……

——《祝福》

大众曾经制造出某些种种极富于表现的符号形式，例如童年鲁迅为之神往的"社戏"。迄今为止，草根一族的粗犷风格和泥土的气息仍然令人耳目一新。鲍尔吉·原野的《在西瓦窑看二人转》生动地描述了一个村庄里上演的二人转。性是二人转的主要题材。机智同时又妙趣横生的表演之中，民间的泼辣、放肆既开朗又粗俗呛人：

……发髻梳得宛如嫦娥的"妹妹"翘兰花指有板有眼地唱一段关于小姐在后花园盼望郎君的故事时，男演员在她身后像强盗似的模拟性动作，像偷一件东西，并喃喃自语。观众哄堂大笑，像原谅他的卑俗，同时饶有兴味地倾听那个浑然不觉的女演员用唱词对瑶台花草的文绉绉的描写。置身这样的情境里，你无法中立。假装斯文显得可耻。

……

这时你一边咳嗽一边睁大被烟熏小的眼睛，发现二人转这么容易征服西瓦窑人，真应该为他们高兴。他们拥有自己喜爱的艺术。性的内容使一些城里的观众感到了不安，也许是西瓦窑人在黄色剧情出现时的欢乐激怒了城里的人，如同一个饕餮者的响亮的咂嘴声惊扰了宴会的气氛，尽管大家都在埋头吃肉，吃被炒过酱过拌过蒸过熘过氽过的另一个物种——譬如牛——的肉。你们在性的话题前太兴奋了。这是城里人对西瓦窑观众的批评。这就叫粗俗。怎样让他们不粗俗呢？这些强壮的，抱着膀吸烟，动辄开怀大笑的不知羞耻的西瓦窑人，他们把各种税都交齐了，家里的牛马猫狗都安顿好了，把电线火种检查过了，到这里观看男女艺人表演半夜翻墙偷情以及被捉逃逸的故事……

然而，如今民间的创造力逐渐枯竭。电子传播媒介正在覆盖每一个区域，CCTV、足球赛事、好莱坞电影挟裹着巨大的声势凌空而降。电视节目正在成为主要的模仿楷模。活跃在大众之中的民间表演团体开始充当电视的傀儡。林白的《万物花开》之中出现了一段草台班子深入乡村表演脱衣舞的情节，这些演员的想象力显然来自电视的训练：

她的上身只剩下了一副奶罩，胸前扑了一些闪光的金粉。灯光暗一阵亮一阵，暗的时候满场嘘声，灯一亮，掌声口哨尖叫声直震耳朵。小梅仰着脸，脸上一片傲岸，跟电视里的时装模特儿一样。她的头发束起来高高地竖在脑后，戴着一只用硬纸糊成的皇冠，上面贴了金纸，闪闪发光。她抬着下巴绕场一周，然后她的手往胸前一按，奶罩落到地上……

这种混杂拼凑的表演风格已经丧失了民间的根源。演出依据的脚本显然是电视之中时装模特表演的粗劣派生物。然而，就是这种符号开始调节乡村观众的文化口味，企图将他们规训成为未来大众文化的合格消费者。所有的迹象无不显示，资本的结构业已进驻广袤的乡村，大量批发文化工业基地生产的符号结构。如果说，国家机器曾经收编了扭秧歌和民歌等，那么，现今资本结构的逻辑绝不逊色。大众从这种符号体系之中分配到一个什么角色？如同经济或者其他领域的分工一样，大众既不可能出任表演主角，占用大众传媒的黄金时段；也不可能运筹帷幄，收取符号运作产生的利润。他们的职责是符号的忠实消费者，协同制造利润。由于他们黑压压地坐在台下，符号运作所包含的美学系统、传播系统和经济循环系统终于圆满地完成了最后一个环节的理想闭合。现行的历史结构之中，大众没有对自己的角色表示强烈的不满。

作为劳动力或者消费者，"大多数"无非是一个数量的形容——形容充足的劳动力或者庞大的市场；然而，"大众"的内涵不仅表明了数量。传统意义上，大众相对于领袖阶层以及权力体系，相对于商人、董事长和知识分子。这同时显示，无论是贩夫走卒还是引车卖浆之流，"大众"是一个结构性的群体，拥有特殊的历史位置——例如，革命理论一度赋予这个群体的历史任务是革命主力军。现在，大众正在符号领域大步后撤，音容渐远。这迫使人们再度考虑问题的两个方面：首先，"大众"及其相对的既定范畴是否已经分化？例如，"大众"可能引入了某些人文知识分子或者中下层技术人员，同时，另一些手握专利或者掌控传媒的知识分子可能演变为经济领域或者权力阶层的佼佼者，这意味着不同群体的历史性流动；另一方面，高与低、贫与富、压迫与被压迫所形成的不平等结构并未消失，甚至更为坚固。符号领域肯定会记录到这一切，不论记录的意图是维护、反抗还是隐瞒这种结构，或者制造种种合理的解释。甚至可以说，无论多少人拥有清晰的历史视野，历史都将转入符号领域，潜入摄像机、画笔或者摊在作家面前的稿纸，改动镜头、图像结构、叙事和遣词造句。

# 技术与机械制造的抒情形式

## 一

抒情表意系统始终是一个引人瞩目的文化门类。庞大的抒情话语部族之中，呼号、诅咒、祈祷无不表述了强烈的激情；相形之下，抒情诗的独特意义在于拥有一批规范的美学形式。这不仅可以追溯到"诗言志"或者"诗缘情"的悠久传统，还包含了一批承传沿袭的抒情诗格律。这些美学形式有效地集结和凝聚了种种情绪冲动，使之成为一个有力的声音。诗人为什么字雕句琢，呕心沥血？抒情诗的美学形式赋予字句奇异的魔力。

人们如果考察抒情诗美学形式的缘起，不得不追溯至抒情类别的历史。初期的抒情类别显明，诗、歌、舞同源。《尚书·尧典》之中有一段著名的证明："诗言志，歌永言，声依永，律和声；八音克谐，无相夺伦，神人以和。"朱自清在《诗言志》一文之中解释说："这里有两件事：一是诗言志，二是诗乐不分家。"[①] 朱自清认为，这与初民生活的文化环境息息相关：

> ……以乐歌相语，该是初民的生活方式之一。那时结恩情，做恋爱用乐歌，这种情形现在还常常看见；那时有所讽颂，有所祈求，总之有所表示，也多用乐歌。人们生活在乐歌中。乐

---

① 朱自清：《诗言志》，见《诗言志辨》，1 页，上海，华东师范大学出版社，1996。

歌就是"乐语",日常的语言是太平凡了,不够郑重,不够强调
的。明白了这种"乐语",才能明白献诗和赋诗。这时代人们还
都能歌,乐歌还是生活里重要节目。①

考察中国古代戏曲的时候,王国维从另一个方面谈论诗、歌、舞与
古代敬神祭祀的关系:"歌舞之兴,其始于古之巫乎?""巫之事神,必用
歌舞。"② 这很大程度上解释了抒情类别的共同起源。在一个更为普遍的
意义上,朱光潜甚至认为,诗和歌的同源是世界诗史的公例。按照他的
区分,诗的进化历史可以分为四个时期:

　　一、有音无义时期。这是诗的最原始时期。诗歌与音乐、
跳舞同源,共同的生命在节奏。歌声除应和乐舞节奏之外,不
必含有任何意义。原始民歌大半如此,现代儿童和野蛮民族的
歌谣也可以作证。
　　二、音重于义时期。在历史上诗的音都先于义,音乐的成
分是原始的,语言的成分是后加的。诗本有调而无词,后来才
附词于调;附调的词本来没有意义,到后来才逐渐有意义。词
的功用原来仅在应和节奏,后来文化渐进,诗歌作者逐渐见出
音乐的节奏和人事物态的关联,于是以事物情态比附音乐,使
歌词不唯有节奏音调而且有意义。较进化的民俗歌谣大半属于
此类……
　　三、音义分化时期。这就是"民间诗"演化为"艺术诗"
的时期。诗歌的作者由全民众变为自成一种特殊阶级的文人。
文人作诗在最初都以民间诗为蓝本,沿用流行的谱调,改造流
行的歌词,力求词藻的完美。文人诗起初大半仍可歌唱,但是

---

① 朱自清:《诗言志》,见《诗言志辨》,9页,上海,华东师范大学出版社,
1996。

② 王国维:《宋元戏曲史》,1页,上海,华东师范大学出版社,1995。

重点既渐由歌调转到歌词，到后来就不免专讲究歌词而不复注
意歌调，于是依调填词时期便转入有词无调时期。到这个时期，
诗就不可歌唱了。

　　四、音义合一时期。词与调既分立，诗就不复有文字以外
的音乐。但是诗本出于音乐，无论变到什么程度，总不能与音
乐完全绝缘。文人诗虽不可歌，却仍须可诵。歌与诵所不同的
就在歌依音乐（曲调）的节奏音调，不必依语言的节奏音调；
诵则偏重语言的节奏音调，使语言的节奏音调之中仍含有若干
形式化的音乐的节奏音调。音乐的节奏音调（见于歌调者）可
离歌词而独立；语言的节奏音调则必于歌词的文字本身上见出。
文人诗既然离开乐调，却仍有节奏音调的需要，所以不得不在
歌词的文字本身上做音乐的工夫。诗的声律研究虽不必从此时
起，却从此时才盛行……①

　　当然，诗的历史上音义之争并非一蹴而就。中国古典诗词之中"词"
的兴盛可以视为音乐的一次复活。"词"是"诗"之后一种后起的抒情诗
形式，因而称为"诗馀"；词源于配乐的歌词，起初的词人是按照乐谱的
音律节拍填词。词的形成再度证明了音乐对于诗的顽强支配。不少事例
表明，音乐并未很快消失在诗的文字推敲之中；相反，音乐扮演了人们
享受诗的中介——或者说，音乐的中介使诗有可能成为一种文化娱乐：

　　开元中，诗人王昌龄、高适、王之涣齐名。……一日天寒
微雪，三诗人共诣旗亭贳酒小饮，忽有梨园伶官十数人登楼会
宴。……昌龄等私相约曰："我辈各擅诗名，每不自定其甲乙。
今者可以密观诸伶所讴，若诗入歌词之多者，则为优矣。"俄而
一伶拊节而唱，乃曰："寒雨连江夜入吴……"昌龄则引手画壁

————————————

　　①　朱光潜：《中国诗何以走上"律"的路》，见《朱光潜美学文学论文选集》，
251、252 页，长沙，湖南人民出版社，1980。

曰："一绝句。"寻又一伶讴之曰："开箧泪沾臆……"适则引手
画壁曰："一绝句。"寻又一伶讴曰："奉帚平明金殿开……"昌
龄则又引手画壁曰："二绝句。"之焕自以得名已久，因谓诸人
曰："此辈皆潦倒乐官，所唱皆巴人下里之词耳。岂阳春白雪之
曲，俗物敢近哉！"因指诸妓之中最佳者曰："待此子所唱，如
非我诗，吾即终身不敢与子争衡矣。脱是吾诗，子等当须列拜
床下，奉吾为师。"因欢笑而俟之。须史，次至双鬟发声，则
曰："黄河远上白云间，……"之焕即揶揄二子曰："田舍奴，
我岂妄哉！"因谐大笑。

——《集异记》

叶梦得云：柳耆卿为举子时，多游狭邪，善为歌辞，教坊
乐工，每得新腔，必求永为辞，始行于世，於是声传一时。余
仕丹徒，尝见一西夏归朝官云："凡有井水处即能歌柳词。"

——《避暑录话》

尽管音乐与诗如此亲密，但是，最后的分裂仍然不可避免。这是为
什么？专职诗人的出现或者乐谱的失传均是一些著名的解释。然而，无
论是话语还是音乐，两种形式的成熟还意味着"音"和"义"的冲突逐
步加剧。对于诗人来说，乐谱的音律可能成为一种束缚拘禁了语义的自
由表达。苏珊·朗格曾经揭示了音乐对于话语的压抑和吞噬："当歌唱中
一同出现了词与曲的时候，曲吞并了词，它不仅吞掉词和字面意义上的
句子，而且吞掉了文学的字词结构，即诗歌。虽然歌词本身就是一首了
不起的诗，但是，歌曲绝非诗与音乐的折中物，歌曲就是音乐。"在苏
珊·朗格看来，一首完美的诗时常抵制音乐的收编，诗的背后存在一种
不可放弃的文学形式；反之，一些二流的诗更易于皈依音乐，成为音乐
的组成部分。① 这个意义上，诗——真正的诗——最终还是选择了语言。

---

① ［美］苏珊·朗格：《情感与形式》，174～176 页，北京，中国社会科学出版
社，1986。

当然，诗并没有遗忘音乐产生的附加值。语言许可的范围之内，诗竭力保存音乐的遗迹。即诗的格律。韵母、平仄、节奏、句式，这些元素均是诗的格律产生起伏和复沓的组织手段。诗的格律制造的声音美学表明，音乐仍然潜伏于语言之中，或者说这是以语言为素材的音乐。

## 二

20 世纪新诗的诞生是中国文学史上一个议论纷纷的话题。迄今为止，新诗的成就与缺陷一言难尽；我仅仅从一个事实开始——新诗毁弃了古典诗词的格律。无论是对于抒情诗的形式演变史还是围绕诗的艺术社会学，这个事实的后果都是意味深长的。

显然，新诗的诞生是 20 世纪之初白话文运动的组成部分之一。人们可以说，新诗与白话文运动的主旨是一致的。让诗重返民众，让诗回归引车卖浆之徒中间，这是倡导新诗的一个首要目的。摧毁佶屈聱牙的句子，恢复清新质朴的文风，这同样是新诗的旗帜。胡适在《谈新诗》之中说："形式上的束缚，使精神不能自由发展，使良好的内容不能充分表现。若想有一种新内容和新精神，不能不先打破那些束缚精神的枷锁镣铐。因此，中国近年的新诗运动可算得上是一种'诗体的大解放'。因为有了这一层诗体的解放，所以丰富的材料，精密的观察，高深的理想，复杂的感情，方才能跑到诗里去。五七言八句的律诗决不能容丰富的材料，二十八字的绝句决不能写精密的观察，长短一定的七言五言决不能委婉达出高深的理想与复杂的感情。"[①] 从二三十年代的"文艺大众化"到 40 年代的"工农兵方向"，拒绝和打击精神贵族始终是新诗念兹在兹的主题。然而，不无讽刺意味的是，20 世纪之末的新诗还是收缩到一个极为狭小的区域之内。尽管诗人时常为自己制造某种君临天下的骄傲——诗依然被形容为文学的皇冠；但是，这一切越来越像一个自我安慰式的夸张。一方面，人们对于诗日益冷漠，读诗的人日益稀少；另一方面，

---

① 胡适：《谈新诗》，见《中国新文学大系·建设理论集》（影印本），上海，上海文艺出版社，1987。

诗正在变为一种怪异的语言织体，或者一种无解的谜语。必须说明，上述的形容并没有隐含贬斥新诗的意味——新诗的现状包含了众多复杂的历史原因，同时，新诗的现状仍然潜藏着强烈的反抗主题；我想指出的仅仅是这一点：新诗与大众相互离异的原因是否与格律的丧失有关？

50 年代之后，对于新诗的非议不绝于耳。相对于传统的古典诗词，新诗似乎缺乏"诗味"；相对于市井或者田间的大众，新诗又过于深奥——新诗的魅力甚至远远不如地方戏曲。毛泽东曾经以诗人和革命领袖的双重身份提出一个救助的方案：在民歌与古典诗词的基础之上发展新诗。毛泽东没有对这个方案进行详细的解释，但是，人们可以发现，民歌与古典诗词的共同之处即可诵可咏。在很大程度上，音乐是聚集大众的有力形式。许多人或许还记得一个有趣的事例——《毛主席语录歌》。不论这个事件的动机如何，谱曲之后的毛泽东语录口口相传——这些抽象的论述因为乐曲而嵌入人们的记忆。五六十年代，一批适于朗诵的政治抒情诗试图建立某种新型的音律；但是，这批诗的宏大政治主题以及登高而呼的广场效果均已破产。这种宏大的形式以及汹涌的激情多半被目为一种浮夸的姿态而遭到抛弃。

20 世纪 70 年代末期至 80 年代的中国新诗——起初被命名为"朦胧诗"——并没有对音律问题予以足够的关注。这一批诗的焦点集中于象征性意象与语义的探索。意象的叠加、共置及其张力以及语言的多义、矛盾、暧昧无不得到诗人的精心考虑。许多时候，诗人试图发现种种隐秘的语言可能以及因此而显现的精神可能。然而，这种诗是"看"的，而不是"听"的；这种诗的文本意义远远超出了音乐意义。80 年代后期至 90 年代，一批校园诗人提出了"口语"与"日常"两个范畴抗拒"朦胧诗"的艰涩。这与其说是返回大众，不如说折向了一种玩世不恭的美学风格——这种美学风格拥有另一批哲学传统。这种"口语"与"日常"和大众对于诗的期待相距遥远。总之，20 世纪后期的新诗仅仅活跃于精英圈子之中。无论是"朦胧诗"还是"口语派"，这些美学分歧均是精英圈子的内部话题。

我愿意重复一个结论：这里的"精英圈子"不是一个天生的贬义词；或者说，臧否世纪之末的中国新诗不是我的兴趣所在。我所企图引申出的一个事实是：世纪之末的中国新诗已经无力承担大众的抒情形式。对于文学来说，这种抒情形式空缺。

三

大约是 20 世纪 80 年代初期，盒式磁带、日本的三洋牌录音机和邓丽君的歌曲共同侵入了中国社会。磁带和录音机产生的话题是海外的电器水准和走私问题，邓丽君的歌曲引出的概念是"气声"和"靡靡之音"。没有多少人预见到，一种新型的抒情形式正在电子技术的协助之下悄悄地完成。文化生产掀开了新的一页。"音乐工业"——两个相距遥远的概念奇异地联合——暗示了这种文化生产的可观效率。无论如何评价这种现象，特别是——无论诗人如何表示不屑，人们都该承认，流行歌曲已经全面占据了抒情诗空出的位置。诗依然门可罗雀，流行歌曲却如火如荼。诗人依然一只笔、一张纸，冥思苦吟，他们的心血之作印刷之后在纸张的世界小范围地传诵；相形之下，流行歌手拥有现代的生产方式。他们在设备精良的录音棚里一句一句地录音；经过机械复制、外表包装和声势浩大的广告宣传，磁带和激光唱片进入大大小小的商店，吸引住无数歌迷。后者显然表明了电子技术、机械和市场联手之后的不凡能量，同时也证明了音乐的抒情意义。现今，一些著名的歌手已经篡夺了诗人的声望而成为社会的偶像。谁还会为北岛、舒婷或者其他一些诗人发狂呢？人们千方百计地得到的是张学友、罗大佑或者那英、田震的签名。的确，现今人们的引经据典不再摘引唐诗宋词，流行歌词的引用率大幅度上升。"潇洒走一回"、"一张旧船票"、"心太软"、"爱拼才会赢"、"把根留住"——诸如此类的歌词朗朗上口。这是一个文化转折的标志。

当然，从抒情诗到流行歌，文化的转折背后潜藏着一种生活方式的转折。对于六七十年代出生的一代人来说，录音机、磁带、激光唱片已是日常之物。一副耳机，一个别在腰上的小型录音机，是他们形象的组成部分。拥有某些歌手的磁带是与名牌 T 恤衫、跑车、耐克鞋相辅相成的生活用品。这时，享受流行歌曲是一种不可或缺的时髦。这是一代人的文化标记。这一代人不会继续将内心寄寓在"寒蝉凄切，对长亭晚，骤雨初歇"或者"卑鄙是卑鄙者的通行证，高尚是高尚者的墓志铭"这样的句子之中，他们宁可唱《驿动的心》或者《我是一匹来自北方的狼》抒发心中的愁绪与豪情。无论是失恋、乡愁、怀念还是祈愿、友谊、感叹，流行歌曲已经将词与曲融为一体；词的浅显与曲的单纯恰如其分地喻示了他们的心情。无疑，这里的"曲"包含了歌手的嗓音。磁性的、明亮的、沙哑的、绵软的，不同的嗓音形成的声音形象——其中相当程度地包含性的魅力。例如，人们完全可以听出男性的诱惑或者女性的柔媚——远比诗人制造的文字形象更富于感性。由于机械、歌手的感性效果和磁带发行商的有效操作，这种新型的抒情形式终于将诗抛到了边缘。我曾经在《隐蔽的成规》之中如此描述二者的交替：

> 多数流行歌曲歌词平庸，主题浮浅，但是，它们势不可当地掠走了大部分诗的潜在读者，毋庸置疑地占有"休闲和娱乐"行业的绝大多数股份。这与其说是流行歌曲的语言胜利，不如说是流行歌曲传播媒介的胜利。诗拘囿于诗人写作、出版物与读者的传统循环，这是诗的圈子。相对地说，流行歌曲具有远为强大的发行网络。经过音乐合成，流行歌曲进入了电子媒介系统。目前，文字出版物的传播功能、动用的资金以及回收的利润无法与电子媒介系统相提并论。考虑到巨大的投资与相应的回报率，电子媒介系统的运作更大程度地根植于市场体系。从主创人员的经济报酬、歌手的包装到作品的广告宣传、演唱形式，流行歌曲的声势和覆盖率是诗所不可比拟的。无论是批量生产、产品宣传、传播手段还是赢利数额，流行歌曲与诗分别属于不同的类型。如果说前者拥有了工业社会的机械生产能力并且成为市场的宠儿，那么，后者更像是即将过时的手工业产品，精致而又乏人问津。的确，流行歌曲因为市场体系的中介而有机地纳入以经济为主导的国家发展模式；相对地说，诗恰恰在这里脱钩了。[1]

---

[1] 南帆：《隐蔽的成规》，158 页，福州，福建教育出版社，1999。

相对于诗的文字形象，歌的激动人心在于——这是一种直面相向的艺术。通常，歌手与听众共处于同一时空现场；他们的嗓音和旋律即刻主宰着听众的情绪。这是一种取消了中介物的交流与共振，歌手与听众之间的波动幅度在互动之中愈演愈烈。从环绕篝火的咏唱到广场上的音乐集会，统一的时间和空间保证了歌唱的艺术社会学。即使是华丽的现代大剧院，这种形式依然不变。然而，录音机、磁带、激光唱片的出现肢解了广场上的音乐集会。歌手周围的听众已经解散，可是，高保真的机械仍然维持了听众与歌手直面相向的现场感。听众可以根据自己的意愿选择听歌的时间和空间——可以在寓所里、汽车里或者在步行的时候；他还可以戴上耳机，没有任何干扰地独享某一个歌手的歌。人们必须承认，电子技术重新设计了艺术。机械制造了现场感与个人化的奇妙平衡之后，流行歌曲得到了最大面积的传播。这时，多数人已经没有必要聚精会神地注视攀缘在语言巅峰的诗人了，明丽流畅的歌声构成了标准化的抒情模式。

然而，如同一些人已经察觉的那样，电子技术制造的抒情恰恰在现场感与个人化表象的背后阉割了此刻与个性。磁带里播放的是录音棚之中合成的、并且由机械大量复制的歌声；这里没有即兴的灵感，没有此时此地的血肉与神经。歌声的节奏、高低以及情绪的饱满程度不会因为听众置身的真正现场而产生任何改变。即使录音带里的歌喉如痴如醉，这仅仅是机械对于人的应付。如果人们抱怨纸张上的诗没有此刻的滚烫和悲怆，那么，机械规定的抒情情境又能好到哪里去呢？

相对于诗所流传的精英圈子，流行歌终于拥有了抒情大众。然而，这个"大众"已经不能形象地想象为广场之上的汹涌人流；这个"大众"仍然匿名地分散于社会的各个角落，他们仅仅是由于市场和机械的组织而成为"大众"。换言之，这个大众不是一个抽象的主体，也不是一批直面相向地会聚起来的芸芸众生，这个大众的形成象征了型号相近的电子机械产品与跨地区市场产生的社会组织能力——这个大众是电子技术、机械与市场共同开发出来的。这时，大众毋宁说是消费体系的一个组成部分。显然，这个"大众"的分布范围极大地超出了歌手的真实嗓音所能覆盖的区域。如果人们意识到，这个"大众"可能是跨民族、跨国界的，那么，人们就会意识到电子技术、机械与市场的社会动员能量。

从这个意义上，流行歌曲不仅是一种抒情，同时还是一种消费——一种电子技术和机械组织的消费。然而，如果人们将这种消费想象为纯粹的自由交易，那就错了。无论是电子技术和机械的先进与否还是市场开拓的成功与否，无论是民族、国家的边界还是种族、性别、经济利益、文化圈所制造的意识形态，这些因素都将共同加入流行歌曲的消费，制造种种权力、主宰、压抑或者边缘、反抗、哗变。为什么是麦当娜、杰克逊或者毛宁、张惠妹而不是别的歌手？决定这一切的绝不仅仅是音乐美学。从文化资本的权势、技术优势与文化控制的关系到后殖民时代的文化入侵，这些故事或隐或显地藏身于音乐美学背后，甚至成为主导因素。的确，抒情意味一种自然流露；但是，种种权力的介入正在重塑人们的"自然流露"方式；最为成功的介入恰恰是隐去了外在形式而将权力意志改造为"自然流露"。

许多人毫无戒意地接受了电子技术、机械和市场制造的抒情形式，并且认定这是一种"个性"。然而，这种"伪个性"正在催生一大批标准化的抒情模式。因此，一位音乐评论家多少有些夸张地描述了流行音乐正在制造的同质文化：

> 流行是什么？流行是一股世界性的整合力量。刮过之处即宣告占领、宣告同化。同样地，流行音乐是一种世界艺术。我们不要为某位艺术家是美国人或中国人所迷，在这个领域里，国家和民族概念已经悄悄地被置换了。节奏布鲁斯不是什么美国音乐，中国摇滚也不是什么中国音乐，不管你乐不乐意承认，世界各地的流行音乐，都是同一个一体化的音乐。
>
> 说流行音乐是一种世界艺术，还有另外一层含义：关于流行音乐的听众，恰当地说不是中国人或美国人，一针见血的说法应该是世界人。它所暗示的，是一批世界子民的出现：新人类、新新人类、X一代、N一代、酷一代，网虫、歌迷、新潮

消费者……不管生活在中国或美国，这些新人群具有相近的生活内容：听一样的歌，看一样的电影，玩一样的时尚，上网、泡吧、蹦迪、追星，吃麦当劳或肯德基；或者还有一些人，更有着彼此相似的工作内容，比如都在外资企业、星级酒店、外贸单位、跨国集团工作，其知识、文化、环境、管理，有着同样的国际化背景。而在说到城市时尚时，即使不一样的国家消费不一样的文化产品（如中国人听的是张惠妹，不是麦当娜），这不一样里也有着一样的最新世界潮流的骨血。①

或许，现在人们可以集中地考察一下，某种电子机械设备如何在新型的抒情形式之下将个性表现、欲望、商业、时尚消费、娱乐奇特地绞在一起，以至于风靡一时——这里，我指的是卡拉OK。

## 四

现今看来，人们具有充分的理由将卡拉OK形容为一种了不起的机器。卡拉OK源于日本，不久之后即侵入台湾、香港、南韩和中国大陆等地。麦克风、音箱、伴奏机、电视机——如此简单的机械设备竟然风行如此之多的国家和地区，的确令人惊奇。卡拉OK是一种典型的室内运动；歌厅、包厢是通常的演唱场所，另一些时候，卡拉OK还会成为家庭内部的自娱自乐。

可以毫不夸张地说，这种机器的首要意义是发现了人们的歌唱欲望。如果没有卡拉OK的怂恿，多数人并不清楚自己竟然如此地企盼一展歌喉。唱是一种巨大的快感。这种形式与抒怀言志之间的关系埋没已久。引吭高歌的古老激情隐藏于内心深处，一如坚冰之下的潜流。自由一种原始的抒情方式转变为职业演技之后，歌唱渐渐地被视为舞台上的正式表演。除了少数民族或一些偏远地区，文化习俗的训练已经使多数人不习惯于当庭纵声高唱。他们温文尔雅，谦恭礼让，率性而歌不啻于一种失态。另一方面，

---

①  李皖：《整体的碎片和碎片的整体》，载《读书》，2000（9）。

相对于众多职业歌手的婉转歌喉，他们的嗓音显得干涩、粗野、未经训化，令人自惭形秽。现在，卡拉OK终于突破了这种文化僵局；歌唱重新回到了大众的日常生活之间。流行歌曲倾倒大众之后，卡拉OK进而将抒情形式从"听"转向了"唱"，这的确是一个重要的转折。"表现自我"——这个源于某些激进诗人的口号因为卡拉OK而意外地突然实现了。

卡拉OK如何有效地掩盖生疏的歌唱技巧可能产生的窘迫？机械的伴奏可以为所有的嗓门保驾护航。经过卡拉OK的伴奏机处理，歌曲的节奏简化了。如果说清唱是一种图穷匕首见的考验，那么，卡拉OK有助于人们顺利地跟随节拍，即使出现某些走调也不至于倾斜过度。麦克风轻易地放大了未经训练的嗓音，改装过的嗓音浑厚、悠扬、富于穿透力。如果人们遗忘了歌词，电视屏幕会及时地予以提示。如果某些人因为突如其来的怀旧之情而企图唱一曲过时已久的老歌，电子点歌系统决不会让人失望。总之，卡拉OK自动地清除了一切障碍而将歌唱变为一种机器对于歌手的伺候。机器将歌唱从职业歌手那里夺回，五音不全的人也拥有了上台表演的勇气和机会。至少在某一方面，理论家有理由把这种状况形容为文化民主。机器协助人们意外地发现自己的音乐天赋，这是一种令人快慰的经验。卡拉OK如此彻底地调动了人们演唱的积极性，以至于许多人常常固执地把麦克风握在手中而不愿意转让给他人。当然，这时的人们不会意识到，这是电子技术和机械性能规定的抒情，技术和机械才是歌唱之中的真正主角。

一个虚幻的强大主体就这样建立起来了。由于电子机械设备的衬托，人们明确地感到自己声音的优美和洪亮。这甚至不必经过某种想象性的转换，机械直接地改善和扩充了人们的身体器官。人们将机械当成自己的一部分能力之后，艺术终于变得"容易"了。这无疑隐含了某种成功之感。卡拉OK的演唱形式再度从外部巩固了这种成功之感。多数人没有机会手执麦克风登台接受他人的仰视，卡拉OK同时赋予了歌唱者的中心位置。这时，人们渐渐明白这一套机械设备为什么深得宠爱了。

卡拉OK一方面完成了主体幻象，另一方面却紧密地织入消费之网。换一句话说，消费恰是完成主体幻象的具体步骤。通常，配备了卡拉OK

的歌舞厅是酒店的依附部分。这是宴会之后的娱乐场所，或寂寞旅人的消遣之地。当然，也有不少顾客直奔卡拉 OK 歌舞厅。卡拉 OK 往往设于包厢之内，包厢之内同时还备有茶水、饮料、果盘以及各种小点心。这种世俗的气氛当然只适合流行歌曲——这里的音乐早就与身着晚礼服的指挥家以及辉煌的大型交响乐分道扬镳了。卡拉 OK 的包厢是封闭型的，时常形成某种私密的气息；因此，某些卡拉 OK 包厢同时是色情活动的空间。许多人来到卡拉 OK 包厢仅仅是为了放松情绪，另一些人相约到卡拉 OK 包厢来谈生意——这时的卡拉 OK 包厢如同传统的茶馆。还有一些卡拉 OK 设在歌舞厅的大堂，大堂的演唱具有更多的表演气氛。这时，众多顾客的演唱不知不觉地产生了某种竞争的意味。歌舞厅大堂里的演唱有时与另一些顾客的跳舞相伴；但这种舞蹈仅仅是依据流行歌曲的节拍而与歌曲的内在情绪无关。总之，卡拉 OK 更像是一种轻音乐形式之下的快乐聚会；这种联欢背后的抒情意味已经十分程式化了。卡拉 OK 周围的消费活动正在将抒情艺术改造为一种无伤大雅的娱乐。因为某一首风格忧伤的歌曲而悲哀，或者由于某一段情意绵绵的对唱而心猿意马，这都是愚蠢的表现——这里的抒情已经空洞化了。

那些徘徊在语言巅峰的诗人发掘到了什么？一个美妙的词汇闪电般地从意识之中掠过，诗人疾速地捕获这个词汇；于是，一个遥远的可能突然实现，新的天空打开了。这是诗人陶醉的极乐之境，以至于他们甚至不想回头看一看是否还有追随者。相形之下，流行歌曲多半是一种现有心情的收集，一种没有新意的感喟与幽然倾诉。但是，后者是在机械设备的强力伴奏之下唱出来的，计算机程序编就的节奏规约了人们的内心起伏。无形之间，人们的抒情如同受制于统一的口令。就在诗人们殚精竭虑地摆脱雷同、向往独异的时候，卡拉 OK 已经在电子技术与机械的协助之下建立了风格相仿的抒情帝国。

## 五

MTV——Music Television 的缩写——是一种新兴而迷人的艺术类别。MTV 显现于电视屏幕，时常是诗、歌、舞三位一体的。电视的喇叭之中播放着歌声和乐曲，歌词打在电视屏幕的下方，屏幕的中央是种种影像片断的跳跃性地闪现——这即 MTV 的经典形式。这似乎是在一个新的技术条件之下重新回到了诗、歌、舞同源的环境，然而，这已经不是"言之不足故嗟叹之，嗟叹之不足故永歌之，永歌之不足，不知手之舞之，足之蹈之也"的情不自禁了。导演恰恰是借助新的技术条件精心地构思了"言"、"歌"、"舞"三者的崭新关系。MTV 的诗、歌、舞三者共同形成的是一种似真似幻的梦境，一种镜花水月式的飘渺与奇观异景的结合。因此，MTV 的抒情形式既源远流长，又寓含了电子时代的风格。在这个意义上，MTV 迅速地成为时代的宠儿。正如劳伦斯·格罗斯伯格发现的那样，MTV 承担了许多不同寻常的功能："它不仅销售广告产品而且也销售生活方式和消费倾向；它不仅销售唱片而且也销售录像；它销售形象和经过包装的趣味，它也销售观众。"①

一些资深的古典音乐信徒时常不失时机地表达对于 MTV 的不屑。在他们心目之中，音乐必须置于诗、歌、舞的核心；同时，无标题音乐才是纯粹的艺术。因此，他们认为 MTV 笨拙地以歌词和影像注释音乐，这是黔驴技穷的表现。音乐的境界必须仅仅是听——人们在听之中辨识一系列音响的高低、组合、旋律、均衡、对称以及实现这一切的技巧。试图在一系列音响之中找到模仿的现实原型——诸如鸟鸣、风声、水声、战场上的呐喊，如此等等——是一种相对低级的品味。

如今人们有理由说，这种观点多少忽略了一个事实：电子技术正在为多种传播媒介的联合提供前所未有的可能。这个事实不仅对于传统的音乐准则提出了挑战，同时，还改写了音乐与其他艺术类别的关系，改写了艺术进入社会循环的轨迹，改写了抒情作品——无论是诗的意义上还是音乐的意义上——的销售纪录。在这个意义上，传统的蔑视可能错过某些重要的文化动向。这里，我试图从三种不同的视野分别考察 MTV 的某些特征。

---

① ［美］劳伦斯·格罗斯伯格：《MTV：追逐（后现代）明星》，见罗钢、刘象愚编：《文化研究读本》，422 页，北京，中国社会科学出版社，2000。

　　首先，我想提到的是 MTV 之中身体影像的意义。无疑，MTV 之中的影像形形色色。例如，残墙、断桥、老屋、摩天大楼、车水马龙的立交桥、大雨瓢泼之下的湖面、天空的云絮，如此等等。尽管如此，许多 MTV 之中的核心影像还是人物——通常是一个正在唱歌的俊俏的年轻歌手。他或者她或歌或舞的同时摆出种种姿态、造型表示肢体语汇。哀愁的眼神，娇媚的轻笑，似嗔似怨的表情，雾霭之中飘移的身姿，拥膝而坐的无望等待，月色溶溶之中孤独的背影，均是身体表述的诱人含义。不可否认，许多 MTV 之中的身体影像程度不同地寓含了性的诱惑。某些女性歌手服装暴露，她们的舞姿和表情包含了大胆的挑逗。这有效地弥补了流行歌曲的平庸歌词，增添了某种文辞之外的表意体系。多数 MTV 作品之中，人物影像即著名的歌手本人。一组组精美的特写镜头不仅显示了这些明星英俊艳丽的容貌，同时，身体形象的显现还使抽象的明星崇拜开始转向某些暧昧的浪漫想象。不言而喻，身体影像产生的效果是 MTV 制作者的预定意图。性的意味是许多 MTV 投合消费者的诱饵。这时，MTV 之中的身体影像——特别是明星们的身体影像——是一个价格不菲的商品。

　　其次，我试图在后现代的语境之中谈论 MTV。通常，MTV 之中的影像片断是零散的，跳跃的，无中心的。这多少令人联想到后现代社会的文化经验。不少理论家共同承认，后现代文化是无历史的、无常规的，整个社会的表意链条已经崩溃。因此，碎片化是后现代文化的典型特征——这些碎片的背后没有一个结构性的整体。如果说，环环相扣的电视连续剧象征的是一种封闭的稳定空间，那么，MTV 的无序拼贴象征了后现代的纷乱。许多 MTV 保持了都市的视点：冷漠的门，半开半合的窗，滑动的电梯，熙熙攘攘的地铁站，一台跳动的闹钟，酒吧里的电话，玻璃背后一张模糊的脸庞，如此等等。然而，都市本身即后现代文化的一个重要标本。一个影像滑向另一个影像，一个片断跳到另一个片断，这里不存在有力的逻辑推移，人们甚至可以将 MTV 形容为精神分裂者的语言。不论这些 MTV 的局部制作得如何精致，它们的整体时常流露了无力之感。这里没有一个强烈的主题照亮始终。在劳伦斯·格罗斯伯格看来，后现代毁弃了种种宏大的意义之后，MTV 是脱离特定意义或者价值观念的一种空洞的"情绪增强物"。① 当然，在另一个意义上，这恰恰打开了传统表意体系的枷锁，另一些曾经被传统意义或者价值观念遮蔽的内涵开始显现，这即我所要说的再次——

再次，我想提到的是 MTV 对于影像表意系统的意义。历史上，影像表意系统是伴随电影的拍摄而成熟的。影像的表意探索很大程度地集中于影像的叙事。用结构主义的术语说，影像的表意系统时常遭受横向组合制约。MTV 解除了横向组合的叙事逻辑，于是，影像拍摄的距离、角度以及影像之间的彼此衔接无不呈现了崭新的可能。人们可以从一些 MTV 作品之中看到种种超出叙事意义的奇特镜头。例如，某一个角度的脸庞、反复闪回的某种造型、一些日常用具的超常特写、焦点模糊的屋内景象，等等。这些镜头及其特殊的剪辑制造了种种闪烁不定的意义，传统的影像解读预期被击破了。这种表意系统令人联想到了诗——的确，MTV 的表意是影像的纵向组合。MTV 的影像之间的链条不是故事逻辑，而是旋律与象征。这无异于在影像符号的意义上回到了经典的抒情形式。如同精粹的诗是语言结晶一样，MTV 也可能——或者正在——演变为影像符号的诗。在我看来，这是 MTV 最富有潜能的方面。

---

① ［美］劳伦斯·格罗斯伯格：《MTV：追逐（后现代）明星》，见罗钢、刘象愚编：《文化研究读本》，425 页，北京，中国社会科学出版社，2000。

# 身体的叙事

## 一

    20 世纪的一系列理论故事纵深演变的时候，"身体"成为一批风格激进的理论家共同聚焦的范畴。快感、欲望、力比多、无意识纷纷作为"身体"之下的种种分支主题得到了专注的考虑。从萨特、梅洛·庞蒂、福柯、罗兰·巴特到巴赫金、德勒兹、詹姆逊、伊格尔顿，他们的理论话语正在愈来愈清晰地书写"身体"的形象及其意义。身体与灵魂二元论的观念以及蔑视身体的传统逐渐式微，身体作为一个不可化约的物质浮现在理论视域。"身体"这个范畴开始与阶级、党派、主体、社会关系或者政治、经济、文化、意识形态这些举足轻重的术语相提并论，共同组成了某种异于传统的理论框架。

    "身体"范畴以及快感、欲望、力比多、无意识均包含了对于理性主义的反叛，解除理性主义的压抑无疑是许多理论家的战略目标。在这些理论家看来，工业文明、机械、商品社会并没有为身体制造真正的快乐；数额巨大的物质财富和发达的社会体系仿佛与身体日益脱节了。身体必须为一些遥不可及的渺茫远景从事种种苦役，社会生产似乎在某种神秘的逻辑支配之下自行运转。许多时候，人们无法发现二者之间的必然联系。如果没有一些陈陈相因的复杂推理，人们无法说明为什么必须召集世界上一流的智慧和工艺生产核弹头、生物武器或者航空母舰——尤其是在许多地区甚至还无力解决一系列医疗费用或者生态环境问题的时候。如同不少人察觉到的那样，现代社会是"非身体"的。卡夫卡小说之中冷漠的城堡意象可以视为这种社会的象征。这个意义上，重提身体是对于异化的理论抵抗。当然，一些左翼理论家还进一步将身体想象为一座小型的活火山。在他们眼里，现代社会的专制体系——不论是源于极权政治还是源于资本和消费主义的强大控制——日益完善，大规模的革命并没有如期而至。经济领域的不平等似乎无法掀起撼动这个体制的风暴。这时，理论家的目光收缩到身体内部——他们发现，无意识领域沸腾不已的力比多似乎积聚了无尽的能量。对于发达工业社会的意识形态，只有身体内部不驯的欲望才是一个致命的威胁。身体不仅是一个由骨骼、肌肉、内脏和五官组成的实体——身体不仅是医学或者生物学的对象；无意识领域发现之后，身体被再度赋予特殊的理论分量。

身体的生理性质取决于种种构成物质，身体的地位是一个文化事实。理论的意义上，身体的消失是不久以前的事情。根据约翰·奥尼尔的考察，历史上的许多时候，人类是以身体为模型构想自然与社会，或者说，人的身体与社会机制互相重构："人类首先是将世界和社会构想为一个巨大的身体。以此出发，他们由身体的结构组成推衍出了世界、社会以及动物的种属类别。""我们的身体就是社会的肉身。"[①] 这些观念在维柯的《新科学》之中得到了证实。在维柯看来，身体、感官产生的原始诗性逻辑是理性主义重构宇宙的基础。这种重构背后的思维被奥尼尔称为"拟人论"。文艺复兴时期，人的身体形象得到了赞颂和讴歌，"这种形象一直都是宗教、科学、法律和诗歌的母胎"[②]。奥尼尔在谈论"社会身体"和"政治身体"时还发现，人们曾经以身体为比拟说明社会政治的整体性以及平衡观念。在奥尼尔看来，"拟人论"的终结是现代社会的一个重要后果——"现代经验之抽象基于人形的消弥之上，因为人们更青睐于可算计测量之物，如数据、线条、符号、代码、指数等。作为人类自我赋形中的创造性力量，拟人论正在处处消退。"[③] 在奥尼尔看来，资本主义文

---

① ［美］约翰·奥尼尔：《身体形态：现代社会的五种身体》，张旭春译，17、10 页，沈阳，春风文艺出版社，1999。

② 同上，31 页。

③ 同上，15 页。

化与种种技术神话已经作为另一种框架代替了拟人论。国家、社会、家庭的设想无一不在这种框架下面重新设计。身体完全丧失了基本蓝图的意义。于是，"人的每一种生理、精神和情感的需求最后都将被物化成化学物质或职业服务"。这时，身体很大程度地变成了经济的盘剥对象。案牍化的生活废弃了身体运动，商人们开始出售休闲、健康以及体育运动。身体体验的替代性消费是大众社会的另一个特征，性和暴力成为商品的主要成分。[①] 身体被孤立起来予以专门的技术处理，这是工业社会的组成部分；具体地说，现代医学为之提供了越来越完善的条件。可是，这种进步同时还包含了隐蔽的控制。"关于生命基因学、健康、生存必需品、家庭条件、学习能力等的科学话语的膨胀之后果就是将生命带入了国家权力和工业化所控制的轨道上来了。"[②] 在这个意义上，福柯对于性话语的精彩分析是一个经典的个案。

毋庸讳言，现代社会已经形成了一套压抑身体的完整机制。欲望的禁锢或者转移是这一套机制的首要主题。显然，弗洛伊德的精神分析学是从家庭内部的传奇开始追溯压抑的缘起。如今，人们正在津津乐道自我、本我、超我或者快乐原则、现实原则这一批术语。弗洛伊德以他独特的方式描述了性本能所遵循的快乐原则如何被坚固的现实原则挫败。弗洛伊德承认，压抑是文明的必要代价。如果文明驯服不了暴烈的欲望，基本的社会秩序将分崩离析。人们可以想象，这种压抑的一个有效策略即贬低身体，以至于让身体从视野之中消失。人们或许可以轻易地从语言学之中获得一个旁证：相对于实物命名或者理性思辩的词汇，表述身体感觉的词汇极其贫乏。

然而，人们可能追问的是，身体的压抑是否存在一个历史的界限？高度发达的社会生产是否指向一个历史的转折点——物质财富的积累是否可能结束异化的历史，解除社会对于身体的压抑？社会生产是否将这

---

① ［美］约翰·奥尼尔：《身体形态：现代社会的五种身体》，张旭春译，100、101 页，沈阳，春风文艺出版社，1999。

② 同上，123、144 页。

种前景视为一个目标：人类的身体不再是某种生产或者生殖的工具，而是一个快乐之源？马尔库塞的《爱欲与文明》围绕这些思想展开了论辩。马尔库塞认为，文明对于身体快乐的剥夺是特定历史阶段的产物，取缔身体和感性的享受是维持社会纲纪的需要。许多时候，感性的快乐只能缩小到审美之中予以实现。然而，如今已经到了中止这种压抑的时候了。现代社会的经济条件已经成熟，社会财富的总量已经有能力造就一个新的历史阶段。《爱欲与文明》之中，马尔库塞企图在身体的交汇点上结束现实原则与快乐原则的分裂。他赋予弗洛伊德的性本能正面含义——马尔库塞将性欲扩展为爱欲的意义即将快乐的范围扩展到整个身体：

> 由力比多的这种扩展导致的倒退首先表现为所有性欲区的复活，因而也表现为前生殖器多形态性欲的苏醒和性器至高无上性的削弱。整个身体都成了力比多贯注的对象，成了可以享受的东西，成了快乐的工具。①

显而易见，如果马尔库塞的历史设想遭到了现实的拒绝，那么，社会财富的分配方式负有首要责任。社会财富的总量无法保证人均财富达到马尔库塞设想的标准。换言之，如果权力或者资本的运作还在加剧贫富悬殊，那么，身体的快乐与异化的解除必定遥遥无期。从这个意义上，马尔库塞提出了身体和力比多并不是从社会退回一个狭小的区域，倡导人们谈论某些肌肉的痉挛或者酒吧里诱惑异性的表情。这里，身体的强调毋宁说是向发达工业社会的运行体制发出根本的质问。

如同马尔库塞一样，另一个左翼理论家伊格尔顿也将美学、身体与政治联系起来。《美学意识形态》申明："对肉体的重要性的重新发现已经

---

① ［美］赫伯特·马尔库塞：《爱欲与文明》，147 页，上海，上海译文出版社，1987。

成为新近的激进思想所取得的最可宝贵的成就之一"，"我试图通过美学这个中介范畴把肉体的观念与国家、阶级矛盾和生产方式这样一些更为传统的政治主题重新联系起来"。① 在伊格尔顿对于审美所作的系谱学分析之中，审美源于哲学对于身体的控制——身体是精神飞地之外的一个不可放弃的领域。鲍姆加登的《美学》试图将理性遣入不无混乱的感性领域。就这个意义，美学推行的是"理性的殖民化"：

> 美学的任务就是要以类似于恰当的理性的运作方式（即使是相对自律地），把这个领域整理成明晰的或完全确定的表象。感觉和经验的世界不可能只起源于抽象的普遍法则，它需要自身恰当的话语和表现自身内在的、尽管还是低级的逻辑，美学就是诞生于对这一点的再认识。②

美学的出现至少有可能将身体和感性纳入概念话语的网络。这是对于主体的巧妙操纵，伊格尔顿甚至从这个意义上解释康德的"无法律之合法性"——审美的训练终于使身体与法律制度合二而一：

> 与专制主义的强制性机构相反的是，维系资本主义社会秩序的最根本的力量将会是习惯、虔诚、情感和爱。这就等于说，这种制度里的那种力量已被审美化。这种力量与肉体的自发冲动之间彼此统一，与情感和爱紧密相联，存在于不假思索的习俗中。如今，权力被镌刻在主观经验的细节里，因而抽象的责任和快乐的倾向之间的鸿沟也就相应地得以弥合。把法律分解成习俗即不必思索的习惯，也就是要使法律与人类主体的快乐幸福相统一，因此，违背法律就意味着严重的自我违背。全新

---

① ［英］特里·伊格尔顿：《美学意识形态·导言》，7、8页，桂林，广西师范大学出版社，1997。

② 同上，3、4页。

的主体自我指认地赋予自己以与自己的直接经验相一致的法律，在自身的必然性中找到自由后便开始仿效审美艺术品。①

这样，在中心权威淡隐的时候，美学承担起主体的内在化管理重任。自然的、感性的自律代替了法治的外在他律。这种自律部分似乎在某一个更高的意义上神秘地体现了总体的"法则"。在伊格尔顿看来，新兴的中产阶级一方面将自己视为普遍的主体，另一方面又崇尚粗俗的个人主义——审美恰好充当了普遍与个别之间的"和解之梦"②。这是"把必然当作自由，把强制当作自律"③。在这个意义上，伊格尔顿阐述了审美的双重含义：首先，审美是一种解放，主体是通过感觉冲动和同情——而不是外在法律——联系在一起，欲望和法律、道德和知识以及个体和总体之间的关系无不得到了改善；其次，这种内在化的压抑可能将某种统治更深地置入被征服者的身体之中。换一句话说，审美提请人们正视身体的存在；同时，审美又试图驯服身体和感性、本能。按照这种解释，审美是一种危险的游戏。唤醒的身体非常可能挣脱预设的观念之链而放纵暴烈的冲动——"因为肉体中存在反抗权力的事物。"所以，伊格尔顿不无感慨地说："统治性的社会秩序所渴望的正是这种'深层的'主体性，最能引起恐惧的也是这种主体性。"④

现在，人们可以回到既定的主题：影像空间的身体——这里的身体述说了什么？

## 二

摄影是对于视觉无意识的解放——如果重提本雅明的观点，那么，人们不难觉察，影像空间的身体意象是对于某种欲望的隐秘呼应。这时

---

① ［美］特里·伊格尔顿《美学意识形态·导言》，8页，桂林，广西师范大学出版社，1997。
② 同上，11～14页。
③ 同上，16页。
④ 同上，17页。

人们才意识到，人们的视线始终渴望遭遇身体。摄像机力图切割出理想的视觉景框。摄像机将焦点集聚到人的身体之上，并且提供了种种观看身体的特殊方位、角度和距离——这些方位、角度和距离时常遭到现实的否决，或者由于过分熟悉因而视若无睹。这样，影像恢复了身体的核心位置，解除了视觉禁忌。现实之中潜在的视觉压抑揭去了，直视影像之中的身体——不少时候甚至是身体的隐私——不再遭受礼仪的非议。反之，如果电影或者电视的摄像镜头在杳无人烟的荒漠逗留得太久，人们就会感到不适——这是身体的匮乏导致的视觉不适。人们有理由认为，视觉对于身体的迷恋得到了现行文化的暗中认可，电子传播媒介积极地为之推波助澜。传统的农业社会之中，身体仅仅是开发自然的一种劳动工具，身体的观赏与崇拜不可能大范围地产生。

考察影像与身体的关系，人们首先想到了活跃在影像空间的明星。明星的形成是一个有趣的文化事件。明星们制造时尚，扮演偶像，成为大众追慕与模仿的对象。明星周围形成了一种崇拜的气氛。人们时常询问的是，充当明星的基本条件是什么？我曾经发现，明星的形成不仅源于某一方面的成就，还因为明星形象与这种成就不可分割地镶嵌在一起。另一些成就显赫的专家——例如核导弹专家、史学专家或者金融专家——通常因为个人形象的缺席而无法赢得类似的崇拜。为什么明星时常诞生于演员、运动员、歌舞表演者之间？身体的魅力是造就明星的前提。他们均是身体表演者。在这个意义上可以说，明星崇拜的巨大冲动背后隐藏了强大的原始情绪。无论如何，身体影像是一个极富号召力的符号。正如劳伦斯·格罗斯伯格所发现的那样，明星的才能并不重要，重要的是他占据了明星的位置——才能不过是这个位置的必然附属品。所以，明星仅仅是一个"活动的符号"。①

阐述影像制作对于身体的热衷，人们时常会想到电视之中的体育频道。为什么人们可以长时间地锁定体育频道，甚至在电视机之前如痴如

---

① 参见［美］劳伦斯·格罗斯伯格《MTV：追逐（后现代）明星》，见罗钢、刘象愚编：《文化研究读本》，424页，北京，中国社会科学出版社，2000。

醉，形同狂人？不言而喻，身体主题的召唤是无与伦比的。体育频道集中了精彩的身体意象；古铜色的强壮肌肉、速度和力量、有力的心脏搏动与急剧的血液循环，一种古老的欲望奔涌而出。相对于种种线索纷乱的故事，体育赛事的情节并不复杂，但是，人们对于身体主题的投入程度甚至超出了自己的想象。粗重的呼吸，失控的心跳，两眼闪出疯狂的光芒，胳膊忘乎所以地向空中挥舞，变形的脸缀满了汗水，嘶哑的喉咙不断地吼叫，一串串粗话与欢呼不知不觉地脱口而出……这的确令人迷惑：屏幕上那几具奔窜跳跃的身体为什么具有如此之大的魔力？一些无关大局的胜负游戏与体能纪录为什么使这么多人激动得难以自持？显然，身体承担的是一种原始抒情的符号。涌动于无意识之中的某些激情和能量转移到这些身体之上，运动的身体表述着一种不可遏止的激动。他们的力量与速度在观众的身体之中产生了巨大的回响。我在另一个场合的断言并没有太多的夸张："不论这个世界出现了多少话语体系，躯体仍然是最有力的语言。语词只能与语词对话，躯体却能感动躯体，这是一个不变的真理。"①

　　体育竞赛时常是一种身体的对决。身体之所以激动人心，恰是因为这种对决某种程度地重演了奥尼尔提到的"拟人论"。我曾经阐释身体的逻辑如何企图在现代社会的图景背后顽强地浮现：

　　　　……现代社会已经成为一个极其复杂的综合体，无数因素参与了社会的发展。人们时常看到，一些白发苍苍、行动迟缓的社会权威人士掌管着这个世界。或许，白发苍苍表明了权威人士积累个人资本的必要时间。然而，体育馆里面却出现了另一种景象。一批肌肉发达、充满活力的躯体占据了核心。他们通过力量、速度和技术的角逐层层选拔，最终推举出一批竞技场上的王者。尽管这些躯体的胜利者不可能如同远古社会一样

　　① 南帆：《体育馆里面的呼啸》，见《叩访感觉》，261页，上海，东方出版中心，1999。

介入军事、政治和领导机构，尽管他们的胜利更像是象征性的，但是，他们赢得的荣誉与崇拜表明，另一种假想的权威、社会结构与历史图像至少在体育馆内部得到了确认。体育馆里面简单得多：躯体的最强者同时也就是这个空间的统治者。[①]

皮埃尔·布尔迪厄曾经分析过各种体育运动与社会各个阶层、阶级之间的联系。例如，工人阶级喜欢拳击或者举重，富裕阶层喜欢滑雪、骑术或者登山、高尔夫球。这与他们的社会生活条件相互呼应。[②] 然而，电视转播很大程度地模糊甚至解除了不同社会阶层之间的界限，人们可以用视觉参与以往无法投入的体育运动。体育频道显明了影像制作对于身体主题的认同，欲望与快感正在视觉的空间得到解放。这是身体美学与影像联合制造的节日。现在的问题是，这种解放能否扩张到体育频道或者影像空间之外？多数人强烈地意识到，这仅仅是一个白日梦。身体的主题只能浮现在特定的舞台；超出这个舞台，现实的身体即将为另一批规则接管。现代社会的压抑体系愈来愈严密，体育频道乃至影像空间仅仅是人为地预留的一个空隙。在某种意义上，身体主题的梦幻更像是现代社会组织的一个事先设计——这个空隙周期性地吐出残存于公众身体之中的血性、狂野以及种种异样的激情和亢奋。这是未雨绸缪的能量释放。人们已经发现，体育正在日益疏离原始的冲动。体育与意识形态的关系已经为人熟知，体育竞赛的胜负时常被不负责任地与一个国家或者一个民族的强大与否联系起来，身体成为国家与民族形象的粗陋象征；这毋宁说是意识形态对于身体内部力比多的巧妙征用。与此同时，体育竞赛还处于货币的严密监控之下。从训练、赛事规模到媒介的传播，货币的数量可以使一场竞赛轰轰烈烈，也可以使另一场竞赛萧条冷落。无论是门票出售、广告、冠名权、转播权还是抽奖、赌博，体育赛事正在

---

① 南帆：《体育馆里面的呼啸》，见《叩访感觉》，258 页，上海，东方出版中心，1999。

② 参见［法］皮埃尔·布尔迪厄：《如何才能做一个体育爱好者》，见罗钢、刘象愚编：《文化研究读本》，北京，中国社会科学出版社，2000。

愈来愈紧密地纳入商业形式。众多体育俱乐部迅速地成为这种经济循环的寄生物。电视网络——特别是卫星电视——无疑极大地提高了体育运动的价格。众多著名的球星竞相开出了天文数字的身价，这是电视转播之后的事情。人们可以说，体育赛事与电视转播的结合前所未有地扩大了出售身体意象的商业网点。于是，欲望、快感、力比多冲动产生的原始抒情终于在更大范围内成为一个交易繁荣的现代产业。这显然与左翼理论家赋予身体的解放使命背道而驰。

考虑快感、享乐主义与左派政治或者意识形态关系的时候，詹姆逊十分关注革命的需求与欲望、快感之间的辩证统一。《快感：一个政治问题》之中，他肯定了快感问题的政治意义。但是，詹姆逊表示怀疑的是，如果这种快感仅仅充当一种商品，仅仅是休闲的消费，这种快感会不会不过"是一种虚假意识？"显然，詹姆逊不愿意将快感变成推动资本主义社会消费之磨的动力，不愿意将快感作为等同于物品驱入商品经济的循环；只有冲击一个更大的政治领域，快感的意义才会充分地显现出来。所以，詹姆逊的快感考察提到了"双重焦点"。在他看来，人们不应该满足于快感的局部意义；快感不是自足的消遣，不是身体内部的某些奇妙的波动，快感必须"被作为总体乌托邦和整个社会体系革命转变的同一且同时的形象"。换言之，快感是身体的，但快感的意义是整个社会的。这是詹姆逊所期待的辩证法。他解释说："辩证法在本质上就具有创造一些途径将此时此地的直接情境与全球的整体逻辑或乌托邦结合起来的双重责任。"正像某种革命性的经济要求不该沦为经济主义一样，"一个具体的快感，一个肉体潜在的具体的享受——如果要继续存在，如果要真正具有政治性，如果要避免自鸣得意的享乐主义——它有权必须以这种或那种方式并且能够作为整个社会关系转变的一种形象"①。无疑，所谓的"社会关系转变"不是虚幻而空洞的意识形态口号，而是以身体快感为核心的一系列具体的社会原则。

———————————

① ［美］弗雷德里克·詹姆逊：《快感：一个政治问题》，见《快感：文化与政治》，王逢振等译，150页，北京，中国社会科学出版社，1998。

然而，如今看来，詹姆逊的担忧正在成为现实——解除身体意象的压抑反而有效地巩固了商品社会的文化秩序。视觉无意识的解放被更大范围的商品秩序所封闭。影像空间的身体意象正在丧失革命的激情。从明星的形象、奔跑在运动场上的强健体魄到不无色情意味的女性躯体展览，影像空间的身体意象正在自觉地成为走俏的商品。商品社会正在证明它无坚不摧的吞噬功能。在这个意义上，波德里亚区分了栖息欲望的身体与成为商品交换符号的身体，并且指出了二者之间的秘密交换：

　　……应该将作为我们社会中交换普遍化范畴的色情与本来意义上的性欲明确区分开来。应该将作为欲望交换符号载体的色情身体与作为幻觉及欲望栖息处的身体区分开来。在身体/冲动、身体/幻觉中占主导地位的是欲望的个体结构。而在"色情化"的身体中，占主导地位的则是交换的社会功能。在此意义中，色情的命令，和礼貌或其他诸如此类的社会礼仪一样，受到符号工具化编码规则的约束，只不过（就像美丽中的美学命令一样）是功用性命令的一种变体或隐喻。①

波德里亚发现，欲望的身体隐含的革命意义已经被制作为一种符号商品进入交换范畴，它们与其他商品没有什么差别。身体的观念曾经意味着肉身从宗教禁锢之中解放，然而，现在的身体被"重新圣化"——只不过这是一种新型的商品拜物教。所以，"当代神话建构的身体并不比灵魂更加物质。它，和后者一样，是一种观念"。② 这种符号商品正在融入资本主义的文化秩序，而电子传播媒介无疑是运送这种商品的先进工具。

---

① ［法］让·波德里亚：《消费社会》，刘成富、全志钢译，145 页，南京，南京大学出版社，2000。

② 同上，149 页。

# 三

　　根据古希腊的悲剧，亚里士多德的《诗学》认为，悲剧是模仿一个完整的、具有一定长度的行动。情节、性格、言词、思想、形象与歌曲是构成悲剧的六个艺术成分。[①] 这显然可以视为叙事学的滥觞。由于结构主义理论的启示，20世纪的叙事学骤然兴盛。种种参与叙事的成分得到了精心的分析。例如，结构主义的经典之作《叙事作品结构分析导论》之中，罗兰·巴特描述的叙事是一个由众多零件和各种动力系统构成的复杂结构。巴特认为，叙事是由功能、行为、叙述三个层次组织而成；每一个层次均包含了各种成分的互相作用，同时，这些成分的意义不断地从一个层次过渡到另一个更高的层次。尽管如此，巴特并没有提到"身体"在叙事之中的特殊意义。身体仅仅是行动主体的一个元素，这个不言而喻的叙事齿轮甚至没有必要单独提出予以论述——谁又会没有身体呢？

　　然而，现今看来，身体在许多时候隐蔽地形成了叙事的强大动力。如果说，巴特的叙事学是一种横向组合——巴特叙事学之中的纵向组合仅仅存在于几个层次之间，那么，这里必须指出的是，身体的意义以及对于事件的推动逸出了巴特所论述的几个层次而投射于另一根纵轴之上——这即从社会生活的外部事件进入无意识区域。身体的性、色情和暴力主题尤其明显。巴特说过，艺术没有杂音；叙事是一个纯粹的系统。[②] 然而，许多叙事作品内部性与暴力的段落过度膨胀，以至于超出了叙事结构的负担。这是许多作品遭受诟病的原因，也是许多作品诱人的原因。从《金瓶梅》式的色情描写到以命相搏的武侠小说，这些作品的特殊魅力很大程度上源于上述两个主题。除了悬念与结局的驱动，性与暴力还时常拥有独立于叙事逻辑的诱惑力。换言之，身体隐藏于故事的

---

　　① 参见［古希腊］亚里士多德：《诗学》，罗念生译，第六章、第七章，北京，人民文学出版社，1962。

　　② 参见［法］罗兰·巴特：《叙事作品结构分析导论》，见《叙述学研究》，11页，北京，中国社会科学出版社，1989。

背后形成另一重秘密的叙事。因此，性与暴力主题是人们察看身体叙事的一个有效视角。

性爱或者色情景象的观看是许多人的视觉享乐。窥淫癖是身体叙事的动机之一。尽管这种视觉享乐不断地遭受道德卫士的阻击，但是，只要不介入未成年儿童的生活，人们对于这种视觉享乐日益宽容。考虑社会效果的时候，社会学家更为担忧的是性侵犯的景象与暴力行为的结合。研究表明，"大众媒介上出现的非色情的攻击性行为描写产生的反社会的作用，色情攻击性行为描写也同样可能产生"；而且，这些景象之中还时常含有某种错误的信息："受害者常被描写成暗自渴望被侵犯，并且最终从其中获得性快感，换句话说，受害者也许喜欢性侵犯。从认知角度来讲，以上的信息也许暗示人们，即使当一位妇女讨厌一个追求者时，她最终也倾向于冒险、攻击性行为和被一位男性攻击者控制。"① 相对地说，身体叙事之中的另一个主题更多地浮出表面——暴力。暴力是社会生活的重要组成部分。这是暴力成为叙事内容的前提。然而，心理范畴——而不是叙事学的意义上——之内，暴力叙事时常隐含了另一个潜在的情节：人们无意识之中的攻击能量逐渐得到了凝聚，形成巨大的压力，然后因为一个酣畅的释放而复归于平静。

弗洛伊德相信，死亡本能隐伏在无意识之中，攻击无疑是这种本能所能找到的实现形式。这甚至成为弗洛伊德对于战争的阐释。通常的情况下，社会文明已经有效地制止了无缘无故的暴力行为。因此，人们的攻击能量只能在指定的狭小区域予以排泄。这些指定的区域时常被视为维护社会稳定的安全阀。许多人曾经对残忍的拳击运动表示抗议，然而，这种运动却在抗议之中长盛不衰。很大程度上，拳击运动是为攻击能量的释放制造一个规范的形式。如果说，拳击的游戏规则多少掩盖了暴力性身体侵犯的血腥意味，那么，叙事作品毋宁说是产生种种接纳暴力的

---

① ［美］内尔·马拉穆特、［美］爱德·唐纳斯坦：《大众媒介中的攻击性色情刺激物的影响》，见常昌富、李依倩编选：《大众传播学：影响研究范式》，关世杰等译，371页，北京，中国社会科学出版社，2000。

合适语境。叙事完成了一个特定长度的行动模仿；暴力行为有机地组织在故事之中，种种凶残的施虐由于故事的上下文而变得理所当然了。通常，文学的叙事作品是一种虚构，刀光剑影或者拳打脚踢仅仅是一种纸面上的游戏，合上书本即可放弃这种游戏；然而，影像符号活灵活现地显示了种种血淋淋的场面，人们与暴力的距离近在咫尺。表面上，人们仍然遵从社会文明的种种条款，文质彬彬地坐在电影院或者电视机之前；事实上，人们的内心正在为自己的嗜血欲望制造一个幻想性的满足。

与拳击竞赛规则相异的是，许多故事为暴力行为的合理性设计了更为相宜的气氛。人们时常可以看到这种类型的电影或者电视剧：主人公仗义行侠，但是因为武艺低下而备受屈辱，甚至屡战屡败；经过一番苦练或者高人指点，主人公终于进入一个崭新的境界。最后一次对决来临之际，主人公昂然而起，痛殴对手，无论道义、名誉还是武艺均大获全胜。这个曲折的过程，一方面的确符合情节的基本定义——情节即在打破初级的平衡之后重新回到了更高的平衡。另一方面，它有效地解除了社会文明对于暴力行为的防范机制。至少在这时，暴力的渴求与正当的义愤——不论这种义愤的名义是效忠朝廷、抗御异族还是除暴安良——同仇敌忾。从故事制造的压抑到压抑的最终突破，情节演进一步一步卸下了施暴的心理负担，积聚起攻击的能量；最后一刻的到来，攻击的快感化装成正义的呼声汹涌而出。如同组织于情节之中的色情景象更富于煽动性一般，叙事作品之中的暴力通常比拳击竞赛更加激动人心。

暴力的释放是否隐藏了某种威胁社会文明的危险？这个问题正在得到愈来愈严重的关注，尤其是在暴力的叙事愈来愈广泛地制作为视觉商品的时候。电视屏幕之上的暴力行为成为观众的模仿楷模还是疏导了某些危险的情绪？迄今为止，种种社会学的调查研究和统计数据尚未在这个焦点上达成共识。虽然亚里士多德关于悲剧的净化理论可能为第二种观点提供某种启示，但是，多数人仍然倾向于赞同第一种观点。至少人们可以认为，暴力行为的耳濡目染将使儿童不再对血腥和痛苦感到震惊。

他们或者将残忍视为一种娱乐，或者将暴力视为解决冲突的有效方式①。尽管如此，人们不得不意识到，主张疏导的理论毋宁说更为靠近身体解放的命题，虽然这种解放仅仅是某种心理转移：

> "渲泄作用理论"由费兹巴克提出，他认为青少年对于社会、学校和家庭所积累的外在压力，可以透过大众传播媒介暴力内容给予以幻想性攻击来消除。因此，大众传播媒介之暴力内容反而对于青少年有稳定情绪、消除暴力倾向的功能。事实上，亦有社会科学家利用相类似的研究方法，却发现电视暴力节目具有渲泄作用，而降低其暴力攻击行为的倾向。②

涉及暴力的叙事与疏导理论的时候，影像与现实的差异以及互动关系再度进入视野。一方面，没有人会因为影像空间的人命案而被逮捕，影像不是现实；另一方面，影像又深刻地介入现实，影像之中寓托的是种种真实的冲动。上述的双重意义共同投射到影像的生产制作之中。可是，考察身体如何投入影像的生产制作与这些影像产品如何被享用时，人们还会发现另一个隐蔽的问题——身体的看与被看。

## 四

看与被看的关系意味什么？看是一种享乐，被看仅仅是快乐的制造者。那么，谁拥有看的位置而谁必须被看？这是视觉快感分配遇到的首要问题。看是主体的权力，被看意味着贬低为对象和客体；这曾经是戏曲演员——古代称为"戏子"——地位低下的原因之一。这就是说，视觉与享乐的关系隐藏了视觉与权力的关系。

看与被看的关系可以寓含丰富含义。看可能是一种心领神会，一种

---

① 有关这方面的研究，可参见台湾学者郑贞铭的综述《电视暴力对儿童的影响》，载《荧屏世界》，1994（3）。近期的有关呼吁还可参见《美国议员教育工作者和家长呼吁坚决杜绝电视电子游戏暴力镜头》，载《参考消息》，2000 - 08 - 02。

② 郑贞铭：《电视暴力对儿童的影响》，载《荧屏世界》，1994（3）。

秘密暗示，一种心理交换；也可能是一种窥探，一种挑逗，甚至一种挑衅。陌生的凝视时常被解释为一种冒犯。电梯或者公共汽车这种狭小的空间，赤裸裸的凝视时常令人不安。人们形容某种眼光如同"锥子一般"，视觉可以形成胁迫的暴力。许多神话之中均有目光致命的故事，例如爱尔兰传说之中的巨人巴勒、塞尔维亚怪物瓦伊，特别是希腊传说之中的美杜莎。视觉暴力拥有繁多的形式，斜视、漠视、盯视、监视、仇视，如此等等。人们可以根据现实情境列出种种视觉暴力的梯度。在这个意义上，人们的服装和寓所均是抵御视觉暴力的物质屏障。这时，被看也就是被主宰。

另一些现实情境之中，被看却可能成为巨大的荣誉。被看是领袖或者神灵接受膜拜的形式之一。人们在仰视之中承领领袖或者神灵身体形象的光辉。古代的领袖人物无法频繁地在公众场所露面，他们的"被看"是一种极其罕见的恩赐。电子传播媒介的出现理想地解决了一系列棘手的问题。现在，领袖人物现身于电视之中已经成为日常的一幕。演员——特别是明星演员——因为"被看"而成为公众的偶像，这显然是承袭膜拜形式的文化后果。

这个意义上，看与被看始终隐含了复杂的主宰与被主宰关系。对于多数演员说来，"被看"首先是为他人的视觉消费提供产品。他们不仅是以令人敬佩的表演美学赢得观众；许多时候，他们的容颜、身段、表情、性感程度必须有意无意地投合观众的窥淫癖。欲望是这些观众视觉消费的重要动机之一。这时，演员的身体充当了某种欲望的商品。如果说这是一种视觉区域之内的贬低，那么，恰恰是身体的商品功能予以充分的补偿。现代社会，身体的价格——即使仅仅是身体意象——远远超出许多人的想象。这种价格甚至诱使许多没有其他资本的人慷慨地将身体作为唯一的赌注。的确，不少明星利用身体——包括利用形象的性感程度——赢得了巨额利润；这些成功甚至兑换为充任某种文化领袖的资本。这时，他们从被主宰者转换为主宰者。于是，明星的发式、服饰、癖好以及声调、姿态均成为公众模仿的对象；明星使用过的器具、住宅时常以超常的价位拍卖。例如，电影明星对于时装款式的左右可以视为文化领袖的魅力。珍妮弗·克雷克曾经如此描述好莱坞电影明星与巴黎时装之间的互动：

> ……尽管巴黎仍然标志着时装的尖端，来自美国的新技术和新观点却不断进入巴黎时装界。而好莱坞的发展则进一步增进了巴黎时装和美国时装之间的相互依存关系。电影推广了新时装并产生了新的女性偶像。巴黎设计师被雇来打扮电影明星，而后者的形象又被影迷所效仿。好莱坞使巴黎成为时装业的中心。

在一个更大范围内，电影明星形象地制造了一个社会的文化风气。克雷克引述了尤恩的观察——好莱坞明星如何影响美国妇女：

> ……对于这些妇女来说，"这些新电影是欲望、愿望和梦想的手册"。在这些电影中幻想和"改变现实的实际措施相结合"，"成了美国文化的一种视觉教科书，一种既混杂着浪漫意识又实际指点妇女们如何在城市里的新婚姻市场上表现自己的指南"。①

考察视觉与权力及其欲望的关系时，人们不得不考察这两对范畴之间的对称关系：男性/女性，看/被看。异性之间，看是男性的权力。男性是欲望的主体，女性是男性的欲望对象。这是性别之间的等级关系投射到视觉空间的表现。一些社会学家发现，观看电视的时候，许多家庭之中是由男主人公——也就是父亲——掌握遥控器。这显示了男性的权力，同时，电视的节目制作也不得不认可这种权力。

这种等级关系无疑会成为女权主义理论的攻击目标。如今，人们对

---

① ［英］珍妮弗·克雷克：《时装的面貌》，舒允中译，104 页，北京，中央编译出版社，2000。

于女权主义的种种激烈主张已经反复领教。毫无疑问，女权主义者必将对视觉快感的分配方案提出强烈的异议。不少人承认，劳拉·马尔维的研究是这方面的奠基之作。她发现，男性通常是视觉空间的主动者。摄像机不仅再现了镜头之前的客体，还为观察主体设定了一个合适的位置。然而，许多电影文本建构的主体位置属于男性。男性的霸权已经强大到了如此的地步，以至于女性的眼睛有意无意地被迫接受男性的视觉立场：

> 观察对象一般来说是女性……观察者一般来说是男性。这当然不是说妇女没有可能使自己成为观察者：从色情作品到浪漫小说之间，我们可以发现妇女在不同程度上被纳入或排斥于观察位置之外。但在所有情况下，包括以妇女为对象的大多数文本中，妇女的观察方式受制于男子的观察方式，而其特性则受到了否认。①

人们可以从影像的制作之中看到，摄像机对于女性身体的摄取时常是以男性的兴趣和欲望为旨归。从卖弄风情的眼神或者令人着迷的纤纤素手到酥胸、大腿、臀部，甚至赤裸的胴体；总之，这是男性的眼睛所欲看到的女性身体。摄像机是男性目光的提炼或者延伸。当然，影像制作并没有回避男性身体；这些男性身体的基本特征是强壮的肌肉、高大的身材、坚毅的眼神、浓密的毛发——这一切通常被视为征服女性的外观。男性身体的意义首先是征服女性，这同样是男性神话的重要组成部分。相对地说，影像摄制对于逾越了欲望范围的身体没有太多的兴趣，例如劳动的身体、疾病之中的身体、衰老的身体、婴儿的身体……在这个意义上，视觉空间的身体与欲望已经被改写成男性的消费和娱乐——这种快感的享用是男性的特权。正如詹姆逊解释马维尔的观点时所说的

---

① 转引自［英］珍妮弗·克雷克：《时装的面貌》，舒允中译，157 页，北京，中央编译出版社，2000。

那样："那种快感观是男人'有权观看'的权力的象征性表达，它的首要对象是妇女身体，或者更确切地说，妇女的肉体。"相对于女性而言，男性——另一个更为强大的性别群体——"又是作为他者、压迫者和一个类似于阶级敌人的统治形式的实践者。"①

但是，不无讽刺意味的是，这些饱经男性目光蹂躏的被压迫者竟然因为出卖身体而形成了一个特权阶层。葛丽泰·嘉宝，费雯·丽，英格丽·褒曼，玛丽莲·梦露，伊丽莎白·泰勒，凯瑟琳·赫本和奥黛丽·赫本，这些声名赫赫的电影女明星不仅倾倒了无数的崇拜者，她们那种豪华奢侈的生活方式亦令人咋舌不已。相对于大多数社会分工，她们的优厚报酬暗示了分配的不均和不公，身体的过高价格可能隐藏了某种制度性的不平等。从唐代的武则天到埃及女皇克利奥巴特拉，她们的身体是介入权力机构、登上权力巅峰的根源；众多当代的女性明星利用身体积聚财富，并且因此参与了资本的运作，例如从一个电影演员到"亿万富姐"的刘晓庆。许多时候，女权主义默认了这一切的合理性。女权主义理论家可能坚持认为，这些明星仅仅是男性文化的玩物，只不过这种玩物的形式华丽一些罢了；但是，她们所赢得的财富和荣耀是绝大多数充当"压迫者"的男性无法企及的。某种程度上，这是性别理论分析——以文化地位为标尺——和阶级理论分析——以经济地位为标尺——之间的分歧。人们没有理由对于这种分歧产生的距离视而不见。事实上，许多女性的"明星梦"之中隐含了出人头地的强烈愿望——这无疑包括了敲碎男性枷锁的企图，然而，这种解放的设想却是以进入经济上的特权阶层——另一种意义的压迫者——为标志的。如果一种解放是另一种压迫的循环，那么，这是真正的解放吗？

这一切无不表明，身体范畴的再现仅仅是增添了一个主导未来蓝图的重要因素。的确，身体隐含了革命的能量，但是，欲望与快感仍然可能被插入消费主义的槽模。身体虽然是解放的终点，可是，身体无法承

————————

① ［美］弗雷德里克·詹姆逊：《快感：一个政治问题》，见《快感：文化与政治》，王逢振等译，142页，北京，中国社会科学出版社，1998。

担解放赖以修正的全部社会关系。在这个意义上，身体是局部的。局部的解放可能撼动整体，局部的解放也可能脱离整体。也许，整体论已经变为一个不实际的幻象；然而，无可否认的是，局部的解放也可能被另一种更加强大的传统所俘虏。因此，如何确认身体在社会关系之中的意义和如何避免身体沦为某种待价而沽的商品，这是提出身体范畴之后同一个问题的两面。

# 消费历史

暗淡了刀光剑影，

远去了鼓角铮鸣，

眼前飞扬着一个个鲜活的面容。

湮没了黄尘古道，

荒芜了烽火边城，

岁月啊你带不走那一串串熟悉的姓名。

兴亡谁人定啊，

盛衰岂无凭啊。

一页风云散啊，

变幻了时空。

聚散皆是缘哪，

离合总关情啊。

担当生前事啊，

何计身后评。

长江有意化作泪，

长江有情起歌声。

历史的天空闪烁几颗星，

人间一股英雄气，

在驰骋纵横。

这是电视连续剧《三国演义》的片尾曲。这首歌主题分散，焦点游移，却逐一涉及了电视或者电影对于历史的兴趣所在：刀光剑影，边城古道，皇室名流，江山兴亡，英雄美人，或情或缘……的确，历史正在成为众多导演的会聚之地；他们仿佛掘到了一个取之不尽的矿藏。当然，如果考察一下导演们心目中的历史是什么，他们仅仅对历史的哪些方面感兴趣，他们试图用历史说明什么，人们就会得到种种意味深长的发现。然而，在我看来，人们首先必须回到一个更为基本的问题之上：中国的文化传统之中，"历史"这个概念承担了什么功能？现今的语境之中，人们又在什么意义上再三地重提"历史"？

《说文解字》曰："史，记事者也。"但是，历史的记述从来不仅仅是收集某些待查的档案材料。中国的史官曾经是一个显赫的职位，兼管祭神占卜。修史具有很强的官方性质，历史话语是封建社会意识形态的一个重要组成部分。许多时候，"历史"是一个超级能指，以历史的名义发言拥有某种不可违抗的威严。在这个意义上，历史始终活跃在现实之中。孟子认为，孔子作《春秋》的动机即规范现实："世衰道微，邪说暴行有作。臣弑其君者有之，子弑其父者有之，孔子惧，作《春秋》。"① 司马迁断言孔子的《春秋》可以"当一王之法"："夫《春秋》，上明三王之道，下辨人事之纪，别嫌疑，明是非，定犹豫，善善恶恶，贤贤贱不肖，存亡国，继绝世，补敝起废，王道之大者也。"② 所以，历史不是一些陈年旧事的无聊考证，历史的意义是立规矩，定是非，激浊扬清，主宰现实的判断。因此，历史学家的精力更多地指向了王朝的命运和帝王世系，芸芸众生的琐碎生存提不起他们的真正兴趣。

在这个意义上，历史文本拥有强大的权威性。这种权威甚至投射到其他文类之中，例如小说。历史文本不仅为早期的中国小说提供了灵感，而且，小说的形成很大程度地源于史传文学。尽管班固将小说的来源形

---

① 《孟子·滕文公下》，见《十三经注疏》，中华书局影印本。
② （西汉）司马迁：《史记·太史公自序》，见《中国历代文论选》，上海，上海古籍出版社，1979。

容为"盖出于稗官，街谈巷语，道听途说者之所造也"，但是，历史与小说的特殊联系形成了一种特殊的掩护。如同荷马缔造了西方文学的传统一样，中国小说的始源之处存在着司马迁。中国小说史的考察发现，"魏晋小说多以史家记录为对照，习其记事之法，仿其记事之体，内容则多取史家舍弃或遗漏之事，故有杂史、野史之称"。[①] 杂史杂传广泛搜罗奇闻轶事，意在补充正史。某些记载之中的小说即出于史官之手。唐代长孙无忌的《隋志·杂传类序》认为，这些杂史杂传"推其本源，盖亦史官之末事也"。因此，某些正统文人开明地承认了小说的价值——正像唐代刘知几在《史通·杂述》之中所说的那样："是知偏纪小说，自成一家，而能与正史参行，其所由来尚矣。"既然如此，他们理所当然地将历史文本——特别是历史文本的如实记录——确认为小说核对情节的中轴线；小说仅仅是历史的副本。这种观念形成了双重的后果：首先，某些小说挟历史的声望而自我肯定；正史的记录范围有限，小说是正史的拾遗补阙——这不仅是小说存在的理由，同时是小说分享正史权威的理由。其次，相当长的时间里，小说不得不蜷缩在历史的阴影之下，遵循历史文本的规则，充任历史的秘书。想象、虚构、揪人的悬念、曲折的情节和个性分明的性格——诸如此类的美学特征不得不遭受历史文本的强大压抑。由于历史学的统治，历史学与文学之间的深刻分歧久久得不到正式的伸张。历史学的衰微与文学的反叛已经是很久以后的事情了。晚清的历史小说家吴沃尧曾经指出，文学的生动有趣乃历史的短缺；撰写历史小说的目的是为了"使今日读小说者，明日读正史如见故人；昨日读正史而不得入者，今日读小说而如身亲其境"[②]——这里，文学不再是历史边角料的收容队，文学是以独特的美学功能弥补历史学的拘谨乏味。在他看来，"小说虽一家言，要其门类颇复杂，余亦不能枚举。要而言之，奇正两端而已。余畴曩喜为奇言，盖以为正规不如谲谏，庄语不如谐词

---

① 方正耀著、郭豫适审订：《中国小说批评史略》，22页，北京，中国社会科学出版社，1990；本书第一章第三节"小说与史传的关系"对于这个问题论之甚详。

② 吴沃尧：《历史小说总序》，见《二十世纪中国小说理论资料》，第一卷，191页，北京，北京大学出版社，1997。

之易入也"。尽管如此，吴沃尧仍然对这种劝诫表示接受："撰历史小说者，当以发明正史事实为宗旨，以借古鉴今为诱导；不可过涉虚诞，与正史相刺谬，尤不可张冠李戴，以别朝之事实，牵率羼入，贻误阅者。"①显而易见，与其认为这些观点是一种不负责任的骑墙，毋宁说这是历史学与文学之间无奈的折中。可是，这种折中究竟能持续多久？

## 二

进入 20 世纪之后，历史与文学的矛盾明显地加剧了。文学跃跃欲试地反出山门，"以史"为正的原则遭到了严重的挑战。这次挑战之中，戏剧扮演了文学的代表，作为剧作家的郭沫若扮演了领衔人物。郭沫若的一批历史剧——例如《三个叛逆的女性》、《棠棣之花》、《屈原》、《孔雀胆》、《虎符》、《蔡文姬》、《武则天》——产生了巨大的震动。一些人对于这些历史剧表示了非议，郭沫若发表了一系列文章申明自己的主张。这些文章之中，争辩的首要焦点是历史与戏剧的主从关系。

戏剧是否还要兢兢业业地复制历史？这个问题的分量日渐增加。至少，郭沫若不愿意继续保持一种俯首低眉的姿态。他提出了一个著名的主张——"失事求似"："说得滑稽一点儿的话，历史研究是'实事求是'，史剧创作是'失事求似'。"② 这是文学自立门户的第一步。

在郭沫若心目中，历史记述并未拥有不可动摇的权威："历史的事实不一定是真实。"因此，历史剧作家不必冒充考古学家，"绝对的写实，不仅是不可能，而且也不合理。"③ 传统的历史学著作——诸如司马光的《资治通鉴》——甚至仍旧保持了封建主义的视角。④ 亚里士多德的《诗

---

① 吴沃尧：《两晋演义·序》，见《二十世纪中国小说理论资料》，第一卷，189、190 页，北京，北京大学出版社，1997。

② 郭沫若：《历史·史剧·现实》，见《郭沫若谈创作》，137 页，哈尔滨，黑龙江人民出版社，1982。

③ 郭沫若：《我怎样写〈棠棣之花〉》，见《郭沫若谈创作》，107 页，哈尔滨，黑龙江人民出版社，1982。

④ 郭沫若：《谈〈蔡文姬〉的创作》，见《郭沫若谈创作》，175 页，哈尔滨，黑龙江人民出版社，1982。

学》认为，诗人的职责不是描述已发生的事，而在于描述可能发生的事。郭沫若曾经多次援引亚里士多德的观点证明，历史剧没有必要亦步亦趋地徘徊于历史著作的背后。历史剧不要被琐碎的史料拘禁，"史学家是发掘历史的精神，史剧家是发展历史的精神"[①]；"剧作家的任务是在把握着历史的精神而不必为历史事实所束缚。……故而剧作家有他创作上的自由，他可以推翻历史的成案，对于既成事实加以新的解释，新的阐发，而具象地把真实的古代精神翻译到现代。"[②] 所以，用郭沫若自己的话，他的历史剧也可以说是"借古人的骸骨来，另行吹嘘些生命进去"。[③] 在这个意义上，文学对于"历史精神"的钟情远远超出了分毫不爽的"历史事实"。

挣脱了历史范畴的束缚之后，郭沫若力图将文学的标准赋予历史剧："对于史剧的批评，应该在那剧本的范围内，问它是不是完整。全剧的结构，人物的刻画，事件的进展，文辞的锤炼，是不是构成了一个天地。"剧中的人物可以突破已有史料的记载，"写成坏也好，写成好也好，先要看在这个剧本里面究竟写得好不好"。[④] 例如，郭沫若的《屈原》就无所顾忌地将宋玉写成了反角。"问题不是在能不能虚构，而是在虚构得好不好。……名作家所虚构的东西，认真说比史籍还要真实。"[⑤]显而易见，这里所说的"真实"已经从历史学过渡到文学——这是剧本意义和舞台意义上的"真实"。郭沫若的心目中，文学占据了上风。

郭沫若不惮于承认，他的历史剧之中存在许多虚构的成分。卓文君

---

① 郭沫若：《历史·史剧·现实》，见《郭沫若创作》，137 页，哈尔滨，黑龙江人民出版社，1982。

② 郭沫若：《我怎样写〈棠棣之花〉》，见《郭沫若谈创作》，107 页，哈尔滨，黑龙江人民出版社，1982。

③ 郭沫若：《孤竹君之二子——幕前序语》，见《沫若文集·文学编》（一集），北京，人民文学出版社，1982。

④ 郭沫若：《历史·史剧·现实》，见《郭沫若谈创作》，137 页，哈尔滨，黑龙江人民出版社，1982。

⑤ 郭沫若：《谈戏剧创作》，见《郭沫若谈创作》，166 页，哈尔滨，黑龙江人民出版社，1982。

和王昭君的不少资料空缺，郭沫若想象古代叛逆女性的大胆作为补上了这些部分；《棠棣之花》、《屈原》、《孔雀胆》之中，众多次要人物均是无中生有。对于历史剧来说，想象与虚构的存在并不奇怪，重要的是想象与虚构所依据的逻辑。在郭沫若那里，想象与虚构是文学从历史那里争得的空间。谈论《虎符》一剧的写作时，郭沫若表示：种种"想当然"的添油加醋不是为了别的，而是为了"增加戏剧的成分"。①

20 世纪 30 年代初期，熊佛西在《写剧原理·史剧》之中已经提出："历史是史，戏剧是诗。史重真确，是属于科学的；诗贵情绪，是属于艺术的。"②尽管如此，郭沫若对于文学的特殊尊重还是引致了许多不适乃至非议。也许，辨明历史与文学的不同范畴无助于制订一个标准答案：历史文学突破了史料的限定之后可以走多远？"历史"会不会在文学的想象与虚构之中面目全非？这隐含了巨大的危险。虽然某些权威的文学理论家——诸如茅盾，陈瘦竹以及李希凡——均在不同的场合对于郭沫若的观点表示支持，但是，他们都无法弥合二者之间的裂痕。历史学家追求如实的记录，剧作家有权放纵自己的想象——二者之间的矛盾始终是一条令人担忧的隐患。③ 无论如何，自从文学打开了缺口之后，所谓的"历史真实"就不再是一条守得住的防线。

文学的挑战当然惊动了历史学家，例如吴晗。他的姿态无疑富有代表性：

> ……历史剧和历史有联系，也有区别。历史剧必须有历史根据，人物、事实都要有根据。历史剧的任务是反映历史的实际情况，吸取其中某些有益经验，对广大人民进行历史主义爱国主义教育。人物、事实都是虚构的，决不能算历史剧。人物

---

① 郭沫若：《写作缘起》，见《郭沫若谈创作》，122 页，哈尔滨，黑龙江人民出版社，1982。

② 参见熊佛西：《写剧原理》，上海，中华书局，1933。

③ 参见茅盾《关于历史和历史剧》，北京，作家出版社，1962；陈瘦竹：《郭沫若的历史剧》，见《现代剧作家散论》，南京，江苏人民出版社，1979。

确有其人，但事实没有或不可能发生的也不能算历史剧。在这
一点上说，历史剧必须受历史的约束，两者是有联系的……①

令人惊奇同时又令人感叹的是，吴晗很快就"破门而出"，欣然介入了
历史剧《海瑞罢官》的写作；不久之后，这一部历史剧形成的公案成为中
国一场巨大历史风暴的引子。根据历史资料，毛泽东对于海瑞的兴趣是吴
晗集中考察海瑞的始因；吴晗编成了《海瑞罢官》一剧之后，又因为毛泽
东的否决而陷于万劫不复之地。毛泽东否决的理由是，《海瑞罢官》是彭德
怀免职的比附。② 这里，文学或许并没有篡改历史；但是，政治却居高临下
地钦定了历史的解释。换一句话说，历史的权威遇到了一个远比文学强大
的对手。这时，历史与文学的对抗甚至被抛到了无足轻重的边缘。

历史被迫敞开门户，文学和政治先后插入一脚，利用历史的名义夹
带自己的私货。这一切多半发生于文本和舞台之上。电子传播媒介如同
一次文化的改朝换代；这时，历史再度隆重登场。然而，这并不是历史
权威的恢复，文学和政治曾经赢得的空间进驻了一个新的主角——消费。
消费再度对历史亮出了手术刀。

## 三

马克思曾经说过，现代科学技术与传统的神话无法共存；相同的理
由，现今的工业生产或者信息社会已经与古代的帝王将相十分遥远。然
而，令人惊奇的是，这些帝王将相正在成为电视或者电影之中一批最为
活跃的主角——他们的活跃程度甚至是印刷时代无法比拟的。"E 时代"
的人们竟然拥有如此的历史情怀，这是为什么？当然，许多人肯定已经
发现，正宗的历史学科并没有因为这种"历史情怀"而受惠。学院的历
史系门前冷落，一叠叠故纸堆与砖头似的史学新著无人问津。浮嚣的气

---

① 吴晗：《谈历史剧》，载《文汇报》，1960 - 12 - 25。
② 关于《海瑞罢官》的前因后果，可参见王新民：《中国当代戏剧史稿》，第六章
第五节，北京，社会科学文献出版社，1997。

氛之中，历史学家的考订和辨析时常被视为腐儒的文字游戏。历史著作的萧条与历史故事的走俏，这个悖反迫使人们承认：人们对于历史的兴趣十分有限；多数人对于修复历史真相或者阐明形而上的"历史精神"无动于衷，他们想看到的是"好玩"的历史。在这个意义上，电视或者电影对于建筑史、交通史、思想史或者科学史视而不见；近代史、现代史之中某些沉重的话题无法入选，或者仅仅被当作主导意识形态的教材。许多时候，人们对于趣味的追逐远远超出了史实的精确。《人间四月天》播映之后均招致不少歧异之见，梁思成、林徽因的后代对于徐志摩与林徽因的关系提出了另一种解释。然而，对于多数电视观众而言，这部电视剧内核仅仅是一个诗人与三个女人的故事；种种有关史实的争议不过是环绕于这种奇特的异性关系周围的花絮。相形之下，文学史上另一些声名卓著同时缺少香艳奇遇的诗人肯定得不到导演的青睐。

如果说，电视或者电影不像严谨的历史著作那样陈述历史的全貌，那么，编剧或者导演赖以引诱观众的是历史之中的哪些部分？换言之，哪些古人还会让 20 世纪的观众心驰神往呢？这时，人们首先还是想看一看皇帝及其周围的人。尽管帝制废黜已久，但是，人们对于那些"真命天子"仍然怀有不尽的仰慕之情。窥视他们的生活内幕是潜藏已久的欲望。因此，争权夺利，觊觎帝位，兄弟倾轧，后宫邀宠，太监四处穿梭，大臣犯上作乱——这些均是电视或者电影抢手的故事。通常的想象之中，皇帝们的丰功伟绩总是同道貌岸然的形象联系在一起的。恰恰因为这样，这些人的钩心斗角和争风吃醋就会让观众格外兴趣。观众快乐地发现，这些"龙种"与凡夫俗子并无二致；他们的性爱、渴望、狭隘、愚蠢、嗜好、同情、报复——这一切居然都是常人可以理解的。这时，观众仿佛幸运地抵近了皇家生活。然而，观看了全剧之后，观众又会产生新的感叹——伟人毕竟是伟人。许多时候，他们的一颦一笑、他们的喜怒好恶常常得到了数千倍的放大，以至于影响到了江山社稷的安危兴衰。这样，秦始皇、汉高祖、唐明皇、成吉思汗、康熙、雍正、乾隆等皇帝携带他们的美丽后妃依次出场，连环套式地派生出一串串雍容华贵同时又凶险万端的故事。

某些时候，这些屏幕上的皇帝暂时休假，另一批穿着古人服装的英雄们就会及时地予以替补。从《少林寺》、《新少林寺》、《武林志》到《射雕英雄传》、《天龙八部》、《鹿鼎记》，从霍元甲、黄飞鸿、张三丰到大刀王五，古装武打戏是电视或者电影之中历史故事的另一半。这时的"历史"更像一道屏风为众多身手了得的好汉围出了一个表演的舞台。那些大侠的神奇武功和一系列快意恩仇的故事将在历史名义的掩护之下逃避种种理性的挑剔。这些英雄好汉或者曾经留名史册，或者名不见经传；电视或者电影之中的情节或许略有记载，或许完全虚构。人们没有必要围绕这些故事奢谈什么史实依据、性格的必然或者因果关系的严密，服装、礼仪、称谓这些历史学家盯住不放的细节常常讹误百出；这些历史故事的核心成分是古装与武打。古装代表的是"历史"，武打代表的是趣味。这一段时期，古装武打戏的导演增添了两个明显的癖好：一、利用摄像特技夸张地表现大侠的武功；那些侠客如同小火箭在空中窜来窜去，手起掌落飞沙走石。这不仅掩盖了演员身手功夫的欠缺，同时还暗示了导演对于身体能量的想象。二、导演在英雄的周围安插了大量的美女；那些石头一般的大侠必定会陷入一场生死之恋。这种设计无疑是为了投合大众的口味，但这种投合的正式名称是"人性的觉醒"。某种意义上可以说，武打与性爱均是历史的"大叙事"失效之后的补充物。

从皇帝到武侠，电视或者电影依旧沿袭了传统小说之中帝王演义与英雄传奇两条线索。的确，人们没有太多的理由对于这批影像作品给予肯定。从古老的怪、力、乱、神到权力崇拜、女性歧视，从种种陈旧的故事程式到毫无想象力的杜撰，"历史"成为庇护一切的保护伞。历史上仿佛什么都可以发生——这里，历史突然成为一个最不受限制的领域。

历史学家时常义愤填膺——这不是无视历史事实吗？然而，电视或者电影早就轻松地解决了这个问题。他们心目中，电视或者电影没有必要如同学究一般古板。导演并没有宣誓效忠历史；虽然二十四史之中有趣的故事不多，但是，导演们时常以历史文学的名义展开"合理的想象"。这时，历史与文学——或者说如实记录与纵情虚构——之间的矛盾再度浮出水面。至少在理论上，这些导演均承认一个前提：历史的轮廓不得更改，历史的局部允许虚构。历史文学没有胆量将李自成的故事挪到宋朝，但某个皇帝多一个后妃或少一个后妃可以自作主张。尽管这种主从关系的设定限制了电视或者电影的活动范围，可是，"合理的想象"还是开启了一扇赝品制作的后门。电视或者电影的虚构日益大胆，"戏说"——例如，《戏说乾隆》——终于堂而皇之地成为历史故事的演义方式。某些人物或者某些事件曾经存在，但所有的情节段落与种种细节均似是而非，或者无可稽考。不是说"一切历史都是当代史"吗？于是，某些错讹与纰漏得到了一个名正言顺的解释。如果电视或者电影抱着一种无所谓的姿态进入历史，那么，这句名言的意义不幸地应验了一句老话："播下的是龙种，收获的是跳蚤。"

当然，坚持说"一切历史都是当代史"无可厚非；重要的是"当代"试图在历史之中索取什么，如何理解历史。这同时意味着导演们如何想象"当代"。对于许多历史学家说来，修复历史的面貌或者清理一批历史的重大问题恰恰是"当代"的题中应有之义；但是，电视或者电影却倾向于将"当代"想象为娱乐的时代，或者说，它们的主要功能是为"当代"制造娱乐。所以，电视或者电影与历史的联姻导致了历史的通俗化；这种通俗化不是向更多的人展示历史的深刻内涵，而是按照娱乐的规律予以改造。与历史剧的虚构企图不同，电视或者电影不是制造某种美学挑战，或者让思想锋芒穿出历史风尘；相反，"合理的想象"企图投合的是好玩儿、收视率、广告商、利润回报之间构成的市场关系。这时，电视或者电影发现历史是一个聚宝盆，这里存在种种传奇、逗乐甚至"搞笑"的素材。利用历史为休闲的观众制造一些笑声，无可厚非，令人担忧的是：这些传奇或者喜剧会不会掩盖了历史之中远为复杂、远为沉重同时也远为血腥的另一面？如果传奇或者喜剧成为多数人解释历史的模式，这种解释甚至会在"市场"的名义之下形成某种排他性——排斥另一些深刻但却不那么"好玩"的历史解释。换言之，娱乐、好玩、有趣这些轻飘飘的概念同样会借助消费关系形成另一种"文化霸权"。

如果需要一个典型例子，人们可以分析一部声势浩大的电视连续剧：《还珠格格》。

# 四

尽管《还珠格格》已经淡出了电视屏幕，但是，这部电视连续剧赢得的隆重待遇无疑是一个饶有趣味的话题。一方面，这部电视连续剧的播映产生了万人空巷的效果，并且在一个例行的评奖之中赢得了33万张的选票，女主角赵薇一夜成名，被社会奉为公众偶像；另一方面，一批教授却不知趣地在书斋里摇头不止，他们固执地认为这部电视连续剧无聊庸俗，甚至是对于历史的有害伪饰。现在，人们或许可以进一步考察：这种尖锐的争执背后隐藏了哪些重要的分歧？

首先可以指出的是，如同琼瑶曾经制造的许多纯情故事一样，《还珠格格》是显现于电视屏幕的一个快乐的幻相。混迹于众多环佩叮当的皇后、宫女之中，还珠格格的确表现出某种个性。她向往自由，不拘礼节，保持着民间的直爽。电视剧之中种种令人开颜的情节都可以由这种性格予以解释。可是，观众没有理由忘记，还珠格格的身世背景远比她的性格重要——前者才是这些情节的依据。还珠格格有一个当皇帝的慈父撑腰，被一个英俊的阿哥捧在手心，一个深明大义的女友侍奉左右，这些条件无疑是为所欲为的前提。格格当然不必为金钱犯愁，大锭的金子可以信手送人——只有那些潦倒的穷人才不得不锱铢必较。如同乐善好施一样，格格还喜欢打抱不平。惩诫恶人是格格的嗜好。皇宫内部的繁文缛节令人生厌，还有什么比打抱不平更有助于消食和提神的吗？格格那种拳脚功夫偶尔也会闯祸，这时，英俊的阿哥就会及时地出面收拾残局。如果遇到了心狠手辣或者勇悍异常的对手，皇宫内部不是还豢养了一批大内高手吗？总之，种种曲折、凶险和烦恼不会贸然地突破轻松与快乐的框架，化险为夷与笑逐颜开是不变的结局。

拥戴《还珠格格》的观众申辩说，格格的形象充分体现了"个性"和"自由"。然而，这不过是皇帝赋予公主的"个性"和"自由"。谁不明白格格的脾气背后包含的权力含量，谁就会自找苦吃。所以，如果将公主的泼辣脾气划归为启蒙主义的战绩，那的确是张冠李戴了。琼瑶的爱情故事时常在真空中发生，这回她又是根据明朗和欢快的原则改写清代的皇家生活。这里没有呛人的血腥味和权力倾轧，没有缜密的阴谋和大牢里令人毛骨悚然的刑具，宫廷内部的清规戒律对于格格也形同虚设。人们看到，格格可能遭遇的一切阴影都在乾隆爷父爱的呵护之下退到了看不见的远方。这不是虚假又是什么？这里，阿多诺对于文化工业的尖锐批评几乎可以不加修改地适用于《还珠格格》：

> ……当它宣称引导着陷入困惑的人们的时候，它是在用虚假的冲突蛊惑他们，他们不得不用他们自己的冲突交换这些虚假的冲突。它只是在表面上解决他们的冲突，其解决之道在他们的现实生活中几乎是不可能解决任何问题的。在文化工业的产品中，人类只是在他们可以不受伤害地获救的情况下才陷入麻烦，拯救他们的通常是一个充满善意的集体的代表；然后，在空洞的和谐中，他们得以与这个世界和谐相处，而实际上他们事先已经亲身经历的东西与他们的利益是不可调和的。为着这个目的，文化工业已经发展出一套公式……①

必须提到的是，另一些观众愿意放弃"历史"的名义而将《还珠格格》定位为"童话"。他们认为，这部电视连续剧的主要观众是孩童，教授们没有必要过多地插嘴。孩童置于各种权力控制的底层，他们的生活乏味沉闷。这时，无拘无束的"小燕子"代表了他们想象之中的反抗。的确，艺术的基本含义之一是，制造一个想象的空间凝聚人们的理想和向往。可是，人们不得不追问：《还珠格格》试图向那些苦恼的孩童提供什么？事实上，"小燕子"的反抗是皇权庇护之下的游戏，皇权是格格逢凶化吉、无往不胜的最终保障。这样的反抗背后隐藏的是趋炎附势的白日梦。现今的孩童时常被形容为"脆弱的一代"，对于他们来说，这种白日梦唤起的是反抗的性格还是另一些东西？反抗从来就不是一件轻松的

---

① ［德］T. W. 阿多诺：《文化工业再思考》，见《文化研究》，第 1 辑，204 页，天津，天津社会科学出版社，2000。

乐事，《还珠格格》恰好遮蔽了这个事实。从《水浒传》、《红楼梦》到《伤逝》，这几部名著无一不是反抗的故事。然而，施耐庵、曹雪芹、鲁迅的深刻之处恰恰在于，他们同时揭示了反抗与悲剧的联系。如果轻巧地将反抗构思为一个快活无比的经历，那么，孩童们会不会在头破血流的那一天回头抱怨白日梦的制作者呢？或许，人们必须考察的恰恰是问题的另一面：为什么观众，尤其是孩童，迷恋这种故事而读不下真正的历史著作？他们的无意识之中是否暗暗地羡慕还珠格格的运气？彻底地说，他们真正倾心的不是自由，而是权力；有了权力就有了一切——金钱、英雄、美人、恣意游走于江湖、在一些无伤大雅的冒险之中尽情享受人生，这才是人们寄情于《还珠格格》的根本原因。琼瑶已经洞悉这种秘密情绪，她只要稍作修改就再度征服了观众。这就是如此廉价的故事赢得如此盛大礼遇的原因。《还珠格格》是一个富有启示性的证明：只有将"历史"改造为寄寓人们欲望的白日梦，这些"历史"才会赢得市场，赢得消费者。

## 五

电视或者电影的大量收购表明，历史正在成为一个抢手的文化商品；电视或者电影的轻佻风格表明，历史的权威正在另一种意义上丧失。这就是人们遭遇的现状。

电视或者电影，这些器材和技术代表的是一个崭新的时代。人们意识到，无论命名为工业时代抑或电子时代，一个现代社会的范式已经完成——另一些激进的理论家正在论证和描述后现代文化的曙光。如果说，现代社会的范式中断了封建社会历史及其意识形态的连续性，那么，这表明所有帝王将相的故事已经失去了存在的依据。全球化的语境、信息社会的政治家以及正在创世纪的技术精英已经与子曰诗云、金戈铁马、三叩九拜、武功秘籍脱钩了。的确，人们还在回忆历史，回忆祖先的辉煌和曾经有过的伟大传统，可是，这种历史不再提供一种楷模和规范，不再提供一种组织或者管理社会的权威性思想资源。中央电视台曾经开辟一个栏目《历史上的今天》；然而，历史并没有生龙活虎地复活。人们发现，历史渐渐变成了谈资，变成了寻章摘句的仓库，变成了古香古色的故事——总之，历史是人们茶余饭后的消遣之物了。如同波德里亚曾经发现的那样，这的确是一个奇怪的循环：这个崭新的时代埋葬了传统的历史，但这些历史却被制成特殊的符号供人消费。① 这时，电视或者电影机智地将历史当作百宝箱式的魔术道具，或者将历史设计为一个大型游乐场。那些史学著作只会兢兢业业地整理史料，罗列证据；电视或者电影却发现，历史是电子传播媒介回收利润时不可多得的原材料。"一壶浊酒喜相逢，古今多少事，都付笑谈中"——消费历史，这是古已有之的文化传统。当然，对于许多消费者说来，"滚滚长江东逝水，浪花淘尽英雄"或者"是非成败转头空"这种感喟仍然过于严肃，于是，"无厘头搞笑"成为电视或者电影之中新版历史故事的正宗风格——金庸小说改编的《鹿鼎记》终于慨然而现。

历史权威陷落的另一个原因源于后现代文化的解构。詹姆逊提到了后现代文化之中时间感觉的消失："在后现代主义中，关于过去的这种深度感消失了，我们只存在于现时，没有历史；历史只是一堆文本、档案，记录的是一个确已不存在的事件或时代，留下来的只是一些纸、文件袋。"② 一切都在一个共时的平面浮现，历史不再是一批庞大的故事隐藏在现今的社会背后，仅仅是一些文字符号和影像符号组成的片断飘浮于文化空间。发生过的往事沉没于时间之渊不再复返，人们所能看到的"历史"仅仅是一种人为的记录符号。在后现代文化看来，历史并没有特殊的分量，历史的含义是不确定的，历史的真相是不可确认的，历史文本的解读仅仅是一批符号与另一批符号的互动；归根结底，"历史"这个概念无非是能指链上的一个临时的节点而已。既然符号背后并没有一个固定的事实，人们又有什么理由崇拜历史呢？电视或者电影游戏历史，这不过是符号游戏的一个变种而已。用波德里亚的话说，这种历史"不

---

① 参见［法］让·波德里亚：《消费社会》，刘成富、全志钢译，100 页，南京，南京大学出版社，2000。

② ［美］弗雷德里克·詹姆逊：《后现代主义与文化理论》，唐小兵译，205 页，北京，北京大学出版社，1997。

是产自一种变化的、矛盾的、真实经历的事件、历史、文化、思想，而是产自编码规则要素及媒介技术操作的赝象"①。尽管如此，没有人认为历史的伪造是一种可恶的亵渎。

詹姆逊还曾经提到了后现代语境之中的怀旧情绪。历史文本不再企图"为我们的未来开拓一个具有集体意识的视域"，怀旧——例如，一批怀旧影片的出现——只不过是商品社会的一种消费口味。怀旧是动用一批精致的影像符号再现昔日的美妙时光，但是，这种脆弱的语言"始终无法捕捉到真正的文化经验中社会现实的历史性"。詹姆逊甚至认为，这种影像符号恰恰切断了历史的血脉："这种崭新美感模式的产生，却正是历史特性在我们这个时代逐渐消褪的最大症状。我们仿佛不能再正面地体察到现在与过去之间的历史关系，不能再具体地经验历史（特性）了。"② 这些影像符号似乎将它们表现的那一段历史孤立起来供人品味，这些怀旧影片无力描述那一段历史与当今社会之间的延续关系。

因此，詹姆逊解释说，怀旧是力图重现"失落的欲念对象"，例如美国人对于20世纪50年代的怀念。然而，中国的电视或者电影竭力复活历史，这个动向包含了远为复杂的内涵。怀旧的确是一种时髦。四处都是玻璃幕墙的反光和喷出尾气的轿车，古董的品鉴就是不俗的趣味。能够在计算机网络、克隆或者宇宙黑洞这些话题之间谈一谈三皇五帝，多少是一种儒雅风范。此外，对于中国的导演们来说，重现"失落掉的欲念对象"还隐约地包含了文化认同的动机。全球化的语境之中，东方文化的神话始终是一个不可释解的情结——这是许多人抗拒西方中心主义的一个理论堡垒。也许，巍峨的宫殿、昏愦的皇帝、奴相十足的太监以及大大小小无能的将领只能作为封建帝国的没落象征，而那些英雄侠客时常被有意地提拔为民族国家的代表。电视或者电影之中众多武林纷争的

---

① 参见［法］让·波德里亚：《消费社会》，刘成富、全志钢译，135页，南京，南京大学出版社，2000。

② ［美］弗雷德里克·詹姆逊：《后现代主义，或晚期资本主义的文化逻辑》，见《晚期资本主义的文化逻辑》，456、457、462页，北京，生活·读书·新知三联书店，1997。

故事之中，中国功夫踢翻西洋武士通常是一段令人解气的情节。朝廷无能，诉诸民间，这些英雄侠客身上仿佛凝聚了民族的精华。这种"大叙事"甚至被堂而皇之地挪用到体育竞赛的解说之中，某一个体育项目的成功往往被叙说为民族强大、国家兴盛的结果。如果说，这些故事更像是一个民族自我安慰的幻象，那么，另一些影像更多地被定位为向西方国度的展现。这些影像企图表现的是一个古老中国悠久的文化和多彩的民俗风情——某些"第五代"导演不惜为此伪造各种并不存在的风俗习惯。也许，人们不该粗暴地认定这是一种可鄙的艺术投机，然而，《红高粱》或者《黄土地》之中民族文化认同的意图是无可否认的。

消费历史的后果是什么？一方面，可以看到的是，传统的历史观念分崩离析了。君君臣臣父父子子或者天地君亲师之类的正统秩序丧失了承担"大叙事"的功能。大量喜剧或者闹剧式的风格之下，朝廷政治形同儿戏。历史上对于修史的神圣之情荡然无存。其次，消费趣味的主导阻止了导演对于历史的深入探索，他们有意无意地倾向于戏剧性的改造，甚至放肆地臆造史实。不言而喻，曲折离奇的男欢女爱和眼花缭乱的武打场面是导演调制历史的两大作料。电视或者电影提供的多数历史故事一片浮嚣，人们察觉不到某种强大的历史必然——这种必然决定了历史伸入今天的轨迹；相反，人们只能从电视或者电影之中看到一堆趣味横生的西洋景。人们很少将屏幕上进进出出的古人想象为自己一脉相承的祖先；故事不过是故事，没有必要斤斤计较。于是，人们就在哈哈大笑或者惊险刺激之中得到了某种心理的满足，从而彻底地忘掉了不幸的"历史"。

# 后现代主义、消极自由和负责的反讽<sup>*</sup>

一

反讽是隐藏于文学之中的一只风格诡异的猫头鹰，神情倨傲，行踪不定。偶尔在茂密的语词丛林遭遇猫头鹰，人们常常不由自主地打个寒噤。反讽是阴冷的，硌人的，一副局外人的怀疑神情。对于炽烈如火的浪漫主义者说来，反讽具有明显的退烧之效。浪漫主义者崇拜的那些遥远的、原始的、似乎是无限的事物真的存在吗？历史是他们想象的那一副面孔吗？由于持续的怀疑，反讽成了抒情的天敌。种种夸饰的抒情话语常常由于反讽鬼鬼祟祟的笑声而凝固为矫揉造作的语言姿态。反讽主义者甚至无法形成一个集体性的运动，反讽的冷嘲有效地瓦解了大型运动所依托的激情。面对这个世界，反讽的基本姿态是后撤，而不是前倾；是保持距离，而不是虔诚地卷入。某些时候，后撤是以退为进的另一种思想形式。反讽的怀疑带来了反思，世界的另一些可能开始浮现。苏格拉底的许多对话录始于常识，终于某种异乎寻常的命题。得心应手地运用反讽是苏格拉底循循善诱的特殊手段。

在修辞学的意义上，反讽意味着潜台词对于表层含义的颠覆——这个术语即源于古希腊喜剧的一个擅长运用潜台词的角色。如果严肃注释

---

<sub>* "反讽"系西方文化之中一个非常重要又极其复杂的课题，分别涉及西方哲学、语言学、文学。汉语文献之中，林少阳的《反讽》一文对于西方哲学、语言学之中有关内容作了较为清晰的介绍——此文收入赵一凡等主编的《西方文论关键词》一书（外语教学与研究出版社，2006）。本文仅仅借助这个概念讨论中国现当代文学之中的相关现象。</sub>

为嘲笑，恭维透露出轻蔑，唯唯诺诺的终点居然是不屑，这多半意味着反讽的启动。一套代码，两个信息：这个公式是反讽的精确概括。[①] 当然，一套代码之所以绕过表层含义迂回地召唤出另一个相反的解读，用布斯的话说，人们之所以从"叙述者公开的信条"转向"作者隐蔽的信条"，[②] 语境的压力是必要的条件。所以，布鲁克斯赋予反讽的著名定义是"语境对于一个陈述语的明显的歪曲"[③]。许多时候，语境与陈述语的关系象征了历史与文本的关系。历史不断地生产出反讽式的文本，事情的性质可能已经出现变化。如此之多的作家热衷于反讽——这时，反讽恐怕不再局限于一种修辞；一种特殊的文化体验正在会聚为美学范型。

卢卡契认为，史诗的时代天真未凿，生活即意义，现象即本质，主体与客体或者感性与理性共处于一个同质的结构之中。这时不存在深刻的反讽。深刻的反讽寄居于小说之中。小说开始盛行的时代，主体已经分裂。二者之间的不同认识是反讽诞生的前提。[④] 相对于卢卡契的高瞻远瞩，诺思罗普·弗莱的考虑焦点已经收缩到叙述人与叙述对象之间的关系。《批评的解剖》之中，弗莱从亚里士多德的《诗学》得到了启示，刻意地剔出主人公与叙述人之间的多种关系模式：主人公远远高于芸芸众生和环境，这属于神话；主人公一定程度地优于他人与环境，这是浪漫故事；被称为"高模仿"模式的主人公通常是一个领袖人物，他们的故事是史诗或者悲剧；"低模仿"的主人公多半为凡夫俗子，他们的故事是喜剧和现实主义小说。如果主人公的位置降到了平均数之下，对于主人

---

① 参见［美］华莱士·马丁：《当代叙事学》，伍晓明译，227 页，北京，北京大学出版，1990。

② 参见［美］W. C. 布斯：《小说修辞学》，华明等译，354 页，北京，北京大学出版社，1987。

③ ［美］克林思·布鲁克斯：《反讽——一种结构原则》，见《"新批评"文集》，335 页，北京，中国社会科学出版社，1988。

④ 参见［匈］乔治·卢卡契：《卢卡契早期文选》，张亮等译，49、50 页，南京，南京大学出版社，2004。

公的轻蔑、奚落、嘲讽无不纳入了反讽的模式。①

　　显然，卢卡契和弗莱依据的是欧洲版的文学史。从仰望奥林匹斯山的诸神、穿越漫长的中世纪隧道到相信自己的理性，西方历史似乎抵达了一个盼望已久的高地。然而，理性是不是赢得了历史的真正信赖？巨大的失望接踵而至。从奥斯维辛集中营到核弹头维持的霸权主义，从物质的异化到冷漠的官僚机器，理性仍然无能为力。"上帝已死"的口号之后，理论家再度宣布"人已死"。这一个回合的历史挫折如此沉重，以至于摧毁了许多人重塑一个有序世界的信心。他们不再义无反顾地扑向世界，普遍的怀疑噬空了内心。动力消失之后，他们对于世界仅仅剩下了冷笑——这即反讽。在弗莱心目中，从神话到反讽的演变大约是一千五百年。

　　对于鲁迅来说，一千五百年的西方文化仅仅是一些遥远的故事。他所背负的是封建帝国的古老历史。这里没有浪漫主义的英雄或者现实主义的小人物轮番出演，也不必等待后现代主义对于现代主义的讥笑——置身这种历史氛围，鲁迅从来不信任所谓的人性。他在《纪念刘和珍君》之中坦言无忌："我向来是不惮以最坏的恶意来推测中国人的。"② 在我看来，这多少解释了鲁迅对于反讽的热衷。根据韩南的分析，鲁迅的第一篇小说《怀旧》即已出现反讽因素。鲁迅的诸多小说之中，反讽成为一种挥之不去的修辞策略。尽管如此，反讽仅仅是鲁迅的艺术观念而不是哲学观念——不是一种反讽的人生观。韩南认为，鲁迅的反讽形成了曲折的表意形式，这种形式有助于抑制或者抵消过于强烈的道德义愤以及对教诲的渴望。③ 然而，我宁可将鲁迅的反讽估计得彻底一些。怀疑精神——尤其是对于人性的深刻怀疑——致使鲁迅不愿意轻易地相信任何

---

　　① 参见［加拿大］诺思罗普·弗莱：《引论：虚构模式》，见《批评的剖析》，陈慧等译，天津，百花文艺出版社，1998。

　　② 鲁迅：《纪念刘和珍君》，见《华盖集续编》，《鲁迅全集》（第三卷），275页，北京，人民文学出版社，1998。

　　③ 参见［美］韩南：《鲁迅小说的技巧》，见《韩南中国小说论集》，王秋桂译，359～382页，北京，北京大学出版社，2008。这是研究鲁迅小说反讽问题较有分量的一篇论文。

辉煌的历史表象。反讽的意义更像是阻止泛滥的激情。如火如荼的浩大声势之中，反讽时常为思想保存了一条撤离情感现场的秘密通道。郭沫若的《女神》开始了火山爆发式的耀眼抒情，冰心的单纯、清新以及无瑕的"爱心"如此地招人疼爱，这时，鲁迅的反讽如同一个令人不快的异数顽固地存在。他的小说或者杂文仿佛不断地提醒人们，庞大的合唱队伍之中不时存在一只不合时宜的乌鸦。可是，现今的历史记忆之中，没有鲁迅的五四新文化运动是不可想象的。鲁迅代表了这个时段历史的思想含量，这已经成为共识。鲁迅的一个特殊意义在于，现代性如同历史的宠儿君临天下的时候，他提供了一副怀疑的眼光。无论这种怀疑多大程度地来自独特的个人气质，某种早熟的后现代性播下了种子。鲁迅不仅是启蒙的骁将，同时，他的反讽在社会的"情感结构"之中——雷蒙·威廉斯术语的意义上——赢得了一席之地。20 世纪 50 年代之后，一种政治神话密不透风地主宰了意识形态。这时，鲁迅式的怀疑几乎是知识分子抗拒压力的唯一资源。这种怀疑与其说来自某种异质的理论学说，不如说受惠于反讽修辞。相当长的时间里，鲁迅的存在，反讽的存在，始终意味着这个社会情感结构之中的某种特殊成分。这些特殊成分是隐藏于情感结构内部的一个漏洞，一条开启未来的裂缝，它不断扩大终将威胁到情感结构的全面解体。

在这个意义上，反讽将被视为历史的某种文化征候。

## 二

修辞学著作之中，可以发现一批与"反讽"大同小异的术语群落，例如"讽刺"、"讽喻"、"嘲讽"、"讥笑"、"挖苦"，如此等等。在许多理论家那里，这些术语时常与"反讽"相互替换。然而，中国古代批评家津津乐道的"风"、"雅"、"颂"、"赋"、"比"、"兴"中，"风"的意义与"反讽"似是而非，甚至南辕北辙。《毛诗序》曰："上以风化下，下以风刺上，主文而谲谏，言之者无罪，闻之者足以戒，故曰风。"这些论述的训诂表明，"风"通"讽"，可以解释为一种曲折的批评。"讽"之所以委婉陈辞是避免惹恼上司。直言犯上引起了龙颜不悦，显然有违为臣之道。

所以，古典式的"讽"被认定为一种"美刺"，从属于"温柔敦厚"的"诗教"。如果说，弗莱所定义的"反讽"隐含了居高临下的优越姿态，那么，"下以风刺上"就是一种战战兢兢的谦卑。古典文学的范畴之内，魏晋时期那些放诞名士——例如竹林七贤——的不逊言辞或者元曲之中的某些唱词似乎与现今的反讽更为接近。

苏格拉底的反讽常常意味深长。他的种种反问不断地引诱人们从常识之间探出头来，察看事物存在的另一种可能。这是反讽的最大价值：人们因此承认了世界的多种维面，并且承认每一个维面分别拥有自己对于世界的表述。如果各种世界的表述不分伯仲，如果并没有一套终极性的观念一锤定音，反讽之中扬此抑彼的攻击性必将大幅度削弱。所以，弗莱觉得反讽温和而讽刺激烈。讽刺的潜台词具有咄咄逼人的攻击性，因为被讽刺对象的愚蠢或者渺小无可争议。道德的是非标准如此清晰，所有的人已真理在握，只有被讽刺对象一无所知。被讽刺对象的智力明显低于普遍的社会认识，他们显得如此可笑，以至于不可能反击来自另一个精神高度的严厉攻讦。相对地说，反讽更多地显示了视域的差异而不是非此即彼的唯一选择。"当读者肯定不了作者的态度为何时，或读者自己的态度应当如何时，就是讽刺成分甚少的反讽了"，弗莱如此解释说。[1] 由于无法识别诸种视域的是非，人们进退维谷，褒贬含糊，以至于找不到反讽与常规叙述的界限何在——人们可在布斯的《小说修辞学》中看到如此的抱怨。[2] 也许，《堂吉诃德》是一个著名的例子：那个瘦骨伶仃的骑士是一个可笑的主观主义者，还是一个知其不可而为之的英雄？

反讽通常存在两方面的资源。

巴赫金一如既往地强调反讽的民间渊源。在他看来，讽刺的最古老形式即"民间节庆中的讥笑和秽语形式"。古希腊的节日之间，"笑在这里与死亡形象、与自然生命力的复苏形象联系在一起"。他为之概括了六个

---

① 参见［加拿大］诺思罗普·弗莱：《冬天的叙述结构：反讽与讽刺》，见《批评的剖析》，陈慧等译，277 页，天津，百花文艺出版社，1998。

② 参见［美］W. C. 布斯：《小说修辞学》，华明等译，354 页，北京，北京大学出版社，1987。

重要特征：讥笑辱骂的对话性；讥笑具有的模仿与滑稽因素；讥笑的广泛性；笑与物质躯体生殖本性的联系；讥笑与弃旧图新的关系以及讥笑自发的辩证性。[①] 显然，巴赫金正在竭力将反讽与他心仪的民间狂欢气氛衔接起来。的确，民间具有旺盛的反讽生产能力。如果说，现代社会的节庆活动日趋衰减，那么，种种新型的开放式大众传媒——譬如，互联网、手机短信息——之中，反讽正在以燎原之势蔓延。

民间的反讽放肆、泼辣并且时常具有色情意味，相对地说，知识分子的反讽更为文雅、书卷气，甚至热衷于搬弄典故。知识分子常常伫立在某一个精神高地思索这个纷纷扰扰的世界。高于这个世界，俯视这个世界，这是反讽的心理条件。精致的反讽辗转于上流社会和精英阶层，时常成为博雅、高智力和机敏的表征。知识分子的嘴角浮出轻蔑的笑容时，反讽修辞自然而然地进入他们的口吻之间。在我看来，知识分子的反讽始终与主体的位置密切相关。如何安置主体在世界面前的位置？克尔凯郭尔的《论反讽概念》之中，主体的状况是论述时常围绕的一个轴心。克尔凯郭尔首先意识到，反讽之中的"主体是消极自由的"。在反讽主义者看来，激情如火或者冥思苦想皆是愚蠢的品质，他们绝不愿意忘我地投入这个世界，为这个世界分担什么。反讽主义者扮演的是世界的陌生人，既存的现实对他丧失了有效性。反讽是无限绝对的否定性，"因为它除否定之外，一无所为"，"能够给予他内容的现实还不存在，而他却挣脱了既存现实对主体的束缚"，克尔凯郭尔进一步解释了"消极自由"的状态：

> 通过使历史现实飘浮起来，反讽成功地超越了历史现实，但在这个过程中，反讽本身也飘浮了起来。它的现实只不过是可能性而已。一个行动的个体为了有能力完成实现现实任务，他必须感到自己是一个大事业的一部分，必须感到责任的沉重，

---

① ［苏联］巴赫金：《讽刺》，见《巴赫金全集》，第四卷，白春仁等译，23～25页，石家庄，河北教育出版社，1998。

感到并尊重每一个合乎情理的后果。反讽却不受这些东西的约束。它知道自己具有随心所欲地从头开始的力量；每一个先在的东西都不是具有约束力的先在的东西。在理论方面，反讽具有无限的自由，享受批判的快乐，同样，在实践方面，它享受一种相似的神圣自由，这种自由不顾任何羁绊、锁链，而是肆无忌惮、无忧无虑地游戏，仿佛海中的大鱼上下翻腾。的确，反讽是自由的，没有现实的忧虑，但也没有现实的欢乐，没有现实的祝福。由于没有比它自己更高的东西，所以它不能接受任何祝福，因为从来都是位分大的给位分小的祝福。[①]

迄今为止，愈来愈多的知识分子进入了克尔凯郭尔所说的"消极自由"之中。终极的偶像丧失了理论依据之后，知识分子不知道还有什么可做——除了冷嘲这个世界。这就是反讽的全部意义吗？这时，重提鲁迅是必要的。如前所述，强烈的怀疑精神占据了这个反讽主义者的内心一隅。然而，鲁迅从未逍遥地徘徊在"消极自由"之中。相反，"两间余一卒，荷戟独彷徨"——鲁迅特别勤勉地与那个"无物之阵"苦苦周旋，直至耗尽心血。这个伟大的形象是不是显示了反讽与世界的另一种关系？

## 三

20 世纪 70 年代，北岛在一首题为《回答》的诗中愤慨地写下一句：

> 告诉你吧，世界
> 我——不——相——信！

"我不相信"是对整个世界大义凛然的拒绝。这种反抗是坚决的，一本正经的和堂而皇之的。然而，尽管诗人激烈地否定了眼前的一切，这

----

① ［丹麦］克尔凯郭尔：《论反讽概念》，汤晨溪译，212、225、226、242 页，北京，中国社会科学出版社，2005。

个世界仍然被视为一个阵容庞大的对手。这时，诗人的不屈姿态以及激越的声音无不来自浪漫主义的传统。这似乎是一个奇特的对比——渺小的一己之躯对抗无坚不摧的专制机器；事实上，这毋宁说是一个强大的主体英勇无畏的抒情。无论是书生意气还是壮怀激烈，抒情不仅是一种美学传统，而且是一种处理世界的独特范式。抒情不是一个政治学命题的辩驳或者一个社会学方案的推敲，而是以磅礴的气势指点江山，召唤崭新的社会生活。浪漫主义情怀的一个重要特征就是，抛开琐碎的细节而注重大处落墨。象征、意象、吟咏再三的警句和铿锵的音调是抒情的惯用手段，至于数据、规章制度的设计或者某一个社会阶层的利益评估被不屑地丢给了满脑子实利主义的经济学家或者社会学家。"我不相信"——一句诗坦然地站出来，以殉道的形式挑战一种政治神话。

　　然而，诗人或许没有想到，他所挑战的政治神话竟然与诗拥有相近的心理条件。在这种政治神话的视野里，所谓的国家并不是一套死气沉沉的法律制度或者行政指令，不是一批中规中矩的官员按部就班地运作权力。国家包含了一种忠诚，一种强大的精神纽带，一种可能号召无数人投身运动的巨大心理能量。回忆 20 世纪五六十年代的宏大叙事，人们可以清晰地察觉到浪漫主义的脉动。这个共同体不是由经济利益联合起来的，也不依赖一个严密的法律、制度框架——那时的经济学或者社会学没有多少地位。人们在形形色色的社会运动之中删除内心的私欲，一切都服从一个远大的政治理想。这是一种集体的浪漫主义情怀。国家——这种"无限生机的整体"——不啻于另一些人心目中的诗。正如伯林所言："这些神秘的言辞就成了政治生活有机论、忠于国家、视国家为半精神组织和神圣神秘的精神力量之象征这类观点的核心和中心，毫无疑问，这也就是浪漫主义者，至少是那些极端浪漫主义者所认同的国家观念。"①

　　从政治神话到"我不相信"，继而是《伤痕》、《班主任》、《哥德巴赫

---

　　① ［英］以赛亚·伯林：《浪漫主义的根源》，吕梁等译，125 页，南京，译林出版社，2008。

猜想》、《于无声处》、《人到中年》、《哦，香雪》、《高山下的花环》，历史内容的转折如此明显，然而美学传统大同小异——至少，作家对于抒情的迷恋依然如故。历史的问题归于历史：生活曾经失控，高尚的辞令遭到了践踏，国民经济即将崩溃……现在好了，一切都过去了，理想已经校正，伟大的工程重新启动，诗意又回来了——作家又有什么理由抛弃浪漫主义的迷人抒情呢？

打破这种气氛的大约是王朔。这个作家突如其来地降临，迅速地赢得了众人的拥戴。无论是《玩的就是心跳》、《顽主》还是《一点儿正经也没有》、《你不是一个俗人》，王朔没有提供多少不同凡响的故事情节。显而易见，王朔的反讽天分形成了令人瞩目的语言风格。通常，王朔的反讽策略是大词小用——他擅长将政治场合的巨型话语阴差阳错地挪用到市井人物的飞短流长之中："王朔的小说经常在大字眼、大口号与小人物、小动作之间形成张力。经过了政治话语地毯式的轰炸，人们不再对某些口号式的漂亮话语表示敬畏或者尊重。它们被王朔的人物穿插到一串串油嘴滑舌的打趣之中，犹如削价贱卖。这产生了巨大的滑稽感。"① 显然，这是对于政治神话的特殊打击：王朔并未蓄起充足的政治能量迎面相撞，相反，他的冷嘲热讽有效地瓦解了政治神话的严肃性。反讽的擅长并非理论，而是理论的破坏。反讽企图击垮的对手不是真理，而是守护真理的严肃面容。许多时候，王朔没有兴趣纠缠理论的是非而常常将锋芒转向了人格与道德的虚伪假面。人们又有什么必要对一批伪君子的念念有词顶礼膜拜？王朔的惯用伎俩是，顺手将那些高贵的政治言辞塞到日常的闲言碎语甚至斗嘴取乐之间。显然，二者的差距导致政治言辞的急剧贬值是反讽的解构之效，一切均发生于这个特殊的修辞格背后。在王朔那里，宏大的政治神话并未遭到理论打击，而是在笑声的腐蚀之中黯然解体。北岛的"我不相信"是一副痛心疾首的表情，王朔的"我是流氓我怕谁"已经换上了玩世不恭的笑容。很难评估哪一个作家拥有更大的杀伤力。但是，反讽对于抒情的替代表明，可以有另一种赢得自由的形式。

---

① 南帆：《文学的维度》，122 页，上海，上海三联书店，1998。

浪漫主义抒情通常在主体的扩张之中超越尘世，王朔式的反讽运用了相反的策略：收缩自我。放低姿态、回避崇高是王朔娴熟的躲闪战术。攻讦那一批伪君子的时候，王朔从未将自己置于布道牧师的讲坛之上。他不惮于贬低自己而绝不愿意充当作法自毙的道德标本。反讽他人的同时，王朔坦然地自嘲。让那些自鸣得意的偶像陶醉去吧，我们甘当一个俗物。这种百无禁忌的姿态时常造就某种狂欢的气氛。王朔就是在这种狂欢气氛中轻松地摧毁了各种盖有尊贵徽章的圣物，从而开拓出反讽功能的另一片领域。王朔曾经认为，知识分子是这个时代最找不到自己位置的人；[①] 相对地说，他的反讽更多地具有民间的气息——王朔小说所谓的"京味"显示了二者的渊源关系。因此，王朔的反讽之中，嬉闹多于反思，戏谑多于冷隽。某些时候，卖弄口才的欲望导致了俏皮和调侃的大规模堆积，以至于完全淹没了反讽的哲学意味。如果说，反讽多半是无奈的迂回反击，那么，王朔式的反讽奇怪地弥漫出某种欢快的、甚至乐不可支的气息。民间的逗乐游戏削弱了犀利的批判锋芒。尽管若干年之后"无厘头"喜剧的开山之作《大话西游》诞生于粤语区域，但是，我宁可认为，"无厘头"与王朔的反讽之间存在更多的内在呼应。当然，无论是王朔还是"无厘头"，如果喜剧没有在笑声之后留下什么，那么，犬儒主义将是反讽的最后结局。

## 四

刘索拉的《你别无选择》刚刚问世就惊动了人们。无论是冠之以"现代主义"还是别的什么，总之，这是一部异乎寻常的小说。人们嗅到了某种奇怪的气息。一批音乐学院学生疯疯癫癫的生活似乎某种程度地扰乱了文学秩序。他们多半忠于自己的音乐专业，但是，这已经不是以往那些刻苦的、孜孜不倦的知识分子形象。现今看来，反讽的介入如同一个美学范型的转折。理想、青春、浪漫、追求和知识分子之间的传统情节遭到了瓦解。反讽蚀空了崇高。这种氛围之中，深刻的表情、一本

---

① 参见王朔：《王朔自白》，载《文艺争鸣》，1993（1）。

正经的对话或者富有悲剧感的故事似乎有些可笑。

如果说《你别无选择》的反讽指向仍然有些模糊，那么，接踵而来的《无主题变奏》很快将这种感觉明朗化了——显然，《无主题变奏》的反讽包含了更多的蜇人锋芒。饶有趣味的是，《无主题变奏》将神圣的音乐当成了高雅文化的可笑标本给予嘲讽。知识分子及其价值观念开始成为反讽的对象。《无主题变奏》的主人公拒绝与高雅认同，拒绝加入知识分子队伍，甚至不惜因此与恋人分道扬镳。尽管主人公以一个饭店侍者的身份登场，然而，他在骨子里无疑是另一种类型的知识分子。"我搞不清除了我现有的一切以外，我还应该要什么。我是什么？更要命的是我不等待什么。"任何一个熟悉现代哲学的人都可以从这几句表白之中察觉，这些意味深长的言辞决不是来自真正的底层经验。换言之，这更像是一个伪装的底层对于知识分子的矫揉造作进行挖苦。与知识分子作战，引经据典显然是自投罗网。相对地说，装疯卖傻的反讽远为有效。《无主题变奏》的作者徐星昙花一现，这种修辞策略若干年之后在王小波的手里得到了更为广泛的使用。

从《伤痕》、《哥德巴赫猜想》到《人到中年》，从宗璞、王蒙到张贤亮，知识分子从脸色苍白、身体羸弱、思想古怪的小丑型人物演变为受难的殉道者形象。他们不再是四体不勤、五谷不分的懒汉，不再是需要不断改造的小资产阶级跟屁虫。相反，知识分子是盗火的普罗米修斯，为了民族的未来饱受煎熬，乃至牺牲生命；某些天才式的人物可能存在种种怪癖或者可爱的小缺陷，但是，他们始终拥有高风亮节的道德形象。知识分子是社会的良知，是公正不阿的批判精神，现代社会必须由这些精英充当精神领袖。这些想象不断地在各种知识分子的描述之中流传，甚至成为20世纪90年代中期"人文精神"争论的一个起点。显然，这些想象之中的知识分子是一个同质化的共同体——他们通常是以整体的形象出场。

刘索拉或者徐星察觉到这种想象的破绽。高蹈的理论背后暴露出各种猥琐的嘴脸，这时常调动起人们的反讽欲望。戳破漂亮辞句编织的假面往往具有极大的快感。知识分子似乎时刻遵从"君子喻于义，小人喻于利"的原则，双眼仅仅盯住伟大的真理而不屑于种种蝇头小利。然而，作家逐渐察觉到，这种理论幻觉掩护了许多知识分子鸡鸣狗盗的勾当。各种利诱可以轻而易举地攻破他们的道德文章——格非的一部描述知识分子的小说即题为《欲望的旗帜》。许多知识分子的内心并不存在坚定的信仰或者伟大的事物，理性的规约丧失了意义。这时，尘世的无数欲望构成了强烈的诱惑。人格分裂，谎言，焦虑，超验的彼岸似乎愈来愈遥远。哲学提供的话语解决不了生存的问题。他们进退失据，只能漫无目的地漂浮在欲望的洪流之中。许多时候，饱读诗书的知识分子远比芸芸众生苦恼。那些冠冕堂皇的深刻辞句解释不了日常的生活境遇，反讽将是他们为自己设置的逃生出口。

相似的主题曾经反复地纠缠李洱——这是另一个持续地注视知识分子的作家。在李洱看来，现今知识分子的最大尴尬是，日常表象与他们擅长的宏大叙事相互分裂了。"他们逐渐对高悬于头颅上方的种种大字眼——例如真理、理性、历史、思想、信念，还有诗——失去了信任，他们已经无法从这些大字眼之中赢得生活的动力。这些知识分子的目光正在下垂，开始注视日常生活的表象。"① 这些知识分子满腹经纶，熟知西方各种经典，口若悬河，雄辩滔滔，然而，他们陈述的不是天下大势或者国计民生，而是论证某评委要给自己的妻子更多的分数，或者杜撰一个娶小老婆的哲学依据。庸俗的生活再也达不到知识分子描述的高度，相反，知识分子心甘情愿地矮化自己的精神——这是知识分子形象的毁弃：悲剧、抒情、崇高急剧地向反讽的滑落。

阎连科的《风雅颂》之中，甚至那些徒有其表的学术也丧失了意义。权力已经与学术体制有机地融为一体，不愿意或者不善于与权力交易的知识分子逃脱不了遭受封杀的命运。主人公"晴天霹雳般"地向夺走妻子的副校长跪下去的时候，反讽已经临近破裂——愤懑似乎超过了智力的优越。随后，故事整体的荒诞之感愈来愈夸张：这个古典文学的副教授被强行送入精神病医院，出逃之后与县城的妓女们彼此引为知己。经

---

① 南帆：《饶舌与缄默：生活在自身之外》，见《理论的紧张》，191、192 页，上海，上海三联书店，2003。

历了一系列不可思议的遭遇，他率领这些妓女逃向"诗经古城"，发现了一大批当年被孔夫子删掉的诗作……当然，这个发现不可能赢得现行学术体制的公正嘉奖。小说的最后结局是，这个古典文学副教授与众多妓女以及另一些教授专家聚集在荒凉的黄河上游，聚集在"诗经古城"，过上了随心所欲的原始生活。这种怪异的乌托邦已经越过了反讽的界限。对于阎连科说来，优雅而空洞的智力游戏不能解渴，调侃式的反讽时常被激烈的愤慨所替代。换言之，一个词或者一句话构成的反讽已经转达不了蔑视背后的绝望。《风雅颂》拒绝以犬儒哲学的姿态宽容地接纳知识分子的堕落形象。然而，如果从"诗经古城"返回烟火人间，哪里是知识分子踞守的高地？反讽的无所不在表明，这是一个激烈的姿态所无法取消的深刻问题。

## 五

作为一种修辞，反讽拥有一个高于对象的位置；作为一种美学范型，反讽是某种失望的产物。反讽成为一批人的生活姿态，继而大规模侵入美学领域的时候，理想主义已经熄灭。神圣退场，英雄远逝，世俗的生活琐碎无聊，历史驶入了一个沉闷乏味的路段。这时，人们已经没有多少内容可以期待。高调的抒情如此可笑，现实主义复制的生活图像如同一块块无趣的碎片，现代主义的愤怒已经成功地被体制所吸收，总之，只有反讽正在充当最后一场无奈的表演。这时，人们听到了"后现代主义"这个概念。根据佩里·安德森的考察，"后现代主义"概念一开始就包含了"抑制情感，极力追求细节和反讽式幽默"的含义，哈桑将反讽列为后现代主义的一个特殊表征。[①] 诚如克尔凯郭尔所说的那样，反讽丧失了生存的终极依据——这显然是后现代主义的核心主题。换言之，这个修辞因为承担了后现代主义文化的表征而备受关注。

---

①　参见［英］佩里·安德森：《后现代性的起源》，紫辰等译，2 页，北京，中国社会科学出版社，2008；［美］伊哈布·哈山：《后现代概念试述》，见《后现代的转向》，刘象愚译，154 页，台北，时报文化出版企业股份有限公司，1993。

由于众多思想家的共同论述，后现代主义的历史图像逐渐清晰。经济的引爆，哲学和艺术闻风而动，科学知识的巨变，大众传播媒介的崛起，全球人口流动带来的社会学，这一切无不会聚成一个巨大的理论旋涡。如果没有必要详尽地重复这些论述，那么，体验到一种文化感觉已经足够：西方文化环绕的中心已经崩溃。宗教已经式微，启蒙主义的理性问题缠身，再也没有哪些传统或者观念可以有效地提供意义之源。个体的精神深度匮乏，历史的宏大叙事匮乏，众多表象如同大杂烩似地堆积起来，拼贴出一幅驳杂的历史场面。丹尼尔·贝尔曾经企图揭示资本主义文化的内在矛盾；然而，现在的资本主义文化已经破碎。这种文化是无序的，粗鲁的，混乱的，多元化的——当然，同时还潜藏了各种可能与生机。这就是后现代主义的形象诠释。

后现代主义的反讽显然是对于这一幅历史场面的文化回应。历史如此不堪，谁能力挽狂澜？西方文化经历了现代主义式的挣扎和痉挛之后丧失了最后的信心。现在是不屈不挠的激进转向反讽的时候了——这是一种修辞扩张为美学范型的理由。正如人们所看到的那样，历史曾经提供反抗资本主义总体的范例：无产阶级联合起来，以暴力手段摧毁资本主义体系并且夺取政权，地平线上矗立起崭新的社会主义制度。然而，并不是所有的社会都有勇气承担天翻地覆的革命。从政治经济学到武装暴动肯定属于最为激进的实践。另一些人寄望于力比多和欲望之流，来自无意识的冲击或许可以在资本主义文化领域制造各种杂音。如果人们不愿意表露出过于强烈的攻击性，那么，反讽是一个适中的形式。反讽首先意味了疏离和不合作。挣脱了历史气氛的迷惑之后，反讽时刻找得到撬开这个世界的裂缝。这个世界不再迷人，不再发出强大的召唤。进入后抒情时代，反讽表示的是一批过来人的失意。遥远的苍穹不再传来激动人心的神谕，世间已经看不见令人景仰的巨人，总之，这个世界再也没有什么可以让人纵声歌唱。后现代主义气息四处弥漫，皈依或者忠诚变得如此陌生。怎样都行，一切都无所谓，又有什么必要洒出一腔热血英勇献身？现在，文学的首要职责是揭示这种奇特的状况。尽管来自东欧的昆德拉并未自诩为一个正宗的后现代主义者，但是，他对反讽的推崇显然与后现代主义不谋而合。他多次表示，"小说是讽刺的艺术"。——这里的讽刺必须解释为反讽。在他看来，作家不在乎谁对谁错，也无法宣告什么是真理。小说"把世界作为一种暧昧揭露出来，使我们失去了把握"①，或许，这种小说令人嫌恶，然而，谁还有办法召回一个清晰的古典世界呢？昆德拉认为，只有反讽才能与这个暧昧的世界相称："嘲讽就是说，人们在小说中找到的任何一种表示都不能孤立地看，它们的每一个都处在与别的表示、别的境况、别的动作、别的思想、别的事件的复杂与矛盾的对照中。"②

后现代主义反讽的背后已经一无所有，除了虚无主义的深渊。这是一个危险的边缘，反讽似乎走到了历史的尽头。然而，我愿意补充的是，这种叙述不仅隐含了历史的必然，而且隐含了西方中心主义。或者说，这是西方文化的逻辑。詹明信认为，现实主义是某种市场资本主义的形式，现代主义是一种帝国主义的形式，后现代主义是跨国资本主义的形式。③ 这是政治经济学坐标对于美学范型的定位，用佩里·安德森的话说，这是"把后现代主义固定在资本自身的经济秩序的客观变化中"④。后现代主义悲凉地给历史收尾的时候，反讽的漫不经心和颓唐气息是资本主义后期病入膏肓的表征。如果人们对詹明信遵从的经济决定论有所保留，那么，弗莱四季时序的隐喻可以成为另一种选择。与春季相称的是喜剧，与夏季相称的是浪漫故事，秋季是悲剧的时刻，而弗莱的反讽位列乏善可陈的冬季。⑤ 如同春季、夏季和秋季之后甩不下的赘物，这是

---

① ［捷克］米兰·昆德拉：《小说的艺术》，孟湄译，129 页，北京，生活·读书·新知三联书店，1992。

② ［捷克］米兰·昆德拉：《被背叛的遗嘱》，孟湄译，186 页，牛津大学出版社、上海人民出版社，1995。

③ 参见［美］弗·詹明信：《现实主义，现代主义，后现代主义》，见《晚期资本主义文化逻辑》，284～286 页，北京，生活·读书·新知三联书店，1997。

④ 参见［英］佩里·安德森：《后现代性的起源》，紫辰等译，57 页，北京，中国社会科学出版社，2008。

⑤ 参见［加拿大］诺思罗普·弗莱：《冬天的叙述结构：反讽与讽刺》，见《批评的剖析》，陈慧等译，185～277 页，天津，百花文艺出版社，1998。

最后一个季节的文化。除了等待历史的复活，自我修复已经无望。在弗莱的循环结构之中，拯救反讽的是新一轮神话。那只能是另一个伟大的时代如同凤凰涅槃一般重新诞生。

然而，这一套历史叙事复制到中国文化的版图时，人们立即产生了对不准焦点的感觉。中国古典文学解体之后，五四新文化运动开拓出一个巨大的空间。浪漫主义、现实主义以及现代主义名义之下的另一些"主义"几乎同时拥入，联袂出演。这是一次奇特的转换：从异域的历时之轴到本土的共时之轴。这种转换的结局是，各种主义的历时性顺序解除了；这些主义携带各种理论定义漂洋过海抵达中国，同时，这些主义赖以形成的经济结构、社会氛围以及彼此之间的激烈辩难多半封存于欧洲海关的另一边。现实主义为什么鄙视浪漫主义或者现代主义如何挑剔现实主义的缺陷，这些历史旧账似乎不再重要。这些主义脱离了西方文化背景从而进入另一个结构内部，成为共时存在的诸多因素。这个结构试图集结历史之中的现代性因素，并且抗拒古典文学的复辟。因此，浪漫主义的澎湃气势是对于"发乎情，止乎礼义"的冲击，现实主义的精确、客观、冷静产生的"祛魅"是对于古典文学的"怪力乱神"强大遏制，现代主义的阴郁、极端、颓废突破了古典文学节制、温婉的总体风格——总之，本土的主题接管了这些主义的基本内涵。若干时间之后，现实主义概念得到了圣化。"社会主义现实主义"或者"革命现实主义"之中，特殊的定语犹如护体魔咒。现实主义胜出，现代主义遭到了放逐，浪漫主义激情赋予集体的形式之后归并于现实主义范畴之内，种种美学角逐无不追溯到一个奇特的现代性结构。换一句话说，西方文化的现实主义作为浪漫主义的对手问世，那么，"社会主义现实主义"或者"革命现实主义"是由民族、国家与启蒙、革命的复杂纠缠孵化出来的。

相同的理由，人们没有必要根据现代主义与后现代主义的相继出台断言，启蒙主义、理性以及人道主义已经在中国文化的版图之中耗尽了能量。它们毋宁说是一些相互抗衡的因素共处于同一个结构之中：抒情与反讽，个体与群体，理性与无意识，宏大叙事与日常生活，如此等等。这种纷乱可以是上述结构迟迟未能成熟的原因，也可以是上述结构久久不会解体的原因——同质结构的稳定性远不如异质因素的相互平衡。因此，与其将反讽视为一种历史的绝望，不如指出这个概念的另一些理论潜能。

虚无主义与解放思想是反讽的双刃。终极真理的破产洞穿了理论的最后屏障，虚无演变为犬儒主义。然而，负责的反讽抛弃的是形而上学而不是世界。反讽不再将世界锁定于某一种不可质疑的观念，相反，世界可以不断地试错，一次又一次地修改自己的理想。反讽不会因为终极真理的缺席而无所适从，反讽的意义是驱除迷信，勇于怀疑一切成规，并且试图提出另一套主张给予代替。这差不多即是理查德·罗蒂对于反讽的陈述。罗蒂指出：

> 依我的定义，"反讽主义者"（ironist）必须符合下列三个条件：（一）由于她深受其他语汇——她所邂逅的人或书籍所用的终极语汇——所感动，因此她对自己使用的终极语汇，抱持着彻底的、持续不断的质疑。（二）她知道以她现有语汇所构作出来的论证，既无法支持，亦无法消解这些质疑。（三）当她对她的处境作哲学思考时，她不认为她的语汇比其他语汇更接近实有，也不认为她的语汇接触到了在她之外的任何力量。具有哲学倾向的一些反讽主义者，都不会认为不同语汇的选择，乃是在一个中立的、普遍的超语汇范围内进行的，或由企图穿透表象、达到实有的努力所达成的；她们认为，不同语汇间的选择，只是拿新语汇去对抗旧语汇而已。
>
> ……由于始终都意识到他们自我描述所使用的词语是可以改变的，也始终意识到他们的终极语汇以及他们的自我是偶然的、纤弱易逝的，所以他们永远无法把自己看得很认真。①

这时，反讽与文学的相遇空间远远超出了后现代主义视域。

---

① ［美］理查德·罗蒂：《偶然、反讽与团结》，徐文瑞译，105、106页，北京，商务印书馆，2003。

## 六

中国古典文学之中，失意文人的自我慰藉常常是寄情田园，放浪山水，甚至青灯古佛，六根清净。相对于儒家修齐治平的普遍理想，"独善其身"的出世姿态可以视为某种特殊的反讽。后现代主义氛围之中，反讽犹如无奈与不屑的混合。嘲讽之后，人们没有信心也没有兴趣再为历史做些什么了。提出"负责的反讽"力图表明，这个修辞并非撤离历史之前的一个令人不快的告辞。作家不愿意从这些旧辙退出，一个隐蔽的判断仍然得到认同：这个世界温度犹存，修复这个世界的缺陷和破损仍然是一个富有吸引力的工程。

然而，如何将反讽从后现代主义的"文化逻辑"之中抢夺出来，这是人们面临的一个理论挑战。根据后现代主义重量级理论家詹明信的叙述，后现代主义是晚期资本主义文化的产物。世俗的资本主义刚刚形成的时候，传统的神话不可避免地陨落了，现实主义及时地表现了种种非神圣化的经验；随后，物化的力量持续作用，并且辩证地逆转了现实主义模式，符号本身的自主性表明，现代主义已经来临；至于另一种新型的跨国资本主义诞生之后，类似于精神分裂症患者的语言接踵而至，这即是传说已久的后现代主义。① 重复这些表述在于证明：詹明信心目中的"后现代主义"绝非偶然，而是一个或迟或早总要降临的必然。詹明信的三段论式仿佛组成了完整的段落，没有人明白"后现代主义"之后是什么。回到了反讽的问题之上——这个修辞是不是只能镶嵌在后现代主义内部，等待过度物化制造的资本主义文化最后解体？换言之，这种"文化逻辑"会不会低估了反讽的潜能？

20 世纪下半叶，一批中国作家与西方的后现代主义不期而遇。这是一个大规模的文化交汇。在我看来，中国文学并没有充分的理由亦步亦趋地纳入古典主义、浪漫主义、现实主义以及现代主义与后现代主义这

---

① 参见［美］弗·詹明信：《现实主义，现代主义，后现代主义》，见《晚期资本主义文化逻辑》，284～286 页，北京，生活·读书·新知三联书店，1997。

一张西方文学史图表。换言之，西方文学史提供的秩序并非普适的规范。这隐含了一种可能：反讽可能挣脱西方后现代主义的束缚，以另一种活跃的姿态进入中国文化版图。迄今为止，中国文化版图并未遵循西方文学史秩序的安排顺利地抵达后现代主义阶段。尽管后现代主义业已成为通行的国际语言，但是，许多理论家同时告诫人们，不要轻率地用这种语言覆盖独一无二的地方知识——例如，詹明信宁可将中国文学表述为异于西方文化的"第三世界文学"。[①] 相对于后现代主义的典型特征，中国文化版图拥有自己的独特结构——后现代主义毋宁说仅仅是这种结构之中的一个因素。人们可以在中国文化版图之中检索到诸种西方文化观念，但是，这些文化观念无不遭到了上述结构的改造和重新编码。多年以前，我曾经对理论旅行形成的奇异状况作出了不无粗糙的描述：

　　诸多文化观念走下文化编年史所指定的位置之后，它们的哪些方面将在文学史之中得到改造？最为明显的是，许多观点、概念、思想的历史针对性减弱了，它们更多地成为描述性的——文学仅仅愿意接受这些观点、概念、思想的基本内容说明。这时，现代主义多半被看成一批叙述技巧，看成作家对于人的内心世界、人的荒诞处境所作出的注视，现代主义对于资产阶级价值观念与保守趣味的攻击、现代主义背叛正统艺术秩序所产生的革命激情被忽视了；结构主义被看成一种新的批评方法，一种新的批评视野，结构主义对于存在主义的否弃、语言学对于文学批评史未来方向的意义被淡忘了；崇尚大自然、趋赴乡村被当成现代世界的正常时尚，这种态度以产生的历史环境、人们在不同历史时期对于大自然和乡村的不同好恶被省略了；"上帝已死"的口号被大大方方地接受，以往的文学家、思想家对于宗教信念存在与丧失之意义的反复论辩被割弃了；

① 参见［美］弗·詹明信：《处于跨国资本主义时代中的第三世界文学》，见《晚期资本主义文化逻辑》，北京，生活·读书·新知三联书店，1997。

总之，通过割除历史的手术，作家将尽可能避免种种文化观念将原有的历史纠纷重新携入中国当代文学，从而导致它们相互之间的不适。这一切当然可能为文学造成极为驳杂的基调。但是，既然最为粗陋的镰刀、锄头与最为先进的计算机、人造卫星可以同时共存于中国的巨大版图之上，那么，文学产生与之对应的结构则不足为奇。从古老的《周易》到时髦的科学主义，从东方的天人感应说到西方的现象学、阐释学，这一切都可能奔赴作家笔端，强烈要求得到表现。在这种情况之下，每一个作家都有权利选择特定的观点、概念、思想，文学具有足够宽广的范围予以全部容纳。①

如果人们争辩说，如此之多的文化观念形成的理论大杂烩几乎与后现代主义如出一辙，那么，我愿意指出，这个结构内部存在一种后现代主义极度匮乏的集体意识：责任感。五四新文化运动以来，中国文化版图始终被民族国家的主题所控制。即使在推崇"主体"的时候，甚至在奉劝文学卸下额外的社会责任时，民族国家的主题仍然是一个从未消失的存在。因此，众多西方文化观念的引进是及物的，有所指的，隐含了种种济世匡时的期待。相对地说，那些渊博的、精湛的史料辨析或者学术体制之内的理论炫技从未赢得足够的空间。这同时可以解释，中国文化版图内部的冲突为什么至今不衰——从"人文精神"、"新左派"、自由主义到新儒家与国学。如果说，后现代主义时常对于未来的前景表示一种慵懒的无所谓，那么，上述的争论仍然隐藏了驾驭历史的强烈冲动。

反讽的意义亦当如此。反讽与后现代主义文化的关系是一个无法隐瞒的事实。然而，中国文化版图之中，反讽更多地扮演了解除文化禁锢的引子。抛弃了宏大叙事之后，后现代主义具有双重的倾向：或者因为无所皈依而惶然四顾，或者卸下了传统的束缚而解放出各种遭受压抑的活力——诸多小叙事竞相粉墨登场。至少在目前，中国文化版图的独特

① 南帆：《冲突的文学》，7 页，上海，上海社会科学出版社，1992。

结构远未凝固；这如同一个开放的、并且向外拓展的空间。诸多小叙事活跃竞争的后果将会决定，上述结构具有何种基本面貌。现代性历史导致了古典文学的衰落，现代性冲动是一大批文化观念的强大后援；同时，西方文化的反现代性和后现代主义支持另一批文化观念踊跃发言。有趣的是，古典文学的天人合一或者淡泊宁静可能依附于反现代性和后现代主义无声地复活。总之，多种文化脉络相持不下的时候，倾听另一些声音成为一个重要的品质。那些权威的表述咄咄逼人，不容置疑，然而，反讽借助某种不正经的形式表示了不以为然。反讽主义者愿意认为，存在另一种可能——是不是可以改换一套描述的语言？张承志或者史铁生曾经提到一批瘦弱而又坚忍的母亲形象，无论是《绿夜》、《晚潮》、《北方的河》、《黑骏马》还是《我与地坛》。尽管如此，人们是不是还可能遭遇另一些丑陋的、尖刻的和阴险的母亲？——例如莫言的《丰乳肥臀》，或者残雪的一些小说。张炜的《九月寓言》情不自禁地赞颂秋天的田野，丰饶湿润的大地始终是他心目中另一种母亲的原型。然而，贾平凹《秦腔》之中那些荒芜的土地还剩下什么？对于繁华的现代生活说来，土地以及乡村是不是已经成了吊在脖子上的莫大负累？总之，人们可以从诸多维面叙述同一个故事。精英或者大众，现代都市或者自然生态，古老的神话或者技术文明，英雄主义或者嬉皮士精神，这些相异的语言体系纷然杂呈，争夺描述生活的话语权力。如果说，利奥塔曾经代表后现代主义宣称"向总体论开战"，那么，回到中国文化版图，一种类似的情况正在发生："革命"、"阶级斗争"、"无产阶级专政"等术语以"历史规律"名义颁布的总体论逐渐式微。众多小叙事络绎不绝地冒出来，并分别拥有一套自己的语言。定于一尊的时代已经逝去。众说纷纭不仅是一种去中心的反抗，不仅是诸种小叙事的磨合，而且表明了边缘的活力和勃勃生机。这时，重申罗蒂所理解的反讽是必要的：没有一种观念垄断了终极真理，反讽即试图启用另一套描述语言。

莫言在《红蝗》之中写下一段古怪的话："总有一天，我要编导一部真正的戏剧，在这部剧里，梦幻与现实、科学与童话、上帝与魔鬼、爱情与卖淫、高贵与卑贱、美女与大便、过去与现在、金奖牌与避孕套……互相掺和、紧密团结、环环相连，构成一个完整的世界。"这种夸张的组合显示，世界存在多种维度。反讽的智慧在于，巧妙地摧毁了那些简明的、二元的道德神话——世界绝非泾渭分明。绝对地信奉什么、盲从式地抒情或者过火的愤慨常常遮蔽了世界的矛盾交织、暧昧以及多种可能。反讽避免陷于种种僵硬的形而上学语言——反讽对于另一套语言的接纳是因为，不相信世界是一个一目了然的平面。这时的反讽更多地返回了施莱格尔的本义。正如伯林评论浪漫主义时所形容的那样："反讽是反抗死亡、反抗僵化、反抗任何形式的一成不变、反抗生命之流冻结的唯一武器。"这时，反讽意味着一个命题背后或许存在三个与之相反的命题。然而，"所有的命题都是可信的，正是因为它们相互矛盾，因为那是唯一可以逃避可怕的逻辑紧身衣的方式"。[1] 也许，这恰恰是浪漫主义反讽与后现代主义反讽最为靠近的地方。

负责的反讽首先拒绝了后现代主义末世论的冷漠；其次，负责的反讽时常灵活地处于形而上学、世界与批判性三者复杂的辩证关系之中。这里，我愿意提出韩少功作为一个例证。由于怀疑精神日复一日地加剧，韩少功的小说和散文之中抒情成分愈来愈稀少，同时，挪谕、调侃、戏谑或者幽默时常作为反讽的各种替身频繁出现。除了对自然景象的由衷赞叹，韩少功的反讽口吻几乎指向所有的人物——无论是他难以忘怀的乡村底层还是身边的亲朋好友。这些迹象无不显明，韩少功是一个批判型作家。尽管如此，韩少功从未向虚无主义投降。他似乎不愿意因为形而上学的缺席而止步于冷嘲热讽；相反，他始终兴致勃勃地注视这个世界，注视五花八门的生活景象，并且精力旺盛地与形形色色的理论观念辩论。如果说，批判如同不懈探索的另一种形式，那么，探索世界的信心和动力是从哪里来的？这时，我不得不提到韩少功如何考虑生活的理想。他曾经将这种理想称为"完美的假定"。即使"完美的假定"无法实现，它仍然高悬于日常现实之上，提供批判、改造、召唤世界的能量。

---

① ［英］以赛亚·伯林：《浪漫主义的根源》，吕梁等译，118 页，南京，译林出版社，2008。

尽管如此，这种"假定"仍未享有免除批判的特权。它不是一套恒定的教条等待抒情的夸张赞颂；它是可以置换的，只经历史提供充足的理由。反讽的意义是挑开神圣的外衣，阻止这种"假定"带动种种非理性的狂热。所以，在韩少功那里，反讽时常成为形而上学、世界与批判性三者辩证转换的关键。如同隐喻等各种修辞技术，反讽也可视为文本织体内部多种因素错综复杂的纠结、协作和联动。尽管如此，这个修辞仍然微妙地介入了语言建构历史的活动。人们置身于语言，相当程度上亦即置身于历史。因此，哪怕是间接的和曲折的，负责的反讽从来不会忘却语言描述的那个世界始终坚硬地存在。

# 虚拟的意义：社会与文化

## 一

当初或许没有多少人预料到，计算机互联网可以在如此短暂的时间如火如荼。互联网的历史必须追溯到 20 世纪中叶美国的阿帕网。阿帕网于 1969 年秘密问世。这一项技术发明的军事用途在于，保证核打击重创之下通信网络的畅通。1975 年，阿帕网移交美国国防部通信局管理；1991 年，这项军事技术解禁从而进入民用范畴。如果说，二十多年漫长的禁锢完全压抑了互联网的巨大能量，那么，现在它开始了急剧膨胀的时期。不长的时间内，互联网的意义迅速跨越了通信——它已经成为一种最为重要的大众传播媒介。如同许多人意识到的那样，现代社会的传播领域常常是文化、政治、经济、科技的交汇——互联网接纳了这种交汇形成的巨大旋涡。对于未来的社会发展，互联网的潜能可能还未得到足够充分的估计。尽管如此，许多富有远见的政治家开始积极参与互联网带来的种种互动，文化评论家惊异地察觉到互联网内部急速的文化裂变，经济学家发现了互联网提供的金融运行形式以及种种特殊商机，这一切带来的强大动力进一步促使计算机专家孜孜不倦地完善和丰富互联网技术。总之，互联网迅速地拥有了特殊的声望。从民族国家的战略、深刻的哲学理念到琐碎的日常生活，人们都绕不开互联网这个话题。

互联网的意义之所以远远超过了一般的通信工具，一个重要的原因是：它提供了一个虚拟空间。通信工具限于传送信息，交换信息仅仅是人类生活的一项局部活动；相形之下，人们可以生活在互联网提供的虚拟空间之中，甚至对于这种生活迷恋不已——通常称为"网瘾"。如果说，另一些大众传媒同样产生出某种令人迷恋的品质，电影、电视同样具有逼真的影像和震撼人心的音响，那么，互联网的虚拟空间具有一个极其重要的特征：人们可以和这个虚拟空间互动。网民可以投入其中，成为虚拟空间内部的一分子，表达自己的观点和情绪。这种表达不是一种徒劳的单向活动；相反，这种表达将某种程度地改变——哪怕是极为微小的改变——虚拟空间的构成。另一方面，虚拟空间的反馈也将某种程度地触动网民，或多或少地影响他的言行举止。在这个意义上，"生活在虚拟空间之中"是一个真实的描述。人们可以看出，时至如今，互联网上的虚拟空间拥有了越来越充实的内容，涉及的范围也越来越大，更为重要的是，人们越来越清晰地认识到互联网所隐含的巨大能量。首先可以认为，人类开拓了物理世界之外的另一个开阔的生活空间。种种难以置信的可能性被解放出来了，一些极富想象力的创意得到了实现的技术手段，许多工作设想或者项目的设计在另一个空间找到了捷径；另一方面，解放出来的种种可能性同时开始冲击和考验传统的习惯和管理体制。如果社会管理系统因此失灵甚至部分瘫痪，那么，这一项技术发明对于人类前景的意义将难以评估。

很大程度上，互联网上的虚拟空间犹如现实世界的镜像和延续。然而，人们必须意识到，这种虚拟空间并非现实世界的完整模仿或者翻版。尽管二者在许多方面内容相似，各种情节遵循相似的规律演变，但是，这不能掩盖二者极其不同的性质。我曾经在另一个场合形容，虚拟空间是一种"没有重量的生存"。这里存在现实世界的各种景观，从山川草木、花鸟鱼虫到风土民情、各色人等；然而，这一切仅仅是没有物理重量的信息。信息的传送、复制、修改或者消失是一件轻而易举的事情。互联网的虚拟空间里，建造一座城市或者摧毁一座城市远比现实世界容易千百倍。事实上，许多人恰恰因为这种特殊性而投入虚拟空间。从网络战争、黑客、网络病毒到网恋、网上饲养宠物、网上打理居家以及网上的纪念碑或者祭奠，另一种似是而非的生活正在这个虚拟空间展开。

不少哲学家或者文化人类学家已经意识到，虽然虚拟空间开拓了人类的生存环境，然而，现实世界的一系列根深蒂固的传统观念正在遭受强烈的冲击。远与近、时间与空间、自然与文化、虚构与真实之间的界限不得不接受重新认定。从数码复制导致的现实解构到虚拟世界的本体论，从网络时代的宗教复苏到各种主页背后的身份认同，互联网带来的一大批问题中包含咄咄逼人的挑战。在我看来，虚构与真实之间界限的改变具有极其深远的后果。这个问题不仅涉及政治、文化和伦理道德领域，而且将全面地动摇人类的基本感觉。虚拟空间提供的影像栩栩如生，可以无微不至地与网民交流、互动；借助头盔、紧身衣、手套之类器具之后，这些影像不仅诉诸网民的视觉，同时诉诸网民的其他感官——例如，网民在虚拟空间购物时，手上可以清晰地感觉一个不锈钢杯子的冰凉或者一块丝绸的光滑。这时，存在与幻象之间的差异逐渐在心目中模糊，甚至完全消失。这不仅意味着互联网上的影像可能被视为真实，而且，真实也可能被视为影像。例如，一个著名的理论家曾经坚持认为，海湾战争仅仅是屏幕上的影像而没有真正发生。如果虚拟空间的影像由于软件工程师的设计而更为投合网民的欲望，那么，这种情况终将出现：人们宁可日复一日地与计算机相对，人与人的社会关系将被大幅度地压缩。

未来的人类可能在虚拟空间之中走多远？这是许多科幻电影共同关注的主题，例如《黑客帝国》。然而，人们没有理由因为这些高瞻远瞩的想象而忽略周围正在发生的深刻变化。由于互联网的介入，政治、经济、文化、社会已经出现了许多意味深长的动向。现今，几乎没有人未曾听说过互联网。可是，这一项技术创新造就了哪些前所未有的精神生态？人类的文化是否面临一个十字路口？现在已经到了研究这个问题的时候了。

## 二

虚拟空间是一种"没有重量的生存"，这种状况必然对于社会管理提出一系列前所未有的挑战。传统的社会管理模式是现实世界的产物。山川、田野、城市、街道、人流以及在这个基础上建立的科层制度，一个成熟的网络基本完成。然而，虚拟空间是由众多变幻不定的信息构成的。

这同样是一个庞杂而多元的社会。参与这个社会的人数快速增长，虚拟空间的社会关系逐渐形成，各种社会问题开始积累；另一方面，由于这个社会诸多方面的虚拟性，某些传统的社会管理措施已经失效或者部分失效，各种来自现实世界的经验相当程度上丧失了参照的价值，政治学、社会学和道德伦理面临新的考验。不难发现，现实世界的诸多热点都将在虚拟空间产生回响，二者拥有共同关心的主题。因此，现实世界与虚拟空间常常互为引证，彼此呼应。尽管如此，人们没有理由简单地将虚拟空间的舆论视为现实世界的同质延伸。虚拟的环境里，社群、舆论、表情达意的形式以及呼应和认同无不显示了自己的特征。这些可能是现实世界的补充，也可能是现实世界的逆反，或者显露出现实世界遭受压抑的另一种声音。在这个意义上，熟悉现实世界并不是拒绝研究虚拟空间的理由。

虚拟空间由信息构成，社会成员的身体缺席。这意味着，种种针对社会成员身体的管理措施无效。无论是服装、粮食、药品、阳光、空气、水源，还是海关、国境线、监狱、军舰、坦克、枪炮，这一切均是以社会成员的身体为对象——维持身体的存活或者拘禁身体。然而，如果虚拟空间的一束信息已经替代了血肉之躯，阻挡他们的海关或者国境线又在哪里？相对于有形的炮台、哨位，另一些活动的信息将在虚拟空间显示重要的意义，例如语种、密码，甚至软件技术。互联网上，英语显然是强势语种。书写软件的语言是英语，大部分信息亦表现为英语形式。不谙英语的人无法涉足虚拟空间的许多区域。虚拟空间的许多网站是由设定的密码看守。炮声隆隆地攻打城堡或者能工巧匠配置一把万能钥匙均是现实世界的事情。虚拟空间的闯关夺隘即破译对方的密码。这时常体现为软件设计的较量。显而易见，软件技术是虚拟空间的锐利武器。现实世界的战争形式是炮火、硝烟、冲锋陷阵以及尸横遍野。虚拟空间的战争是信息的搏斗——破坏各种文件、删除信息或者电脑病毒的发作导致的系统瘫痪。如果说，政治家或者社会学家开始考虑治理虚拟空间，那么，他们必须抛弃传统的国家机器概念而围绕信息重新设计。

虚拟空间的另一个特征是提供了开阔的公共领域。简言之，所谓的公共领域即社会成员对于公共事务发表见解的处所。进入现代社会，公共领域通常依附于种种大众传媒。五四时期，保守派与新文化运动的主将时常在报纸和杂志上激烈地交锋。传播史上，新型大众传媒的出现往往意味着信息的进一步民主化。这将为大众参与公共事务、评判公共权力提供更加有利的条件。平装书、报纸、杂志的出现是如此，广播和电视的出现是如此，互联网的出现也是如此。某一种传播形式的发明通常来自技术的突破。但是，这种传播形式之所以演变为大众传媒，人们往往可以察觉两方面的原因：民主的诉求和高额的商业利润。互联网的发展亦不例外。然而，必须看到的是，互联网的技术设计形成了这种效果：相对于其他大众传媒，社会成员可以更大限度地参与公共领域的讨论。正如许多人所说的那样，互联网没有围墙，社会成员可以自由出入，充分发表自己的观点，并且在相互呼应之中造成令人瞩目的声势。在这个意义上，互联网是了解民意的一个最为重要的窗口。至少在今天，没有哪一个敏锐的政治家会对互联网上的舆论视而不见。近期的情况表明，公共事务的许多重要话题均是从互联网开始的。

然而，社会成员进入虚拟空间提供的公共领域，有一个不可忽略的特征：匿名状态。传统的公共领域实行实名制。即使是化名文章，报纸或者杂志的编辑部仍然有权知道作者的身份。然而，人们可以任意选择不同的名字随时登录互联网。互联网没有守门人——互联网不存在类似编辑部的机构。这是一句众所周知的名言：在互联网上没有人知道你是一条狗。各个网络论坛或者聊天室里，相互呼应或者激烈争论的人群并不清楚彼此的身份。这导致了两方面的后果：一方面，匿名状态下的发言更为自由、开放、无拘无束。每个人都有发言的权利，都可能实现表达的欲望，发言者不再担心因为观点的分歧而遭受某种报复。另一方面，自由和开放也将在许多时候成为双刃之剑。正如人们看到的那样，互联网上的各种言论泥沙俱下，许多真知灼见淹没在无聊的口水战之中。人数的多寡往往被简单地等同于正确与否，声势取代了分析与探讨。令人忧虑的是，互联网上的许多争论或者讨论暴露出明显的非理性倾向。谣言、谩骂、赌气、恫吓、人身攻击以及其他种种过激言辞大量存在。匿名状态通常意味着隐藏身份，隐藏自己公开的社会形象。退出公众监督的视野之后，一个人的社会责任感可能迅速削弱，人们不再顾忌自己的言行，常常逞口舌之快发泄私愤。这种状况时常被形容为"语言暴力"或者"网络暴民"。对于公共事务这个主题来说，这显然是一种损害。

许多人指出，提高社会成员的道德水平是遏制这种非理性倾向的必要措施。在我看来，修复道德缺失仅仅是问题的一个方面。更为重要的是，社会成员必须形成一个共识：归根结底，公共事务的讨论涉及每一个社会成员的利益。即使处于匿名状态，人们所表述的观点仍然会影响——哪怕这种影响仅仅是一种微弱的理论可能——公共事务的决定，包括影响发言者的利益。在这个意义上，理性、严肃不仅是一种社会责任，同时也是对自己的负责。如果非理性态度由于匿名状态的怂恿而大面积弥漫，公共事务的各种分歧只能停留在彼此攻击的阶段，那么，虚拟空间公共领域的质量将大打折扣。

## 三

人们要充分意识到虚拟空间的社会性质——这是一个迥异于传统的社会。

虚拟空间内部没有空气质量、洪水泛滥或者能源危机问题。这里的人们不需要住房、面包、饮用水和御寒的服装。社会成员的身体缺席，种种与身体相关的事务不再迫切。虚拟空间通常不发生命案，"失踪"是新陈代谢的主要形式——改名换姓是一种摆脱陈旧身份的有效手段。没有必要逐一列举虚拟空间与现实世界的差异。虚拟空间的主要特征是，信息代替了物质。信息的快速传送代替了社会成员的现实互动。如何从人身的管理、物质的管理转移到信息的管理，这是理解虚拟空间的关键。事实上，虚拟空间展现了许多新的生活可能——现实世界之中，这些可能常常被沉重的物质封闭。

现今，互联网可以远程控制极其尖端的外科手术，也可以支持巨额资金在全球的金融系统快速移动；可以低成本地将一个机构、一个人物或者一处旅游胜地介绍给全世界，也可以造就一个供天南海北的人们聚

会、商讨、投票或者游戏的场所；可以利用搜索引擎迅速获取各种类别
的知识，以至于即将颠覆传统的学术观念，也可以与物流配送系统结合，
形成新型的商业模式。这些事例无不说明，信息突破了地域的限制之后
开始重新整合社会。对于那些偏僻的山区说来，拉入一根导线远比修建
一条公路容易得多。这意味着，尽管当地居民还未来到繁华的文化中心，
但是，他们已经能够在穷乡僻壤共享这个世界的各种信息。所以，一些
理论家乐观地认为，种种传统的社会观念正在过时或者即将过时。阶级
与财产的分配无不因为互联网的出现而改变，甚至中断了既有的逻辑。
互联网时代，贫富的差别不仅取决于占有多少实物，更重要的是占有多
少信息。因为擅长使用互联网，年轻一代将迅速地致富，那些衰老
的——尤其是内心衰老——保守派由于疏远互联网而被抛出这个世界。
当然，那些与互联网中断了联系的地区将成为信息孤岛，这将是继续贫
困或者将要沦入贫困状态的首要理由。无论这些猜测能够在多大程度上
得到证实，至少可以发现一个无可逆转的历史趋势：虚拟空间正在不动
声色地降临生活的各个方面，种种变化正在意味深长地会聚。

　　由于互联网的普及，信息致富的观念突然具有了全新的意义。以往
的想象之中，信息仅仅被形容为一支外部射来的利箭——传统的封闭状
态被惊动了。信息可能告知一种市场需求、一种价格的差距或者一种迥
然不同的人生观念；总之，信息的意义是开拓人们的视野，解放人们的
思想。但是，进入互联网时代之后，人们对于信息的解释不再如此狭隘。
信息成为一种实体，一种商品，一种人们生活于其中的知识架构，一种
奇特的生产力或者一种新型战争的武器。如果说，大众传媒即会聚信息
的场所——至少对于电视来说，信息即商品的观念已经普及，那么，互
联网迅速地将这一切推到了极致。对于许多网站来说，信息量的大小决
定了商业的规模——信息量、点击数通常与吸纳的广告成正比。另一些
网站可能经营某种独特的信息，例如有偿使用的学术情报。对于人们来
说，这些或许仅仅是某种零散的迹象，但是，许多社会学家、经济学家
倾向于认为，一场深刻的社会变革正在来临。信息以及传播信息的技术
系统如此大量地介入经济生活，以至于一种新经济已经呼之欲出。无论

称之为信息主义还是知识经济，总之，工业社会的发展模式正在过时，后工业社会降临了。这甚至改变了社会分层的标准，财富的意义后退了，而知识与教育成为首要标志。知识分子的形象和定义都在变化，一些人开始将"资本家"改为"知本家"。正如一些理论家阐述的那样，这些社会变革必须在特定的文化圈和社会制度之中展开，美国、欧洲、日本、印度、中国的发展状况并不相同。尽管如此，信息充当主角对于社会结构的影响是一个不争的事实。当然，这一切迟早会在文化与精神生态上显示出来。当"后现代"这个概念用于一种文化类型时，它的很大一部分内容即这个阶段文化特征的概括。

　　信息与传播信息的技术体系不仅介入了经济生活，汇成了后现代文化，而且内在地成为某些社会关系的组成部分。对于 20 世纪 80 年代之后出生的一代人来说，互联网几乎成了某种文化感官。他们在互联网上查阅专业知识，浏览各种新闻，加入一系列文化时尚，沉迷于互联网提供的游戏娱乐。互联网是他们了解社会和历史的主要窗口，并且在这些活动中相互认同。他们的生活之中，人机相对的时间远远超出人与人相对的时间。他们与父母、同事、朋友、邻居的直面交流大幅度下降，甚至很大一部分恋爱活动也转移到虚拟空间——"网恋"。这很大程度地形成了所谓虚拟社群。电子邮件、QQ、MSN 是他们彼此沟通的主要形式，各种网络词汇是他们的流行语言。对于他们，物理空间的距离已经无关紧要，重要的是在同一个时间上网。总之，如同电话和电视一样，个人电脑与互联网已经是他们生活结构中不可或缺的一个部件。如果删除这些机器，他们几乎无法想象自己如何加入社会活动，如何组织社会关系之网。

　　虚拟社群对于他们的生活如此重要，以至于不得不重提一个事实：许多人以匿名的方式登录互联网。换一句话说，虚拟社群成员的身份未曾得到传统社会机构的认证。通常，一个人的身份浓缩在特定的证书上。无论是性别、年龄、种族、婚姻状况、出生地还是学历、专业技术资格、行政职务、家庭住址、驾驶技能，社会权威机构颁发的众多证书形成了公认的认证系统。现实生活之中，社会成员的大部分交往无不建立于这个认证系统之上。政府部门不会随便接待一个自称"总理"的人，无业游民很难冒充导弹专家，并不是每一个会打篮球的人都有资格充当正规比赛的裁判，满腹经纶的乡村老先生不可能像历史教授一样登上大学讲坛——没有相关的证书寸步难行。通常，证书至少包括两项基本内容：姓名和照片。这是社会成员的身体与庞大的社会管理系统对接之处。无论是档案、鉴定、学业成绩还是工资等级，所有的资料必须经过这个接口抵达具体的个人。然而，由于社会成员的身体缺席，虚拟空间不存在这个认证系统。人们可以用种种虚构的身份活动于虚拟空间。如果将虚拟空间的情节拉到现实世界，误会乃至欺诈就可能发生。报纸常常披露类似的案例：一对互联网聊天室里一见倾心的情侣竟然是现实之中互相厌恶的同事——因为姓名和身份的隐匿。如果说，虚拟空间的匿名状态时常被视为保卫隐私乃至制造机遇的重要条件，那么，权威认证系统的匮乏肯定必须偿付相应的代价：无论是商务活动、委托代理、交友合作还是发布消息，虚拟空间的社会交往极不稳定。交往主体可以随时改换身份，甚至蒸发得无影无踪。这种前提之下，许多依赖组织、协调、分工合作、相互信任的社会任务往往只能以搁浅告终。

既然许多人看到了匿名状态与自由的联系，那么，这就产生一个不无奇怪的现象——"人肉搜索"。某些事件的情节激起了公愤，许多人自动地聚集在虚拟空间，群策群力地搜索出当事人的姓名、职业、住址、电话号码，然后进行放肆的谩骂、羞辱甚至骚扰。他们自认为占据了道德的高度，对于当事人的伤害犹如正义的报复。这时，隐私的尊重已经荡然无存。骤然之间，虚拟空间的暴力气氛令人不寒而栗。

虚拟空间是一个迥异于传统的社会。虚拟空间的出现带来了多方面的思索。首先，如何管理这个社会？事实证明，虚拟空间的无政府主义并不会自动抵达民主与自由。其次，复制现实世界的管理经验不能完全奏效。技术赋予虚拟空间的许多特征远远超出了既有法律体系以及种种制度的适应范围。再次，虚拟空间的特征对于现实世界具有何种参照意义？二者的差异、矛盾、张力可能引申出哪些有价值的结论？

对于社会学家来说，这是一批富有挑战性的课题。

# 四

互联网带来了一种新型的文化，这个结论不至于引起多少非议。多数人都能察觉，各种另类的文化片断此起彼伏。从网上的商业活动到大学里的在线教学，从电子邮件到各种 BBS，从政治选举设立的网站到草根组织发起的辩论，互联网造就了一大批新的文化形式。一些人可能十分关注互联网的多媒体传播体系，这个特点已经在教学领域显示出强大的优势。尤其是在远程教学之中，贫困地区的学生可以如临其境地享受名师的教诲。这显然是现代社会的一种"祛魅"——驱除神秘感。很大程度上，各种经典艺术作品同样经历了这种"祛魅"。正如理论家曾经论述的那样，机械复制技术增添了经典艺术作品的展示价值，同时，它们的膜拜价值下降了。尽管经典艺术作品的原件深藏于博物馆的高墙大院，但是，发达的照相技术有助于人们一睹风采。经典作品得到展示的同时，圣物引起的膜拜逐渐消散。这是照相机制造的文化后果。如今，互联网急剧扩大了展示的能力。艺术经典的数字化处理、保存、展览和观赏既廉价又便捷。这将强烈地冲击传统的高贵气息。另一种驱除神秘的活动发生在学术领域。某些学术泰斗不可企及的博闻强记失去了意义，"百度"、"Google"等搜索引擎轻而易举地取而代之。对于知识的分类、贮存、记忆、搜索以及超文本的链接，没有任何一个超级大脑、任何一本类书可以与之比拟。可以毫不夸张地说，大脑或者类书的容量与"百度"、"Google"相比犹如九牛之一毛。此外，正如不少语言学家指出的那样，互联网正在成为一个独特的语言区域。种种奇特的词汇、短语乃至速记符号层出不穷，广泛流通。这些词汇、短语、速记符号的使用面积如此之大，以至于不了解它们的含义就无法参与互联网上的对话。研究表明，印刷文化的主导语言是严谨和理性，互联网上的语言更多地倾向于口语风格。尽管上述的诸多特征无不根植于互联网，完整地概括互联网文化并非易事。我在这里更愿意考察的是，技术赋予互联网的两个重要特点如何内在地介入了当今的文化现状——强大的传播、沟通能力和虚拟性。

互联网强大的传播能力首先体现为，文字、图片、影像、音响多种信息的共同传送。这些信息最大限度地模拟现实世界的各种情景，同时作用于人们的多种感官，包括触觉。许多时候可以说，这些信息以立体的形式环绕于人们的感觉经验。如同广播或者电视，互联网的信息传播极大地跨越了地域的限制。互联网上大大小小的王国是各个网站或者主页，现实世界的行政区划或者海关、边疆已然失效。在这个意义上，互联网上的文化最大限度地实现了全球化。鼠标的操纵之下，瞬间即可抵达另一个国家的网站进行访问。相对于广播或者电视的单向传播，互联网用户不再被动地服从设定的栏目。人们可以在任何时间上网浏览，搜寻自己感兴趣的信息。正如"互联"（inter）这个词所表示的那样，互联网的一个重要意义是互动。互联网不是贮备一堆静态的信息等待开掘，众多网民可以充分利用这个平台从事种种沟通活动。这些沟通可能是一对一的，也可能是一对多或者多对多的。互联网技术神奇地保证了各种沟通的特殊形式。从两个人的网络聊天、开通某个主题的服务网站到一批人共同加入的网络游戏，传播与沟通正在出现交互与多维的形式。

相对于多种大众传媒，互动这个特征如此重要，因为它形成了互联网文化的奇观——狂欢化。没有设置准入门坎，互联网的确常常像一个大广场，来自四面八方的大众可以集聚在这里，欢呼雀跃、同仇敌忾或者起哄嬉闹。由于互联网隐匿身份，等级意识被极大地淡化，所有的人都可以发言，七嘴八舌，议论纷纷，众声喧哗，放肆泼辣。这时常导致互联网上的各种情绪化潮汐。一个事由出现之后，只要有人推波助澜，温度就会急速增高，人声鼎沸，气氛激荡，某种观点可能沿着一个下坡越滚越快，或者，某种争论将因为互不相让而很快地从理性探讨转为挖苦和谩骂。这是民意的直率表现，同时，这也表明了深思熟虑的匮乏。如果说，独自的阅读和写作有助于潜心研究，那么，互联网上的互动往往留下了没有共识和结论的争奇斗艳。

所以，参与的人数常常成为各种互联网事件的一个重要因素。人数意味着气氛和激烈的程度。某些时候甚至形成了一个颠倒的情况：哪一种观点并不重要，重要的是赞成或者反对的人有多少。"人气"的旺盛与否是衡量一个网站成功程度的首要参照。在追求"点击率"的企图主导下，许多人不知不觉地将参与的人数视为唯一的价值标准。无论是一部文学作品的评价、一个社会事件的热议、一个名人博客的盛衰还是一个网站的去留，人数决定了一切。没有理由否认，人数是一个举足轻重的指标。但是，如果这个指标覆盖了一切，遮蔽了种种曲折复杂的关系，谬误必定发生。现在，这种倾向派生的一个后果是，某些人竭尽全力地施展种种伎俩，依赖哗众取宠吸引众人的眼球。"芙蓉姐姐"即一个众所周知的案例。

开放性、强大的传播能力和形形色色的沟通渠道，互联网吸引了愈来愈多的人。世界范围之内，互联网用户的数量节节攀升。这种状况隐含了丰富的商机。如同报纸追求订数，电视追求收视率，互联网追求高点击率带动广告的投放。那些名噪一时的网站时常吸纳到巨额的广告费。这就是人们所形容的眼球经济。当然，巨额广告费通常由网站经营者与栏目的策划者共享。这必然加剧了一种文化风气：一切都以招徕公众为目的。故作狂傲，装腔作势，制造噱头，自我炒作，无中生有地散布谣言，一黑一白唱双簧，这些不良倾向在互联网之中特别突出。利润追逐超过了文化责任心的时候，畸变就会不知不觉地发生。在我看来，互联网文化已经到了正视这个问题的时候了：如何倡导深刻涤除浮嚣之气？

考察互联网文化，无法不考察虚拟性形成的后果。首先，人们必须意识到，目前虚拟技术的仿真程度已经臻于完美。电影或者电视的影像、音响主要外在地诉诸视听感官，虚拟技术可以设置一个人们置身其中的真实环境。谈论虚拟空间的时候，必须重提这个重要然而常常被忽略的结论：虚拟空间不是现实世界的复制。换言之，仿真不等于原型的模拟。仿真意味着惟妙惟肖地制造出细节、纹理、气息、重量，但是，这一切可以组织于某种异于现实的结构之中。仿真的原型可能是现实的某一个局部，也可能是另一些符号或者图像，甚至出自某种天才的想象。仅仅用符号与世界、能指与所指的二元划分描述虚拟空间已经不够了。这种划分可能忽略一种重要的可能：虚拟空间是对原型进行某种数字重构。重构的作品或许是现实的镜像，或许缔造了另一种生存环境。后者可能违背现实世界的各种规律或者原则。例如，搏杀格斗之中大幅度扭曲身体、毫发无损地穿墙而过，或者貌若潘安才比子建，甚至突然晋升为某个大公司的总裁。然而，由于仿真的形式，虚拟空间发生的故事并未破坏习以为常的感官经验。人们可以遁入另一种虚拟的生活，乐而忘返。改变自己的身份、性别、职业，展现出另一种性格气质，在另一个社会环境里表演迥然不同的人生，这种想法变得越来越吸引人。一个八旬老翁可以在虚拟空间扮演天真的少女，一个胆小鬼也可以在虚拟空间充当英雄，从象征性的反抗之中取得心理平衡。这种生活真实吗？诸如此类的问题可能逐渐淡隐。真实的感觉很大程度上来自漫长的文化训练。自然与人工的区别常常决定了真实与否。可是，现在的人们越来越习惯于生活在人工环境之中。如果这些文化训练的基础遭到了虚拟空间的瓦解，那么，人们或许不再像以往那样关注这个问题。在他们心目中，孰为真实已经不那么重要，重要的是另一种生活的可能与体验栩栩如生地浮现了。这已经带来迷惑：哪一种生活是人们的归宿？必须承认，这是互联网文化走得最远的地方。

可以毫不夸张地说，不到二十年的时间，互联网深刻地改变了这个世界：生产、经济、政治、权力、文化以及人类的种种基本感觉经验。这仅仅是开始，这个过程还将持续。或许，未来的历史已经绕不开这一项发明，无论是将互联网视为得心应手的工具，还是将互联网视为一个科技怪物。传统的社会管理经验遇到了巨大的挑战。虚拟空间提出了许多闻所未闻的问题；同时，虚拟空间与现实世界的交叉、冲突或者相互影响可能制造更为复杂的局面。与其吃力地限制、防范互联网的能量，不如因势利导。因此，关注互联网，描述和预测互联网的各种潜能，这有助于保持主动：人们可以提前得到一张理论地图，标明自己的历史坐标和目的地，避免在错综的网络社会迷途不返。

# 空洞的理念

## ——"纯文学"之辩

记忆之中，我未曾启用过"纯文学"这个概念，因为我无法清晰地界定这个概念的内涵。我可以根据某些独特的形式概括什么是"律诗"，什么是"十四行诗"，或者描述什么是"话剧"，什么是"京剧"。可是，哪些特征造就了"纯文学"的命名？其实，人们不如坦白地承认，"纯文学"仅仅是一个空洞的理念。

然而，我的理论阅读时常遭遇这个概念。我从这些阅读之中意识到，没有必要固执地为"纯文学"设计种种完美的定义——这个概念只能在一系列理论术语的交叉网络之中产生某些不无游移的内涵。尽管如此，这个空洞的理念仍然是理论之轴上面的一个重要刻度。如同数学上的"零"一样，这个刻度存在的意义是使另一批相邻的或者相对的概念找到自己的位置，改变彼此之间的关系，甚至制造出另一批命题。

大约在 20 世纪 80 年代，"纯文学"这个概念开始露面。相对于古典现实主义的叙事成规，相对于再现社会历史画卷的传统，特别是相对于五六十年代的"战歌"和"颂歌"的传统，人们提出了另一种文学理想。人们设想存在另一种"纯粹"的文学，这种文学更加关注语言与形式自身的意义，更加关注人物的内心世界——因而也就更像真正的"文学"。这也许就是"纯文学"的基本构思。许多时候，人们往往将聚焦于形式和人物内心的先锋文学——"先锋"同样是一个相对的概念——填充到"纯文学"的概念之内，从而让人们对于"纯文学"有了一个朦胧的想象。进入 90 年代，历史将另一批概念推到了"纯文学"的对面。市场体系、商品和利润带动了大众文化的洪流。许多人觉得，如果不愿意立即沉没，文学就必须改弦易辙。这时，"纯文学"是对于大众文化的一种抵抗。"纯文学"的概念被设想为一面不倒的旗帜。这一面旗帜必须挡住市侩哲学的侵蚀而坚守一个美学的空间。这些文化图景表明，"纯文学"概念乃是20世纪后期历史文化的产物。

我不清楚那些擅长使用这个概念的理论家如何确认"纯文学"的含义。对我说来，"纯文学"并不是割据一个自治的文化区域，以供美学的善男信女得到一种远离尘嚣的享受。这个概念的意义在于，它是进入生活的一个异数。虽然没有人清楚"纯文学"是什么；但是，80年代与90年代的"纯文学"概念代表了一种对抗主流的意味。这是提出一种空洞的文学理想批判触目可见的文学现状。这种文学理想出现之后，已有的文学突然遭到了怀疑和挑剔。这时，空洞的理念显示了出其不意的力量。

"纯文学"，或者说先锋文学曾经不断地重复一个著名的论断："怎么写"比"写什么"更为重要。坦率地说，确立二者之间的等级关系是愚蠢的，这就像企图断言肌肉与血液哪一个更为重要一样。可是，如果传统的现实主义编码方式已经被圣化，如果曾经出现的历史业绩正在成为一个巨大的牢笼，那么，振聋发聩的夸张就是必要的。如果文学之中的社会、历史已经变成了一堆抽象的概念和数字，那么，个体的经验、内心、某些边缘人物的生活就是从另一方面恢复社会、历史的应有含义。如果武侠小说、卡通片、流行歌曲和肥皂剧正在被许多人形容为艺术的全部，那么，提到"纯文学"是另一种存在又有什么不对？

可以看到，"纯文学"的概念正是在八九十年代的历史文化网络之中产生了批判与反抗的功能。这个概念从另一个方向切入了历史。然而，历史的辩证法就在这个时候启动了。这个概念发生了影响之后，"纯文学"开始被赋予某种形而上学的性质。一些理论家与作家力图借用"纯文学"的名义将文学形式或者"私人写作"奉为新的文学教条。他们坚信，这就是文学之为文学的特征。这个时候，"纯文学"远离了历史语境开始精心地维护某种所谓的文学"本质"。电子传播媒介、现代交通和经济全球化正在将世界联为一体。种种新型的权力体系已经诞生。历史正在向所有的人提出了一系列重大的问题。然而，这时的"纯文学"拒绝进入公共领域。文学放弃了尖锐的批判与反抗，自愿退出历史文化网络。"纯文学"的拥护者不惮于承认，文学就是书斋里的一种语言工艺品，一个由语词构造的世外桃源。先锋文学的激进语言所包含的意识形态解构已经为漫不经心的语言游戏代替。这与艺术之中的其他领域一致——所有的拼贴或者即兴的恶作剧都有理由自称为先锋艺术。这是后现代主义的风格吗？人们得到通知，后现代主义时代到来的时候，批判或者反抗都会变为过时的现代主义玩意儿。"纯文学"只是某些零散的语言碎片罗列在那里，没有深度，没有什么含义，不必与那些纷杂的历史文化发生深刻的联系。这似乎是一幅后现代主义的理论漫画。可是，某些时候，人们又会察觉另一些权力体系正在这一幅理论漫画背后悄悄地活动。例如，"纯文学"有时会突然成为极为有效的商业广告，从而巧妙地打入商业系统，制造巨额利润；或者成为标榜某种社会身份的标签，塑造特定的文化形象。这就是说，拒绝社会或者历史的姿态完全可以产生另一种社会或者历史的意义，甚至与对手构成共谋关系。有趣的是，这时的"纯文学"似乎不再那么空洞，但是，这个概念却突然丧失了历史分量。

总之，我想阐明的是，"纯文学"概念的出现是有益的；但是，这个概念很快就敛去了锐气而产生了保守性。这是不该遗忘的一段复杂的历史曲线。某种程度上可以说，这个概念现在仿佛与历史互相抛弃了。是不是"纯文学"的字面含义形成了某种抽身而退的诱惑？——"纯"似乎暗示了某些深藏于文学表面之下的固定本质。的确，文学的考察时常来自两个隐蔽的源头。一批理论家倾向于认为，存在某种不变的"文学性"；"文学性"隐匿于种种可见的文学形态之后，或者说，后者无非是前者的表象显现。另一批理论家对于这种黑格尔式的理论构思表示异议。他们否认文学具有某种固定的本质——他们更愿意回到特定的历史条件之中确认文学是什么。在他们看来，独立的"文学"是在某一个历史阶段方才出现；这种"文学"的产生是多方面的知识体系共同认可的后果。某一个时期的"文学"本质是什么，是在那个时期的所有文化条件相互参照之中决定的。在这个意义上，所谓的"纯文学"并没有什么一成不变的模式可以效法。显然，我更多地认同第二种观点。我愿意承认，如果读到的某些作品与传统的文学形态有所出入，这不会影响我的兴趣——如果我所置身的历史环境向我显示了这些作品的重要性。许多时候，这些作品很快就会被授予文学的称号。文学的编制就是这样扩充的。我们没有必要用"纯文学"的概念锁死文学，锁死文学与历史之间的多条通道。

可是，这并不是说"文学"这个概念已经失去所有的约束力。特定的历史生产了"文学"概念之后，这个概念就会负责为这个时代制订一系列文学之为文学的指标。至少现在，我还是依据"文学"这个概念鉴定文学作品与社论、新闻、借条、公约条款和广告之间的差别。我无法描述超历史的"纯文学"，但是，我大致清楚什么可以算做现今的文学。现今的文学之所以具有一种我所认可的美学风格，因为文学保存了丰富的感性经验——"美学"具有感性学的含义。这是一个由理性、逻辑和分析技术担当主角的时代。无数的理论语言正在覆盖、描述和解释这个世界，赋予秩序。这时，文学保持了一种感性的自由。这种感性的洞察产生的活力即文学不断地自我颠覆的原动力。更为重要的是，这种感性的洞察可能解除某些理性的遮蔽而解放人们的视域。当互联网、比尔·盖茨、知识经济或者酒吧、跨国爱情、名牌轿车成为许多人言谈之中的时髦语言时，文学的眼光仍然注视着土屋里麻木的脸，路边修自行车的伛偻身姿和生产线上疲惫不堪的打工仔。就这个意义，文学的感性保持了被主导语言所压抑的社会无意识。只要理性与感性之间仍然存在历史性的分裂，文学就必须坚持解除理性压抑的使命。如果说，现成的理论已经为公共领域的所有问题提供了一套又一套的既定答案，如果说，理论的解释功能已经演变为一种意识形态，那么，文学的感性经验就是一种不屈的突围。现今，我所承认的文学就是这种文学。

# 面具之后

　　小说逐渐进入了百无禁忌的阶段。历史风云、军机大事、闲言碎语、宫闱秘闻，小说的胃口从来没有像现在这么好。尽管如此，许多作家仍然不愿意善罢甘休。他们不惮于冒犯传统和舆论，悍然闯进了危险的领域。这些作家的笔触潜入裙子底下，被窝里，正面暴露床笫之事，甚至聚焦畸恋或者异常性取向；另一些时候，小说的血腥和残忍远远超出了一般人的承受限度，尽管作家可能构思出一个复仇或者侠义的情节给予伪装。这时的文学抛开了真、善、美的传统观念，作家认为文学享有道德豁免权。众多道德卫士显然不愿意认可这一点。他们对于文学的堕落痛加抨击。高头讲章的陈述开始之前，道德批评家多半试图用一个诘问考验作家：你们是否愿意自己的女儿阅读这些玩意儿？当然，道德批评家的愤怒始终没有改变一个倾向：文学史的道德观念愈来愈宽容。福楼拜、左拉以及乔伊斯都曾经被法庭赐予"淫秽"罪名，现在，《包法利夫人》、《卢贡-马卡尔家族》和《尤利西斯》均是公认的经典。始于义正词严的控告，终于弹冠相庆的解禁，这种循环必定要导致一个根本的追问：底线在哪里？有没有底线？

　　没有太多的理由怀疑这些作家的个人品质。他们不是色情狂或者暴徒。小说来自想象和虚构，一个晕血的胆小鬼也可能写出尸横遍野的喋血场面。但是，如果性或者暴力的极端叙事如此普遍，人们不得不考虑想象的文化资源。毫无疑问，弗洛伊德的精神分析学首当其冲。这个野心勃勃的心理学家制造的种种启示和一系列疑问无不成为文学想象的酵母。如果说，宗教给出了一个遥远的彼岸，那么，弗洛伊德就在内心拓开了一个巨大的空间。目前为止，仪器和实验很难证实这个空间，但是，文学早已被弗洛伊德描述的无意识冲突所吸引。由于弗洛伊德的学说，种种神秘难解的言行得到了解释的线索，某些不可置信的情节转折拥有了强大的心理依据。

性本能和死亡本能是支持弗洛伊德理论运转的核心概念。但是，人们不要轻易地将性或者暴力解释为动物神经本能的偶然发作，解释为即将被文化以及理性删除的兽性残余。观察显示，动物远不如人类那么残忍和邪恶。若非饥饿或者遭受威胁，动物一般不具攻击性，更不会大规模杀戮同类。正如弗洛伊德分析"俄狄浦斯"情结所表明的那样，性本能、死亡本能与历史文化的互动形成了复杂的结构。文化可能是性与死亡冲动的掩盖、遏制和规训，也可能是另一种意义上的转移和放大。这种理论图景表明，身体始终在文化内部制造不懈的骚动，并且生产出种种特殊的文化形式。

很大程度上，文学对于性和暴力的热衷来自身体的发现。文学可以证明，繁复的文化形式内部，身体依然存在，而且能量巨大。这是对现代文化的某种反抗。现代与前现代的界限时常被想象为"祛魅"、启蒙和理性。清晰，精确，均衡，现代社会如同机械结构一般地井然有序，卢梭的《爱弥儿》提供了现代人身心和谐的标本。然而，这些理论设计不过一纸空文。理性仅是一副临时的面具。战争、仇恨、虐杀以及种种人为的灾难表明，一只巨兽潜伏在现代文化背后，蠢蠢欲动。一旦其破门而出，脆弱的现代文化体系将被践踏得支离破碎。在这个意义上，身体这个概念得到了重新表述。身体不是现代文化内部一个安分守己的齿轮，忠实执行理性的种种指令；按照弗洛伊德的描述，身体内部的欲望、冲动、力比多沸腾不已，现实秩序时常被巨大的压力顶得嘎吱乱响。如果说，铁一般的法律、锱铢必较的经济学和计算、实证基础上的自然科学形成了现代文化的基本结构，那么，文学仍然是一座活的火山。文学的情欲和嗜血表明了意味深长的征候：现代文化的深层还隐藏着一个非理性的深渊，某种巨大的歇斯底里不可避免地周期性发作。或许可以这么解释：文学史的道德观念日益松弛，这意味着人类自我认识的日益深入——文学不仅发现了身体内部的能量，而且表示认可和接受。无论这是一种通达还是一种无奈，总之，文学因此成了现代文化之中的一个异数。

　　身体的发现是对现代文化的一种反抗——这可能是前现代的回光返照。现代社会的成功往往依赖算计、策划、社会关系网络；仪器设备、官僚体制以及报表或者档案资料成为叙述的基本语言。许多时候，所有的信息一应俱全——但是身体缺席。当广告、传媒、宣传攻势或者精打细算、投机、实利主义原则成为决胜的法宝时，侠义精神与英雄气概消失了。苍白、赢弱、精明、唯利是图、怯于户外冒险成为多数人的表征，标准的模板式生活被形容为"现代"——文学对于这种"现代"表示了强烈的不满。从这个意义讲，暴力、血腥、"壮志饥餐胡虏肉，笑谈渴饮匈奴血"是向古老的英雄时代表示敬意，众多好勇斗狠的武侠代表了血性、勇气、强壮的体格和为所欲为的胆魄。因此，刀光剑影和血腥气味隐含了文学对于现代人格的不屑，尽管某些奇异的嗜血欲望可能被悄悄地植入这个主题。

　　身体、欲望、力比多以及弗洛伊德所说的快乐原则天然地同个人话语联系在一起。不羁的个人冲动时常对社会秩序形成潜在的威胁，个人与社会之间隐蔽的对抗关系始终存在。当历史将所谓的"社会秩序"认定为资本主义体系时，身体、欲望和力比多可能成为冲击资本主义体系的革命能量。西方某些左翼知识分子正是在这个意义上对于身体和力比多表示出莫大的兴趣。作为一个政治经济学的概念，"阶级"的划分逐渐在反对资本主义的革命中丧失了昔日的效力。这时，身体成为左翼知识分子重新关注的资源。将嬉皮士风格或者性解放与一本正经的政治革命衔接起来诚非易事，但是，这里至少可以看到一丝理论的曙光。回到文学之中，许多富于叛逆精神的西方作家可能没有如此明确的政治意图，然而，他们不约而同地察觉一个事实：物质主义的、保守的资本主义文化与文学的浪漫和自由格格不入。这时，他们放肆的性描写或者身体的暴露有意地亵渎了故作优雅的绅士趣味。许多现代主义作家玩世不恭地展现知识分子颓废放浪的生活，这些粗野的"号叫"是拒绝加入资产阶级文化同盟的明确表态。

　　这种反抗的效果如何？具有反讽意味的是，许多性与暴力的极端叙事转身成为一种抢手的商品赢得了巨大的利润。将反抗和亵渎卖出一个好价钱，这是现今市场的拿手好戏。所谓的资本主义文化早就具备了收编异类的能力。当然，这可能被另一些作家视为不可多得的机遇。又一个投机的时刻到了。无论是"下半身写作"的惊世骇俗、"上海宝贝"的挑逗还是神情阴鸷的亮出阳具，这些作家的终极追求始终是市场的成功。从强硬的拒绝姿态到委身于市场的诱惑，这肯定是文学史上一段走调的乐曲。

　　至少在口头上，许多作家不想理睬道德批评家的训诫。他们似乎更乐意考虑文学的内部问题，例如小说本身的精彩与否。这种工匠式的技术兴趣相当普遍。尽管如此，他们仍然可以听到技术意义上的批评：某些小说竭力铺陈的性事或者血淋淋的屠宰如同幻灯片一样没有生气。"自然主义"曾经是批评家常用的一个贬义词，这个概念批评左拉们无法用适当的想象回避难堪的真实。但是，卢卡契对于"自然主义"的非议别有意味：自然主义制造了一堆肥大笨重的细节，这些僵硬的片断无法有机地植入活的情节。显然，一个相似的问题也可以抛给作家：那些幻灯片能不能植入日常经验？如果仅仅是一个遥远的传奇，没有人会真正地心旌摇荡或者毛骨悚然——蜡人馆式的逼真只能制造短暂的迷惑和感官悸动。传奇是舞台上的事情，只有日常的网络才能将全部重量传给人们。金庸的小说杀人如麻，血流成河，但是，这些快意恩仇都发生在所谓的江湖之上。某一个杀手开始厌恶手掌上的血迹，反复回忆死者咽气之前的抽搐，甚至一种挥之不去的隐痛开始噬咬灵魂——这时，日常就悄悄地临近了。当然，此刻的金庸多半已经招架不了，陀思妥耶夫斯基需要出场了。某种意义上，这也是《金瓶梅》与《红楼梦》的距离。的确，那些勇气十足的作家可以无视道德底线问题，然而，这是一个不可混淆的命题：道德挑衅不一定是文学的震撼，就像文学的震撼不一定诉诸道德挑衅。

# 奇怪的逆反

如今，这个旋转的世界越来越复杂了：众多国家首脑正在联合国反复辩论核设施问题，经济学家的忧虑是美国次贷危机导致全球经济下滑，反对恐怖主义和生态环境问题纳入了外交议程，贸易技术壁垒与法律上的交锋会聚了一大批相关人士，文物保护与旧城改造引发了一轮激烈的争论，油价的暴涨大规模地带动了一系列价格飙升……面对如此波动的世界，科学家不得不提供每秒运算 1000 万亿次的超级计算机来处理蜂拥而来的数据。然而，就在这个时候，某些文学仿佛出现了一个奇怪的逆反——文学仿佛越来越简单了。

文学越来越简单的一个重要迹象是，一些作家如此热衷于将复杂的世界塞入喜剧结构，似乎周星驰的鬼脸足以打发生活之中的所有难题。从"戏说历史"到"无厘头"式的滑稽，形形色色的嬉闹比赛愈演愈烈，文学的责任好像就是给这个世界配备足够的笑声。擅长调笑的作家前所未有地讨人喜欢，以至于另一些悲剧作家不得不勉为其难地开始仿效各种幽默和调侃。爆笑如同洪水瞬间淹没了全部情节，人生的百般滋味顿时消失了，一个轻飘飘的世界和颜悦色。我们被《铁齿铜牙纪晓岚》逗得合不拢嘴的时候，难道还会想得起清代血腥的文字狱吗？当然，如果人们觉得"戏说"或者"无厘头"多少有些粗俗，作家就会转身向武侠故事求援。武侠小说被称为"成人童话"，这是贬义还是褒义？豪气干云、快意恩仇也罢，缠绵悱恻，含情脉脉也罢——这些故事常常像是在哄孩子。然而，由于金庸大师的反复训练，许多作家已经潜移默化地按照童话裁剪历史，例如张艺谋的《英雄》。这些武侠不仅仅出没于江湖或者华山论剑，而且开始问鼎江山社稷，决定让不让皇帝老儿活下去。尽管改朝换代涉及无数政治或者经济的原因，然而，作家总是期盼从某个女人的情史找到突破口。十年的特洛伊战争不就是因为美貌的海伦吗？历史的武侠化与武侠的情爱化，许多作家操持这种有效的减法对付庞杂的历史。对于 20 世纪 80 年代的启蒙主义文学来说，历史之诡异与复杂的人性曾经是一个扰人的重大主题。然而，二十年之后，作家宁可用点穴、多角恋爱或者嬉皮笑脸解决问题，这个转折可以令人喟叹再三。

当然，许多人可能不愿意认可这种观点——文学怎么可能越来越简单呢？一部侦探小说就是一个绕不出去的迷宫。离奇的案情，一个圈套衔接另一个圈套，凶手如同鬼魅一闪即逝，真相大白之际发现，幕后的主使是一个谁也料想不到的人。这种故事如此复杂，以至于一般的智力甚至无法跟上。现今的电影已经进入奇观阶段。从史前的恐龙到未来的星球大战，从宫廷内部的秘密杀戮到气势恢宏的海战，各种景观应有尽有，炫人耳目。据说，我们一天的信息量相当于古人一年的见闻，文学的内容怎么可能贫乏呢？

让我校正一下理论的焦点。我企图指出的是，文学之中的价值判断、观念、意识、情绪——总之，文学之中的内心生活越来越简单了。没有矛盾，没有含混和犹豫，没有快感和厌恶混杂的模糊地带，也没有激烈之后的恐惧、后悔或者怜悯。商场里的窃贼令人痛恨，然而，当窃贼捆在柱子上遭受众人的痛殴时，会不会有心肠一软的时刻？杀人偿命，天经地义，可是，见到了凶犯押赴刑场之际的惨白脸色，痛恨之外会不会增添些什么？遗憾的是，这一切不再进入文学。所有的人物内心都是一条笔直的单行道，他们旋风般地扑向情节和主题的终点，兴高采烈地凯旋于大结局。这就是我们与经典作家的距离了。对于众多底层遭受欺凌的小人物，鲁迅的内心交织了多种情结——哀其不幸，怒其不争。人们甚至可以认为，激进的抗争是革命者的号召，悲天悯人是一个作家的情怀。无论是《祝福》、《孔乙己》还是《阿 Q 正传》，悲天悯人的情怀更像是这些小说成为杰作的理由。我们记得，文学始终保持了一个同情弱者的传统。弱者通常是竞争之中的失败者，能力低下。工商管理教学分析的案例之中，他们是成功者的垫脚石。然而，文学往往在通常的社会评价之外保留了另一副眼光。同情，关怀，尊重，甚至在某些时刻的景仰——这就是文学的复杂。对于一个作家说来，"多愁善感"是一个肯定的评价。如果说，种种理论模型和概念术语是经济学家或者社会学家手里的利刃，那么，"多愁善感"是作家理解社会和人物的独特资本。无论如何，文学必须对内心生活的空间以及复杂多变做出充分的估计。各种带有"主义"的大概念管辖不了一个人抽什么牌的香烟，大衣上的纽扣是什么颜色；越来越普及的科学知识管辖不了一个人的步态以及喜欢京剧还是昆剧；威严的法律也管辖不了一个人失恋的时候是大声哭泣还是拼命吃冰淇淋。总之，无数的生活细节闪烁出奇特的面目，这个庞大的生活区域交付给纤细而又敏感的内心。文学负责记录内心，记录这里的潜流、回旋、聚散以及种种不明不白的波动和碎屑。某些时候，这一切可能在历史之中汇成一个醒目的潮汐；另一些时候，复杂的内心生活仅仅是历史边缘的回流，甚至仅仅是历史不得不偿付的代价。但是，这个区域顽固地存在，这个区域的意义只能由文学显示。

现在，人们必须解除二者的通约关系——许多时候，复杂的内心生活无法依附于紧张的情节。为什么侦探小说很少被授予杰作的荣誉勋章？通常，侦探小说情节的构造如此严密，以至于种种内心生活再也找不到足够的空间了。一个侦探在望远镜里监视罪犯进行毒品交易的时候，哪里还有心情遥望天边的青山和浮云？紧张是急速地缩小意识区域换取特殊的心理压力，种种浮泛的、触角丰富的经验多半被删除剔尽。由于众多畅销读物和电视连续剧的地毯式轰炸，悬念、紧张和惊险业已成为人们的普遍口味。当然，窗下的偷听、钥匙孔里的窥视或者私拆他人信件这些老式的情节转捩已经过时，但是，血缘混乱、失忆、整容或者出国规避等新型的伎俩并未增添文学的内心含量。那些满堂喝彩的作家常常提供一个眼花缭乱的世界，翻云覆雨，一波三折；然而，真正的杰作仿佛更乐于盯住平庸的日常生活，欲望、欢悦、志得意满与负疚、烦恼甚至梦魇搅在一起，剪不断，理还乱。

这时，我很愿意再度提到金庸，提到他的收山之作《鹿鼎记》。这部小说的离奇、有趣倾倒了许多人。出身于妓院的韦小宝吉人天相，尽管没有任何武功，凭着他的油嘴滑舌持续地化险为夷，并且在爱情领域充当了一个最大的赢家。一个又一个美女络绎不绝地投怀送抱，韦小宝挥挥手慷慨地照单全收。小说的结局是，韦小宝携带七个美貌的太太和一大笔财富享受他的逍遥人生。如此之多的人强烈主张，金庸业已当之无愧地进入经典之列，以至于我不得不抬出另一部经典作为参照——《红楼梦》。贾宝玉生活于钟鸣鼎食之家，大观园的众多姐妹造就了一个温柔之乡。无论是黛玉、宝钗还是贾母、凤姐、袭人、晴雯，贾宝玉是所有的人溺爱、疼爱或者怜爱的对象。然而，就是在如此甜蜜的网络之中，贾宝玉的人生危机开始了。生活的难题如此之重，贾宝玉不得不斩断尘缘，出家是他了结一切的最后形式。显然，曹雪芹并未被荣华富贵迷惑，他在各色人等密不透风的内心生活中剥离出尖锐的不可承受之痛。如果说，这种悲剧性的幻灭感是《红楼梦》的深刻，那么，金庸给出的生活理解简单极了：生活就是如此地轻松快乐；即使在刀光剑影、兵荒马乱的年头，金钱或者美人仍然会在运气的驱使下不可阻挡地降临。《鹿鼎记》时常不知不觉地拐向了喜剧——这并非偶然。

至少在今天，《鹿鼎记》恐怕比《红楼梦》更受欢迎。展颜一笑难道不会比以泪洗面或者看破红尘有利于身心健康吗？文学又有什么必要那么复杂呢？从财富的分配到制度设计，从历史的远景规划到社区的安全设施，我们的身边一切就绪——文学何必多事地揭开所谓的内心生活，增添各种杂音呢？文学的答复是，内心生活始终是历史的组成部分。没有进入人们内心的历史又有多少意义呢？无视复杂的价值观念、意识、情绪，经济学家、社会学家或者法学家得不到历史的完整答案，每秒运算1000万亿次的超级计算机亦无能为力。如果文学放弃责任，如果文学杜撰的悲欢离合仅仅是一些玩笑般的游戏，那么，我们对于这个世界的认识将会留下一个无法填补的缺口。

# 分类与自由

我想提到一个意味深长的往事：开始喜好一批散文的时候，我并没有强烈地意识到"散文"这个概念。我的散文阅读止于适意随缘。不再扮演批评家或者文学史观察者的角色，我就可以理直气壮地照顾自己的兴趣和嗜好。一张有趣的便条不妨连续读三遍，另一篇名家之作却可能因为枯燥而弃置不顾。这是个人的权利。

由于这个缘故，我对于"散文"家族内部的种种亚分类心不在焉。杂文，小品，随笔，语焉不详的"美文"，还有"文学散文"，这些类别之间的细微差异似乎没有太大的意义。况且，这些分类时常缺乏一个共同的理论平面和严格的逻辑体系，叠床架屋之论比比皆是。

这是不是有些不负责任？——一些理论家正在为上述分类争执得面红耳赤。他们都持有文类纯粹化的倾向。在他们心目中，不同的文类是不可逾越的区域，这仿佛是一种天经地义的秩序。如果不小心把小品归入杂文之列，那就如同不可饶恕的文学乱伦。然而，我觉得种种分类系统均是人为的产物。分类的依据和原则隐含了人们的认识意图。如果分辨一些家具是桌子还是椅子，这意味着人们企图了解这些家具的功能；如果试图了解制作这些家具的材料或者制作方式，那么，人们就会按照木制品、藤制品、塑料制品或者手工制作、机器制作划分类别，如此等等。一旦发现"文化散文"或者"学者散文"这些术语，人们就可以判断，批评家关注的焦点大约是素材和作者的社会身份。总之，人们没有必要机械地锁死文类。我不想详尽地绘制杂文、小品、随笔、美文或者文学散文之间的边界，因为这种文学地图说明不了这个问题：某些散文为什么富有魅力？人们无法证明小品一定比随笔生动，或者杂文的确不

363

如美文。《庄子》曾经倾倒了古往今来的许多读者。然而，谁又能够把这部汪洋恣肆、变幻无端的著作塞入"杂文"或者"小品"这些称谓之中？不少人肯定已经意识到：对于某些作品说来，分配到哪一个文类并不重要——重要的是作品的精神标高。的确，散文的魅力是我唯一关心的问题，或者说，我的分类就是两项：有魅力的散文和缺乏魅力散文。这时，我甚至不惮于被称为趣味主义者。

或许有必要承认，我对于散文内部亚分类的漠视包含了更为深刻的原因。分类以及类别的命名意味着某些特征的固定、普适化，并且被赋予纯粹的品质。这是规范的诞生，也是画地为牢的开始。类别本身成为一种权威，一种鉴别的关隘，同时也是一种拘禁。"不伦不类"被视为一个贬义的评语。某些既非杂文、亦非小品文或者美文的作品失去了文类的庇护而无所藏身。我曾经对于"随笔"之称由衷地喜爱。按照字面含义，"随笔"理应是一种没有限制的写作；然而，现今的批评家似乎也在处心积虑地为"随笔"制订各种文体条款。这些亚分类的定型表明，"散文"这个概念正在分解为一系列细化乃至量化的指标体系。这是理论的凯旋吗？

其实，任何一篇心血之作都包含了独异的动机、意图、主题，并且渴求独异的表意方式。某些时候，刻意的、僵硬的文类躯壳可能强行抑制了种种奇思妙想。诗或者韵文、小说、戏剧、理论论文俱已分疆而治。这些大型文类不仅是一种表意方式的组织，一种视域的规引，一种特定的时空感觉；同时，这种组织和规引也理所当然地付出了代价。简言之，这些文类如此严饬，以至于无法收容种种散兵游勇式的素材。例如一种情趣，一些精彩的理念，一个巧妙的发现，或者三言两语，或者洋洋万言。我的设想之中，散文即这些散兵游勇的驻地。许多时候，散文甚至不在乎是否中规中矩的文学。文学史保存的一批散文名篇当初并不是有意地以文学的面目出现，例如檄文、奏章、书信、日记，如此等等。总之，无拘无束是散文的独特性格。我曾经表示，我仅仅对散文的两个特征深为兴趣：第一，散文是不可定义的——除了诗、小说、戏剧，余下的均是散文；第二，散文具有一种反文类的倾向，散文时常隐蔽地解构了既定的文类。因此，"水"是散文的巧妙比拟。水无定形，文无定法。

这一切无不指向散文的基本精神——挣脱文类的规约而纵横自如。

我为什么转身介入了散文的写作？我所倾心的即散文的自由。在相当长的时间里，我仅仅热衷于同论文打交道。论点，论据，论证，逻辑，概念，范畴，归纳或者推理，大量的引证和注释，等等。然而，某一天我终于意识到，学位论文并不是唯一的表意形式。传统的学术规范并不是不可逾越的思想规范。"无一字无来处"的缜密也可能是平庸或者谨小慎微的另一副面孔。"游谈无根"未必没有学术之外的意义。我甚至对于学术体制化派生出千篇一律的论文腔调感到了厌倦。散文就在这个时候开始向我招手。我曾经在一部散文集的后记之中回忆起一个豁然开朗的瞬间："很长一段时间里，我总是漫不经心地将散文当成了放置边角料的后院。我将那些论文——我所习惯的文体——难以容纳的感触、事件、怀想、幻念寄存在散文里面，如同听候征用的文学档案。一切仿佛在不经意之中积累着，直至出现了一个突如其来的顿悟——散文不就是我心目中最为惬意的文体吗？"

散文的自由令人感到，文类不再是一个额外的负重。韵律、情节的缜密、舞台的限制均可不在考虑之列。散文如同一柄称手的快刀，散文的写作具有一种直击的快感。所以，韩少功曾多次表示：想不清楚的问题诉诸小说，想得清楚的问题就写散文。鲁迅的后半生写下了大批杂文。在鲁迅那里，文体的自由与丰富而活跃的思想相得益彰。二者的结合铸就了一批犀利的匕首和投枪。

因为自由，每一种个性都可能找到自己的舞台。因此，散文允许充分的个性化——这种文体允许作家最大限度地按照自己的心意写作。许多散文具有强烈的现代主义风格。另一方面，也是因为自由，散文又时常是零碎的，随意的，大众化的——这种文体不再依附于一个完整的骨架。这时，许多散文具有后现代主义的旨趣。或者可以说，散文是现代主义与后现代主义的奇妙混合。

如果不想根据文类的外在型号归纳散文，那么，散文就会充分地显出捉摸不定的一面。在这个意义上，散文犹如一匹怪兽：千姿百态，首尾莫辨。这肯定给理论的概括制造了种种困境。我时常深陷这种困境——我突然发现，找不到适当的理论术语形容我所喜爱的那些散文。例如，"少加孤露，母兄见骄，不涉经学；性复疏懒，筋驽肉缓；头面常一月十五日不洗，不大闷痒，不能沐也，每常小便而忍不起，令胞中略转，乃起耳。又纵逸来久，情意傲散；简与礼相背，懒与慢相成；而为侪类见宽，不攻其过。又读《庄》、《老》，重增其放；故使荣进之心日颓，任实之情转笃。……"——我当如何形容读到稽康《与山巨源绝交书》之后的快意呢？"潭中鱼可百许头，皆若空游无所依，日光下澈，影布石上，怡然不动；俶尔远逝，往来翕忽……四面竹树环合，寂寥无人，凄神寒骨，悄怆幽邃，以其境过清，不可久居，乃记之而去。"——我当如何表明柳宗元的《小石塘记》制造的内心悸动呢？"怀民亦未寝，相与步于中庭。庭下如积水空明，水中藻荇交横，盖竹柏影也。何夜无月，何处无竹柏，但少闲人如吾两人耳。"——我又当如何表述苏轼的《记承天寺夜游》带来的澄明心境呢？人们多半承认，诗意是一种难言的韵味；然而，诗的阐释系统十分发达。远在唐代，司空图的《二十四诗品》就试图确立描述诗的一系列美学范畴，诸如雄浑、冲淡、典雅、豪放、劲健、洗炼、绮丽，等等。如今，人们可以运用丰富的理论语言谈论一首好诗。相形之下，散文的美学范畴还相当粗疏。的确，中国古代文学批评家曾经就如何为文发表过不少精当之论；20 世纪 20 年代，周作人、王统照、朱自清、梁实秋也分别对散文的趣味、文体、语言零星地谈起自己的心得。然而，相对于繁茂的散文，这些理论太单薄了。60 年代有"形散神不散"之论面世，90 年代又有"杨朔模式"的争辩；我不想具体地评价这些论点——我想提到的仅仅是，这些论点的理论含量十分有限；同时，这些论点阐释的范围也十分有限。现今，人们陆续地读到了培根、卡夫卡、蒙田、罗兰·巴特、佩索阿、钱锺书、余光中、王鼎均，另一方面，韩少功、张承志、周涛、贾平凹、余秋雨、史铁生正纷至沓来，妙笔生花。可是，散文的理论仍然按兵不动，迟迟无法形成呼应。如果说，20 世纪 80 年代以来的小说理论与诗论歧见丛生同时又蔚为大观，那么，散文理论似乎仍然睡眼惺忪。什么时候，理论家才能够真正地抖擞精神，揪住这一匹怪兽的尾巴呢？

# 概念的实践史

——《20 世纪中国文学批评 99 个词》前言

这部著作力图阐释一批活跃在 20 世纪中国文学批评史上的关键性概念。这在很大程度上可以纳入福柯所说的"知识考古学"。

一批举足轻重的概念往往是特定学科的标记。这些概念如同一个学科的稳固基石。魏晋南北朝之所以被视为中国文学批评的成熟期，一个重要的原因即文学批评概念的大量诞生——《文心雕龙》之中丰富的概念系统证明了这一点。可以看到，学科内部的种种命题和推论通常围绕这些概念展开。阐释这些概念也就是展示一个学科的模式以及关注的基本问题。

正如博尔赫斯所说的那样：随着时间的进展，一个词的原义常常会发生难以预料的变化。因此，考察某一个概念的发展史现今已成为一种重要的学术方法。许多古老的概念被视为文化的活化石。它们常常揭示了一个学科的缘起和入手之处。例如，据《说文解字》的解释，"美"从"羊"从"大"，本义为"甘"。这多少证明了中国美学与品尝美味而产生的快感之间的渊源关系。许多时候，这些缘起和基本含义已经被陈陈相因的历史埋没，概念成了一些简单的理论标签。这时，返回概念史有助于正本清源，重新回到一个学科的前提。训诂或者考据包含了丰富的理论意义。

当然，阐释所有的文学批评概念是不可能的。人们只能挑选那些"关键性"的概念。"关键性"的标准是什么？重要的是这个概念在特定文化网络之中的核心位置。每一个时代都会产生一些关键的概念，它们隐含了这个时代最为重要的信息，或者成为复杂的历史脉络聚合之处。提到这个关键性的概念如同提纲挈领地掌握这个时代。因此，阐释这些概念也就是从某一个方面阐释一个时代。在这个方面，雷蒙·威廉斯的《关键词》是一个众所周知的楷模。这部著作挑选的关键性概念，多半在20世纪中国文学批评史上产生过令人瞩目的作用。它们或者是一种开拓，或者是一种号召，或者是一种新的凝聚轴心，或者是聚讼的焦点。总之，这些概念曾经或者仍然在中国文学批评史上积聚了不同凡响的理论能量。

显然，这里所说的阐释不是给出一个标准的定义。事实上，许多人文学科的概念含义都具有某种开放性。这些概念并不是安静地冷藏在某一个冰箱里面，它们的意义就在于投入了持续不断的理论活动和阐释实践。所以，这部著作的阐释重视的是这批概念的实践史：这批概念的缘起是什么？它们是在什么历史语境之中粉墨登场的？它们的基本含义是什么？它们又是在什么条件下出现了变异、发展甚至被挪用或者走向反面？它们的作用、功能以及未来的前景是什么？在现今的理论氛围之中，如何评价这些概念？如此等等。换一句话说，这部著作描述的是这批概念的演变路线，它们与各种思想的呼应关系，它们所遭遇的种种理论支持或者种种反驳，它们所制造的一系列有价值的争论——总之，描述出这批概念所形成的理论场域。这部著作必须表明，这些概念是活的，它们在20世纪中国文学批评史中推波助澜，摇旗呐喊。

如同人们所见到的那样，这部著作之中为数众多的概念来自异域。世界范围的"理论旅行"正在变得愈来愈频繁。因此，阐释不可能不发现种种的"误读"。除了语言隔阂或者粗枝大叶而产生的歧解，或许还存在某些有意的误读。这种误读可能是"影响的焦虑"之下的反抗，也可能是根据本土语境作出的某种修正。这时，误读有可能形成一种理论的"接力"。当然，这里包含了多种可能：可能出现某种可笑的张冠李戴，也可能延伸了某种理论的有效半径；可能有力地阐述的本土问题，也可能专横地遮蔽了人们的切身经验；同时，"欧洲中心论"或者"东方主义"这些后殖民主义理论所关注的角逐也将交织其间。或许可以这么认为：只要源于本土问题与异域理论的互动，各种误读背后所包含的积极意义乃至创造性都必须得到充分的估计。

# 技术与解放的潜能

　　马克·波斯特的《第二媒介时代》可以视为《信息方式》的姊妹篇。这部著作是《信息方式》之中诸多论题的延伸。《第二媒介时代》一开始就回溯了以阿多诺为首的法兰克福学派对于电子媒介和大众文化的批判。在马克·波斯特看来，这种批判没有发现电子媒介产生的深刻转向，没有发现这种转向导致的后现代环境和新型的政治。阿多诺仅仅考察了电子媒介单向的、甚至是法西斯式的传播，但是，马克·波斯特认为，电子媒介的未来是双向的，去中心的，信息的制作者、消费者和销售者之间的区别正在逐渐消失——这就是马克·波斯特所憧憬的"第二媒介时代"。

　　《第二媒介时代》涉及一批声名显赫的思想家，涉及一批深刻的文化问题。阐述阿多诺和本雅明对于技术文化的想象，运用福柯的思想方法分析电脑里面的数据库，波德里亚与符号的消费，哈贝马斯与交往问题……这一切均是《第二媒介时代》的考察范围。当然，人们可以察觉，这些考察多少都环绕着一个轴心：语言。正如马克·波斯特所说的那样，20世纪产生了大批可资利用的语言学理论。从索绪尔、维特根斯坦、俄国形式主义到巴特、乔姆斯基、伽达默尔、利奥塔，这份挂一漏万的名单已经说明了语言问题所得到的重视。语言不仅是再现现实的工具，而且，语言重构了现实。正是在重构现实的过程之中，主体受到了语言的质询——这时的语言也重构了主体。语言的意义如此重大，这也就是波德里亚主张符号政治经济学批判或者福柯将话语与实践联系在一起的原因。马克·波斯特解释说："语言已经更加接近社会实践的中心。"当然，各种新型传播媒介的扩张正在改变种种话语的影响范围，甚至改变语言自身的性质。这必将对传统的社会批判理论提出重要的挑战。

马克·波斯特认为，启蒙运动的思想传统具有根深蒂固的印刷文化渊源。启蒙主义那种自律理性个体的理论与印刷文化相辅相成。印刷作品之中，句子和文字所拥有的稳定性促成了具有批判意识的个体的意识形态。另一方面，作者、知识分子、理论家的权威同样是印刷文化的产物。这表明了一种典型的现代性文化特征。马克思或者韦伯的许多理念均是以这种文化特征作为基本的假定。然而，电子媒介开启了一个后现代主义的文化空间。主体的建构和一系列社会文化体制无不遭受前所未有的动摇。这是一种危险，也是一种挑战。马克·波斯特还是将这种危险和挑战聚集到主体的考察之上："我总的论题是，信息方式促成了语言的彻底重构，这种重构把主体构建在理性自律个体模式之外。这种人所熟知的现代主体被信息方式置换成一个多重的、撒播的和去中心化的主体，并被不断质询为一种不稳定的身份。"这就是马克·波斯特所要深入的领域。

马克·波斯特发现，电话网络是去中心的。这个网络之中不存在传统的权力中心。电话网络的特征是互相交谈。现在，互联网似乎在一个更大的范围瓦解了民族—国家区域之中的权力分布。如同电话网络一样，互联网之中不再是某种自上而下的命令——互联网实现了许多人共时的对话。更有意义的是，网络空间的信息流动致使牛顿空间的种种边界失效。马克·波斯特甚至预言，电子交流系统的"大面积普及将敲响人们迄今为止所能想象到的一切社群形式的丧钟"。互联网之中，人们可以借助种种虚拟的游戏探索种种想象的主体位置，甚至临时为自己任命某种文化身份——例如自命为大侠或者乔装打扮为"美女"。这导致了新型的互动可能。性别、种族、年龄、社会地位等种种可视的特征隐没了，人们的身份证明就是屏幕上的文字。换言之，传统意识形态之中质询主体身份的各种陈规丧失了强大的力量。在这个意义上，互联网会释放出巨大的幻想、自我发现和自我建构的潜能。这将意味着现实的解放和多重化。如果说，人们的身体还没有加入互联网的虚拟空间，那么，信息方式终将制造出人类身体的模拟物。电脑对于人脑的复制或者生产一种智能性的机械身体不再是一个遥不可及的幻想。那时，社会空间将充满人与机器的结合体。机器将占领生者与死者之间的空白地带。

马克·波斯特并不主张对于新型的电子媒介技术持一种悲观的消极态度。在他看来，技术进步之中存在着解放的潜能。传播媒介的发展意味着摆脱语境的时空限制。重要的是将这种潜能引申出来。正如马克·波斯特分析《做正事》这部电影时看到的那样，白人可能利用电唱机吓唬非洲土著；非洲人也可以为了自己的目的占有西方的技术——例如黑人音乐对于音响技术的精彩改造。技术可能成为压迫的工具，也可能成为解放的工具。

的确，马克·波斯特就是在这种后现代主义的理论氛围之中谈论解放与革命。现代性的基本观念是，人必须处于理性、自律的中心。宗教、君主制、私有制等种种外在的障碍阻止人们实现这一点。然而，如果人们接受另一种观念——如果人们认为主体是在给定的语言模式之中定位，那么，语言、话语和实践的关系以及传播技术的演变都将显示出不同凡响的意义。马克·波斯特看到，工人阶级已经进入这种后现代文化，但是，理论家还无法正确地考察电子媒介对于他们的真正意义。电台、电话、电影、电视、电报传真、电子邮件以及卫星通信系统不仅改变了交流模式，同时也改变了社会生活。这是社会批判理论必须面对的事实，也是马克·波斯特提出"第二媒介时代"的历史意义。

# 批判理论的当今形式

现今，"信息方式"已经不是一个惊心动魄的概念——多数人已经对"信息"这个字眼儿耳熟能详。然而，如果听到了马克·波斯特的解释，人们必将对这个概念刮目相看。在马克·波斯特那里，这是一个与马克思的"生产方式"相提并论的概念。《信息方式》这部著作正是在这个意义上阐述信息方式的深刻改变。

显然，电子传播媒介的崛起极大地触动了马克·波斯特的思想。在他看来，两百年左右的现代社会制度性常规正在被电子传播媒介产生的地震所动摇。但是，马克·波斯特是在后结构主义的理论氛围之中考察这些问题。一大批后结构主义理论巨头的名字出现在这部著作之中，形成了一批饶有趣味的论题："贝尔与修辞问题"、"波德里亚与电视广告"、"福柯与数据库"、"德里达与电子书写"、"利奥塔与电脑科学"。一系列重大的社会事件与玄奥的理论衔接起来了。可以看出，后结构主义理论是马克·波斯特灵感的一个重要源头。

马克·波斯特的理论图景之中，信息方式的改变绝不仅仅是一个经济事实——这是马克·波斯特对于贝尔的最大不满。在他看来，贝尔的"后工业社会"是一个总体化修辞，这个概念仍然企图在经济理论的旧范畴之内消化电子传播媒介带来的新现象。贝尔和其他资本主义理论家还是在支配物质商品分配的供需法则之下谈论信息。他们没有意识到，资本主义经济理论的首要原则对于信息并不适用。因此，这些理论家无法看到信息方式改变背后的远景——社会秩序的重大改变。在马克·波斯特看来，"后工业社会"的理论只有经济学的范畴而没有语言学的视域。

这当然是后结构主义的一个基本观念：语言学是社会批判的一个入

口。的确，马克·波斯特具有这样的雄心——他的信息方式考察必须发展为一种批判理论。所以，马克·波斯特把信息方式的考察与马克思、韦伯、霍克海默与阿多诺、马尔库塞与哈贝马斯、阿尔都塞等人的理论相互参照，并且力图从德鲁兹、瓜塔里的后现代理论之中寻找动力。后结构主义通常显示出保守和冷漠的风格，但是，他们的语言学理论内部深藏了新的政治。于是，"信息方式开始了对以前的所有语言形式的再思考"。马克·波斯特思考的主题是，信息方式的改变将会多大程度地颠覆资本主义秩序。所以，这部著作是电子传播媒介、后结构主义语言学理论和批判理论的交汇之地。

马克·波斯特涉及的问题颇多，但是，他的考察核心是主体的建构。主体问题是批判理论之中的重要范畴。电子传播媒介的出现正在对以往资产阶级所信奉的理性主体进行多种挑战。马克·波斯特发现，电子传播媒介之中的客体正在变成能指流，而主体的目的定位为接收并阐释信息，并且充当了这个新的语言系统之一部分。这时，传统的主体观遭到了解构。例如，电视广告的接收者既是客体又是主体，既是物又是上帝。这就消解了主体的实质性。资产阶级和中产阶级那个自律的、男性的、理性的主体分裂了。马克·波斯特用福柯的全景监狱比拟电脑数据库——后者如同一座超级的全景监狱。这是后现代、后工业时代控制大众的手段。奇怪的是，全民都参与了这种自我建构，"把自己构建成超级全景监狱规范化监视的主体"。这是一个额外自我的建构。可是，这个额外自我可能在"真"自我根本不知情的时候对于后者造成伤害。电脑书写处于主体性与客体性的界限上。这可能导致笛卡儿式的二元论崩溃。"后笛卡儿式的世界表征可能会由一个连续体组成，一端是简单的机器，另一端是人，而中间则是电脑、似人机器、机器人、机器维持的人。"这时的主体将会遭受质疑；互联网络之中，作者甚至中止了自己原有身份的再生产——他可以在那个虚拟的王国隐姓埋名，改头换面。这种虚构的主体也许比"真实"的自我更具"本真性"。

信息方式的考察表明，信息的复制、传输、存取的戏剧性变化正在影响整个社会体制。语言脱离了物质形态，同时也就脱离了资本主义擅长控制的区域。另一方面，新的社会关系也开始浮现。如果生产者远离工作现场而坐在电子监视器前，"工人阶级"的传统含义还能维持吗？这意味着一整个政治时期的教科书是否仍然有效。这时，统治和反抗都将在另一种新的形式之下进行。马克·波斯特围绕利奥塔的《后现代状况》论述了科学以及知识——例如，科学背后"进步"或者"客观真理"的元叙事——如何伪托真理之名调控现实，压抑歧见，消除存在的多种形式。

马克·波斯特申明，他的"信息方式"并非想重新提出一个"总体化"或者"本质化"的范畴。"总体化"恰恰是马克·波斯特力图推翻的理论前景。在他看来，信息方式本身就是多种的，特殊的，分散的，正如他在谈论利奥塔时说的那样："信息方式也对多重的、去中心的、被消散的主体进行话语构建，因而也就支持了歧见的反总体化层面。"根据马克·波斯特的语言学，信息方式的改变、电子传播媒介的崛起导致的歧见、矛盾以及反总体化的效果就是批判理论的当今形式。

# 批评抛下文学享清福去了

很久以前，人们就开始抱怨文学批评的缺席。20 世纪 90 年代开始，众多批评家纷纷撤出文学前沿，另谋出路。他们一度是缔造 80 年代文学史的重要人物。批评家的许多概括和命名一锤定音，批评家与作家的种种对话、争辩——甚至他们的谬见——均有推波助澜之效。批评是 80 年代文学氛围的有机组成部分。相形之下，90 年代的文学是寂寞的。"诗家总爱西昆好，独恨无人作郑笺"——文学舞台上仅仅剩下了作家的独白。如果说，某些声名显赫的作家周围不乏批评家的踪影，那么，诸多成长之中的作家几乎得不到文学批评的任何眷顾。换句话说，批评不再介入文学的"现在进行时"，指点江山，臧否人物，并且承担责任。批评抛下了文学享清福去了。如何解释这个刺眼的文学事实？也许，兴趣的转移、气氛的改变都是一些不可忽视的因素，但是，我更想追溯的是文学体制的一个重大转折：杂志退隐，学院崛起。这也许与另一个 90 年代的口号遥相呼应：思想淡出，学术登场。

文学杂志是 80 年代文学的组织者。从《收获》、《上海文学》到《北京文学》、《十月》，文学杂志制造种种文学聚会，发掘和推介了一大批富有潜力的作家，并且利用约稿或者改稿的机会传播特定的文学趣味，甚至引导某种文学派别的形成。当时，许多批评家活跃在文学杂志周围，加入作家的一系列活动，并且在文学杂志提供的版面上及时地发表尖锐的褒贬，宣谕自己的文学主张。目光炯炯的批评家站在身后，这是一种鞭策，也是一种监督。不论正面地赞许还是挑剔和否定，他们的声音有效地激励了作家的创造精神。如果这一段文学史可以视为作家与批评家的蜜月期，那么，文学杂志充当了尽职的媒人。然而，如今文学杂志风光不再，甚至难以为继。文学杂志的衰落具有复杂的原因，总之，它们已经承担不了组织文学的重任。这时，批评家星散而去，大部分转到了学院的大麾之下。

学院的崛起是 90 年代之后另一个重大文化事件。如果说，五四时期的大学是新文化启蒙的策源地，那么，现今的学院被视为接受全球化挑战的桥头堡。教育、科学技术在国际竞争之中的意义终于为学院赢得了一定的尊严和地位。从物质到荣誉，学院都显出了号召力。教授、博士、课题、研究基金——这些学院体制的产物同时包含了收入和社会待遇。经过严谨的分类和切割，文学成为一个独立的学科，由学院的文学系负责研究。这时，文学研究与文学批评显示了微妙然而重要的差别。如果说，后者常常沉溺于文学的魅力，常常以文学作品为核心，那么，前者更乐于考察文学周围的知识，例如作家年谱，作品版本或者成书年代，字句的训诂、考据，如此等等。虽然考据、义理、辞章各擅胜场，但是，至少在目前，"考据"更为投合学院体制。见仁见智，趣味无争辩，灵魂的冒险或者思想游戏，这一切更像是机智和才气的产物，甚至有徒逞口舌之利的嫌疑。学院必须研究"硬"知识，必须提交"科学论断"。对于文学研究来说，一个结论必须是故纸堆里翻出来的，而不是拍拍脑袋想出来的。"学术规范"不仅是教授们挂在嘴边的一个训诫，而且是论述的模式乃至论文的格式。游谈无根被视为肤浅的标志，注释的数量代表了扎实的程度。一系列成文不成文的规定形成了文学系的某些价值观念：重学者而轻文人，重语言学而轻文学，重古典文学而轻现当代文学，重文学史而轻文学理论。于是，"学院派"再也不是一个贬义词，学院体制正在显示出愈来愈强的控制力；一大批批评家改弦更张，中规中矩地当教授去了。

也许，许多人愿意承认学院的文学系正在出现一种变化：文学理论正在逐渐得到重视。可以看到，众多西方的文学理论派别纷纷登陆，盘踞了教授们的讲坛。大规模的翻译组织的理论旅行终于显出了成效。从新批评、结构主义、精神分析学到后殖民主义，这些理论已经在西方的学院得到认可证书。尽管对于弗洛伊德心存疑虑，或者弄不清结构主义的基本含义，但是，学院愿意对这些不无古怪的学说网开一面。一些新锐理论家开始在能指嬉戏、欲望的写作或者东方主义这些术语之下重新集结，并且自命为"学院派批评家"。有些冬烘先生依旧不以为然，可是，学院派批评家擅长的英文注释有效地封住了他们的嘴。简单地讥笑学院派批评家只会贩卖新名词肯定不公平。但是，必须承认，学院派批评家多半是围绕一些理论设计的话题从事研究。俄狄浦斯情结，隐蔽的性别歧视，复杂的象征结构，白人中心主义或者欧洲中心主义……如果无法纳入这些话题，学院派批评家往往提不起兴趣。他们不愿意在一般的意义上谈论一部作品，评判优劣，或者陈述自己的联想和印象——浮光掠影的印象主义批评已经成为学院批评家的耻辱，幼稚的煽情只能赢得刻薄的奚落。

有趣的是，没有多少作家看得上学院派批评家。作家往往讥笑批评家的话题大而无当，一套又一套生涩的推论成了迂腐无能的标记。作家专注细部刻镂，沉湎于一时一地的氛围；这些经验主义者对于知识分子故弄玄虚十分反感。在他们看来，一大堆空洞苍白的概念根本套不住诡异多变的现实。显然，他们低估了理论的强大支配能力。抬头纵观一定长度的历史即可察觉，理论正在愈来愈密集地植入现实，愈来愈有力地左右现实的方向。如果没有"社会主义"、"资本主义"、"无产阶级"、"剩余价值"、"市场经济"这些大概念，20世纪的历史肯定与现在不一样。过分地蔑视理论的人时常不知不觉地被理论捕获——他们太大意了。然而，这不能掩盖另一个事实：目前的文学批评无法和文学对话，特别是与成长之中的文学对话。因此，提出学院派批评家必须从普遍的话题进入具体的作品，这肯定是合理的要求。普遍的话题不可能代替具体的作品分析，不可能代替每一个作家文学性格的刻画。愈来愈多的人发现，这方面正在成为文学批评的空当。读者已经很久没有听到文学批评的真知灼见了。

也许，这种空当即将结束。许多迹象表明，大众传媒正在乘虚而入，依靠种种人为的声势主宰读者的趣味，迷惑他们的判断，甚至以独特的手段动摇作家的内心。什么是文学，什么是有价值的文学，一套新的标准和一批新的文学偶像正在诞生。大众传媒开始对文学的传播和评判产生前所未有的影响，并且开始根据传媒运作的商业特征物色自己的批评家。的确，人们没有任何理由鄙视大众传媒的观点，但是必须承认，这种观点与学院派批评家的理论具有很大的距离。

也许，学院体制必须考虑一个问题：有没有必要将活的文学纳入视野？经典不是文学的全部。或许这是学院体制隐含的一个悖论：如果学院批评家始终不屑于对尚未成为经典的作品发言，文学史提名的可靠基础是什么？学院批评家不敢走出现成的话题设计而进入未知的作品，这种怯懦的根本原因是对手里的理论缺乏自信——尽管这种怯懦多半可以得到学院体制的掩护。文学批评缺席，这是文学杂志萎缩之后留出的空缺。谁将填补这个空缺——学院，还是大众传媒？

# "学院派"批评又有什么不对

日前我曾经撰文谈论批评的缺席——《批评抛下文学享清福去了》。一个网站转载这篇短文时追加了一句颇有噱头的按语："南帆对学院派批评又打又爱。"的确，"学院派"正在成为一个含义复杂的话题。一位作家的来信对"学院派"的文学史表示轻蔑。尽管他提名的文学大师均是学院讲坛上的当红作家，但是，"学院派"在他的笔下可悲地沦为一个贬义词。"学院派"又有什么不对？如果这是一个正式的理论问题，那么，"学院派"不仅是一个知识团体，更重要的是一种理论形式。

许多人对于"学院派"保持了一种漫画式的想象：迂呆、冬烘先生、擅长引经据典、言辞古板晦涩、不谙世事、四体不勤、五谷不分，如此等等。这种过时的想象大约是蔑视知识分子时代的残留物。如今的"学院派"活络了许多。出入于殿堂内外，行走于江湖之上，头顶国际知名学府的博士帽，怀揣三五个卖得出高价的专利，提到纽约、巴黎、东京如同提到邻居的花园一样自然。只有在谈论专业问题的时候，实证、数据、理论模式以及种种限制性的严谨表述才让人领略到"学院派"的独特风格。"学院派"文学批评家多半熟悉各种复杂的理论，例如精神分析学、结构主义、拉康或者罗兰·巴特。对于他们说来，不是在"无意识"、"能指"、"二项对立"、"欲望"或者"交往理性"、"谱系学"、"期待视野"这些术语之中操练过的文学问题基本上没有价值。"学院派"的确看不上信口开河的印象主义批评。二两烧酒，一点才情，三钱想象，添加些许忧郁的表情或者泼皮般的腔调，这种配方炮制出来的文学批评不过是一些旋生旋灭的即兴之论。科学主义如此兴盛的时代，未经论证的知识不配得到足够的尊重。"学院派"批评不在乎人们抱怨他们的晦涩，不在乎嘲笑他们掉书袋似地搬弄一大堆古怪的术语。相反，他们时常提醒人们考察一下印象主义批评的内在贫乏：如果收集一批印象主义批评的论文，提炼出批评家反复使用的几个有限的关键词，那么，人们就可以察觉到，这种批评的视野多么狭小，阐释的内涵多么单调，批评家的思想多么乏味。

然而，无可否认的是，印象主义批评的表述远比"学院派"富有个性。个性——一个如此重要的字眼儿！现今，无论作家还是批评家，个性的重要性已经远远超过了贞操。至少在纸面上，每一个写作者都在竭力标榜自己与众不同的形象。必须承认，20世纪80年代以来的理论训练显出了成效。自我，主体，内心，这是80年代反复陈述的一些核心概念，纯文学、私人写作、深层意识、感觉、本能、生命、性、孤独感更像是这些概念的进一步分蘖。于是，每一张表情各异的面孔开始从教科书式的标准历史背后浮现出来。至少在当时，这是一种尖锐的文化反抗。抛开面具之后，人们大胆地宣称，拥有自己的个性并非罪过。远大的襟怀，独异的洞见，尼采式的狂傲，一花一叶的小感觉小情调，这一切都在个性的名义之下鱼贯而出。批评家当然不甘示弱。他们首先把"我们认为"改为"我认为"；"我的阅读经验"或者"我的个人文学史"似乎都带有了神圣的意味。为了把自己的个性制造得更耀眼一些，不少批评家热衷于某些夸张的表演。抛出一些违心的过激之辞，蛮横地涂花对手的脸鸣鼓攻之，装扮成惊世骇俗的文学革命家，慨叹众人皆醉我独醒——总之，任何一种有效的成名策略都可以尝试。某些批评家成功地成为公众人物之后，甚至不惮于公开交流种种炒作技巧。这时，深刻、独到、机智、投机、无赖的作派或者哗众取宠都可以用"个性"解释，人权、公民的权利、浪漫主义天才论、独断论、自恋癖、自闭症患者混为一谈。

尽管这种文化狂欢节如火如荼，但是，自80年代后期开始，我的兴趣还是愈来愈多地转向了"学院派"的理论。这不是由于某种远见，而是由于一个简单的困惑。我渐渐地发现，"个性"或者"自我"无法充当理论阐释的最后一道防线。内心感觉并不是解释一切的所有根源。我当然可以宣称，"我认为"某一部作品是空前绝后的经典，另一部作品仅仅是污人耳目的垃圾；然而，我依据什么坚信"我认为"至高无上？锐利的"自我"可能掀掉皇帝的新衣，迟钝的"自我"也可能成为另一件皇帝的新衣——尽管谁都可以假"自我"之名。这同时导致了另一个发现：许多自称最有个性的人其实十分相似。分析这些相似背后的原型，分析种种"自我"如何形成、演变，"学院派"的理论及时提供了分析的策略和概念、范畴。民族，性别，意识形态，结构，想象共同体，无意识，传统，大众传播媒介——诸如此类的理论术语说明了愈来愈多的问题。许多时候，种种狂放不羁的个性其实有因可循。

结构主义对于存在主义的反叛是一个重要的转折。结构主义者认为，存在主义者的"个人"仅仅是一种意识形态幻觉。个人只能存在于某种社会结构或者文化结构之中，仅仅是结构之中的一个成分。个人无法摆脱结构的束缚。的确，结构主义静止的理论图像令人沮丧。结构内部必定存在种种不屈的反抗冲动。但是，这种反抗决不仅仅以个人的名义。阶级、民族、性别、无意识、现代性、后现代、美学、文化认同等概念分别从不同的维面描述了反抗主体和反抗赖以发生的领域。这些概念分头指向社会文化的众多环节，迫使人们跳出自己栖身的那一隅。"个性"或者"自我"的背后，这些概念无形地组成了一个开阔的理论视野，规引人们多方位地切入社会文化。这时，"学院派"批评意味着一种看待问题的方式。"学院派"并非逃避现实，皓首穷经，提供一些不食人间烟火的书斋之见。其实，"学院派"批评的介入远比不少貌似狂狷的人激烈。

相对地说，"学院派"批评肯定更为重视论断的普适性。投入知识领域之后，个性不能任意凌驾于知识共同体的基本准则之上。现今，再有个性的批评家也没有理由率性地指鹿为马，或者坚持"地心说"。知识领域对于共识的渴求肯定超过了"萝卜青菜，各有所爱"的日常生活。否定某种共识必须诉诸知识共同体一致认可的论证，而不是用激烈的姿态吓唬人。一般的意义上，学院没有理由刻意封锁各种奇谈怪论，但是，"学院派"批评要求言之有据，要求严谨的论证。这是"学院派"批评的可贵品质，也是"学院派"批评反感以"个性"或者"自我"包打天下的原因。有趣的是，目前人们发现了不少伪装的个性。一些人身居学术要津，一些人手握大众传媒，他们奢谈个性的时候多半有些额外之物撑腰。只要时机合适，他们可能无视知识共同体的基本准则而独断专行。这与其说是个性挑战权威，不如说是行使特权。

如果"个性"或者"自我"足够解释一切，这个世界肯定会简单一些。然而，勇气所能对付的问题的确有限，"学院派"不得不抬出一大堆笨重的理论。言必称希腊，罗列长长的注释，穿插几个陌生的外文单词，这仅仅是一些表面文章，甚至是烦琐哲学；复述理论大师的名字，复述种种玄奥的概念和理论命题，这亦非精髓所在。重要的是，这一切如何真正启动思想，并且支持思想持续地向纵深展开。

# 意义的索取

## ——《优美与危险》后记

这一本论文集收入了我的三十余篇批评文字：或者是一部作品的解读，或者研究某个作家一个阶段的作品。这些文字的时间跨度超过了二十五年——四分之一世纪。重新编辑这些文字，我越来越多地想到，批评写作的意义并不是匆匆地制作一份判决书。抛出哪一种结论远不如论证的质量重要。一呼百应也罢，惊世骇俗也罢，形形色色的观点充斥这个时代，炫人耳目。然而，多少有力而丰富的论证真正展示了思想的活跃？

批评首先是一种深度阅读。条分缕析，字斟句酌，索隐钩沉，甚至深文周纳——总之，批评是将文本重新耕耘一遍。在我看来，一部杰作犹如一片肥沃的田野，各种思想植物的种子都有机会蓬勃地生长。无论是异常的形式、思想和意识形态还是复杂的社会经验或者无意识，这一切形成了作品的纵深。它们时常历史地汇合成一个整体，交错互动。因此，"历史"成了我最乐于使用的术语之一。历史不仅监管一个时代的想象力，挑选典型的人物形象和日常生活景观，决定叙述结构，甚至抵达语言的节奏以及种种微妙的修辞细节。换言之，历史提供了一切因素相互联结的形式。

我当然意识到，这种文学趣味似乎越来越不合时宜了。由于后现代主义的策动，一个反对深刻的时期正在降临——文学尤其如此。喜剧，无厘头，奇幻的想象，某些轻盈光滑的句子，动漫和游戏程序设计的故事，这一切足够填充人们的心智。这时，笑声和阅读快感的背后没有什么历史，也没有多少特殊的意义需要展开阐述。巴尔扎克、托尔斯泰、陀思妥耶夫斯基这些经典作家仅供教科书使用，卡夫卡、普鲁斯特或者《尤利西斯》是教授们测验智力的道具，《红楼梦》的精雕细琢拖垮了许多人的耐心，鲁迅如此严肃以至于不得不敬而远之。现在，学院围墙之外的口号是"娱乐至死"，只有金庸、流行歌曲和明星的轶闻才能成为众望所归的话题。这有什么不对吗？从频繁的天灾、金融危机到诡异的感冒病毒，现代社会遭受的压力如此之大，文学还有什么必要增添精神负担，卷入种种令人心烦的理论纠纷？遗忘苦恼，缓解焦虑，消磨茶余饭后的休闲时光——文学为什么不能抛开自以为是的精英架势，坦然地承担这些庸常的职责？

相对于深奥的哲学或者庄严的史学，文学的表情不那么矜持。世事洞明，人情练达，文学时常欣然地摆出与民同乐的姿态，并且充分理解"逗乐"对于草根生活的重要性。我企图争辩的仅仅是，最高意义上的文学隐含了撼动历史的潜能。批评力图打开的是实现这种潜能的空间。古人心目中的文学是街谈巷议，"残丛小语"，雕虫小技不登大雅之堂；"文以载道"指的是安邦定国的奏议策论。引用文学修补国民素质，这已经是梁启超或者鲁迅这些思想家倡导的事情。文学并非生活边缘的一阵古怪的小感觉或者莫名的心理骚动，亦非在信函公文之间插入某些"诗意"的言辞。这些思想家洞察到文学的巨大能量，并且力图积聚和运用这些能量。在他们那里，文学的悲欢离合有助于塑造新型的人格，因而也有助于塑造新型的历史。经济冲动提供了历史的巨大驱动力，政治制度提供了社会活动的框架，宗教提供了精神信仰的指向，而伦理道德提供了日常生活的基本规范——最高意义上的文学有资格和这些举足轻重的领域并驾齐驱。历史不是一个空洞无物的抽象概念，历史是由无数的人物、事件按照一定的经纬线编织起来的。文学可以参与历史坐标的设计。因为无厘头的哄笑或者廉价的悬念而遗忘了这一点，的确是一个遗憾——我们有什么理由不关心世代栖身的历史呢？

当然，没有人愚蠢地向文学索取面包和坦克。文学是非物质的，批评向作品索取的是各种意义。批评的阐释即提炼或者解放文学内部各种深藏不露的意义。作品被剖析为众多的片断置于理论显微镜之下，批评负责注解这一切具有什么价值。罗兰·巴特曾经表示，批评的写作与文学写作越来越接近了。的确，批评如同以概念、分析和思辨续写文学之后的理论故事。或者可以说，文学生产形象，批评生产意义。现代社会的特征之一是，无数的符号正在组成人类的生存空间。无论是城市街道、摩天大楼、汽车、广告还是超级市场里琳琅满目的商品，这一切既是物质，又是各种形式纷繁的符号。阐释这些符号表白的内容，亦即阐释世界。因此，我愿意如此想象批评的使命——批评不仅鉴别和评判文学，而且分析哪些意义正在配置如今的生活。

# 研究方法、过度阐释与二元对立

文学研究的方法始终是一个令人瞩目的问题。

20世纪80年代中期，文学研究的方法问题一度成为理论的焦点。群情踊跃，众说纷纭，但是时间并没有维持多久。当时，方法问题的提出隐含了一个重要的企图：吸收自然科学的研究模式。那个时候，"科学"一词享有崇高的威望，人们还没来得及详细地区分自然科学、社会科学和人文科学之间的异同。许多人觉得，"科学"无疑是一切研究——甚至是我们生活——的至高原则。因此，定量统计、公式、数学模型以及各种复杂的图表一拥而上，还有极其时髦的"信息论"、"控制论"、"系统论"。遗憾的是，这一次方法问题的理论战役并未取得多少实绩。文学研究打开了视野，摆脱了狭隘的庸俗社会学批评模式，但是，种种新方法的实验并未留下多少令人信服的文学阐释。与许多理论时尚相似，方法问题短暂地喧哗了一阵就销声匿迹了。没有人对于这一次理论战役的成败得失进行认真的总结。在我看来，文学批评家对于自然科学的生疏仅仅是表面原因。真正的需要回答的是，自然科学的研究模式对于文学具有多少处理能力。

尽管文学研究的方法不再是一个醒目的专题，可是，这个问题始终没有消失。当然，自然科学的崇拜很快就告一段落。随后，文学研究的方法问题夹杂在一系列著名的批评学派之中得到了间接的关注。从"新批评"、俄国形式主义、精神分析学派到结构主义、解构主义、女权主义、后殖民理论，各种理论模式纷至沓来，相应的文学研究方法始终是一个隐含的组成部分。上述理论模式包含了一些重要的认识，例如文学是什么，文学之中最重要的是什么，甚至世界或者历史如何构成。这时，文学研究的方法不再是一项单列的技术操作程序，而是与这些认识结合起来考虑。

这表明理论对于简单的实用主义态度的超越。迄今为止，这几个问题逐渐明朗了起来。首先，各种各样的研究方法意味着运用不同的理论知识处理对象。每一种研究方法都有自己的洞见和盲区。一种研究方法即是提供一种特殊的视角；同时，任何一种研究方法都有可能遭到庸俗化——庸俗化的弗洛伊德主义或者庸俗化的女权主义绝不会比庸俗社会学高明。其次，各种研究方法不存在高低优劣或者先进落后之分，没有哪一种研究方法具有先天的优势，宣称真理在握——所谓的"葵花宝典"并不存在。上乘的武功是见招拆招，因势利导，而不是依靠背诵某种固定的教条行事。第三，选择哪一种研究方法并无一定之规，重要的是力图解决的问题是什么。从训诂考证到语言形式的分析，从社会学资料或者经济数据的定量统计到人类学的证据，每一种研究方法都可能派上用场——关键在于想知道什么。如果想知道一刻钟之后出门要不要带雨伞，伸出脑袋看看窗户外面的天气就可以了；可是，如果想知道一个星期之后的台风线路图，那就需要启动多台大型电子计算机。第四，一种研究方法通常描述了对象的某一个维面——但不一定是最重要的维面。一个数学教授提出，可以运用概率的观点考察现实主义或者浪漫主义。概率愈高的则愈是现实主义的，油盐柴米是日常生活每一日重复的实践内容，因而也是现实主义的主要内容；概率愈低的则愈是浪漫主义的，在异国机场转机的时候出其不意地遇到了初恋的情人，这就是浪漫主义了。这的确也是一种描述，但是，这是否说出了现实主义与浪漫主义最为深刻的内涵？答案恐怕是否定的。第五，各种研究方法的交叉、重叠会不会汇聚成一个完整的研究对象总体？或许这仅仅是一个幻觉。作为研究对象的文学作品未必有一个先验的、固定的本体等待发掘。一个谜底业已事先存在，多种文学研究方法即是从重重表象背后找出这个谜底的完整答案——这是一个错误的想象。一切都在建构之中。阐释可能走多远，文学就可能伸展多远。文学并非脱离我们的意识孤立地存在。只存在解释过、经验过的事实，这种观点对于文学研究是相当适合的。

那么，是不是存在"过度阐释"的问题呢？许多时候，某些研究方法带来的古怪结论时常令人不适。声称《哈姆雷特》是恋母情结的标本，王子迟迟未能实施复仇行动乃是恋母情结在无意识之中的阻挡——这种解释似乎不是那么熨帖。女权主义文学批评认为，《简爱》之中关在阁楼里的疯女人象征了男性中心主义囚禁的女性能量，这是不是也有些离奇呢？这时或许要回过头想一想，所谓"过度阐释"的"度"又是什么？阐释学似乎无法提出一个"度"的固定标准。文学研究之中，"作品的有机整体"时常被有意无意地当成了一个"度"。如果一系列解释过的细节、人物动机、意象很难返回故事情节或者诗的上下文语境——如果解释造就的超重思想压断了情节之链或者诗的微妙情绪，人们就会觉得这种阐释是对于"作品的有机整体"的一种破坏。多年以前，我曾经在一篇论文之中倡导文学研究的"有机整体意识"。但是，后现代主义气氛中，"作品的有机整体"这个观念遭到了强大的挑战。后现代文化的一个重要观念是中心的瓦解，这时，作品似乎也丧失了集聚力而分崩离析。盛行一时的"文化研究"犹如各种研究方法的展览。从拉康式的无意识分析到各种符号隐藏的意识形态涵义，从"东方主义"的种族压迫到故事情节之中隐藏的性别压迫，"文化研究"洞幽索隐，众多的片段被拆卸下来，搁置到理论的显微镜之下详细观察。冻结在这些片段背后的各种特殊意义得到了释放，继而得到了放大。然而，另一些人对于这种研究顾虑重重：这些意义能否经得起作品整体的检验？如果普通读者无法从作品整体之中读出这些意义，甚至作家本人也不愿意承认，那么，如何评判这种阐释的价值？

当各种研究方法济济一堂的时候，"作品的有机整体"不可避免地遭到了肢解。每一种研究方法都仅仅在作品之中攫取自己感兴趣的段落和细节。我曾经论证过，文学批评即是"意义"的再生产——由于批评的各种阐释，文学作品的意义得到了延伸和接力传递，甚至繁殖、孵化出意想不到的观点。这是另一种文化生产——这是为我们制造各种意义的场域。我们不仅生活在物质环境之中，更多的时候是生活在各种意义的场域之中。例如，作为物质的货币仅是一些纸张，可是，这些纸张的意义甚至可以拥有整个世界。这即是意义制造的另一个非物质的场域。作为物质的作品仅仅是一本书，但是，这些书的意义可以改变个人乃至民族的命运。多数读者对于作品的初级意义心领神会，可是，另一些隐藏的深层意义是由文学研究阐释出来的。"作品的有机整体"观念通常要求文学研究尾随作品之后，谈论的范围不得超出作品内部的边界。换一句话说，文学研究指出的某种意义必须与作品的整体构成协调。然而，"文化研究"已经跨越了这个范围。"文化研究"谈论的常常是，作品的某些片段在一个更大的文化网络之中具有何种意义。这些内容带来的震荡甚至可能波及整个意识形态。没有必要狭隘地认为，考察文学作品的外围即是对审美的不敬。文学研究可以专注作品内部的语言、形式，也可以关注文学带给生活的各种话题。后者同样表明了文学的巨大意义——如果不是更重要意义的话。文学仅仅是文学，文学仅仅是叙述、修辞、韵律、象征，这是一种文学的理解；可是，文学内部构造的考察为什么要妨碍文学产生种种文化意义？如果文学给经济学或者社会学带来了灵感，或者制造出某种重要的话题，这难道不是一种光荣吗？

这时我们可能意识到，一种二元对立阻止了我们想象的展开。要么审美形式，要么社会政治，二者不可兼得。然而，这种二元对立会不会成为一种僵硬的限制？二元对立是人类思维之中的重要机制。一个人宣称，这一面墙壁很白，这个论断之中已经隐藏了"黑"的判断。"白"不是一种孤立的、实质性的颜色认定，而是在色谱的比较之中形成的判断。这种二元对立广泛地分布在人类的思维之中。这一块木板很硬，这一本书很薄，这个人很豪爽，这一扇窗户很明亮——诸如此类的判断均包含了二元对立的成分。二元对立是结构主义语言学之中的一个极其重要的原则。两个要素之间——例如两种音位之间——的差异即会形成二元对立。语言之中词义的确认不是依据每一个音位，而是依据众多音位之间的差异。差异导致的二元对立形成了比较之后的判断。这是"相对于什么"的判断。"相对于周围的朋友，张三是一个豪爽的人"，只不过前面那个状语经常被省略而已。但是，这里我要指出一个隐藏的事实：结构主义语言学的依据不是一项单独的二元对立，而是一连串二元对立形成的链条。如要确认 tin 这个词的词义，第一个辅音差异的比较对象不仅是 bin 这个词；这种差异的比较必须延伸到 din、fin、gin、kin、pin 、sin 等等所有可比的词。结构主义看来，一连串的二元对立来自一个庞大的系统，这个系统是作为共时的结构被感觉到的。回到那个形象的例子上可以说，判断"张三是一个豪爽的人"并非仅仅是张三与李四的比较，而是张三与李四、王五、赵六、钱七等等许多人的比较。比较的范围愈广泛，涉及的二元对立愈多，定位则愈精确。换一句话说，一种二元对立的差异是认识的开始，认识的结束必须诉诸众多的二元对立。解构主义甚至认为这些二元对立是无穷尽的，以至于任何判断都可能遭到瓦解。这种认识破除了结构的封闭性，但没有意识到结构形成的场域的确存在限定的功能——这已经是另一个话题了。

上述分析引申出的结论是，某种二元对立的设立可能是一个精彩的发现，一种新的联系被建立起来了；但是，与此同时，这种二元对立的犀利、尖锐也可能转化为一种狭隘和遮蔽。例如，人们可以做出这样的断言：比尔·盖茨神话的盛行一时意味着，保尔·柯察金的精神遭到了抛弃。某种程度上，这个鲜明而形象的比较的确揭示了历史的巨大转折。然而，我们必须对于这种鲜明保持相当的警觉——这种二元对立的修辞学效果如此强烈，以至于时常掩盖了历史内部的复杂脉络。人们至少要意识到，保尔·柯察金精神的衰落并非仅仅因为比尔·盖茨神话，另有许多相关的因素必须考虑在内。当年另一个著名的二元对立也有类似的问题：宁要社会主义的草，不要资本主义的苗。这种表述无意地排除了另一些因素进入视野。例如，社会主义的草与社会主义的苗、社会主义的草与资本主义的草、社会主义的苗与资本主义的苗、社会主义的苗与资本主义的草——这些关系一概丧失了谈论的价值。许多时候，这种犀利、尖锐和狭隘、遮蔽共同地主导我们的文学研究。例如，文学的自律与他律，形式与内容，审美与政治，中国当代文学的前三十年与后三十年，如此等等。我们被迫在这些二元对立之中打转，在二者之中选择其一，从而放弃了从更大的场域之中讨论问题的多重脉络。这些二元对立的确构成了一种差异，但是，忽视与这些差异相关的另一些同样重要的因素，我们得到的结论必然是肤浅的。

形成这种状况的原因可能很多。我觉得，一个重要的原因可能是，我们往往将一个问题的来龙去脉想象成一条线性的单行道。一连串的差异被压缩成一对矛盾。一个矛，一个盾，针尖对麦芒，一个单一的二元对立成了问题的全部结构。这时，历史往往被不适当地简化了。历史上实际问题的结构往往比这种想象复杂。结构内部往往存在多个相互作用的因素，甚至多达数十个。结构的分析即是考虑这些因素如何形成一个相对固定的场域，并且如何相互作用。这里不仅存在一个二元对立，而是众多二元对立交织成的关系网络。这种处理问题的方式可以看到更多的层面及其综合的局面。

回到文学问题的考察上，我不愿意仅仅停留在自律还是他律或者内部研究还是外部研究这种简单的二元对立之上。文学绝不涉入熙熙攘攘的外部世界，绝不染指各种俗务，这恰恰是审美的高贵——这种观念毋宁说无视文学置身于这个世界的价值。最为简单的考察就可以明白，我们的社会生活存在许多支持系统。文学只是这种支持系统之一，占有的份量远不如政治学或者经济学。鄙视一切饮食起居问题而只谈精致的艺术品味，这更像是炫耀某种贵族气。文学如何进入这个世界，如何在这个世界体现出独特的作用，这是我考虑问题的起点。换言之，文学的独特性恰恰在进入世界时表现出来。《文学的维度》以来，我一直倾向于将文学置于众多话语系统之间考察——经济学话语、政治学话语、历史学话语、新闻话语、哲学话语、社会学话语，如此等等。文学话语与每一种话语系统的二元对立都是确认"何为文学"的参照坐标。这是在多种二元对立的交叉关系之中逐渐锁定文学。因为不是新闻，不是历史，不是经济学，不是政治学，不是……因此文学之为文学。另一方面，文学与上述这些话语系统又共处在同一个结构之中，犹如同一个星系里的星球。共处于同一个结构使它们具有了可比性。这个意义上，多种研究方法更像是提供揭示或者建立多种二元对立的视野。人类的知识可以造就多少种研究方法，文学的参照坐标就会有多少。人类的想象力是无限的，文学也是无限的；人类的知识不断地推陈出新，新的研究方法总是可能诞生。